중국 현대 학술의 건립

章太炎　胡適

장타이옌과 후스를 중심으로

지은이

천핑위안 陳平原, Chen Ping-yuan

북경대학 중문과 교수. 주요 연구 분야는 중국소설과 산문, 학술사, 교육사, 도상 연구 등이다. 『中國小說敍事模式的轉變』,『千古文人俠客夢』,『中國散文小說史』,『從文人之文到學人之文』,『中國現代學術的建立』,『觸摸歷史與進入五四』,『作爲學科的文學史』,『大學何爲』,『抗戰烽火中的中國文學』,『左圖右史與西學東漸』,『現代中國的述學文體』,『有聲的中國』,『未完的五四』등 40여 종의 저술이 있다.

옮긴이

김홍매 金紅梅, Jin Hong-mei

중국 광동외어외무대학교 남국상학원(廣東外語外貿大學 南國商學院) 한국어학과 교수. 저서로『소재 변종운 문학 연구』, 역서로『명청산문강의』,『중국산문사』,『고증학의 시대』등이 있다.

이은주 李恩珠, Yi Eun-ju

서울대학교 학부대학 강의교수. 저서로『행복한 상상, 신광수의 〈관서악부〉』,『독자가 있는 글쓰기』, 역서로『명청산문강의』,『중국산문사』,『고증학의 시대』등이 있다.

중국 현대 학술의 건립
장타이옌(章太炎)과 후스(胡適)를 중심으로

초판발행   2025년 6월 15일

지은이   천핑위안
옮긴이   김홍매 · 이은주

펴낸이   박성모
펴낸곳   소명출판
출판등록   제1998-000017호
주소   서울시 서초구 사임당로14길 15 서광빌딩 2층
전화   02-585-7840
팩스   02-585-7848
이메일   somyungbooks@daum.net
홈페이지   www.somyong.co.kr

ISBN   979-11-5905-988-9 93820
정가   42,000원

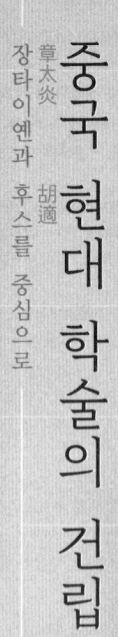

중국 현대 학술의 건립

章太炎
장타이옌과
胡適
후스를 중심으로

천핑위안 지음

김홍매·이은주 옮김

中華社會科學基金(Chinese Fund for the Humanities and Social Sciences)資助
이 도서는 중화학술번역사업(22WZWB026)에 선정되어
중국국가사회과학기금의 지원을 받아 번역 출간되었음.

번역 범례

1. 인명은 사망일에 따라 신해혁명1911을 기점으로 이전의 인물은 종전의 한자음대로 표기하고 이후의 인물은 중국어 표기법에 따라 표기하되, 처음에 나올 때는 한자와 한자음을 병기하였다.

2. 지명은 관례에 따라 한국 한자음으로 표기하였다.

3. 원문에서는 인물의 호칭을 이름, 호, 자 등으로 표기했다. 번역문에서는 최대한 이름으로 제시했으나 장빙린章炳麟이나 구쑹쿤顧誦坤 등은 훨씬 많이 알려진 호號인 장타이옌章太炎, 구제강顧頡剛 등으로 표기하였다.

4. 원문의 저자 주와, 독해에 도움이 되고자 해서 작성한 역자 주가 혼동될 우려가 있어 표기를 달리했다. 저자 주와 구분하기 위해 역자 주는 별도로 표시하였다.

5. 서명은『 』, 작품명은「 」로 표기했으며 부득이한 경우를 제외하고는 기본적으로는 한자음만 표시하였으나 독자가 이해하기 편하게 번역한 경우도 있다. 서명과 작품명은 검색하기 쉽도록 뒤에 목록을 제시하였다. 원서 본문에 괄호로 표시한 출전은 번역서에서도 그대로 따라 주석으로 처리하지 않았다. 이때에는 한자로만 표기했고, 경우에 따라 책 뒷부분에 제시한 서명·편명 목록에서 번역문을 제공하였다.

이 책은 천핑위안 교수의 '학술3부작'의 첫 번째 저서로(다른 두 저서는
『作爲學科的文學史』와 『現代中國的述學文體』이다), 만청과 5·4 시기 학인의
전형인 장타이옌과 후스를 중심으로 중국 현대 학술 패러다임의 건립을
살펴본 연구이다. 저자는 '고문경학의 마지막 대가'인 장타이옌과 새로운
학술 패러다임의 확정에 결정적인 역할을 한 후스를 중심으로 구학문과
신학문의 대결과 연결, 새로운 학술 패러다임이 확립되기 전에 있었던 다
양한 목소리와 가능성들을 특유의 예리한 통찰력과 깊이 있는 안목으로
발굴해서 보여주었다.

중국문학사에서 말하는 '현대'는 일반적으로 1917~1949년을 가리킨
다. 구체적으로 말한다면 후스가 1917년 1월에 『신청년』 제2권 제5호에
「문학개량추의」를 발표한 것을 현대문학의 시점으로 보고, 1949년 7월
제1차 중국 문학예술 관계자 대회가 북경에서 개최된 것을 끝으로 보는
것이다. 중화인민공화국이 창건된 이후부터 현재까지는 '당대'로 분류된
다. 한국의 시대 구분에 따른다면 중국에서 말하는 '현대'는 '근대'에 해
당한다. 하지만 본서의 연구 목적이 근대에서 현대로 이행하는 시기 학술
패러다임의 변화를 살피는 것이기 때문에 역자들은 '현대'라는 용어를 그
대로 살리는 것이 맞다고 생각해서 책 제목을 원서에 따라 『중국 현대 학
술의 건립』으로 번역했다.

'현대 학술의 건립'을 다루고 있긴 하지만 본서가 다루고 있는 시기는
훨씬 위로 거슬러 올라간다. 저자는 연구 시기를 청말 민초, 즉 캉유웨이,
량치차오를 대표로 하는 유신파 인사들이 무술변법을 시행한 1898년부
터 중국국민당 주도의 국민정부가 세워지기 바로 전 해인 1927년까지로

한정했다. 그러므로 이 책이 가리키는 것은 '현대 학술'이지만 주목한 시기는 그 전인 청말 민초이며, 귀결은 '건립'이지만 실제로는 건립 과정에서 파괴되거나 부정된 것들의 목소리에 대해서도 세심하게 귀를 기울이고 그 가치들을 확인하고 있다. 캉유웨이와 량치차오를 대표로 하는 금문경학가들과 장타이옌을 대표로 하는 고문경학가는 학술적으로는 반대입장이었지만 정치적 견해가 일치했기 때문에 협력했다. 장타이옌과 후스는 전통 학문과 서구 학문의 대표 주자였지만 현대 학술을 확립하고 국고를 정리하는 문제에서 공유하는 점이 있었고 영향관계도 있었다. 이들의 대립과 협력, 소통과 계승이 함께 작용하면서 새로운 시대의 학술 패러다임을 만들어냈다는 것이 저자의 관점이다.

이 책의 저자인 북경대 천핑위안 교수는 고전과 현대를 아우르는 박람한 학자이다. 고전문학 연구자인 왕야오王瑤 교수의 문하에서 수학했으며, 중국의 현대문학 연구에 큰 영향을 끼친 저술이 다수 있다. 또 『從文人之文到學人之文』, 『中國散文小史』 등 — 이 두 책은 본서의 역자들이 『명청 산문 강의』, 『중국산문사』로 번역, 출간하였다 — 고전문학에 대해서도 깊이와 통찰력을 보여주었다.

역자들이 천핑위안 교수 책을 번역한 것이 이번으로 세 번째이다. 이 책은 중국의 현대 학술을 다루고 있기 때문에 고전문학 연구자인 역자들의 역량을 벗어난 감이 없지 않다. 하지만 전통과 현대의 대결과 소통을 다루면서도 실제로는 전통에 해당하는 내용이 많고, 고전문학 지식을 바탕에 두고 서구 학술의 유입 문제를 다루고 있기 때문에 어떻게 보면 역자들이 적임자라고 할 수도 있을 것이다. 또 역자 중 한 명인 김홍매가 2022년부터 2023년까지 북경대 중문학과에 방문학자로 있으면서 저자의 문하에서 수학했기 때문에 이 책을 번역하겠다는 용기를 낼 수 있었다. 목요일

점심마다 연구실로 찾아가서 도시락을 먹으면서 저자 및 문하 제자들과 함께 담소를 나누던 일이 아직도 눈에 선하다. 또 격주로 진행되던 논문발표회 모임도 현대문학 분야의 지식을 학습하는 데 많은 도움이 되었다.

좋은 책을 여러 사람이 함께 읽었으면 좋겠다는 생각만으로 무리하게 시도했던 앞의 역서들과는 달리 이번 작업은 중국사회과학원 중화학술외역 사업의 지원이 있었기에 번역과 출판 작업 모두 훨씬 수월하게 진행할 수 있었다. 하지만 아쉬운 점도 있다. 원서는 제1~6장과 부록에서 장타이엔과 후스를 중심으로 현대 학술 패러다임의 확립 과정에 있었던 다양한 학술 연구의 전개 과정을 검토하고 제7~9장에서는 만청 시기 인사들의 유협 심리, 현대 중국의 위진풍도, 현대 중국 학자의 자기진술 등 세 가지 측면에서 이 시기 문인, 학자들의 다양한 면모를 조명했다. 책 전체를 다 읽어야 현대 중국 학계의 모습과 그것을 바라보는 저자의 독특한 시각을 제대로 이해할 수 있을 것이다. 그러나 중화학술외역 사업에는 분량 제한이라는 요건이 있었기 때문에 이 책에서는 장타이엔과 후스를 주로 다룬 제1~6장과 부록, 유협 심리를 다룬 7장만을 번역했다. 아쉽기는 하지만 누락된 제8~9장은 별도의 책으로 번역하여 출간하기로 하였다. 역자들은 독자들이 이 책과 제8~9장을 담은 책까지 모두 읽기를 바라고 있다. 원서를 두 권으로 분책하는 아쉬움이 있지만 원서를 완역했다는 점은 다행스럽게 생각한다.

이 책을 번역하는 과정에서 저자의 가르침과 지지가 큰 힘이 되었다. 남경사회과학원 덩위안鄧瑗 선생님께도 감사드린다. 그리고 이 책의 출판을 위해 애써 주신 소명출판사 사장님과 어려운 내용을 편집하느라 고생하신 담당자께도 깊은 감사를 드린다.

역자를 대표하여 김홍매 씀

서구학술의 수용과 전통문화의 발굴

학술사 연구를 시도한다면 어쩌면 장타이옌章太炎, 장태염으로부터 시작하는 것이 가장 좋은 선택일 수 있다. "그는 근대 중국에서 최초로 체계적인 학술사 연구를 시도한 학자"이기 때문이다. 허우와이루侯外廬, 후외려의 말처럼 장타이옌의 저작은 '장타이옌의 중국학술사론'으로[1] 간단하게 정리할 수 있을 정도로 주周와 진秦의 제자백가, 양한兩漢의 경학經師, 오조五朝, 위진남북조의 현학玄學, 수隋·당唐의 불학佛學, 송宋·명明의 리학理學 및 청대 학술 등에 대해 모두 자세하게 논의했다. 그런데 그는 자신이 속했던 만청晩淸 학계에 대해 훌륭한 평설을 많이 남기기는 했지만, 량치차오梁啓超, 양계초처럼 전문적인 저작으로 발전시키지는 못했다. 심지어 량치차오의 학술구상은 상당히 방대하기까지 해서 한 시대의 명편이라고 할 수 있는 『청대학술개론淸代學術槪論』조차도 사실상 량치차오가 구상한 『중국학술사中國學術史』 전체로 보면 제5부에 불과했던 것이다.[2]

만청 시기 학자들이 아주 옛날부터 만청 시기까지의 학술사 정리에 열의를 쏟았던 이유는 학술 변천의 조짐을 의식하고 "학술을 분류하고 원

1　侯外廬, 『中國近代啓蒙思想史』, 北京 : 人民出版社, 1993. 이 책은 1945년에 生活書店에서 개정판이 나왔는데 장타이옌 관련 부분은 그대로이다.

2　梁啓超의 『淸代學術槪論』에 수록된 「第二自序」와 그보다 이른 시기에 쓴 「論中國學術思想變遷之大勢」(『飮冰室合集』, 上海 : 中華書局, 1936) 참조.

류源流, 근원과 흐름를 고찰함으로써" 방향성을 도출하고 싶었기 때문이었다. 또 20세기 말에 중국학계에서 '학술사 연구'를 다시 화두로 제시한 이유도 자신들이 느낀 곤혹감에서 벗어나고 싶었기 때문이었다. 그때 그들의 눈에 가장 먼저 들어온 것이 바로 자신과 밀접하게 연결된 '20세기 중국 학술'이었다.

이 책에서 내가 장타이옌과 량치차오처럼 "원류부터 고찰해나가는" 패기가 없었던 점이 부끄럽기는 하다. 하지만 내가 한걸음 뒤로 물러나 '중국 현대 학술의 건립' 문제를 집중적으로 논의하는 이유는 내가 가진 문제의식을 부각시키고 싶어서였다. 이 책은 겉으로 보기에는 장타이옌과 량치차오의 논의를 따라가는 것처럼 보이지만 실제로는 나만의 독특한 측면이 있다. 나는 청말淸末에서 민초民初까지3 30년간의 사회와 문화로 범위를 한정했고, 학술 형태가 바뀌는 시기의 여러 국면을 논의하면서 이미 실현된 것과 함께 억압되어 드러나지 않은 여러 가능성을 제시하여 새롭게 출발하기 위한 동력과 길을 찾아내고자 했다. 그런 의미에서 이 책에서는 모든 측면이 망라된 통사通史와 달리, 문제를 중심으로 논의를 전개하려고 한다.

---

3   [역자 주] 저자가 이 책에서 말한 '청말'에서 '민초(중화민국 초기)'까지 30년간은 1898년에서 1927년까지를 가리킨다. 이 시기는 광서제가 캉유웨이, 량치차오, 탄스통 등이 구성한 개혁조치를 '무술변법'으로 시행한 1898년에서 시작한다. 그 사이에 1911년 무창봉기(신해혁명)를 통해 청 정부가 무너지고 1912년에 중화민국이 세워졌다. 1925년 쑨원이 죽은 후 국민당이 광동에 국민정부를 수립하고 1926년에 북벌을 개시했다. 1928년에 중국국민당 주도의 국민정부가 수립되었으므로 그 이전인 1927년까지의 30년이라는 기간을 '청말'에서 '민초' 범위로 설정한 것이다.

1. 학술의 체제 변화와 청말·민초 시기 사람들의 공헌

위잉스余英時, 여영시가 토마스 쿤Thomas S. Kuhn의 과학 혁명 이론을 가져와서 후스胡適, 호적의『중국철학사대강中國哲學史大綱』이 중국 근대 사학 혁명에서 갖는 의미를 재해석한 이래[4] 학술 체제의 전환 또는 패러다임의 혁신에 대한 논의가 유행하게 되었다. 위잉스 선생이 설명했던 것처럼 '전범' 또는 '패러다임'이 건립되었다고 할 때에는 넓은 의미도 있고 좁은 의미도 있다. 넓은 의미로는 신앙과 가치, 기술 전체가 바뀌었다는 것이고, 좁은 의미로는 구체적인 연구 성과가 전범이 되었다는 것인데, 이것은 새로운 연구의 문도 열어 주었지만 급히 해결해야 할 새로운 문제들도 남겨 두었다. 토마스 쿤의 사유에 따르면 과학 발전의 청사진은 전범 건립→일상적인 연구 진행→심각한 위기 등장→조정과 적응으로 돌파 모색이며, 마지막 단계에서 다시 새로운 전범이 마련된다. 곧 어느 수준에 도달한 학자라면 반드시 전통과 변혁 사이에서 '필수불가결한 긴장'의 끈을 놓지 말아야 한다는 것이다. 그런데 역사가의 입장에서 보면 위기를 인지하고 새로운 패러다임이 부상하는 '결정적 순간'이야말로 가장 흥미로운 시기이다.[5] 위잉스는 청대 300년의 고증학이 '5·4' 바로 전에 '혁명'이라는 전기를 맞이하는데,『중국철학사대강』은 마침 국고國故를 정리해야 한다는 신앙과 가치, 기술 체제 등을 모두 제시했으므로 당연히 새로운 전범의 대표가 될 수 있었다고 했다.[6] 이 주장은 후스의 학술사적

---

4   余英時,『中國近代思想史上的胡適』,臺北:聯經出版事業公司, 1984, 19~21면 참조.

5   庫恩, 李寶恒·紀樹立 譯,『科學革命的結构』,福州:福建人民出版社, 1981; 庫恩, 紀樹立 等 譯,『必要的張力』,福州:福建人民出版社, 1981, 9장 참조.

6   余英時,『中國近代思想史上的胡適』, 84면.

위상을 또렷하게 보여 주었지만 중국 현대 학술의 형태 변화를 완정하게 설명한 것은 아니다. 학술사의 '결정적 순간'을 더 잘 설명하려면 왕궈웨이王國維, 왕국유 와 량치차오의 논의까지 더해야 한다.

「선이안沈乙庵, 심을암, 선쩡즈의 호－역자 주 선생의 고희를 맞아 장수를 기원하는 서문沈乙庵先生七十壽序」에서 왕궈웨이는 300년간 청대 학술을 "청대 초기 학문은 규모가 컸고, 건륭·가경 연간의 학문은 정밀했으며, 도광·함풍 연간 이후의 학문은 새로웠다"고 개괄했다. 왕궈웨이의 이 설은 자주 인용되었고 왕궈웨이 본인의 학술적 위상도 이 주장에 근거하여 확정되었다. 그런데 사실 왕궈웨이는 공자진龔自珍 과 위원魏源 으로 대표되는 "도광·함풍 연간 이후의 학문"을 인정하지 않았다. "그들이 말한 옛것은 옛사람의 진면목을 여실히 담지 못했다. 그들이 말한 현재의 것도 지금의 문제점을 제대로 짚었다고 할 수 없다. 그들의 글은 사람들에게 감동을 주기는 하지만 제대로 연구한 것이라고 볼 수는 없기" 때문이었다. 그 자신이 매우 존경한 선쩡즈沈曾植, 심증식 처럼 왕궈웨이도 "공자진과 위원보다 더 깊이 세상사를 걱정했고, 대진戴震 과 전대흔錢大昕 만큼 신중하게 학술 방법을 선택했다". 장타이옌과 량치차오, 선쩡즈, 왕궈웨이 등 만청 학인들은 청대 학술을 계승하면서도 청대 학술의 테두리에 갇히지 않기를 바랐다. 이 점은 왕궈웨이의 말에서도 잘 드러난다.

이것을 바탕으로 했기 때문에 이전의 현인들을 계승하고 후대 학자들을 위해 개척할 수 있었다. 후세에 학술이 바뀌더라도 그 핵심을 잃지 않으려면 반드시 선생선쩡즈의 방법을 따라야 할 것이다.[7]

7   王國維, 「沈乙庵先生七十壽序」, 『王國維遺書』 4, 上海 : 上海古籍書店, 1983.

'옛 학문을 깊이 꿰뚫었다'는 점도 중요하지만 특히 '새로운 지식에 대해서도 깊이 있게 이해했다'는 점에서 만청 학인의 성과는 결코 낮게 평가할 수 없다. 선쩡즈와 왕궈웨이 등은 어디에 위기가 있는지를 깊게 인식하고 있었다. 그래서 "선진과 서한의 학술을 통해 모든 것을 변혁하려고 한" 도광·함풍 연간 이후의 학문에서 벗어나 새로운 패러다임의 건립을 추구했던 것이다.

왕궈웨이의 주장과 상호보완적인 관계에 있는 저술로 량치차오의『청대학술개론』을 들 수 있다. 량치차오는 학술 사조를 계몽기, 전성기, 분열기, 쇠퇴기로 나누었고 쇠퇴기에는 반드시 영웅이 등장해서 옛것을 밀어내고 새롭게 변혁하여 '또 다른 사조의 계몽기'를 연다고 했다. 자신이 속한 시대의 학술 조류에 대해 량치차오는 전성기 정통파의 안목으로 여러 결점을 들추어냈지만, 한학漢學 중심을 타파하고 서구 학술을 도입하여 경세 학술로 회귀하였다고 강조한 것은 실제로는 그 당시를 '또 다른 사조의 계몽기'로 보아서였다. 자신의 위치를 설정할 때 눈을 '계승'이 아닌 '개척'에 두었던 것이다. 량치차오에게 계몽기가 소중한 이유는 "혼란하고 거친 와중에 원기가 넘치는 모습이 있기" 때문이었다.[8] 만청 사회 형태의 변이와 학술의 변천이 5·4신문화운동처럼 명확한 모습을 갖추지는 못했지만 20세기 중국문화에 큰 영향을 준 것은 분명하므로 절대 '청학의 마지막 물결'이라고 치부할 수 없다.

새로운 패러다임의 진정한 확립을 강조하고 전범을 제시했다는 점에서 후스는 대단히 칭찬받을 만한 사람이다. 그런데 위기를 딛고 일어섰다는 측면과 학술 체제의 변화라는 전체 과정을 다시 보게 되면 장타이옌

8　梁啓超의『清代學術概論』제1·23~33절.

과 동시대 학자들이 시야에 들어올 것이다. 5·4신문화운동이 지나치게 주목을 받았기 때문에 만청시대의 공헌은 얼마간 그 그림자에 가려져 있었다. 그렇지만 20세기 중국의 사상과 학술을 논의할 때에는 여전히 '만청에서 시작하는' 사람들을 적지 않게 만날 수 있다.

"최근 300년간의 학술을 말할 때는 반드시 창쑤長素, 강유웨이를 마지막에 두어야 한다"고 했던 첸무錢穆, 전목는 명저 『중국 최근 삼백 년 학술사中國近三百年學術史』의 한 장절을 할애해서 캉유웨이康有爲, 강유위에 대해 썼다. 첸무의 책과 동일한 제목인 량치차오의 『중국 최근 삼백 년 학술사』에서는 캉유웨이에 대해 거의 서술하지 않았는데, "청말 30·40년간 청대에서 만들어낸 고증학考證學이 비록 상당히 발전하기는 했지만 학계의 활력소가 이미 '외래 사상의 유입'으로 옮겨갔다"고[9] 판단했기 때문이었다. 이런 생각은 이전에 량치차오가 쓴 『청대학술개론』에 이미 나와 있다. 그는 이 책에서 캉유웨이가 경학에서 거둔 성취는 별로 높지 않았고 그의 주된 성과는 '유럽 사상을 가장 먼저 수용한 선구자 역할을 한 것'에 있다고 했다.[10] 스승 캉유웨이에 대한 이런 평가는 겉으로는 겸손한 것처럼 보였지만 실제로는 새로운 시대를 열겠다는 큰 포부를 담고 있었다. 시대가 바뀌고 학술도 달라지는 중차대한 시점에서의 핵심인물인 캉유웨이와 량치차오, 장타이옌, 왕궈웨이의 역할과 성과는 확실히 누구도 대신할 수 없을 정도로 독보적이었다.

경학사가인 저우위퉁周予同, 주여동은 캉유웨이가 금문경학今文經學, 장타이옌이 고문경학古文經學의[11] 마지막 대가이며, "더는 이런 대가가 없을 것

9   朱維錚 校注, 『梁啓超論淸學史二種』, 上海 : 復旦大學出版社, 1985, 125면.
10   朱維錚 校注, 『梁啓超論淸學史二種』, 5면.
11   [역자 주] 경학이 성립되는 시기인 전한 초기에는 같은 경서에 금문(예서)과 고문(그 이

이고 경학은 이제 완결되었다"고[12] 단언했다. 그런데 이 구절만 보면 캉유웨이와 장타이옌이 경학이 주류였던 청대 학술만 연구했던 사람이라고 오해할 수 있다. 사실 저우위통은 캉유웨이와 장타이옌이 새로운 관점으로 경학을 연구한 것이 '새로운 사학'을 만드는 데 공헌했다는 점을 매우 중시했다. 이를테면 은殷·주周 이후 중국 사학은 맹아기, 형성기, 발전기, 전환기로 나눌 수 있다고 하면서 "청말민초에서 지금까지"를 전환기로 본 것이다. 저우위통은 이 글을 1940년대에 썼는데, '새로운 사학'의 부상은 "실제로 무술정변 이후에 시작되었다"고[13] 했으며 최초의 동력은 캉유웨이가 대표인 금문경학이라고[14] 했다. 경학과 사학이 그랬고 철학도 예외가 아니었다. 허린賀麟, 하린은 『오백년 이래의 중국철학五百年來的中國哲學』에서 "최근 50년간 옛 전통에서 발전해 온 철학 사조를 쓰려고 하면 캉유웨이에서 시작하지 않을 수 없다"고[15] 했다. 서구 철학이 "중국 사상계와 관련을 맺게 한 첫 번째 사람"인 옌푸嚴復, 엄복도 캉유웨이와 동시대 사람이

전의 옛 문자)의 두 계통이 병존했다. 대체로 진대 박사관과 한대 오경박사 계통의 관학이 금문 계통이었고 진 왕조 때 분서를 면한 민간 학문이 고문 계통이었다. 경서에서 금문경과 고문경 두 학파의 분기는 경전 연구방법과 공자에 대한 태도 등의 차이를 보여주는 것이었다. 금문경학자들이 유가 경전을 자신들의 정견 발표와 제도 변화를 위한 도구로 보고 군주의 기호에 맞춰 음양오행설, 재이설, 참위설 등의 미신적인 요소를 수용했다면, 고문 경학자들은 유가 경전을 역사적 자료로 삼았기 때문에 문자 훈고와 고증을 통해 경전의 본래 모습을 회복하려는 목적을 가졌다.

12 周予同의 『中國經學史講義』中編, 제8장(『周予同經學史論著選集』, 增訂本, 上海 : 上海 人民出版社, 1996) 참조.

13 [역자 주] 무술변법은 1898년(무술)에 캉유웨이와 량치차오를 대표로 하는 유신파 인사들이 光緒 황제를 설득해 시행한 개량운동을 가리킨다. 총 103일 동안 실시되었으므로 '100일 유신'이라고도 한다. 과학문화를 제창하고 정치와 교육제도를 개혁하며 자본주의를 발전시키는 조치를 취하였으나 서태후측 세력에 의해 좌절되었다.

14 周予同, 앞의 책, 514면 참조.

15 賀麟, 『五百年來的中國哲學』, 瀋陽 : 遼寧教育出版社, 1989, 3면.

었다. 문학 혁신이라는 측면에서 캉유웨이의 영향은 미미했지만 캉유웨이의 제자 량치차오가 제창한 '산문 혁명文界革命', '시 혁명詩界革命', '소설 혁명小說界革命'은[16] 5·4신문학에 직접적인 영향을 미쳤기 때문에 날이 갈수록 많은 연구자들이 이 역사적 사건에 대한 량치차오의 공헌을 중시하고 있다.

허우와이루는 1940년대에 쓴 『중국근세사상학설사中國近世思想學說史』에서 17세기 계몽사상과 18세기 한학운동漢學運動, 19세기 중엽에서 20세기 초엽의 문예 재부흥을 하나로 묶어서 서술했다. 그러나 20세기 중반인 1950~1960년대의 저술에서는 시대를 구분하여 연구하려는 조짐을 보였고 1980년대부터는 근대적 민주주의 조류가 중국의 현실적인 문제를 해결하는 내용에 초점을 두게 되면서 논의의 기점을 명확하게 100일 유신무술변법으로 삼는 전략을 확립했던 것이다.[17] 허우와이루의 사유는 그 시대 학자들의 대표적인 경향을 보여준다. 1980년 중엽 이후 연구자들은 만청 사회와 학계의 생기발랄한 새로운 기상에 점차 흥미를 느꼈기 때문에 '20세기 중국문화' 같은 거창한 주제를 좋아하지 않는 학자라도 해도 캉유웨이와 량치차오, 장타이옌, 옌푸, 뤄전위羅振玉, 나진옥, 왕궈웨이 등을 청학에서 분리시켜 논의하는 경향을 보이게 되었다.

---

16 [역자 주] 량치차오가 제기한 '세 가지 혁명'으로, 20세기 문학과 예술이 전통에서 현대로 나아가는 데 중요한 역할을 했다. '산문 혁명'은 1899년에 제기한 것으로, 서구의 근대 사조로 전통 학문을 대체하고 속어와 외래어를 이용하여 문장의 표현력을 높이자는 주장이고, '시 혁명'은 전통적인 시의 형식으로 새로운 내용을 담아내자는 주장이었다. '소설 혁명'은 1902년에 『新小說』 잡지 창간호에서 제기한 것인데, 소설에 새로운 내용을 담아내어 민중을 교화해야 한다는 주장이다. 이 세 가지 혁명에서 가장 큰 성공을 거둔 것은 '소설 혁명'으로, 이로 인해 소설계는 크게 변화하고 흥기했다.

17 侯外廬, 『中國近代思想學說史』(上海 : 生活書店, 1947)의 「自敍」, 『中國近代啓蒙思想史』 제1장 및 黃宣民의 「後記」 참조.

장타이옌과 량치차오, 뤄전위, 왕궈웨이 모두가 청학에 대해 논의하기를 좋아했으며 특히 청초 대유학자의 우환의식과 건륭·가경 학술의 정미함을 높이 평가했다. 이 시대에 청대 학술에 대한 논의가 많았던 이유는 복고를 위해서가 아니라 이것을 변혁의 역사적 계기로 인식했기 때문인 것 같다. 차이위안페이蔡元培, 채원배와 첸쉬안퉁錢玄同, 전현동, 후스, 구셰강顧頡剛, 고힐강 같은 5·4 학인들이 청학에 보인 태도까지 같이 본다면 이런 방향성은 더 선명하게 보일 것이다. 핵심적 의미와 문제에서 방법에 이르기까지 중국 현대 학술은 새롭게 거듭났다. 청대 유학자의 가법家法을 논했던 이유도, 계승하면서 초월하고 과거를 회고하면서 미래로 나아가기 위해서였다. 황제 보위를 주장한 선쩡즈와 뤄전위 같은 청 왕조의 유민들도 학술적으로는 매우 새로운 의식을 가졌으므로 그들을 '청학의 마지막 물결'이라는 말로 단순화할 수 없다. 만청 이래 해외로 가본 사람이든 못 가본 사람이든 전통의 변화와 서구 학문의 충격은 모두가 직접 눈으로 똑똑히 봤던 것이었다. 이런 "전대미문의 대변혁 시대"에서 학계는 급진파와 보수파로 나뉘었으나 어디서든 방도를 찾아 중국 사회와 학술에서 새로운 활로를 마련하겠다는 생각은 모두 마찬가지였다.

만청의 새로운 학술이 현재 중국문화의 발전에 잠재적이고도 미묘한 영향을 미치고 있다는 것에 동의한다면 이 점은 쉽게 이해할 수 있을 것이다. 그렇지만 이 책에서는 여기에서 더 나아가 만청과 5·4 시기 학인의 '공동 작업'이 현대 학술의 신천지를 열었다는 점을 부각시킬 것이다. 이런 가설을 간단하게 설명할 수 없으므로 여기에서는 먼저 한두 가지를 개괄하고 이 책의 해당 장절에서 구체적인 논의를 전개할 것이다.

"광서光緒 연간 북경의 지배적 담론을 듣는" 행운을 누린 역사가 천인췌陳寅恪, 진인각는 당시 경학 연구는 『춘추공양전』에, 역사 연구는 서북 지역사에 치중하는 분위기를 잘 알고 있었다. 그래서 그는 이런 논의가 해당 분야를 넘어 전체 사회의 사조에 영향을 미쳤다는 점을 강조했다.

> 이후 금문 공양학은 제도를 개혁하고 옛것을 의심하는 사조로 바뀌었는데 그 사조의 영향력은 최근 40년간 격변한 정치 및 낭만적인 문학과 매우 관련이 깊다.[18]

"학술이 정치의 근본"이라고 믿거나 학술이 시대 분위기를 바꿀 수 있다고 주장했던 이전 시대 학자들은 대부분 실증 불가능한 이 주장의 핵심에 대해 잘 알고 있었다. 예를 들어 첸지보錢基博, 전기박는 왕카이윈王闓運, 왕개운이 "남들과 다른 의견을 내세우기 좋아하고 혼자 고담준론으로" 경학을 논한다고 했다. 그런 다음에 곧바로 랴오핑廖平, 요평과 캉유웨이로, 또 다시 "모든 것을 폐기하자"고 주장한 우위吳虞, 오우로 이어 가면서 학술사의 계보를 만들었다. 그런데 우위는 이미 "모든 가치를 재평가하자"는 5·4 시기에 속하는 사람이었다. 반면에 첸무는 만청 학풍이 "괴탄하거나 지나치게 방종한 나머지" 도래할 새 시대를 위해 "미리 준비하고 기본을 다지는" 작업을 하지 못했다고 보았고, 어째서 신해혁명 이후 몇십 년이 지나도 중국 사회가 정상 궤도에 오르지 못했는지를 논증했다.[19] 경학에서 문학으로 논의 대상을 바꾼 첸지보든, 학풍에서 정치 문제를 도출해 낸 첸무든 둘 다 현대의 학과 경계를 넘나들고 있었다.

　5·4 시기 학인은 구체적인 학문의 계승이라는 맥락에서 이전 사람들

18　陳寅恪, 「朱延豊突厥通考序」, 『寒柳堂集』, 上海 : 上海古籍出版社, 1980.
19　錢基博, 『現代中國文學史』上編, 長沙 : 岳麓書社, 1986, 제1장 제1절; 錢穆, 「中國知識分子」, 『國史新論』, 再版, 香港 : 作者自刊本, 1975 참조.

과 어떤 관계였는지 논하는 것을 더 좋아했던 것 같다. 『중국철학사대강』의 「들어가는 말導言」 부분에서 후스는 제자학을 분석하는 데 사력을 다했고 여러 분야를 하나의 맥락으로 통합했다는 점을 들어 장타이옌을 높이 평가했다. 또 그의 「원명原名」, 「명견明見」, 「제물론석齊物論釋」 3편은 더욱 공전의 저작이라고 고평했다. 구셰강은 1926년에 『고사변古史辨』 제1책의 자서自序를 통해 캉유웨이와 장타이옌의 영향을 부각시켰다. 또 만년에 쓴 「나는 어떻게 『고사변』을 썼나?我是怎樣編寫古史辨的?」라는 글에서 "내가 가장 존경하는 사람은 왕궈웨이 선생이다"라고 강조했다. 이와 비슷한 글로는 장타이옌을 추억한 루쉰魯迅, 노신의 글과 량치차오를 추억한 정전둬鄭振鐸, 정진탁의 글, '국고 연구의 신운동'에 가담한 캉유웨이와 량치차오, 장타이옌, 옌푸, 차이위안페이, 왕궈웨이 등 12명에 대해 논한 첸쉬안퉁의 글이 있다.[20] 이 모두는 만청과 5·4 시기 학인의 관련성을 보여주었다.

후대의 역사가들은 만청과 5·4 시기 학인의 역사적 관련성을 논의할 때 대부분 이들의 학술과 정신을 함께 다룬다. 위잉스는 "5·4운동에서 구 전통의 우상을 타파하는 풍조는 청말에 있었던 금문경학과 고문경학 논쟁에서 유래하였고 그 외 전통에 반대한 수많은 논의도 캉유웨이와 장타이옌의 견해를 발전시킨 것"이라고 했다. 왕판썬王汎森, 왕범삼이 첸쉬안퉁과 우위, 루쉰, 후스, 푸쓰녠傅斯年, 부사년, 구셰강 등 신문화 운동의 투사에게 장타이옌이 어떤 영향을 미쳤는지 논의한 것도 모두 정신의 계승에 착안한 것이었다.[21] 왕판썬과 그의 스승 위잉스 모두 후스와 구셰강이 사

---

20   魯迅, 「關于太炎先生二三事」, 『魯迅全集』 6, 北京 : 人民文學出版社, 1981; 鄭振鐸, 「梁任公先生」, 『小說月報』 20卷 2號, 1929.2; 錢玄同, 「劉申叔先生遺書序」, 『劉申叔先生遺書』, 寧武南氏校印本, 1936 참조.

21   余英時, 「五四運動與中國傳統」, 『史學與傳統』, 臺北 : 時報文化出版公司, 1982; 王汎森, 『章太炎的思想(1868~1919)及其對儒學傳統的衝擊』, 臺北 : 時報文化出版公司, 1985,

학 혁명에서 세운 공헌을 각별하게 생각했다.[22]

그런데 그렇다고 해서 이런 학자들이 만청과 5·4 시기를 하나의 시대로 묶을 수 있다고 결론 내린 것은 아니다. 저우위퉁은 캉유웨이와 장타이옌의 업적을 높이 평가하면서도 동시에 중국 사학이 완전히 경학의 굴레를 벗어나 독립하게 된 것은 후스 덕분이라는 점도 강조했다. 후스가 중국의 각 학파의 학술 사상에서 장점을 모아 융합시키면서 그 위에 서구의 연구 방법을 덧씌워 새로운 모범을 확립했기 때문이라고 본 것이다.[23] 이것이 과대평가인지는 모르지만 그래도 분명한 것은, 후스시대의 학자는 확실히 전통 경학의 가법과 문호라는 한계를 벗어나 서구 학문을 수용하고 참고해서 이전 시대 사람들보다 실제에 부합하고 관용적이었다는 점이다.

실제로 5·4 시기 학자는 이전 시대의 연구 사유와 구체적인 결론을 대폭 조정하는 작업을 했다. 이런 맥락에서 자주 언급되는 것이 구세강이 캉유웨이와 장타이옌의 학설을 참고했다는 점이다. 왕판썬은 "구세강은 그들의 학설에서 어떤 부분은 가져왔고 어떤 부분은 버렸다. 캉유웨이에게서 버렸던 것은 공자를 존숭하는 정신이었고 가져왔던 것은 진위를 의심하는 논의였다. 장타이옌에게서 가져왔던 것은 공자에게 반기를 들었던 정신이었고 버렸던 것은 고문 경학에 대한 신앙이었다"라고 했다.[24] 구세강이 이렇게 높은 식견과 독창성을 갖출 수 있었던 것은 청말에 금문 경학과 고문 경학이 첨예하게 대립하면서 두 진영에서 상대방의 약점

제6장 제5절.

22   余英時,「中國近代思想史上的胡適」; 王汎森,『古史辨運動的興起──一個思想史的分析』,
      臺北 : 允晨出版公司, 1987.

23   周予同,『周予同經學史論著選集』, 增訂本, 上海 : 上海人民出版社, 1996, 542면.

24   王汎森,『古史辨運動的興起──一個思想史的分析』, 57면.

폭로에 매진한 결과 사람들이 종파를 추종하는 미망에서 벗어날 수 있었기 때문이며 더 중요한 것은 금문 경학과 고문 경학에 두루 해박한 첸쉬안퉁이 방향을 제시하고 후스가 '서구 사학 방법'을 소개했기 때문이다.[25] 구셰강을 주축으로 한 고사변 운동과[26] 만청 경학 사이의 긴밀한 관련성에 대해서는 논자들이 늘 언급해 왔다. 그 외에 철학과 문학의 변혁 및 고고학, 심리학, 사회학 등 새로운 학과의 설립도 모두 무술변법을 거쳐 뿌리내리고 5·4신문화운동 때 꽃피운 것이다.

학술 패러다임의 혁신을 논하기 위해 연구 대상을 무술변법과 5·4 시기의 학인으로 한정하려면 두 시기에서 함께 했던 것도 강조해야 하지만 이와 함께 시기의 상한선과 하한선 설정에 대해서도 설명해야 한다. 이때 상한선은 상대적으로 쉽게 정할 수 있지만 하한선은 논자에 따라 차이가 있다. 1927년 이후 중국 학계에서는 새로운 학술 패러다임이 이미 확립되었고 기본 학과 및 주요 명제가 이미 검토되었으며 20세기에 매우 큰 영향력을 미친 대학자들도 이미 등장한 상황이었다.[27] 한편으로 여론 통일, 당화교육黨化敎育의[28] 전개로 인해 만청에서 시작되었던 수많은 논의

---

25 顧頡剛의 『古史辨』 1의 「自序」와 「我是怎樣編寫『古史辨』的?」, 胡適의 「古史討論的讀後感」, 錢玄同의 「重論今古文學問題」 등 참조.

26 [역자 주] 5·4운동 이후에 顧頡剛 등은 서양의 현대적인 과학 방법인 역사적 진화의 방법으로 고대 역사를 연구하기 시작했는데 그 영향으로 옛것을 의심하고 가짜를 가려내는 사학, 경학 연구의 사조가 일어났다. 그들을 '古史派' 또는 '疑古派'라고 부른다.

27 康有爲, 梁啓超, 章太炎, 羅振玉, 王國維, 嚴復, 劉師培, 蔡元培, 黃侃, 吳梅, 魯迅, 胡適, 陳寅恪, 趙元任, 梁漱溟, 歐陽竟無, 馬一浮, 柳詒徵, 陳垣, 熊十力, 鄭振鐸, 俞平伯, 錢穆 등은 이 무렵 그들의 대표작을 쓰기 시작했거나 이미 완성했다. 湯用彤, 馮友蘭, 金岳霖, 張君勱 등도 자신의 학문적 성과를 토대로 대학에서 강의를 하기 시작했다. 20세기 중국인 문학과(사회과학은 논외로 한다)의 대학자 중에는 당시에는 그렇게 유명하지 않은 사람도 물론 있었지만 그 수가 그렇게 많지는 않았다.

28 [역자 주] 남경국민정부에서 국민당의 지도적 지위를 강화하고 삼민주의(민족, 민권, 민생)를 가르치는 것을 목적으로, 1927년 이후부터 시행한 교육제도이다.

와 다원적 사유의 국면들도 더 이상 존재하지 않았다. 그 대신 확고한 입장과 선명한 기치를 든 당파와 사상에 관한 논쟁이 중심이 되었고 20세기 중국 학술은 새로운 시대로 접어들었다.

2. 서구학술을 수용할 것이냐, 전통문화를 발굴할 것이냐

만청과 5·4 시기 학자들이 만든 새로운 패러다임을 어떻게 설명할 것인가는 실로 어려운 문제이다. 그 특징을 말하자면 일단 경학시대에서 벗어났고 이제는 유학이 중심 자리에서 비켜났다. 계몽주의가 전면에 나왔고 과학적 방법을 제창했다. 학술이 분화되어 발전했고 중국 학술과 서구 학술이 하나의 맥락 속에서 융합되었다. 이렇게 복잡한 상황이 된 이유는 사조가 요동치고 개인이 재능을 발휘할 기회를 만날 수 있었기 때문이기도 하지만 학술 전개의 내재적 방향성 때문이기도 했다. 여기에 더해 당시 학자들은 새로 유입된 서구의 조류와 구학문 사이의 간극과 긴장을 어떻게 조율할 것인가 하는 매우 어려운 문제도 직시해야 했다.

서구의 학술 조류에 대한 만청 사람들의 견해는 구학문과 마찬가지로 다양하고 엇갈렸다. 곧 서구 학술 조류를 어떻게 볼 것인가 하는 것은 구학문을 어떻게 정의하느냐와 결부되어 있었다. 서구학술의 수용을 주장하는 학자와 전통문화의 발굴을 주장하는 학자들은 서로 적대적인 경우가 많았지만, 이 당시의 상황을 이해하려면 이 둘을 모두 알아야 한다.

이 둘 중에서 서구학술의 수용이 더 대세였고 더 이목을 끌어서 서구 조류에 회의적인 사람들조차 공개적으로 반대한다고 말할 수 없는 상황이 되었다. 청일전쟁의 패배에 대한 반성에서 5·4운동의 발발까지 중국에서 서구화는 사람들을 놀라게 할 정도로 매우 빠른 속도로 진행되었다. 당시 지식인들에게 서구 학문은 '신지식'이었고 중국 변혁의 동력과 희망은 서구 학술을 전파하고 참고하는 것이었다. 맹렬하게 퍼지는 서구화를 제어하려는 극단적인 보수파도 있었다. 하지만 『국수학보國粹學報』를 발간했던 사람들처럼 서구학술의 장단점을 잘 알고 있으면서 동시에 중국 전통문화에 신념을 가진 경우도 있었다.

『국수학보』 제7기에는 "국수라는 것은 서구화를 도와서 더욱 드러나게 하려는 것이지 서구화에 대적하여 자기를 방어하려는 것이 아니다. 진짜 애국자라면 잠시라도 국수에서 떨어져서는 안 된다"는 글이 실려 있다.[29] 이렇게 사실을 왜곡하면서까지 해명한 이유는 당시 신학문을 하던 사람들이 '서구화'를 '신지식'과 동일시했기 때문이다. 실제로『국수학보』의 창간 취지는 "우리나라가 나라답지 못한 것이 안타깝고 우리 학문이 학문답지 못한 것이 안타깝다"였고, 그때 비판대상이 된 것이 바로 "서구화 광풍"이었다.[30]『국수학보』의 주편主編 황제黃節, 황절와 정스鄭實, 정실의 글이 그 예이다. 황제는 "자기 나라의 주인이 아니라 다른 나라의 노예인 자는 '국노國奴'이고, 자기 학문의 주인이 아니라 다른 나라 학문의 노예인 자는 '학노學奴'이다"라고 했다. 정스는 선진시대 제자백가를 재조명하여 "조국의 광명을 드날리고" 나아가 "아시아 고학古學의 부흥"을 실현할 것을 소망했다.[31] 이들의 논리는 서구 학술의 조류를 따르는 것보다 '고학'을 부흥시켜야 더욱 신지식을 얻을 수 있다는 것이었다. 물론 개인적

---

29 許守微, 「論國粹無阻于歐化」, 『國粹學報』 7, 1905. 8.
30 黃節, 「『國粹學報』叙」, 『國粹學報』 1, 1905. 2.
31 黃節, 위의 글; 鄭實, 「古學復興論」, 『國粹學報』 9, 1905. 10.

인 의견이었지만 그 깃발 아래로 사람들이 몰려들었다. 그중에는 장타이엔, 류스페이劉師培, 유사배 등 무시할 수 없을 만큼 중요한 학자들도 포진해 있었다.

"본보『국수학보』에서는 서구 학술 중에서 새로운 이론과 탁월한 식견으로 중국 학술을 증명할 수 있는 것들을 모두 서술할 것"이라고 했어도 『국수학보』는 여전히 "국학을 밝히고 국수를 보존하는 것을 목표로 삼았다."[32] 청일전쟁 패배 이후 "서구풍에 심취해서 유학은 버려도 되겠다"고 생각하는 것이 보편적인 경향이었고 서구 학문을 주장하는 사람들의 기세도 대단했다. 그래서 "옛사람을 그리워하고 그들의 덕을 드러내려고" 했던 정스 같은 사람들은[33] 시대착오적으로 보였다. 그러나 만청의 『국수학보』에서 1920~1930년대의 『학형學衡』과 『제언制言』, 다시 1990년대 조용히 부상했던 '국학열國學熱'에 이르기까지 20세기 중국은 서구학술의 수용이라는 흐름만 있었던 것은 아니다.

1923년 1월 신문화 운동의 중심인 북경대학에서 만든 『국학계간國學季刊』에서는 '국고정리'의 세 가지 원칙을 제시했다. 그 내용은 "역사적 관점으로 국학 연구의 범위를 확대한다", "체계적인 정리를 통해 국학 연구의 자료를 계열화한다", "비교 연구를 통해 국학 자료의 정리와 이해를 돕는다"였다.[34] 후스가 초안을 잡은 이 '선언'은 '국고'와 '국수'의 구별을 강조하고[35] 국학의 영역을 확충했는데, 그보다 더 중요한 것은 비판의식이 있었다는 점이다. "학문 이론 수입"과 "국고 정리" 모두를 중시하는 것은

32   『國粹學報』 1의 「『國粹學報』略例」 참조.
33   鄭實, 「國學保存會小集叙」, 『國粹學報』 1.
34   胡適, 「『國學季刊』發刊宣言」, 『胡適文存』 2, 上海 : 亞東圖書館, 1924.
35   [역자 주] 후스는 중국 과거의 모든 학술과 사상을 '國故'라고 부를 수 있으며 '國故'에는 '國粹(고유문화의 정수)'와 '國渣(고유문화의 찌꺼기)'가 포함된다고 했다.

본래 '신사조'의 중요한 특징이었다.[36] 그렇지만 구체적인 상황에서는 그 중 하나만 고집하여 상대를 공격하기 일쑤였다. 신문화인들은 대부분 '복고파'를 경계했기 때문에 '국고 정리'에 동의하지 않으려고 했다. 천두슈 陳獨秀, 진독수처럼 국학을 매도하는 사람은 드물었지만 우려하는 사람들도 많았던 것이다.[37] 5·4신문화운동을 겪은 뒤 나중에 국학 연구에 종사한 학인들도 있었다. 그러나 서구 학문을 철저하게 배척하고 진정한 '국수파'가 된 사람은 거의 없었다.

국고정리를 주장했다는 점은 같았지만『국수학보』와『국학계간』의 방향성은 매우 큰 차이가 있었다. 과거의 사상과 학설을 비판할 것이냐, 아니면 최대한 "이해를 바탕으로 동정심을 가질 것"이냐가 문제였다. 관건은 중국 전통문화의 가치를 어떻게 보고 있느냐였다. 서구화의 대표주자 후스는 내부 불만을 잠재우기 위해 자신이 "요물을 잡고", "귀신을 때려잡기" 위해 낡은 종이더미에 파묻혀 있다고 강조했다. 후스는 국고정리의 목적이 "신비한 것을 진부한 것으로, 기묘한 것을 평범한 것으로 만드는 것"이라고[38] 했다. 그런데 이것은 그가 최대한 거리를 두려고 했던 '애국주의 역사학'처럼 결론을 미리 내린 것이었다. 어떻게 보면 이것은 전통에 대항한 5·4 신문화인의 난처함, 곧 복고파와 다르다는 것을 입증해야 했기 때문에 대놓고 중국 전통문화의 정수를 발굴하고 내세울 수 없었던 불편한 심경을 대변한 셈이었다.『국학계간』에 수록된 글을 보면 서구 학문으로 중국문화를 재단하는 경향이 보인다. 이것은 완벽하게 피하기는

---

36   胡適, 「新思潮的意義」, 『胡適文存』 1, 上海 : 亞東圖書館, 1921.

37   陳獨秀, 「國學」, 『陳獨秀文章選編』 中, 北京 : 三聯書店, 1984; 魯迅, 「所謂'國學'」, 『魯迅全集』 1, 北京 : 人民文學出版社, 1981; 郭沫若, 「整理國故的評價」, 『創造週報』 36, 1924.1; 茅盾, 「進一步退兩步」, 『茅盾全集』 12, 北京 : 人民文學出版社, 1989 참조.

38   胡適, 「整理國故與'打鬼'」, 『現代評論』 第5卷 119期, 1927.3.

어려운 함정 같았다. 20세기 중국 학계는 여전히 옛것을 의심하는 것이 주류였다. 옛것을 믿는 것이 주류가 아니었던 것이다.[39]

전통 학문과 서구 학문, 옛것에 대한 믿음과 회의, 서구 학문에 대한 방어와 복고에 대한 비판처럼 완전히 대립하는 논리 구조에서는 평정심을 가지고 상대방의 합리적인 부분을 찾아내기 어렵다. 그래서 20세기 중국 학자들은 모 아니면 도라는 논리를 초월하여 동양 학문과 서양 학문을 절충하려고 애썼다. 왕궈웨이는 "학문에서 옛것과 새로운 것, 중국과 서구, 유용함과 무용함을 따지지 말자"고 했다.[40] 이 주장은 지극히 옳지만 현실적이지 않다. 이보다는 차라리 "옛사람의 학설을 이해한 뒤 공감하는 마음으로 글을 써야 한다"고 한 천인췌와 "우리나라의 이전 역사를 온정 어린 시선으로 바라보자"고 했던[41] 첸무처럼 목표를 내세우는 편이 낫다. 20세기 중국 학계의 주류가 전통에 대항하고 이단을 찬양하는 것이었다는 사실을 모른다면 천인췌와 첸무가 시국에 대한 깊은 우려 때문에 이런 주장을 했다는 사실을 이해하기 어렵다. 당시 사조를 보면 맹목적으로 복고를 주장하는 '애국적 광인'이 없지 않았다. 그렇지만 이때 학술계의 가장 큰 문제는 서구 학문으로 중국문화를 재단하는 것이었다.

장타이옌은 『국고논형國故論衡』에서 유명한 말을 남겼다. 이 말은 이후

---

39 馮友蘭은 「中國近代硏究史學之趨勢」, 「近年史學界對于中國古史之看法」 등의 글에서 헤겔의 '정, 반, 합 변증법'을 가지고 당대 중국 사학을 '信古派', '疑古派', '釋古派'로 나누었는데 당시 사람들은 각자 자신을 그중 하나로 분류했다. 이 사건의 당사자인 顧頡剛은 만년에 「我是怎樣編寫『古史辨』的?」에서 이견을 제시했는데, 그 이유는 '의고파'는 '믿는 것이 있어서' 의심을 하게 되는 것이라 하나의 계파를 이룰 수 없기 때문이라고 했다. 내가 보기에 이렇게 3단계의 변증법으로 세 파를 나누는 설은 매우 의심스럽다. 구분을 한다면 "옛것을 해석할 때" 믿거나 의심하는 경향이 있을 뿐이다.

40 王國維, 「國學叢刊序」, 『王國維遺書』 4.

41 陳寅恪, 「馮友蘭中國哲學史上冊審査報告」, 『金明館叢稿』 2, 上海 : 上海古籍出版社, 1980; 錢穆, 『國史大綱』, 臺北 : 商務印書館, 1974, 1면.

논의에서 늘 인용되었다.

　　엿기름과 술지게미는 맛은 달라도 둘 다 맛있다. 지금은 서구가 중국에 기대지 않듯이 중국도 서구에 기대서는 안 된다.[42]

　　문화의 다원성을 주장했던 장타이옌 선생은 겉으로는 공정한 것처럼 보였다. 그러나 서구 학문이 물밀듯이 밀려오는 상황에서 이렇게 말한다면 분명히 열세에 놓인 중국 전통문화를 옹호하는 입장이었을 것이다. 허린 역시 비슷한 맥락에서 이렇게 말했다.

　　옛것에서 새것을 발견하는 것을 진부한 것에서 새로움을 얻었다고 한다. 반드시 옛것에서 새로운 것을 얻어야 역사성도 있고 연원도 있는 새로움이 될 것이며 그래야 진짜 새로운 것이라고 할 수 있다. 다채롭게 보이지만 세상을 속이고 신기하기만 한 새로움은 잠시 유행하는 것일 뿐 진짜 새로운 것이라고 할 수 없다.[43]

　　"복고로 탈출구를 찾았던"[44] 청학과 달리, 수많은 현대 중국 학자들은 "옛것에서의 새로움"을 강조할 때 대상이 아니라 가치를 염두에 두었다. 물론 압도적인 서구 학문에 비해 중국 학문은 무너져가고 있다는 현실적인 이유도 있었다. 그렇지만 더 큰 원인은 천인췌가 말한 문화적 이상에 보편적으로 공감했기 때문이었다.

42　章太炎, 「原學」, 『國故論衡』, 上海：大共和日報館, 1912.
43　賀麟, 「五倫觀念的新檢討」, 『文化與人生』, 北京：商務印書館, 1988, 51면.
44　梁啓超, 『淸代學術槪論』, 제2절 참조.

체계적인 사상을 이루면서도 새로운 성과를 얻으려면 반드시 외래 학설을 수용하면서도 민족의 지위를 잊지 말아야 한다. 이렇게 상반되면서도 상보적인 이 두 가지 태도가 도교의 참된 정신이자 신유가의 전통적인 방식이었으며 2천 년간 우리 민족과 타민족의 사상이 교류한 역사에서 보여준 것이다.[45]

중국 학과와 외국 학과, 옛 대상과 지금 대상, 새로운 방법과 옛 방법이라는 문제보다는 밀려오는 서구의 비바람 속에서 날로 쇠락하는 중국 전통에 대해 믿음을 가지느냐가 핵심이었다. "외래 학설을 수용하자"는 이 시대의 지배적 학설이었고 그 가치와 의의는 말할 필요도 없었기에 모든 주장은 결국 민족의 위상을 잊지 말아야 한다로 귀결되었다.

이런 주장은 너무 수구적인 느낌이므로 여기에 대해 약간의 설명을 덧붙이려고 한다. 서구 학문의 유입은 대세였다. 장타이옌 같은 사람들이 구학문의 문제점을 개선하려고 해도 사그라드는 학문을 부지하는 수준에 불과했다.[46] 장타이옌도 이 점을 잘 알고 있었다. 그는 서학을 국학으로 대신하겠다는 야심도 없어서 자기 방어 기제였다고 할 수도 없다. 또 앞에서 언급한 사람들은 중국문화를 연구하는 인문학자였고 직업적 특성상 정신을 수호하고 습속과 유행에 저항하는 경향이 있었다. 그래서 중국 전통에 대해서도 진보와 효율을 중시하는 과학자들과는 확실히 달랐다. 게다가 후대에 '국학 대가'나 '문화 보수주의자'로 분류된 학자들은 서구 학문을 깊이 있게 이해했고, 동양과 서양을 비교하면서 종횡무진으로 논의를 전개하지는 않았지만 '고학'을 논의할 때 청대 유학자와는 큰 차

---

45 陳寅恪, 『金明館叢稿』 2, 252면.

46 章太炎의 「救學弊論」과 「國學會會刊宣言」(『章太炎全集』 5, 上海 : 上海人民出版社, 1985) 참조.

이가 있었다. 마지막으로 "신지식에 서구 학문만 있는 것은 아니다"라고 강조했던 이유는 만청의 '고학 부흥'을 역사적으로 재해석한 면도 있었지만 이와 함께 중국 현대 학술의 건립이 서구 학문이 유입되어 전개되는 양상만은 아니었다는 것이다. 이것은 이 책의 기본적인 논지이기도 하다.

3. 전문가의 길로

만청 독서인의 신분과 지위가 '진사'에서 '유학생'으로 급변하게 되자 이들의 자기 정체성에서 문제가 생겨났다. 20세기 중국문화 발전에서 과거제도 폐지는 가장 큰 사건이었다. 이것은 교육과 학술 체제의 전환이면서 동시에 문인 학자의 생계수단이 달라져야 한다는 의미였다. "세상에 나아가지 않으면 백성들은 어떻게 하나?"라는 숭고한 사명감을 가졌던 '제왕의 스승'들이 이제 어느 한 분야만 잘하는 전문가가 된 것이다. 대부분의 독서인은 이 사실을 받아들이기 힘들었다. 개인적인 공명심과 "군주를 요순 수준으로 끌어 올리겠다"는 위대한 포부는 둘째 치고, 이제 다방면으로 박식한 사람을 높이던 분위기에서 한 분야에 전문적인 사람을 높이는 분위기로 당시 상황과 학술 기풍에 변화가 일어난 것이다. 생사가 달린 격변기에서 기존의 학파나 가법 간의 논쟁은 아무것도 아니게 되었다. 중국 현대 학자들이 전문가가 되려면 몇 개의 주요 관문을 통과해야 했는데 첫 번째가 학술과 정치, 두 번째가 학과와 학문 방법, 세 번째가 수업과 학문 전수, 마지막이 학술과 사람됨의 관계 변화였다.

이런 어려운 문제에 대해 량치차오는 『청대학술개론』에서 "캉유웨이와 량치차오는 계몽기에 '경세치용'을 한다는 생각으로 경술로 자신의 정론을 설명하려고 했다. 그러나 그러다 보니 경학을 위해 경학을 연구한다는 의도가 흐려졌다"고 했다. 이 책에서 말한 어려움은 캉유웨이와 량치차오만의 문제가 아니었다. 만청 학계에서 벌어진 논쟁은 여러 가지였다. 황제 제도를 유지할 것인가 타파할 것인가 하는 정치적 문제, 금문경학과 고문경학을 지지하는 문호와 가법의 문제, 중국 학술과 서구 학술에서 무엇을 우선할 것인가 하는 문화적 이상의 문제가 있었다. 여기에 다시 이 셋과 다 관련이 있는 '실사구시와 경세치용' 간의 논쟁도 있었는데, '실사구시와 경세치용'은 추상적이고 모호한 특징과 특정한 시공간에 구애되지 않는다는 점 때문에 20세기 중국 학계의 공통 화제가 되었다.

고대 중국의 독서인은 관료이자 학자였고 이들이 추구했던 것은 정치와 학문의 통일이었다. 그러나 이런 지식 전통은 만청 이후 강력한 도전에 응해야 했다. 1898년 7월에 옌푸는 「학문과 정치를 분리해야 한다論治學治事宜分二途」라는 글을 발표하여 지식인은 독서하여 관리가 되고 임금은 재야에 남아있는 현인이 없도록 하는 것을 이상적인 상태라고 본 과거를 비판하고 정치와 학문의 분리를 강조했다.

나라가 개화될수록 직업이 세밀하게 분화한다. 학문과 정치가 이렇게 중요한데 어떻게 분리하지 않을 수 있겠는가![47]

경술을 정론으로 삼는 것의 득실을 가지고 논쟁했던 캉유웨이와 장타이옌에 비한다면 학문과 정치의 분리가 문명 개화의 표지라고 주장한 옌푸가 더 고수인 것도 같다. 신학문을 하는 대부분의 사람들은 전통적인

47　嚴復, 『嚴復集』 卷1, 北京 : 中華書局, 1986, 89면.

경학에 독립성이 없어서 사상의 도구로 전락한다고 지적했고 학술 본연의 사명과 존엄을 강조했다. 허린의 말을 빌린다면 "학술에 독립적이고 자유로운 자각이 생겨서", "당시 혼탁한 정치에 반대했으며", "국가 문화의 명맥을 이어나갈" 수 있게 되었던 것이다.[48]

학술이 정치의 근본이라는 이념이 있었기 때문에 어떤 사람은 20년간 정치를 논하지 않고 사상 문화의 구축에 전념했고, 어떤 사람은 학술의 독립을 주장하면서 정치에 물들지 않은 학술의 독자적인 영역을 확보해 미래 중국이 나아갈 방향에 영향을 미칠 것을 소망했다.[49] 신해혁명 이후 슝스리熊十力, 웅십력와 황칸黃侃, 황간, 천위안陳垣, 진원 등은 정계에서 물러나 학문 연구에 전념했다. 이것은 이들의 성향이나 재능 때문이기도 했지만 이들이 정계와 시대를 어떻게 판단했는가에 따른 결과였다. 5·4신문화운동 이후 "대학은 심오한 학문을 연구하는 곳"이라고 한 차이위안페이의 말은 사람들의 마음을 파고들었다.[50] 그 결과 오랫동안 당연하게 생각했던 "공부를 잘하면 관료가 된다"라는 신화는 완전히 사라졌다.

차이위안페이는 자신이 대학 교육을 개혁하고 더 나아가 과거제도가 있었던 시대의 저열한 근성을 뿌리 뽑았다고 자부했다.[51] 이것이 관리가 되어 돈을 벌겠다는 미망에 사로잡힌 속물적인 학생을 비판한 것이었다면 누구도 토를 달지 않았을 것이다. 그러나 이것이 정치와 학술이 결합된 전통에 대한 비판이라면 단순한 문제가 아니었다. 실사구시와 경세치용 중에서 하나를 선택해야 했던 장타이옌이나 정치와 학술 사이에서 배

48 賀麟, 「學術與政治」, 『文化與人生』, 252면.
49 胡適, 「我的岐路」, 『胡適文存』 2, 上海 : 亞東圖書館, 1924; 賀麟, 위의 글.
50 蔡元培, 「就任北京大學校長之演說」, 『蔡元培全集』 3, 北京 : 中華書局, 1984.
51 蔡元培, 「我在北京大學的經歷」, 『東方雜誌』 31卷 1號, 1934.

회했던 후스를 보면 이것이 사소한 문제가 아니라는 느낌이 들 것이다. 20세기 중국에서 여러 차례 학문을 위한 학문 연구라는 깃발을 올렸지만 많은 사람들의 환영을 받지 못했다. 그 이유는 이 자체에 논리적 결함이 있었기 때문이다. 그러나 더 중요한 이유는 자기의 바른 지식을 가지고 정치에 참여하고 싶어했던 지식인들의 바람을 저버렸기 때문이었다.

이 문제에서는 각자의 지향도 존중해야 한다. 그래야 모 아니면 도라는 흑백 논리나 주인 아니면 노예라는 독단으로 빠지지 않는다. 또 다양한 학과의 전문가는 현실 정치와 긴밀하게 관련을 맺을 수도 있고 그렇지 않을 수도 있으므로 싸잡아 말할 수 없다. 예를 들어 정치 참여라는 점에서 언어학자 자오위안런趙元任, 조원임과 불교사학자 탕융퉁湯用彤, 탕용동, 경제학자 마인추馬寅初, 마인초, 정치학자 장쥔리張君勱, 장군려는 참여의식과 능력에서 매우 달랐다. 박학한 '통유通儒'로 자처하지 않아도 대학자들은 대개 가르치는 곳이나 공부하는 서재를 넘어 폭넓게 세상을 보며 나름의 정치적 견해를 가지고 있다. 이들 간에 차이가 있다면 명확하게 글로 쓰느냐 아니면 글로 쓰지 않고 억누르고 있느냐일 뿐이었다.

급격한 전환기에서는 완전히 반대되는 학문이라고 하더라도 각자의 합리적인 존재가치를 지니고 공존할 수 있었다. 전문화로 가는 추세에서 학과의 설립은 고무적인 일이었고 학과의 경계를 넘나드는 것도 가치가 있었다. "모르는 것이 하나라도 있으면 유자로서 수치"였던 전통 학문과는 달리 현대 학문에서는 협업과 분화를 중시한다. 청대 유자가 경서 하나만 연구하는 것과 현대 학자가 분야 하나를 연구하는 것은 함의가 전혀 다르다. 현대 학자가 어떤 분야를 연구한다는 것은 연구 영역의 확대와 함께 지식의 유형이 변했다는 뜻이다. 대학 및 중등교육 과정이 설립되자 '신학문 지식'은 반드시 분야가 세분화되어야 한다는 관념이 급속도로 퍼졌다. 만청 이후 독서인은 해외에 나간 적이 없는 사람들조차도 지식 구조라는 측면에서 이전 사람들과 확연하게 달라졌다. 가장 중요한 것은 지식 체계의 구축이었다.

중국 학술과 서구 학술의 병존, 문·사·철의 분화만으로도 20세기 초 중국인들은 혼란스러울 지경이었다. 막 수입되었지만 앞으로 유망할 경제학과 정치학, 사회학, 심리학 등의 새로운 학과는 넣지도 않은 상태인데도 그랬다. 이런 복잡한 상황에서 두 가지 중요한 방향성이 나타났다. 하나는 새로운 학과의 건립과 개척이었다. 후스와 루쉰은 각각 『중국철학사대강』과 『중국소설사략 中國小說史略』을 쓰고 북경대학에서 강좌를 개설하여 새로운 길을 열었다. 다른 하나는 풍부한 학식과 예민한 직관으로 매우 단단한 것처럼 보였던 학과의 경계를 부수고 깨뜨린 것이었다. 장타이옌은 '철학'에 선진시대 제자백가를 넣는 것이 맞지 않다고 보았다.[52] 장타이옌과 후스가 중국 학술 사상사를 어떻게 설명했는지 대비해 보면 학과의 경계를 정하는 것이 실제로는 연구방법과 결부된 문제임을 알 수 있다.

연구 방법에서 후스가 단적인 예이다. 그의 저술은 모두 방법론에 대한 것이기 때문이다. 만년에 구술한 자서전에서 후스는 '연구 방법'이 자신의 40여 년간 모든 저술에서 가장 핵심이었다고 했다.[53] 많은 전문가들은 간편하면서도 만능인 후스의 '과학적 방법'에 시종일관 회의적이었지만, "대담한 가설과 신중한 입증"이라는 슬로건은 가장 널리 퍼졌고 매우 깊

52 章太炎, 曹聚仁 記述, 『國學槪論』, 香港 : 學林書店, 1971; 章太炎, 『章太炎先生國學講演錄』, 南京 : 南京大學刊本, 1980 참조.
53 胡適, 「『胡適文存』序例」, 『胡適文存』 1, 上海 : 亞東圖書館, 1921; 胡適, 『胡適口述自傳』, 北京 : 華文出版社, 1992, 105면 참조.

은 영향력을 가진 방법론이 되었다. 후스의 이 말이 널리 퍼질 정도로 최근 100년간 중국에서 '방법론에 대한 열망'이 사그라들지 않았던 것이다. 이 점은 후스의 슬로건 자체의 장점과 단점보다 더 중요하다. 슝스리는 이 점에 대해 상당히 치밀하게 논의했다.

5·4운동 즈음 후스 선생이 과학적 방법을 제창했는데 이것은 매우 중요하다. 반면 옌푸 선생이 번역한 『명학천설名學淺說』은[54] 널리 알려지지 않았다. 후스가 열심히 알린 뒤에야 청년들이 모두 논리가 중요하다는 것을 알게 되었고 청말 민초에 비해 글쓰는 방식도 크게 달라졌다. 다만 후스의 주장은 고거考據에서나 효과를 거두었고 철학 분야에서 참지식, 신중한 사고, 명료한 변론이라고 할 만한 것은 별로 없었다. 사상계가 날로 천박해지고 잡다해지면서 바른 지식과 바른 견해를 가지게 할 방법이 사라졌고 깊이 있는 연구도 논의할 수 없게 되었다.

슝스리는 철학은 지혜의 학문이자 정신의 학문이고 인생의 근본적 문제를 해결하는 학문이라고 보았다. 따라서 다양한 방법을 흡수하여 진리를 궁구해야 했다. 고거는 "철학가의 여기餘技"일 뿐이었다. 현대 중국의 교육 체제에서 학자는 자기 영역만 연구하면 되므로 전체를 보는 식견과 깨달음이 없었고 전체를 포괄할 수 있는 원리가 없었다. 그러다 보니 모든 문헌이 고거 자료 정도로 간주되었다.[55] 슝스리는 철학을 철학사로 등

---

54 [역자 주] 원서는 영국의 경제학자이자 논리학자인 William Stanley Jevons(1835~1882)의 *Primer of Logic*이다.

55 熊十力, 「紀念北大五十周年幷爲林宰平先生祝嘏」, 『國立北京大學五十周年紀念一覽』, 1948.

치시킨 호적을 비판한 것이었다.

문자 훈고에서 철학적 이치를 찾는 것에 대한 비판은 겉으로는 캉유웨이가 처음 내세운 도발적인 주장과 비슷해 보인다. 그러나 여기에 "철학은 천문학이 아니다"라는 구절을 추가하자 이 비판은 현대 학과 설립을 반성하는 것이 되었다. 장타이옌은 학과가 다르다면 연구방향과 연구방법도 달라야 한다고 보았다. "경학은 유추와 원류 찾기를 통해 진보해야 하고", "철학은 직관과 자득으로 진보해야 하며", "문학은 정에서 출발하여 뜻에서 그치는 것으로 진보해야 한다"는 것이다.[56] 모든 학문의 평가 기준을 근거를 통해 증명할 수 있는가에 귀결시켜서 과학적 정신과 청대 유자의 가법을 융합하겠다는 (후스의—역자 주) 망상에는 실증사학으로 천하를 통일하겠다는 야심도 있었다. 장타이옌과 슝스리 간의 논쟁은 후스가 내세운 '방법'을 어디까지 적용할 것인가 하는 문제처럼 보였지만, 실제로는 문화전통의 존중과 연구 대상에 대한 배려, 내부주관와 외부객관의 구분을 망라했다. 밖에서 보는 것과 안에서 겪는 것은 가는 길이 달랐기 때문에 결론도 판이하게 다를 수밖에 없었다. 원래 철학과 과학은 둘 다 매우 중요한 가치가 있었지만 과학이 20세기 중국 학계에서 너무나 높은 위치에 있었기 때문에 실증할 수 없는 주관적인 학문인 철학은 위축될 수밖에 없었다.[57]

---

56 章太炎(1971), 앞의 책, 제5장「國學之進步」참조.
   [역자 주] 원문은 '發情止義'로, 공자가『시경』「關雎」를 평가한 "發乎情, 止乎禮義"에서 가져온 것이다. 시는 사람의 정감을 표현하되 그 표현은 유가의 도덕규범으로 절제해야 한다는 주장이다. 경학과 철학, 문학의 방향성과 방법에 대한 내용은 장타이옌, 조영래 역,『중국학 개론』, 커뮤니케이션북스, 2011 참조.

57 章太炎이 1906년에 발표한「諸子學略說」(『國粹學報』 제2년, 8·9호)에서는 문헌의 차이를 고구하는 경학과 사학을 객관적 학문이라고 하고 의리를 탐구하는 제자학을 주관적 학문이라고 하면서 이 둘은 각기 논리와 평가 기준이 다르다고 했다.

현대 학과가 건립되면서 원래 있던 '문호'와 '가법'의 역할은 미미해졌다. 이제 오히려 학과 간의 차이와 이로 인해 싹튼 '오만과 편견'이 학술 발전에 큰 걸림돌이 되었다. 후스와 『중국철학사대강』을 둘러싼 일련의 논쟁으로 중국과 서구, 안과 밖, 역사와 철학, 문과와 이과 등 서로 다른 학술 층위의 차이가 두드러졌다. 그중에서 완전히 피할 수 없는 개인 간의 기싸움을 제외한다면 현대 중국 학술 발전의 여러 가능성도 충분히 드러났다.

현대 중국 학술에서 대학 제도의 건립은 매우 중요하다. 과거제도 폐지가 독서인이 벼슬하는 길을 차단했다면, 신학문의 확산은 학술 패러다임 변화의 핵심이었다. "과거를 하루만 실시해도 사인들은 모두 운 좋게 급제하려는 마음을 갖게 될 것이며 (…중략…) 학당은 크게 흥할 가망이 없다"는 말에 깨달음을 얻은 청 조정에서는 어쩔 수 없이 1905년에 과거제도를 폐지하고 학교를 설립하라는 명령을 내렸다.[58] 이보다 앞서 공포한 「학교교육과정 설치 및 관리에 관한 법령奏定學堂章程」1903으로 신교육이 제도적으로 제대로 확립되었고, 이후의 「대학령大學令」과 「전문학교령專門學校令」1912에서는 개인 및 사단법인도 대학 또는 전문학교를 설립할 수 있다고 규정해서[59] 고등교육의 빠른 발전을 촉진시켰다. 경사대학당京師大學堂에서 북경대학北京大學으로 바뀌기까지, 관립 고등교육은 매우 빠른 속도로 무르익었고 사립대학과 기독교 계열 대학이 대거 출현함으로써 중국의 고등교육은 '국자감國子監'에서 완전히 벗어나게 되었다.

58 舒新城 編, 『中國近代敎育史資料』 上, 제1장 제1절 「改革科擧制度」(北京 : 人民敎育出版社, 1961) 참조.
59 舒新城 編, 『中國近代敎育史資料』 中, 北京 : 人民敎育出版社 1961. 또 청말의 개인의 강학은 중등 단계 이하의 학당으로 한정되었다. 다만 교회에서 설립한 학교는 예외였다.

20세기 중국에는 관립대학도 있고 사립대학도 있었지만, 교육 체제로 보면 모두 서구식이었다. 1902년의 「흠정경사대학당장정欽定京師大學堂章程」과 1913년의 「교육부에서 공포한 대학에 관한 규정教育部公布大學章程」은 '강령'에서 차이를 보였을 뿐 학과 구분과 과정 설립은 거의 비슷했다. 시기도 다르고 지역도 다른 여러 대학의 경우 교사의 역량과 사회적 분위기가 달라서 전수받은 지식과 그 지식의 방법론 및 방향성에 큰 차이가 있을 수 있었다. 그렇지만 예전의 서원 과정과 비교한다면 그 차이는 미미했다. 서구화가 가장 철저하게, 가장 성공적으로 대학 교육에 적용되었던 것이다. 학과의 설립과 커리큘럼, 논문 쓰기, 학위 평가 등이 서로 단단하게 맞물려 이미 천하 영웅들은 자기도 모르는 사이에 전혀 다른 출신이 되었다. 이런 서구 학술의 패권에 대해 항의할 수도 있고 도전할 수도 있겠지만 이 신성한 대학이라는 전당에 발을 디딘다면 이 통제에서 완전히 벗어날 수는 없을 것이다.

이런 점 때문에 학문의 폐단을 고치려고 했던 장타이옌과 마이푸馬一浮, 마일부 등은 전통적인 서원 강학을 고수했다. "우리나라 학문의 본원을 밝혀 학자들이 자유롭게 연구하게 하고 박학한 통유를 양성함으로써 스스로 터득하는 경지에 나아가게 하는 것"이 목적이었다.[60] 장타이옌의 국학 강연회든 복성서원復性書院, 면인서원勉仁書院이든 서원 경영의 실효성으로 보면 성공했다고 할 수 없다. 그러나 중국 고등 교육의 또 다른 가능성을 보여줬다는 점에서 의의가 있다. 이 점은 슝스리가 1950년대에 발표한 두 편의 중요한 글로도 확인할 수 있다. 「육경 논의에 대해 벗에게 보내는 글與友人論六經」에서 슝스리는 내학원內學院과 지림도서관智林圖書館,

---

60   장타이옌의 강학은 이 책의 제2장 참조. 馬一浮가 만든 復性書院에 대해서는 馬鏡泉·趙士華, 『馬一浮評傳』, 南昌 : 百花洲文藝出版社, 1993, 제12장 참조.

면인서원을 부활시키자고 했다. "서구화의 영향으로 우리 고유의 학술 사상이 점차 사라지는" 상황을 비판한 것이다. 서구식 대학을 전통 서원으로 대체하자는 것이 아니었다. 서구식 대학이 천하를 통일한 상황에서 전통 서원으로 문제를 해결하고 다양성을 부여하고자 했던 것이다. 슝스리의 주장은 표면적으로는 국학 보존이 목적처럼 보였지만 사실상 매우 중요한 문제였다. 「장강릉張居正을 논하는 문제로 벗에게 보내는 글與友人論張江陵」에서 슝스리는 장거정張居正이 "리학자의 공소함을 미워해서 강학을 금하고 서원을 없앤 것"에[61] 불만을 표시했는데 이런 이유에서였다.

    학술 사상에서 정부는 주류를 제시할 수는 있지만 학술계의 자유로운 연구와 독립적이고 창조적인 기풍을 저해해서는 안 된다. 정부가 과도하게 조치하면 학술 사상이 폐쇄적으로 흐르게 된다. 그러면 정치 제도가 어떻게 발전하고 새로워질 수 있겠는가?

    슝스리는 교육과 학술, 정치를 연결시켰고 특히 "자유로운 연구, 독립적이고 창조적인 것"의 의의를 강조했다. 이것은 북경대학 총장 차이위안페이의 교육이념과 매우 잘 맞았다. 실제로 1920년대 초 북경대학과 청화대학에서는 연달아 연구기관을 만들었고 1920년대 말에는 중앙연구원中央研究院을 설립했다. 모두 중국과 서구의 교육과 학술 전통을 조율하려고 노력한 것이다.

---

61 [역자 주] 명대의 정치가 張居正은 江陵縣(현재의 호북성 荊州市) 출신이므로 '장강릉'이라고도 불렸다. 명대 서원에서는 정치 활동이 활발하게 이루어졌는데 장거정은 당시 서원에서 조정을 의론하고 자신의 개혁조치들을 비판하자 개인이 서원을 설립하고 조정을 의논하는 것을 금지시켰다. 이 조치로 당시 가장 활발하게 활동하던 泰州學派의 대표 인물 何心隱이 체포되어 감옥에서 살해당했다.

구체적인 학문에서 중국과 서구를 융합하자는 것에는 이견이 없었다. 그러나 학자들이 어떤 삶을 살아야 할까 하는 문제에 대해서는 사람마다 생각이 달랐기 때문에 견해를 일치시키기 어려웠다. 전통적으로 중국인은 학자의 고매한 인격을 중시했지만 만청 이후에는 그것이 더 이상 당연시되지 않았다. 전문화로 가는 추세에서 즉각적인 효과가 나는 지식은 전면에 부각된 반면, 범위는 커도 당장 유용하지 않은 정신은 버려졌다. 효성과 우애가 있고 은거할 때는 관리가 찾아오기를 바라지 않고 출사해서는 명리를 구할 붕당을 만들지 않은 오조五朝, 위진남북조 사대부를 높게 평가한 장타이옌을 필두로, 왕궈웨이가 이런 문화에서 자라난 사람이었기 때문에 자신의 독립적이고 자유로운 의지를 죽음으로 보여주었다고 평가한 천인췌까지[62] 모두 사풍의 타락을 개탄했다. 역대 왕조에도 곡학아세하는 사람들은 있었다. 문제는 현대 사회가 '학문'과 '사람'의 연결고리를 떼어냈기 때문에 독서인들이 아무 거리낌 없이 행동하게 되었다는 것이었다. 대학자마저 아부하는 마당에[63] 날로 무너져가는 세풍에 대한 개탄은 '9근 마나님'의[64] 넋두리만이 아니게 된 것이다.

---

[62]　章太炎, 「五朝學」, 『章太炎全集』 4, 上海 : 上海人民出版社, 1985; 陳寅恪, 「王觀堂先生挽詞幷序」, 『寒柳堂集』, 上海 : 上海古籍出版社, 1980; 陳寅恪, 「淸華大學王觀堂先生紀念碑銘」, 『金明館叢稿』 2, 上海 : 上海古籍出版社, 1980 참조.
　　[역자 주] 王國維는 1927년에 이화원 곤명호에 투신자살했다. 발견된 유서에는 "50년의 파란만장한 인생, 죽음만 없었을 뿐. 이런 변고를 겪노라니 도의상 두 번의 치욕은 없으리(五十之年, 只欠一死. 經此世變, 義無再辱)"라는 글귀가 있었다.

[63]　王元化, 「楊遇夫回憶錄」, 『淸園論學集』, 上海 : 上海古籍出版社, 1995. 이 글은 두 건의 학계 일화를 분석한 것이다.

[64]　[역자 주] '9근 마나님'의 원문은 '九斤老太'이다. '九斤老太'는 루쉰의 소설 「風波」에 나오는 인물로, 50세 이후로는 세상이 날로 못해지고 있다고 개탄한다. 이유 중 하나는 날씨가 더워져 콩이 옛날보다 딱딱해졌다는 것이고, 다른 하나는 후손들이 태어날 때의 체중이 점점 줄어들고 있다는 것이다. 이 지역의 사람들은 아이가 태어날 때의 체중으로 아명을 삼았는데 그녀의 남편은 태어날 때 체중이 9근이어서 아명이 '九斤'이고

천인췌가 왕궈웨이를 높게 평가한 이유는 그의 저작이 한 시대의 분위기를 바꿨으며 동시에 후대 사람들에게 모범을 보여주었고, 특히 몇천 년이 지나도 천지와 함께 영원히 남아 해와 달, 별과 함께 빛날 독립적인 정신과 자유로운 사상을[65] 보여줬기 때문이었다. 학자의 마음과 감정은 구체적인 저술과 크게 관련이 없을 수도 있지만 자기 학문의 규모와 기상을 결정할 수 있는 것만은 분명하다. 이 책에서 주안점을 둔 것도 저작이 성공했는지, 또는 방법이 적절했는지 같은 차원을 넘어 학자의 심리적 역정을 살펴보려는 것이었다. 달리 말하면 사상사라는 배경에서 학술 사조의 전개 양상을 탐구한 것이다.

4. 장타이옌과 후스의 교류가 갖는 상징적 의미

이 책에서 다루고자 하는 문제는 중국 현대 학술의 건립이므로 범위는 매우 크지만 논의의 착안점은 매우 작다. 극단적으로 말하면 장타이옌과 후스의 문화적 이상과 학술 사유, 연구 방법과 만청 및 5·4 시기 학인의 문화 심리를 논의하는 정도일 것이다. 관례상으로는 먼저 확정된 이론의 틀을 마련한 뒤 각 장절에서 구체적으로 논의를 전개해야 할 것이나 이 책은 "먼저 틀을 정한 뒤 글을 써내려 가지" 않았으며 큰 줄기를 이루는 아이디어는 대부분 "나중에 확정한" 것이다. 구체적인 문제를 깊이 논의

그녀도 따라서 '九斤老太'로 불렸는데, 아들은 태어날 때 체중이 '7근', 손녀는 '6근'밖에 되지 않았다. 그녀가 입버릇처럼 하는 말이 "대가 지날수록 점점 못해지고 있다(一代不如一代)"였다.

65 　陳寅恪의 「王靜安先生遺書序」와 「淸華大學王觀堂先生紀念碑銘」 참조.

하는 과정에서 점차 논지를 확정하고 적절한 표현방식을 찾아나갔다. 요컨대 이 책에서 보여주고자 하는 것은 완전무결한 '이론 체계'가 아니라 모색을 거듭하며 이견이 나올 수 있는 '탐색과정'이다.

나에게 '학술사 연구'는 저술의 기획 주제이면서 동시에 학문하는 방법을 정립해 가는 과정이기도 했다.[66] 이런 이유에서 학술사 연구를 택했으므로 직접 모색하는 것에 강조점을 두었고, 순서에 따라 일목요연하게 연구하는 준칙을 제시하는 것이 적절하지 않다고 생각했다. 연구 기획 주제라는 것도 마찬가지이다. 나는 미리 이론적 틀을 확립하고 조금씩 전개해 나가는 방법을 신뢰하지 않는다. 나는 사례를 통해 법칙을 만드는 방식을 좋아한다. 개별 사안을 분석하는 과정에서 원래 있던 구상을 끊임없이 반성하고 점차 자기의 독립적인 안목과 입장을 만들어가는 것이다. 이때 핵심은 무엇을 개별 사안으로 선택하느냐 하는 것이다. 이것이 시작할 때의 관점을 결정하기 때문이다.

사상사라는 관점에서 학술 체제의 전환을 논의할 때 중요한 점은 연구 사유의 변천이지 구체적인 저술의 품평이 아니기 때문에 나는 주저 없이 장타이옌과 후스의 저작을 논의의 핵심에 두었다. 이렇게 함으로써 구체적인 학과에 입각하여 전문적으로 평가하는 차원에서 벗어나 학문과 정치, 학문과 인간, 학문과 문장을 겸하려고 했다. 이 책에서 분석하려고 했던 것은 경학가로서의 장타이옌이나 사학자로서의 후스가 아니라 한 시대의 새로운 기풍을 연 대학자로서의 장타이옌과 후스였기 때문이다.

'대학자'로 불리는 사람들은 전공 영역에서 출중한 업적이 있어서 전시대와 후대를 잇는 가교가 될 수 있다. 또 학술사에서 핵심적인 위상을 차

---

66 陳平原, 「學術史硏究隨想」, 『學人』 1, 南京 : 江蘇文藝出版社, 1991 참조.

지하고 있기 때문에 그들을 참조할 수도 있고 비판할 수도 있겠지만 존재감 자체를 무시할 수는 없다.[67] 이런 '사상이 있는 학자'는[68] 사회 사조가 요동치는 징표이다. 이들은 시대의 분위기를 주도하여 사상사에서 선명한 색채를 만들어냈다. 개중에는 자신이 처한 상황과 조류에 대해 깊이 반성하여 후대 사람들이 거리를 두고 지난 시대를 바라볼 수 있게 한 사람들도 있다. 물론 이런 반성에 그 사람의 독특한 관점이 섞이는 것은 피할 수 없지만 말이다. 역사가는 이런 '대학자'에 대해 특히 관심을 쏟았는데 이는 그들의 스승과 제자, 벗, 논적들이 공유하고 있는 인적 네트워크 자체가 한 시대의 학술 지향을 그려내고 있기 때문이다. 이런 모든 가설은 전부 장타이옌과 후스와 잘 맞는 것들이다.

또 나는 세 가지 측면을 중시했다. 먼저 장타이옌과 후스는 만청과 5·4 시기 학인의 전형이다. 이 두 사람은 교양과 경력, 학식, 재능에서 확연한 차이를 보였다. 각자가 가진 지식의 유형이 달랐으므로 이 두 사람은 문화적 구상도 전혀 다르게 개진했다. 이 점은 중국 현대 학술의 창립기에서 더욱 중요했다. 다음으로 장타이옌의 제자 첸쉬안퉁과 저우씨 형제(루쉰과 저우쭤런) 등라는 연결고리를 통해 원래라면 세대 차이가 컸을 장타이옌과 후스 및 그들을 대표로 하는 두 시대의 학인들이 서로 이해와 소통을 하게 되었다. 내가 보기에 이것은 신문화 운동이 매우 빨리 전개되고 압승을 거둘 수 있었던 주요 원인이었다. 마지막으로 국학 제창, '묵변墨辯'에 대한 논쟁, 백화시白話詩 시도, 철학사 저술, 현대교육제도 평론, 큰 파란을

---

67   余英時, 『中國近代思想史上的胡適』, 6면.
68   루쉰은 장타이옌을 '학문이 있는 혁명가'라고 말했지만(「關于太炎先生二三事」), 나는 '사상이 있는 학자'로 보는 편이 더 낫다고 생각한다. 陳平原, 「有思想的學問家」, 『文學 自由談』, 1922.2.

일으킨 공자 비판, 옛것에 대한 회의 등의 문제에서 장타이옌과 후스는 상반된 입장을 보일 때도 있었지만 이들의 '공통 화제'도 매우 많았다. 이를 통해 장타이옌과 후스가 학술사상에서 '교류'를 했다는 사실과 두 시기 학인이 사유와 지향에서 연속성을 가지고 있다는 점을 알 수 있다. 이 점은 만청과 5·4 시기 학인의 공동 작업이 중국 학술의 체제를 전환시켰다는 이 책의 기본 착상과도 부합한다.

개별 사안 분석에서 시작했지만 이 책의 착안점은 학술 체제의 변화이다. 나는 '몇 개의 사례를 일반화하는' 논의 방식을 택했기 때문에 이 책의 체제는 학술사의 전체 흐름을 조망하는 통사와도 다르고 학술의 원류가 중심이 되는 학안學案과도 다르다. 이것은 문제를 중심에 둔 전문 연구라고 봐야 할 것이다. 주된 목적은 중국 학술 체제의 변화가 복잡한 문제임을 보여주는 것이었으며 특히 억압되거나 숨어있던 목소리를 발굴해내어 엄밀한 서구 학술의 유입으로 대표되는 '현대화 서사'에[69] 도전하고 싶었다. 그래서 이 책에서는 장타이옌과 후스의 생애 및 학술성과에 대해서는 간략하게 넘어가고 그 대신 마지막 3개 장절에서 '유협의 심리', '문예부흥', '자아 진술'을 논의하면서 학술 체제 전환기의 여러 양상을 펼쳐내고자 했다.[70] 앞의 6개 장절에서는 캉유웨이와 량치차오, 옌푸, 왕궈웨이, 류스페이, 차이위안페이, 루쉰, 구셰강 등의 발언이 들어갈 때도 있겠지만 어쨌든 장타이옌과 후스가 논의의 주된 흐름이다. 뒤의 3개 장절에

---

69 [역자 주] 현대화 서사란 인류사회의 발전은 부단히 현대화되는 과정이라고 보고, '현대화의 진행'이라는 시각에서 인류사회, 역사, 문화 등의 발전 과정과 현상을 서술하고 해석하는 것을 말한다.

70 [역자 주] 본 역서는 중화학술외역 프로젝트의 지원을 받았다. 프로젝트의 규정에 따라 분량에 제한을 둘 수밖에 없어서 본서에서는 저자와의 협의를 거쳐 8장, 9장은 본서의 범위에는 포함시키지 않고 대신 독립적인 역서로 번역, 출간하기로 하였다.

서는 더 이상 장타이옌과 후스를 중심으로 하지 않고 사회 전체에 영향력을 미친 사상 조류에 중점을 두었다. 이것은 어떤 의미에서는 본서의 관점과 주제를 더 잘 보여줄 수 있을 것이다.

차례

제1장

실사구시實事求是와
경세치용經世致用

실사구시實事求是와 경세치용經世致用은 전혀 다른 학술방식이다. 진·한 이후 많은 사람들이 학술의 성격을 두고 남을 위하는 학문과 자신을 위한 학문, 덕을 이루는 것과 학문을 이루는 것, 유용한 학문과 무용한 학문으로 구분했다. 그런데 유가의 경세지학經世之學을 내세우면서 제대로 실천한 사람은 명청 교체기의 대유학자들이었고, 실사구시 학문을 가장 높이 발전시킨 사람은 그 뒤의 건가乾嘉 학파였다. 청대 학자들은 실사구시와 경세치용을 분명하게 구분했고 만청 시기 실사구시와 경세치용 간의 논쟁은 학파와 정치까지 포함한 대격전으로 격화되었다. 이 논쟁이 20세기 중국의 사상문화 영역 전반에 미친 영향은 지금도 여전히 남아있다. 이것은 학술의 시시비비를 가리는 일반적인 논쟁이 아니라 전통을 혁신하려는 노력이었고 서구의 사상과 문화가 밀려왔을 때 중국 지식인들이 처했던 난감한 상황과도 무관하지 않았다. 이때는 정치와 학술이 분리되는 시대였지만 지식인들은 오히려 "강철같은 어깨로 도의道義를 짊어져야 할 뿐만 아니라 동시에 글도 빼어나게 잘 써야 했던" 시대였다.[1] 여기에서는 실사구시 학파의 핵심인물인 장타이옌이 이 논쟁에서 어떤 입장이었고 어떤 학술 방향을 선택했는지를 집중 분석할 것이다. 또 그의 라이벌인 캉유웨이와 량치차오 일파의 주장도 함께 살펴볼 것이다.

1915년에서 1916년 초까지 장타이옌은 『도한미언菿漢微言』을 구술했

---

1   [역자 주] 이 구절은 중국의 사상가이자 중국공산당의 공동 설립자인 李大釗가 친구의 요청에 따라 쓴 對聯이다. 원문은 "鐵肩擔道義, 妙手綉文章"으로, 명대 楊繼盛이 쓴 大明湖鐵公祠楹聯의 "鐵肩擔道義, 辣手著文章"에서 두 글자를 바꿨다. 양계성은 권신 嚴嵩을 탄핵했다가 처형되었는데, 이 대련은 그가 죽기 전에 쓴 것이다.

다. 이 책은 철학적인 색채가 짙은 편이었다. 이 책에서 장타이옌은 학술 연구의 방법에 대해 "학술에서는 중요하고 중요하지 않고가 없다. 관건은 체계가 있고 원리가 있느냐 하는 것이고, 그 길로 가는 방법은 실사구시와 경세치용 둘밖에 없다"라고 했다. 장타이옌은 평생 수많은 저작을 통해 학술 연구를 실사구시로 할 것이냐 경세치용으로 할 것이냐를 논했다. 그 주장이 일관되지 않는 것처럼 보였던지 장타이옌이 세상을 뜨자마자 제자 장량푸姜亮夫, 강량부와 쑨쓰팡孫思昉, 손사방이 스승의 학술 취지를 평가하는 일로 설전을 벌였다. 장량푸는 "선생의 학문에서의 핵심은 세상을 구하는 것이었다"라고 주장했고, 쑨쓰팡은 장타이옌의 「왕허밍에게 보내는 편지與王鶴鳴書」를 인용하여 "선생의 학문은 분명히 실사구시를 추구하는 것이었다"라고 반박했다.[2] 이 논쟁은 결국 승패를 가리지 못하고 흐지부지 끝나버렸다. 양쪽 모두 근거가 있었고 누구도 상대를 설복시키지 못했기 때문이다. 두 사람은 모두 장타이옌이 만년에 새롭게 들인 제자로, 스승을 매우 존경했고 깊이 이해했다. 그런데 그들조차 스승이 지향한 핵심을 전혀 다르게 이해했던 것이다. 그러니 다른 사람들이 장타이옌의 학술사상을 제대로 파악하지 못한 것도 당연했다.

가장 먼저 생각해 볼 수 있는 이유로는 원래 장타이옌의 학술에는 실사구시와 경세치용 둘 다 있었는데 제자들이 둘 중 하나만 골랐다고 하는 것이다. 또는 장타이옌의 학술 방향이 나중에 바뀌었는데 제자들이 전체 흐름을 제대로 이해하지 못했다는 주장도 가능하다. 두 해석 모두 일리는 있지만 그렇게 설득력이 있지는 않다. 그 이유는 첫째, 장타이옌의 학술 방향은 전반기와 후반기가 일관되어서 갑자기 변했다고 할 수 없기

---

2   徐一士, 「太炎弟子論述師說」, 『一士類稿 · 一士談薈』, 北京 : 書目文獻出版社, 1983, 103~122면 참조.

때문이다. 둘째, 장타이옌은 실사구시와 경세치용을 특수한 의미로 써서 상식적으로 이해하기 힘들기 때문이다. 셋째, 장타이옌 학술의 핵심이 실사구시와 경세치용 간의 미묘한 관계를 해석하는 것에 있었기 때문이다. 그 안에는 격변기를 살았던 학자들의 선택과 고뇌가 담겨 있었으므로 이 것은 개인적 차원의 문제가 아니었다.

1. "학문은 경세치용이 아니라 실사구시이다"

장타이옌은 학문을 논할 때 줄곧 '실사구시'를 내세웠다. 이 주장은 학술 발전의 내적 맥락에서 나왔지만 외적 현실과도 관련되었다. 그래서 장타이옌 학문의 실사구시는 한대 및 청대의 유학자와 차이가 있고 참신한 면도 많다. 허우와이루가 가장 먼저 이 점에 주목했다. 그는 "그장타이옌가 말하는 실사구시와 경세치용은 청대 초기의 경세치용이나 건가 연간의 실사구시가 아니며, 금문가今文家들이 숭상하는 경세치용과도 다르다"라고 했고,[3] 이후의 연구자들도 대체로 이 견해를 따랐다. 그런데 실사구시와 경세치용을 융합했다는 허우와이루의 평가는 의미가 너무 모호했다. 그는 장타이옌이 억지로 끼워 맞추는 것에 반대하면서도 원래 의미를 고수하자고 주장하지 않았고 사실 검증을 주장하면서도 이치의 핵심을 제대로 파악했다고 평가했다. 그런데 이것은 너무 소박한 해석이라 장타이옌 학설의 예리한 지점이 잘 살아나지 않는다. 장위파張玉法, 장옥법는 건가학자의 '실사구시'를 '문자의 훈고訓詁'로만 보았고 금문학자의 '경세치용'

3   侯外盧,『近代中國思想學說史』, 上海 : 生活書店, 1947, 851면.

을 "공명과 이익을 추구"하는 것으로 이해했는데[4] 이는 정확하지도 않고 너무 단순화한 것이다. 탕원취안唐文權, 당문권과 뤄푸후이羅福惠, 나복혜는 장타이옌의 '실사구시'가 관념 우선의 방법론과 다르다는 점은 제대로 짚었지만, "반드시 근거가 있었고 언제나 이치를 궁구했다"는 것은 사실상 고증학樸學의 정신으로, 탕원취안과 뤄푸후이가 염두에 둔 '문자 분석'에만 해당되는 것이 아니었다.[5] 학자들은 모두 장타이옌의 실사구시가 청대 유학자의 실사구시와 다르다는 점에 주목했다. 그러나 어떤 점에서 같고 다른지, 그리고 이런 차이점을 만들어 낸 학술적 사유가 무엇인지에 대해서는 충분히 탐구하지 못했다.

'실사구시'라는 말이 가장 먼저 나온 문헌은 『한서漢書』「하간헌왕 유덕전河間獻王劉德傳」이다. 이 글에서는 "하간헌왕河間獻王 유덕劉德이 효경孝景 2년서기 155년에 등극하였는데 열심히 학문을 닦고 옛것을 좋아했으며 실사구시했다"고 했고, 안사고顏師古는 주석에서 "실증에 근거하여 바른 지식을 구하였다는 것이다"라고 풀이했다. 건가 연간의 학자들은 한학을 숭상하였기에 '실사구시'는 학자들의 입버릇이 되었다. 그래서 "통유通儒의 학문은 반드시 실사구시에서 시작한다"고 했던 것이다.[6]

류스페이는 청대 유학자는 경세치용이 아니라 오로지 실사구시만을 추구했다는 점에서 명대 유학자와 달랐으며 이런 학술적 경향은 장단점이 있지만 그들이 조정에 쓰이는 것을 추구하지 않은 덕분에 실사구시의 학문이 점차 흥기했다고 했다.[7] 이는 실사구시를 경세치용과 별개의 학

---

4 張玉法, 「章炳麟」, 『中國歷代思想家』9, 臺北 : 商務印書館, 1979, 6032면.

4 張玉法, 「章炳麟」, 『中國歷代思想家』9, 臺北 : 商務印書館, 1979, 6032면.
5 唐文權・羅福惠, 『張太炎思想研究』, 武漢 : 華中師範大學出版社, 1986, 367면.
6 錢大昕, 「盧氏群書拾補序」, 『潛研堂集』, 上海 : 上海古籍出版社, 1989, 421면.
7 韋裔(劉師培), 「淸儒得失論」, 『民報』14號, 1907.6.

050   중국 현대 학술의 건립

술 경향으로 보고 각자의 장단점을 평가한 것이며, 후대 학자들이 청대 유학자를 서재에 틀어박혀 세상일에 관심을 두지 않았다고 비판한 것과는 다르다. 위잉스는 이보다 더 나아가 청대 학술을 변호하면서 청대 고거학의 흥기 요인을 (문자옥이라는—역자 주) 사회적 상황으로 돌리는 것에 반대했다. 그는 사상사의 흐름으로 볼 때 실사구시의 학문이 점차 흥기한 것은 "유학이 '존덕성尊德性'에서 '도문학道問學'으로 전환한 것과 내재적으로 관련되어 있다"고 했다.[8] 장타이옌이 청대 학술 발전에 특별히 주목하면서 쓴 수많은 평론 중에서 실사구시를 논한 글은 청대 유학의 전통을 직접 계승한 것이었다고 할 수 있다.

건가시대 학자들이 '실사구시'를 중시한 이유에는 문자의 훈고를 통해 경사經史의 대의大義를 구하겠다는 원래의 목적도 있을 것이고, 증거 없이는 믿지 않고 근거가 있어야 말한다는 학문적 태도도 있었겠지만 학자들이 각자의 특수한 처지에 따라 한층 더 확대하고 심화시켰다는 측면도 있다. 다시 말하면 '실사구시'는 통용되는 구호일 뿐이기에 반드시 특정된 맥락에서 앞뒤 문장과 연결시켜야만 말하는 사람이 무엇을 반대하고 비판했는지를 알 수 있고 그럴 때 '실사구시'에 구체적인 내용이 담기는 것이다. 이를테면 대진은 "경학을 연구할 때는 먼저 글자의 뜻을 고증하고 다음에 문리文理를 통하게 해야 한다. 도道를 구하는 데 뜻을 두어야 하며 독립적인 관점을 가져야 한다"고 했다.[9] 그래서 당시 사람들은 대진을 "실사구시의 학문을 하며 어느 한쪽에 편향되지 않았다"라고 했는데,[10] 그가 특정한 문호에 치우치지 않고 한학과 송학의 경계를 초월하여 "독

---

8   余英時, 『歷史與思想』, 臺北 : 聯經出版事業公司, 1976, 115면.
9   戴震, 「與某書」, 『孟子字義疏證』, 北京 : 中華書局, 1982, 173면.
10 錢大昕, 「戴先生震傳」, 『戴震文集』, 北京 : 中華書局, 1980, 264면.

립적인 관점을 가졌지", 혜동惠棟처럼 "오로지 한학만을 숭상하지" 않았기 때문이다. 전대흔은 자신에 대해 "만년이 되었으나 학문에서 이룬 것이 없다. 오직 실사구시하여 옛사람들의 고심한 바를 갈고 닦아 벗들과 함께 논할 수 있었다"라고 했다. 전대흔이 실사구시를 중시했을 때의 핵심은 "옛사람들이 고심한 바를 갈고 닦는" 것이었다. "심오한 뜻만 이야기하고 옛사람을 지나치게 헐뜯는" 시속을 따르지 않았던 것이다.[11] 왕명성王鳴盛 도 "나는 식견이 어둡고 재주가 부족하여 자신을 드러내기에 부족한 사람이다. 그저 고증 작업을 통해 낡은 문서들을 넘기면서 실사구시로 후세 사람들을 계발할 수 있다면 스스로에게 다소 위로가 될 것이다"라고 고백했다. 왕명성이 말한 '실사구시'는 사학가들이 "종횡으로 의견을 개진하면서 거침없이 의론을 펼치는" 것에 반대한 것이다. 왜냐하면 "학문의 도는 허虛에서 구하는 것보다 실實에서 구하는 것이 나은데, 의론과 포폄의 글은 모두 허문虛文일 따름이기" 때문이다.[12] 완원阮元은 경학을 연구하면서 "고훈古訓을 추론하지" "감히 새로운 학설을 주장하지 못한" 것을 스스로 실사구시했다고 여겼다.[13] 황종희黃宗羲는 『예기禮記』를 연구하면서 "여러 사람들의 학설을 광범위하게 받아들이면서도" "오로지 정확한 것을 따랐"는데 역시 '실사구시'의 학문을 했다는 평가를 받았다.[14] 청대 사람들은 '실사구시'를 표방하는 것을 너무 좋아해서 학문을 논할 때 모두 실사구시를 갖다 붙였다. 가장 흥미로운 것은 대진을 사숙한 능정감凌廷堪이다. 그는 '실사實事'와 '허사虛事'를 구분하여 '실사구시'를 논하였는데 그의

---

11 錢大昕, 「『廿二史考異』序」, 『廿二史考異』, 北京 : 商務印書館, 1958.

12 王鳴盛, 「『十七史商榷』序」, 『十七史商榷』, 北京 : 商務印書館, 1959.

13 阮元, 「『研經室集』自序」, 『研經室集』, 道光 3年(1923) 판각본.

14 兪樾, 「『禮書通考』序」, 張舜徽, 『清儒學記』, 濟南 : 齊魯書社, 1991, 286면.

주장은 청대 사람들이 어떻게 사유했고 학술에서 무엇을 선택했는지를
단적으로 보여주었다.

　　예전에 하간왕이 실사구시의 학문을 주장했다. '실사'를 내세우게 되면 내
　가 옳다고 한 것을 다른 사람이 억지로 틀렸다고 할 수 없으며 내가 틀렸다고
　한 것을 다른 사람이 억지로 옳다고 할 수 없다. 이를테면 육서六書, 구수九數와
　전장典章, 제도制度의 학문이 그렇다. 공허한 이치를 내세우게 되면 내가 옳다
　고 하는 것을 사람들은 다른 설을 가지고 아니라고 할 수 있고 내가 아니라고
　하는 것을 사람들은 다른 설을 가지고 옳다고 할 수 있다. 의리義理의 학문이
　그렇다.[15]

　실사구시를 추구한다는 점에서는 같지만 학자들마다 치중하는 점에서
차이가 있기 때문에 "문자 훈고의 바름을 구하는 것에 국한되었다"는 말
로 뭉뚱그린다면 청대 학자들의 의도를 충분히 드러낼 수 없을 것이다.
　장타이옌은 '학문의 일'은 "동원대진을 기준으로 해야 한다"고 했다.[16] 장
타이옌이 대진을 높이 평가하자 5·4 전후 학자들이 대진의 학술에 대해
연구하고 토론하는 분위기가 조성되었다. 그러므로 장타이옌이 학문에
서 실사구시를 강조하리라는 것은 사실 예상할 수 있었다. 그런데 장타이
옌의 특징은 학문이 실사구시에 있지 경세치용에 있지 않다고 강조했다
는 점이다. 다시 말하면 학문에서 실사구시와 경세치용을 첨예하게 대립
시켜서 이 두 개념에 있던 모순을 드러낸 것이다. 이전의 학자들도 이 둘
을 결합시키는 것이 어렵다고 생각했지만 정면으로 이 문제를 다루려고

15　凌廷堪, 「東原先生事略狀」, 錢穆, 『中國近三百年學術史』, 北京 : 中華書局, 1986, 364면.
16　章太炎, 『章炳麟論學集』, 北京 : 北京師範大學出版社, 1982, 349면.

하지 않았다. 그래서 실사구시를 강조하더라도 쓸모없는 학문을 한다는 비웃음을 피하고 싶었기 때문에 늘 경세치용을 덧붙였다. 경세치용을 주장하는 학자들도 늘 실사구시를 언급해서 자신의 학문에 근거가 있다는 것을 보여주려고 했다. 단옥재段玉裁는 『대동원집戴東原集』 서문에서 이렇게 말했다.

> 선생은 경서를 연구할 때 훈고, 음성, 산수, 천문, 지리, 제도, 명물名物, 인사人事의 선악, 시비와 음양, 기화氣化, 도덕, 성명에 이르기까지 모두 사실을 추구했다. (…중략…) 관리로 나아가면 정치와 교화로 백성을 이롭게 할 수 있으며 관리로 나아가지 않아도 세상에 가르침으로 남으니 병폐가 없다.[17]

단옥재는 대진의 학문이 실사구시 중심이었으나 "관리로 나아가면 정치와 교화로 백성을 이롭게 할 수 있다"고 했다. 공자진龔自珍은 학문을 논할 때 경세치용을 중시했지만 고거와 훈고를 완전히 배제하지는 않았다.

> 독서를 하는 사람은 모두 실사구시를 중시했는데 이는 예나 지금이나 마찬가지이다. 이는 비록 한대 사람들의 말이기는 하지만 한대 사람들에게만 해당되는 것은 아니다.[18]

오직 장타이옌만 이런 절충의 논조를 반대하고 특유의 철저한 사고를 통해 이 둘을 극단적으로 대립시킨 다음 오로지 실사구시만을 존숭했다. 1906년에 장타이옌은 「왕허밍에게 보내는 편지」에서 이렇게 말했다.

---

17   段玉裁, 「『戴東原集』序」, 『戴東原集』 1면.
18   龔自珍, 「與江子屛箋」, 『龔自珍全集』, 北京 : 中華書局, 1959, 346면.

나는 학자는 실사구시를 위주로 해야 한다고 했다. 세상에 쓰일지 여부는 따질 겨를이 없다.[19]

3년 뒤 장타이옌은 또 이렇게 강조했다.

학문은 실사구시에 있지 경세치용에 있지 않다. 치용은 백성들을 다스리는 것을 말하지 봉록을 구하는 것에 있지 않다.[20]

이 시기를 전후로 장타이옌은 여러 차례 학문의 목적에 대해 이야기했고 실사구시를 근거로 이전의 학술을 비판했으며 실사구시를 학문 연구의 준거로 삼았다. 위에 인용한 서신에서 장타이옌은 청대 유학자들이 전통 사회 제도의 성쇠와 정치 교체의 흔적을 대략이나마 알 수 있게 했다고 고평했는데, 청대 유학이 다음과 같은 특징을 갖고 있었기 때문이다.

경술經術로 치란治亂을 밝히지 않았기 때문에 의론에 약했고 음양陰陽, 점이나 사주—역자 주에 근거하여 인사人事를 판단하지 않았기 때문에 실증에 강했다.[21]

나중에 자신의 역작 『관제색은官制索隱』의 저술 의도를 서술할 때 그는 다음과 같이 거듭 강조했다.

나의 이 저술은 여타 사람들과는 달리 독특한 측면이 있다. 나의 취미는 실

19   章太炎, 『章太炎全集』 4, 上海 : 上海人民出版社, 1985, 151면.
20   章太炎, 「與鍾君論學書」, 『文史』 2, 北京 : 中華書局, 1963, 279면.
21   章太炎, 「淸儒」, 『訄書』. (『章太炎全集』 3, 上海人民出版社, 1984, 158면)

사구시에 있지 경세치용에 있지 않다.[22]

이렇게 실사구시를 높이고 경세치용을 폄하한 것은 일종의 '구호'와 '자세'이기도 했지만, 캉유웨이의 정견과 학술을 비판하려고 한 측면도 있다. 장타이옌과 캉유웨이는 정치적 견해가 같을 때조차 "학파를 논할 때면 마치 얼음과 숯불처럼 서로 합치되기 어려웠는데"[23] 나중에 정치적 견해가 달라지자 장타이옌은 캉유웨이를 비판할 때 더욱 인정사정을 봐 주지 않았다.

장타이옌과 캉유웨이의 학문 경향이 전혀 달랐으므로 이들 간의 논쟁은 불가피했다. 그런데 캉유웨이가 유명해진 것은 훨씬 전의 일이었기 때문에 장타이옌이 분연히 일어나 반박했을 때 이들 간의 논쟁에는 시간적 격차가 있었다. (장타이옌은 늘 10년 전의 캉유웨이를 가상의 적으로 삼았다) 캉유웨이는 "나의 학문은 30세에 이미 완성되었고 그 이후에는 더 진전된 것도 없었고 더 발전할 필요도 없었다"고 인정했고[24] 후학인 장타이옌과 하나하나 논쟁할 겨를도 없었지만 그럴 필요도 느끼지 못했다. 따라서 이 두 사람은 진짜 맞붙었다기보다는 각자 자신의 학문 지향을 서술했을 뿐이었다. 그렇지만 고금의 문장에 관한 논쟁, 중국과 서구 학문에 관한 논쟁, 개량과 개혁에 관한 논쟁은 큰 학술적 바탕이었기 때문에 여전히 두 사람특히 장타이옌의 학술 주장에 선명한 영향을 미쳤다. 그러므로 "캉유웨이는 금문경학을 가지고 유신변법을 추진했고 장타이옌은 고문경학으로 종족혁명[25]을 주장했다"라는 해석은 지나치게 단순하기는 하지만 정치

---

22 章太炎, 『章太炎全集』 4, 上海 : 上海人民出版社, 1985, 86면.
23 章太炎, 「致譚獻書」, 『章太炎政論選集』, 北京 : 中華書局, 1977, 14면.
24 朱維錚 校注, 『梁啓超論淸學史二種』, 上海 : 復旦大學出版社, 1985, 73면.

전략과 학술 사상 간의 복잡한 연결고리를 잘 짚어낸 것이다. 그중에서 신도神道, 예언, 군주 존숭, 탁고개제托古改制, 옛것을 바탕으로 한 제도 개혁, 미언대의微言大義 등에 대해 장타이옌은 학술사상과 정치 전략이라는 측면에서 논쟁이 깊어갈수록 더욱 반대 입장을 보였다.[26] 논쟁인 이상 개인적인 감정이 개입될 수 있었겠지만 다행히 캉유웨이와 장타이옌 두 사람은 모두 의식적으로 자신들의 학술 지향을 300년간의 청대 학술 사조의 맥락에서 보았기 때문에 감정적인 논쟁으로 비화되지 않았다. 또 캉유웨이와 장타이옌은 청대 학술의 '실사구시'와 '경세치용'이라는 두 사조의 발전 추세를 반영하여 청대 학문과 현대 중국 학술을 연결 짓는 교두보 역할을 했다.

캉유웨이는 학문을 논할 때 경세치용을 위주로 했기 때문에 건가 학자의 고거와 훈고를 인정하지 않고 '쓸모없는 학문'이라고 비판했다. 캉유웨이는 경세치용을 주장하고 개혁에 힘썼으므로 자연히 미언대의를 펼치기 쉬운 금문경학을 선택하게 되었다. 옛것에 따른 제도 개혁을 주장한 공자를 찬양했던 목적도 옛것을 빌려 제도를 개혁하기 위해서였다. 캉유웨이는 『공자개제고孔子改制考』 권11에서 이렇게 말했다.

---

25 [역자 주] '종족혁명'은 민족혁명이라는 뜻으로 이 시기에 제기된 역사적 개념이다. 쑨원은 『社會主義的分析』에서 청 왕조의 만주족 통치자가 다수의 한족을 탄압했으므로 자신이 이끄는 혁명운동이 본질적으로 종족운동이고 만주족 정권을 무너뜨리고 한족의 지배권을 회복하기 위한 것이라고 했다. 루쉰도 비슷했다. 그는 『而已集』의 「略談香港」에서 당시 유학생들이 추구한 혁명의 목표도 이민족에게 잃어버린 땅을 원래 주인이 되찾는 것이라고 했다. '종족혁명'은 그런 점에서 볼 때 한족을 중심으로 만주족을 부정하는 것이므로 이 글에서는 '민족혁명'이라고 할 때 다소 혼선의 여지가 있을 것이라고 생각해서 이 용어를 그대로 썼다.

26 李澤厚, 『中國近代思想史論』, 北京 : 人民出版社, 1979, 73면; 王汎森, 『章太炎的思想(1868~1919)及其對儒學傳統的衝擊』, 臺北 : 時報文化出版公司, 1985, 49~59면.

포의布衣, 평민가 제도를 개혁하는 것은 해괴한 대사건이라 차라리 선왕先王의 제도를 따르는 편이 낫다. 다른 사람들을 놀라게 하지도 않고 그 자신도 화를 피할 수 있기 때문이다.[27]

이 말은 캉유웨이 자신을 말한 것이라고 볼 수 있다. "공자가 포의의 신분으로 제도를 개혁하는 것은" 실제로 많은 어려움이 있었기에 "성왕聖王의 일을 이야기하여 왕도王道를 이루는 방법을 말하고" "행한 일을 기록하여 그 뜻을 밝힐" 수밖에 없었다. 캉유웨이라고 다를 게 없었다. '옛것에 근거하여 제도를 바꾸는 것'은 정치적 전략으로는 취할 만했으나 학문의 방법으로 볼 때 문제가 너무 많았다. 캉유웨이의 『신학위경고新學僞經考』와 『공자개제고』는 당시 사람들을 놀라게 하여 "사상계에 큰 돌풍"을 불러일으켰지만 학술적으로는 처음부터 많은 공격을 받았다. 이렇게 비판을 받은 중요한 원인 중 하나는 이론적 성격이 강한 이 두 저작이 고거학의 형식을 빌렸다는 점이다. 그런데 고거학의 관점에서 보면 이 두 책은 학술적 규칙을 제대로 따르지도 않았고 억지스러운 부분이 너무 많았다. 이 점은 『신학위경고』 저술에 참여했던 량치차오조차도 문제가 있다고 생각해서 "때때로 스승의 억지스러운 점이 문제라고 여겼다". 캉유웨이는 "증거를 말살하거나 곡해하는 것도 마다하지 않아서 학자로서 큰 잘못을 했다". "박학한 것과 기이한 것을 좋아한" 점이 문제가 아니라 경학 연구에 뜻을 두지 않고 "자신의 정론을 수식하기 위해 경술을 이용했던" 것이다.[28] 캉유웨이는 경학 연구를 잘하지도 못했고 고거를 하고 싶었던 것도 아니었다. 대진의 말처럼 "문자로 언어에 통하여 언어로 옛 성현의

27   康有爲, 『孔子改制考』, 北京 : 中華書局, 1958, 267면.
28   朱維錚 校注, 『梁啓超論淸學史二種』, 上海 : 復旦大學出版社, 1985, 5·64면.

마음에 통하고[29] "근거 없이 공론을 일삼는 병폐"는 피할 수 있었겠지만 캉유웨이의 견해에 따르면 이는 '쓸모없는 학문'에 불과했다. 그런데 이제 이런 비판이 부메랑으로 돌아와 이번에는 캉유웨이 자신이 "쓸모없는 학문"을 펼쳐 보이게 된 것이다. 첸무는 캉유웨이 저서의 이론적인 모순을 비판했다. 캉유웨이의 역사적 공적은 "건가 이후의 고거학을 뒤엎고 새로운 길을 개척한 것"이었지만 공교롭게도 "그의 저서 역시 건가 고거학에서 왔고 이미 고거학의 막다른 골목에 들어가 장흥長興의 취지와 부합되지 않았는데도 캉유웨이 자신은 그 사실을 알지 못했다"는[30] 것이다.

'장흥의 취지'는 1891년에 캉유웨이가 천첸추陳千秋, 진천추와 량치차오 등의 요청으로 "장흥리長興里에서 학당을 세워 강학을 시작하고 『장흥학기長興學記』를 써서 학당의 규범으로 삼은" 일을 말한다.[31] 이 책은 캉유웨이의 대표작은 아니지만 "캉유웨이의 학술이 인정받기 시작한 것이 장흥의 강학 시절에서 시작되었고",[32] 도를 전파하고 의혹을 해소하기 위한 강학 과정에서 학술의 목적을 서술했다는 점 때문에 더욱 주목할 가치가 있다. 대진이나 요내姚鼐, 장학성章學誠 같은 이전 학자들은 각자의 개념 정의와 강조점의 차이만 있었을 뿐, 전통 학문의 방법을 의리義理, 고거考據, 사장詞章 세 가지로 나누었다는 점은 같았다.[33] "학문을 하는 방법은 의리, 고거, 사장, 경제經濟 네 가지이다"라고 한 증국번曾國藩의 견해는[34] 캉유웨이와 비슷하다. 다만 "의리의 학문에 급급해할 필요가 없다"고 한 증국번

29   戴震, 「古經解鉤沈序」, 『戴震文集』, 146면.
30   錢穆, 『中國近三百年學術史』, 北京 : 中華書局, 1986, 641~642면.
31   康有爲, 『康南海自編年譜·康南海先生年譜續編』, 臺北 : 文海出版社, 1972, 22면.
32   錢穆, 『中國近三百年學術史』, 634면.
33   余英時, 『中國思想傳統的現代詮釋』, 南京 : 江蘇人民出版社, 1989, 284~296면 참조.
34   曾國藩, 「勸學篇示直隷士子」, 『曾文正公全集』, 上海 : 世界書局, 1936.

과는 달리, 캉유웨이는 "세상의 변화에 통하면서 백성들을 이롭게 하는" "경세의 학문"을 주장했다. "육예六藝의 학문은 모두 경세치용을 목적으로 하지만" 삼대 이후 학술이 점차 달라져서 세상에 도움이 될 만한 것이 없게 되었을 뿐이며 수隋·당唐시대 사람들의 사장학, 송宋·명明시대 사람들의 의리학, 청대 사람들의 고거학은 모두 한대 사람들의 경학처럼 경세의 학문에 가깝지 못했다는 것이었다. 한학을 바라보는 캉유웨이의 해석은 매우 독특하다.

> 공자의 경세 학문은 『춘추春秋』에 있다. 제도를 개혁하려는 『춘추』의 뜻은 『공양전公羊傳』과 『곡량전穀梁傳』에서 드러났다. 양한兩漢의 4백 년 동안 정사와 학술에서 모두 그것을 본받았으나 근세의 경학을 논하는 학자들은 강학과 서신에만 사용했을 뿐 조정에서는 전혀 시행하지 않았다.

청대 유학자들은 한학을 부흥시켰다고 자부했지만 캉유웨이는 전혀 그렇게 생각하지 않았다. 캉유웨이는 청대 학술이 '새로운 학문'일 뿐 한학이 아니라고 생각했다. 유흠劉歆이 "고문古文을 위조해서" 여러 경서의 내용을 어지럽히고 왕망王莽이 찬탈한 정권을 도운 결과 "2,000년 동안 유흠의 학문이 판을 쳐서 공자의 경서가 남아있는 것처럼 보이지만 실제로는 사라진" 반면, 양한의 학술은 "모두 시행할 수 있는 것"이어서 "다투어 쓸모없는 학문을 하는" 청대의 학술과는 달랐다고 본 것이다.[35]

학문 연구에서 청대 유학자들은 도에 이르기 위해 글자를 익혀 경서에 통달하는 것을 중시했기 때문에 특히 음운과 훈고를 중시했다. 캉유웨

35   康有爲, 「長興學記」, 『長興學記·桂學答問·萬木草堂口說』, 北京 : 中華書局, 1988, 12~20면.

이는 이런 방법에 대해 부정적이었다. "이런 방법으로 도를 구한다면 벽돌을 갈아 거울을 만들고 모래를 쪄서 밥을 지으려고 하는 것과 다를 것이 없다"고 여겨서[36] "매우 어리석은" 이 학문 방법을 바꾸려고 했다. 우선 '문자'가 아니라 '옛 성현의 마음'으로 시작하여 먼저 '미언대의'를 이해한 다음에 고거와 훈고를 논하자고 했다. 이를테면 "공자의 핵심이 제도 개혁임을 제시하고 이것을 자구에서 읽어낸다면 자연히 깨닫게 될 것"이라는 것이다. 더 구체적으로 말하면 "이런 방식으로 『신학위경고』를 읽으면 고금을 구분하고 진위를 가려내어 자욱한 안개를 걷어내고 푸른 하늘을 볼 수 있다", "이 방식으로 하면 천하와 고금의 도서를 모두 깨우칠 수 있다"고 했다. 이렇게 책을 읽으면 "며칠이면 제도 개혁의 대의를 통할 수 있고" 타고난 자질이 부족해도 "한 달 안에 모두 통해서 꿰뚫을 수 있다".[37] 량치차오가 스승의 지시로 저술한 「학문의 요체 15가지學要十五則」는 경서를 통달하는 속성법을 잘 보여주었다.

캉유웨이와 장타이옌은 사승이 달라 학술 연원을 공유하지 못했기 때문에[38] 자연스럽게 속한 학파도 달랐다. 장타이옌이 캉유웨이에게 반발한 것은 "신학위경", "공자개제" 같이 해괴한 이론에 동의할 수 없기도 했지만, 더 큰 이유는 경세의 대의만 말하고 명물과 훈고 같은 경학 연구를 배척하는 연구방법을 용인할 수 없었기 때문이다.

랴오핑이 '금고학종지부동표今古學宗旨不同表'를 열거했을 때 첫 조항이 "지금은 공자를 조종祖宗으로 삼지만 옛날에는 주공을 조종으로 삼았다"

---

36 위의 책, 20면.
37 康有爲, 「桂谷學問」, 30~32면.
38 [역자 주] 캉유웨이의 스승은 춘추공양학의 대가로 알려진 朱次琦였고 장타이옌의 스승은 고증학자 兪樾이었다.

였다. 관련된 내용으로 "금문경은 공자가 만든 것이지만 고문경은 고문을 배운 자들이 역사책을 윤색한 것이 많았다"와 "지금은 경학파라고 하지만 옛날에는 사학파라고 했다" 등 두 조항이 더 있다.[39] 고문경과 금문경에 대해 캉유웨이는 "육경은 모두 공자가 만든 것"이라고 단정하며 공자를 정치가로 보았다. 또 "학자들은 육경을 공자가 만들었다는 것을 알아야 공자가 대성인이자 교주教主이며 만세에 존숭을 받을 유일한 인물이라는 것을 알 수 있다"고 했다.[40] 장타이옌은 유신변법으로 제도를 개혁하려는 캉유웨이의 노력을 높이 샀으며 캉유웨이의 제자들과 시무보관時務報館에서 일한 적도 있었다. 캉유웨이의 제자들과 주먹질도 했었지만 장타이옌은 스승 손이양孫詒讓의 권고를 받아들여 캉유웨이의 학술을 공개적으로 반박하지 않았다. 1899년에 장타이옌이 「금고문변의今古文辨義」를 쓴 원래 의도는 랴오핑을 비판하는 동시에 "경술로 악행을 돕는 자들"에게 "랴오핑을 비판하는 것을 핑계로 정당을 공격하지" 말라고 경고하기 위한 것이었는데 분명히 캉유웨이를 두둔하려는 의도가 있었다. 그러나 결국 이 책은 장타이옌과 캉유웨이 간의 학술 논쟁의 서막을 열었다. 랴오핑실제로는 캉유웨이를 포함은 육경이 모두 공자가 만든 것이며 당시의 말과 일을 있는 그대로 기록한 것이 아니라 허구적인 내용을 삽입하여 나라를 다스리는 방법을 추가한 것이라고 했다. 랴오핑의 견해에 대해 장타이옌은 공자는 실존 사실을 학술로 만들었고 이것을 바탕으로 산삭하고 편집해서 여러 경서를 만들었다고 반박했다. 장타이옌은 랴오핑과 첨예하게 대립각을 세우면서 "공자는 물론 독창적인 면이 있고 그것은 육경에만 국한되는 것이 아니다. 육경에는 물론 이전의 성인이 만든 것보

---

39   廖平, 「今古學考」, 『廖平學術論著選集』 1, 成都 : 巴蜀書社, 1989, 44면.
40   康有爲, 『孔子改制考』, 北京 : 中華書局, 1958, 244면.

다 훌륭한 점이 있지만 그 안에 이전의 성인이 쓴 내용이 없다고 말해서는 안 된다'라고 했다. 이때까지는 각자 자신의 주장을 고수해서 육경이 공자가 찬술한 것인지에 대해 결론이 나지 않은 상태였다. 그러자 "본분을 지킴에는 절도가 있었고 남을 공격할 때는 질서가 있었으며" "위·진의 글"을 좋아했던 장타이옌은 갑자기 방향을 바꾸어 "공자를 과도하게 숭상하는 것"이 초래하는 문제점을 논했는데 이 대목에서 특유의 논리정연한 학술적 특기가 빛을 발했다. 랴오핑과 캉유웨이는 "소왕素王, 공자을 신봉"하기 위해 공자가 직접 육경을 찬술하고 옛것을 바탕으로 제도를 개혁하려고 했다고 단언했지만, 이런 식으로 추론하게 되면 "공자의 말과 찬술한 일들이 맹자와 순자, 한대 유학자들이 만든 것이라고 할 수도 있지 않겠는가?" "만약 그렇다면 공자를 존숭하려다가 오히려 유학을 절멸시키는 단서를 열게 될 것인데 두렵지 않은가?"라는[41] 논리였다.

랴오핑보다 캉유웨이가 더 공자를 숭상했다. 이들이 공자를 "명철한 성인 군주"의 반열에 올리자 공자를 "옛날의 훌륭한 역사 기록자" 정도로 보던 장타이옌은 도저히 이것을 받아들일 수 없었다. 이제 캉유웨이와 장타이옌 간의 논쟁도 피할 수 없었다. 장타이옌에게 공자는 역사를 논하여 바로잡았고육경산삭등, 교육에 종사한『논어』등 인물이었지 유아독존의 자리에 올라 교주로 추앙받아야 할 사람이 아니었다. 공자에게 "천고에 뛰어난" 공로가 있다면 그 이유는 "기복적인 신선과 귀신의 일을 세상의 현실적인 일로 변화시켰고 대대로 관리들에게 세습되는 학문을 바꿔 백성에게 이롭게 했기" 때문이었다.[42] 음양과 오행, 관상, 점괘를 유학에 끌어들여 유학을 종교화한 것은 한대 유학자 동중서董仲舒에게서 비롯되었

---

41   章太炎, 「今古文辨義」, 『章太炎政論選集』, 北京 : 中華書局, 1977, 108~115면.

42   章太炎, 「諸子學略說」, 288~291면.

다. 그래서 장타이옌이 "중국의 유학은 동중서를 거치면서 종교가 되었다"고 비판했던 것이다.[43] 공자를 교주로 옹립한 캉유웨이가 "동자^{동중서를 높여서 '자'라고 부른 것}로 『공양』을 이해하고 『공양』으로 『춘추』를 이해하고 『춘추』로 『육경』을 이해하고 이로써 공자의 도를 들여다 본다"라고[44] 한 것은 당연한 일일 것이다. 하지만 공자의 신격화에 반대한 장타이옌은 "동중서는 법령을 제정하고 박사들에게 규칙을 제시할 때 모두 음양에 근거했으니 신인이자 큰 무당이다"라고[45] 질책했다. 민국 초에 존공복고尊孔復古의 분위기가 생겨나면서 공교孔敎를 국교로 삼자고 주장하는 사람까지 생겨났다. 장타이옌은 「공교 설립 논의에 반박함駁建立孔敎議」을 써서 동중서가 유학을 종교화하여 "예언讖緯이 벌떼처럼 일어나고 괴이한 주장이 파다했으며" "무당이 법을 어지럽히고 귀신이 정치에 간여하게" 되었다고 비판하고 "지금 '공교'를 제창하는 자는 동중서를 모방하는 자"라고 했다.[46] 장타이옌이 공자를 교주로 모시는 것을 용서할 수 없었던 가장 중요한 이유는 한 사람만 높이자고 정했기 때문이었다. 한 사람만 높이게 되면 필연적으로 사상이 활기를 잃고 질식되어 백성을 우롱하는 결과를 빚을 뿐이다. 그러므로 장타이옌의 공자 평가는 죽을 때까지 다소 편차가 있었지만 (『구서訄書』와 『검론檢論』에 들어있는 「정공訂孔」은 매우 큰 차이가 있다) "공자의 가르침은 본래 역사를 근본으로 했다"라는 기조는 변하지 않았다.[47] 공자의 학설이 종교적 교리가 아니라 "역사를 근본으로 했다"고 한 것은 "역사학은 사람의 말을 하지만 교주는 귀신의 말을 하고, 사

---

43 章太炎, 「建立宗敎論」, 『章太炎全集』4, 上海 : 上海人民出版社, 1985, 418면.
44 康有爲, 『『春秋董氏學』自序』, 『春秋董氏學』, 北京 : 中華書局, 1990.
45 章太炎, 「學變」, 『檢論』. (『章太炎全集』3, 上海 : 上海人民出版社, 1985, 444면)
46 章太炎, 「駁建立孔敎議」, 『章太炎政論選集』, 北京 : 中華書局, 1977, 690면.
47 章太炎, 「答鐵錚」, 『章太炎全集』4, 上海 : 上海人民出版社, 1985, 371면.

람의 말은 사람을 지혜롭게 하지만 귀신의 말은 사람을 어리석게 하므로 의도가 완전히 다르기" 때문이었다.[48]

귀신의 말을 하고 백성을 우롱하는 것을 금문으로, 사람의 말을 하고 백성을 지혜롭게 하는 것을 고문으로 구분한 것은 장타이옌만의 주장이다. 하지만 공자를 '옛날의 좋은 사관'으로 본 장타이옌은 그 자신이 탁월한 식견을 가진 사학자였다. 물론 공자를 '대교주'로 본 캉유웨이도 종교인 특유의 매력적인 인격을 갖고 있었다. 장타이옌은 초년에 "캉유웨이 당黨의 대현자들은 캉유웨이를 교황이자 남해南海의 성인聖人[49]으로 보았으며 10년 안에 하늘의 상서로운 징조를 부여받을 것이라고 했다"고[50] 비웃은 적이 있었는데, 이것은 근거 없는 요언妖言이나 비방이 아니었다. 량치차오조차 자기 스승 캉유웨이가 "참위서를 인용하기 좋아하고 공자를 신비롭게 말하는" 것에 대해 불만을 갖고 있었기 때문에[51] 「캉 난하이 선생전南海康先生傳」을 쓸 때 '종교가로서의 캉 난하이宗敎家之康南海'만 조명한 장절을 따로 구성하기까지 했다. 이런 정신적 기질과 사상, 방법의 차이로 볼 때 이 두 사람의 학문이 서로 다른 길을 걸으리라는 사실을 예상할 수 있었다. 정치가이자 종교인인 캉유웨이가 육경을 공자가 만들었다고 주장한 의도는 육경의 제작 과정을 고찰하려는 것이 아니라 공자를 받들기 위해서였다. 공자가 단지 『논어』를 쓰고 『춘추』를 산삭했을 뿐이라면 "공자는 다만 후세의 어진 사대부일 뿐 정현鄭玄이나 주자보다 못한 사람인데 어

---

48 章太炎, 「中國文化的根源和近代學術的發達」, 湯志鈞 編, 『章太炎年譜長編』, 北京 : 中華書局, 1979, 323면.

49 [역자 주] 캉유웨이는 廣東省 廣州府 南海縣 사람이었기 때문에 '康南海'라고도 불렸다. 무술변법을 통해 일련의 개혁조치들을 시행하여 '南海聖人'이라는 호칭을 얻었다.

50 章太炎, 「致譚獻書」, 『章太炎政論選集』, 北京 : 中華書局, 1977, 14면.

51 朱維錚 校注, 『梁啓超論淸學史二種』, 68면.

찌 만세의 성인이 되기에 충분한 사람이겠는가?"[52] 결국 결론은 처음부터 정해져 있었고 고거는 그저 납득시키기 위해 원류로 소급하는 도구일 뿐이었다. 곧 "먼저 주장을 세운 뒤 그 다음에 자료들을 가져와서 주장에 맞춘 것"이었다는 뜻이다.[53] 캉유웨이는 '결론을 먼저 낸' 자신의 학술적 경향을 숨기지 않았다. "난을 다스리고 백성을 구제하는" 것을 만세萬世의 입법 대의로 삼은 이상, 그에 비하면 경서의 뜻과 사서의 진위를 고증하는 것은 하찮은 일이었던 것이다. 예전에 주이신朱一新, 주일신이 "근거 없는 논의와 억측으로 지하의 옛사람들에게 원한을 살 것이다"라고 비판했을 때 캉유웨이는 이 비판에 진지하게 대응하지 않고 "오늘날 가장 큰 문제는 학자들이 훈고부터 이야기하는 것"이라고 큰소리치면서 넘어갔다.[54] 캉유웨이는 성인은 천하 구제를 추구할 뿐이므로 완전히 사실만 말할 필요가 없고 명물과 훈고처럼 대의와 무관한 학문은 있으나 마나라고 생각했기 때문이다.

청대 유학자들의 실사구시 학풍을 계승한 장타이옌은 공자가 육경을 찬술하였는지 여부는 사실문제이지 의리의 옳고 그름과는 무관하다고 생각했다. 그래서 반드시 정밀하게 연구하고 훈고를 통해 두루 사실을 확인해야만 "주장을 제시할 때 태산처럼 탄탄하여 흔들리지 않을 것"이었다. 고거로 경서에 통하고, 다시 경서로 도에 도달하는 것이야말로 경학 연구의 정도正道였던 것이다. 음운과 훈고 없이 경서를 이해하여 세상에 유익해야 한다고 주장하는 것은 "큰소리치면서 세상을 기만하는 것"일 뿐이었다. 학문을 이런 방식으로 하게 되면 반드시 견강부회하게 되는 것도

---

52 康有爲, 『孔子改制考』, 243면.
53 錢穆, 『中國近三百年學術史』, 652면.
54 康有爲, 「南海先生與朱一新論學書牘」, 『康子內外篇』, 北京 : 中華書局, 1988, 161~162면.

문제지만, 경학 연구라는 것이 본래 경세치용과 연결되기 어려운 학문이라 세상을 다스리는 데 써먹을 수 없다는 사실이 더 큰 문제였다. 이런 맥락에서 장타이옌은 "경학을 통해 경세치용을 하려고 하지 않고" "육예六藝를 역사로 이해하는" 청대 유학자의 학문 태도를 매우 높게 평가했다.[55] 그 이유는 다음과 같다.

> 주공과 공자에서 지금에 이르기까지 수천 년이 지나고 정치와 풍속이 여러 번 변하였는데 어찌 과거의 법도를 근세에 쓸 수 있겠는가? 그러므로 경학을 말하는 것은 옛것을 보존하려는 것이지 지금 세상에 적용하려는 것이 아니다.[56]

경학을 연구하게 되면 변화를 잘 알게 되고 인습과 변혁을 자세히 구분할 수 있을 뿐이지, 금문학자들의 말처럼 신통방통해서 경술을 가지고 나라를 다스릴 수 있게 되는 것이 아니다. 한대 학자들이 실제 문제 해결에 활용했다는 것, 이를테면 『우공禹貢』을 보고 치수 공사를 하고 『홍범洪範』을 통해 변화를 고찰하는 부류의 일들이나 『춘추春秋』를 배워서 송사를 판결하고 『시경』의 305편을 간언諫言으로 보는 것은[57] 현대인의 관점에서는 모두 어리석거나 아니면 망령된 것이었다.[58] 또 경학 연구는 근본적으로 실사구시를 추구하는 것이지 풍자와 의론을 하는 것이 아니었기 때문에 치세에 도움이 되는지 여부를 가치판단의 기준으로 삼을 수 없다. 「왕허밍에게 보내는 편지」에서 장타이옌은 직접적이고 명료하게 말했다.

---

55 章太炎, 「淸儒」 『訄書』. (『章太炎全集』 3, 上海 : 上海人民出版社, 1985, 159~161면)
56 章太炎, 「與人論朴學報書」, 『章太炎全集』 4, 153면.
57 皮錫瑞, 『經學歷史』, 北京 : 中華書局, 1959, 90·342면.
58 周予同, 「『經學歷史』序言」, 『經學歷史』, 12면.

> 학자가 명목과 실제를 구분하고 진짜와 가짜를 알아내는 것은 경세치용의 측면에서 숭상할 바는 못 되지만 그렇다고 해서 하찮게 볼 일도 아니다.[59]

　장타이옌만 공자를 좋은 사관으로 보고 훈고로 경서에 통해야 한다고 주장한 것은 아니다. 장타이옌이 금고문 논쟁에서 한 걸음 더 나아간 것은 경학 연구에서는 반드시 실사구시만 중시할 뿐 경세치용까지 고려할 필요가 없다고 한 점이었다.

　캉유웨이는 학문을 논할 때 경세치용을 표방하면서 청대 유학에 대해 "지리멸렬하여 쓸모가 없었다"고 공격했다. "사실을 왜곡하고 근거 없이 말한다"라는 비판에 대해 캉유웨이는 전혀 기죽지 않고 상대가 거시적인 맥락을 모른다고 비판했다. 수신, 제가, 치국, 평천하를 추구하는 선비에게 "쓸모없는 학문을 한다"고 질책하는 것이 "사실을 왜곡하고 근거 없이 말한다"고 비판하는 것보다 더 심각하고 치명적이었기 때문이다. 게다가 국가에 재난이 닥친 상황에서 아무리 태산처럼 탄탄하게 고증해도 세상에 한줌 보탬도 되지 않을 것이다. 이렇게 일리가 있었기 때문에 캉유웨이의 일갈도 무시할 수 없었다. 캉유웨이에게 매우 큰 영향을 미친 랴오핑의 「지성편知聖篇」에서는 청대 유학자들이 매우 추앙했던 단·왕지학段王之學, 단옥재(段玉裁)와 왕염손(王念孫)의 언어훈고학 — 역자 주이 "정치 운영에서는 모호하고 분명하지 않다"고 비판했다. 그 취지는 "사람들이 문자를 훈고하는 것을 금지하려는 것"이 아니라 "시국에 대처한다는 측면에서 볼 때" 소학에서 시작해서 경학을 연구하는 것은 옳은 길이 아니라는 것이다.[60] 국가가 위기에 처해 있으므로 선비들은 세상에 도움이 되는 학문을 추구해

59　章太炎,『章太炎全集』4, 151면.
60　廖平,「知聖篇」,『廖平學術論文選集』1, 208면.

야 한다. 캉유웨이는 이 점을 매우 명확하게 자술했다.

> 내가 갑자기 금문경학과 고문경학의 차이를 변별할 수 있게 된 것은 내가
> 옛사람들보다 나아서도 아니고 신기한 것을 할 수 있어서도 아니다. 도광·함
> 풍 이후에 태어나서 유봉록劉逢祿, 진씨 부자陳壽祺, 陳喬樅 부자, 위원, 소의진邵懿辰
> 등 여러 유학자들의 책을 읽었기에 그로 미루어 해석을 하는 것이다. 내가 송,
> 명시대에 태어났다면 소학을 몰랐을 것이며, 강희·건륭 연간에 태어났다면 어
> 찌 고금의 차이를 해석할 수 있었겠는가?[61]

여기에서 강조점은 학술의 전승이 아니라 학술 발전에 미친 시대적 영
향이다. 도광·함풍 이후 경학에 통달하여 세상을 다스려야 한다고 강조
하는 금문 경학이 크게 흥기한 것은 학술 분야에서 정靜을 버리고 동動을
추구하여 건가 학술에 저항하려고 했기 때문이기도 하고 금문 경학의 내
재적 발전 추세에 힘입었다는 측면도 있다. 하지만 캉유웨이를 대표로 하
는 '기괴한 담론'을 사회에서 용인하고 격찬한 것은 나라가 쇠약해지는
상황과 민심이 변화를 추구하는 시대적 분위기 때문이었다.

량치차오 등의 열혈청년들이 캉유웨이의 말을 듣고 기존의 학문을 포
기하고 그를 배웠던 것은[62] 우연한 일이 아니었다. 특히 당시 사람들은
보편적으로 장구와 훈고, 명물 제도를 연구하느라 늙어 죽을 때까지 서
재에서 틀어박혀 있는 것을 거부하고 학문 연구로 세상에 보탬이 되고자
했던 것이다.

고경정사詁經精舍에서 결연히 걸어 나와 패기 있게 "스승에게 작별을

---

61   康有爲, 「南海先生與朱一新論學書牘」, 『康子內外篇』, 166면.
62   朱維錚 校注, 『梁啓超論淸學史二種』, 64면.

고한"[63] 장타이옌은 당연히 이런 정서를 잘 알고 있었다. 그럼에도 그가 금문 경학의 경세치용을 부정한 것은 실사구시의 학풍을 세우고 견강부회와 억측을 타파하려고 했기 때문이었던 것 같다.

장타이옌은 학문 방법에서 옛것의 고찰을 중시하고 실증을 위주로 했다. 그의 말을 빌린다면 "각 글자마다 실증할 뿐 공리공담을 답습하지 않으며, 하나하나 마음으로 체득할 뿐 다른 사람의 주장을 그냥 따르지 않는다"였다.[64] 학술 연구에서 개인의 주관적인 호불호를 개입시키지 않았고 심지어 학술을 이용하여 정견을 발표하는 것에 반대했다. 이런 학술 취지를 잘 드러낸 것은 아래의 이 말이다.

옛것을 고찰하는 것은 초상화를 그리는 것과 같아 길고 짧음과 검고 흰 것이 실제 모습과 비슷하기를 바랄 뿐이다. 미인을 못생기게 그리는 것도 잘못이고 못생긴 사람을 미인으로 그리는 것도 원래 취지를 따르지 못한 것이다.[65]

장타이옌은 『정신론 하征信論下』에서 학술 연구를 재판관의 사건 심리와 같다고 했다. 「왕허밍에게 보낸 편지」에서는 "어느 쪽도 편들지 않는다"라고 했는데 모두 위의 내용과 비슷한 주장이다. 학자는 마치 재판관과 같다. 자기 개인 취향에 따라 증거를 없애거나 왜곡하여 억울한 판결

---

63 [역자 주] 원문은 '謝本師'인데 이는 장타이옌이 스승인 유월(兪樾, 1821~1907)에게 결별을 선언한 편지이다. 1906년 『民報』 제9기에 발표되었다. 스승 유월이 황제를 비판했다는 이유로 자신을 꾸짖자 장타이옌은 이 편지를 써서 유월이 청 조정에 벼슬한 사실을 비판하고 관계를 끊을 것을 선언했다. 아이러니하게도 장타이옌도 나중에 제자인 周作人에게서 스승과의 관계를 끊겠다는 「謝本師」 편지를 받았고, 저우쭤런도 자기 제자에게서 비슷한 편지를 받았다.

64 章太炎, 「再與人論國學書」, 『章太炎全集』 4, 355면.

65 章太炎, 위의 책, 154면.

을 내려서는 안 된다. 학자의 도덕적 양심만 있으면 증거 오염이나 사심 개입이 원천적으로 불가능하다고 보증할 수는 없다. 옛것을 고찰하는 것을 중요하게 생각하기는 했지만 장타이옌은 "큰 국면을 보고", "큰 국면에 맞게" 하고자 했다. 그는 '자질구레한 작은 일들'과 "성명과 관직, 동네 이름 등을 신중하게 고찰하는 것"에 만족하지 않았다.[66] 그렇다면 장타이옌 자신이 본 '큰 국면' ─ 개별 어휘의 고거가 아니라 ─ 이 틀리지 않았다는 것을 무엇으로 보장할 수 있을까? 장타이옌은 서구의 사회학 및 철학에 대한 이해와 전통 경학의 해석에서 어쩌면 그 당시 다른 사람들보다 훨씬 수준이 높았을 수도 있다. 하지만 그렇다고 해도 그 역시 여전히 주관적인 안목과 이론적인 틀에 의지하고 있었다. 이런 안목과 틀의 수준을 평가할 수는 있지만 "어느 쪽도 편들지 않았다"고 자부하는 것은 곤란하다. 학술 연구에는 순수한 객관성이라는 것은 존재하지 않으며 학자가 실사구시를 목적으로 할 때 그나마 불필요한 오류들을 줄일 수 있을 뿐이다.

장타이옌이 옛것을 상고하여 현대에 적용하는 것에 반대하고 경서에 통달하여 경세치용하는 것에 반대한 것은 당연히 탁고개제와 삼통삼세三統三世[67] 등의 거대담론을 제시한 캉유웨이를 비판하기 위해서였다. 여러 학과 중에서 인간사에 가까운 것일수록 "다스리는 자의 애증이 침투되어 치밀한 방법론이 적고 엉성한 것이 많아진다".[68] 더구나 캉유웨이는 훈고를 버리고 오로지 대의만을 취하자고 공개적으로 주장했는데, 그러다 보

---

66 章太炎, 『國學槪論』, 香港 : 學林書店, 1971, 129~130면; 『章太炎全集』 3, 590면.

67 [역자 주] '삼통삼세설'은 역사발전이 據亂(격동의 시대)-昇平(번영의 시대)-太平(평화의 시대)에 이른다고 보는 관점으로 공양학파의 주장이다.

68 章太炎, 「規『新世紀』」, 『民報』 24號, 1908.10.

니 필연적으로 '높은 재주를 가진 선비'들이 주워들은 지식으로 견강부회하는 것을 부추기게 되었다. 예전에 대진이 "경학 연구는 먼저 글자의 뜻을 고증하고 그 다음에 문리를 통하는데, 그 뜻은 도를 구하는 것에 있어야 한다"라고 한 것은 송대 이후의 유학자들이 "억측에 근거하여 판단하는" 경향에 반감을 가졌기 때문이다. 하지만 캉유웨이가 경학 연구에서 보여준 견강부회와 억측은 송대 유학자와 명대 유학자보다 훨씬 더하면 더했지 결코 덜하지 않았다. 장타이옌은 이 점에 착안하여 금문 경학자들의 논술 중에서 "기이함을 더하고" "모든 역사를 가치 없는 물건으로 보는"[69] 점을 여러 차례 비판했던 것이다.

금문 경학자들은 변혁을 주장하기 위해 정치에 관심을 두고 "경술로 자기 정론을 수식하는" 경향이 있어서 견강부회에 가까운 주장이 많았다. 장타이옌은 이런 류의 "경술에 통달하여 경세치용한다"는 자부심에 부풀어 있는 사람들을 "곡학아세하여 벼슬을 구하려고 한다"[70]라고 인정사정없이 비판했다. 캉유웨이 문하의 제자들은 이런 비판을 결코 받아들일 수 없었다. 캉유웨이가 고거에만 전념할 뿐 세상사에 관심 없는 '지금의 학자'를 "봉록이 적은 것에 불만을 가진다"고 공격했기 때문이다.[71] 그렇다면 도대체 고문학파와 금문학파 중 어느 쪽이 "곡학아세하여 벼슬을 구하려고" 했을까? 이것은 단순화해서 말하기 어려운 문제이다.

학술 연구는 애초에 조금도 오염되지 않을 수 없고 수시로 권력에 지배되고 이용당할 가능성이 있다. 역사적으로 금문경학자와 고문경학자 모두 "곡학아세하여 벼슬을 구했던" 명예롭지 못한 기록이 있다. "모든 경

69 章太炎, 『章太炎全集』 4, 61·371면.
70 위의 책, 151면.
71 康有爲, 「與沈刑部子培書」, 『康子內外篇』, 191면.

술은 권력을 뺏는 디딤돌이 될 수 있고"학술은 훌륭하지만 간신배의 도구로 전락하는 것을 면치 못했다"는 말이 그것을 말해준다.[72] 장타이옌은 학술이 완전히 깨끗하지 않다는 것을 잘 알고 있었다. 그렇지만 금문경학자들은 미언대의에 치중하여 의도적으로 현실 정치에 다가갔고, "한 달 안에 모두 통달할 수 있다"는 캉유웨이의 경학 연구 속성법 때문에 무학자들은 더 쉽게 곡학아세해서 벼슬을 구하거나 터무니없는 장광설로 사람들을 현혹시켰다. 반면에 실사구시의 학문은 임기응변으로 해낼 수 있는 것이 아니었고 정밀한 연구와 깊은 사고를 통해 숨어있던 것을 드러내는 훈련을 거쳐야 해서[73] 대체적으로 봤을 때 차분했고 지나치게 경박하고 잘난체하는 일이 없었다. 물론 그래서 패기가 없고 융통성 없는 수구적인 모습으로 보일 수도 있었다. 이 점은 장타이옌의 벗인 류스페이도 공감했다. 그는 청대 유학자들의 장단점을 논할 때 경세의 학문은 명분을 빌려 영리를 추구하게 되기 쉬우므로 이들보다는 차라리 현실과 괴리된 순수 한학자들이 낫다고[74] 했다.

2. "자세히 살피는 것"과 "감정을 자아내는 것"

장타이옌은 공양학의 문제점을 비판하면서 "극단적으로 가면 나라를 무너뜨릴 수 있다"고 했다.[75] 이것은 유흠劉歆이 『주례周禮』를 가짜로 만들

---

72 章太炎, 『章太炎全集』 2, 上海 : 上海人民出版社, 1982, 837면;『章太炎全集』 5, 上海 : 上海人民出版社, 1985, 118면.

73 章太炎, 「再與人論國學書」, 『章太炎全集』 4, 355면.

74 韋裔(劉師培), 「淸儒得失論」, 『民報』 14號, 1907.6.

75 章太炎, 「漢學論上」, 『章太炎全集』 5, 20면.

어서 "말 한 마디로 세 왕조를 망하게 했다"고[76] 맹비난한 캉유웨이와 견주
어 볼 때 주장은 상반되지만 논리는 비슷하다. 둘다 학술과 정치사상과 권력
의 밀접한 관계를 강조한 것이다. 캉유웨이는 경서에 근거한 경세치용通
經致用을 중시하여 학술과 정치를 같이 두는 것이 말이 된다고 보았고, 장
타이옌도 학문하는 방법에서 실사구시를 중시하면서도 국가흥망을 결부
시켰다. 이것은 장타이옌의 학술 논의의 또 다른 측면을 보여준다. '치용'
이라는 구호에는 반대했지만 실제로는 치용 정신이 있었던 것이다. 청말
민초 학자 중에서 학술은 치용을 추구하지 말아야 한다고 극력 주장했던
사람이 장타이옌과 왕궈웨이였다. 왕궈웨이는 당시 학문을 신학문과 구
학문, 중국 학문과 서구 학문, 유용한 학문과 무용한 학문으로 나누는 '못
배운 이들'에게 "나는 학문은 모두 무용하며 또한 모두 유용하다고 본다"
고 했고 본인도 평생 '무용하되 유용한' 학술을 고수했다.[77] 장타이옌은
왕궈웨이와는 입장이 달랐다. 장타이옌이 "치용을 굳이 숭상할 필요가 없
으며 무용하다는 것을 굳이 폄하할 필요가 없다"라고 주장한 것은 캉유
웨이 때문에 어쩔 수 없이 그렇게 말한 것이었다. 논쟁할 때 두 당사자의
관점은 극단으로 흐르기 쉬운데 그렇지 않으면 기치를 선명하게 내걸 수
없기 때문이다.

세상에 등장했을 때부터 장타이옌은 현실 정치에 적극적으로 관심을 가
졌다. 그는 진짜로 세속을 떠나 혼자 고고했던 적이 없다. 『구서訄書』와 「변
발을 분석하다解辮髮」를 썼을 때부터 민국원훈民國元勳, 국학대사國學大師가
되었을 때까지 위세 당당한 수십 년간 1920년대 말 잠시 은거한 것을 제
외하고는 줄곧 정치 무대에서 무시할 수 없는 풍운아였다. 이렇게 정치가

---

76   康有爲, 「南海先生與朱一新論學書牘」, 『康子內外篇』, 158면.
77   「『國學叢刊』序」, 『觀堂別集』. (『王國維遺書』 4, 上海 : 上海古籍書店, 1983)

의 시각에서 학술을 논했기 때문에 '경세치용'을 완전히 도외시할 수 없었던 것이다.

"경세의 책무에 유념"하는 명말 대유를 신봉하는 것이 청말 민초의 학술사조였다. 량치차오는 고염무 등에 대해 "모두 경세의 뜻을 품고 불세출의 재주를 가진 사람들로, 학술로 이름이 드러나는 것을 원하지 않았으나 당시 어쩔 수 없는 상황 때문에 학술로만 이름을 남겼던 것이다"라고 찬양했지만,[78] 류스페이는 이와는 다소 다른 시각으로 "명청 교체기에 고염무, 황종희, 왕부지王夫之, 안원顔元은 모두 경세의 포부를 품고 몸소 실천했기에 글이 현실적이어서 민생의 병폐를 손바닥 보듯 훤히 알고 있었으며 도덕의 큰 줄기를 추구하고 치란의 방법을 잘 알았다"고 보았다.[79] 장타이옌은 량치차오처럼 "당시 어쩔 수 없는 상황"을 강조하지도 않았고 류스페이처럼 "몸소 실천했다"는 점에 중점을 두지도 않았다. 그는 고염무와 황종희, 왕부지에 대해 모두 어느 정도 비판을 했지만 그들의 처세에 대해서는 매우 찬양했다.

> 책을 쓰면서도 전란을 잊지 않았다. 뜻을 펼 수 없었기에 여러 왕조의 제도를 통해 이후의 성인을 기다린 것이니 그 재주가 뛰어나다.[80]

고염무의 인격을 흠모했기 때문에 이름을 강絳으로 바꾸고 별호를 타이옌太炎으로 바꾼 장타이옌의 행적을 보면 평생 고염무를 추종했으며 특히 '실사구시'와 '경세치용'을 결합시키려고 한 점에서 고염무와 매우

78　梁啓超,「論中國學術思想變遷之大勢」,『飮冰室合集·文集』3, 上海 : 中華書局, 1936, 80면.

79　韋裔(劉師培),「淸儒得失論」,『民報』14, 1907. 6.

80　章太炎,「說林上」,『章太炎全集』4, 117면.

닮았다. 이런 학술 경향을 가장 잘 보여주는 것이 장타이옌이 자술한 다음 대목이다. 일본에 망명해 있으면서 『민보民報』를 주편했을 때 "광복회를 만들면서도 공부를 그만두지 않았고", 북경에 유폐되어 있으면서 자기 학술을 전수할 때 "현묘한 이치를 말했지만 그 안에 세태 풍자도 들어 있었다".[81]

애초에 옛 학문 연구에 몰두할 때조차 장타이옌의 취사선택에는 깊은 뜻이 있었다. 장타이옌의 스승인 유월兪樾이 말한 것처럼 당시 변혁을 꾀하기 위해 서학을 배워야 할 것이냐 하는 문제는 예로부터 있었던 맹자와 순자에 관한 논쟁으로 재등장했다.

> 맹자는 선대 왕을 모범으로 했고 순자는 후대 왕을 모범으로 했다. 순자가 없었다면 삼대 이후의 기풍을 열지 못했을 것이고, 맹자가 없었더라면 선왕의 도는 끊어졌을 것이다. 지금 순자의 무리가 된다면 서학이 있으니 그쪽으로 가서 배우면 될 것이다. 맹자의 무리가 된다면 어떠하겠는가? (…중략…) 어두운 세상에도 식견이 있는 선비가 있으니 여러 군자들과 함께 힘쓰고자 하노라.[82]

장타이옌은 고경정사를 떠나자마자 맹자와 순자에 관한 논쟁을 평가하는 글을 쓰면서 "중니孔子 이후 누가 다음 시대의 성인인가? (…중략…) 오직 순경荀卿만이 성인이라고 할 수 있다"라고 단언했다.[83] 맹자와 순자모두 이론적으로 맹점이 있지만 장타이옌은 "후대 왕을 모범으로 삼아" "천명을 제어하여 활용한다"는 현실참여 정신과, 경학을 전수하고 학문

81   章太炎, 『太炎先生自定年譜』, 香港:龍門書店, 1965, 14면; 「菿漢微言題記」, 「菿漢微言」.
82   兪樾, 「『詁經精舍課藝八集』序言」, 『詁經精舍課藝八集』, 光緒 23年(1898) 刻本.
83   章太炎, 「後聖」, 『章太炎政論選集』, 37면.

을 연구하며 법가를 유가에 끌어들인 공헌을 선택했던 것 같다. 만년에 「유가의 장단점儒家之利病」이라는 강연에서도 장타이옌은 여전히 순자를 지지하고 맹자에 반대하는 주장을 견지했다. 만청의 맹자-순자에 대한 논쟁은 한학과 송학 논쟁, 경학과 리학 논쟁, 고문과 금문 논쟁과 결합되 었다. 장타이옌이 순자를 높인 것에는 특수한 학술적 배경이 있었지만 우 리는 그 사상사적 의의에 주목하려고 한다.

『타이옌선생자정연보太炎先生自定年譜』 '광서 23년' 항목에서 "내 지론은 『통전通典』, 『통고通考』, 『자치통감資治通鑑』 등의 책을 벗어나지 않으며 결 국 순경荀卿과 한비韓非로 돌아간다"고 했는데 이것과 호응하는 것이 『도 한미언』 맺음말의 "쇠미한 세상을 만나 경국經國을 잊을 수 없어 정치의 방법을 찾으려 이전 역사서를 모두 훑었는데 순경과 한비의 주장을 보 고 이것은 바꿀 수 없는 진리라고 생각했다"라는 구절이다. 이 단락에서 는 너무나 명료하게 장타이옌이 학문을 할 때부터 순자를 높인 것이 "경 국을 잊을 수 없어 정치의 방법을 찾으려" 한 결과였으며 명물훈고를 중 시하는 '실사구시' 학문을 추구해서가 아니라는 것을 보여주었다. 실제로 장타이옌은 여러 차례 철학, 정치학, 윤리학적 측면에서 선진제자를 논평 하고 포폄을 가했다. 그가 보인 태도의 변화는 매우 심해서 심지어 이전 과 이후가 모순될 정도였다. 연구대상 자체가 복잡한 문제도 있었고 논의 에서 다양한 관점과 여러 층차가 있었기 때문이기도 했지만, 핵심은 장 타이옌이 치용을 중시하는 학술 태도를 가지고 있었다는 점이었다. 제자 백가의 학설은 "주관적인 학문이어서 핵심이 의리를 탐구하는 것에 있지 같고 다름을 고구하는 데에 있지 않으므로"[84] 연구할 때 훈고 해석에 구

---

84   章太炎, 「諸子學略說」, 『章太炎政論選集』, 286면.

애되지 말고 사상문화적 의의를 발굴해야 한다는 것이 장타이옌의 탁월한 점이었다. 그러나 그렇게 되면 논자의 가치관념과 이념 체계가 들어가서 '중립적인' 학술 태도를 견지하기가 어렵다. 전장제도典章制度를 훈고적으로 고거한다고 해도 연구자는 자신이 처한 시대의 사상 문화라는 배경으로 특정한 연구 대상을 선택하고 학술전통의 영향을 받아 접근 방법을 결정할 것이므로 진짜로 "어디에도 매여있지 않은" 것은 아니다. 하물며 제자백가의 이런 '주관적 학술'을 "자구 하나하나를 실증하여 자득"할 수는 없을 것이다. 물론 "지금 어려운 상황에서 다시 깨달음을 얻어"『역』을 읽는 것과, "정치에서 대의제代議制가 부적절하다고 생각하는"[85] 정치평론은 확실히 차이가 크다. 전자는 사회 경험과 인생의 체험에서 얻는 게 있다고 해도 기본적으로 실사구시가 목표이지만, 후자는 학술적 문제와 연관된다고 해도 경세치용이 귀결점인 것이다.

금문과 고문 논쟁에서 장타이옌은 실사구시를 높이고 경세치용을 낮췄다. 그러나 자기 학술 연구불교학연구, 사학연구, 소학연구에서 장타이옌은 '치용' 청신을 또렷하게 보여줬다. 이것은 왕중汪中, 능정감이 전장제도 및 고고학을 육경의 큰 뜻을 밝히는 의리학과 구분한 것과는 매우 달라서 전문 영역이나 학과의 구분을 강조한 것이 아니라 "혁명을 하면서도 강학을 잊지 않고 강학을 하면서도 혁명을 잊지 않는" 비장한 노력을 구현한 것이었다.

장타이옌의 불경 연구는 '옥사를 겪게 된 것'에서 시작되었는데[86] 대승의 깊이에 도달했는지보다 "불경 공부를 통해 3년간의 괴로움을 던 것"

---

85   章太炎, 「自述學術次第」 『太炎先生自定年譜』, 55~60면.

86   [역자 주] 장타이옌은 1903년에 청년 혁명가 鄒容의 「革命軍」에 서문을 써주었다는 이유로 3년간 옥고를 치렀다.

이 중요했다. 쩌우룽^{鄒容, 추용}은 불경을 읽지 않아서 괴로움을 덜 방법이 없었고 "젊은 나이에 마음이 급한 나머지 병사했다." 반면에 장타이옌이 3년간의 옥고를 치르고도 청운의 뜻이 여전할 수 있었던 것은 만법유심^{萬法唯心}의 불학 덕분이 컸다.[87] 이런 체험을 바탕으로 장타이옌은 출옥한 뒤 "종교로 신심을 발휘하여 국민의 도덕을 증진시키자"고[88] 주장했다. 그는 혁명 실패의 핵심 이유를 국민의 도덕 붕괴와 혁명당원의 헌신 결여에서 찾았다. 당장 급선무는 신심을 발휘하여 도덕을 증진하는 것이었고 그에 적합한 사상적 무기로는 불학이 제일이었다. 화엄종의 "중생을 제도한다"와 법상종의 '만법유심'을 결합시켜 두려움 없는 용맹한 혁명정신을 고취시키자는 주장이었는데 가장 전형적인 해석은 다음과 같았다.

무생^{無生}을 말하지 않으면 죽음에 대한 두려움을 없앨 수 없다. 내가 있는 곳을 파괴하지 않는다면 돈을 숭배하는 마음을 없앨 수 없다. 평등을 말하지 않는다면 남에게 기대는 노예 같은 마음을 없앨 수 없다. 중생이 모두 부처라는 것을 보여주지 않는다면 뒷걸음질 치는 마음을 없앨 수 없다. 보시를 하는 사람과 받는 사람과 그 물건이 모두 청정해야 한다는 것을 보여주지 않으면 우쭐하는 마음을 없앨 수 없다.[89]

죽음에 대한 두려움, 돈을 숭배하는 마음, 남에게 기대는 노예 같은 마음을 없애기 위해 종교를 제시하고 불학을 주장하는 것은 캉유웨이가 "종교를 말하기 좋아하고 늘 자신의 견해에 따라 불교를 포폄한

---

87 章太炎, 『章太炎全集』 5, 229면; 『太炎先生自定年譜』, 10면.
88 章太炎, 「東京留學生歡迎會演說辭」, 『章太炎政論選集』, 272면.
89 章太炎, 「建立宗敎論」, 『章太炎全集』 4, 418면.

것"과[90] 별반 다르지 않았다. 장타이옌은 나중에 불경 번역과 대승불교 연기緣起에 대한 논문을 썼지만 불교학 이론에 대한 논의에서 탁월한 성과를 거두지는 못했다. 곧 그의 실사구시적 학술 준칙은 실제로 불학 연구에서 관철되지 않았던 것이다. 젊었을 때 불학으로 세상을 구제하자고 한 주장에는 '구시'가 없었고 만년에 불법이 사회의 문제를 해결하지 못한다고 비판할 때에도 '치용'에 근거해서 말했을 뿐이다. 장타이옌은 톄정鐵錚, 철쟁,[91] 몽암夢庵과[92] 함께 불학에 대해 논쟁했지만 불교 이론 자체의 시비나 진위와 무관한 내용이었고 논쟁의 초점은 그것을 "지금의 위기 상황에서 써먹을 수 있는가"였다.[93] 장타이옌의 입장은 매우 명확했다.

불법의 훌륭한 점은 이론적으로 매우 완성된 동시에 마음의 지혜를 통해 인증했다는 것이니 종교를 위한 것이 아닐 뿐만 아니라 생사 해탈을 위한 것도 아니며 도덕을 제창하기 위한 것도 아니다.[94]

---

90   朱維錚 校注,『梁啓超論淸學史二種』, 81면.
91   雷鐵崖(1873~1920)의 필명이다. 본명은 '昭性'이었으나 1905년 일본에서 쑨원 등이 주도한 중국동맹회에 가입할 때 '鐵崖'로 이름을 고쳤다. 그해 9월『鵑聲』잡지 창간에 참여하고 주필을 맡았으나 청왕조 주일공사의 교섭으로 인해 2기밖에 발행하지 못하고 停刊되었다가 1907년에『鵑聲』을 재간행하면서 鐵錚이라는 필명으로 立憲保皇派를 신랄하게 비판하였다.
92   [역자 주] 1908년 5월 일본 승려 다케다 한시(武田範之, 1863~1911)가 '夢庵'이라는 필명으로『東亞月報』2호에 글을 발표하여『민보』를 불교 신문으로 꾸리는 것'에 비판하면서 불교는『민보』에서 주장한 6조주의(현 정부를 무너뜨릴 것, 공화정부를 수립할 것, 토지를 국유화할 것, 진정한 세계평화를 실현할 것, 중국과 일본 양국 국민을 연합할 것, 세계 각국이 중국의 혁신사업에 찬성할 것을 요구할 것)를 해결할 수 없다고 하였다. 이에 장타이옌은 1908년 6월『민보』21호에「答夢庵」이라는 글을 써서 그의 주장을 반박하였다.
93   章太炎,「答鐵錚」,『章太炎全集』4, 369면.
94   章太炎,「論佛法與宗教,哲學以及現實之關系」,『中國哲學』6, 北京：三聯書店, 1981, 300면.

"불법에 근거해서는 세상일을 제대로 처리하기 어렵다"는 것을 잘 알고 있었지만 일단 지금 급선무가 '인심을 어루만지는 것'이어서, "여론을 만들어내지 않으면 사람들을 구할 수 없었"기에 장타이옌은 아무런 망설임 없이 "마음의 지혜를 통해 인증하는 것"을 내팽개치고 곧바로 "도덕을 제창했다".[95] 이렇게 불학의 사회적 역할을 강조하고 학문 이론의 시비를 따지지 않은 것을 학자가 가져야 할 태도라고 할 수는 없다.

장타이옌의 역사학은 의심할 바 없이 불학보다 이론적 근거가 탄탄하다. "내가 젊었을 때 경서와 역사서, 제도 관련 책들만 공부했고 곁가지로 당시 정론서를 보았을 뿐이다"라고[96] 한 것처럼 서학을 공부하고 불교 경전을 읽는 것은 모두 쇠미한 시대를 직면한 이후의 일이었고 가끔은 표창하고 가끔은 폄하했기 때문에 역사학을 시종일관 추숭한 것과는 달랐다. 장타이옌은 공자를 "옛날의 훌륭한 역사가"라고 했고 장학성章學誠이 말한 "육경이 모두 역사"라는 명제에도[97] 동의했기 때문에 학술 연구에서도 사학에 중점을 두었다. 하지만 역사학자 뤼쓰몐呂思勉, 여사면은 장타이옌이 역사학에서 "일부 정확한 견해를 보이기는 했지만 사소한 논의에 불과했을 뿐"이라고 했다. 뤼쓰몐은 전통적인 분류법에 따라 장타이옌의 경학과 제자학의 저술학술사, 사상사을 역사학의 밖으로 배제했다. 정치사 쪽에서 장타이옌은 완정한 저술이 없었고 "철학적 이치를 녹여 넣음으로써 (문자의) 말단만 추구하는 병폐를 없애고 깊은 역사 지식을 탐구하여 편견을 고수하는 사람들의 의혹을 깨뜨려 진작시키는" 100권의 중국통사를 쓸 수 있기를 바랐는데 이것은 희망 사항일 뿐이었다. 장타이옌

---

95   위의 글, 309면.
96   章太炎,「自述學術次第」,『太炎先生自定年譜』, 53면.
97   章太炎,『國故論衡』 중「原經」,「明解故下」참조.

도 전장제도를 고증하고 그 성패와 득실을 논한 좋은 논문을 쓰긴 했지만 사상학설사를 제외하고 정치사나 사회사, 제도사에서 그의 저술은 자신이 기대한 것처럼 그렇게 시야를 넓혀주는 이론 비평과 깊게 파고드는 실증 연구, 서양과 중국의 학설을 합쳐 자기의 학설을 이룬 것 등의 성과를 거두지 못했다. 장타이옌은 역사학에 대해 많은 논의를 했지만 체계적인 사학 저술은 없었고 사학 연구의 업적도 학술적 이론보다는 경세에 있었다.

장타이옌은 "역사 연구는 증명해야 한다"고 주장했고 "은미한 말과 현학적 논의로 사람들을 속여서는" 안 된다고 했으며 근세 학인에 대해 "실증을 뒤로 하고 억측을 따르며 인간사를 내팽개치고 귀신에 대한 이야기를 한다"며 크게 조롱했다.[98] 하지만 본인은 오히려 사학으로 개혁을 이야기하고 왕정 이후 제도를 구상하거나 백성들에게 믿음을 심어주려고 했다. 1902년 장타이옌은 중국 통사를 쓸 뜻을 품고 량치차오에게 편지를 보내 역사 연구의 양대 목표를 이렇게 개술했다.

한편으로는 사회 정치가 진화하고 쇠퇴하는 원리를 핵심으로 하여 이것을 전장 제도 기록에서 보여줄 것이며, 다른 한편으로는 백성의 기운을 고무시키고 계도하는 것을 핵심으로 하여 이것을 전기에서 보여줄 것이다.[99]

역사 연구에서 이치를 밝히거나 "사회 정치가 진화하고 쇠퇴하는 근원"을 찾겠다는 것은 "관념적인 원론이 아니라 구체적인 기록이어야 한다"는 전통 사학에 맞선 것으로 "핵심을 모르고 말단만 연구하는" 폐단을

98 章太炎, 『章太炎全集』 4, 57~58면; 章太炎, 「學林緣起」, 『學林』 1, 1910.
99 章太炎, 「致梁啓超書」, 『章太炎政論選集』, 167면.

바로잡으려는 것이었다.[100] 이것은 당시 량치차오가 제창한 사학 혁명과 같은 논리로, 학술 관념과 이론 모델의 전향이었다. "백성의 기운을 고무시키고 계도하는 것"을 운운한 것은 더 이상 학술 이론을 세세하게 나누지 않고 학술의 사회적 역할에 중점을 두겠다는 것으로, 장타이옌이 평소 실사구시에 주력하고 그것이 쓰이느냐 아니냐를 따지지 않았던 학술적 지향과는 잘 부합하지 않는다.

왜 역사학을 특히 중시했는가. 이 질문에 대해서는 장타이옌이 한 "힘을 적게 들이면서도 쉽게 나아가고 많은 학식을 토대로 자기 주장을 펼칠 수 있는 것은 것은 역사만이 아닌가?"[101]라는 말로 정리할 수 있다. 명청 이후 사학으로 경세를 할 수 있다고 논한 사상가도 꽤 있었다. 왕부지는 "역사에서 중요한 것은 과거를 기술하여 미래의 스승으로 삼는 것"이라고 했고, 황종희는 역사학을 "반드시 사적史籍으로 증명한 뒤에 현실에 적용할 수 있다"고 했으며, 장학성은 "역사학을 연구하는 것은 경세의 방침으로 삼기 위해서이므로 관념적인 저술이어서는 안 된다"고[102] 했다. 장타이옌은 분명 이런 선현들의 말에 교훈을 얻었던 것 같다. 게다가 만년에는 의고주의疑古主意 사조에 불만을 가진 데다 나라가 망한 것을 통탄했으므로 여기에서 더 나아가 민족주의 사학 사상을 주장하여 역사학은 "지금 가장 중요한 학문"이라고 했다. "역사서를 읽지 않으면 자기 나라를 사랑할 방법이 없다", "역사를 중시하지 않아 과거를 모르는데 어떻게 나라 사정을 알 수 있겠는가?"[103] 하지만 민족을 걱정해서 역사서 읽

---

100 章太炎,「哀淸史」,『訄書』.(『章太炎政論選集』3, 328~329면)

101 章太炎,「救學弊論」,『章太炎全集』5, 102면.

102 王夫之,「讀通鑑論」6; 全祖望,「甬人證人書院記」; 章學誠,「浙東學術」,『文史通義』.

103 章太炎,「歷史之重要」,『制言』第55期, 1939.8.

기를 주장했을 때조차도 장타이옌은 학술적 양심을 엄격히 지켰고, "옛일을 통해 지금 일을 논하는 것, 이른바 특정 주제를 빌려 자신의 주장을 드러내는 것도 역사 연구에서는 금기"라는[104] 점을 강조했다. 어쩌면 이것이 바로 장타이옌의 학술이 캉유웨이와 다른 지점일 것이다. 곧 '실사구시'로 '경세치용'에 반대한 것은 물론이었고 '경세치용'을 강조한다고 해도 자신만의 특색이 있었던 것이다. 장타이옌은 건가학파의 학술 훈련을 엄격하게 받아서 '실사구시'로부터 '경세치용'으로 나아간 이후에도 엄격히 선을 지켰으며 견강부회하는 억측은 절대 하지 않았다. 즉 '실사구시'라는 기본에서 '경세치용'을 강구했지 '실사구시'를 버리고 '경세치용'으로 가지는 않았던 것이다.

장타이옌은 고염무를 매우 존경했는데 그의 학술 연구 방법을 추종하겠다는 목적이 없었다고 할 수 없다. 1908년에 몽암과 불교의 역할에 대해 논쟁하는 과정에서 장타이옌은 자기가 이해하는 고염무에 대해 이렇게 썼다.

> 고영인顧寧人, 고염무은 음운을 분변하는 데에 있어서 섬세하게 탐구했고 금석유문遺文과 제왕의 능침 역시 자세하게 살피지 않은 것이 없었으며 오직 자세하게 탐구하지 못할까 두려워했다. 그 용도는 그윽한 정을 일으키고 이전의 덕에 대해 감회에 젖는 것이었으니 우리가 민족주의를 말할 때에는 오히려 그의 덕을 본다고 할 수 있다.[105]

고염무의 매력은 구체적으로 연구를 할 때 "진짜인가를 탐구할 뿐 아

---

104 章太炎, 「略論讀史之法」, 『制言』 第53期, 1939.6.
105 章太炎, 「答夢庵」, 『章太炎政論選集』, 398면.

름다움을 취하지 않았고" "지론이 근거를 많이 찾는 것에 있었지 공허한 말과 의리로 후대 사람을 속이려 들지 않았다"는 점이었다. 그런데 연구를 할 때의 초심과 학술의 효용은 세상사와 인간의 도리, 국가의 흥망과 연관된다. 사학 연구를 택해 인간사에 밀접한 경세치용으로 삼으려는 방식과 구체적인 연구 과정에서 엄격하게 학술적 규칙을 준수한다는 이 두 가지는 완전히 모순되는 것이 아니다. 학술 연구에서 "자세하게 살피는 것"은 '체'이고 "감정을 자아내는 것"은 '용'이다. 고대의 사적을 살피는 것은 진실을 밝히기 위해서이며 현대 독자의 정감과 이성, 지혜를 자극하여 어떤 사회적 효과를 거두고자 하는 것은 그 다음 문제였던 것이다. 『구서』「통법通法」에서는 역대 정치제도에서 "모범으로 삼을 만한" 5가지 '선정善政'을 발굴했고 『오조법률색은五朝法律索隱』에서는 "오조의 법에서 진실로 아름다운 것은 몇 가지 항목, 곧 첫 번째는 생명을 중시하고, 두 번째는 하소연할 곳 없는 백성을 도와주며, 세 번째는 관리와 백성을 평등하게 대하며 네 번째는 부자를 억누르는 것"이라고 정리했다. 이런 저술은 물론 "후대 왕에게 부합하는가"를 취사선택하는 기준으로 삼은 것이지만[106] 연구 과정에서는 여전히 자세하게 살피고자 하였다. 그렇다면 도대체 어떻게 해야 핵심을 살피고 후대 왕에게 부합하게 하면서도 동시에 의도를 앞세워 옛사람을 기만하지 않을 수 있을까? 그 사이에서 적당한 지점을 택하는 것은 실제로 쉽지 않은데 장타이옌의 경험에 따르면 명물훈고를 입론의 근본으로 삼는 것이었다. "자구 해석도 안 되는데 미언을 따지고 드는" 것에 장타이옌은 신랄하면서도 익살스럽게 "가죽이 없으면 털이 어디에 붙을 수 있겠는가"[107] 라고 조롱했던 것이다.

---

106 章太炎, 『章太炎全集』 3, 242~245면; 章太炎, 『章太炎全集』 4, 77~86면 참조.
107 章太炎, 「答夢庵」, 『章太炎政論選集』, 398면.

정치와 법률의 역사 연구를 빌려 변혁을 도모하여 후세의 왕을 위해 길을 열려고 한 점은 새로울 것이 없었지만 당시 사람들이 보기에 사상이 가장 적게 개입되었던 언어학 연구에서 장타이옌이 국가 흥망의 감회를 드러낸 것은 예상밖이었다. 그만큼 경세치용에 대한 바람이 강렬했던 것이다. "속된 말을 모아" 방언 육례를 정하고 하나씩 소해疏解를 단 『신방언新方言』에서도 장타이옌은 마찬가지로 실사구시와 경세치용을 겸비하고자 "위로는 옛 훈고에 통하고 아래로는 시속과 맞추었으니 이 또한 옛 것을 생각하는 마음을 나타낸 것"이라고 했다.[108] 류스페이는 「『신방언』 후서『新方言』後序」에서 방언 연구로 어떻게 경세치용이라는 효과를 거둘 것인가라는 장타이옌의 고심을 이렇게 해석했다.

예전에 유럽의 그리스나 이탈리아 같은 나라들은 다른 나라의 지배를 받았어도 자국어를 보존하여 과거에 대한 그리움을 불러일으켰기 때문에 이것을 시작으로 광복을 이룰 수 있었다. 지금 중국과 주변 나라가 겪는 재앙은 그리스와 이탈리아의 경우와 같다. 오랑캐의 언어를 한족의 언어로 바꾸려면 또 반드시 이 책을 그 시작으로 삼아야 한다. 이것이 장타이옌의 뜻이었다.[109]

이런 연구에서는 견강부회할 필요가 없었을 것이며 그저 최선을 다해 저술해서 '해와 달처럼 영원불멸할 책'이 된다면 사회적인 효용성이 매우 높았을 것이다. 곧 골라낸 주제가 적당하다면 실사구시의 글도 경세치용의 효과 — 과거에 대한 그리움을 불러일으키는 — 를 거뒀을 것이다. 그

---

108 章太炎, 「『新方言』自序」, 『新方言』, 杭州 : 浙江圖書館, 1919; 「丙午與劉光漢書」, 『章太炎全集』 4, 156면.

109 劉光漢, 「『新方言』自序」, 『新方言』, 1909.

런데 경세치용의 글이란 반드시 학술 규칙 — 위로는 옛 훈고에 통하고 아래로는 시속에 맞추는 — 에 부합해야 학술의 영역에 들어갈 수 있다. 실사구시와 경세치용, 학술과 정치는 이런 특수한 방식을 통해서만 통일될 수 있다.

세상일에 간여하기 시작할 무렵 장타이옌은 "50년 동안 사대부들이 나라 정치는 신경 쓰지 않고 성운 분석에 골몰한 것"을 비판하면서 유신의 지사들이 "전 세계 서적의 정수를 추출하여 정치에 도움이 되고 백성의 지혜를 계발하기를"[110] 염원했다. 만년에 국난이 닥치자 장타이옌은 또 다시 강학의 기회를 빌려 청대 유자가 "전체 상황은 살피지 않고 지엽적인 것에만 신경 쓴" 결과 "경세치용을 하고 싶어도 할 수 없는" 비극적인 상황에 이르게 되었다고 비판했다.[111] 비록 학술 논의에서 실사구시를 내걸었지만 사실상 장타이옌은 죽을 때까지 줄곧 정치에 매우 관심을 가졌고 골동에만 탐닉하는 '순수한 학자'에 부정적이었다. 심지어 그는 어려움 속에서 힘들게 강학을 하면서도 '학술을 위한 학술'을 한 것이 아니라 어떤 정치적 신념을 담았다. 황칸은 장타이옌의 지향에 대해 이렇게 설명했다.

> 그는 국학을 가르치면서 나라가 불행히 쇠망했어도 학술이 명맥을 유지해서 백성들이 보고 느끼는 게 있다면 큰 성과를 거두어 부활할 희망이 있다고 여겼다.[112]

---

110 章太炎, 「譯書公會敍」, 『章太炎政論選集』, 45면.
111 章太炎, 「章太炎論今日切要之學」, 『中法大學月刊』 第5卷 第5期, 1934.10.
112 黃侃, 「太炎先生行事記」, 『黃季剛詩文鈔』, 武漢 : 湖北人民出版社, 1985, 31면.

이런 해석은 대체로 믿을 만하다. 장타이옌 자신도 여러 차례 중국 언어 문자와 역사 문화를 보존하는 것이 국가 보존의 관건이라고 했기 때문이다. 그래서 "언어 문자가 사라지면 성정도 사라진다"라거나 "역사가 사라지면 국가의 정체성도 사라지며 사람에게 중심이 없으면 오랑캐로 전락하고 만다"라고 했던 것이다.[113]

그렇지만 장타이옌은 여전히 '경서에 근거한 경세치용'을 주장하는 것에 반대했고 이것이 한대 유자들이 벼슬을 구하려고 했던 터무니 없는 소리라고 조롱했다. 경세치용에서 학술이 별 도움이 안 된다거나 학술 연구에서 경세치용을 추구하는 것이 하찮다는 뜻이 아니라 이 두 가지가 직결된다거나 동등한 위상을 가진다는 전통적인 주장에 반대한 것이다. 장타이옌은 먼저 정치와 학술을 분리해야만 서로 도움이 될 수 있다고 했다. 이 말은 곧 후대 학자들이 강조한 "학술의 독립과 자유는 학술을 학술답게 할 뿐만 아니라 정치 역시 정치답게 한다"는 것이었다.[114] 장타이옌은 황종희가 말한 "인민은 중요하지만 군주는 중요하지 않다"는 말을 높게 평가했지만 황종희가 도를 전달하고 학문을 가르치며 의혹을 해소하는 학교의 특수한 기능을 부정하고 "오로지 제생들이 함부로 정치에 참여도록 하는" 것에 대해 매우 부정적이었는데 이는 정치와 학술을 분리시키지 않았기 때문이었다. 장타이옌은 심지어 황종희에 대해 "어째서 학생들이 본분을 벗어나 정치에 간여하는 것으로 과시하고 명예를 얻도록 학교만을 높였는가?"[115]라고 비난했다. 학생들의 정치 참여를 "과시하고 명예를 얻는 것"이라고 싸잡아 비난한 것은 공정하지 않을지도 모르

---

113 章太炎, 「規『新世紀』」; 「春秋故言」, 『檢論』.(『章太炎全集』 3, 412면)
114 賀麟, 『文化與人生』, 北京 : 商務印書館, 1988, 250면.
115 章太炎, 『章太炎全集』 4, 125면; 章太炎, 『章太炎政論選集』, 427면.

지만, 정치와 학술의 분리를 주장하고 정치로 학술을 침범하거나 학술로 정치에 간여하는 것에 반대한 이런 식의 사유는 매우 깊이가 있다. 학술로 정치에 간여하게 되면 분명히 붕당을 만들거나 이로 인해 해를 입을 것이라는 주장에 동의하지 않는 사람이 있을 수 있겠지만 정치로 학술을 침범하는 것이 학술의 발전을 막고 사인의 도덕을 무너뜨린다는 점은 모두가 눈으로 똑똑히 본 것이었다. 그래서 정치에 열정적이었던 장타이엔은 학술을 논할 때에는 결코 '경세치용'을 궁극적 목표로 삼지 않았다. "경세치용은 원래 완전히 학문을 근거로 할 수 없고 학문도 경세치용만을 위한 것이 아닌"[116] 것이다. 실사구시와 경세치용, 학술과 정치는 각각 나름의 논리가 있고 나름의 규칙과 평가 기준이 있으므로 뒤섞어서 함께 말할 수도 없고 각 영역에서 할 수 없는 것을 억지로 할 수도 없다.

학자의 저술은 경세치용 또는 실사구시에 치우치는 면이 있기 때문에 파고드는 각도와 서술하는 형식에서 어느 하나를 고르게 된다. 표면적으로 보면 장타이엔의 문장은 대부분 전장 제도와 역사 인물을 논의한 것이었지만 실제로 저술의 목표에 따라 짧은 정치 평론과 전문 학술서로 구분할 수 있다. 정치 평론이 당시의 폐단에 대한 것이라 주장이 선명하고 어조가 날카로우며 편향적이고 격렬하다는 문제점이 있었다면, 전문 학술서는 학술 이론의 전개와 사료의 고찰에 중심을 두었기 때문에 질박하고 신중한 경향이 있었다. 장타이엔은 정치에 관심을 가진 학자인 동시에 '학술적인 혁명가'였으므로 붓을 대면 글이 되어 정치도 논하고 학문도 논했다. 일본으로 건너간 뒤 장타이엔은 같은 시기에 『민보』와 『국수학보』에 글을 발표했는데 이 두 편의 문장은 성격이 달라서 하나는 정치

116　章太炎, 「庚戌會衍說錄」, 『教育今語雜志』 4, 1910.6.

를 논한 것이었고 다른 하나는 학술을 논한 것이었다. 정치에 대한 장타이옌의 관심이 높아지고 낮아짐에 따라 그의 저술의 목표도 치중하는 점이 달라졌다. 학술과 정치를 논한 내재적인 논리의 차이를 이해하고 구체적인 저술의 형식과 사상 및 학술의 배경을 알게 되면 그때야 장타이옌이 가진 학술적 관점이 앞뒤로 어떻게 모순되는지를 비교적 명확하게 볼 수 있다. 고염무를 존경한 건가학자 왕중이 장타이옌과 비슷한 사례이다. 그는 자기 자신에 대해 쓴 글을 남겼는데 장타이옌과 매우 비슷하다.

> 학문을 배우던 젊은 시절에는 처사 고염무를 사숙했기 때문에 육경의 뜻을 탐색하여 세상에 보탬이 되고자 했다. 그러다 옛것을 고구하는 학문을 하게 되자 오직 실사구시만 할 뿐 옛것만 고수하려고 하지 않았다.[117]

장타이옌의 저술은 '세상에 쓰이는 것'과 '실사구시' 두 갈래로 나뉘는데 구체적으로 나누기는 쉽지 않지만 경향성은 상당히 명확하다. 샤오궁취안蕭公權, 소공권은 장타이옌의 정치사상을 언급하면서 "장타이옌이 오랜 세월의 원수에 대해 말할 때면 뜨거운 피가 끓어오를 듯하더니, 다섯 가지 무五無, 무정부, 무취락, 무인류, 무중생, 무세계를 논할 때면 얼음처럼 냉정해진다. 뜨거움과 차가움, 앞과 뒤가 이렇게 다르다"[118]라는 묘한 말을 한 적이 있다. 이 묘한 말에 대한 왕룽쭈汪榮祖, 왕영조의 설명을 보면 실사구시와 경세치용을 겸하고자 했던 장타이옌의 학술적 지향을 선명하게 알 수 있다.

> 차갑고 뜨거운 태도를 통해 철학과 정치의 지향이 다른 것을 볼 수 있다. 철

---

117 汪中, 「與巡撫畢侍郎書」, 『述學』 別錄, 嘉慶 20年(1816) 刻本.
118 蕭公權, 『中國政治思想史』, 臺北 : 聯經出版事業公司, 1982, 932면.

학을 논의하려면 냉정하고 침착한 사고가 필요하지만, 정치특히 혁명를 논할 때에는 뜨거운 피가 넘치는 감정이 필요하다. 열정과 냉정은 서로 다르지만 겸할 수 없는 것은 아니다.[119]

여기에서 유일하게 보충해야 할 내용이 있다면 철학뿐만 아니라 사학, 소학小學 등 '옛것을 고구하는 학문'에서도 냉정하고 침착한 사고가 필요하다는 것이다. 장타이옌에게 학술에 대한 냉정함과 정치에 대한 열정은 겸할 수 없는 것이 아니었다.

3. 리理와 기器, 진眞과 속俗

학술과 정치를 구분하고 실사구시와 경세치용 각각의 존재 가치를 인정하는 것이 공정한 주장일 수는 있겠지만, 이해하는 것과 그렇게 하고자 하는 것은 별개의 문제이다. 장타이옌은 "가지런하게 하지 않아도 가지런해지는 현자의 현담玄談"[120]을 좋아했지만 학술 연구의 목적을 분석할 때에는 여전히 경향성이 명확했다. 만약 장타이옌의 학술 논의가 그저 실사구시와 경세치용을 함께 논하는 것뿐이었다면 위선자에 가까웠을 것이며 그렇게 순식간에 사람들에게 큰 울림을 주지는 못했을 것이다. 학술 훈련과 사승이라는 점에서 장타이옌은 의심할 바 없이 실사구시 쪽에 치우쳐서 캉유웨이의 견강부회나 "경술로 자기 정론을 수식하는" 것에 전혀 동의할 수 없었다. 그러나 쇠미한 시대에 살면서 선량한 마음을 버리

119 汪榮祖, 『康章合論』, 臺北 : 聯經出版事業公司, 1988, 99면.
120 章太炎, 「齊物論釋」, 『章太炎全集』 6, 上海 : 上海人民出版社, 1986, 61면.

지 못했던 장타이옌은 어떤 형식으로든 현실 정치에 개입하지 않을 수 없었다. 훈고만을 탐구하느라 늙어 죽을 때까지 서재에 앉아 있는 것을 그는 결단코 원하지 않았다. 이렇게 되자 장타이옌은 실사구시에 대해서도 건가 학자처럼 철저하지 못했고 치용이라는 점에서도 캉유웨이처럼 명확하지 않았다. 그의 특징은 실사구시와 경세치용 사이에서 어떤 합리적인 균형을 이루려고 노력했다는 점이다. 그러나 이것은 실로 간단한 일이 아니었다. "학술과 정치를 모두 잘할 수 없"고 "실사구시와 경세치용의 방법이 다른데 인간의 삶은 한계가 있어서 이 둘을 모두 잘할 수 없기"[121] 때문이었다. 가장 이상적인 계획은 학문을 논할 때는 실사구시를 중시하고 정치를 논할 때는 경세치용을 중시하는 것일지도 모른다. 그러나 언제 학술을 논하고 언제 정치를 논해야 할까? 정치와 학술은 정말 그렇게 확실하게 나뉘는 것일까? 또 정치와 학술을 서로 명확하게 구분짓게 하는 원칙이 있을 수 있을까? 이런 문제는 모두 알 수가 없다. 1906년에 장타이옌은 「종교건립론建立宗敎論」을 썼는데 그중에 이런 구절이 있다.

종교의 수준에 대해서는 섣불리 논할 수 없다. 위로는 참됨을 잃지 않고 아래로는 민생의 도덕에 유익한 것이 기준이 되어야 할 것이다.[122]

장타이옌의 학술 논지를 이 구절로 요약하는 것이 합당할 듯하다. "위로는 참됨을 잃지 않는 것"이 실사구시이고 "아래로는 민생의 도덕에 유익한 것"이 경세치용인 것이다. 문제는 어떻게 해야 이 둘을 정합적으로 통일하면서 상호 모순되지 않게 할 수 있을까? 생선과 곰발바닥을 모두

---

121 章太炎의 「說林上」과 劉師培의 「淸儒得失論」 참조.
122 章太炎, 「建立宗敎論」, 『章太炎全集』 4, 408면.

얻을 수 없다면 도대체 생선을 먼저 구해야 할 것인가, 아니면 곰발바닥을 먼저 구해야 할 것인가? 관건은 여기에 있을 것이다.

1920년대 초 장타이옌은 「학문을 구하는 것에 대해^{說求學}」라는 제목의 강연을 했는데 실사구시와 경세치용을 둘로 나누어 각각의 장단점을 이렇게 비교했다.

> 학문 추구의 방법에는 두 가지가 있다. 하나는 실사구시이고 다른 하나는 응용이다. 현재 서양 철학가 칸트 등이 하는 방법이 실사구시에 해당되고, 우리나라 성현 공자, 왕양명 등이 하는 방법이 응용에 해당된다. 그런데 이 둘은 동시에 할 수 없다. 학문의 이론으로 말하면 공자는 정밀함과 깊이에서 칸트보다 못하다. 응용으로 보면 칸트는 현실성에서 공자와 왕양명보다 못하다. 이 둘은 각기 장단점이 있으니 학자들이 선택해야 할 뿐이다.

정밀하고 깊이 있는 학문 이론을 바라는 사람은 실사구시를 중시하고 현실성을 바라는 사람은 경세치용을 중시한다. 이 둘은 어느 것이 낫고 낫지 않다고 할 수 없다. 목표가 다른 만큼 학문하는 방법에 차이가 있을 뿐이다. 정말 대단한 혜안이다. 그런데 장타이옌은 곧이어 또 이렇게 말했다.

> 그런데 지금 중국 상황에서는 응용의 방법이 실사구시보다 우선되어야 한다.[123]

장타이옌은 만년에 나라의 쇠락한 상태에 감회가 많아 학문을 논할 때 경세치용에 대한 주장을 많이 했다. 여기에서 더 나아가 정치에 관심을

---

123 章太炎, 「說求學」, 『章太炎年譜長編』, 620면.

두고 청말 민초 정계에서 활약했다. 심지어 1920년대 중기에는 강학과 저술을 잠시 중단하고 "국가 대사를 알리는 데 전념하겠다"고 발표하기도 했다. 그러므로 사람들은 장타이옌이 실사구시가 아니라 경세치용에 능하다고 생각하게 되었던 것이다. 장하오^{張灝, 장호}의 말을 빌리면 "장타이옌은 젊을 때 두 가지 학술 사상 모두에 끌렸지만", "결국 능력을 더 발휘한 것은 윤리 실천 사상이었다".[124]

장타이옌에 대한 사람들의 평가를 가장 잘 보여준 것은 그의 제자 루쉰의 「시류를 따르는 것과 옛것으로 돌아가는 것^{趨時和復古}」이라는 글의 한 대목이었다.

> 청말 박학을 공부한 사람은 장타이옌 선생 한 사람만이 아니었지만 그의 명성이 손이양보다도 더 높았던 것은 그가 종족혁명을 주장하여 시대의 조류에 따랐으며 심지어 '역모를 꾀하였'기 때문이었다.[125]

세상의 명성과 학술적 공헌은 전혀 별개라고 말할 수는 없어도 관련이 크지 않다. 학술적 성취만으로 조정과 민간에서 이름을 떨친 사람은 예부터 지금까지 국내외적으로도 매우 드물다. 고음의 탐구와 제도의 변별에 대한 사람들의 관심은 현실 정치에 대한 관심에 비해 훨씬 못하다. 장타이옌이 음운학과 훈고학이 아니라 종족혁명을 선도했기 때문에 명성을 얻었다는 사실에는 이견의 여지가 없다. 그런데 그렇기 때문에 장타이옌이 '학술적인 혁명가'에 불과하고 그의 업적이 "학술사보다 혁명사에

---

124 張灝, 高利克 等 譯, 『危機中的中國知識分子』, 太原 : 山西人民出版社, 1988, 144~145면.
125 魯迅, 「趨時和復古」, 『魯迅全集』 5, 北京 : 人民文學出版社, 1981, 536면.

서 더 크게 족적을 남겼다"[126]고 할 수 있는 것일까? 이 주장을 지지하는 사람들은 장타이옌을 높이려고 했겠지만 이런 주장의 전제는 혁명이 학술보다 위에 있다는 것이다. 이것은 실사구시와 경세치용에는 각기 장단점이 있다고 한 장타이옌의 자술과도 맞지 않다. 사실 장타이옌의 업적에서 혁명과 학술 중에서 어느 쪽이 더 위대한가는 계량화해서 비교할 수 없다. 순전히 주장하는 사람의 주관적인 관점과 가치 척도에 따라 평가가 달라지기 때문이다. 나는 장타이옌 자신이 정치와 학술 또는 학문 논의에서 실사구시와 경세치용 중 어느 것을 더 중시했는가를 살펴보고 싶다.

장타이옌이 정치를 학술보다 더 중시했다는 것은 어쩌면 그와 캉유웨이 문하 제자들의 미묘한 관계에서 드러났다고 할 수 있다. 장타이옌이 학술을 논할 때에는 캉유웨이와 큰 차이가 있었지만 변법 유신 기간에는 그와 잠시 협력했고 변법이 실패한 뒤에도 그를 두둔하는 글을 많이 썼다. 당시 사람들이 여기에 부정적인 태도를 보이자 장타이옌은 이렇게 설명했다. "경서 구절의 시비를 논하는 것이 반드시 정치적 실천과 같을 수는 없다." 이 말은 경서의 시비는 논쟁할 수 있는 사안이지만 마음 씀씀이의 옳고 그름은 논변할 여지가 없다는 것이다. "악한 음모를 폭로한다"는 명분으로 "위학에 반박"하는 것은 사실상 정치 권력을 빌어 학술 논쟁을 해결하는 것인데, 주장이 "핵심을 찔렀든" 어쨌든 간에 "'흉터를 남기게 되'므로 이는 마음 씀씀이가 바르지 못했음을 보여주는 것이다.

시비를 가지고 논쟁하는 것 또한 안될 것이 없다. 그러나 언제나 권세를 가진 이들의 허위적인 말을 빌린다면 이것이 (명말에—역자 주) 엄당이 동림당을

---

126 魯迅, 「關于太炎先生二三事」, 『魯迅全集』 6, 545~546면.

　　그러므로 "학파를 논할 때는 얼음과 숯불처럼 갈등하는 사이"였다고 해도 공동의 적이 캉유웨이를 '위학'이라고 공격하자 장타이옌은 일단 곧바로 문호와 가법을 포기하고 그를 변호하러 나섰다. 그는 「금고문변의」를 써서 '경술을 이용하는 문화적 모리배들'이 '랴오핑을 공격한다는 명분으로 정당을 공격하는 것'에 반대했고 금고문 논쟁을 학술 범위 안으로 제한하려고 애썼다. 1899년 1월 대만으로 몸을 피했던 장타이옌은 캉유웨이의 답서를 받자마자 감격하고 흥분한 나머지 1월 13일에 간행되는 『대만일일신보臺灣日日新報』에 「지어識語」를 추가해서 발표했다. '지어' 중에서 정치와 학문에 대한 그의 견해를 가장 잘 보여주는 대목은 다음과 같다.

　　어떤 사람이 "당신은 공부工部, 캉유웨이와 학문의 길이 달라서 예전에는 경술 논의가 범승范升과 진원陳元만큼[128] 달랐습니다. 그런데 지금은 어째서 이렇게 친밀한 것입니까?"라고 하였다. 나는 "당신은 수심水心, 葉適과 회암晦庵, 朱熹의 일을 보지 못했습니까? 그들의 경전 해설은 얼음과 숯불처럼 전혀 달랐습니다. 그런데 사람들이 위학으로 붕당을 만들었다고 주희를 공격했을 때 조정에 있던 섭적은 그가 소인들에게 무고한 해를 입었다고 안타까워하면서 그들의 잘못을 비판했습니다. 그 이유는 무엇이겠습니까? 학문에 대한 주장은 다르지만 정치적 실천에서는 잘 맞았던 것입니다. 저와 캉유웨이의 관계도 마찬가지입

127　章太炎, 「翼教叢編書後」, 『章太炎政論選集』, 96~97면.
128　[역자 주] 후한 광무제 때 있었던 금고문 논쟁의 당사자들이다. 이때 금고문 논쟁은 『費氏易』과 『左氏春秋』의 박사를 만드는 문제였다. 금문학자 범승은 『좌씨전』이 공자가 아니라 左丘明에게서 나왔으므로 학관에 세울 수 없다고 주장했고 고문학자 진원은 『좌씨전』이 좌구명이 공자를 친견한 것이라는 등의 내용으로 반박했다.

실제로는 학문에는 '같고 다름'이 있기는 하지만 마음 씀씀이의 '옳고 그름'에 비하면 학문 주장의 차이는 그렇게 중요하지 않다고 해야 할 것이다. 이는 중국인이 '시비로 논쟁'하려고 하지 않고 '나쁜 음모를 폭로하고', '위학을 비판한다'는 명분으로 학술에서 상대방을 사지로 몰아가려는 천박한 습성을 두고 한 말이었다.

정치에서의 옳고 그름을 판단하는 문제가 학술 논의에서 시비를 가리는 것보다 중요한가에 대해 장타이옌은 모호한 태도를 보인 적이 없다. 1898년 무술변법 무렵 정치적 견해가 맞아서 캉유웨이나 량치차오와 가까웠을 때 장타이옌은 이들의 학파가 자신과 다르다는 점을 문제 삼지 않았다. 1906년 이후 정치적 입장이 달라지면서 캉유웨이와 량치차오를 비난할 때에도 이들이 학술적으로 보완해 줄 수 있는지 고려하지 않았다. 나중에 장타이옌도 『민보』 시기에 량치차오와 일련의 논쟁을 벌인 것이 서로에게 사고를 깊게 하는 자극제가 되었고 그들이 정말 물과 불처럼 서로 화합할 수 없는 사이가 아니라는 점을 인정했지만, 당시 장타이옌이 더 강조하고 싶었던 것은 정치적 견해가 다르다는 것이었다. 1907년 3월, 량치차오는 『설문해자說文解字』를 읽고 수십 조의 차기劄記, 독서 메모를 『국문어원해國文語原解』로 엮어 다른 사람을 통해 이 분야에 정통한 장타이옌에게 서문을 써달라고 부탁하면서 장타이옌이 '정견이 다른 것'을 초월하여 '학술상의 일대 미담'[130]을 만들었으면 좋겠다고 했다. 그러나 장타이

129　章太炎,「章太炎旅臺文錄」,『中國文化硏究集刊』 1, 上海 : 復旦大學出版社, 1984, 357~358면.

옌은 거들떠보지도 않았다. 아마도 량치차오의 소학 공부(장타이옌은 량치차오의 학문에 대해 높게 평가하지 않았다)가 별 볼 일 없다고 생각했을 수도 있지만 더 큰 이유는 '정치적 견해가 다르기' 때문이었을 가능성이 높다.

장타이옌이 사람과 글을 논할 때에는 언제나 정치적 입장과 지조가 어떠한가가 가장 큰 전제가 되었고 특히 종족혁명을 제창할 때는 더 그랬다. 그렇지만 동시대 사람조차 도덕적으로만 판단할 수 없는 법이다. 그러니 더 복잡한 상황을 고려해야 하는 옛사람은 말할 나위도 없다. 장타이옌이 정치적 편견으로 큰 오류를 보인 사례가 청대 학술 사상에 대한 평가였다. 장타이옌은 청 왕조를 무너뜨리고 싶었기 때문이었다. 예를 들어 위원을 "경세에 대해 허황한 말을 하기를 좋아하고 높은 사람들에게 아첨하는 말을 했다"[131]고 비판했는데, 앞 구절은 학파를 논했고 뒤 구절은 지조를 논했다. 위원이 청 조정에 출사한 것은 말할 필요도 없고 황종희가 자기 아들이 청 왕조의 명사관明史館에 들어가는 것을 허락한 것도 장타이옌은 용서할 수 없는 잘못이라고 보았다. 장타이옌은 명말 청초의 3대가 중에서 유독 황종희를 못마땅하게 여겨서 황종희가 "학술과 경세적인 면에서 고염무보다 훨씬 못하다. 지조를 지킴으로써 가문을 빛낸 것으로는 왕부지보다 못하다"라고 했다. 황종희의 학술 수준에 대한 장타이옌의 평가가 정확하다고 보기는 어렵다. 장타이옌이 의도적으로 황종희를 폄하한 것은 그의 지조에 오점이 있다는 이유였다. "'명이대방明夷待訪'이라고 이름을 붙여 대의를 표방하고 있지만 실제로는 오랑캐 조정의 부름을 기다리기 위한 것"[132]이라는 것이다. 장타이옌은 모든 일에 대해 청 왕조에 영합했는지 여부로出仕를 기준으로 판단했고 특정한 시기의 역사적

130　丁文江·趙豊田 編, 『梁啓超年譜長編』, 上海：上海人民出版社, 1983, 378면.
131　章太炎, 「淸儒」, 『訄書』.(『章太炎全集』 3, 158면)

상황이나 사상적 조류는 그다지 고려하지 않았다. 이렇게 정치적 인물에 대한 평가조차 편파적이었으니 사상가와 학자에 대한 평가는 말할 것도 없었다.

장타이옌은 인물과 사안을 평가할 때 지조만 중시했을 뿐 성과를 제대로 보지 않았다. 특히 세상에서 "글은 잘 써도 그에 걸맞는 행실을 보여주지 못한" 사람에게는 더 야박했다. 일단 '문장'과 '행동', '저술'과 '지조', '학술적 관점'과 '정치적 입장'이 첨예하게 맞서는 상황일 때 장타이옌은 조금도 주저하지 않고 후자를 선택했다. 그런데 인물 평가에서 지조를 중시한다고 해서 곧바로 그가 학술을 논할 때 경세치용을 위주로 했다고 볼 수는 없다. 오히려 지조 있는 사인은 "경세치용을 한다는 명분으로 윗사람의 마음에 맞추려고"[133] 하지 않기 때문에 적막한 실사구시의 학문을 지향할 가능성이 높다. 장타이옌도 어떨 때에는 망해가는 세상을 구하자는 취지로 학술에서 경세치용을 강조했지만 본격적으로 학술을 논할 때에는 '학설'과 '성과'를 엄격하게 구분했고 유용한가를 기준으로 학술을 평가하는 것에 반대했다.

학설과 경세치용의 방법은 다르다. 경세치용의 방법은 효과가 있으면 좋고 효과가 없으면 나쁘다. 그러나 학설은 그렇지 않다. 이론과 사실이 부합하면 좋고 이론과 사실이 부합하지 않으면 나쁘니 유용한지 아닌지를 따질 필요가 없다.[134]

132　章太炎, 『章太炎全集』 4, 117·124면.
133　劉師培, 「近代漢學變遷論」, 『國粹學報』 31, 1907.7.
134　章太炎, 「敎育的根本要從自國自心發出來」, 『章太炎的白話文』, 507면.

장타이옌은 "보살은 불법을 실행할 때 상황에 맞게 할 뿐"이라고 또 "상황에 맞게 말한다는 것"에 대해 새롭게 해석하고 있었다.[135] 정치적으로 급변하는 시기를 맞아 사람들을 교화하려고 했기 때문에 학술을 논의할 때에도 때와 장소, 사람들을 가르칠 것인지 자신을 단속할 것인지 구별했다. 겉으로 보기에는 장타이옌이 실사구시도 강조하고 경세치용도 강조했기 때문에 논지에 이 두 가지가 섞여 있고 절충한 듯한 감도 있다. 그러나 나는 그의 학술 논의에서 핵심은 실사구시이고 경세치용은 '상황에 따른 주장'이었다고 생각한다.

장타이옌은 학술을 논할 때 학술 이론은 정밀함 및 깊이와 함께 현실성도 갖춰야 한다고 했지만 주안점은 경세치용이 아니라 실사구시였다. 이 점을 잘 보여주는 것이 장타이옌이 진眞과 속俗을 변별하고 있다는 것이다. 진과 속은 상호보완적이기도 하고 서로 전환될 수 있는 것이라 이른바 "진과 망妄은 근원이 하나"라거나 "진에는 반드시 망이 있어야 하니 망을 버리면 진도 사라진다"고 한 것처럼 진과 속의 수준이나 시비를 개별적으로 논할 수 없다. 장타이옌은 『도한미언』에서 자신의 학술 사상 역정을 자술했을 때에도 결국 '속을 진으로 바꾸었다'와 '속으로 향하기 위해 진으로 돌아갔다'라고 정리했다. 그런데 장타이옌이 진과 속이라는 개념으로 실사구시와 경세치용을 개괄했을 때 그 안에는 어떤 가치판단이 들어 있었다.

사람의 마음은 진을 좋아하며 기器를 제어하는 것은 리理에 달려있다. 그렇다면 실사구시와 경세치용 모두 상호보완적일 것이다.[136]

135 章太炎, 『訽漢微言』, 31면.
136 위의 책, 53면.

이 대목에서는 상호 보완적인 측면을 강조했지만 둘을 리와 기, 진과 속이라고 했을 때 이미 논자의 경향성을 드러낸 것이다.

리와 기, 체와 용을 구별하는 것은 중국 철학사의 전통적인 주제인데, 다소 관념적이었기 때문에 장타이옌은 더 통속적인 논법을 썼다. 1910년에 장타이옌은 '독각獨角'이라는 필명으로 『교육금어잡지敎育今語雜志』에 '유학留學의 목적과 방법'을 본격적으로 논한 「경술회연설록庚戌會衍說錄」을 발표했다. 그 글에서 경세치용과 실사구시의 차이를 논한 부분은 자기의 상황을 통해 타인을 이해한다는 지극히 일상적인 내용이었다.

> 하물며 경세치용의 학문이 꼭 쓸모가 있는 것도 아니다. 실제로 쓸모가 있다고 해도 그 역할을 발휘하려면 기회를 얻어야 한다. 만약 기회가 맞지 않는다면 치용을 강구하더라도 결국 무용하게 될 수 있다. 지혜만을 구한다면 자기 자신만 믿으면 될 뿐 기회는 상관없다. 만약 경세치용을 못하게 되면 돌아가서 저술을 통해 주장을 하면 된다.[137]

경세치용은 기회가 맞아야 하지만 실사구시는 본인만 노력하면 된다. "'경세치용'은 유자 자신이 결정할 수 없고 반드시 외적 인연에 의지해야 한다. 외적 인연이란 고염무가 말한 '군주'이며 이 때문에 고염무나 황종희는 '기댈' 대상이 필요했다. 하지만 위잉스의 말처럼 유가에서 기대했던 '군주'는 지금까지 등장하지 않은 것 같다."[138] 장타이옌은 처세할 때 항상 "자기 마음을 중요하게 여기고 외부 힘에 기대지 말" 것을 주장했는데[139]

---

137 獨角(章太炎), 「庚戌會衍說錄」, 『敎育今語雜志』 4, 1910.6.
138 余英時, 『中國思想傳統的現代詮釋』, 南京 : 江蘇人民出版社, 1989, 220면 참조.
139 章太炎, 「答鐵錚」, 『章太炎全集』 4, 369면.

이는 외적 인연에 기댈 필요가 없는 실사구시를 중시한 것이다. 실사구시를 하면서 사람들이 알아주지 않는다면 책을 써서 자신의 주장을 밝히고 그 책을 명산에 숨겨두어 후세에 전해지기를 바랄 수 있다. 이것은 독서하는 사람에게는 매우 큰 유혹이었고 어쩌면 없어서는 안 될 심리적 위안이라고 할 수도 있었다. 오랫동안 문인들은 대부분 재주가 있음에도 때를 만나지 못한 것을 한탄했는데 그들이 매우 진지하게 삶을 영위할 수 있었던 것은 '입덕立德', '입공立功'을 이루지 못한다고 해도 사회의 인정을 받을 필요가 없는 '입언立言'이 있었기 때문이었다. 경세치용의 학문을 추구한다면 좋은 기회를 만나 찬란하게 빛날 수도 있겠지만 결국 절대다수는 '기회를 만나지 못한' 사람들이 될 것이다. 그리고 경세치용의 학문은 일단 쓸모가 없으면 정말 한 푼의 가치도 없게 된다. 이렇게 '상황에 맞게 주장을 하는 것'은 이론적이거나 사변적인 색채는 별로 없지만 매우 현실적이다. 여기에서도 장타이옌의 고심을 읽을 수 있다.

개인의 이익을 기준으로 학술 연구의 방법을 논하는 것은 당연히 '대도大道'는 아닐 것이다. 그렇지만 국가의 흥망을 다루는 경우에도 장타이옌은 여전히 경세치용이 아니라 실사구시로 학문을 하는 경향을 보였다. 장타이옌은 「분서를 슬퍼함哀焚書」에서 "국가를 세우고 종족을 구분하는" 근거는 '언어, 풍속, 역사'에 달려있으므로 다른 나라를 멸망시킨 자는 반드시 그 역사 기록을 훼손하고 풍속과 언어를 바꾸는데 이것이 '제왕이 나라를 다스리는 전략'이며 고금과 나라 안팎에서 예외는 없었다고 말한 것처럼[140] 학술과 정치의 관계를 강조했다. 그리고 종족혁명을 제창하는 사람들은 자연히 '제왕이 나라를 다스리는 전략'과는 반대로 하기 때문에

---

140 章太炎, 『章太炎全集』 3, 323~324면.

학술을 빌어 옛것을 그리워하는 깊은 감정을 드러내고 나아가 옛 나라를 회복하고자 하게 된다. 장타이옌은 '이데올로기主義'정치가 '사적史籍'학술에 의존하는 것에 대해 묘한 비유를 쓴 적이 있다.

> 그래서 나는 민족주의가 농사와 같아서 사적에 실린 인물과 제도, 지리, 풍속 등으로 물을 대어야 울창하게 흥성할 수 있다고 생각하는 것이다. 그렇지 않고 이데올로기만 중요하게 여기고 민족을 사랑할 줄 모른다면 점차 시들게 될까 봐 걱정한다.[141]

이 부분은 장타이옌이 학술 연구에서 경세치용을 중시했다는 근거로 늘 인용되는 구절이다. 그런데 이 무렵 장타이옌의 학술 논의 전반을 보게 되면 이 말의 의미는 경세에 학술이 필요하다는 것이지 학술에서 경세를 중시해야 한다는 뜻이 아니다. 만약 장타이옌의 학술 논의의 핵심을 간단하고 명확하게 정리한다면, 정치를 할 때 반드시 학술에 근거할 것, 학술에서 경세치용을 강구할 필요가 없다는 것, 실사구시 학문은 쓸모없음이 쓸모라는 것, 이 세 가지로 정리할 수 있을 것이다.

실사구시 학문은 아무것에도 기대하지 않는 학문이자 쓸모없음이 쓸모가 되는 학문이다. 그래서 '진'이자 '리'이고 '체'가 되는 것이다. 반면에 경세치용의 학문은 상대적으로 말하면 '속'이고 '기'이고 '용'일 뿐이다. "경세치용으로 나아가라"는 것은 "헛된 말로 사람을 유혹하기" 쉽다. 그러나 "실사구시로 나아가라"가 되면 "근거에 실체가 있고 비판과 반박에 법도가 있게 된다".[142] 하지만 이것이 핵심은 아니다. 핵심은 진과 속을 변별

---

141 章太炎, 「答鐵錚」, 『章太炎全集』 4, 371면.
142 章太炎, 「程師」, 『章太炎全集』 4, 139면.

하는 사유 방식에 달려 있다. '진과 속'을 통해 실사구시와 경세치용을 말한 것은 장타이옌이 자신의 역사적 위상과 존재 가치를 어떻게 생각했는가 하는 문제와 이어진다.

장타이옌은 중국 정계에서 몇십 년간 위풍당당했고 사람들의 주목을 받은 민국시대의 공로자였다. 그래서 혁명이 승리한 뒤 논공행상에서 2등 공훈의 지위도 부족하다고 생각해서 자신이 "최초로 대의를 바로잡고 탁월한 식견을 보였으니" 그 공이 쑨원보다 높다고 자평했다.[143] 이렇게 공적과 명성을 중시하는 것을 보면 정치 스타의 길을 갈 것 같았다. 그런데 실제로 장타이옌이 가장 자부했던 것은 자신의 학문이었다. 신해혁명이 최고조에 이르자 장타이옌은 우청스吳承仕, 오승사에게 "나는 지금 세상에서 오직 국학을 맡아서 선대의 업적을 지키고자 했을 뿐입니다", "학문에서는 결국 대진 선생을 모범으로 삼아야 할 것입니다"[144]라는 내용의 편지를 보냈다. 이것은 독서인의 상투어가 아니라 진심을 담은 것이었다.

장타이옌의 학술 중시를 극명하게 보여주는 것이 두 번째 투옥되었을 때 '개관사정蓋棺事定'에 가까운 「자제문自祭文」을 쓴 일이었다. 1903년 장타이옌은 『소보蘇報』 필화 사건에 연루되어 투옥되었고 옥중에서 일기를 썼다. 이 일기는 "하늘이 나에게 국수國粹를 맡겼다"로 시작하며, 그중에서 가장 큰 걱정은 고국의 광복이 이루어질 것인가가 아니라 학문이 자기 대에서 끊어질까 염려한 것이었다.

중국의 장대하고 훌륭한 학문이 마침내 그 흐름이 끊어져 나라의 유산과 백성의 기풍이 내 손에서 끊어지게 된다면 이것은 나의 죄이다.[145]

143 章太炎, 「與王揖唐書」, (湯志鈞 編, 『章太炎年譜長編』, 421면)
144 章太炎, 『章炳麟論學集』(吳承仕 藏, 北京 : 北京師範大學出版社, 1982), 347~349면.

중화문화가 자기 한 몸에 달려 있다는 감각은 장타이옌에게 일시적인 농담이 아니었다. 1914년에 위안스카이는 장타이옌을 북경에서 가택 연금시켰다. 그때 장타이옌은 리위안훙黎元洪, 여원홍에게 "나아가서 백성을 위해 명을 청할 수 없으니 나라를 저버린 것이고, 물러나서도 문화를 선양하지 못하니 후세에게 부끄럽습니다"라는 편지를 보내 단식을 결의하고 목숨을 걸고 항쟁했다. '나아가고 물러난다'는 구분이 있기는 했지만 백성을 위해 명을 청하는 것을 대의로 여겼던 것이다. 그러나 죽음을 앞두고 쓴 편지에서 가장 감개를 자아내는 대목은 "내가 죽은 뒤에는 중화문화中夏文化도 없어질 것"[146]이라는 구절이다. 20년 후 제자 주시쭈朱希祖, 주희조는 이 구절에 대해 설득력 있는 해석을 제시했다.

스승님은 경서와 역사서, 소학은 전할 사람이 있으므로 흥기할 것을 기대해 볼 만하고, 문장의 조예는 각자 하기에 달렸으므로 잘못된 길로 가지 않도록 격률만 가르치면 된다고 여기셨다. 오직 선진 제지諸子의 철학적 이치만큼은 그 명맥이 끊어지게 될 것이라고 하셨다. 이것은 20년 전에 옛 수도에서 단식하던 때의 말씀이었다. 지금 상황을 생각해 보면 여전히 이 말씀에서 벗어나지 않은 것 같다.[147]

장타이옌이 자기 학문에 대해 생각한 것이 맞든 그르든 자신이 이 세상에서 유일하게 '이전의 성인을 위해 끊어진 학문을 계승할' 사람이라

145 章太炎,「癸卯獄中日記」,『章太炎全集』4, 144면.
146 徐一士,『一士類稿·一士談薈』, 83면; 湯國梨 編次,『章太炎先生家書』, 上海 : 上海古籍出版社, 1985, 47면.
147 朱希祖,「致潘承弼書」,『章太炎年譜長編』, 474면.

고 본 것은 분명하다. 죽음을 앞둔 즈음의 생각이란 그 개인의 지향을 가장 잘 보여주는 법이다. 장타이옌이 단식하기로 마음먹었을 때에는 "일개 서생으로 대의를 제창했고 공을 이루었으니 삶을 끝내도 되겠다"는 마음이었을 것이다. 장타이옌에게 정말 유감이었던 것은 "학술에 대한 포부가 있었고 가르치고자 하는 생각도 끝이 없었으나 그 뜻을 이루지 못했다"는 것이었다. 장타이옌은 맏사위 궁바오취안龔寶銓, 공보전에게 보낸 편지에서 다시 문장에서 자신의 재주를 모두 드러내지 못한 것에 대해 아쉬움을 토로했다.

> 몇 종의 저서 중에서 『제물논석齊物論釋』과 『문시文始』는 1천 6백 년간의 책 중에서 이것과 필적할 만한 것이 없다. 『국고논형國故論衡』, 『신방언新方言』, 『소학답문小學答問』 3종의 책은 옛날 현인들이 다시 살아나면 해낼 수 있는 저작이다. 비록 정치를 하느라 화를 입었지만 시간적 여유가 있어서 깨달은 것이 많았다. 책으로 남기고자 했던 것이 아직도 3, 4종이 더 있으나 이것은 채 마치지 못했으니 영원히 아쉬울 것이다.[148]

장타이옌이 죽음을 앞두고 학술을 이야기했던 이유는 어쩌면 정치적으로는 "공을 이루었으니 삶을 끝내도 되겠다"고 생각했지만 학술적으로는 자기 재주를 모두 발휘하지 못해서 후대에 아쉬움을 남긴다고 생각해서였을 수도 있다. 또는 정치적인 업적은 다른 사람도 이룰 수 있지만 '영원히 아득하게 끊어질' 학문은 자기 말고는 누구도 대신할 수 없어서 그랬을 수도 있다. 또는 정치적인 성공은 금방 사라져 버리지만 학술적인

---

148 章太炎, 「與龔未生書」, 『章太炎政論選集』, 702면.

공헌은 영원히 남는다고 생각했을 수도 있다. 후대 사람들은 이 모든 것에 대해 추측만 할 뿐이다. 그러나 분명한 점은 죽음을 앞둔 순간 자신을 중화문화^{국고 또는 국학}의 수호신이라고 자처하는 독특한 태도를 보였다는 사실이다. 만년의 장타이옌은 '경세치용'에 대해서는 언급하지 않고 그저 '학인들을 깨우쳐서 한 가닥이라도 국학을 보존'[149]하기만을 바랐는데 이런 태도는 이런 사유의 연장선상에서 나왔던 것이다. 그런데 이런 해석은 장타이옌을 "처음에는 혁명가의 모습으로 세상에 나타났으나 나중에는 물러나 조용히 공부한 학자"라고 보는 전통적인 주장과[150] 완전히 들어맞지는 않는다. 나는 장타이옌이 학술을 논할 때 전반기와 후반기에 관심사가 달라진 것을 부정하려는 것이 아니라 논자들이 거의 주목하지 못한 부분을 짚어내고 싶었다. 곧 정치에 대해 목소리를 높이고 혁명에 투신했을 때조차 장타이옌의 마음 깊은 곳에서는 여전히 학술을 중시했을 수 있다는 것이다. 학술의 독립적 가치와 심원한 영향력을 중요하게 여겼다는 점에서 볼 때 장타이옌의 전반기와 후반기는 그렇게 크게 달라지지 않았다. 이와 마찬가지로 학술 논의에서 '실사구시'를 '진'으로 보고 '경세치용'을 '속'으로 보는 이 독특한 사유는 장타이옌의 전 생애를 관통하고 있었다.

149 章太炎, 「致馬宗霍書」, 『章太炎政論選集』, 827면.
150 魯迅, 「關于太炎先生二三事」, 『魯迅全集』 6, 545면.

제2장

관학官學과 사학私學

평생 학문을 연구한 장타이옌은 극단적으로 말하는 것을 좋아해서 사람들을 놀라게 하는 주장이 많았다. 사람들은 그의 참신함을 좋아하기도 했고 싫어하기도 했지만 그의 '기괴한 담론' 이면에 있는 학술적 사유와 고심에 대해 주목하는 사람은 거의 없다. 장타이옌의 괴이한 주장 중에서 사람들이 가장 이해할 수 없었던 것이 민국시기 공훈자였음에도 신식 교육을 반대하고 과거제 폐지와 학교 설립이 학술 발전에 도움이 되지 않을 뿐만 아니라 틀림없이 학술을 쇠퇴시킬 것이라고 확신했다는 점이다. 문과文科 학교의 5대 문제점을 열거한 뒤에 "구제도의 개혁 없이는 해결할 수 없다"고 단언했고 만약 구제도를 개혁하지 않으면 "세상이 어지러워지고 나라가 위태롭게 될 것이며 종족도 멸망할 것"[1]이라고 했다. 이런 주장을 옛 제도를 고수하고 옛 왕조에 충성한 사람이 아니라 혁명을 제창한 용맹한 사인 장타이옌이 했다는 점에서 가볍게 넘길 수 없다. 아쉽게도 지금까지 학계에서는 장타이옌의 이런 주장의 타당성을 따지지 않고 모호하게 넘어가거나 유명한 사람의 기행奇行 정도로 치부하고 찬찬히 음미하지 않았다. 장타이옌이 신식교육을 반대했을 때 구체적인 표현이 편향적이었기 때문에 시의에 맞지 않았을지도 모르지만 그의 학술 논의에는 깊이 생각해 볼 만한 점이 있다.

신해혁명 이후 그전까지 과거제 폐지와 학교 설립을 열렬하게 주장한 캉유웨이조차 학교 교육이 "지식만 학문으로 보고 덕은 학문으로 여기지 않"아서 나라 전체에 "인재가 없고 지조가 무너져 오직 이익만 추구할 뿐

---

1   章太炎의 「與王鶴鳴書」, 「救學弊論」, 「論讀經有利而無弊」 등의 글 참조.

어찌 인의를 알겠느냐?"[2]라며 비판했다. 이렇게 "천 리를 바라봐도 제대로 된 사람이 없는 적막한" 상황이 되자 차라리 "도를 배우는 기풍은 사라지지 않고", "현인들은 도덕과 절조 있는 행실로 고을 사람들을 감화시켰고 중간 재능 이하의 사람들도 문채와 풍류의 아름다움이 있었던" 과거제도 폐지 전이 훨씬 나아보였다. 이제서야 "옛날 과거제의 쓸모 없음이 쓸모임"[3]을 알게 되었다는 것이다. 장타이옌도 그와 마찬가지로 학교에 대해서 "유럽을 스승으로 삼고 미국에 추파를 보내며", 신학문을 하는 사람들의 "도덕이 무너진 것"이 매우 큰 잘못이라고 여겼다. 그런데 장타이옌의 비판은 이 정도에서 그치지 않았다. 먼저 장타이옌은 학교의 장단점을 논할 때 교육의 계몽성이 아니라 학술 발전을 기준으로 삼았기 때문에 당시 사람들이 열정을 보인 아동 교육, 여성 교육, 평민 교육 등에 대해서는 별로 관심이 없었다. 또 장타이옌은 학제와 학술 사상 간의 관련성을 중시했다. 그래서 학교의 장단점을 논할 때는 서구 학문과의 관계를 함께 논했고 서원의 강학을 논할 때는 국학과 관련지었다. 마지막으로 장타이옌이 신식학당을 비판했을 때 그 핵심은 신식학당이 교육형식에서 우월한가 여부보다 신식학당을 건립하는 정부 정책이 잘하고 잘못한 점이었다. 곧 장타이옌은 표면적으로 볼 때 구학문과 신학문을 말한 것 같았지만 사고의 중심에는 관학과 사학의 관계가 있었던 것이다. 따라서 장타이옌의 사유가 갖는 의의는 교육사가 아니라 학술사와 사상사에서 찾을 수 있다. 장타이옌은 신식교육 체제에 대해 회의적이었다. 이것은 사실상 현대 사회와 서구 학문이 배경인 서구 교육 제도에 중국 학술 전통

2   康有爲, 「中國顚危誤在全法歐美而盡棄國粹說」, 湯志鈞 編, 『康有爲政論集』, 北京 : 中華書局, 1981, 903면.

3   康有爲, 「共和平議」, 『康有爲政論集』, 1042~1043면.

을 어떻게 녹여낼 것인가라는 중대한 문제를 생각한 것이었다. 장타이옌은 만족할 만한 답을 찾지 못했지만 그가 제기한 몇 가지 문제는 지금도 여전히 수많은 중국 학인들을 곤혹스럽게 하고 있으며, 시대나 상황이 변했다고 해서 사라지지 않았다.

1. 배움을 권하는 것과 학문으로 은둔하는 것

만청 시기 국운이 쇠미해져서 위로는 고위 관료부터 아래로는 문인 학사까지 각자 나름대로 나라를 살릴 방법을 강구했다. 이때 과거제와 학교에 대한 논쟁이 뜨거운 감자로 떠올랐다. 과거제도는 외부적 문제만 없다면 영원히 유지되어도 좋을 것 같았다. 그러나 하루도 버티기 어려울 정도로 위태로운 시절이 되자 왕셴첸王先謙, 왕선겸 같은 보수적인 사람조차도 팔고문八股文, 制藝 대신에 책론策論으로 바꿔서 "사상서와 역사서를 통해 취미를 넓히고, 시무를 논의하게 해서 그 응용 능력을 살펴보자"고 하는 상황이 되었다. 문제는 책론이 팔고문보다 낫다고 해도 이것이 인재를 구하는 최고의 방법인가 하는 점이었다. 심지어 책론으로 인재를 뽑자고 주장한 당사자조차도 확신이 없어서 "나 또한 책론이 인재를 흥기시킬 근본이라고 말하는 것은 아니고 다만 팔고문의 문제점을 먼저 없애고 보자고 생각했을 뿐"[4]이라고 했다. 전통적인 학제 내부에서 개혁하려는 시도가 난항을 겪자 서구의 학제에서 대안을 찾는 수밖에 없었다. 그래서 과거제를 폐지하고 학교를 건립하자는 목소리가 나날이 높아갔다. 정관잉鄭觀應, 정관응이 "학

---

4   王先謙, 「科擧論上」, 『葵園四種』, 長沙 : 岳麓書社, 1986, 5~7면.

교는 인재를 만드는 곳이고 천하를 다스리는 근본이다"[5]라고 한 1892년부터 담사동의 "과거제도의 변혁은 실로 하늘과 땅을 뒤엎고 시세를 뒤바꾸어 놓을 중요한 사안이며 근본 중에서도 근본"[6]이라고 한 1894년을 거쳐, 다시 장즈둥張之洞, 장지동이 "서구 열강은 학교를 세워 강해졌으니 (…중략…) 나 역시 최선을 골라 따를 것이다"[7]라고 한 1898년까지, 각기 신분 지위와 정치 경향에서 차이가 있었고 학술 논의의 치중점도 달랐으나 다들 이제 중국이 봉건시대의 제국이 아니라 언제든 나라와 종족이 패망할 위험이 있으므로 조종祖宗의 가법을 사수할 때가 아니며 "오랑캐의 장점을 받아들여 오랑캐를 제압해야" 부흥할 가망이 있다는 것을 인정했다.

서구에 대해 "배와 대포를 잘 만든다"고 인정하는 수준에서 "서구가 부강해질 수 있었던 이유는 화포 같은 무기나 군대가 아니라 이치를 탐구하고 학문을 권장했기 때문이다"[8]라고 변화된 인식을 보이고 나아가 과거제 폐지와 학교 건립에서 개혁을 시작해야 한다는 의견으로 모아진 것은 대단한 진보였다. 량치차오는 이런 사상적 조류를 간결하고 특징적으로 잘 요약했다.

그래서 학교를 세우고 인재를 양성하여 중국을 강하게 하려면 과거제 개혁이 최우선이다.[9]

중국을 강하게 하는 것이 목적이라면 관건은 인재 양성이다. 그러니 학

---

5   鄭觀應, 「學校上」, 『鄭觀應集』上, 上海 : 上海人民出版社, 1982, 245면.

6   譚嗣同, 「報貝元征」, 『譚嗣同全集』, 北京 : 中華書局, 1981, 208면.

7   張之洞, 『勸學篇』序」, 『勸學篇』, 雨湖書院刊本, 1898.

8   康有爲, 「上淸帝第二書」, 『康有爲政論集』, 130면.

9   梁啓超, 「論科學」, 『飮氷室合集・文集』1, 上海 : 中華書局, 1936, 27면.

교 건립과 과거제 개혁에서 무엇이 최우선인가는 굳이 따질 필요가 없는 문제였다. 이것은 동전의 양면과도 같았다. 과거제 폐지 없이 학교 건립이 어렵다고 말할 수도 있겠지만, 반대로 학교 건립 없이는 과거제 폐지가 어렵다고 말할 수도 있었다. 만청 유신 지사 대부분은 이 두 가지 측면으로 학제 개혁의 의의를 논술했다. 그중에서 병을 고친다는 비유를 쓴 캉유웨이의 글이 가장 독보적이었다. 그의 말에 따르면 과거제 폐지는 "토하고 나면 묵은 병이 사라지는 것"이고 학교 건립은 "보양을 통해 기운을 증강시키는 것"[10]이었다.

무술변법 즈음에 장타이옌은 "정치 개혁으로 혁명을 이끄는 것"이 "지금의 급선무"라고 생각했다. 정치에 대해 논의할 때에는 캉유웨이, 량치차오와 의견이 대체로 일치했고 과거제 폐지와 학교 건립을 "우리 학술을 흥기시키고" "우리를 강하게 만들" 비책[11]이라고 생각했다. 「학회가 황인에게 크게 유익하므로 보호조치가 시급하다는 점을 논함論學會有大益于黃人亟宜保護」에서 중국 "사람들이 결국 과거제만을 좋은 길로 여기고 그 외의 나머지는 비천하게 보기 때문에 인재들에게 공부만 강요하는" 이런 현상에 대해 학회를 열어 사람들을 계몽하자고 주장했다. 또 「변법잠언變法箴言」에서는 "학당을 건립하지 않으면 의원議院, 국회을 세울 수 없으며, 의원을 설립하지 않으면 민주주의를 확립할 수 없다"고 했는데, 이것은 분명 학교 건립을 변법의 근본으로 본 것이다. 「사당을 팔다鬻廟」에서는 아예 "음사淫祀와 절, 도관道觀"을 팔아 "학당을 증축"하자고 주장했다. 지금 해야 할 급선무를 백성을 계몽하여 나라를 위기에서 구해내는 것으로 본 것이다. 그

10 康有爲, 「請開學校折」, 『康有爲政論集』, 305면.
11 章太炎, 「論學會有大益于黃人亟宜保護」, 『章太炎政論選集』, 北京 : 中華書局, 1977, 12~13면.

러면 "귀신이 꾸짖어도 두려울 것이 없고 사람들이 떠들어도 신경 쓸 것이 없게 될鬼責無所懼, 人言無所恤" 것이라고 했다. 이 세 편의 글은 기본적으로 캉유웨이나 량치차오의 주장[12]에 호응한 것이라 아직 자기만의 정치적 견해를 갖추었다고 할 수 없다. 장타이옌은 이 사실을 분명하게 알고 있었다. 그래서 정치적으로 캉유웨이나 량치차오와 결별해서 각자의 길을 가게 된 뒤 과거제와 학교에 대해 논쟁할 때 모두 이전의 주장에서 방향을 틀었다. 「학회를 논함論學會」과 「변법잠언」 이 두 편의 글은 장타이옌의 문집에 수록되지 않았고 「사당을 팔다」는 『구서訄書』 초간본에는 수록되었지만 나중에 장타이옌이 다시 간행할 때에는 망설임 없이 빼버렸다.

그런데 장타이옌이 감정적인 이유로 일부러 캉유웨이나 량치차오와 선을 긋기 위해 신식학당을 싫어했던 것은 아니었다. 캉유웨이나 량치차오가 과거제를 공격하고 신학문을 제창하는 것에 동조했을 때조차 장타이옌은 학회의 역할과 효용에 대해 캉유웨이나 량치차오와 전혀 다른 생각을 가지고 있었다. 캉유웨이는 "학업은 열심히 해야 이루어지고, 인재는 훈련시켜야 나온다"[13]라고 했다. 학회의 기본 역할이 '견문 소통'이라는 점에서 두 사람은 의견이 일치했다. 그러나 정부와 학회의 관련성에 대해 캉유웨이와 장타이옌은 입장이 전혀 달라서 나중에 결별할 단서가 이미 그 안에 들어있었다. 캉유웨이가 제시한 학회는 정부가 학술을 주도하고 민간에서 지원하는 방식이었다.

정부의 역량에는 한계가 있으므로 모든 일을 다 정밀하게 할 수 없다. 민간

---

12 康有爲의 「京師强學會序」, 「上海强學會後序」, 「請飭各省改書院淫祠爲學堂折」, 梁啓超의 「變法通議」 참조.
13 康有爲, 「京師强學會序」, 『康有爲政論集』, 166면.

의 학회는 전문적으로 연구하기 때문에 모든 일에서 새롭게 개척할 수 있다.[14]

정부의 "부족한 점을 보완한다"에 착안한 캉유웨이는 당연히 정부가 학회를 지지하리라 기대했고, 특히 서구에서 학회를 설립할 때 "후비와 태자, 친왕, 대신이 모두 참여하는 것"을 부러워했다. 캉유웨이에게 학회는 정부가 설립하는 또 다른 형태의 학교였다. 또 전문적인 학술단체(농업학회, 광업학회, 상업학회 등)로서, "모든 학문에는 각기 학회가 있어야" 사우(師友)들이 질의하고 학문에 매진하면서 학교를 보완할 수 있다고 보았다. 이것은 학회가 어떠해야 하는지를 말한 량치차오의 주장과 일치했다.

학교가 위에서 분발시킨다면, 학회는 아래에서 성취할 수 있게 한다.[15]

반면에 장타이옌이 제시한 학회의 첫 번째 목표는 정부의 우민정책에 맞서는 것이었다.

아아, 옛날에는 백성들을 어리석게 만드는 자들은 백성의 입을 틀어막고 책을 불태우며 학사들을 구덩이에 산 채로 묻어버렸지만 법령을 공부하고자 할 때는 하급관리를 스승으로 삼았다. 그래서 평민은 어리석게 만들려고 했어도 박사는 지혜롭게 만들고자 했다. 그런데 지금은 박사조차 전부 어리석게 만들려고 한다. 그래서 재주가 있는 사람이라도 그 재주를 쓸 수 없게 하니 어찌 (분서갱유를 한) 진나라 사람조차 비웃을 노릇이 아니겠는가?[16]

14　康有爲,「上淸帝第四書」,『康有爲政論集』, 155면.
15　梁啓超,「論學會」,『飮氷室合集·文集』1, 31면.
16　章太炎,「論學會有大益于黃人亟宜保護」,『章太炎政論選集』, 11면.

장타이옌은 학술을 주도하는 정부의 성의와 능력에 대해 회의적이었고 그래서 민간에서 "적절한 사람을 찾아서 학회를 세우자"고 주장한 것이다. "정부의 역량에 한계가 있으므로" 학술 주도에 힘을 쓸 수 없다는 것이 아니라 학술 주도의 책임과 권리가 원래 민간에게 있으므로 정부가 선도하고 장려할 필요가 없다는 것이었다.

정부가 맡을 수 없다. 민간에서 맡아야 한다.[17]

장타이옌의 학회 설립의 본의가 여기에 있었다. "뛰어난 사람들이 학문을 책임지는 것"은 그 본의를 더듬어가면 민간에서 "기준을 세워서 스스로 바로잡아 세상의 급한 일에 대비하는 것"이 "옛날의 밝은 가르침"에 부합한다는 것이다. 민간의 '학회'^{서원, 강습회}를 가지고 관청의 '학교'에 대항하겠다는 것인데, 그 이후 장타이옌의 학술 논의와 학술 실천의 기본 노선이 여기에서 조짐을 드러낸 것이다.

장타이옌은 신식학당을 공개적으로 비판한 첫 번째 글인 「왕허밍에게 보내는 편지」를 1906년에 썼는데, 이것은 결코 우연이 아니다. 과거제와 학교 중에서 어느 것이 나은가라는 논쟁은 만청시대에 학술 문제만이 아니라 격렬한 정치 투쟁이기도 했다. 장타이옌은 학교에 대해 부정적이었지만 과거제가 폐지되기 전에는 과거제도를 변호하지 않았다. 그 당시 학교를 공격하면 완고한 보수주의자들이 이 주장을 이용할 가능성이 높았기 때문이다. 100일 유신이 사상자를 내면서 종식되었지만 량치차오와 캉유웨이 등이 주장한 새로운 정치는 여전히 소리소문없이 실행되고 있

---

17 위의 책, 12면.

었고 과거제를 개혁하고 학당을 설립하는 것이 대세로 떠올랐다. 1901년에 장즈둥 등이 과거 합격자 정원을 축소하고 학당의 생원으로 보충하자고 주청했고, 1903년 장바이시張百熙, 장백희 등은 매년 과거 합격자 정원을 3분의 1로 줄여서 "과거와 학당을 합병"하자고 주청했다. 1905년에 위안스카이 등은 "과거시험을 중지하고 학교를 증설하자"고 주청했고 청 정부에서는 병오년1906부터 과거시험을 폐지한다는 조칙을 내렸다.[18] 이렇게 해서 1,300년간 유지되던 과거제도가 완전히 폐지되었는데, 이것은 중국의 교육사, 학술사, 정치사에서 대단한 사건이었다. 그 전 왕조에서도 과거제도에 대해 첨예한 비판이 없었던 것은 아니지만 이것을 대체할 교육 체제가 없었던 반면, 이제는 서구식 학교가 과거제를 대신해 인재 선발을 하게 되었으므로 민간이든 조정이든 이것이 중요한 역사적 전환점이라고 인식하게 되었던 것이다. 청 황제가 과거제를 중지하고 학교를 증설하겠다고 한 지 4개월도 채 못 되어 옌푸嚴復, 엄복가 한 편의 글을 썼다. 옛학문의 부족한 점을 보완하려고 북경에 동문관同文館을 설립했을 때부터 "모든 것이 다 학당에서 나오게 된" 과정까지 서술한 뒤에 이렇게 단언했다.

나는 이 사건이 우리나라 수천 년 동안 최대의 사건이라고 한 적이 있다. 중요성으로 말한다면 예전에 봉건제를 폐지하고 교통로를 뚫은 것과 다름이 없다. 그 발단은 이러하지만 앞으로 어떤 결과를 낳게 될지는 우리의 미미한 지식으로 감히 말할 수 없다.[19]

---

18   舒新城 編, 『中國近代敎育史資料』 上, 北京 : 人民敎育出版社 1961, 47~66면 참조.
19   嚴復, 「論敎育與國家之關係」, 『嚴復集』 1, 北京 : 中華書局, 1986, 166면.

사실 당시 문인 학사들은 과거제 폐지와 학교 건립의 "결과가 어떠할 것인지"에 대해 여러 논의를 했다. 유신파와 혁명파는 대부분 긍정적인 입장을 보였지만 이런 좋은 일이 정적에 의해 완성되었다는 점을 아쉽게 생각했다. 장타이옌의 생각은 상당히 기묘했다. 예전에 과거제를 공격했던 그는 이제는 다시 입장을 바꿔 학교가 문제점이 많다고 트집 잡았다. 그가 보기에는 이랬기 때문이었다.

그렇지만 학술의 근본은 편향성을 제거하는 것이다. 그러나 소속을 어디에 둘 것이냐에 따라 편향성이 생겨난다.[20]

문제점을 없애기 위해 어떤 것을 만들고 어떤 것을 없애는 것은 당연히 좋은 일이다. 그러나 학식이 없는 사람들이 "장광설과 현란한 말로 서로를 속이게 되면 다시 문제점이 여기에서 생겨난다." 그런데 이것도 핵심적인 문제는 아니다. 편향성과 문제점을 없애려고 하다가 바로잡는 것이 지나치게 되면 평정심을 가지고 문제점 안에 있는 유익한 점, 편향성 안에 있는 올바름을 발견할 수 없게 되고 여기에서 생겨나는 새로운 편향성과 문제점에 대해 경각심을 가지지 못하게 된다. 이것이 결정적인 문제였다. 과거제가 유지되는 상황에서 학교를 건립하면 편향성과 문제점을 없앨 수 있겠지만 과거제가 폐지된 상황에서는 반드시 편향성을 없애는 과정에서 생겨나는 또 다른 편향성과, 문제점을 없애는 과정에서 생겨나는 또다른 문제점이 있는지 제대로 봐야 한다. 장타이옌은 때때로 학교의 문제점을 질타하면서 과거제보다 못하다고 했다. 그러나 이는 순간적

---

20   章太炎, 「致國粹學報社書」, 『章太炎政論選集』, 498면.

으로 격분해서 한 말이지 솔직한 마음은 아니었다. 장학성은 "분위기를 따라가면 반드시 문제가 있다"『文史通義』「說林」고 했고 그의 후학 장타이옌 도 마찬가지로 "무리 지어 가는 것은 가짜이고 혼자 가야 올곧다"[21]고 했 다. 이런 사고 논리를 따라가면 대세를 따르는 것에 가혹하고, 쇠락해지 는 것에 관대해지기 마련이다. "쇠해지면 거짓이 적기" 때문이라는 것인 데, 최소한 인격적으로 고집스러운 편이 대세를 따라 빌붙는 것보다 낫다 는 뜻이다.

"학교가 별로라고 해도 과거제보다는 낫다"는 당시 주장에 대해 1906 년에 장타이옌은 「왕허밍에게 보내는 편지」에서 학교가 "학술을 쇠락하 게 하기 때문에 과거제가 있을 때보다 못하다"고 우려했다.

> 사람들은 과거제를 폐지하고 학교를 설립하면 학술이 발전할 것이라고 누 누이 말했었다. 그러나 멀리 상商, 주周를 보고 밖으로 구미를 봤을 뿐 지금 중 국의 상황을 모르고 하는 말이다. 중국의 학술은 아래에서 만들어가면 점차 좋 아지지만 위에서 내려오는 식이면 나날이 쇠퇴해진다. 조정에서 설치하는 것 은 녹봉을 받기에는 충분하지만 그렇게 설립한 학교에서 배우게 되면 얼마 되 지 않는 지식으로 견강부회나 할 뿐이다. (…중략…) 지금 조정에서 설립한 학 교에 들어가는 것이 출세하는 길이라 사람들이 서로 가려고 하는 상황에서 어 찌 학술을 바랄 수 있겠는가?[22]

장타이옌이 비판하고자 했던 것은 교육 체제로서 학교가 더 나은가의 문제가 아니라 조정에서 만든 것이기 때문에 출세로 가는 새로운 지름길

---

21   章太炎, 「思鄕原上」, 『章太炎全集』 4, 上海 : 上海人民出版社, 1985, 130면.
22   章太炎, 「與王鶴鳴書」, 『章太炎全集』 4, 152~153면.

이 될 수 있다는 점이었다.

과거제도의 가장 나쁜 점은 응시생이 부귀를 얻으려고 진짜 공부를 포기한다는 점과 부끄러운 줄 모르고 이익만 추구하는 분위기가 만들어지면 나라가 위급한 상황일 때 쓸 사람이 없게 된다[23]는 점이었다. 이 당시 사람들은 문제를 해결하기 위해서는 학당을 세우고 국가에 유용한 신학문을 가르쳐야 한다고 생각했다. 그러나 학생들은 의식주 문제가 선결되어야 열심히 공부할 수 있다. 이것은 사람이라면 누구나 마찬가지였다. 따라서 학문을 권하는 최선의 방법은 조정에서 경제적 보상을 해주는 것이다. 중국인에게는 "과거제가 가장 중요하고", "제생들은 과거 합격에 목숨을 걸었다". 그래서 캉유웨이는 조정에서 이들에게 혜택을 주는 차원에서 '자격'을 부여하는 방법으로 책을 번역하고 유학을 갈 수 있게 장려하자고 건의했다. 예를 들어 "일본책 10만 자 이상을 번역하는 제생에게는 시험을 통과하면 거인 자격을 하사하고, 거인에게는 진사를, 진사에게는 한림을 하사하여 모든 관원들을 한 단계씩 승진시키자"[24]는 것이었다. 량치차오는 더 직접적인 방법을 제시했다. 그는 학교 진흥과 인재 양성을 위해 가장 좋은 방법은 학교 졸업생을 과거 합격자와 동등하게 대우하는 것이라고 했다.

소학에 들어간 사람은 '제생諸生' 자격을 주고 대학에 들어간 사람은 '거인擧人' 자격을 주고 대학에서 학문을 이루면 '진사進士' 자격을 줍니다. 특별하게 재능이 있는 사람을 선발하여 서양으로 보내 공부하게 하고 '서길사庶吉士' 자격을 줍니다. 그 외 나머지는 조정 안팎의 호부, 형부, 공부, 상부 등 관청의 관원으

23   康有爲,「上淸帝第二書」,『康有爲政論集』, 130면.
24   康有爲,「請廣譯日本書派遊學折」,『康有爲政論集』, 302~303면.

로 임용합니다. 서길사로 서양에 가서 3년간 공부하고 돌아오면 '편수編修'와

'검토檢討'에 해당하는 관직을 수여합니다.[25]

    이 주장은 대다수 거인들의 마음에도 들고 단기적으로 확실한 효과를 볼 수 있었기 때문에 청 조정에서는 이 제안을 받아들였다. 1898년 광서제는 「국시를 정하는 조서明定國是詔」를 내려 경사대학당京師大學堂 건립을 선포했고 량치차오가 초안을 잡은 「경사대학당장정京師大學堂章程」에서는 "대학을 졸업하면 증서에 근거하여 진사로 삼고 면접을 본 뒤 관직에 임명한다"고 규정했다. "예전에 세운 학당이 인재를 양성할 수 없었던 이유는", "과거시험 합격으로 벼슬하는 제도와 무관해서 학문을 이뤄도 쓸모가 없었기"[26] 때문이었다. 100일 유신은 실패했지만 캉유웨이와 량치차오의 학문 관련 제안은 유지되어서 1903년에 공포한 「학무강요學務綱要」에서는 "졸업을 하면 등급을 높여 '출신'을 하사"한다고 규정했다. 시험관은 학생의 시험 성적과 평소의 품행에 근거하여 "각 분야의 출신을 하사하고 등용하도록 주청할 것"을 규정했다. 1905년에 청 황제는 과거제를 폐지하고 학교를 증설한다고 유시를 내리면서 "학당은 본래 고대의 학교 제도이니 과거제처럼 출신으로 이들을 격려할 것이다"[27]라는 구절 하나를 잊지 않고 덧붙였다. 중국 교육 제도로 볼 때 과거제에서 학교로 순탄하게 전환될 수 있게 한 일등 공신이 이 제도의 시행이었다. 량치차오의 예상대로 입학하면 출신이 되었으므로 이것이 대세가 되었는데 정말 "8년 뒤 인재가 조정에 가득했는지"[28]는 단언할 수 없다. '출신'이라는 하사

25   梁啓超,「論科擧」,『飮氷室合集・文集』1, 28면.

26   朱維錚 編,『中國近代學制史料』1, 上海:華東師範大學出版社, 1983, 674면.

27   舒新城 編,『中國近代敎育史資料』上, 66・215면.

품을 내걸고 학문을 장려함으로써 학교 설립으로 가는 수많은 장애물을 제거했지만 결국 과거제와 마찬가지로 '출세의 지름길'이 아니었을까?

예전 사람들은 과거시험을 통한 인재 선발이 명분은 "출세로 유학儒學을 권장한다"였지만, 실제로는 "유학을 바쳐 출세했다"章學誠, 『文史通義』 「原學 下」고 비판했다. 지금 사람들에게 "출세를 위해 신학문을 권장하는 것도 마찬가지로" "신학문을 바쳐 출세하는" 운명에서 벗어날 수 없었다. 장타이옌은 청 조정의 학교 설립에 부정적이었고 좋은 집과 수레와 옷과 음식으로 학생들을 유혹하게 되면 곧 학생에게 학문 추구의 진정한 의미를 잃게 하고 그저 보상만 바라도록 해서 더욱 영리를 추구하도록 할 뿐이라고 했다. 거금을 들어 신학문을 선도한 장즈둥은 만청시대에 큰 명성을 얻었는데, 이런 이유로 장타이옌은 그에게 전혀 호감을 보이지 않았다.

그가 이런 거금을 학생에게 주었다면 분명히 이들의 거처가 좋아졌을 것이고 이들이 쓸 수 있는 돈도 많아졌을 것이다. 그의 의도는 입학을 권장하는 것이었겠지만 이것이 문제가 되리라는 것을 알지 못했다. (⋯중략⋯) 이런 식으로 공부를 하면 학문의 향상이 있을지도 모른다. 그러나 그들에게 시골로 돌아가라고 하면 하루도 편하게 있지 못할 것이다. 자연히 불성실한 사람들이 도시에 가득하여 출세만 하려 들고, 좋지 않은 옷과 음식을 부끄럽게 여기며, 중대한 일을 맡을 역량이 못 된다고 해도 풍족하게 살아갈 것이다. 일반 사람들과 전혀 다른 새로운 계급이 탄생한 것이다.[29]

이렇게 되면 "부모님도 버리고 아내도 버릴 것"이다. 그러므로 "인륜이

---

28 梁啓超, 「論科學」, 『飮氷室合集·文集』 1, 28면.
29 章太炎, 「救學弊論」, 『章太炎全集』 5, 上海 : 上海人民出版社, 1985, 100면.

무너진 것은 학교에서 먹여주고 입혀주어 몸이 적응한 결과"이다. 장타이옌은 도시 생활과 학교 교육의 폐해를 지적하면서 순박한 '시골 자제'들이 배우러 도시로 나오게 되면 돈 많고 높은 사람이 되려고 하고 가난하고 천하게 될까봐 걱정한다고 했다.[30] 이런 주장은 1970년대에 지식인을 18층 지옥에 밀어 넣는 빌미가 되었던 "(도시로 온) 첫해는 촌스럽다가 2년째에는 세련되고 3년이 되면 엄마 아빠도 몰라본다"고 했던 유행어 같다. 그러나 장타이옌의 주장은 담백한 성정으로 공명과 이익을 추구하지 않는 학생의 자기 수양을 강조한 것일 뿐 조정에서 학생을 굶주리게 하라는 뜻은 아니었다. 학술 발전은 민간에서 개인이 노력할 때 이루어지는 것이지 관청에서 선도하고 장려한다고 되는 것이 아니라는 것이다.

정치가로서 캉유웨이와 량치차오는 상부의 힘을 빌리고자 했고 상명하달식의 개량방법을 바랐으므로 모든 것을 조정의 '조령詔令'과 결부시켰다. 반면에 장타이옌은 죽을 때까지 재야의 사상가로서 관료사회에 좋은 감정이 없었고 학문 진흥에 대한 조정의 노력이나 효과에 대해서도 회의적이었다. 또 그는 '폭정'만이 아니라 '출세'도 학술에 타격을 입힌다는 점을 절감하고 있었기 때문에 학술 진흥의 희망을 전적으로 조정의 자기혁신에 맡기려는 캉유웨이와 량치차오에 대해서도 부정적이었다. 장타이옌은 청 왕조 300년의 학술을 평가하는 글에서 출사 여부를 기준으로 삼아 하급 관료라도 지낸 학자들은 모두 비판하였다. 반면에 주학령朱鶴齡에 대해서는 "학술적 깊이는 없지만 오랑캐를 섬기러 청 조정에 나아가지 않았다"고 했고 강성江聲에 대해서는 "효렴방정孝廉方正으로 천거되었으나 모두 나아가지 않았다"고 했으며, 진환陳奐 등은 "포의 신세로

---

30   章太炎, 「論讀經有利而無弊」, 『章太炎政論選集』, 867~868면.

천수를 누렸다"고 했는데 이는 '은둔을 미덕으로 삼는 기풍'을 높게 본 것이다. 그러나 아쉽게도 청 조정의 개혁 정책으로 인해 "전시殿試 합격증을 걸고 글 잘 쓰는 사람들을 끌어모아 수많은 사람들에게 급제를 하사하자" 사람들이 점차 출세를 좇아 "은둔을 미덕으로 삼는 기풍이 사라지기 시작했다."[31] 장타이옌은 청대에 출사에는 관심 없고 학술에 전념했던 고증학자를 '학문으로 은둔한다學隱'고 고평했다. 위원魏源이 이조락李兆洛을 위해 전傳을 썼을 때 건가 학자들에 대해 "너도 나도 한학을 연구하느라 천하의 지혜를 무용한 곳에 쏟았다"고 비판했지만, 장타이옌은 이런 주장에 대해 날카롭게 맞섰다.

> 나는 위원이 말한 쓸모라는 것이 어디에 쓴다는 것인지 모르겠다. 가망 없는 세상에서 학술을 자랑하면 출사해서 오랑캐를 보좌하게 될 뿐이다. 혹시라도 오랑캐와 싸우려고 하면 그물망이 너무 촘촘하고 감찰은 차꼬를 채우기 때문에 학문으로 폭정을 물리치려고 해도 결국 해낼 수 없다. 진퇴양난의 상태에서 능력이 있어도 발휘할 곳이 없는데 훈고라도 하지 않으면 무엇을 하겠는가?[32]

'학문으로 은둔하는 것'을 '진퇴양난'에서 택할 수밖에 없었던 선택이라고 본 이 말은 무척 침통하다. 똑같은 일을 겪지 않았더라면 이렇게 합리적인 판단을 하기가 어려웠을 것이다. 이렇게 '무기력한 어조'는 고고한 사람이라면 하고 싶지 않았을 것이고, 열사라면 하려고 하지 않을 것이며, 가짜 군자라면 감히 말할 수 없었을 것이다. 그러나 실제로 역사 속의 인물들은 이 정도 선택지밖에 갖고 있지 않았다.

---

31 章太炎, 「說林 上」, 『章太炎全集』 4, 118면.
32 章太炎, 「學隱」, 『檢論』.(『章太炎全集』 3, 480면)

"가망 없는 세상에 살았다"고 강조한 이유는 "정치를 할 수 있는 능력을 가진" 대진조차 '학문으로 은둔하는 것'을 택했기 때문이다. 그런데 장타이옌의 이런 주장은 장타이옌이 청 왕조에 반대했기 때문에 '학문으로 은둔하는 것'을 높이 샀다고 착각하게 만들 가능성이 있다. 장타이옌이 학술을 논할 때 확실히 청 왕조에 반대하고 정부에 반대하는 경향이 있다. 그는 강번江藩이 쓴 『국조송학연원기國朝宋學淵源記』를 두고 "『춘추』를 계승한 것으로, 태사太史라고 할 만하다"라고 찬양했다. 저자 강번이 "죽을 때까지 과거에 응시하지 않고 포의 신분으로 병사한" 점도 있겠지만, 『국조송학연원기』에 "수록한 인물을 가난하고 힘들게 산 사람으로 제한했고 남방의 부유하고 화려한 사람들을 수록하지 않았다. 또 만주 조정에 출사한 사람 중에서 일명一命, 가장 낮은 관직 이상의 벼슬에 이른 사람들은 정치적 명성이 있어도 수록하지 않았기"[33]때문이다. 장타이옌은 책을 읽고 분석할 때에는 저자의 의도를 파악해야 하며 저자가 종이 이면에 남겨둔 "다 쓰지 못한 미언"을 최대한 살펴야 한다고 생각했다. 그런 맥락에서 강번이 고위 관료를 단 한 명도 수록하지 않은 진정한 의도가 "오랑캐에 아첨하여 높은 벼슬에 오른 자들"을 멸시해서였다고 보았다.[34] 하지만 강번이 자술한 내용은 이런 주장과 전혀 다르다. 그는 학문에서 성취가 있는 현달한 고위 관료는 이미 "역사서에 모두 수록되었기 때문에 다시 기록하지 않는다. 또 본인은 초야에 있는 사인이므로 견문에 오류가 많아서 조롱거리가 될까봐" "낮은 자리에 있거나 초야에 있어서 세월이 지나면 그 사람의 성씨姓氏도 모르게 될"[35] 사람들만 따로 뽑아 수록했다고 했

---

33 章太炎, 「說林 下」, 『章太炎全集』 4, 120면.
34 章太炎, 「太炎先生自述學術次第」, 『太炎先生自定年譜』, 香港 : 龍門書店, 1965, 65면.
35 江藩, 「國朝宋學淵源記」 卷上, (『國朝漢學師承記』, 附錄, 北京 : 中華書局, 1983, 54면)

다. 여기에는 장타이옌이 높게 평가했던 종족의식도 없었고 기껏해야 재야의 학술을 편애했다는 것만 알 수 있었다. 장타이옌이 이 사실을 몰랐던 것은 아니다. 그는 만주족과 한족의 갈등을 다 쓴 뒤에 관과 민간의 구별이었다고 정리했다.

> 그러므로 학술적인 글과 역사를 아는 사람들이 초야에 있는 것이 순리이고 관청에 있으면 쇠해진다.[36]

장타이옌은 일관되게 "학문은 민간에 있고" 민간사회가 학술 발전에서 적극적인 역할을 했다는 점을 강조했다. "가난하고 힘들게 산 사람"을 빛낸 강번을 찬양하고 "현달한 귀인을 수록한" 완원阮元을 비판한 것은 관 중심의 사상에 느낀 점이 있어서였다. 학자의 학술 성취 수준은 관직의 높고 낮음과 무관한데도 높은 자리에 있는 사람은 명성을 얻기 쉽고 한순간에 풍조를 만들어낼 수 있다. 그리고 역사가들은 늘 이런 표면적인 현상에 미혹되고 만다.

관청은 돈도 있고 권력도 있고 모든 유리한 것을 다 가지고 있는데 어째서 학술을 선도하는 면에서 민간보다 못한 것일까? 그것은 권력과 출세를 내걸게 되면, 세상을 속이고 명성을 훔치는 사람들을 모으기는 쉬워도 어려운 일을 맡아서 잘 해내는 사람을 얻기는 어렵기 때문이다. '학문으로 은둔하는 것'이 존경받는 이유는 정치적 성향 때문이 아니라 '영화'와 '산해진미'에 뜻이 없어서 "위에서는 오만하고 방탕한 태도가 사라지고 아래에서는 어떻게든 해보겠다는 풍조가 사라지기"[37] 때문이다. 정치

---

36 章太炎, 「說林 下」, 『章太炎全集』 4, 120면.
37 章太炎, 「五朝學」, 『章太炎全集』 4, 76면.

적 지조와 학술적 지조는 서로 상통하는 점이 있어서 적막한 것을 견디지 못하는 사람은 벼슬을 하든 학문을 하든 큰 성취를 거두기 어렵다. "학자는 먹는 것보다 열심히 공부하는 것을 중요하게 생각한다. 그런 뒤에야 어려운 일도 감당할 수 있고 지조도 단단해질 수 있다"[38]고 했다. 이 말은 "사인은 지조를 우선해야 한다"는 식의 도덕적 설교가 아니다. 학술 연구에서는 "속일 생각 없이 확실하게 근거를 확보하고, 요행을 바라지 않고 어려움을 이겨낸 뒤 터득하고, 열심히 노력하고 제대로 판단해서 성실하게 임하"[39]는 것이 중요하다. 그러니 물욕이 없는 사람이 아니라면 어떻게 학문의 깊은 핵심에 들어갈 수 있겠는가?

이렇게 볼 때 캉유웨이와 량치차오가 '출신'을 장려하는 방법으로 학술을 선도하겠다는 발상은 눈앞의 문제만 해결하려는 감이 있다. 옌푸와 왕궈웨이, 차이위안페이도 이런 점에 대해 어느 정도 반성했다. 옌푸는 "학문에 성취가 있으면 반드시 명예와 지위를 주어야 한다. 그렇게 하지 않으면 권장하기 어렵다"는 주장에 동의했지만, 학문적 성취가 있는 사람에게 "정치적 명예와 지위"를 주는 것은 반대했다. "나라가 개화될수록 영역이 점점 세분화된다. 학문과 정치는 큰 영역인데 어떻게 분화되지 않겠는가?"[40]라는 이유에서였다. 옌푸가 정치와 학술이 다른 영역이므로 관직으로 학자를 장려할 수 없다고 봤다면, 왕궈웨이는 "지금 위에서 날마다 학술을 장려한다고 하는 것"에 결연히 반대했다. 지금 사람들의 태반은 관직 말고는 달리 좋아하는 것이 없기 때문에 지금 조정의 정책은 벼슬을 하기 위한 방편 정도로 학술을 보는 경향을 조장할 뿐이어서 관청에

---

38 章太炎, 「救學弊論」, 『章太炎全集』 5, 100면.

39 章太炎, 「學隱」, 『檢論』. (『章太炎全集』 3, 481면)

40 嚴復, 「論治學治事宜分二途」, 『嚴復集』 1, 89면.

서 학술을 장려하는 것은 학술을 소멸시키는 것[41]이라는 주장이었다. 왕귀웨이가 자기의 의견을 표출하는 정도였다면, 차이위안페이는 교육에 대한 주장을 실행할 역량이 있었다. 1912년 1월 당시 교육총장 자리에 있었던 차이위안페이는 「보통교육 시범 실행 방법普通教育暫行辦法」의 반포를 주도하고 출신 장려 정책을 폐지했다. 또 1917년 1월 북경대학 총장에 취임한 차이위안페이는 여러 차례 연설할 때 "대학이란 수준이 높고 깊이 있는 학문을 연구하는 곳"이므로 출신을 얻겠다거나 관리가 되어 돈 벌겠다는 생각을 해서는 안 된다고 강조했다.[42]

장타이옌은 관직을 내걸어 학문을 장려하는 청 조정의 방식에 대해 옌푸와 왕귀웨이, 차이위안페이보다 훨씬 더 싫어했으며 전심전력으로 공격을 퍼부었다. 장타이옌이 인물을 품평하고 세태를 논할 때에는 도덕과 지조로 시작하는 경향이 있었다. 공공연하게 "출세를 위해 학문하라고" 선도하는 것을 참을 수 없었기 때문이다. 1906년에 감옥에서 나와 일본으로 간 장타이옌이 가장 먼저 제시한 것은 "백번 꺾여도 굴하지 않고 홀로 나의 뜻을 행하겠다"는 '강박성 성격장애'와 "종교를 빌려 신심을 고취하고 국민의 도덕을 증진시킬" 혁명 전략[43]이었다. 그가 보기에 혁명의 성공 여부는 혁명당원의 도덕 수준에 달려 있었기 때문이었다. "도덕의 타락이 혁명 실패의 원인", "도덕의 쇠망이 나라와 종족 멸망의 근원"이므로 국민 도덕 증진을 위해 부끄러움을 알자, 진중하자, 청렴하고 지조를 갖자, 신의를 지키자는 네 가지 목표를 제시했지만 그 중심에 있는 것은

41 王國維, 「教育小言十三則」, 『王國維遺書』 5; 『靜庵文集續編』, 上海 : 上海古籍書店, 1983, 56~57면; 王國維, 「教育小言十則」, 위의 책.

42 蔡元培, 「就任北京大學校長之演說」, 「北大一九一八年開學式演說詞」, 『蔡元培全集』 3, 北京 : 中華書局, 1984, 5·191면.

43 章太炎, 「東京留學生歡迎會演說辭」, 『章太炎政論選集』, 272면.

"명리에 동요되지 말자"였다. 명리에 동요되지 않아야 "홀로 당당하게 가서 백성을 위해 명을 요청할" 수 있기 때문이다. 정치뿐만 아니라 학문도 명리에 동요되지 않는 것이 최우선이었다. "혁명에만 도덕이 있어야 하는 것이 아니다. 혁명보다 쉬운 일이라도 도덕 없이는 해낼 수 없다."[44] 장타이옌은 역대 학술을 논평할 때도 학자의 도덕과 지조를 중요하게 여겼다.

"행동할 때 부끄러운 줄을 알아야 하고 글을 쓸 때 널리 공부해야 큰 실수가 없다"[45]는 진부한 말이지만 장타이옌이 부끄러움을 아는 것을 기준으로 역대 학술을 평가하자 새로운 의미가 생겨났다. 장타이옌은 「제자학약설諸子學略說」에서는 출사에 적극적인 태도를 보인 유학자를 비판하면서 이들의 문제는 부귀와 출세를 마음에 두고 있는 것이라고 했고, 「오조학五朝學」에서는 "오조의 사대부는 효성과 우애가 있고 순박하였다. 은거하면서도 공경대부의 방문을 바라지 않았고 벼슬하면서도 권력의 힘을 빌어 붕당을 만들지 않았다. 한대 말기 사람들보다 어질어서 당, 송, 명대가 되어서도 비판을 받지 않았다"[46]라고 했다. 이 내용은 정확한 사실은 아니지만 생각해 보게 하는 측면이 있다. 더 중요한 점은 출세와 지조를 대립항으로 보고 진정한 학자가 되려면 권력과 출세를 멀리하고 출세의 바탕인 관청 밖에서 학술 연구에 전념해야 한다고 본 것이었다. 이것은 물론 장타이옌 자신의 소감을 말한 것이지만 그의 특수한 학술적 배경과도 관련이 있다.

---

44 章太炎, 「革命之道德」, 『章太炎政論選集』, 310~323면.
45 章太炎, 「案唐」, 『檢論』. (『章太炎全集』 3, 452면)
46 章太炎, 『章太炎政論選集』, 289면; 章太炎, 『章太炎全集』 4, 77면.

2. 학문은 민간에 있다는 믿음

장타이옌은 학술을 논할 때 '실사구시'를 중심에 두었고 캉유웨이와 량치차오 같은 금문경학가의 '경세치용'에 반대했으며 그들이 학술을 빌려 정권의 중심에 들어가려고 하거나 정권의 힘을 빌어 학술 주장을 추진하는 것을 두고 거짓 행세로 명성을 훔친다고 비웃었다. 구체적인 학문 실천 방침에서 캉유웨이와 량치차오는 관학을 중시하고 장타이옌은 사학을 높이는 등 그들의 입장은 매우 달랐다. 캉유웨이와 량치차오는 정치 개혁이나 교육 개혁의 희망을 전적으로 황제의 조령에 걸었다. 그래서 이들은 민간에 학문을 주도할 열정과 학문 전통이 있다는 것을 염두에 두지 않았다. 조령만 있으면 선생과 학생이 있고 자금이 있는 민간의 서원, 의학義學, 사학社學, 학숙學塾 등을 관할할 수 있고 나아가 자신들의 교육 주장을 실행할 수 있을 것이라는 환상을 품고 있었다.[47] 즉 민간 사학을 개혁 대상으로 여기고 정부가 개입하여 특정한 교육 제도를 강제로 확대 적용하는 권력과 역할을 부각시켰던 것이다. 이런 발상은 필연적으로 "학술은 민간에 있다"고 굳게 믿었던 장타이옌의 반발에 부딪치게 되어 있었다. 이 논쟁에서 초점은 교육 개혁 자체가 아니라 교육학술의 건전한 발전을 지탱하는 것이 조정의 관청인가 아니면 민간 사회인가 하는 점이었다. 이것은 이들이 삼대三代의 학술과 사학의 흥기에 대해 전혀 다르게 평가하고 있었기 때문이었다.

무술변법 전후에 유신파는 과거제 폐지와 학교 건립을 주장했다. 그들은 말끝마다 "위로는 삼대를 모범으로 삼고 옆으로는 서구를 가져온다"

---

47 康有爲, 「請飭各省改書院淫祠爲學堂折」, 『康有爲政論集』, 312면.

라거나 "멀리는 삼대를 본받고 가까이는 서구의 것을 가져온다"[48]고 했다. "멀리 삼대를 본받는다"는 것은 캉유웨이가 여러 차례 강조한 것으로, 학교의 설립이 선왕의 법이라는 것이다. 이 주장이 만약 "가까이는 서구의 것을 가져온다"의 이론적 근거를 찾으려는 시도였다면 그 정도로 끝났을 것이다. 그런데 은殷·주周시대 학제가 얼마나 완미했고 춘추전국시대 학술이 어떻게 무너졌는지를 실증하려고 한다면, '옛것을 살펴서 연구하는' 것에 깊은 관심을 가진 장타이옌의 반발을 불러올 수밖에 없었다.

1898년 캉유웨이는 「학교 설립을 요청하는 주접請開學校摺」을 올렸는데 그중에는 구미 학교가 실효성이 있다는 점 이상으로 학교가 선왕의 법이라는 점을 강조했다.

> 우리나라는 주나라 때 나라에는 대학, 국학, 소학 등이 있었고 향리에도 당상黨庠, 주서州序, 이숙里塾 등이 있었습니다. 가르치는 내용은 시서詩書와 예악禮樂, 과판戈版, 우약羽龠, 제사 때 쓰는 무구와 악기, 언설, 사어射御, 활쏘기와 말타기, 서수書數, 수학, 방명方名, 지리 등 많은 분야가 있었고 사람들은 8세부터 15세까지 모두 대학과 소학에 들어갔습니다. 많은 나라의 학교 건립을 보아도 우리보다 먼저 했거나 이렇게 다 갖추어진 곳은 없었습니다.[49]

주나라 때의 학제를 높이는 것은 중국 고대 사대부의 전통적인 논리였으며 캉유웨이의 일관된 관점이기도 했다. 1886년에 『교학통의敎學通義』를 쓰면서 캉유웨이는 이렇게 말했다.

---

48 康有爲의 「請飭各省改書院淫祠爲學堂折」과 梁啓超의 「論科擧」 참조.
49 康有爲, 「請開學校折」, 『康有爲政論集』, 305면.

방법과 내용은 주공周公이 모두 갖추었다. 가르치고 배우는 것이 완비되자 관청과 선생이 모두 이를 연마하여 학술이 매우 성대하였다.[50]

삼대의 학술을 높이고 진한 이후의 교육과 학술을 낮추는 논법을 가져와서 학제 개혁이라는 정치적 목적을 달성하는 것이 만청시대에 유행하던 담론이었다. 천츠陳熾, 진치도 "고대에는 가학이 있었고 향학鄉學이 있었고 국학이 있었다. 하나라는 '교校'라고 했고 은나라는 '서序'라고 했으며 주나라는 '상庠'이라고 했는데 학교는 삼대가 공유하던 것이며 모두 이것을 통해 인륜을 밝혔다"[51]고 했다. 이 주장은 『맹자』「등문공 상滕文公上」에서 가져온 것으로 독창적인 견해는 아니지만 만청시대에는 끊임없이 반복적으로 등장했다. 옛 기록들을 살펴보면 오늘날 우리도 삼대 학교의 규모와 성격을 대략적으로 알 수 있다. 삼대의 학술은 확실히 그리워할 만한 가치가 있겠지만 문제는 당시에 삼대 학교를 서구 학제에 억지로 끼워 맞추기 위해 삼대의 학문이 쇠락하자 교육과 학술이 이로 인해 길을 잘못 들게 되었다는 설이 난무했다는 점이다. 가장 전형적인 사례가 정관잉의 주장이었다.

세월이 흘러 학교 제도는 없어지고 사람들은 선생을 자기 집에 데리고 와서 자제들을 공부시켰다. 가난하고 힘없는 사람들은 거칠고 무식해져서 낫 놓고 기역자도 몰랐고 끝내는 천지와 고금이 무엇인지도 몰라서 패륜적인 일들이 끝없이 생겨났다. 이것은 모두 학교를 중시하지 않았기 때문이다.[52]

---

50   康有爲, 「敎學通義」, 『康有爲全集』1, 上海 : 上海古籍出版社, 1987, 112면.
51   陳熾, 「學校」, 『中國近代敎育史資料』下, 930면.
52   鄭觀應, 「學校上」, 『鄭觀應集』上, 245면.

캉유웨이도 분명 이런 류의 주장에 찬성했던 것 같다. 삼대의 학문을 그리워함과 동시에 캉유웨이는 춘추 말엽에 "천자가 (문화와 학술을 관장하던) 직분을 잃어버리고 제후가 관직을 떠났으며 모든 학술이 축출된 것"을 두고 "학술이 크게 변하여 후세 사람들은 선왕의 은택을 입지 못했다"[53]라고 했다.

학문이 사방 오랑캐에게 있다는 것[54]과 사학의 흥기를 비판하는 것에 대해 장타이옌은 결코 동의할 수 없었다. 삼대에 "관청에 있던 학술"이 춘추전국시대에 "민간에 있는 학술"로 바뀐 것은 중국 학술사와 교육사에서 대서특필할 큰 사건이었으므로 쉽게 부정할 수 없었다. 일단 삼대의 학술은 "가난하고 힘없는 백성"들을 위해서 만든 것이 아니며 6수六遂의 야인野人은 교육받을 권리도 없었는데, 장타이옌은 이 점을 확실하게 짚어냈다.

고대 학자는 대부분 왕조의 관원王官과 세경世卿이 일을 처리할 때 배출되었다. 백성들은 집안일을 하면서 농업과 상업, 목축에 힘썼지 학문이라는 것은 없었다.[55]

또 삼대의 선생은 모두 관리들이었기 때문에 독립적인 정신을 만들어낸 사람이라고 말할 수 없고 관료란 백성을 가르치는 사람이었으므로 "'사仕'를 '학學'과 같다고 말하는 것이니『說文』, "仕, 學也." 벼슬하지 않으면

---

53 康有爲,『敎學通義』,『康有爲全集』1, 114·118면.

54 [역자 주] "천자가 직분을 잃어버려서 학문이 사방 오랑캐에게 있다(天子失官, 學在四夷)"는 말의 출처는『左傳』『昭公十七年』이다. 이 말은 주나라 천자가 원래의 직분을 잃어버려 문화와 학술이 제후국 혹은 사방의 오랑캐 지역으로 흩어졌다는 뜻이다.

55 章太炎,「諸子學略說」,『章太炎政論選集』, 287면.

제2장 | 관학(官學)과 사학(私學)　　135

책을 받을 수 없었다".[56] 게다가 삼대에 선생이라는 관직은 세습직이었지 능력으로 채용되거나 자유롭게 발전시킬 수 있는 것이 아니었다는 점을 장타이옌은 여러 차례 강조했다. "옛날에는 대대로 녹을 먹어 아들이 아버지에게서 배우는 세습직"이었고 "관청에서 배우고 관청에서 그 일을 하면서 자손에게 전해주기 때문에 그들을 '주인疇人 자제'라고 불렀다"[57]는 것이었다. 마지막으로 삼대의 학문은 실제로 "벼슬하지 않으면 배울 수 없었고, 배우지 못하면 벼슬하지 못했는데", 이것은 후세 공자가 주장한 '차별 없는 교육'과는 전혀 다르며 절대로 캉유웨이 등이 과장한 평등하고 보편적이며 바람직한 교육제도가 아니었다.

다만 춘추시대에 관학은 점차 몰락하여 문화와 전적이 점차 흩어졌다. 그러자 사학이 흥기하기 시작했고 "천자가 직분을 잃어버리고 학문이 사방 오랑캐에게 있는" 상황이 만들어졌다.『左傳』昭公 17年 이러한 상황은 교육 발전과 학문 번영을 촉진하는 긍정적인 역할을 했다. 예전 문인들이 너무나 동경한 선진시대의 백가쟁명은 이렇게 책이 세상에 퍼지고 사적으로 전수하던 문화적 분위기에서 가능했던 것이다. 그래서 장타이옌은 공자에게 매우 공손하지 못한 시대를 살았지만 공자가 "대대로 세습하던 학문을 바꿔 평민에게도 보급시켰는데 이 공은 천고에 불후할 것"[58]이라고 칭송했다. 공자가 "육적六籍을 널리 알려서 사람들이 이전 시대의 흥망을 알게 되었으므로" "공자가 아니었다면 학문은 모두 관청에 있고 백성들은 옛것에 대해 전혀 몰랐을 것이니 법도臬를 정하는 것도 없었을 것"[59]

56   章太炎,「訂孔」,『檢論』.(『章太炎政論選集』, 424면)
57   章太炎의「訂孔上」과「諸子學略說」참조.
58   章太炎,「諸子學略說」,『章太炎政論選集』, 291면.
59   章太炎,「訂孔」,『檢論』.(『章太炎政論選集』, 425면)

이기 때문이었다. 장타이옌은 교육 보급과 문화 확산, 관아의 학술 독점을 타파했다는 측면에서 공자의 교육 흥기가 사학의 창설로 나타난 것이 이루 헤아릴 수 없는 공적이라고 했던 것이다.

삼대 때는 관청에서 책을 보관하고 스승이 학문을 전수하여 "개인적인 저술이 없었으나"章學誠,『校讎通義』「原道」, 주나라 말기의 쇠미한 시대에 이르면 "관의 선생이 나뉘고 처사들이 함부로 의론하며 제자백가들이 어지럽게 저서를 통해 주장함으로써 글에 개인의 말이 담기기 시작했다."章學誠,『文史通義』「經解上」 관학이 쇠락하고 사학이 흥기하는 대세에 대해 고금의 학자들이 공통적으로 관심을 보였지만 각자의 논리가 달랐기 때문에 평가도 천지차이였다. 예를 들어 류이정柳詒徵, 류이징은 중국문화사의 관건이 되는 '학술의 분열'에 대해 이렇게 말했다.

역사적 변화에 대해 어떤 사람들은 도와 학술이 분열되었다고 탄식하는데 이것은 시대가 갈수록 퇴화되었다는 관점이다. 또 어떤 사람들은 백가쟁명이 진화하는 모습이라고 찬양한다. 같은 사건을 두고도 자기 마음을 기준으로 해서 판단하는 것이다.[60]

역사가 진화인가 퇴화인가 하는 것은 관학과 사학의 논쟁을 이해하는 데 별 도움이 되지 못한다. 만청시대에 '천연天演' 곧 '진화' 설이 한 시대를 풍미했으나, 이와는 별개로 사상계나 학술계에서는 여전히 삼대 학술에 대해 끝없이 숭배하는 마음을 갖고 있었다.

장타이옌의 사학 찬양은 부분적으로는 그의 정치적 이상을 바탕에 두

---

60 柳詒徵,『中國文化史』上, 北京 : 中國大百科全書出版社, 1988, 218면.

고 있었다. 1902년에 두 번째로 일본에 간 장타이옌은 민주공화와 천부 인권이라는 서구의 개념을 받아들였고, 그 위에 중국 고대 민본사상을 추가하였다. 그래서 황제에 반대하는 정치 혁명을 이끄는 동시에 사상 문화 영역에서도 민중이 근본이라는 주장을 대거 발표했다. 도덕 등의 등급표를 편제했을 때 농, 공, 소매상稗販, 좌고坐賈를 앞의 4등급으로 두었고, 학자의 성취를 평가할 때 특히 출신으로 초야에 있으면서도 "이전 현인을 넘어서는"[61] 사람을 특별히 높였다. 이 민본사상으로 그는 특히 주나라 말 관학을 사학으로 변화시킨 "학술의 대이변"을 높게 보았다. 몇 년 뒤 첸무가 이런 사고를 이어 공자가 "평민이 강학하고 정치를 논하는 분위기를 열어주었다"고 찬양했고, 제자백가의 "논의가 빗발치듯 나온 것"이 "평민 계급의 각성"[62]이라고 찬양했다. 만청 이후에는 평민의식으로 사학을 연 공자의 전통에 대한 학자들의 평가가 갈수록 높아졌다. "공자는 중국에서 처음으로 학술을 민중화했고 교육을 직업으로 보았던 '가르치는 노유老儒'"[63]라는 말은 최고의 찬양이었다. 이것은 랴오핑廖平, 요평이 원망하는 마음으로 비판한 것과는 달랐다.[64] 장타이옌이 공자의 새로운 위상 정립에 서막을 연 이래 이 평가는 20세기 중국 학자들이 중국 고대 학술 사상을 전체적으로 판단하고 연구의 방향을 정하는 데 직접적인 영향을 미쳤다.

어쩌면 장타이옌이 원대한 식견을 보인 곳은 사학 창설의 의의를 강조하는 대목이 아닐 수도 있다. 만약 '옛것을 바탕으로 한 제도 개혁'을 위

---

61 章太炎, 「革命道德說」과 「與王鶴鳴書」 참조.

62 錢穆, 『國學槪論』, 上海 : 商務印書館, 1933, 39면.

63 馮友蘭, 「孔子在中國歷史中之地位」, 『三松堂學術文集』, 北京 : 北京大學出版社, 1984, 126면.

64 廖平, 「知聖篇」 卷上, 『廖平學術論著選集』 1, 成都 : 巴蜀書社, 1989, 189면.

해서 삼대 학술을 신화화, 심지어 신성화하는 작업을 해야 하지 않았다면 캉유웨이 역시 공자가 제자들을 모아 강학을 한 역사적 가치를 받아들였을지도 모른다. 장타이옌의 주장에서 핵심은 진·한 이후 2,000년간의 사학을 높게 평가했다는 점이었다.

진나라 때 타향에서 벼슬하는 것을 금지하고 사학을 금지한 것은 사학의 존재가 "흑백으로 나눠 하나를 정하는" 황제에게 불리했기 때문이다. 이사李斯의 발언은 이 점을 명확하게 보여주고 있다.

> 사람들은 사학에서 공부를 하고는 법으로 정한 교육을 옳지 않게 여기며 나라에서 칙령이 내렸다는 말을 들으면 자기가 배운 것을 가지고 비판합니다. 조정에 있을 때는 진심을 이야기하지 않고 동네에서 의론을 하며, 임금을 포폄하는 것으로 명예를 사고 새로운 주장을 내세워서 학식을 자랑하며 사람들을 끌어모아 비방을 만들어냅니다.『史記』「秦始皇本紀」

이후 역대로 사학을 금지한 사람들은 모두 비슷한 이유를 내세웠지만, 더는 진시황처럼 당당하게 '분서갱유'를 할 배짱이 없었을 뿐이다. 한대에 학문이 흥기했으나 유학만 높이다 보니 백가쟁명의 기개는 사라졌다. 그래도 "전국에 학교가 즐비하고 상서庠序도 사람들이 가득 찼다."班固「東都賦」 특히 한 무제가 금문 경학을 특별히 제창하면서 전한과 후한의 관학에 금문 경학박사만 두었어도, 박사가 되지 못한 채 태학에 들어간 고문 경학가가 사학과 가학이라는 방식으로 관학에 맞서는 것을 금지하지는 않았다는 것이다. 전한과 후한의 학교는 관학과 사학 두 유형으로 나뉘었는데, 관학태학 등은 정부의 지원을 받았고 사회적으로 성공할 수 있는 길이어서 세력이 상당했다. 그러나 경학사와 대유는 '정사精舍'와 '정려精廬'

를 지어 제자를 길렀고 강의를 듣는 사람들도 툭하면 1,000여 명에 이르렀다. 예전에는 집에서 가르치는 것이 성행한 시점이 동한 때라고 보았는데 뤼쓰몐呂思勉, 여사면은 공자의 강학으로 소급해 올라갔다.

그래서 공자의 제자는 3천 명이었고 맹자가 말한 (스승의 뒤에) 수십 승乘의 수레와 수백 명의 사람이 따르는 풍조는 동주東周 때부터 진나라까지 변함없었다. 진대에는 책을 불태웠으나 한대에는 사학이 흥성했다. 이것이 모두 민간의 기풍으로 인한 것이었지만 자각하지 못했을 뿐이다.[65]

전한과 후한 이후 20세기 중엽까지 관학과 사학은 공존했다. 그 사이에 유명한 유학 스승이 제자를 모아 강학하는 것을 "문호를 따로 세우고 무리를 모아 공리공론을 하고", "조정을 흔들어 난을 일으키는 구실로 삼는다"장거정(張居正)의 발언는 등의 죄목으로 몇 차례 금지시켰으나 강학은 금지시켜도 다시 흥성했다. 사학이 강학에 강했다는 점도 있었지만 관청의 재정 지원에도 한계가 있었으므로 "국가의 가장 중대사가 군사력"이 되는 전란 시기에는 학교의 흥폐에 신경 쓸 여력이 없어서 민간에서 자발적으로 유지하는 사학에 의지할 수밖에 없었다. "학교를 운영할 수 없는 난세"『毛詩』「子衿序」라면 민간의 학당으로 관학의 부족한 부분을 메워야 했는데, '사학'의 이런 역할은 모두 보편적으로 인정되었다. 또 관학 교육은 주현州縣에 집중되었고 입학하기가 어려웠던 반면, 사학은 자유로웠기 때문에 향촌의 계몽 교육촌학(村學), 의학, 가숙 등을 대부분 떠맡았고 이런 점도 조정과 재야 모두 인정했다. 사학이 이 정도의 역할만 했더라면 조정

---

65   呂思勉, 『呂思勉讀史劄記』, 上海 : 上海古籍出版社, 1982, 675면.

과 큰 갈등을 빚지 않았을 것이다. 문제는 몇몇 유명한 스승들이 권력자의 정치적 주장이나 학술적 견해와 입장을 달리할 때 타협하거나 화해하려고 들지 않고 물러나 은거한 뒤 제자들에게 강학하면서 개인적 학문이라는 명분으로 자신의 학술적 견해와 정치적 주장을 전파한다는 점이었다. 이런 대학자가 자기 혼자 고결하고 이익을 멀리하면서 '학문으로 은둔하는 것'을 선택했다면 통치자는 기껏해야 "은거하는 현인을 등용하지 않는다"라고 명예에 흠집만 났을 것이다. 그런데 만약 명대의 동림서원東林書院처럼 정치적으로 반대파를 결성한다면 통치자에게는 매우 큰 위협이 된다. '사학'에 대해 평가가 엇갈리는 주된 이유는 관학과 대립하는 학술적 의의와 정치적 효과를 만들어낼 수 있는 대학자가 강학을 한다는 점이었다. 장타이옌은 일생 동안 여러 차례 관학과 사학 문제를 논했는데 결론은 언제나 사학을 높이고 관학을 낮추는 것으로 모아졌다.

관학과 사학은 교육을 보급하고 지식을 전파한다는 점에서 상호보완적이지만 우열을 나눌 필요가 없을 정도로 각기 장단점이 있다. 그러나 학술 발전에 공헌했다는 점에서 본다면 사학이 관학보다 더 나을 수도 있다. 1908년에 쓴 「대의제도가 적절한지를 논함代議然否論」에서 장타이옌은 이 점에 대해 본격적으로 논의했다.

학술은 정치와 나란할 수 없다. 동교東胶, 우상虞庠, 벽옹辟雍, 반궁泮宫 제도는 봉건시대부터 시작되었고 예악과 활쏘기, 말타기도 모두 조정에서 사용한 것이다. 그런데 공자가 등장해서 이것과 투쟁한 결과 학술이 서민에게 옮겨졌다. 그래서 대학이 계속 존재했지만 그 학술은 언제나 민간에서 조롱거리였다. 한대에 고문을 가르치는 선생이 14명의 박사와 맞서 싸웠고 송대에는 리학을 가르치는 선생이 『삼경신의三經新義』를 쓴 왕안석과 맞서 싸웠다. 2천여 년의 역사를 총괄해 보면 학문이 유사有司에게 있었을 때에는 부패하고 악취가 만연했는데, 이것을 바로 잡아 건강하게 만든 사람은 언제나 민간에 있었던 것이다. 기술은 더욱 정련되어 장형張衡과 마균馬鈞의 공예, 화타華佗와 장기張機의 의술, 이야李冶와 진구소秦九韶의 천원술天元術과 사원술四元術66은 관청에 있는 자들이 선도한 것이 아니라 모두 민간에서 만들어내어 심화시킨 것이라 탁월하였기에 좋은 스승이라고 하였다.67

이렇게 관학과 사학이 2,000여 년간 대치하면서 발전했다는 틀과 관학은 부패했고 사학은 그것을 바로잡았다는 평가는 장타이옌의 다른 글에서도 부단히 등장했다. 1910년에 장타이옌은 "제가 학교를 우습게 볼 의도가 있는 것은 아닙니다. 그렇지만 몇천 년의 중국 역사를 보면 관에서 교육한 것은 대체로 좋지 않고 민간에서 나름대로 가르친 것은 대체로 좋습니다"68라고 했고, 1924년도에 다시 "따져보면 이치를 아는 박학한 사람과 세상을 경영할 재주를 가지고 있는 인재는 대사大師가 강학하는 학당이나 유생들이 경영하는 학회에서 얻을 수 있고 그 다음으로는 서원에서 얻을 수 있지만 정식 학교에서는 얻을 수 없습니다"69고 했다. 그가 이렇게 말한 것은 "신분이 낮은 사람들이 가장 똑똑하다"라는 신화를 만들어내기 위해서가 아니라 학술 발전이 실사구시 정신과 자유롭게 탐색하는 용기에 바탕을 둔 것이라는 점을 강조하고 조정의 일시적인 '쓰임'에 얽매이지 않으려고 한 것이었다. 사학의 두드러진 우세는 이런

---

66 [역자 주] 天元術은 미지수가 하나인 대수식 해법의 일종. 고대 중국에서 일원고차방정식으로 계산하던 방법이고, 四元術은 네 개의 미지수를 가진 고차연립방정식을 말한다.

67 章太炎, 「代議然否論」, 『章太炎全集』 4, 308면.

68 獨角(章太炎), 「庚戌會衍說錄」, 『教育今語雜志』 4, 1910.

69 湯志鈞, 『章太炎年譜長編』, 北京 : 中華書局, 1979, 747면.

점에 있었다.

사학이 중국 학술에 결정적인 영향을 미쳤다고 강조한 사람이 장타이옌만은 아니었다. 현대의 유명한 사학자 뤼쓰몐도 "학술의 흥성은 모두 인민이 자력으로 만든 것이며 정부가 한 것은 거의 없다. (…중략…) 학술의 명맥은 여전히 개인에게 달려 있다"라고 단언했다. 그러나 어떻게 재원이 많고 기세등등한 관학보다 오히려 사학이 더 학술 발전에서 성과가 많은지에 대해 뤼쓰몐의 설명은 소박해서 장타이옌의 깊이를 따라가지 못했다.

> 개인 강학에서 사람들이 몰려들었다면 그 사람은 틀림없이 학문이 있었을 것이고, 몰려든 사람들도 틀림없이 학문에 열심인 사람이었을 것이다. 경제적 지원이 더해지자 오히려 관청에서 설립한 학당보다 더 내실이 있게 되었다.[70]

뤼쓰몐은 사학의 장점을, 배우는 사람들의 향학열과 가르치는 교사의 높은 도덕과 학문 수준으로 보았다. 반면에 장타이옌은 관학의 단점을 관청朝廷의 지나친 간섭과 배우는 사람의 출세 지향으로 보았다. 중국 역사에서 관학과 사학의 좋고 나쁜 점을 두세 마디로 다 말할 수는 없을 것이다. 그렇지만 장타이옌이 교육자와 연구자의 역할을 나눈 것은 우리에게 새로운 시각을 제공하여 복잡하게 얽힌 이 어려운 주제를 정리하는 데 도움이 되었다.

1910년에 발간된 『학림學林』 2권에 수록된 「정사程師」에서 장타이옌은 법도를 만들고 은미한 것을 파헤치는 연구자와 의혹을 해소하는 수업에

---

70   呂思勉, 『呂思勉讀史劄記』, 904·906면.

중점을 둔 교육자의 역할을 구분한 뒤 "교육자를 연구자로 삼으면 저술의 수준이 낮아지고 연구자의 기준으로 교육자를 질책하면 교육자가 난감해진다"고 했다. 이 둘은 각기 장단점이 있고 건강하고 정상적인 사회라면 공존해야 한다.

> 세상에 교육자가 없다면 옛 전적을 따르는 사람이 없어질 것이고 학문도 널리 퍼지지 못할 것이다. 세상에 연구자가 없다면 스승의 설은 천 년간 발전이 없을 것이고 그렇게 되면 복잡하게 변화한다고 해도 어지럽거나 혹은 기이하고 바르지 않게 될 것이다.[71]

교육자의 학문은 연구자보다 못할 수 있지만 수업의 효과는 훨씬 더 좋을 수도 있다. 도를 전수하고 의혹을 해소하기 위해 학교에서 가르친다는 측면을 생각해 보면, 일반적으로 "옛것을 답습하는 것"을 고취할 뿐 창조성을 발휘할 필요가 없다. 이렇게 되면 학생들이 지식을 배우기에 더 유리하다. 하지만 연구자는 늘 "평범하지 않은 것을 본받고 상식에 따르지 않으며 그의 말은 은미하면서도 지극하기 때문에 낮은 수준의 사람들이 알기 어렵다. 제자들이 그 이전의 학술을 모두 펼쳐놓고 장단점을 비교해 볼 수 없기 때문에 연구자의 높은 경지를 알 수 없다". 이런 창조력이 있는 탁월한 사람들이 관학에 들어간다면 수준이 낮은 관리들에게 모욕만 당할 뿐이다. 그러니 "사람들을 모아 마을에서 가르치되 공식 학교와 무관한 것"이 더 나을 것이다. 여기에서는 학자를 두 유형으로 구분하였다. 사람들을 모아 강학을 하는 사람은 사고가 독특하고 학문의 깊이가

---

71 章太炎, 「程師」, 『章太炎全集』 4, 137~138면.

있다는 장점이 있다. 반면에 학교에서 근무하는 관학의 선생은 문화 보급과 학술 전파를 맡고 있다. 곧 교육 보급이라는 측면에서는 관학이 더 효과적일 수 있고, 학술 발전이라는 점에서는 관청의 통제를 받지 않는 사학이 더 나을 수 있다는 것이다. 장타이옌은 이것을 이렇게 개괄했다.

<blockquote style="color:red">교육자는 관에 있고 연구자는 재야에 있다. 그들의 직분은 너무나 다르다.</blockquote>

이런 설명은 최소한 관학을 모두 부정하는 편향적인 발언보다는 낫다. 그렇지만 장타이옌은 사람들이 삼대 학술을 칭송하는 신화를 부정하는 것으로 그치지 않았다. 그는 신학문을 하는 사람들이 서구 열강의 힘을 빌려 정부 주도로 학문을 진흥하는 점에 대해서도 시종일관 불신하는 태도를 보였고 심지어 "뛰어난 재주를 가진 사람들이 모두 관청에 힘을 바치는" 이런 작태는 이미 유행이 지난 '추장과 귀족이 다스리던 시대'에 하던 것이라고 했다.[72]

캉유웨이는 학문의 규모 확대와 단기간의 가시적인 효과를 원했기 때문에 청 조정에 교육의 권한을 장악하라고 강력하게 권했다. 장타이옌도 조정에서 간여하는 것이 교육의 보급에 유리하다는 점은 인정했다. 그러나 조정의 지나친 간여는 좋은 점도 있었지만 나쁜 점도 있었다. 조정에서 지나치게 간여하자 학교에서 일류 인재를 길러내거나 수준 높은 학문을 발전시킬 수 없었다. 그래서 장타이옌은 교육과 학술 부흥의 희망을 청 조정이 통제하는 학교가 아니라 동인同人의 자유 조합인 '학회'에 걸었던 것이다. "학회는 학부 관할이 아니므로 제학사提學使의 감독을 받지 않

---

72   章太炎, 「程師」, 『章太炎全集』 4, 137~139면.

아서 최고 수준의 지식을 전수할 수 있"[73]기 때문이다. 이런 사고의 결과로 장타이옌은 교육을 독립시킬 구상을 제시했다.

학교는 지식을 밝히고 덕행에 매진하게 하지만 정부를 위해 일하지는 않는다. 소학교와 해군학교, 육군학교만 정부에 속하면 되고 그 외 다른 학교는 모두 독립되어야 한다.[74]

이 주장은 장타이옌이 2,000여 년간의 사학 전통을 높이는 것을 바탕으로 그 위에 당시 유행한 서구 현대 정치 사조무정부주의를 포함한의 영향을 받은 것이지 결코 "사대부 특유의 이상적인 꿈"만은 아니었다. 청말 민초 무수한 일류학자와 교육가들이 모두 비슷한 생각을 했다. 옌푸는 "재야에 남은 현인이 없게 한다는 말이 빈소리에 불과해서 다행이지 만약 그것이 정말 실현된다면 세상이 큰 혼란에 빠질 것이다"라고 비웃으면서 정부와 학술을 분리하고 학자는 정부 이외의 곳에서 깊이 있는 연구에 자유롭게 전념해야 한다고 주장했다.[75] 왕궈웨이의 태도는 훨씬 명확해서 "이 시대는 교권을 통제하는 시기가 아니라 이미 자유롭게 연구할 수 있는 시대로 진입"[76]했으므로 "학술의 발전은 독립성에 달려 있다"[77]고 했다. 죽을 때까지 교육 개혁에 전념한 차이위안페이의 경우 "교육 사업은 완전히 교육가에게 전권을 주고 독립적인 자격을 보장하며 각종 정당이나 교육 모임의 영향을 받지 않도록 해야 한다"고 주장했다. "교육은 장기적인 효

73 獨角(章太炎), 「庚戌會衍說錄」, 『敎育今語雜志』 4, 1910.

74 章太炎, 「代議然否論」, 『章太炎全集』 4, 306면.

75 嚴復, 「論治學治事宜分二途」, 『嚴復集』 1, 89~90면.

76 王國維, 「奏定經學科大學文學科大學章程書後」, 『王國維遺書』 5, 『靜庵文集續編』, 39면.

77 王國維, 「論近年之學術界」, 『王國維遺書』 5, 『靜庵文集』, 97면.

과를 추구하는 것이지만 정당의 정책은 단기간의 업적을 추구하는 것"[78]이기 때문이다. 20세기 중국에서 '교육 독립'이라는 구호는 그 과정에서 지나치게 정치적인 색채가 덧입혀진 나머지, 사람들은 정치와 학술의 분리라는 구상이 중국 학술사상사에서 어떤 의미를 가지는지 거의 생각하지 못하게 되었다.

장타이옌이 관학을 낮추고 사학을 높인 것에는 금고문 논쟁이라는 학술적 배경도 작용했다. 기원전 124년 한 무제는 동중서董仲舒 등의 건의를 받아들여 태학을 세웠고 태학에 교관과 각 경전의 박사를 두었다. 태학박사는 시대마다 정원의 증감이 있었지만 한대 400년간 박사는 거의 금문경학이었다. 학술적 성취가 높은 수많은 고문 경학가는 금문 경학가들이 "문하끼리 똘똘 뭉쳐서 고문 경학가들의 진리 추구를 질투했기 때문에"劉歆,「移書讓太常博士」 박사 신분을 받지 못해서 태학에 들어가지 못했고 자기가 강학할 정사를 지어 제자를 길렀다. 일반적으로 알려져 있듯이 관학의 금문 경학파가 경전 하나만 강의하고 가법만 지키려고 했던 반면, 사학의 고문 경학파는 여러 경전에 두루 해박해서 종합할 수 있었다. 조정에 있는 사람들은 명성이 높았고 재야에 있는 사람들은 연구가 정밀해서 이 둘은 서로를 공격하고 양보하지 않으려고 했다. 만청시대에 금고문 논쟁이 다시 일어나자 이것은 정치와 학술이 뒤섞인 거대한 논전이 되었다. 논쟁 쌍방의 평가 기준이 달랐지만 전한과 후한의 관학에 대해서는 의견이 일치했다. 캉유웨이는 "전한과 후한의 박사는 모두 금문경학"이라고 했으며, 장타이옌도 "한대에 14명의 박사는 모두 금문경학의 속유俗儒였다"[79]고 했다. 장타이옌은 줄곧 고문경학을 중시해서 재야의 '사학'을 높

78   蔡元培,「教育獨立議」,『蔡元培全集』4, 北京:中華書局, 1984, 177~178면.
79   康有爲,「萬木草堂口說」,『長興學記·桂學答問·萬木草堂口說』, 北京:中華書局, 1988,

였고 금문경학에 반대했기 때문에 금문경학가를 박사로 임명한 '관학'까지도 반대했던 것이다.

그렇지만 금고문 논쟁과 사학-관학 논쟁은 완전히 동일한 사안이 아니었다. 금고문 논쟁이 장타이옌 주장의 핵심이었다면 관학과 사학 논쟁은 파생된 것이었다. 전한과 후한에서 금문 경학을 숭상했기 때문에 장타이옌은 금문 경학과 관학을 싸잡아 매도했다. 그러나 위진시대 왕숙王肅이 정치 세력을 빌려 고문 경학을 높였고, "(고문 경학이) 한대에는 관학에 없었지만 삼국시대에 관학에 모두 들어갔으며 이때부터 금문 경학가가 쇠퇴하고 고문 경학가가 흥기하였다"[80]라는 부분에 대해 장타이옌은 전혀 반감을 가지지 않았고 오히려 새롭게 관학이 된 고문 경학을 높이면서 "한대 사람들이 관학을 통해 금문 경학에 묶여 있었지만, 위진시대 사람들은 구애되는 바가 없었다"[81]고 했다. 그렇지만 위진시대 사람들이라고 어찌 구애되는 바가 없었을까? 학문의 갈래와 문호의 편견 때문에 장타이옌은 고문경학이 새롭게 관학이 된 이후에 생긴 병폐에 대해 지적할 여유가 없었을 뿐이다.

지조를 중시하고 곡학아세를 반대한다는 점에서 장타이옌은 이민족 통치자만 반대한 것이 아니라 조정에서 학술을 좌지우지하는 모든 것에 반대했다. 따라서 그가 '학문에만 전념하는 것'을 높인 것은 청 왕조에 반대하는 차원에서 나온 것이 아니었다. 그의 관점에서 볼 때 학술의 독립은 학술 발전에서 중요한 전제였고, 상대적으로 말한다면 사학은 관학에 비해 독립적이고 자주적인 성격이 더 컸기 때문에 "학술이 민간에 있는

70면; 章太炎, 「漢學論下」, 『章太炎全集』 5, 22면.

80 章太炎, 曹聚仁 記述, 『國學槪論』, 香港 : 學林書店, 1971, 36면.

81 章太炎, 「漢學論下」, 『章太炎全集』 5, 22면.

것"이었다. 학술이 민간에 있는 것이 관청에 있는 것보다 나은 주된 이유
는 학술 흥기의 성의와 학문 추구의 열정의 차이라기보다는 사학에서 자
유로운 사고와 독립적인 탐구를 더 많이 할 가능성이 있기 때문이었다.
역사적으로 관학과 사학의 구체적인 장단점과 현대 사회의 교육 발전 방
향에 대해 장타이옌은 자세하게 고찰하지 않았다. 장타이옌은 역사를 공
부할 때 핵심을 파악할 것을 주장했는데 본인이 전체적인 경향과 기본
정신을 파악했다고 여겼기 때문에 더 나아가 이를 논증하려고 하지 않았
던 것이다. 그리고 그 점은 그의 주장의 정확성을 따져볼 여지를 남겼다.

3. 서원 강학의 매력

장타이옌은 교육과 학술 발전에 대해 논의하면서 "정부가 아니라 사민
土民들이 맡아야 한다"는 논조로 일관했다. 이것은 분명 중국 고대 사학
전통을 계승한 것이었다. 이 점에서 캉유웨이와는 사뭇 달랐다. 캉유웨이
는 『교학통의』에서 공학公學과 사학을 구분했지만 이때 공학과 사학은 주
공周公 시기 육관六官이 배운 학교의 가르침과 사적인 가르침이었지 후대
에 대치 관계에 놓인 관청의 학술과 민간의 학술이 아니었다.

> 공학은 천하의 모든 사람이 함께 배우는 것이지만, 사학은 관사官司의 한 사
> 람이나 한 집안에서 전수하는 것이다. 공학은 어린이나 청년의 학문이지만 사
> 학은 나이 든 사람의 학문이다. 공학은 심신에 관한 이론적인 학문이고 사학은
> 세상사에 관한 실용적인 학문이다.[82]

진·한 이후 사학 전통에 대해 캉유웨이는 그다지 관심이 없었고 그의 학문 진흥 계획도 그저 "위로는 삼대를 모범으로 삼고 옆으로는 서구의 것을 가져온다"는 것이었다. 반면에 장타이옌은 삼대의 학술을 그렇게 존경하지 않았다. 오히려 "천자가 직분을 잃어버리고 학문이 사방 오랑캐에게 있는" 그 다음의 상황에 대해 관심을 보였고, 진·한 이후 사학이 중국 학술사에서 어떤 역할을 하고 어떤 위상을 가지는지에 대해 매우 주목했다. 그가 신식학당의 여러 폐단을 공격한 것은 학술 지식을 없애자고 주장한 것이 아니라 진짜로 "박학한 사람과 정치할 사람"을 배출할 수 있는 강숙講塾과 학회, 서원을 높이기 위해서였다. 반대로, 장타이옌이 "학교의 여러 문제점"을 공격했을 때 들이댄 잣대는 8년 동안 고경정사에서 공부한 경험과 중국 서원 교육에 대해 생각하고 인정한 점에 바탕에 두고 있었다. 이 점을 "만청시대에 접어들었어도 우리나라의 학인 장타이옌, 캉창쑤康長素, 캉유웨이, 차이제민蔡子民, 차이위안페이, 량런궁梁任公, 량치차오 같은 사람은 모두 서원에서 강학했다"[83]고 정확하게 지적한 사람도 있었다. 여기에 한 마디를 덧붙인다면, 서원의 강학 정신을 제대로 깨닫고 이것을 가장 확대 발전시킨 사람으로 장타이옌을 꼽아야 한다는 점이다.

전한과 후한에서 수, 당까지 관학 이외에 유명한 학자들 대다수가 사람들을 모아 강학했고 경전에 대한 내용을 전수했다. 송대 학자는 사원寺院 교육에서 아이디어를 얻어 당대唐代에 책 소장과 책 교정, 학술 연구를 하던 서원을 강학하고 제자를 받는 교육 장소로 탈바꿈시켰다. 이후 송, 원, 명, 청대에 이르기까지 서원제도는 독특한 교육 형식을 이루었고 중국 교육과 학술 발전에서 매우 중대한 역할을 했다.

82 康有爲, 「教學通義」『康有爲全集』1, 85면.
83 張正藩, 『中國書院制度考略』, 南京 : 江蘇敎育出版社, 1985, 82면.

서원은 관립과 사립 둘로 나뉘어 있었지만 서원의 특징을 가장 잘 보여주는 것이 사립 서원개인이 설립하고 정부가 보조하는 곳이나 지방 정부가 설립한 곳 포함이었다. 서원이라는 교육 기관의 설립과 변화에 설령 관청의 지지와 경비 지원이 있다고 해도 기본 정신은 개인 강학의 전통에 뿌리를 두고 있었다. 공자와 묵자의 강학에서 직하稷下의 학관學官을 거쳐 전한, 후한, 수, 당의 정사와 강숙講塾, 다시 송, 원 이후의 서원에 이르기까지 이것은 중국 고대에서 면면히 이어져 온 사학 전통이었다. 황종희는 구체적인 사실 분석을 뛰어넘고 곧장 서원이 흥성하게 된 내재적 원인을 이렇게 분석했다.

학교는 과거시험 때문에 경쟁하게 되고 부귀로 인해 마음이 흐트러져서 결국 조정의 이익에 따라 그 본질이 바뀌었다. 학술에 재능이 있는 사람은 언제나 초야에서 두각을 드러냈지 학교와는 애초에 전혀 관련이 없었다. 결국 학교는 사인의 양성에서 실패한 것이다. 그래서 학교가 변해 서원이 되었다.『明夷待訪錄』「學校」

여기에서 강조한 것은 '조정'과 '초야', '과거'와 '학술'의 대립인데 이것이 바로 관학과 사학의 논쟁이다. 후대 학자들은 서원을 논할 때 대부분 이 점에 관심을 둔다. 장정판張正藩, 장정번이 지적한 것처럼 "서원이 관학과 가장 다른 점은 교육 목표가 '교육적이면서도 과거 준비는 아니다'라는 점"[84]에 있었다. 명·청대에는 관청의 경비 지원을 받으면서 과거를 준비하는 학교로서의 서원이 있었지만 진정한 서원 정신은 의리 학문과 수양의 도가 교육의 중심이고 학술이 생명이었지 공명과 이익을 추구하는

84　위의 책, 36면.

것이 결코 아니었다. 역대로 서원은 대부분 주희의 백록동학규白鹿洞學規를 기준으로 삼았고 구체적인 규칙은 바뀔 수 있었지만 학술에서 인심을 바르게 하고 관학이 못하는 것을 보완한다는 큰 취지는 시종일관 변함이 없었다. 류이정은 송·원 이후 국학과 부현의 학당 외에도 서원이 만들어진 이유에 대해 "학교는 대부분 과거 시험에 맞추기 때문에 학자의 바람에 부응하지 못하고 스승과 제자들이 자유롭게 강학할 수 없으므로 학교 바깥에 따로 강학하는 기관을 둔 것이다"라고 설명했다. 서원에서 가르치거나 배우는 사람들은 명리에 신경쓰지 않아야 했으며 그래서 "수신과 치인의 법을 중시하는 데 뜻을 둔 사람들은 대부분 서원으로 달려갔다. 이것이 당시 학교와 서원의 가장 큰 차이였던 것"[85]이다.

후대 학자들은 서원의 역사를 각기 다르게 종합했으나, 내가 보기에 서원 교육에서 가장 선명한 특징은 다음의 네 가지이다. 첫째, 심신 수양과 덕성과 지조를 중시하고 과거 출신을 중시하지 않는 점이다. 둘째, 교육에서는 스스로 배우는 것이 중심이 되고 독립적 연구 능력을 배양하는 것에 중점을 둔다는 점이다. 셋째, 강회 제도를 만들어 학술적으로 자유롭게 논쟁하고 서로 질문하고 답한다는 점이다. 넷째, 사람에 따라 달리 가르쳐 스승과 제자 사이에 정감의 교류가 많다는 점이다. "강습 외의 시간에는 늘 조정에 대해 논하고 인물을 품평"『明史』「顧憲成傳」하여 정치적으로 반대파의 중요한 기지가 된다는 것은 서원의 보편적인 특색이 아니었고 장타이옌이 주목한 요점도 아니었으므로 이 점에 대해서는 논하지 않겠다.

이른 시기 서원은 대부분 리학가의 강학 장소였기 때문에 지식 전수보

---

85   柳詒徵, 『中國文化史』 下, 574면.

다 '예에 부합하는지'가 더 중요했고 그래서 '합리적인' 생활 습관을 배양하게 되었다. 후대의 교육^{특히 서원 교육}에 미친 영향이 엄청났던 주희의 백록동서원 학규는 "널리 배우고 자세히 물어보고 신중하게 생각하고 명확하게 변론하고 독실하게 행하라"는 '학문의 순서'를 제시했을 뿐만 아니라 '이치 궁구' 이외에 '독실하게 행하는 일'로 자기 몸을 단속하고 외부 일을 처리하고, 외물을 대하는 방법을 강조했다. 학문 추구는 궁극적으로 반드시 실천하는 인간형을 만드는 것이었고 널리 배우고 이치를 궁구하는 것은 자연스럽게 거경독행居敬篤行으로 귀결되었는데, 주희는 이 학규에 대해 이렇게 설명했다.

> 내가 보기에 고대 성현이 가르친 뜻은 모두 의를 밝혀서 자기 몸을 단속하게 한 뒤에 이것을 타인에게 확장시키는 것에 있었다. 자기가 본 것을 가지고 문장을 써서 명성을 구하고 이익을 얻으려는 것만이 아니었다.「白鹿洞書院揭示」

장타이옌은 학교가 과거제를 대신해서 새로운 출세길이 되는 것에 반대했다. 논의할 때에는 언제나 신학문이 "오직 출세만 하려 들고 좋지 않은 옷과 음식을 부끄럽게 여기는 것"을 정조준하여 비판했는데, 이것이 주자의 교육에서 심신 수양을 중시한 것과 상통하는 점이다. 다만 도학적 느낌을 주지 않기 위해서 장타이옌은 어떻게 심성을 수양할 수 있게 가르쳐야 하는지를 구구절절하게 말하지 않았고 그저 "열심히 공부하고 먹는 것에 욕심내지 말라"는 말로 공부하는 규칙을 간단하게 제시했다.

장타이옌이 학교에 대해 가장 강하게 공격했던 지점이 "귀로 배우는 것만 중시하고 눈으로 배우는 것은 무시하는" 교육 방식이었다. '눈으로 배우고' '귀로 배우는' 것의 구분은 일반적인 독서방법의 구분만이 아니라 두 학제의 교육방식이 가진 근본적인 차이였다. 들어서 배우는 학문은 옛사람의 공부에서는 금기였다. 스승이 말하는 것을 듣기만 하고 자기는 연구하지 않는 느낌이거나 귀동냥으로 세상을 속이고 명성을 훔치는 느낌이었기 때문이다. 『문자文子』의 「도덕道德」 편에서는 '듣는 것'이 "학문을 정밀하지 못하게 하고 도를 깊이 있게 듣지 못하게 한다"고 비판했는데, 이것이 '귀로 배운다'는 것을 이해하는 중요한 열쇠이다. 장타이옌이 '귀로 배우는' 것을 중시하는 학교를 비판한 것은 이것이 '껍데기만 배우게' 할 가능성이 있다는 점도 있었지만 이것을 '눈으로 배우는' 것과 나란히 둘 때 공부에서 자력으로 확립하는 것과 타인이 도와준다는 것의 차이를 부각시킬 수 있었기 때문이다. 「학문의 병폐를 바로잡기 위한 논의救學弊論」에서 장타이옌은 역사 읽기에 대해 논하면서 "시작하는 방법은 귀로 배우는 것이 아니라 눈으로 배우는 것에 힘쓰는 것이다"라고 했다. 「장타이옌이 오늘날 긴요한 학문에 대해 논함章太炎論今日切要之學」과 「역사 논의 문제로 정즈청에게 보내는 편지與鄭之誠論史書」에서 장타이옌은 다시 "역사학은 스스로 공부하는 것이지 배우는 것이 아니다", "역사서는 읽기에 좋지 강연에는 맞지 않다"[86]라고 했다. 장타이옌의 마음 속에서 눈으로 배우는 것은 스스로 공부하는 것이고 귀로 배우는 것은 교사의 수업을 듣는다는 의미라는 것을 알 수 있다. '수업'은 초학자를 입문하게 하는 데에는 좋지만 대중 강연은 수준이 높아서는 안 되며, 핵심이지만 미묘한 부분은 말로 전할 수 없는 것이기 때문이었다. 독서는 자신이 깨달을 수밖에 없고 교사는 기껏해야 옆에서 얼마간의 지적을 하면서 중요한 부분에서 약간의 도움을 줄 수 있을 뿐이다. 만약 수업에만 의존하

---

86 이 세 편의 글은 각각 『章太炎全集』5, 『中法大學月刊』第5卷 5期(1933), 『制言』제51期(1934)에 실려 있다.

고 귀로 배우는 것에만 의존한다면 기껏해야 일부 수준 있는 상식을 얻는 정도이며 그것도 우둔한 교사 때문에 잘못된 길로 갈 가능성도 있다. 주희의 말에 따르면 다음과 같다.

> 독서는 스스로 책을 읽는 것이고 공부는 스스로 공부하는 것이지 다른 사람과 하등 관련이 없고 다른 사람은 도와줄 수 없다.『朱子語類』 권119

이런 인식을 토대로 서원 교육에서는 스스로 배우는 것이 중심이 되어야 한다는 것을 강조한다. 교사는 "길을 인도하고 증명해주는 사람으로, 의문점이 있으면 같이 생각해줄 뿐"『朱子語類』 권13인 것이다. 지금은 교사가 수업을 하면 학생이 듣고 시험에 합격하면 졸업을 시킨다. 합격 여부를 판단하는 근거가 교사의 강의이므로 학생은 귀로 강의를 듣는 것만 중시하고 강의에만 매달릴 수밖에 없게 된다. 장타이옌은 이렇게 "귀로 배우는 제도"는 제도를 만든 사람이 지식의 빠른 이해를 추구한 것이 근본적인 결함이라고 보았다. 그 결과 요행만 바라고 게으름을 부리면서 스스로 공부하려고 하지 않게 만드는데, 이러한 악습이 학문 공부에서 큰 해악이라는 것이다.

> 이 제도의 나쁜 점은 빨리 아는 것만 추구할 뿐 그 근본을 탐구하지 않게 하는 것이고 귀로 배우는 것만 중시하고 눈으로 배우는 것을 중시하지 않는다는 것이다. 그렇게 되면 공부하는 사람의 지식은 강의를 벗어나지 못하게 된다.[87]

---

87   章太炎, 「救學弊論」, 『章太炎全集』 5, 98면.

장타이옌은 평소 공부를 통해 자득하는 것을 중시했으므로 '귀로 배우는 것'보다는 '눈으로 배우는 것'이 깊이 되새기기에 편하다고 생각했다. 1912년 장타이옌은 장융張庸, 장용의 질문에 답하면서 공부 방법에 대해 이렇게 말했다.

> 학문은 스스로 하는 것이다. 모든 내용을 다 선생이 강의한다고 해도 강의로 전할 수 있는 내용은 얼마 되지 않는다. 나는 어려서 병치레가 많아서 팔고문을 익히지 않고 소학을 공부했고 그 뒤에는 경서와 역사서를 섭렵했는데 스스로 공부한 것이 많았다.[88]

'스스로 공부하는 것'을 중시한다고 교사가 길을 인도해 주는 것의 좋은 점을 없애자는 것이 아니다. 다만 교사를 통해 공부를 할 때 "선생의 말만 따라 죽을 때까지 어떤 이견도 내세우지 못해"全祖望,「甬東靜淸書院記」서는 안 된다. 장타이옌이 "덕청德淸 지역의 유월 선생을 모시고 옛것을 연구할 때"와 마찬가지로 스스로 공부하는 것이 중심이고 "책을 읽다가 명확하지 않은 부분에 대해 질문하면 된다"는 것이다.[89]

학문에서 자득을 중시하는 것의 또 다른 중요한 의미는 완전히 책에만 의지하지 않는다는 것인데, 이런 견해는 상당 부분 자신의 인생체험에서 나온 것이다. 장타이옌은 이렇게 말했다.

> 내 학문은 스승과 친구들의 강습에서 배운 것도 있지만 시련에서 얻은 것이 많다.[90]

---

88 張庸,「章太炎先生答問」,『章太炎政論選集』, 259면.
89 張庸,「章太炎先生答問」; 章太炎,「謝本師」.

'시련'을 통해서 얻은 이런 인생체험은 다른 사람책을 포함해서이 대신 해 줄 수 없는 것이다. 공업과 의학, 농업 공부에서는 인생 경험이 필요 없을 지도 모른다. 그러나 인문학이나 사회학에서는 개인이 체득하는 것이 매우 중요하다. '생각이 치밀한 것'만으로는 안 되고 "반드시 직관과 자득이 있어야 진정한 공부인 것이다". 물론 장타이옌의 이 발언의 범위는 철학자에게만 해당되는 것이지 천문학자나 물리학자까지 포함하는 것은 아니다. 철학자에게 "직관과 자득이 없으면 진정한 철리가 아니"[91]라는 이러한 명제는 장타이옌이 평소 불교와 참선을 배우면서 마음으로 체득한 것을 기반으로 하고 있지만, "최근에 시련을 통해 더욱 마음으로 느끼게 되었다", "최근에 온갖 잡념이 사라지고 학문이 더욱 진보되었다"라는 경험과 더 관련이 깊다. 학문의 진전을 스스로 성찰해 보니 "독서가 아니라 사고를 통해 효과를 본 것"[92]이었기 때문에 사람들이 귀로 배우는 것만 중시하고 자득하지 않으려는 태도에 대해 매우 부정적이었던 것이다.

장타이옌이 생각하는 이상적인 교육체제는 "어떤 사람이 강론하면 여러 사람들이 다투어 나와서 이설이 난무하는" '학회'[93]였다. 이런 학회의 구상은 중국 전통 서원의 '강회'에 기원을 둔 것이다. 주자가 백록동서원을 이끌었을 때 순희 8년1181 육구연陸九淵을 서원에 초빙하여 "군자는 의리에 밝고 소인은 이익에 밝다"라는 장을 강의하게 했는데, 이때부터 서원에서 강회를 여는 전통이 생겼다. 명대에 서원의 강회가 전성기를 이루다가 점차 제도화되어 '동림회약東林會約'처럼 서원 강회 의식을 11개의

90 章太炎, 『太炎先生自定年譜』, 香港 : 龍門書店, 1965, 14면.
91 章太炎, 曹聚仁 記述, 『國學槪論』, 108면.
92 章太炎, 『章太炎先生自定年譜』, 55면; 章太炎, 『章太炎先生家書』, 湯國梨 編, 上海 : 上海古籍出版社, 1985, 44~45면.
93 湯志鈞, 『章太炎年譜長編』, 793면.

항목으로 명확하게 규정하기도 했다. 이런 강회는 대사大師가 주강하고 동학이 변론하는데 특별한 형식 없이 질의와 반박이 진행되어 학술의 자유로운 맛을 느낄 수 있다. 그래서 명대 여경야呂涇野가 강회에 대해 이렇게 말했던 것이다.

다르기 때문에 강학을 하는 것이지 다 똑같다면 강회를 할 필요가 있겠는가?『明儒學案』卷8

강회에서 '이설이 난무하는 것'은 특별한 일이 아니다. 누구 한 사람의 견해로 확정하겠다는 것도 아니고 조정의 판단도 필요 없다. 장타이옌이 우려했던 것은 "여러 사람들이 다투어 나와서 이설이 난무하는" 서원의 강회가 "국가가 몇 가지 사항을 미리 정해두고 판결내리는" 관립학교처럼 되어버리는 것이었다. 학자가 독립적으로 사고하고 스스로 판단하는 여지를 차단할 가능성이 높다고 생각했던 것이다. '누구 한 사람의 견해에 따르는 것'을 반대하고 '다양한 주장'에 주목한 이런 사고는 매우 현대적이지만, 장타이옌이 이런 주장을 했을 때에는 신식학당에 대해 오해한 점도 있었고 전통서원을 너무 미화한 점도 있었다. 사실 자유로운 강학 원칙을 제대로 관철시킨 서원은 그다지 많지 않고 늘 산장山長 개인의 견해로 학생들의 시야와 관점을 너무 편협하게 만들었다. 현대의 대학은 "다양한 학자들을 망라한 교육기관"으로, 차이위안페이가 주장한 것처럼 "'사상의 자유'라는 원칙을 따르되 여러 의견을 포용하기 때문에"[94] 학생의 시야를 넓히고 사고를 계발시킬 가능성이 더 크다. 곧 장타이옌 주장

---

94 蔡元培,「致『公言報』函幷答林琴南函」,『蔡元培全集』3, 271면.

의 핵심은 사실상 학교에 대한 비판 또는 서원에 대한 존숭에 있었던 것이 아니라 자유로운 강학의 구현에 있었던 것이다.

장타이옌이 '귀로 배우는 제도'에 부정적이었던 또 하나의 이유가 있다. 그것은 학생의 개성은 다양한 반면 교사는 많은 학생을 모아놓고 강의를 할 뿐 학생별로 다르게 교육할 수 없으므로 인재를 망치게 되기 때문이다. 그래서 그는 수준 있는 학생을 별관에 두고 이름난 선생에게 가게 하거나 학회에 가게 해서 자유롭게 발전시키자고 주장했다. "이것은 남다른 재능을 가진 학생에게 적용하는 방법으로, 일반적인 교육에서 제공하는 것은 아니다"[95]라는 것이다. 학생별 교육은 가르치는 학문의 난이도를 조절하기에 편하려고 하는 것만이 아니다. 여기에는 교사와 학생 간의 정감의 교류와 지향의 합치까지 고려되어 있다. 옛사람은 "선생을 따라 노닌다", "선생을 따라 배운다"는 표현을 썼는데 이것은 강당에서 지식을 전수하는 것뿐만 아니라 일상에서 대화하면서 말과 실천으로 알려주는 것까지를 포함했다. 쉬서우상許壽裳, 허수상은 1908년에 루쉰과 저우쭤런, 첸쉬안퉁錢玄同 등과 장타이옌 선생에게 배웠을 때 "봄바람 속에 앉아 있는 듯했던" 정경을 추억하는 글을 썼다.

선생은 단옥재의 『설문해자주』과 학의행郝懿行의 『이아의소爾雅義疏』 등을 강의할 때 내용을 모두 파악하고 탁월한 정력으로 글자 그대로 설명해 주셨는데 말씀이 막힘이 없었다. 때로는 어원을 설명하시고 때로는 원래 글자가 어떨 것이라고 추측하셨으며 때로는 각처의 방언을 통해 방증하셨는데 새로운 견해를 내시는 것이 끝이 없었다. 때로는 담소를 나눌 때도 있었는데 그 사이에 해

---

95 章太炎, 「救學弊論」, 『章太炎全集』 5, 104면.

학이 있었고 묘한 말들로 웃음을 자아내셨다.[96]

이렇게 "담소를 나누게" 되면 그 사람의 성정을 더 잘 알 수 있다. 이것
은 있어도 되고 없어도 되는 구색 맞추기가 아니었다. 『논어』에도 선생이
학문을 논하는 말뿐만 아니라 공자 문하에서 '담소를 나눈 것'도 들어 있
었다. 몇 년 뒤에 제자가 기억하는 것은 선생이 가르친 어떤 구체적인 학
술 견해가 아니라 스승의 손짓과 눈빛, 또는 대의와는 무관한 참신한 말
이었을 가능성이 높다. 루쉰은 자기 스승에 대해 이렇게 묘사했다.

장타이옌 선생은 제자들에게 줄곧 겸손한 태도였고 친구처럼 상냥하게 대
해 주셨다.[97]

몇 년 뒤 루쉰은 "수업 들었던 『설문해자』는 한 구절도 기억나지 않지
만", "선생님의 목소리와 웃는 모습은 아직도 눈앞에 있는 것처럼 생생하
다"[98]고 했다.

이것은 구체적인 학문의 전수가 아무것도 아니라는 뜻이 아니다. 의문
을 해소하는 수업에서 자연스럽게 학술적 수준과 삶을 살아가는 정신을
보여주는 것이 가장 좋다는 의미이다. 강당에 모아놓고 학과를 나누어서
전문 지식을 강의하는 신식학당과 비교할 때 전통서원의 강학은 이 점에
서 훨씬 더 뛰어났다. 장타이옌이 독립적인 강학을 견지했던 것과는 달리
1920년대 중반에 량치차오는 청화학교淸華學校의 국학연구원國學研究院에

---

96   許壽裳, 『章炳麟』, 南京 : 勝利出版公司, 1946, 78면.
97   魯迅, 「致曹聚仁」, 『魯迅全集』 12, 北京 : 人民文學出版社, 1981, 185면.
98   魯迅, 「關于太炎先生二三事」, 『魯迅全集』 6, 546면.

서 가르치면서 "이런 새로운 기관에서 옛 정신도 참고할 수 있기를" 희망했다. 구체적으로 말한다면 "한편으로는 지식 추구를 하면서도 다른 한편으로는 학술적 수양을 해서 이 둘을 한 덩어리로 만들자"는 것이었다. 두 해쯤 뒤에 량치차오는 이런 이상을 실현하기가 쉽지 않다고 탄식했다. 한편으로는 학교의 수업이 "한 세트의 기계가 작동하는 것처럼 되어 버렸고", 다른 한편으로는 선생과 학생 간에 "강당에서 강의 듣는 것 외에는 접촉할 기회가 전혀 없었기"[99] 때문이었다. 전문적인 교수가 가르치는 연구원의 상황이 이렇다면 일반 중학이나 대학에서는 어떨지 불 보듯이 뻔했다. 결국 이것은 중국 교육 사상과 서구 교육 사상의 차이였던 것이다. "서구 교육에서는 지식 전수가 중요"하지만, "중국 교육에서는 사람이 되도록 가르친다"는 차이였다. 만청 교육 개혁의 구호는 "멀리는 삼대를 모범으로 하고 가까이는 서구의 것을 가져온다"였지만, 삼대의 학문은 너무 멀어서 지나치게 모호했기 때문에 실제로는 그저 "가까이 서구의 것을 가져올" 뿐이었다. 서구화된 학교의 등장은 막을 수 없는 대세가 되어 교육계 전체에 "스승은 친하지도 않고 존경하지도 않는다", "높여야 할 것은 지식이지 사람이 아니다"[100]라는 인식이 만연해 있었다. 이것은 교육 보급과 지식 증강, 학생의 학술 시야의 확대나 부국강병으로 망하려는 나라를 구하겠다는 점에서는 매우 좋았지만 차이위안페이와 장타이옌, 량치차오, 첸무 등이 구상한 완전한 인격 교육이라는 측면에서 볼 때 타격이 컸다. 어쩌면 이것은 현대인이 '진보'하기 위해 치러야 할 대가였는지도 모른다. 교육의 현대화 과정에서 어떤 전통적인 인문정신이 사라지는 것

---

99 周傳儒・吳其昌 記錄,「梁先生北海談話記」; 丁文江・趙豐田 編,『梁啓超年譜長編』, 上海 : 上海人民出版社, 1983, 1138~1139면.
100 錢穆,『現代中國學術論衡』, 長沙 : 岳麓書社, 1986, 161・168면.

을 감지하고 이 문제에 침통함을 느낀 장타이옌은 "학술의 폐단을 없애자"고 분연히 떨쳐 일어날 수 밖에 없었다. 그러나 다른 사람의 눈에는 이것이 또 '장 미치광이'가 세상을 놀라게 하려고 또 다른 기발한 주장을 하고 있는 것처럼 보였다.

흥미로운 점은 청년 마오쩌둥이 비록 국고國故를 공부하지 않았지만 세상 사람들이 "서원을 비난하고 학교를 찬양하는" 것에 부정적이고 "'연구의 형식'이라는 점에서 서원이 학교에 비해 훨씬 낫다"고 여겼다는 점이다.

첫째, 선생과 학생의 정감이 매우 돈독하고, 둘째, 수업 운영이라는 개념은 없지만 정신의 소통을 통해 자유롭게 연구한다. 셋째, 교육 과정은 간략하지만 토론으로 모든 것을 보완하므로 여유로운 상태에서 깊이 연구하다보면 얻는 것이 있다.[101]

마오쩌둥은 서원이 가진 '연구의 형식'에만 주목했다는 점에서 이것이 중국 사학 전통의 특징이라고 본 장타이옌과는 달랐다. 구체적인 평가에서도 장타이옌처럼 편향적이지 않고 서원과 학교의 일장일단을 인정하고 "고대 서원의 형식에 현대 학교의 내용을 넣을 수 있기를" 희망했다.

101 毛澤東,「湖南自修大學創立宣言」,『新時代』創刊號, 1923. 4.

4. 학문의 병폐를 바로잡는 것과 국학을 보존하는 것

장타이옌의 "학문의 병폐를 바로잡자"는 호소와 "학술은 민간에 있다"는 사상은 후학에게는 난해했다. 그러다 보니 청 조정에 대한 비판으로 오해되기 일쑤였다. 이것은 논자들이 "과거제를 폐지하고 학교를 세우면 학술이 날로 진보한다"는 당시 세상의 인식에 갇혀 있었기 때문이다. 또 현자의 보호 차원에서 장타이옌을 "역사적 조류를 거슬러" 신식교육에 반대한다는 난감한 위치에 두지 않으려는 마음으로 그를 변호하느라고 장타이옌의 독특한 학술적 사유를 깊이 있게 파고들지 않았다. 장타이옌은 평생 공부할 때 "시론에 흔들리지 않는다"고 자부했고 세상 사람들의 견해에 맞춰 논의하다 보면 잘못이 없을 수가 없다고 생각했다. '만주족에 반대'한다는 것도 장타이옌 사상의 큰 특징이었지만 "학술은 민간에 있다"는 발상을 여기에만 국한시킨다면 연구자는 진주 상자를 산 뒤 진주는 되돌려주는 어리석은 행동을 하는 것이다. 허우와이루는 이 점에 대해 이렇게 말했다.

장타이옌은 극단적인 민족주의자로, 만주족 청 왕조의 통치를 가장 반대했던 사람이다. 그는 경세치용에 대한 논의가 만주족 청 왕조에 도움이 될까 봐 두려워한 나머지 청대 인물 평가에서 만주족 반대를 가장 우선순위에 두어서 "학술적 문장과 역사는 초야에 있을 때는 안정되지만 관청에 있을 때는 쇠해진다"「說林下」, "중국 학술은 밑에서 선도하면 더욱 좋아지고 위에서 세우면 점차 쇠해진다"「與王鶴鳴書」라는 말까지 하게 되었다.[102]

---

102 侯外盧, 『近代中國思想學說史』, 下, 上海 : 生活書店, 1947, 848면.

어조를 볼 때 허우와이루는 장타이옌의 주장에 동조하지 않지만, 장타이옌이 만주족 청 왕조 통치에 반대하기 위해 이런 주장을 했으므로 이해할 수 있다고 본 것 같다. 장이화姜義華, 강의화는 장타이옌이 학교에 불만을 가진 것에 대해 "특히 당시 학교는 청 조정의 통제 아래 있었으므로 그는 더 이 점을 강조해야 한다고 생각했다"[103]고 했다. "학술은 민간에 있다"는 명제는 만주족 반대를 주장할 때에만 의미가 있는 것처럼 말이다. 탕원취안과 뤄푸후이의 공저 『장타이옌 사상 연구章太炎思想研究』에서는 이런 생각을 더 선명하게 드러냈다.

그는 여러 차례 당시 신식 학당에 대한 자기 견해를 보여주었다. "학교가 관청에 있으면 그 폐해는 과거시험과 같다"는 취지는 학당이 '신식'이라는 것에 반대하는 것이 아니라 관청에서 관할한다는 점에 반대한 것이다. 당시 청 왕조는 아직 무너지기 전이라 관에서 관할하는 신식학당이 비록 학생들에게 근대 과학 지식을 전파할 수 있었다고 해도 정치적으로 보면 봉건왕조를 옹호하는 노예를 기르는 것이 목적이어서 학생에게 충군경장忠君敬長과 명리 추구 등의 진부한 관념을 주입시켰다.[104]

이런 유추대로라면 신해혁명 이후 "정권과 교육권의 문제가 이미 해결"된 뒤 장타이옌은 탕원취안과 뤄푸후이가 단언했던 것처럼 학교에 대한 입장을 "완전히 새롭게" 바꿔야 했으나 실제로는 전혀 그렇지 않았다.

청 왕조가 멸망했어도 장타이옌의 학교 비판은 계속 이어졌다. 1924년에 발표된 「학문의 병폐를 바로잡기 위한 논의」의 어조는 더욱 강경했고

103　姜義華, 『章太炎思想研究』, 上海 : 上海人民出版社, 1985, 437면.
104　唐文權·羅福惠, 『張太炎思想研究』, 武漢 : 華中師範大學出版社, 1986, 308면.

심지어 "학풍이 가장 좋지 않은 곳을 골라 교사는 파면시키고 학교는 폐쇄한 뒤 5년 뒤에 다시 열어 옛 문제를 모두 없앤 다음에 새로 들어온 교사가 가르치게 해야 한다"라는 주장까지 내놓았다. 장타이옌이 비판한 것은 학교를 출세를 위한 길로 만드는 '조정'이었지 '청 조정'에 국한된 것이 아니었다. 학교는 "조정에서 설립하여 관리가 되기에는 충분하지만 학술로 보면 얕은 지식으로 그칠 뿐"[105]이라는 것이었다. 당과 송이 그랬고 명과 청이 그랬으며 민국도 예외가 아니었다. 관학은 모두 출세길로 변질될 위험이 있었다. 이것이 장타이옌이 "학교가 관청에 있으면 그 폐해가 과거시험과 같다"는 것을 강조한 본래 의도였다.[106] 장타이옌은 중국 몇천 년간의 역사를 보고, 다시 옆에서 서구 각국을 본 다음 "관에서 가르치는 것은 대체로 좋지 않고 민간에서 나름대로 가르치는 것은 대체로 좋다"는 결론을 내린 것이다.[107] "학술은 민간에 있다"는 표현이 정확한지와 별개로 이 구절은 만청 항쟁의 정치적 구호만이 아니었다. 장타이옌이 중국 학술사상사에 대해 오랜 기간 사고한 결과였다.

장타이옌이 서구식 학당에 반대한 가장 표면적인 이유는 학문도 없으면서 교육을 주관하는 관리 때문이었는데 "국학을 빛내려면" "배부른 관리는 가망이 없고", "교육부 관리들은 또한 지식에 대해서는 아무것도 모른다"[108] 등이었다. 그런데 관리의 무지와 횡포 및 신학문을 하는 사람이 부귀를 선망하고 빈천을 우려한다는 것을 과도하게 강조하게 되면 학교에서는 도덕 교육에 더 힘을 쏟아야 한다는 결론에 이르기 쉽지만 이것

---

105 章太炎, 「與王鶴鳴書」, 『章太炎全集』 4, 152면.

106 章太炎, 「哀陸軍學生」, 『章太炎政論選集』, 417면.

107 獨角(章太炎), 「庚戌會衍說錄」, 『敎育今語雜志』 4, 1910.

108 章太炎, 「致國粹學報社書」, 『章太炎政論選集』, 498면; 章太炎, 「致袁世凱書」, 『章太炎政論選集』, 686면.

은 장타이옌의 의도가 아니었다. 관학과 사학의 우열을 가르는 문제에서 관건은 교육 체제 문제이지 개인의 도덕이 아닌 것이다. 20세기 초엽 서구의 학교 건립을 본받는 것이 대세가 되었고 서원을 대표로 한 사학 전통은 날로 몰락의 길을 걸었다. 이 점에 느낀 바가 있어 장타이옌은 사학의 합리적인 요소를 발굴하는 것에 힘을 기울였고 우물에 빠진 사람에게 돌을 던지는 일은 차마 하지 못했던 것이다. 신식 학당에 대한 여러 감정적인 공격을 제외하면 장타이옌이 사학을 높인 것은 확실히 통찰력 있는 식견이다. 특히 백가쟁명과 하나만 높이는 것에 대한 생각이 그렇다.

대다수 중국 지식인처럼 장타이옌도 선진시대의 백가쟁명을 무척 동경했다.

> 그 시대에는 맹가孟軻, 순경荀卿, 장주莊周, 묵적墨翟이 모두 유세를 다니면서 자신의 도를 전파하러 수레를 타고 천하를 편력했다. 아래로는 형명학刑名學과 견백堅白에 대한 변론, 손자와 오자기의 병법, 소진과 장의 같은 종횡가까지 모두 달변으로 허심탄회하게 말하면서 자신의 재주를 발휘했다. 등용되면 외교에서 활약했고 등용되지 않으면 저술을 남겼으니 비록 정밀함과 깊이에서 차이는 있었지만 그 시대 사람들이 이들을 좋아했고 이들의 영향으로 후대를 윤택하게 만들고 무궁하게 전할 수 있었다. 그래서 학술이 주 말기에 가장 흥성했으니 쇠미한 나라 상황과는 정반대였다.[109]

"후대를 윤택하게 만든" 주 말기의 학술에서 사람들이 가장 많이 말하는 것이 백가쟁명의 학술 기풍이다. 그런데 이것은 사학의 발흥으로 인한

---

109 章太炎, 「華國月刊發刊辭」, 『章太炎政論選集』, 779면.

것이다. 진대의 '불평하면 기시형棄市刑에 처한다'와 '분서갱유'는 당연히 학술을 쇠퇴시켰고 한대의 '백가를 폐지하고 유가만 존숭하는' 것도 일종의 무서운 사상 탄압이었다. 장타이옌은 학술의 쇠퇴가 실로 한 무제가 백가를 폐지했기 때문이라고 했는데, 그중에서 일반적인 인식과 달랐던 것은 장타이옌이 한 무제가 '오경만을 취한 것'을 "백가만을 폐지한 것이 아니라 사실상 유가도 폐지한 것"110이라고 확신했다는 점이다. 학문이 출세를 위한 길이 된 데다가 사상적으로 유학 하나만을 높였는데 이것이 학술 쇠퇴의 근본 원인이며 고금과 나라 안팎 모두 예외 없이 이랬다는 것이다.

장타이옌의 공자에 대한 평가는 전후로 완전히 달라졌지만 공자를 교주로 삼는 것에 반대하는 입장은 시종일관 변함이 없었다. 일단 종교라고 확신하면 반드시 "사람들의 지혜를 막아", "심취한 나머지 미치게 하여", "학술을 없애 버려 모든 사람을 미치광이로 만들어 버리는 것"이라는 이유도 있었지만, 더 큰 이유는 장타이옌이 일관되게 어느 하나만을 높이는 것에 반대했기 때문이었다.

중국의 학술을 보존하려고 한다면 백가를 모두 그대로 두고 나머지를 체계적으로 분류한 뒤에 의문 나는 점을 널리 알리고 잡다하게 뒤섞인 것을 간단하게 정리한다면 나날이 발전할 것이다. 공자는 원래 하나의 사상만 가진 사람이 아니었다. 그러니 어찌 어느 하나에만 집착했겠는가!111

높이는 것이 진짜 공자든 가짜 공자든 전한과 후한에서는 "공자 하나

110 章太炎, 「致柳翼謀書」, 『章太炎政論選集』, 764면.
111 章太炎, 「示國學會諸生」, 『章太炎政論選集』, 696면.

만을 높이기로 정했다. 비록 허심탄회하게 수준 높은 논의를 하고자 해도 반드시 공자와 위배되지 않는 것을 근본으로 했으니"[112] 이 때문에 학술이 쇠미해졌는데 지금 어찌 그 전철을 다시 밟으려고 하느냐는 것이었다. 캉유웨이는 공자를 교주로 추대했는데, 교주는 의문을 품을 수도 없고 같이 토론을 할 수도 없으며 대체할 수 없는 유일한 존재였다. 장타이옌은 공자를 '고대의 훌륭한 사관'일 뿐이라고 했다. 훌륭한 사관은 높이는 대상이기는 했지만 토론할 수도 있고 의문을 품을 수도 있는 존재였으며 무엇보다 '백가를 모두 배제할' 필요도 없었다. 장타이옌에게 "옛 성현을 지나치게 높이고 전지전능하다고 추대하는 것은 족쇄를 만드는 것"이었다. "다양한 인간사에서 변화는 끝이 없는데" "어떻게 어떤 성현 하나만 높이는 것으로 정할 수 있을까?"[113] 또 선현이 모든 일에서 언제나 지금 사람보다 현명하다고 말할 수 없는 이상 "하나만 높이는" 사고방식은 더욱 받아들일 수 없었다.

장타이옌의 사학 존숭에서 핵심은 '하나만 높이는 것'에 반대하고 '서로 새로운 뜻을 표방하는 것'에 힘쓴 것이다. 관학은 조정이 자금을 대서 설립하는 것이며 조정이 장악하고 이용한다. 조정國家의 필요에 부합한 인재를 배양하기 위해 "법제를 미리 세울 수밖에 없다." 예를 들어 "주나라의 육덕삼예六德三藝와 한 무제의 육경 숭상, 한 선제의 석거石渠에서의 강론은 모두 특별히 기준을 세워 법도에 포함시킨 것"이었다. "당의 『오경정의五經正義』, 송 왕안석의 『삼의三義』, 명의 『사서오경대전四書五經大全』은 특별히 책을 편찬하여 학궁에 반포하였다." 기준을 세우고 법도를 정한다는 것은 표준화된 교육을 위해서 필요하다. 그런데 이 "모든 것을 아

---

112 章太炎, 「諸子學略說」, 『章太炎政論選集』, 285면.
113 章太炎, 「與人論樸學報書」, 『章太炎全集』 4, 153~154면.

우르면서 가지런하게 하는 법"은 매우 훌륭하다고 해도 탁월한 사람들이 총명함과 재능을 발휘하는 것을 여전히 억압했다. 관학에서는 이미 황제가 정한 답안이 있었다. 위아래로 의견을 구해서 새로운 설을 따로 세울 필요가 없었고 그것이 허락되지도 않았다. 그래서 "책을 쓰고 주장을 펼쳐서 각자 새로운 뜻을 표방하는 것"은 '재야 학사'의 전유물이 되었다. 이것이 장타이옌이 "교육자는 관에 있고 연구자는 재야에 있다"라고 한 진짜 의미였다. '교육자'와 '연구자'를 완전하게 구분하는 것은 당연히 좋은 방법이 아니다. 장타이옌도 교육과 연구를 결합하는 교육 체제를 원했는데, 이것이 그가 구상한 '학회'였다. '학회의 강학'이 '학교의 교사'와 가장 다른 점은 이런 것이었다.

> 학회의 학사學士가 나와서 강론하면 여러 사람들이 다투어 나와 이설이 난무하는데 그것의 옳고 그름과 취사 선택은 공부하는 사람에게 일임하는 것이지 국가가 미리 항목을 설정해서 판단할 일이 아니다.[114]

선진시대 백가쟁명 같은 상황을 재현할 수는 없지만 "여러 사람이 다투어 나와 이설이 난무하는" 학회를 유지하는 것은 학술 발전에서 여전히 큰 의의를 가질 것이다. 조정國家에서 "미리 항목을 정한" 체제의 학술은 하나만 높이고 이설을 말살할 가능성이 크다. 장타이옌이 서원으로 대표되는 사학 전통을 높이고 "동지를 규합하여 학회를 세우자"고 극력 주장한 것도 이런 학술思想 독재를 매우 경계한 것이다.

장타이옌이 서원 정신을 계승하자고 한 것은 사실상 송과 명이 아니라

---

114 湯志鈞, 『章太炎年譜長編』, 793면.

청에 중심을 둔 것이다. 송대와 명대의 유명한 서원 중에는 조정을 공격하고 한 시대의 맑은 의론을 대표하는 것이 적지 않았다. 장타이옌은 이것이 적절하다고 보지 않았고, "동림당이 흥기하면서 학사들의 본거지가되어 관리가 되기에만 급급하여 지저분한 행동을 했다. 강학한다는 명분으로 실제로는 정당을 만들었다"[115]라고 했다. 장타이옌은 황종희의 『명이대방록』「학교」에 대해서는 더욱 "제생들이 함부로 정사에 간여하게했다"고 공격했다.[116] 학생의 정치 참여에 반대하는 것과 유자는 "경술로치란을 밝히지 않으므로 풍의風議를 잘하지 못하고, 음양으로 인사를 재단하지 않으므로 실사구시에 능하다"[117]라는 이 두 가지는 상통하는 내용이다. 정치와 학술의 분리, 학술을 통해 경세치용이 아니라 실사구시를해야 한다는 것을 주장한 것이다.

청대 서원은 대체로 세 가지 유형으로 나뉜다. 하나는 의리와 경세 학술을 중시하고, 또 하나는 과거 시험을 목적으로 하며, 나머지 하나는 박학 정신을 추숭하고 학술 연구를 선도한다. 장타이옌이 독서했던 항주의고경정사는 세 번째 유형에 해당했다. 완원阮元은 고경정사를 만든 취지에 대해 이렇게 자술했다.

> 정사는 한학 생도가 거처하는 곳의 이름이다. 경전 훈고를 하는 사람은 옛 학업을 잊지 않을 뿐만 아니라 새 지식에 힘써야 한다.「西湖詁經精舍記」

완원이 세운 고경정사는 태평천국 기간에 전란으로 소실되었고 중건

115 章太炎, 「哀陸軍學生」, 『章太炎政論選集』, 417면.
116 章太炎, 「非黃」, 『章太炎全集』 4, 125면.
117 章太炎, 「淸儒」, 『訄書』.(『章太炎全集』 3, 158면)

이후 고경정사는 과거시험과 무관한 원래의 특색을 그대로 유지했다. 유월은 「고경정사 중건기重建詁經精舍記」에서 이렇게 말했다.

여기에서 공부하는 사람은 고대 언어와 고대 제도를 중시하여 훈고를 통해 명물로, 의리로 나아간 뒤 성인이 물려준 경전의 뜻을 이해하게 된다.

장타이옌의 이후 강학은 대부분 이런 방식을 따랐다. 몇 차례 제자들을 받아들여 가르친 것이 모두 "중국의 소학과 역사" 같은 "중국의 고유 학술"[118]이었다. 이는 캉유웨이가 만목초당萬木草堂에서 강의할 때 서구의 철학과 각국의 역사학, 지리학, 수학, 격치학格致學, 물리학을 망라한 것[119]과는 달랐다. 『설문해자』와 『이아』, 『장자』, 『초사』에서 성인의 덕과 왕도를 실현한 것 또는 천하를 다스릴 만한 대도大道가 무엇인지를 찾아내는 것은 쉽지 않았고 장타이옌도 여기에는 관심이 없었다. 판원란范文瀾, 범문란은 청말 고문경학의 대표 학자인 장타이옌이 "고문경학에서 정치적으로 혁명적인 사상을 도출해 낸다는 것은 어려운 일이었다"[120]고 비판했다. 사실 장타이옌도 그렇게 하는 것을 대단하게 생각하지 않아서 강학할 때에는 늘 고문경학의 전통을 따라 "훈고에서 명물로, 의리로 나아간 뒤 성인이 물려준 경전의 뜻을 이해"하게 했다. 유일하게 달랐던 점은 이해의 대상을 "성인이 물려준 경전"에서 "문학과 역사학" 전체로 확대시켰다는 것이다. 자신의 연구든 아니면 학생들에게 가르치는 것이든 장타이옌은 실사구시를 학문의 중심으로 삼았고 캉유웨이의 경세치용에 반대

---

118 張庸, 「章太炎先生答問」, 『章太炎政論選集』, 259면.

119 梁啓超, 「南海康先生傳」, 『飮氷室合集·文集』 3, 65면.

120 范文瀾, 「經學講演錄」, 『范文瀾歷史論文選集』, 北京: 中國社會科學出版社, 1979, 336면.

했다. 두 사람 모두 공자가 강학하는 옛 자취를 따르자고 주장했고 서원과 학회를 통해 제자들에게 "인仁을 구하는 방법과 학문을 하는 방법"[121]을 가르쳤으나 캉유웨이의 강학은 의리와 경세 학문을 중시한 청대 초기 서원에 가까웠고 장타이옌의 강학은 박학 정신을 높이고 학술 연구를 이끈 건가 연간 이후 서원에 더 가까웠다.

현대 사회를 건설하려면 인재가 필요했는데 이것은 전통적인 서원에서 제공할 수 있는 것이 아니었다. "나라를 다스리는 근본이 오경에 있다"는 류의 거창한 말은 터무니 없는 잠꼬대일 뿐이었다. 캉유웨이는 강학에서 중국과 서구, 인문과 자연과학을 모두 중시했는데 이것은 현대 학교의 발전 방향을 잘 보여주었다. 그런데 캉유웨이와 량치차오 등이 중국 전통교육을 공격한 것은 분명 성급하게 효과를 보려는 의도가 있었다. 단기간의 효과를 원하면서 '쓸모없는 학문'에 반대하는 이런 교육 사상은 각 학과의 전문 인재를 배양하는 데 유리할지는 모르지만 민족 문화 전체의 소양을 질적으로 하락하게 했던 것이다. 장타이옌이 고려한 것은 국가 교육 전체에 대한 전략이 아니라 사상사와 학술사적인 배경에서 어떻게 국학을 보존하고 그것을 통해 국가의 정체성을 보존하여 나날이 거세게 밀려오는 서구화라는 광풍을 막아낼 것인가였다.

'국고 평가'나 '국학' 전수라는 측면에서 본다면 장타이옌의 학회 창설 주장은 실천할 만하다고 할 수 있다. 그러나 전통 서원으로 학교 교육을 대신하자는 발상이라면 이것은 불가능하고 바람직하지도 않다. 장타이옌도 내심 이 점을 잘 알고 있었기 때문에 '학교의 여러 문제점'에 대해서도 주로 '문과', '국학', '문학과 역사학'을 공격했고 '물질을 다루는 학문'

---

121 康有爲, 「長興學記」, 『長興學記·桂學答問·萬木草堂口說』, 6면.

이나 '국제법을 다루는 학문'에 대해서는 "서구의 문헌을 참고하자"[122]는 주장을 따를 수밖에 없었다. 서원의 산장은 이런 분야에 대해서는 무능력했기 때문이다. 조정에서 학교 제도를 선도하는 것을 비판한 이유는 국학의 보존에 이롭지 않아서였지만 그렇다고 정말 왕셴첸처럼 "학당에 가지 말고 집으로 돌아가자"[123]고 한 것은 아니었다. 중국 사학 전통을 드날리고 민간의 역량을 빌려 서원을 세우고 학회를 조직하여 "이전 성현의 끊어진 학문을 계승"하려고 했던 것이다. 만년에 쓴 「국학회 회간 선언國學會會刊宣言」에서 장타이옌은 '끊어진 학문을 계승'하자는 측면에서 이렇게 주장했다.

> 쇠미한 학문을 부축하고 끊어진 학문을 보조할 방법을 깊이 생각하면 진실로 학회만큼 편한 것이 없다.[124]

신식학교는 서구 교육 체제의 영향 — 체제의 문화사상으로 제약된 점까지 — 이 너무 커서 '국고의 학문'을 전수하는 것은 어려웠고 또 늘 핵심을 짚지 못하는 감도 있었다. 학생들이 직접 중국 전통 문화 학술에 매력을 느낄 수 있게 한다는 점에서 장타이옌이 주장한 서원과 학회는 확실히 신식학당보다는 나았다.

장타이옌은 중국 사학 전통을 높이면서 자유롭게 탐구하는 학술 정신으로 '새로운 뜻을 보인다'는 점에 중심을 두었다. 또 조정에서 하나만 높여서 학생들이 출세를 위해 학문을 하는 것에 반대했다. 구체적인 실천

122　章太炎, 「救學弊論」, 『章太炎全集』 5, 102면.
123　王先謙, 「學堂論上」, 『葵園四種』, 13면.
124　章太炎, 「國學會會刊宣言」, 『章太炎全集』 5, 158면.

방법으로 서원과 학회 등 민간 교육 기관을 빌려 국고를 전하고 끊어진 학문을 계승하고 나아가 중국문화를 선양하자는 것이었다.

　민간의 강학은 경제, 정치 등 일련의 문제와 관련되기 때문에 '학술적 자유'라는 말만 가지고 해결할 수 있는 것이 아니다. 장타이옌은 평생 개인 강학을 견지했고 여러 차례 대학에서 가르치는 것을 거절하면서 자신의 학술 추구를 명확히 했다. 장타이옌이 개인 강학에서 직면한 어려움과 이루어낸 성과, 학파를 건립하는 구상의 실현 등과 관련된 문제는 따로 논문을 써서 논의하는 수밖에 없다. 여기에서는 다만 장타이옌이 중국 사학 전통에 대해 보여준 통찰과 계승이라는 점을 부각시켜 보고자 했을 뿐이다.

제3장

학술과 정치

중국의 문예를 40년 동안 이끌었던 후스 선생을 설명할 때 탕더강唐德剛, 당덕강은 묘한 비유를 했다. "그는 평생 유리 어항 속 한 마리 금붕어였다. 그가 머리와 꼬리를 흔들거나 위아래로 이동하거나 말 한 마디를 던지고 웃음 한 번을 웃어도 (…중략…) 언제나 수많은 사람들이 지켜보고 있었다."[1] 지켜보고 있다는 말로는 부족하다. 차라리 그의 일거수일투족을 품평했다고 하는 것이 맞을 것이다. 그리고 그들은 때가 되면 언제든 그를 다시 '도마 위'에 올려놓을 준비가 되어 있었다. "명성이 천하에 가득하자 비방이 뒤를 따라온다"는 것이 딱 이 말이다. 후스는 생전과 사후에 모두 수많은 평가를 받았는데 이 평가에는 언제나 상반된 두 가지 어조가 혼재했다. 하나는 정치가인 그에게 요구한 것이고 다른 하나는 학자인 그를 평론한 것이었다. 이 두 가지 평가에는 모두 합리적인 면이 있지만, 후스는 진정한 정치가나 순수한 학자라고 볼 수 없다. 만약 '정치가 겸 학자'라거나 '학자형 정치가'로 뭉뚱그려서 후스의 전 생애를 평가한다면 그것도 맞는 내용이 아닐 것이다. 내가 봤을 때 후스는 세상사에 관심이 있어서 정치에 대한 발언을 즐겨 했던 전통적인 의미의 '서생'에 지나지 않기 때문이다. 정치는 그가 잘하던 분야도 아니었고 정말로 관심 있는 대상도 아니었다. 어쩌다 보니 인연이 닿게 되어 한 번 또 한 번 정치라는 소용돌이에 휘말려 들어서 어느덧 중요한 '정치권 인사'가 되었을 뿐이었다. 후스 사후에 나온 수많은 제문과 추도사 중에서 북경대학 동문회에서 지은 만련挽聯, 애도의 뜻으로 지은 2구이 가장 흥미로운데, 그 내용은

---

1   唐德剛, 「寫在書前的譯後感」, 『胡適的自傳』, (『胡適哲學思想資料選』, 上海 : 華東師範大學出版社, 1981)

"학문을 위해 살고 학문을 위해 죽었던 대유大儒가 예부터 몇이나 되었나. 천하 때문에 즐거워하고 천하 때문에 근심했던 국사國士는 지금도 그만한 사람이 없다生爲學術死爲學術自古大儒能有幾, 樂以天下憂以天下至今國士已無雙"[2]였다. '대유'와 '국사'로 신문화 운동의 투사 후스를 찬양한 셈인데 겉으로 보기에는 우스꽝스럽지만 학술을 중심으로 하면서도 천하의 흥망을 잊지 않았다는 점을 칭송한 것은 후스가 가진 정신적 풍모의 기본 특징을 제대로 포착한 것이라고 생각한다.

후스의 학술 성취에 대한 평가는 그동안 천차만별이었다. 그렇지만 그가 사상계와 학술계에 끼친 영향에 대해 이견을 다는 사람은 거의 없다. 위잉스 선생이 말한 것처럼 "후스 선생은 20세기 중국학술사상사에서 중심인물"[3]이었던 것이다. 이 '중심인물'에 대해 존경할 수도 있고 폄하할 수도 있지만 그를 '20세기 중국 학술사상사'라는 상황 속에 둘 때라야만 그의 가치와 한계를 제대로 이해할 수 있을 것이다. 특히 20세기 중국에서 학술과 정치 사이에서 배회했던 그의 모습은 전형성이 있다. 결국 선택한 학술의 길이 전혀 달랐다고 해도 수많은 일류 학자들이 모두 비슷한 어려움 속에서 발버둥쳤고 분투했기 때문이다.

그래서 이 글에서는 후스의 정치적 입장보다는 그가 정치를 대하는 태도에 주목해서 논의할 것이다. 후스의 정치적 입장은 그가 국민당 및 공산당과 어떤 관계를 맺을지 결정했고 이로 인해 엄청난 찬양을 받기도 하고 그만큼의 매도도 당했으므로 연구자들이 대체로 관심을 기울여 왔다. 그러나 후스가 정치를 대하는 태도는 그렇게 중시되지 않았다. 실제로 이것은 후스 자신의 학문 성과에도 깊이 영향을 미쳤을 뿐 아니라 20

---

2   胡適, 『胡適之先生紀念集』, 再版, 臺北 : 學生書局, 1973.
3   余英時, 『中國近代思想史上的胡適』, 臺北 : 聯經出版事業公司, 1984, 6면.

세기 여러 세대의 학자들이 지금까지 해결하지 못했던 난제를 부각시킬 수 있을 것이다.

1. 정치 참여와 회향廻向

후스는 평생 여러 차례 정치적 발언을 하지 않겠다고 선언했으나 또 수도 없이 정치에 대해 논평했다. 이것은 그 이전과 그 이후의 관심사가 달라서 생겨난 난처한 상황이 아니다. 그의 생각 자체가 갈팡질팡했기 때문이다. 곧 정치에 관심을 가져야 하느냐가 아니라 어떻게 관심을 가질 것인가가 중요한 문제였다. 후스는 이 점에 대해 재차 "나는 정치에 관심이 있는 사람",[4] "나는 줄곧 정치에 대해 흥미를 가졌다"[5]고 자술했다. 정치에 대한 흥미라는 것은 관심을 나타내는 정도일 수도 있고 공개적으로 정치를 논의하는 것일 수도 있고 또는 직접 정치에 참여하는 것일 수도 있다. 후스가 현대 중국에서 특수한 위상을 가지고 있었기 때문에 이런 세 가지 선택은 모두 그에게 맞았다. 그러나 갈림길에서 양을 잃는다는 말이 있듯이 선택지가 많다는 것이 반드시 좋은 것만은 아니다. 후스는 어떻게 해야 자신이 최대한 능력을 발휘하고 시대의 요구에 부응할 것인가로 고민했다. 왕스제王世杰, 왕세걸는 후스의 '정치에 대한 관심'을 이렇게 묘사했다.

그는 정치 문제에 가장 관심을 보였는데 그 관심의 정도는 실제 정치에 종사하는 사람보다도 높았다. 그러나 그는 관리가 되거나 정치 활동에 뛰어들려

---

4   胡適, 「我的岐路」, 『胡適文存二集』 3, 上海 : 亞東圖書館, 1924.

5   胡適, 『胡適的自傳』 제3장 「初到美國─康乃爾大學的學生生活」.

고 하지 않았다.[6]

만약 이것으로 후스가 실제 정치 활동에 종사하는 것을 꺼리는 정치 이론가라는 결론을 이끌어 낸다면 후스를 지나치게 높인 것이다. 후스가 정치 쪽에 "지식이 매우 풍부하고", "인식이 매우 깊었으며" 독립적이고도 완정된 정치 이론[7]을 가지고 있었다고 한 말은 사실 입에 발린 칭찬에 가깝다. 후스는 정치에 관심을 가졌지만 직접적으로 정치 투쟁에 개입하지 않으려고 했는데, 이는 어쩔 수 없는 고충이 있어서이기도 했고 정치와 학술 사이의 관계에 대한 나름의 이해 때문이기도 했다.

유학 시기 후스는 프랑스 내 정국 변화에 매우 관심을 가졌을 뿐만 아니라 미국인의 선거 등 정치 사회 활동에도 적극적으로 참여했는데 이 점은 다른 유학생들에게서는 보기 어렵다. 후스 본인의 해석에 따르면 이 모든 것은 아주 자연스러운 일이었다.

나는 어떤 지역에 있을 때마다 그 지역의 정치 사회 사업을 내 고향의 정치 사회 사업으로 생각했다. 그래서 어떤 곳의 정치 활동과 사회 개량에 대한 일들을 맞닥뜨리게 되면 늘 즐겨 들었다. 듣는 것만이 아니라 그 안에 투신해서 이해와 시비를 연구했고 내가 옳다고 여기는 무리에 끼어서 희로애락과 성패를 같이 했다.[8]

"그 안에 투신"했던 목적은 관찰하기에 편하다는 점도 있었겠지만 "공

6   胡適,「王世杰談胡適與政治」,『胡適之先生紀念集』.
7   楊承彬,『胡適的政治思想』(臺北:學生著作奬助委員會, 1967)의 '自序'와 '導論' 참조.
8   胡適,『胡適留學日記』, 上海:商務印書館, 1947, 1053~1054면.

익사업에 뜻을 두는 습관을 키우고자" 하는 마음이 더 컸다.

> 자기가 있는 지역에서 그 지역의 이해관계에 상관없다는 듯이 군다면 그런
> 사람이 나중에 고국에 돌아가서 어떻게 갑자기 자기 고향의 이해관계에 열정
> 을 쏟을 수 있겠는가?[9]

곧 청년 학생 후스는 고국에 돌아간 뒤에 '정치 사회 사업'에 종사하기
로 매우 일찍 마음을 먹었던 것이다. 그의 『후스의 유학 일기』 4책에는 중
국 정국과 국제 형세 분석에 대한 글과 각종 사회 활동에 참여한 기록이
많아서 이를 뒷받침할 수 있다.

그런데 이렇게 사회 활동에 열정을 가진 유학생이 귀국한 뒤에 돌변해
서 "정치에 대해 발언하지 않겠다"고 한 것이다. 정치에 대해 발언하지 않
는 것은 정치에 무관심해서가 아니라 정치에 대해 발언하는 것보다 더
중요한 것이 사상 문예적 혁신이라고 본 것이다. 국내의 "고루한 출판계
와 적막한 교육계"를 목도한 그는 이렇게 썼다.

> 나는 그제야 장훈張勛의 복벽復辟, 왕정 복고이 매우 자연스러운 현상이라는 것
> 을 알고 20년 동안 정치에 대해 발언하지 말아야겠다는 결심을 굳혔다. 내
> 가 더 하고 싶은 것은 사상 문예적으로 중국 정치를 위해 혁신의 기반을 마련
> 하는 것이었다.[10]

사상 혁명국민 영혼의 개조을 정치 투쟁 위에 두는 이런 전략은 만청시대에

---

9   위의 책, 1054면.
10   胡適, 「我的岐路」, 『胡適文存二集』 3.

이미 있었다. 그러나 정치 투쟁의 수단이 날로 업그레이드됨에 따라 비정치적 개혁 노력은 지나치게 '평범'해 보여서 날이 갈수록 과격해지는 중국 지식인들에게 어필하기 어려웠다. 중국 사상계 경향을 대표하는 『신청년』은 1919년 이전에는 "정치에 발언하지 않고 문예 사상의 혁신에만 전념한다"[11]던 후스의 주장에 찬성하는 기조였기 때문에 천두슈는 여기에 대해 "본지『신청년』의 동인과 독자는 언제나 내 정치 발언에 대해 못마땅하게 생각한다"[12]고 불평했다. 그러나 제1차 세계대전의 종전, 파리 강화 회의 개최, 5·4 운동의 폭발 등 일련의 중대한 정치적 사건이 발생하면서 중국 지식인의 정치 열정이 갑자기 고조되었고 천두슈가 말한 "국가 민족의 근본적 존망과 관련된 정치의 근본적 문제"[13]를 토론하는 것이 새로운 시대적 조류가 되고 『신청년』 동인의 관심사가 되어 버렸다.

　이런 시기에도 후스는 정치 문제에 대해 그다지 열의를 가지고 논의하지 않았다. 그저 천두슈가 체포되어 『매주평론每週評論』을 이어받게 되었을 때 "어쩔 수 없이 정치에 대해 발언해야 할 것 같은 느낌"[14]을 가졌을 뿐이다. 후스에게 1919년 네 차례의 '문제와 이데올로기'에 대한 논의는 기본적으로 사상과 방법에 대한 논쟁이었는데, 후스가 정말 공개적으로 정치 문제에 대해 논의한 것은 1921년 '호정부주의好政府主義'에서 시작되었다.[15] 이후 걷잡을 수 없게 되어서 정치를 논의하는 것이 후스의 큰 관

11　胡適는 「紀念五四」(『獨立評論』第149期, 1935)에서 『新靑年』이 정치적 발언을 하지 않는 주된 이유가 자신의 영향을 받아서라고 했다. 그렇지만 "陳獨秀, 李大釗, 高一涵 등 여러 선생은 모두 정치 문제에 관심이 있다"고 했다.

12　陳獨秀, 「今日中國之政治問題」, 『新靑年』 第5卷 第1號, 1918.

13　위의 글.

14　胡適, 「我的岐路」, 『胡適文存二集』 3.

15　1921년 8월 5일 胡適은 '好政府主義'에 대한 강연을 했는데 이것이 '제1차 공개 정치 발언'이었고, 1922년 5월 11일에 그가 초안을 쓴 「我們的政治主張」이 '제1차 정치 논의'

심사가 되었다. 『신월新月』잡지, 『독립평론獨立評論』, 『자유중국自由中國』등의 발행은 당연히 의정 활동을 위한 것이었고 만년에 해외에 살 때에도 크고 작은 정치 문제에 대해 자신의 의견을 발표하기를 즐겨 했으니 그의 관심사가 어디에 있었는지를 잘 알 수 있다.

귀국 초1917 20년간 정치에 대해 발언하지 않겠다고 맹세했던 때부터 직접 「우리의 정치 주장我們的政治主張」1922의 초안을 잡을 때까지 그 기간은 5년밖에 되지 않았는데 어떻게 정치에 대한 태도가 이렇게 180도 달라졌던 것일까? 후스는 직접 여기에 대해 설득력 있는 해석을 내놓았다.

내가 지금 나와서 정치에 대해 말하는 것은 국내 정치가 부패해서 나를 불러낸 점도 있지만 대부분은 이 몇 년간 '이데올로기에 대해서만 거창하게 말하고 문제를 연구하지 않는' '새로운 여론계'가 나를 불러낸 것이다.16

부패한 정부와 무능한 정객이 후스가 정치 평론을 하기로 결심한 중요한 원인이었다. 그러나 더 중요한 자극제는 『신청년』 단체의 분열과 『신청년』 동인의 '좌' 편향 추세였다. '이데올로기와 문제' 논쟁에는 사상 방법에서 차이가 있었고 의식 형태도 나뉘었는데 후스는 이 점을 잘 알고

였다. 胡適, 『胡適的日記』, 北京 : 中華書局, 1985, 175・352면 참조.
[역자 주] '호정부주의'는 1920년대 일어난 정치 주장이다. 이 주장을 대표하는 글이 1922년 5월에 후스를 비롯하여 蔡元培, 李大釗, 陶行知, 梁漱溟, 王寵惠 등 15명의 북경 대학 교수가 연합하여 발표한 「我們的政治主張」이다. 그들은 선량한 사람이 정치 운동에 참여하면 중국의 문제가 해결될 수 있다고 믿었고 '좋은 정부' 조직을 첫걸음으로 정치 개혁의 3가지 원칙(입헌정부, 열린 정부, 계획 정부)과 6가지 구체적인 주장(국회 소집, 헌법 초안 작성, 군축, 선거제도 개선, 재정 공개 등)을 내걸었다. 1922년 9월, 王寵惠를 국무총리로 하는 '好人政府'가 설립되었으나 72일 만에 끝났다.
16 胡適, 「我的岐路」, 『胡適文存二集』 3.

있었다. 다만 그가 보기에 사상 방법의 차이가 더 근본적이었다. 정치적 신념은 자유롭게 선택할 수 있지만 회의의 정신과 '사실과 검증을 중시하는' 방법은 현대인이라면 누구나 따라야 할 것이었다. 실험주의자로서 후스는 이데올로기에 대해 거창하게 말하는 사람들이 매번 "우리가 말하는 것이 근본적인 해결"이라고 하지만 사실 순전히 "자기도 속이고 남도 속이는 잠꼬대"[17]라고 보았다. 진정한 사회 진보는 성실한 노력과 점진적인 개량으로만 가능하다고 본 것이다.

> 우리는 근본적으로 개조하겠다는 말을 믿지 않고 점진적으로 개선해 나간다는 것만 믿기 때문에 이데올로기에 대해 말하지 않고 문제에 대해서만 말할 뿐이다. 큰 희망을 품지 않는다면 큰 실망도 없을 것이다.[18]

군벌 정부에게는 치료제가 없고 '신여론계' 역시 공허한 말만 해댈 뿐이다. 스스로 정부에 대해 상당히 연구했다고 자부한 후스 선생이 직접 나설 수밖에 없었다.

후스를 정치 활동에 참여하게 한 많은 직접적인 자극 중에서 딩원장 丁文江, 정문강이 가장 큰 역할을 했다. 딩원장은 정치를 개량하려면 사상 문예에서 출발해야 한다는 후스의 주장에 반대하면서 "좋은 정치는 모든 평화로운 사회 개선의 필수 조건"이라고 확신했으며 그래서 지식인이 "정치 참여의 책임을 방기해서는 안 된다"[19]고 주장했다. 딩원장의 주장에 따르면 관료의 부패와 군벌의 전횡이 두려운 것이 아니다. "가장 두

---

17 胡適, 「多研究些問題, 少談些主義」, 『每週評論』 31號, 1919.

18 胡適, 「這一週」, 『努力週報』 第7號, 1922.

19 胡適, 『丁文江的傳記』, 臺北 : 啓明書局, 1960, 35~36면.

려운 것은 지식과 도덕을 갖춘 사람들이 정치로 나가려고 노력하지 않는 것"[20]이었다. 35년 뒤 과거를 회상하며 후스는 그때 『노력주보努力週報』를 발행해서 정치에 대해 발언하기 시작한 것은 "실로 딩원장 군이 이런 정신으로 독려해서라고 말할 수 있다"[21]고 했다.

정치가로서 후스는 『노력주보』, 『신월』 잡지, 『독립평론』에 영향력 있는 시대 평론과 정치 논문을 다수 발표했다. 주목해야 할 점은 후스의 정치 참여 활동의 내용만이 아니라 그 활동의 특수한 방식또는 태도이었다. 우선 그는 어떤 정당에도 가입하지 않고 "정견만 가질 뿐 당견을 가지지 않고" 영원히 "독립적인 정치 비평가"로 발언했다.[22] 두 번째로는 여론가의 직책이 "스스로 나서서 정부를 조직"하는 데 있다고 생각하지 않고 "국내 지식 계급과 직업 계급에서 우수 인재를 조직하여 정부를 감독하고 정부를 지도하며 정부를 원조하는 정치 참여 단체를 조직하는"[23] 것이었으면 하는 소망을 담았다. 마지막으로 정치 평론과 정치 참여를 엄격하게 구별하여 간언만 할 뿐 정부에 들어가지 않고 관료가 되라는 유혹을 물리쳤다는 것이다. 이 세 가지는 서로 관련이 있는데 정치 참여에 뜻이 없기 때문에 정부를 감독하고 돕는 것에만 만족할 뿐이고 현대 정치에서 중요한 역할을 하는 정당을 부정했다. 하지만 이를 통해 그가 정파 밖에서 초연하게 독립된 지위를 보장받을 수 있는가는 실제로 낙관적이지 않았다. 후스에게 마지막 방어선은 정치 발언만 할 뿐 정치에 간여하지 않는다는 것이었지만 이 방어선조차도 중일전쟁이 발발하자 명을 받아 주

---

20 丁文江,「少數人的責任」,『努力週報』第67號, 1923.

21 胡適,『丁文江的傳記』, 36면.

22 胡適,「政論家與政黨」,『努力週報』第5號, 1922.

23 胡適,「中國政治出路的討論」,『獨立評論』第17號, 1932.

미대사로 가면서 산산이 부서졌다. 후스는 나중에 "이전에 우리는 정치에 대해 발언하지 않았지만 결과적으로 정치로 인해 발언하게 되었다. 나중에는 정치에 간여하지 않았을 뿐이다"라고 자조했다. 중일전쟁 때 외교관으로 나가면서는 "내가 20년간 정치에 간여하지 않겠다고 말했는데 지금은 21년째 되는 해이기 때문에 20년이라는 기한은 넘겼다"[24]라고 했다.

1930년대 중엽 이후 국민당 최고 당국자와의 관계가 점차 개선되면서 후스는 여러 차례 고위 관료로 나갈 기회를 얻게 되었다. 그러나 그는 결연하게 거부했다. 한 차례 주미대사로 나간 것 외에 후스는 다시는 직접 정치에 참여하지 않았고 다시는 '관료가 되지' 않았다. 그가 보기에 북경대학 총장과 '중앙연구원' 원장은 관료가 아니었다. 이것은 "마음을 바르게 한 뒤 뜻을 성실하게 하고 그 다음에 몸을 닦고 그 다음에 집안을 다스리고 그 다음에 나라를 다스리고 그 다음에 천하를 고르게 하는正心誠意修身齊家治國平天下" 중국 전통 지식인의 지향과 달랐다. 그러나 어쨌든 근대 지식인이 중앙 정부에 의존하지 않고 관료가 되는 것만이 유일한 출로가 아니라는 독립적인 개성을 보여주었다. 출사와 은거, 조정과 재야로 단순하게 대응되는 양극단이 아니라 출사한 것도 아니고 은거한 것도 아니면서 조정과 재야의 중간지대에 선 과도기적인 독립된 지식인이 출현한 것이다. 공부를 잘하지만 출사하지 않은 채 정권 밖에 있는 것을 선택하고 사상 관념 및 가치 체계를 창조하고 전파하여 사회 발전에 영향을 미치는 것은 근대 이후 중국 지식인의 새로운 삶의 지향이었던 것이다. 후스가 실제 정치에 종사하지 않으려고 한 것은 이런 사상사적 배경도 있었지만 구체적인 현실을 고려했기 때문이었다.

---

24   胡適,「報業的眞精神」,『胡適演講集』3, 臺北 : 遠流出版事業公司, 1986.

각종 관직을 사양하는 수많은 편지에서 후스는 부단히 정치에 참여하지 않으려는 이유를 밝혔다. 구체적인 상황 때문에 덜어내고 덧붙인 점이 있긴 했지만 그가 언제나 강조했던 것은 다음의 몇 가지였다. 첫째, 후스는 스스로 "정치적 능력이 전혀 없다"[25]고 여겼고 억지로 정치 외교 업무를 맡는 것은 "자신의 단점을 쓰고 장점을 버리는 것이라 자신을 위해서도 나라를 위해서도 무익한 것"[26]이라고 했다. 이것은 겸사처럼 보이지만 그가 딩원장과 푸쓰넨傅斯年, 부사년이 연구도 잘하면서 일처리도 잘한다고 부단히 칭찬하면서 이들은 "글만 쓸 줄 알았지 일처리 능력이 없는"[27] 자신과는 달리 "조직하는 능력이 있는 천부적인 지도자 인물"이라고 했던 것을 보면 그가 자신의 행정 능력을 낮게 평가했음을 알 수 있다. 정치를 한다는 것은 조직하는 능력만이 아니라 탕더강이 말한 것처럼 "대 정치가의 책임감, 중상급 관료의 철면피에 정객이나 외교가적 수완"[28]이 필요했는데 이 모든 것들을 후스는 가지고 있지 못했다. 관료 사회에 몸을 담으려고 애쓰는 것은 확실히 좋은 방법이 아니었다. 둘째, 후스는 자신을 자유주의적 '여론가'라고 명명했고 당파 없는 독립적 지위를 유지하여 결정적인 순간에 민중과 정부를 위해 힘을 실어줄 몇 마디 바른말을 할 수 있기를 바랐기에 "정부 바깥에서 국가를 위해 힘을 실어주는 것이 정부에 참여하는 것보다 훨씬 낫다"[29]고 믿었다. 일단 입각하여 관료가 되면 "내 30년간 길러 온 독립적 지위를 무너뜨릴" 뿐만 아니라 "우리가 공정

25 胡適, 「致沈怡」. (胡頌平 編, 『胡適之先生年譜長編初稿』, 臺北 : 聯經出版事業公司, 1984, 2139면 재수록)

26 胡適, 「復雪艇」. (『胡適之先生年譜長編初稿』, 2003면 재수록)

27 胡適, 「傅孟眞先生遺著序」, 『傅孟眞先生集』, 臺灣大學, 1952; 胡適, 「致周作人」, 『胡適往來書信選』 中, 北京 : 中華書局, 1979, 298면.

28 唐德剛, 『胡適雜憶』, 北京 : 華文出版社, 1990, 45면.

29 胡適, 「致汪精衛」, 『胡適往來書信選』 中, 208면.

한 말을 할 지위조차도 사라질"[30] 수 있었다. 어쩌면 가장 중요한 것은 세 번째 요인일지도 모른다. 후스는 사실 실제 정치에 대해 그다지 관심이 없었고 정치에 관심이 있다는 것도 정견을 발표할 권리를 가지는 정도였 다. 사실상 후스는 현실 참여형 서생이었을 뿐 진정한 정치가는 아니었던 것이다. 기자의 질문에 "주미대사 역시 취미 삼아 아마추어로 했던 것"[31] 이라는 그의 답변을 빌려올 수도 있겠다. 현실 정치를 혐오하는 마음을 가진 채 마지못해 정부에 들어간 '아마추어'라 "몸은 조정에 있지만 마음 은 강호에 있는 무능력자 한 명이 추가된 것에 불과해서 정사에도 보탬 이 못 되면서 학문적으로는 큰 손실이 있다"[32]는 것이었다.

후스는 정치에 대해 관심이 있으면서도 정부의 제안을 거절하는 자신 의 특수한 상태를 매우 멋지게 설명했다.

내가 바라는 것은 약간의 사상과 언론 자유일 뿐이고 이것으로 우리가 공개 적으로 국가를 위해 생각하고 인민을 위해 말할 수 있는 것이다. 정치에 대한 나의 관심은 이 정도에 불과하다. 나는 지금껏 현실 정치에 참여하고 싶지 않 았다. 그것은 현실 정치를 비루하게 생각해서 그런 것이 아니라 사람들은 각기 잘하고 못하는 것이 있는데 나는 내가 할 일이 있고 이것이 나를 위해서나 남 을 위해서나 그나마 유익하다고 생각해서 내가 하는 일을 버리고 현실 정치에 서 일하려고 하지 않은 것이다.[33]

---

30   胡適, 「致傳斯年」, 『胡適往來書信選』下, 北京 : 中華書局, 1980, 173면.

31   胡頌平 編, 『胡適之先生年譜長編初稿』, 2364면.

32   胡適, 「致汪精衛」, 『胡適往來書信選』中, 208면.

33   胡適, 「致李石曾」, 『胡適往來書信選』中, 95면.

'현실 정치'가 전문 영역이라면 모든 '아마추어 애호가'가 다 잘할 수 있는 것은 아닐 것이다. '자기가 하는 일'에 종사하는 동시에 나라를 위해 근심을 나누고 백성을 위해 말하는 권리와 의무를 가지고 싶어하는 이 두 측면이야말로 근대 지식인이 전통 사대부와 다른 점일 것이다. 완전히 정치에 무심한 채 자신의 전업인 연구에만 신경 쓰는 것도 아니고 정치에 마구 개입하면서 상식으로만 세상을 다스릴 수 있을 것이라고 생각하지도 않는 이런 심리 상태는 제대로 운영되는 현대 사회에서라면 납득되었을 것이다. 그러나 비바람이 휘몰아치는 혁명 시기에는 지나치게 몸을 사리는 것으로 보일 수 있었다. 몇십 년이 흐른 뒤 어떤 비현실적인 이념을 위해 자신의 전업을 버리고 자신의 본성을 저버린 채 실제 정치에 종사했던 '서생'들은 결국 후스의 말이 정부에게도, 지식인인 자신에게도 맞는 말이었다는 것을 깨달았다. "국가는 중요한 도구이고 정치는 매우 큰 일이라 (…중략…) 계획이 있는 사람이 아니라면 정치를 하기에 적합하지 않았던 것"[34]이다.

또 다른 측면에서 본다면 정치에 참여할 능력이 없거나 뜻이 없어도 정치에 관심을 가질 수는 있다. 이것은 중국 지식인의 본질적인 성격이었다. 1950년대 후스는 '총통' 경선에 참여할 것을 사양했는데, 그때 다시 늘 하던 "정치에 대해 관심을 가진다고 해서 관료가 되려는 것은 아니다"라는 말에 "지식인이 정치적 발언을 하는 것은 중국 역사 문화의 좋은 전통이다. 공자와 맹자시대부터 지금까지 모두 그러했다"라는 말을 덧붙였다. 그 자신은 뭐든 다 바꿀 수 있지만 "천하 일을 자기 임무로 삼은 독서인 기질을 바꾸지 못했을"[35] 뿐이라는 것이었다. 후스의 찬란했던 삶을

34   胡適, 「這一週」, 『努力週報』 第7號, 1922.
35   胡頌平 編, 『胡適之先生年譜長編初稿』, 2364면.

조망해 볼 때 그의 이 발언은 진심이었을 것이다. 비록 후스 자신이 실험주의 방법으로 정치에 대해 과시하듯이 말하는 것을 좋아해서 학자들은 그의 자유주의, 민주주의, 세계대동주의, 평화반전주의 등의 주장으로 인해 혼란스러워하기도 하지만 내가 봤을 때 후스는 여전히 능숙한 정치가는 아니었다. 이것은 그의 정치적 신념과 그가 선택한 정치의 길에 대한 것이라기보다는 그가 '정치'에 대해 독실하지도, 전문적이지도 않았다는 뜻이다. 그는 세상을 피해 은거하는 것에도 반대하고 혼자 선하자는 독선주의에도 반대한다는 입장에서 보통 지식인들이라면 가지고 있어야 하는 인간적인 마음과 불교의 대자대비적인 '회향廻向'³⁶의 심리로 정치에 관심을 가지고 정치에 대해 발언했던 것이다. 또 이런 이유로 후스의 의정은 그렇게 대단하지는 않았지만 "중생이 밉다고 미워하는 마음으로 물러나 회향하지 않는 일은 없으리라. 중생을 제압하기 어렵다고 선한 근본을 버리고 회향하지 않는 일도 없으리라"『華嚴經』「廻向品」라는 '태도'는 후대인이 영원히 그리워할 만한 가치가 있다. 만약 후스의 의정하는 '태도'를 묘사한다면 잠시 그의 「회향廻向」 시를 가져와도 좋겠다.

보아라, 그가 산에서 내려와서

먹구름이 낀 저곳으로 간다.

"비가 오든 우박이 내리든

그들이 맞는다면 나도 맞을 수 있다."³⁷

---

36 [역자 주] '회향'은 불교 용어로 자신이 쌓은 공덕, 지혜 등을 중생에게 돌려 함께 향유한다는 뜻이다. '廻轉趣向'의 축자적인 의미는 자신의 뜻을 바꾸어 다른 사람에게 향한다는 것이다. 단순히 공덕을 나누어주는 개념이라기 보다는 대승보살의 자비심으로 일체중생과 함께 깨달음을 이루겠다는 염원을 표현한 것이다.

37 胡適,『胡適之先生詩歌手迹』, 臺北 : 商務印書館, 1964, 5면. 시 앞에 다음과 같은 小引이

2. 보국保國을 할 것이냐 저술을 할 것이냐

자신이 정치에 참여하지 않는 이유가 현실 정치를 비루하게 여겨서가 아니라고 재차 설명한 것은 땅에 은을 묻어놓고 "이 땅에는 은 300냥이 없다"고 선언하는 것과 같아 그 진정성을 믿을 수 없다. "정치란 중요한 공공의 삶"[38]이라는 것을 너무 잘 알고 있었지만 실제 정치에서의 권모술수와 혼탁함 때문에 고고한 자아와 독립적 자주를 표방했던 후스 선생은 좀처럼 정치로 나아가지 못했다. 이보다 본질적인 것은 후스 본인이 실제 정치보다 더 가치 있고 더 자기가 전념해야 할 일을 찾았다고 생각했기 때문이다. 이것이 바로 사상 계몽과 학술 저술이었다. 이런 결단을 내렸을 때 후스는 사회에서 요구하는 것과 개인이 선택할 수 있는 것 모두를 고려하고 있었다. 곧 그에게는 사상 혁신이 당파의 정치 투쟁보다 더 중요했고 학술 저술이 바쁜 사회 활동보다 더 의의가 있는 것이었다. 사상 혁신과 학술 저술을 강조하면서 정치 투쟁과 사회 활동을 멀리한 것은 일시적인 조치이거나 부득이해서 차선을 택한 것이었다기보다는 더 높은 단계로의 삶을 추구한 것이었다. 이것은 당연히 '서생의 소견'이다. 나이가 들고 세상 물정을 경험하면서 후스의 이런 생각은 나날이 강화되었다. 이런 격동의 시대에 살면서 또 불행히도 유명해지면 정치가들이 이런 사람을 우롱하거나 이용하기 쉽다. 그러나 억지로 웃으며 연기를 해야 할 때조차 후스는 여전히 자신이 원하는 삶의 지향을 완전히 망각하지

있다. "'回向'은 『華嚴經』의 중요한 개념이다. 民國 11년 10월 20일 나는 산동에서 북경으로 가는 기차 안에서 쯤 번역본 『華嚴經』의 「回向品」을 보고 이 解를 지었다." 『胡適的日記』, 491면에 수록된 「回向」시는 이와 다르다. 시인은 「回向品」을 인용한 뒤에 "나의 시는 세간의 법의 형식을 빌려 세간의 법을 벗어나고자 하는 바람을 쓴 것이다"라고 했다.
38 胡適・陳獨秀 等, 「新靑年雜志宣言」, 『新靑年』 第7卷 第1號, 1914.

않았다. 현전하는 그의 수많은 편지와 일기, 자전自傳과 방문기를 보면 이런 점들이 수시로 드러난다. 그를 정치적 인물로 고찰하는 연구틀에 가둔다면 후스의 모든 언행은 지나치게 이데올로기적으로 해석될 것이고 세상 사람들도 정치에 관심을 보인 한 시대의 학자가 가진 내적 고뇌와 성격적 모순에 대해 평정심을 가지고 이해하기가 힘들어질 것이다.

정치학자의 시각에서 볼 때 현대 사회에서 '출사도 하고 은거도 하는' 것은 모두 이데올로기적인 '태도'이며 그 자체가 권력 투쟁의 일부이므로 세파에 휩쓸리지 않고 고고하게 혼자 간다고 말할 수 없고 이 모든 것이 정치 투쟁과 '자동적으로 연결될 것'이다. 여기에서는 당사자의 주관적 의향은 중요하지 않다. "꽃을 심을 의도가 있었든" 아니면 "무심하게 버드나무를 심었든" 이런 '태도'가 정치 구조에서 가지는 의의는 변함이 없다. 하지만 인문학자로서 나는 당사자가 이런 '태도'를 견지했던 때의 '심경'을 들여다보고 싶다. 이런 모든 것이 당사자의 정치적 운명과 역사 평가를 전혀 바꿔 놓지 못한다고 해도 현대 지식인의 심경 변화를 펼쳐 보이는 데에는 더 중요할 것이기 때문이다. 또 내가 보기에는 이런 심경을 살펴보는 것이 더 의미가 있다. 후스는 20세기 정치사와 사상사에서의 위상을 따져볼 만한 인물이지만, 20세기 중국의 복잡한 사상 학술 조류에서 후스가 어떻게 '처세'했고 이런 독특한 '태도'를 가지게 된 내적 동기가 무엇인지가 더 연구할 만한 가치가 있다. 어떤 의미에서 보면 후스의 선택은 현대 지식인이 정치와 학술 중에서 하나를 선택해야 했던 곤혹감을 어떻게 생각했는지를 보여주는 일종의 거울이다. 이것은 매우 가벼운 화제도 아니고 정확한 답이 존재하지도 않아서, 깊이 들어가게 되면 그저 "종이 가득 황당한 말, 한 줄기 쓰디쓴 눈물"[39]일 가능성도 높다. 직업 정치가나 순수 학자한테 이 문제는 전혀 복잡하지 않지만, 정치에 관심을 가지면서 학술적으로도 업적을 세우고 싶은 사람에게 이 문제는 매우 복잡했다. 후스의 내적 고뇌는 대부분 그가 '보국'도 하고 싶고 '저서'도 쓰고 싶은, 곧 생선과 곰발바닥을 원한다고 해도 둘다 겸하기 어려운 상황에서 기인했다고 할 수 있다.

'보국'과 '저서'는 대립적인 가치 체계도 아니고 이것 아니면 저것이라는 문제도 아니다. 그렇지만 20세기 중국 정치 투쟁이 가열된 특수한 환경 속에서는 일반적으로 전혀 문제가 되지 않는 것도 '문제'가 될 수 있었다. 후스는 — 이전에는 신문화의 선도자였고, 나중에는 북경대학 문화원장과 북경대학 총장을 역임했던 — 자신의 특수한 지위 때문에 평생 여러 차례 학생 운동에 대해 의견을 발표했다. 주로 청년 학생들을 설득하는 것이었지만 자신을 설득하는 요소도 있었다. 학생 운동을 논한 모든 문장에서 후스가 논의한 핵심은 어떤 정치 신념을 가질 것인가가 아니라 정치 참여와 학술 연구의 관계를 어떻게 설정할 것인가였다. 전기에는 상대적으로 학생의 정치 참여의 열정에 긍정적인 편이었다면 후기에는 학생은 공부가 천직이라는 점을 강조했다. 학생 운동은 현대 중국 정치 투쟁의 중요한 수단이었기 때문에 후스의 이런 서생티가 나는 권고는 큰 영향을 끼치지 못했고 그와 대립하는 정치 집단에 의해 "학생 운동을 선동한다"거나 "학생 운동을 억누른다"라고 곡해되었을 뿐이었다. 1920년에서 1940년까지 후스는 학생 운동에 대한 태도에서 변화를 보였다. 그렇지만 후스는 한 번도 추상적으로 학생 운동을 긍정하거나 부정하지 않고, 칭찬할 때는 이것이 정치적으로 정상 궤도에 오르기 전의 임시방편이라는 점을 지적했고 비판할 때는 학생의 정치 참여가 "늘

---

39 [역자 주] 갑술본『紅樓夢』제1회에 나온 구절이다. 원문은 "滿紙荒唐言, 一把辛酸淚"이다.

순수한 충동에서 우러나왔다"[40]는 점을 기꺼이 인정했다. 이런 태도는 정치가가 학생 운동을 대하는 전략과는 상당히 모순되므로 양쪽 모두에서 환영받지 못했다. 후스와 민국 연간 학생과의 관계는 이 글에서 다루지 않을 것이다. 나는 다만 그가 학생 운동을 논할 때 사용했던 '정치 참여와 학술 연구'또는 '보국과 저서'라는 개념을 가지고 그의 학술의 방향성을 분석해 볼 것이다.

5·4운동이 일어난 지 3년째 되던 해에 후스는 「이주 황종희의 학생 운동 논의黃梨洲論學生運動」라는 글을 발표했다. 사회에서 학생의 정치 참여를 공격하자 이것을 비판한 것이었다. 이 글에서 후스는 바로 전 해에 장명린蔣夢麟, 장몽린과 같이 발표한 글에서 학생의 정치 참여는 사회가 비정상이고 정부가 부패했으며 국민에게는 이를 바로잡을 정식 기관이 없기 때문[41]이라고 주장한 것을 다시 반복했다. 그리고 덧붙여 황종희의 『명이대방록』 「학교」의 몇 구절을 가지고 와서 학생 운동은 삼대의 유풍이므로 질책할 필요가 없다고도 했다. 황종희는 학교의 역할은 사인의 양성에만 있는 것이 아니며 "천자도 감히 자신이 말만 맞다고 주장하지 못하게" 하는 것에 가치가 있으므로 "동한시대 태학생 30,000명이 조정을 비판하는 논의를 심도 깊게 전개하고 권력자들의 일까지 끄집어 내자 공경들은 그들의 비난을 피하고자 했다. 송의 제생들은 대궐에 엎드려 북을 두드리며 이강李綱을 기용하라고 청했으니 삼대의 유풍은 이런 행동들에 남아 있다"고 생각했다. 흥미로운 점은 황종희의 이 발언에 대한 후스의 설명에 이미 자신의 인생 선택이 반영되어 있다는 점이다. 그래서 고금 학교의 역할이나 학생 운동의 영향에 대해 소개하는 것으로 그치지 않았다.

---

40   藏暉(胡適), 「論學潮」, 『獨立評論』 第9號, 1932.
41   蔣夢麟·胡適, 「我們對于學生的希望」, 『晨報』, 1920.5.4.

나는 황종희를 가져와서 지금 학생들을 대신해 울분을 토하고 싶지 않다. 내 말은 황종희가 젊었을 때 자신도 열정적으로 학생 운동을 한 적이 있었기 때문에 그가 책을 쓸 때 이미 예순의 나이가 되었지만 예전의 학생 운동을 후회하지도 않았고 오히려 이런 활동이 '삼대의 유풍'이며 나라를 위하는 최상의 방책이자 정치를 맑게 하는 유일한 방법이라고 당당하게 말했다는 것이다. 이런 사람의 이런 의론은 우리가 사는 지금 이 시대에 우리가 기념해야 할 가치가 아닐까?[42]

이 글은 원래 황종희의 말을 빌려 학생 운동에 기세를 더하기 위한 것이었는데, 마지막에 가서 갑자기 황종희의 일생을 추가했다. 아마도 후스의 마음에서 기념할 만한 것은 '삼대의 유풍'이라는 학생의 정치 참여도 있지만 황종희가 젊었을 때 나라를 위해 일하고 만년에 저술을 하는 이런 생존 방식이었는지도 모른다. 나이가 들어서 후세에 불후하게 남을 저술을 하지 않았다면 그저 정의감에 불타는 열혈청년일 뿐이다. 마찬가지로 젊었을 때 나라를 위해 일하면서 정치를 맑게 하려고 하지 않았다면 그는 머리가 세도록 경전만 파는 늙은 서생일 뿐이었다. 청대 초기 대학자이자 대사상가였던 황종희를 보고 후스가 탄복했던 지점은 그가 보국과 저술정치와 학술을 완미하게 통일시켰다는 것이었다.

현대 학술사에서도 이렇게 정치를 하다가 나중에 학술을 연구했고 또 학술적 공헌이 큰 사람들이 있다. 후스보다 약간 나이가 많았던 황칸黃侃, 황간과 슝스리熊十力, 웅십력는 모두 신해혁명에 적극적으로 참여했으며 모두 얼마 안 가 정치를 버리고 학문을 택했다. 장타이옌과 왕둥汪東, 왕둥은 황칸을 위해 묘지명과 묘표를 쓰는 일을 각각 맡았는데, 한 사람은 "황칸

42　胡適, 「黃梨洲論學生運動」, 『胡適文存二集』 3.

은 스스로 시대와 화합하지 못할 것을 알고 벼슬을 구하려고 하지 않았다"[43]라고 했고 다른 한 사람은 "민국이 건립된 이상 황칸 군은 학술에 전념하였고 온화하여 세상과 다투지 않았다"[44]라고 했다. 슝스리의 자술은 훨씬 진정성이 있다.

> 나는 젊었을 때 혁명을 하느라 학문을 해보지 못했다. 서른 무렵 세상의 변화가 더욱 극렬해지자 인류에 대한 애도의 감정을 느꼈고 그래서 다시 이 모든 변화의 근원을 탐구하고 인간의 성性에 대해 알아갔으며 만물의 변화를 살펴보았다.[45]

거의 100년간 중국은 격변기였고 열혈청년 중에서 정치 투쟁에 투신하지 않은 사람이 거의 없었다. 그러나 정치에 참여한 이후 세상과 잘 지내지 못했거나 자신이 직책을 맡을 재능이 없다고 생각해서 방향을 바꿔 공부에 전념한 사람들이 제법 있었다. 후스는 젊었을 때 뜻을 이뤘기 때문에 자신의 적응 능력을 지나치게 높게 평가했던 듯하다. 정치에 참여하기 시작할 때부터 후스는 자신의 불멸의 업적이 학술사상문화에 있지 정치에 있지 않다는 것을 확신하게 되었다. 그러나 학문에 여력이 있으면 약간의 정치 활동에 참여하는 것도 시민이라면 회피할 수 없는 책무였고, 게다가 당시 후스는 이미 전국 사상계의 영수였으므로 완전히 서재에 틀어박혀 있을 수도 없었다. 후스는 자신에 대해 "철학은 나의 직업이고 문학은 나의 오락이며 정치는 내가 어쩔 수 없이 새롭게 노력한 것일 뿐"이라고 했

---

43 章太炎, 「黃季剛墓誌銘」, 『量守廬學記』, 北京 : 三聯書店, 1985.
44 汪東, 「蘄春黃君墓表」, 『量守廬學記』.
45 熊十力, 『十力語要初續』, 再版, 臺北 : 洪氏出版社, 1977.

다. 그는 매주마다 잡지를 발행하고 정치논평을 썼는데, 여기에 들인 시간은 하루뿐이었다.[46] 그러나 명성이 높아지자 정치 사회 활동에 쓰는 시간도 더 많아졌다. 후스는 날이 갈수록 생선과 곰발바닥을 모두 다 얻을 수는 없다고 느끼게 되었다. 특히 정치와 학술은 확연히 다른 종류의 '유희'였으며 각각 다른 '규칙'이 필요했다. 동시에 이 두 가지 규칙을 섞어서 두 가지의 유희를 진행하는 것은 그 자체도 가벼운 일이 아니었지만 제대로 운용하지 못하면 두 유희 모두 실패할 가능성이 있었다. 이런 어려움을 의식하면서도 이런 거센 흐름에서 과감히 물러나 그중 하나를 평생 몰두할 일로 선택할 수 없었기 때문에 정치에 참여하는 동시에 학술적 가치를 강조하려고 했고 점차 일의 중심을 학술 연구로 옮겨 갈 수밖에 없었다.

1930년대 중기 후스는 청년 학생들이 자주 수업 거부를 정치 투쟁의 수단으로 삼게 되자 이것을 못마땅하게 여기고 "청년 학생의 기본 책무는 평소 자기의 지식과 능력을 발전시키고자 노력하는 것"[47]이라고 강조했다. 이 발언은 진부한 말이어서 학생 운동에 반대하는 어조에서 정부와 그다지 다르지 않아 보였다.[48] 그러나 후스에게 이 말은 이론적 근거가 있는 것이었다. 사회가 진보하려면 점진적으로 개량할 수밖에 없으며 격렬한 수단으로 근본적인 개조를 진행할 수 없다는 주장을 견지했고 여기에 덧붙여 '정치적 해결'의 효과가 회의적이라는 점을 부각시켰다. 청년 학생들이 끓어 넘치는 열정만으로 학생 운동을 한다는 것은 후스가 보기

---

46 胡適, 「我的岐路」, 『胡適文存二集』 3.
47 胡適, 「爲學生運動進一言」, 『獨立評論』 第182號, 1935.
48 1928년 5월 4일 후스는 상해 光華大學에서 '5·4운동 기념'이라는 제목으로 강연을 했는데 국민당 중앙선전부에서 학생의 정치 참여를 금지하는 결정에 긍정한다는 내용이 있었다. 하지만 후스는 정치에 참여하는 학생이 "잘못된 길로 들어섰다"고 말하지는 않았고 다만 "희생이 참으로 크다"라고 애석해했다. (이 강연 기록 원고는 1928년 5월 5일 『民國日報』에 실렸다)

에는 (정치 개혁을 추동한다는 점에서) 소득이 있기는 했지만 (학업 포기 같은) 손실을 보상해줄 수 없었다. 얻은 것과 잃은 것의 기준은 사실 논자의 가치 판단에 따라 결정되는 것이다. 후스가 학생들에게 학업에 전념하는 것이 정치 참여보다 더 중요하다는 점을 강조한 심리적 동기는 사상 혁신이 정치 투쟁보다 위에 있다는 생각에 따른 것이었다. 정치에 대해 열렬한 발언을 할 때조차 후스는 여전히 사상 문예의 중요성을 주장했다.

지금의 나쁜 정치를 타도하려면 여러분의 노력이 필요합니다. 그렇지만 나쁜 정치의 근원인 2천 년간 사상 문예에서의 "여러 유령"들을 타도하려면 더욱 여러분의 노력이 필요합니다.[49]

정치가 "정체되어 있다"고 말하면서 후스는 다시 이렇게 주장했다.

우리는 여전히 국민 사상을 바꾸기 위해 힘을 쏟아야 합니다. 그런 뒤에야 정치 개혁에 대해 말할 수 있을 것입니다. (중점은 원서를 따랐다)[50]

후스의 마음 속에서 학술 연구를 기반으로 확립된 사상 문예 혁신은 독립적인 가치가 있을 뿐만 아니라 정치 개혁의 전제이기도 했던 것이다.

이런 생각을 바탕으로 해서 후스는 만년에 여러 차례 5·4운동이 신문화운동을 "정치로 교란한 역사사건"이라고 했다. "이것이 문화 운동을 정치 운동으로 바꾸어 놓았기"[51] 때문이었다. 투쟁 전략으로 볼 때 "사상 문

---

49 胡適,「答伯秋與傅斯稜兩先生」,『胡適文存二集』3.
50 胡適,「一年半的回顧」,『努力週報』第75期, 1923.
51 『胡適的日記』, 제9장「'五四運動'——場不幸的政治幹擾」.

예적으로 중국 정치를 위해 혁신의 기반을 만드는 것"을 시도한 점은 찬성할 만했으나, 만약 목표를 사상 문예의 혁신으로 잡았다고 해서 이 운동이 현실 정치와 아무런 관련성도 가지지 않을 수 있다고 생각한다면 그것은 너무나 천진난만한 생각이었다. 역사가로서 '정치'라는 더러운 것에 물들지 않은 '순수한 사상 문화 운동'에 대한 환상을 품었다는 사실은 정말 놀라운 일이다. 심지어 후스 본인도 1922년에 이렇게 말한 적이 있었다.

정치사에 영향을 끼치지 않은 문화는 존재하지 않는다. 만약 정치를 문화 바깥에 둔다면 그것은 게으름을 부리는 것이요, 세상을 도피한 것이요, 삶의 문화가 아닌 것이다.[52]

신문화운동이 사상 계몽적 성격을 가졌기 때문에 현실 정치에 영향을 미칠 것이라는 점은 자명했다. 사실 후스도 쑨원이 「영문잡지 인쇄소를 만드는 일에 대해 해외 동지에게 보내는 편지爲創設英文雜志印刷機關致海外同志書」에서 신문화운동의 정치적 영향력에 대해 매우 찬양했다는 점을 줄곧 말해 왔다. 그러나 5·4운동 이후 사상 문화계는 날로 '좌편향' 되었고 후스는 이 점을 매우 혐오했다. 후스가 이 문제를 고려할 때 당연히 정치적 경향의 영향을 안 받은 것은 아닐 것이다. 그래도 우리는 학술 이론적으로 더 탐구해 보고자 한다.

후스가 말한 '사상', '문화', '학술'은 모두 '정치'실제 정치와 대응한다는 점에 착안한 것이었다. 전기에 관심을 둔 '사상 문화'와 후기에 강조한 '학술'은 내재적 사유에서는 동일했고 모두 '학술이 정치의 근본'이라는 점

---

52   胡適, 「我的岐路」, 『胡適文存二集』 3.

을 주장했다. 이 측면에서 후스의 견해는 상당히 확고했고 때로는 진부하기까지 했다. 예를 들어 그는 지금 '새로운 정객'의 가장 큰 문제는 "학문을 하지 않는 것"[53]이고, 중국의 가장 큰 위험성도 "현대적인 학술 훈련을 전혀 받지 못한 사람이 현대 물질 기반이 없는 대국가를 통치하는 것"[54]이라고 질타했다. 이 말은 "총만 있으면 우두머리가 될" 수 있던 시대에서 "터무니없는 잠꼬대"일 뿐이었다. 그런데 만약 역사의 기준이 커져서 한 시대 한 지역에 국한되지 않는다면 이런 '잠꼬대'는 대체할 수 없는 가치를 갖게 될 것이다. 당시 '잠꼬대'에 참여한 사람은 후스 하나만이 아니었다. 수많은 일류 인재들에게 모두 "학술로 나라를 구한다"라는 구상이 있었다. 민국 2년 우즈후이吳稚暉, 오치휘는 일기에 이런 내용을 썼다.

> 최근에 나는 차이위안페이子民, 리스쩡李石曾, 이석증, 왕징웨이汪精衛, 왕정위 등과 만나 이야기를 나누었는데, 모두 다음과 같이 굳게 믿고 있었다. 나라를 구하는 유일한 방법은 뜻과 힘을 가진 청년들이 가장 수준 높은 학문을 할 수 있게 인도하여 20~30년간 하나의 학문에 몰두하게 하는 것이다. 전문 영역에서 수준 높은 학문을 하는 사람이 배출되면 그의 말 한 마디, 행동 하나로 사회의 존경과 신뢰를 얻게 될 것이며 이후 학풍이 그때부터 크게 변하게 될 것이다.[55]

학풍이 변하면 민풍이 변하고 민풍이 변하면 국가는 진흥될 희망이 생긴다. 이런 주장은 『권학편勸學篇』「서序」에서 학술을 존숭한 장즈둥과 기본적으로 상통했다.

---

53 胡適, 「歐遊道中寄書(一)」, 『胡適文存三集』 1, 上海 : 亞東圖書館, 1930.
54 胡適, 「知難, 行亦不易」, 『新月』 2卷 4號, 1929.
55 吳稚暉, 『吳敬恒選集(序跋遊記雜文)』, 臺北 : 文星書店, 1967, 221면.

나는 예부터 세운의 밝고 어두움, 인재의 성함과 쇠함은 겉으로는 정치에 달려 있는 것처럼 보이지만 그 안을 들여다보면 학술에 달려있다고 생각한다.

학문을 높이고 정치를 낮추는 것은 독서인에게 매우 흡족하게 들렸을 것이다. 그러나 나는 정치와 학술의 관계는 '겉과 안', '체와 용', '본과 말'로 충분히 개괄할 수 있다고 생각하지 않는다. 쉬푸관徐復觀, 서복관 선생이 정치와 학술의 관계를 설명한 것이 더 믿을 만할 것 같다.

역사적으로 볼 때 학술 사상이 현실 정치와 분리된 상황에 있다면 그 영향력은 제한적이고 더디다. 만약 현실 정치와 대립된 상태에 있는 데다가 유력한 사회 역량의 지지를 받지 못해서 현실 정치를 바꿀 힘이 없다면 현실 정치가 학술 사상에 미치는 영향은 학술 사상이 현실 정치에 미치는 영향보다 훨씬 더 강하게 될 것이다. 만약 본질적으로 현실 정치와 대립하면서도 상황상 어느 정도는 협력해야 한다고 할 때에는 현실 정치가 학술 사상을 왜곡시키는 것이 학술 사상이 현실 정치를 바로잡는 것보다 더 크게 될 것이다. 학술 사상의 역량은 시간의 축적을 통해 표현되며, 현실 정치의 역량은 공간적 확장을 통해서 드러난다. 그러므로 학술 사상은 공간을 기준으로 볼 때는 정치와 상대도 되지 않을 정도로 미약하다.[56]

어쩌면 학술이 정치보다 더 오래 남는다고 단언할지도 모르겠지만 학술이 정치보다 강하다고 할 수는 없다. 현실 생활에서 정치는 거의 모든 것을 좌우하며, 정치가 정상 궤도에 오르지 못한 사회에서는 특히 그렇

---

56   徐復觀, 『中國思想史論集』, 8版, 臺北 : 學生書局, 1988, 7~8면.

다. 반면 학술의 영향력은 잠재적이면서 오래 가기 때문에 단기간 내에 효과를 보기가 어렵다. 최근 100년 동안 안목을 가진 여러 사상가와 교육가가 '교육이 나라를 구한다', '학술이 나라를 구한다'고 주장했다. 그 효과가 분명하게 드러나지 않았지만 헛된 말도, 헛된 행동도 아니었다는 것은 역사가 증명할 것이다.

후스는 이런 자신감을 가졌고 자신이 종사하는 사상 문화 사업이 중국 역사에서 미칠 영향력에 대해서도 자신했기 때문에 정객이나 관료 등과 단기간의 효과에 대해 논쟁하려고 하지 않았다. 이것도 후스가 정치에 참여하려고 하지 않은 주요 원인이었다. "나는 허망하게 끝나는 일이 있다는 것을 믿지 않는다. (…중략…) 평생의 경험으로 나는 우리가 노력한 결과가 늘 우리가 예상한 것보다 많다는 것을 깊이 믿게 되었다." "나는 '일을 많이 하는 것은 일을 적게 하는 것보다 좋고, 적극적으로 일을 하는 것이 아무것도 하지 않는 것보다 좋다'는 것을 믿는다. 나는 콩을 심으면 콩이 나고 팥을 심으면 팥이 나며 아무것도 심지 않으면 아무것도 수확할 수 없다는 것을 믿는다."[57] 이런 '미래에 대한 믿음'은 종교가 아닌 '종교'였고 줄곧 후스가 사상문화계에서 '무엇인가를 시도하고' '노력'할 수 있게 하는 힘이 되었다.

역사에 대한 탐구심이 깊었던 후스 선생은 당연히 자신이 후대에 이름을 남길 수 있기를 열렬히 희망했다.[58] 비록 미천한 사람이 영웅 및 성현과 함께 불후하게 된다는 '사회 불후'론을 통해 중국 고대 '삼불후三不朽' 학설을 수정하려고 시도한 적도 있었지만, 후스는 "삼불후론의 영향과

57　『胡適的日記』, 419면; 『胡適往來書信選』中, 296면. 뒤의 책에서는 "심으면 반드시 수확이 있다"는 신념이 이미 '개인의 종교'가 되었다고 했다.
58　唐德剛은 「寫在書前的譯後感」(『胡適的日記』)에서 "후스 선생은 필자가 익숙히 아는 사

효과가 깊고 넓으며 이루 헤아릴 수 없다"[59]는 것을 잘 알고 있었다. "이 오래된 삼불후론은 2,500년 이래 수많은 중국학자들에게 만족감을 느끼게 했는데",[60] 이것이 중국 서생에게 덕과 공과 말을 통해 생명의 유한함을 초월할 수 있다는 안도감을 주었기 때문이다. 젊은 시절의 후스는 이 삼불후론에 압도되었고 50~60년이 지난 뒤에도 이것을 읽었을 때 어떤 인상을 받았는지 기억하고 있었다. 그리고 그 인상이 이후 그가 목적을 위해 분투할 때 핵심 동력이 되었다. 입덕立德과 입공立功과 입언立言의 경계는 모호하지만 후스는 매우 분명하게 자신이 '불후'할 수 있다면 그것은 '입덕'과 '입공'이 아니라 '입언'을 통해서일 것임을 알고 있었다. 이런 믿음으로 그는 여러 차례 정치와 잡무에서 벗어나 저술에 전심했으면 좋겠다고 했던 것이다. 그리고 만년에 지난 일을 회상하면서 더욱 학술 저술을 강조하고 정치 활동에는 별로 중심을 두지 않았으며 독창적이고도 일가를 이룬 학술적 자전自傳을 편찬했다.

후스는 문자로 드러난 모든 것이 '저술'이라고 생각하지 않았다. 예를 들어 정론과 시평처럼 명산에 숨겨두고 후세에 전할 수 없는 것들은 '저술'에 해당하지 않았다. 이런 편견은 자기의 문집을 편집해서 출판할 때 단적으로 드러났다. 1921년 『후스문존 1집胡適文存一集』이 출판되었을 때 권4에는 사회 문제를 토론한 몇 편의 잡문이 수록되었고 1924년에 『후스문존 2집胡適文存二集』을 출판할 때 권3에 정치를 논한 글 몇 편이 수록되었는데, 후스는 「자서自序」에서 이렇게 설명했다.

람으로, 명성을 가장 중시하는 선배"라고 했다.

59 胡適의 「不朽」, 「我的信仰」, 「中國人思想中的不朽觀念」 등의 글 참조.

60 胡適, 「中國人思想中的不朽觀念」, 『中央研究院』歷史語言研究所集刊』 第34本 下, 1963.

권3에 있는 정치적인 글의 대부분은 친구의 주장에 따라 억지로 넣은 것이다. '이번 주這一週' 코너에 수록된 짧은 평은 원래는 문집에 둘 가치가 없다. 친구가 이 장르를 오늘날 또는 이후 여론계에 보급할 필요가 있다고 하길래 잠시 여기에 수록한 것이다.

1930년 『후스문존 3집胡適文存三集』을 출판할 때 정치평론은 「명교名教」 한 편만 수록되었다. 1935년에는 아예 최근에 쓴 문장에서 학술 사상과 관련된 것들을 골라서 『후스가 최근에 학술을 논한 글 모음胡適論學近著』를 엮었다. "정치를 논한 수많은 글, 특히 최근 3, 4년간 국제 정치를 논한 글을 지금 출판하는 것은 적절하지 않기 때문"[61] 이라고 했지만, 이것은 시간이 흘러 상황이 변했거나 시의적이지 않아서만이 아니었다. 후스 자신이 정치평론을 후세에 전할 만큼 중요하게 여기지 않았기 때문이다. 1950년대 『후스문존胡適文存』 4부部를 합본해서 출판할 때 후스는 예전에 썼던 정치평론을 더 추가하지 않았을 뿐만 아니라 2집의 권3에 있던 정치평론을 모두 빼버렸는데, 그 이유는 "조판 인쇄 비용을 조금이라고 아끼려고"[62]였다. 저자 자신이 「우리의 정치 주장我們的政治主張」, 「나의 기로我的岐路」, 「인권론집서人權論集序」 등 현대사에서 영향력이 컸던 문장을 빼고 상대적으로 소소한 학술 관련 글 몇 편을 남겨둔 것을 볼 때 후스가 정치평론에 대해 어떤 태도를 가졌는지 알 수 있다. 당시 사람들은 이 점에 대해 날카롭게 비판했고 후스 자신도 나중에 "많이 뺀 것을 무척 후회한다"[63] 라고 했다.

---

61   胡適, 「『胡適論學近著』自序」, 『胡適論學近著』, 上海: 商務印書館, 1935.

62   胡適, 「『胡適文存』四部合印本自序」, 『胡適文存』 1, 臺北: 遠東圖書公司, 1953.

63   李敖, 「從讀『胡適文存』說起」, 『胡禍呢? 還是禍胡?』, 臺北: 遠流出版公司, 1986; 胡適, 「復周德偉」, 『胡適之先生年譜長編初稿』, 3140면.

그렇지만 그가 학술 관련 글을 중요하게 여겼다는 점에서 착안해 후스의 일생을 고찰해야만 그의 '보국'과 '저서' 사이의 모순을 더 잘 이해할 수 있을 것이다. 1938년 7월 하순에 프랑스에 있던 후스는 연달아 장제스蔣介石, 장개석에게서 세 차례 전보를 받았는데 주미대사를 맡으라고 재촉하는 내용이었다. 7월 30일에 후스는 아내 장둥슈江冬秀, 강동수에게 편지를 보내 자신이 왜 "20년간 정계에 진출하지 않겠다"는 맹세를 저버렸는지 설명하고 주미대사 임명을 수락하는 전보를 보낼 준비를 했다.

> 20년간 "정치적 발언을 하지 않겠다"는 말은 일찌감치 포기했지만 "정계에 진출하지 않겠다"는 말은 포기하지 않았어. (…중략…) 오늘 이후 20년 동안 이 대전쟁을 피할 수 없는 상황에서 내가 다시 20년을 도피할 수 있을까? (…중략…) 나는 정중하게 당신에게 다시 맹세해. 늦어도 전쟁이 끝날 때까지 나는 내 학술적인 삶으로 반드시 돌아오겠다고.[64]

만약 줄곧 후스가 정계로 진출하기를 바라지 않았던 장둥슈[65]를 생각하지 않는다면, 또 후스 자신이 학술에 광적으로 집착하고 있었다는 점을 생각하지 않는다면 위의 이 대목은 '꾸며대는 듯한' 느낌이 들 것이다. 그렇지만 나는 후스가 이런 맹세를 한 것은 진심이었다고 생각한다. 같은 날 후스는 푸스녠에게 보내는 편지에서 대략 비슷한 내용을 썼다.

> 어쩔 수 없이 나는 1, 2년의 학술 생활을 희생해서 이 일에 진력하고 전쟁이

---

64 耿雲志, 『胡適研究論稿』, 成都:四川人民出版社, 1985, 476면. 이 책의 「胡適年譜」에 수록된 1938년 7월, 11월에 후스가 江冬秀에게 보낸 편지 참조.
65 위의 책, 477면.

끝나면 다시 학교로 돌아오려고 한다.[66]

4년이 좀 넘게 주미대사를 맡으면서 후스는 순수한 학술 문장을 한 편도 쓰지 못해서 안달 난 상황이었기 때문에, 직임을 내려놓게 되자 최대한 빨리 학술 연구로 돌아가서 "20년간의 세월 동안 사상사 연구에 매진하려고 했다".[67]

그후 20년 동안 후스는 정말로 각종 정치 참여의 유혹을 거절하고 "저술에 전념"했다. 당연히 후스는 떠들썩한 것을 좋아했고 또 명성이 있었기 때문에 아무리 '전념'할래야 전념할 수가 없었다. 그런데 후스는 확실히 늙어가고 있다는 것을 느끼고 있었던지 "어떻게 해서든 살아있는 동안 평생 갚아야 할 빚을 청산하겠다"고 생각했을 때 우선 『중국철학사』 하권을 쓴 다음에 『중국백화문학사中國白話文學史』를 완성하고 그 다음에 『수경주水經注』에서 풀리지 않았던 문제들을 해결하고 그 다음에 나라에 일이 있으면 "반드시 공직을 맡는 것은 아닌"[68] 형태로 힘을 쏟고자 했다. 이런 내용을 담은 「생일결의안生日決議案」은 1951년에 쓰여진 뒤 부단히 언급되어 후스 저술의 일대 동력으로 작용했다. 만년에 타이베이로 돌아가서 정착한 뒤 정치 참여를 거절했던 것도 모두 이 때문이었다. 그러나 아쉽게도 이렇게 했음에도 불구하고 후스의 3대 저술 구상은 제대로 완성되지 못했다.

어떤 일에 마음을 둔 학자에게 가장 큰 고통은 세월에 따라 늙어가는데 자신의 학업에서 이룬 것이 없다는 것이다. 어떤 연구 목표에 도달할

66 胡頌平 編, 『胡適之先生年譜長編初稿』, 1639면.
67 毛子水, 「胡適傳」, 『師友記』, 臺北 : 傳記文學出版社, 1967, 41면.
68 胡頌平 編, 『胡適之先生年譜長編初稿』, 2195면.

능력이 없다는 것을 스스로 알고 있는 경우는 좀 다르지만 그것을 성취할 능력이 있는데 여러 잡다한 일들에 둘러싸여 중도에 포기할 수밖에 없게 되었을 때 느끼는 회한은 마음에 깊이 사무칠 것이다. 후스는 학술적으로 자신을 매우 높게 평가했기 때문에 학술 연구를 방해하는 각종 행정 잡무를 귀찮아했다. 만년에 수학자 린즈핑林致平, 임치평이 학교 행정을 담당하는 것에 반대하면서 "좋은 과학자를 망친다"[69]고 우려했던 것도 이런 경험 때문이 아니었을까. 학자가 학문에 매진하느라 정치 실무에 대해 원망하는 이런 현상을 어떻게 평가할 것인가는 또 다른 문제일 것이며, 모든 것을 이데올로기화할 것까지는 없을 것이다. "강을 건너는 병졸이 되었으니 목숨 걸고 전진할 수밖에做了過河卒子, 只能拼命向前"라는 시를 쓴 것은 공산당과 양립하지 못하겠다는 의미가 아니었고, 국민대회 기간의 "내가 오늘 출두했는데 이것으로 부족한가?" 류의 원망도 국민당에게 원망이 많다는 의미가 아니었다. 이런 '정치적 우언'은 기껏해야 부득이하게 정치에 참여할 수밖에 없었던 복잡한 심경을 대변한 것이며 그 말에서 숨은 의미를 찾아내려고 하는 것은 견강부회에 가까울 것이지만, 애석하게도 이런 류의 주장이 지금도 유행하고 있다.

3. 강학과 의정議政 활동의 병행

1921년 9월 10일, 후스는 오랜 벗 런수용任叔永, 임숙영, 천헝저陳衡哲, 진형철 부부를 찾아갔다가 돌아와서 일기에 이런 소감을 남겼다. 전에 그들에게

---

69   위의 책, 3592면.

준 축하 연구 聯句는 "자식 없는 것은 가장 큰 불효요, 저술하는 것은 가장 아름다운 일이다 無後爲大, 著書最佳."였는데 "소피아천헝저의 필명—역자 주는 결혼한 지 오래지 않아 아이가 생겨 학문을 그만뒀으니", "이 일은 당연히 아쉬운 일이지만 후회한들 어쩔 수 없다"[70]라는 것이었다. 그 이전에 후스 자신도 "정말 아들이 필요 없었지만 아들이 스스로 왔다. '아들을 낳지 말자는 주의'의 구호를 지금은 내세울 수 없"었으므로 「내 아들我的兒子」시 한 수를 썼다. 사실 세상일은 대체로 이런 식이어서 아들이 필요 없어도 아들이 스스로 생기고, 저서를 바란다고 해도 반드시 완성하지는 못하는 것이다. 탕더강 선생은 『후스잡억胡適雜憶』의 한 장절에서 후스의 정치 논의와 정치 참여에 대해 썼는데 그 제목이 「"아들이 필요 없어도 아들이 스스로 오는" 정치 '不要兒子, 兒子來了'的政治」였다. "20년간 정치적 발언을 하지 않겠다"는 것은 지키지 못했지만, "20년간 정치에 참여하지 않겠다"는 것은 억지로나마 지킨 셈이었다. 정치에 참여하지 않겠다는 것은 저서에 정력을 집중하기 위한 것이었고 후스의 일기와 편지에서 이후에 저술에 매진하겠다는 맹세가 늘 나왔으나 끝내 허사가 되었던 것이다. 1944년 말 후스는 재차 정치 참여 제안을 거절했고 일기에 상당히 간절하면서 침통한 마음으로 이렇게 썼다.

> 나는 병든 몸으로 남은 생애 동안 끝내지 못한 몇 가지 학술 작업을 완성했으면 좋겠다. 나는 더 이상 사람이나 일에 대처하는 일을 맡을 수 없다.[71]

그러나 이후의 사실에서 증명되듯이 후스는 북경대학 총장이나 '중앙

---

70 『胡適的日記』, 211면.
71 『胡適的日記』, 604면.

연구원' 원장을 맡는 등의 "사람이나 일에 대처하는 일"을 어느 정도는 해야 했다.

자신이 실제 정치에 대해 관심과 능력이 별로 없고 또 자기의 성향이 정치가 아니라 학술에 가깝다는 점을 잘 알고 있었지만 연이어 정치 투쟁의 소용돌이에 휩쓸려서 "15년간의 학술적 부채를 끝낼" 수가 없었는데, 이것은 당사자에게 매우 큰 정신적 고통이 되었다. 후스가 이런 심경을 표출한 것은 한 번으로 끝나지 않았다.

> 사냥개는 동시에 두 마리 토끼를 쫓을 수 없다. 그런데 고질적인 습관을 고칠 수 없는 데다 최근에 학교 행정을 맡다 보니 언제나 고통스럽고 전혀 흥미를 느낄 수 없다. 그저 고요한 한밤중 책상 앞에 앉아 공부할 때 비로소 인생에서 가장 유쾌한 경지를 맛보게 되는 것이다.[72]

이 대목에서 후스가 공부에 얼마나 관심을 가졌는지 알 수 있다. 그러나 만약 후스가 정치에서 완전히 벗어나 저술에만 전념하기를 바랐다고 생각한다면 단단히 착각을 하는 것이다. 1930년대 중엽 후스는 『독립평론』 발행으로 정치적인 문제를 일으켰고 학업에 적지 않은 영향을 주었다. 저우쩌런은 그에게 쓸데없는 일에 참견하지 말고 학술에나 신경 쓰라고 권했다. 후스는 저우쩌런에게 보내는 답장에서 한편으로는 자신의 호사가적인 성격이 '강학과 학술 논의'에 지장을 준 것을 후회하면서도 다른 한편으로는 이렇게 변명했다.

---

72   胡適, 「致汪精衛」, 『胡適往來書信選』 中, 208면.

3년이 넘게 일주일에 하루 저녁은 『독립평론』을 편집하는데, 툭하면 새벽 3, 4시에 이르러서야 작업이 끝납니다. 아내는 그때마다 불평을 해서 나는 아내에게 이렇게 말했습니다. "나는 일주일에 딱 하루 공적인 일을 하는 거야. 밥벌이를 위해서도 아니고 명예를 위한 것도 아니고 그저 완전히 공적인 일을 하는 것이기 때문에 내 마음이 정말 편안하고 일을 다 끝낸 뒤에는 침상에 올라가서 푹 잘 수가 있어. 당신은 내가 월요일 저녁에 잠에 들지 못하는 것을 봤어?"라고 말입니다. 아내는 이후에는 익숙해져서 더는 나무라지 않았습니다.[73]

　　어째서 잡지를 편집하면 푹 잘 수 있었을까? 잡지 편집이 정치 평론이고 현실 정치 투쟁에 개입하는 것이었고 지식인으로 사회에 대한 책임을 다하는 것이었기 때문에 "양심의 가책을 다소 덜어주어서 침상에 들었을 때 푹 잘 수 있었다." 후스에게 학술 논의는 자신을 위한 것이었고 정치 논의는 타인을 위한 것이었다. 자신과 타인에 대한 이런 구분 때문에 그는 전심전력으로 정치 투쟁에 투신하지 못했다. 그렇지만 공자와 왕안석, 장거정을 높여 '내 감실'에 모신 '3대 대신大神'으로 삼고 천하를 자신의 임무로 여기고 '노력'을 신앙으로 삼았던 후스는 끝내 완전히 세상사를 잊고 학문에 매진할 수 없었다. 여기에 대해 후스는 상당히 깨달은 바가 있어서 "이미 너무 깊이 좋아해서 노자와 장자의 뜻에도 각자 일리가 있다는 것을 잘 알고 있지만 결코 그것으로 바꾸고 싶지 않다"[74]고 했는데 핵심은 이런 '공적인 일'이 할 만한 것인가가 아니라 '공공을 위해 일을 한다'는 느낌이 필요했던 것이다. "공적인 일을 하"지 않으면 "양심에 가책을 느끼게 되는 것"은 중국 고대 독서인이 천하를 자기의 임무로 삼

73　胡適, 「致周作人」, 『胡適往來書信選』 中, 297면.
74　위의 글.

는다는 전통에서 기인한 것이었다. 이 전통으로 역대 사대부들은 "불가능하다는 것을 알지만 한다"는 비극적인 정신을 높였고 문을 걸어 닫고 책을 읽는 독선을 고결하게 보지 않았다. 후스는 이런 전통에 공감하고 있었다. 예전에 황종희가 학생의 정치 참여를 긍정하면서 '삼대의 유풍'이라고 한 말을 가져왔고 또 만년에 독서인의 정치적 발언이 중국 역사 문화의 훌륭한 전통이라는 점을 강조한 것[75]도 모두 그의 가치 지향을 잘 보여준 것이다.

「이주 황종희의 학생 운동 논의」를 발표한 뒤 3년 만에 후스는 다시 강연에서 황종희의 견해에 대해 말하면서 '강학과 정치 논의'로 중국 전통 서원의 정신을 개괄했다.

옛날에는 정식으로 민의를 대표하는 기관이 없었다. 있다면 서원이 직권을 대행하는 정도였다. 예를 들어 한대의 태학생, 송대의 주자 일파의 학자들이 국가 정치에 간여했고 명대의 동림서원 등이 그러했다. 이렇게 볼 때 서원도 옛날 정치 논의의 정신을 대표한다고 할 수 있으니 강학 공간만이 아닌 것이다.[76]

서원이 강학 공간만이 아니라 나아가 사대부의 정치 논의의 정신을 대표했기 때문에 최고 통치자의 사상 통제에 매우 불리했고 그래서 명과 청 두 왕조에서 여러 차례 금지했는데, 그때 죄명은 "무뢰배를 널리 모으고 생도들을 대거 규합하여", "조정을 흔들고 명실을 어지럽힌다"는 것이

---

75 胡適의 「黃梨洲論學生運動」과 『胡適之先生年譜長編初稿』, 2364면에 수록된 후스의 담화록 참조.
76 胡適, 「書院制史略」, 『東方雜志』 第21卷 第3號, 1924.

었다. 정치 논의를 하는 서원의 전통을 가장 잘 보여주는 것이 명대의 동림서원이었다. 『명사明史』「고헌성전顧憲成傳」에는 이런 대목이 있다.

그때 시휘에 저촉되는 생각을 가진 사대부들이 모두 물러나 초야에 있었는데 풍문을 듣고 사람들이 몰려들어 학사學舍에 자리가 부족했다. (…중략…) 이들은 강습하는 여가에 늘 조정을 비판하는 의견을 내고 인물을 품평했다. 조정의 관료 중 그들의 기풍을 동경하는 사람들이 멀리서 이들의 생각에 화답하였다. 그래서 '동림'이라는 이름이 널리 알려졌으나 이를 꺼리는 사람도 많았다.

서원은 원래 책을 읽고 이치를 밝히고 심성을 수양하는 것을 지향하지만, 중국에는 민의를 대표하는 기관이 없기 때문에 정치를 논의하는 중심으로 변하게 된 것이다. 이 전통이 후대 독서인에게 미친 영향은 실로 대단해서 주희는 백록동서원의 기둥에 "해와 달은 천지의 눈, 만권의 독서는 성현의 마음日月兩輪天地眼, 讀書萬卷聖賢心"이라는 연구聯句를 썼고, 장즈둥도 광아서원廣雅書院에 유사하게 "부귀에도 마음을 바꾸지 않고 빈천해도 행동을 바꾸지 않는다. 경전에 통달해 옛것을 배우는 것을 근본으로 삼고 세상을 구하고 도를 행하는 것을 현명함으로 삼는다.雖富貴不易其心, 雖貧賤不移其行. 以通經學古爲本, 以救世行道爲賢."라는 연구를 달았다. 그렇지만 이 두 연구도 고헌성이 동림서원에 쓴 "바람 소리 빗소리 책 읽는 소리 모든 소리가 귀에 들리고, 집안일 나랏일 천하일 모든 일에 마음을 쏟는다.風聲雨聲讀書聲, 聲聲入耳. 家事國事天下事, 事事關心."처럼 널리 전송되지는 못했다. 동림서원의 명성도 있었지만 지금의 '국가사'가 예전의 '성현'보다 훨씬 더 당시 사람들의 관심을 끌었기 때문이었다.

학교를 정치 논의의 중심으로 삼는 것은 멀리 보면 그렇게 좋은 일은 아니다. 황종희가 "국립대학이 정치에 간여하기를 희망할 뿐만 아니라 모든 학교가 정치를 규탄하는 기관이 되기를 희망"한 것은 그가 구상한 이상국가에 국회라는 제도가 없어서 학교가 국회의 직무를 대신해야 했기 때문이었다.[77] 이런 생각을 바탕에 두었기 때문에 후스는 재차 청년 학생의 정치 참여가 어쩔 수 없어서 하는 것임을 강조했다. 만약 사회와 국가가 정상적이고 정치가 맑고 민의를 대표하는 기관이 있다면 학교는 마땅히 지식을 전수하는 공간이 되어야 하며 정치를 논하는 중임을 맡을 필요가 없다는 것이었다. 그런데 문제는 정치가 깨끗한가 아닌가, 민의를 대표하는 기관이 효과가 있는가 아닌가 하는 것이 늘 각자의 권력과 이익에 따라 판단이 달라진다는 것이다. 공자가 "천하에 도가 있으면 일반 사람들은 논의하지 않는다"『論語』「季氏篇」고 했지만 이 세상이 '도'와 정말 부합했던 적이 있었던가? 따라서 이런 말은 필연적으로 "천하에 도가 없으면 일반 사람들은 논해야 한다"로 해석되었다. 그렇게 보면 후스가 말한 학교의 역할은 여전히 상당히 모호했다. 그러나 후스가 학교를 정치를 논하는 중심으로 꾸려서는 안 된다고 했을 때 지식인이 정치를 논의할 권리와 의무를 부인한 것은 아니었다. 이와 반대로 당시 유학을 마치고 귀국하기 전날 저녁에 후스는 「런수융, 양싱퍼楊杏佛, 양행불, 메이관좡梅觀莊, 매근장과 이별하며別叔永杏佛觀莊」라는 시를 썼는데 시에서 자신의 지향을 "이제부터 하던 일을 바꾸어 강학도 하고 정치 논의도 해야지從此改所業, 講學復議政", "학문으로 시대 문제를 해결하여 시대에 부응하리라學以濟時艱, 要與時相應"는 호언장담으로 표현했다.[78] 죽을 때까지 후스는 기본적으

---

77 胡適, 「黃梨洲論學生運動」, 『胡適文存二集』 3.
78 胡適, 『胡適留學日記』, 1145면. 이 시는 『嘗試集』에 수록될 때는 '文學篇'으로 제목을 바꿨다.

로 이 맹세를 지켰다. 아마도 후스 생각에는 공부를 할 때는 정치에 참여한다고 학업을 게을리하지 말아야 하고, 학문을 이룬 뒤에는 "시대 문제를 해결"하기 위해 "강학도 하고 정치도 논해야 했던" 것이다.

고대 중국에서 '사인'은 학자이자 관료라는 두 가지 역할을 맡아서 '강학도 하고 정치도 논하는 것'이 본연의 임무였다. "사인이 도에 뜻을 둔다"거나 "천하를 맑게 할 뜻이 있다"거나 "천하 사람들이 걱정하는 것보다 먼저 걱정하고 천하 사람들이 즐거워한 뒤에 즐거워 한다"는 것은 중국 고대 독서인의 이상이자 호방함이었지만 이것은 "군주의 스승"이 될 가능성이 있고 조정의 일에 간여할 수 있는 특수한 지위와도 관련이 있었다. 사회의 분업화가 극심해짐에 따라 현대 사회의 지식인의 역할과 능력 모두 크게 제한되어 '도에 뜻을 두는' 선현의 마음과 '도'로 '상황'에 맞서는 기개를 가질 수 있을지는 매우 우려스러웠다. 다른 한편으로 볼 때 중국 지식인이 전문화 추세에 적응해서 '학술로 나라를 구하는' 길로 갈 수 있는가도 여전히 불확실했다. 최소한 청말 민국초 중국 지식인은 학문도 하고 정치도 하는 역할에 익숙해 있었다. 1917년에 차이위안페이가 북경대학 총장이 되었을 때 취임사에서 "대학이란 수준이 높고 깊이 있는 학문을 연구하는 곳"이며 "관료가 되거나 돈을 벌겠다는 생각을 가져서는" 안 된다고 강조했다.[79] 취임 2년째 학교가 개학할 때 한 연설에서 차이위안페이는 대학이 학자를 양성하는 공간이고 "학자라면 학문 연구에 관심이 있어야 하며 학문하는 사람의 인격을 길러야 한다"고 재차 강조했다.[80] 십몇 년 뒤 북경에서 전개한 교육 개혁을 떠올리면서 차이위안페이는 상당히 득의양양하게 자신이 "과거제가 시행되던 시대부터 있었던 저열한

79   蔡元培, 「就任北京大學校長之演說」, 『蔡元培全集』3, 北京 : 中華書局, 1984.
80   蔡元培, 「北大一九一八年開學式演說詞」, 『蔡元培全集』3.

근성"[81]을 뿌리 뽑았다고 했다. "대학의 학생은 학술 연구를 천직으로 여겨야 한다"는 것은 대학 졸업장만 따려고 하는 학생만 두고 한 말이 아니라 정치와 학술이 혼재된 옛 전통을 염두에 둔 발언이었다. 학술 연구에서 뛰어나지만 관리로 진출하지 않는 것은 학술이 학술이 되기 위한 조건일 뿐만 아니라 정치가 진짜 정치가 되게 하는 것이었다. 학계에서 이렇게 독립적이고 자유로운 태도는 사회적 책임을 피하는 것도, 정치에서 벗어나려는 것도 아니었다. 이것은 정치를 지지^{또는 제약}하기 위한 더 나은 방법이었다. 허린賀麟, 하린 선생은 이런 새로운 지향을 매우 높게 평가했다.

> 다행히도 신문화운동 이후 중국의 대학 교육에서는 차차 근대 학술의 자유롭고 독립적인 기반이 마련되었다. 일반 학생도 공부가 관리가 되는 수단이 아니라 학술에 학술 자체의 사명과 존엄이 있다는 것을 알게 되었다. 학술이 독립적이고 자유롭다는 것을 자각하게 되자 중국 정치 개선에도 상당히 좋은 영향을 미쳤다. 신문화운동 초기에 학술계 인사들이 모두 학술의 자유와 독립을 지지하는 입장에서 당시 혼탁한 정치를 반대하고 당시 매국 정부를 반대하며 구 관료와 협력하지 않으려고 했고 구 군벌과 타협하지 않으려고 했다. 그래서 학술계에는 일부 청정한 공간이 남아있게 되었고 이는 많은 진보 청년의 사상에 영향을 미쳐서 국가 문화의 명맥을 잇게 하였다.[82]

이런 평가가 지나치게 낙관적인가, 학술이 정말 독립적이고 자유로울 수 있는가와는 별개로, 학자들이 정치와 학술을 구분하려는 의도는 일종의 역사적 현상이므로 이에 대해 유의할 필요가 있다. 이것은 옛날에 '학

---

81 蔡元培, 「我在北京大學的經歷」, 『東方雜志』 第31卷 第1號, 1934.
82 賀麟, 「學術與政治」, 『文化與人生』, 北京 : 商務印書館, 1988, 252면.

통', '도통', '정통政統', '치통治統'을 구분한 것과는 다르다. 핵심은 '도'냐 '상황'이냐도 아니고 '학통'이나 '도통'으로 자임하는 것도 아니다. 중요한 것은 현대 학술의 전문화 추세에 맞는 역할을 선택하는 것이었다. 물론 이런 선택은 특정한 이데올로기를 배경으로 삼고 있고, 최소한 정치 만능의 '신화'가 소멸되고 정치 권위에 대한 회의라는 강력한 사회적 효과를 만들어낸다. 여기에서는 이것이 학술계에 미친 영향력만 다루게 될 것이다.

정치와 학술이 분리된 이후 지식인은 크게 봤을 때 네 가지 선택지를 갖게 되었다. 첫째, 정치를 버리고 학술에 전념하는 것이다. 둘째, 학술을 버리고 정치를 하는 것이다. 셋째, 학술에 정치적 요소를 넣는 것이다. 넷째, 강학을 하면서 정치 참여를 하는 것이다. 앞의 두 가지 선택지가 상대적으로 단순한 편이지만, 20세기 중국에서 '학문을 위한 학문'을 하는 학자적 인격을 양성하는 것은 실제로는 쉽지 않았다.[83] 세 번째, 네 번째 선택지는 복잡한 편이었고 이것을 선택하는 사람도 매우 큰 정신적 압박을 견뎌야 했다. 이 둘 중에서 어떻게 균형을 유지할 것인가 하는 것은 간단하지 않았다. 자칭 "성향상 학술적이어서 정치에 맞지 않은"데도 번번이 어쩔 수 없이 정치에 발을 들인 차이위안페이도 후스처럼 "두 마리 토끼를 쫓아야 하는 사냥개"의 곤혹감을 느꼈다.

나는 그래도 학문을 연구하는 것이 맞는 사람이고 내 관심사도 완전히 이쪽에 있다. 반쯤은 관료인 국립대학 총장을 맡게 된 이후 하루에도 얼마나 만나고 싶지 않은 사람을 만나고 하고 싶지 않은 말을 하며 보고 싶지 않은 편지를 보게 되는지 모르겠다. 한두 시간만 짬을 내서 책을 좀 보고 싶은데 결국엔 그

---

83 梁啓超는 연구할 때 여러 차례 '치용을 위한 학술'과 '학술을 위한 학술' 사이에서 흔들렸다. 그의 『新史學』, 『淸代學術槪論』, 『中國歷史硏究法補編』 참조.

것도 안 되니 정말 너무 괴롭다.[84]

    오랜 벗 우즈후이의 주장에 따르면 차이위안페이가 가장 마지막에 선택한 것이 "학술에 정치적 요소를 넣어서 철저하게 나라를 구하는" 길이었다. "학술은 나라를 구하기 위한 것이며, 나라를 구하는 것은 바로 정치"라는 이런 선택으로 차이위안페이가 구체적인 학술 저술이 아니라 주로 업적과 인격으로 "사람들의 마음에 기억되게" 되었던 것이다.[85]

    후스는 학술에 전념할 수 없었으면서 동시에 정치도 완전히 포기하려고 하지 않았던 점에서는 차이위안페이와 비슷했으나 실제 상황은 달랐다. 후스는 차이위안페이보다 더 구체적인 학술 저술을 중요하게 생각했다. "자식이 없는 것이 가장 큰 불효요, 저술을 하는 것이 가장 훌륭하다"고 한 것은 한때의 농담만이 아니어서 후스는 확실히 저술을 통해 '불후'하기를 염원했다. 친구들은 후스가 가장 잘하는 것이 강의와 저술이고 국가에 대한 공헌과 후대에 대한 의무는 정치적 발언이 아니라 "『중국철학사』, 『문학사』, 그 외의 다른 고거 작업 『수호전고(水滸傳考)』 류의 완성"에 있다고 믿었다. 후스도 "인생이 몇십 년 안 남았으니 정력이 쇠하기 전에 할 수 있는 것과 하고 싶은 일을 해야 한다는 것을 절감했다." 그렇지만 "다시 고서 더미에서 사는 삶"을 승낙했을 때 후스는 자신에게 여지를 남겨두었다. 즉 "쓸데없는 일을 토론하고 참견하는 것을 좋아할" 권리를 보류한 것이었는데 이유는 "함량 부족이 한스럽지만 나 자신을 나도 어쩔 방법이 없기"[86] 때문이었다. 후스는 왕궈웨이같이 순수한 학자가 되지는 못

84   高平叔 記,「蔡元培口述傳略」,『蔡元培先生紀念集』, 北京 : 中華書局, 1984.
85   吳敬恒,「通人與學人」,『國風』第12期, 1943.
86   1929년 8월과 9월 사이에 후스는 상해에서 인권 문제에 대해 이야기했다가 귀찮은 일

했지만 왕궈웨이의 연구 방향을 상당히 높이 샀다.[87] 반면 차이위안페이 식으로 "학술에 정치적 요소를 넣는" 것에 매우 부정적이었다. 1924년 고대사 토론을 마무리할 때 후스가 강조한 연구의 목적은 "고대사의 진상을 밝혀내는 것"이었다. "거짓을 없애고 진짜만 남겨 두는 것"을 추구할 뿐 "사람의 마음에 해가 되는가"는 고려하지 않았다.[88] 4년 뒤 '중국학회' 발기에 참여하라는 누군가의 요청을 후스는 거절했다. 자신은 학술을 통해 정치를 말하는 학회의 강령에 찬성하지 않는다는 이유에서였다.

> 나는 중국 학술과 민족주의가 밀접한 관계에 있다고 생각하지 않는다. 민족주의나 어떤 주의로 학술을 한다면 분명히 과장하거나 숨기는 문제점이 있을 것이다. 우리가 국고를 정리할 때에는 역사만 연구할 뿐이고 학술을 위해 힘을 쏟을 뿐이다. 실사구시가 이런 것이며 민족의 정신과 감정을 발양하는 기능은 절대 없다.[89]

후스가 개탄한 것처럼 "최근 학자들은 이 뜻을 거의 이해하지 못했다." 정치가만 학술을 정치에 활용하고 싶어 한 것이 아니라 학자들 자신도

에 휘말렸는데 저우쭤런이 그에게 편지를 보내 북경에 와서 "강의를 하면서 저술도 하라"고 권하자 후스는 답장을 보내 자신의 심경을 밝혔다. 이듬해 11월 후스는 결국 상해를 떠나 북쪽으로 갔다. 『胡適往來書信選』上, 539·542면 참조.

87 1922년 8월 28일 일기에서 후스는 "지금 중국 학술계가 너무 몰락하고 있다"고 한탄하면서 王國維만이 희망이라고 단언했다. (『胡適的日記』, 440면)

88 胡適, 「古史討論的讀後感」, 『胡適文存二集』卷1.

89 『胡適往來書信選』上, 497면. 그 외에 羅爾綱은 『師門辱教記』에서 후스가 陳獨秀가 태평천국을 연구하는 것에 반대했다는 점을 언급했는데 그 내용을 참조하여 위의 말을 해석할 수 있다. 1935년 여름, 천두슈는 남경에서 수감 생활을 하면서 다른 사람에게 부탁해서 태평천국과 관련된 책을 수집해 달라고 하고 연구할 준비를 했다. 후스는 그 사실을 알게 된 뒤에 "천두슈는 정치적으로 편향된 사람이라서 태평천국 연구를 제대로 해낼 수 없을 것이니 羅爾綱이 노력해서 이 연구를 하는 것이 좋겠다"라고 말했다.

"학술만 위해 공부하기를" 바라지 않아서 괜찮은 사람은 '경세치용'을 추구했고 그렇지 못한 사람은 '곡학아세'로 전락했다. 이들은 적막하게 어느 구석에 앉아 책 읽는 것을 견디지 못한 것이 아니라 비바람 치는 세상에서 차마 "문을 걸어 잠그고 책을 읽지" 못했던 것이다.

세상에 대한 관심도, 민생의 질고와 정국 변화에 관심을 가진다는 점에서도 마찬가지였지만 후스는 차라리 정치논평과 시대비평으로 자신의 정치적 의식을 표현했고 학술 저술에서는 실사구시 원칙을 엄수하는 쪽을 택했다. 강학할 때에는 정치를 논하지 않고 정치를 논할 때에는 강학하지 않아서 진정한 의미에서 정치와 학술을 분리했고 이 둘의 독립성을 지켜주었다. 이것이 후스가 정치와 학술 관계를 처리한 독특한 방식이었다. 학자로서 후스는 학문의 '순수성'을 추구했으며 학과 발전과 학술 규범을 건립하는 관점에서 문제를 바라보았다. 이와 함께 시민으로서 후스는 "공개적으로 국가를 대신해 생각하고 인민을 대신해 말할 수 있기를" 희망했다. 이것은 본래 정상적인 사회에서 지식인이 세상을 사는 일반적인 모습이다. 다만 정치가 정상 궤도에 오르지 못한 사회에서 지식인은 아예 정치에 무관심하거나 혹은 정치에 마구 참여할 수밖에 없는 특수한 상황에 놓여 있었기 때문에 후스의 선택은 기이하게 여겨졌던 것이다.

후스의 생애에서 "강학하면서 정치에 참여하는" 이상을 가장 잘 보여준 것이 1922년 5월에 『노력주보』를 창간할 때부터 1937년 7월 중일전쟁이 발발하면서 실제 정치에 투신할 때까지의 15년이다. 그 기간 전에 후스는 "정치적 발언을 하지 않는 것"에 주력했는데 그 목적은 "사상 문예적으로 중국 정치를 위해 혁신적인 기반을 세우는 것"에 있었다. 또 그 기간 이후에는 주미대사로 나가서 강학할 겨를이 없거나 혹은 해외에 정착했기 때문에 정치에 참여할 길이 없었다. 1940년대 말 북경대학 총장과 1950년대 말 '중앙연구원' 원장을 맡게 되었을 때에는 정치를 논하는 것도 자유롭지 못했고 강학하는 것도 시간적 여유가 없었다. "강학도 하면서 정치도 논했던" 이 15년은 간행한 잡지에 따라 『노력주보』^{북경}, 『신월』 잡지^{상해}, 『독립평론』^{상해}을 중심으로 한 세 시기로 나누어 볼 수 있다. 후스는 매우 감개 어린 어조로 1920년대 말 상해에 있었던 3년 반의 나날들을 떠올렸다.

이때가 내 인생에서 가장 한가한 시기였고 내가 글 쓰는 데 가장 노력을 기울인 시기였다. 그 기간 동안 나는 대략 1백 만 자쯤 되는 원고를 썼다.[90]

한가하다는 것은 관료가 아니어서 실제 정치를 하지 않았다는 의미이다. 이 3년 반 사이에 후스는 인권에 대한 발언으로 큰 화를 입을 뻔했다. 비록 후스가 "모호하고" 논리적이지 않다는 이유로 '국민당 정부 교육부 훈령'을 반송했지만 이것은 단순한 논전이 아니었고 "몸으로 해결할" 지경에 이르지 않은 것은 실로 다행이었다.[91] 이렇게 적극적으로 정치를 논하는 (최고 당국을 건드리는 일도 서슴지 않는) 동시에 후스는 또 확실하게 학문에 매진해서 이 시기에 『백화문학사』 상권, 『하택대사 신회전^{菏澤大師神會傳}』, 『신회화상유집^{神會和尚遺集}』, 『중국중고사상사장편^{中國中古思想史長編}』 등

---

90 羅爾綱은 「關于胡適的點滴」(顔振吾 編, 『胡適研究叢錄』, 北京 : 三聯書店, 1989)에서 후스가 상해를 떠날 때 "사람들은 간첩이 기차역에서 후스를 저격할 것이라고 생각했는데" 결국 해프닝으로 끝났다고 썼다.

91 [역자 주] 후스는 1920년대 말부터 남경의 국민당 정부와 대립각을 세웠다. 1928년 『신월』에서 국민당과 장제스 정권의 폐단을 비판했고 1929년 5월 「人權與約法」을 발표하여 근본법으로 최소한의 약법이라도 제정해야 하고 주석도 법에 따라 처벌할 수 있어야 한다고 했다. 1929년 10월 국민당은 교육부 명의로 후스에게 경고문을 보냈고 후스가 1930년 1월에 『人權論集』을 출판하면서 국민정부와 이들간의 대립은 극에 달했으며 그해 5월 후스는 中國公學 교장직을 사임했다.

의 저작을 완성했는데, 모두 아이디어만으로 쓸 수 있는 저작이 아니었다. 1930년 2월 8일 후스는 『중국중고사상사장편』^{총7장, 14만자} 외에도 몇편의 단편을 썼는데 이런 글쓰기 속도로 보아 그가 실로 노력했다고 할수 있다. 사실 『노력주보』와 『독립평론』을 발간한 시기에도 후스는 강학과 정치 참여를 동시에 하면서도 이 둘을 별도로 진행했다. 『노력주보』는 그래도 1년 반 동안 75기^期를 간행했을 뿐이지만 『독립평론』 주간지는 1932년 5월 창간호부터 1937년 7월 25일 마지막호까지 5년간 244기를 발행해서 많은 정력을 투입해야 했다. 국가에 재난이 닥친 시기에 정치를 논하면서 "영원히 독립적인 정신이 지켜지기를 바라고", "어떤 당파에도 의지하지 않고 어떤 견해도 맹목적으로 믿지 않으면서 책임감 있는 언론으로서 우리 각자가 생각한 결과를 발표하는"[92] 일은 결코 쉬운 일이 아니었다. 『독립평론』에 ― 일본에 대한 외교 방침, 중국 정치의 출로, 민치와 독재, 확신과 반성 등 일련의 정치 문제와 관련된 ― 수많은 정치논평과 시대비평을 발표하는 동시에 학술 연구도 적극적으로 진척시켰다. 1950년대에 구술 형식의 자서전을 작성하기 위해 개요를 작성할 때 후스는 이 몇 년간 자신이 썼던 중요한 학술 논문 4편, 곧 「유학에 대해 말함^{說儒}」, 「근래 사람들이 『노자』의 연대를 고증한 방법에 대해 논함^{評論近人考據老子年代的方法}」, 「『성세인연』 고증^{醒世姻緣考證}」, 「안리학파 정정조^{顔李學派的程廷祚}」를 특별히 언급했다.[93]

최소한 표면적으로 볼 때 후스가 정치와 학술을 분리하고 균형 있게

---

92 胡適,「『獨立評論』引言」,『獨立評論』第1號, 1932.
93 臺北傳記文學出版社에서 1981년에 출판한 『胡適口述自傳』 앞에 "후스 선생이 친필로 쓴 구술 형식의 자서전 개요"의 제3부에 해당하는 'Under Nationalist China' 영인본이 첨부되어 있다.

진전시키면서 "양자가 상호 독립하게" 하는 전략은 성공한 것 같았다. 격동의 시기에서 그는 지식인의 정치 참여의 소임을 다했고 학술 연구 영역에서도 성과를 내놓았다. 그러나 이런 성공은 적지 않은 대가를 지불해야 했다. 이 점은 후스의 인생 후반부의 연구 역정에 큰 영향을 미쳤다.

정치와 학술의 분리를 강조하기 위해 후스는 지나치게 학술적 '순수성'을 부각시켰다. 사실 학술은 인류가 진리를 추구하는 특수한 방식일 뿐이고 그 영역의 범위는 어쩔 수 없이 설정한 '가설'일 수밖에 없다. 어떤 것이 학술에 해당하며 어떤 것이 학술에 해당하지 않는가 하는 것은 인류의 인식 활동의 발전에 따라 바뀐다. 이런 인위적인 영역을 고정시키게 되면 학술 본연의 발전에 제약을 가져오게 되므로 이것은 지혜로운 행동이 아닐 것이다. 신문화운동 시기의 후스는 사상 문화 혁신에 종사하고 사방을 누비면서 이것이 학술 문제인지 아니면 정치 문제인지를 따지지 않고 할 수 있는 것과 해야 하는 것 모두를 했다. 이 시기의 후스가 현대 학술과 현대 정치에 공헌한 것은 매우 크다. 정치와 학술을 의식적으로 구분했을 때 후스가 정치를 논한 것의 영향력은 더 커졌지만 학술적으로는 제 손으로 자기를 얽어맨 셈이 되었다. 후스는 역사는 중시했지만 현실은 소홀히 했고 문학과 역사학은 중시했지만 사회 과학은 소홀히 했다. 훈고는 중시했지만 경전 의리는 소홀히 했고 지식론은 중시했지만 가치론은 소홀히 했다. 이 중에서 후자들은 모두 현실 정치와 가까웠기 때문에 '학술이 아니'라고 치부된 것이다. 이렇게 되자 후스의 연구 영역은 나날이 좁아졌고 마지막에는 20년이라는 시간을 들여 『수경주水經注』를 연구하기에 이르렀다.[94] 후스가 『수경주』를 연구하게 된 데에는 여러 이유가 있었지만

---

94 費海璣, 「胡適先生研究『水經注』的經過」, 『胡適著作研究論文集』, 臺北 : 商務印書館, 1970.

그중 하나가 그가 봤을 때 "이것이야말로 진정한 학술"이었다는 점이다.

후스는 고거에 대해 특수한 흥미가 있었고 그의 학술 저술도 고거에서 특출나서 량치차오가 『청대학술개론』에서 후스를 두고 "청대 유자의 방법으로 연구를 해서 정통파의 유풍이 있다"[95]라고 호평할 정도였다. 처음에 후스는 청대 유자의 고증과 훈고에 만족하지 않고 여기에서 더 나아가 "역사, 특히 사상사적인 통합이라는 길로 갈 수 있기"를 바랐다.[96] 1930년대 중엽에도 후스는 여전히 "훈고에 통달하여 명물과 제도를 연구하여 그렇게 된 이유를 알게 된 뒤에 이것으로 도를 밝힌다"章學誠,「朱陸篇書後」는 대진의 방식을 활용하려고 시도했다. 이런 학술 방향은 그가 청대 학술사에서 대단한 천재인 대진과 장학성을 대상으로 전문적인 저술을 하고[97] 그들이 고거를 궁극적 목표로 삼지 않은 것을 극찬했던 것에서 볼 수 있다.

고증에서 고증 자체만 목적으로 삼고 의리를 말하지 않는 것은 당시 일반 학자의 공통된 심리였다. 그런데 대진만이 감히 이런 맹목적 신념을 타파했고, 장학성만이 그의 이런 행동을 높게 평가했다.[98]

후스가 봤을 때 청대 유자의 연구에서 장점은 근거를 중시하고 "영역을 지킬 줄" 안다는 것이었고 단점은 사람들이 모두 "'깁고 보완하는' 자질구레한 공부에 몰두해서 철학의 중흥이라는 대사업을 계승하지 못했다"는 것이었다. "체계적인 철학 사상을 수립하려면 일반화하는 길밖에 없었

---

95 梁啓超, 朱維錚 校注, 『梁啓超論淸學史二種』, 上海 : 復旦大學出版社, 1985, 6면.
96 余英時, 『中國近代思想史上的胡適』, 62면.
97 胡適, 『章實齋先生年譜』, 上海 : 商務印書館, 1922; 『戴東原的哲學』, 臺北 : 商務印書館, 1927.
98 胡適, 『戴東原的哲學』, 臺北 : 商務印書館, 1967, 96면.

다."[99] 『중국철학사대강』과 『백화문학사』를 쓸 때 후스는 "일반화하려는" 기세가 꽤 강했지만, 『수경주』를 연구할 때에는 고증만 했을 뿐이다.

"일반화하여" '의리'를 추구하던 것에서 '영역을 지키는 것'을 높이고 '고거'만 하게 된 것은 후스의 1930년대 학술 방향의 변화였다. 여기에는 학술 이론을 고려한 점도 있었고 정치 환경에서 제약을 받은 점도 있었다. 재미있는 사실은 삶이 정치와 더 가까워졌을 때 학술적으로는 의리와 더 멀어졌다 — 더 비정치화되었다 — 는 점이다. 1940년대 말엽 중국에서는 국민당과 공산당 양측의 군대가 대결전을 벌여 포화가 연일 빗발치던 상황이었는데 후스는 『수경주』에서 해결되지 못한 문제들을 고증해서 변증하기에 바빴다. 1948년 11월 28일 구치첸顧起潛, 구기잠에게 보내는 편지에서 후스는 자조하면서 이렇게 말했다.

세상이 뒤집어지고 있는데 이렇게 고서를 쌓아 놓고 사는 삶이라니 너무나 가소롭다.[100]

사실 하나도 가소롭지 않았다. "세상이 뒤집어지고" 있기 때문에 다시 "고서를 쌓아 놓고 사는 삶"을 살아야 했기 때문이다. 이것이 후스가 세상을 살고 연구를 하는 비결이었다. 1947년 10월 북경대학 총장이었던 후스는 상해에서 기자들에게 담화를 발표했다. 그중에서 "학생이 사상적 고민을 해결하는 방법은 학술 연구에 몰두하는 것밖에 없다"[101]라는 구절은 나중에 두고두고 비판의 대상이 되었다. 이 말은 물론 학생 운동을 압박

---

99 위의 책, 103·122면.
100 胡適, 『胡適手稿』 3, 臺北 : '中央研究院' 胡適紀念館, 1968.
101 耿雲志, 「胡適年譜」, 『胡適研究論稿』, 506면.

할 의도가 있었던 것이지만 후스는 다른 사람을 속일 생각 같은 것은 없었다. 최소한 후스 본인은 학술 연구를 빌려 사상적 고민을 해결하는 것을 좋아했던 것이다. 전란 중에 쓴 『수경주』의 미해결된 사안을 연구한 여러 편의 글을 보면 후스의 학문에 대한 집착에 감탄하게 될 뿐만 아니라 이런 연구가 그의 정서적 안정에 큰 영향을 미쳤다는 사실을 인정하게 된다. 마음을 안정시켰다는 점에서 이 연구의 의미는 학술적 가치와 엇비슷하다고 할 수 있을 것이다. 이 점은 후스 자신도 잘 알고 있었던 것 같다.

유학 기간에 후스는 우연히 『괴테 연보歌德年譜』를 읽게 되었는데 "괴테의 평정심을 유지하는 능력"에 압도된 나머지 이후에 정치를 하고 싶어 하는 친구에게 여러 차례 그의 사례를 가져와서 설득했다.

> 독일의 문호 괴테는 "정치계의 큰일이 내 마음을 요동치게 할 때마다 그 일과 무관한 학문에 전념하면서 내 마음을 가라 앉힌다"고 했다. 그래서 나폴레옹의 전황이 가장 나빴을 때 괴테는 매일 중국 문물 연구에 매진했다.[102]

이 말에 설득당한 첫 번째 사람이 그의 여자친구 윌리엄스Miss Edith Clifford Williams, 韋蓮司였다. 1914년에 윌리엄스는 유럽의 제1차 세계대전 발발에 분개하여 그림 공부를 포기하고 간호사로 자원입대하려고 준비했다. 후스는 "괴테가 한 말을 알려주었는데", "윌리엄스는 그 말이 맞다고 보고 다시 예전에 하던 공부를 하게 되었다".[103] 이 말로 설득당한 두 번째 사람은 독일의 루빈스타인 친왕이었다. 1941년 말 루빈스타인 친왕은 중

---

102 胡適, 『胡適留學日記』, 485면.
103 『胡適之先生年譜長編初稿』, 1756면에 수록된 후스가 1942년 1월 29일 루빈스타인 친왕에게 쓴 답신.

국에 가서 항전에 참가하겠다고 했는데, 후스는 답장에 다시 평범한 사람들이 일반적으로 이해하지 못하는 "현재의 큰 사건 바깥에 있겠다는 태도"를 말한 괴테의 발언을 가져와서 친왕이 학술 연구에 계속 전념하기를 바란다고 썼다.[104] 19년 뒤 루빈스타인을 다시 만난 후스는 그때 권유가 크게 효과를 보아서 "그가 나의 회신을 받고 매우 감동했고, 나중에 결국 교수 활동을 계속했다"는 것을 알게 되었다. 어쩌면 중국의 정세가 다른 나라와 달라서 같은 말이라고 해도 중국 학생에게는 큰 감동을 주거나 변화를 이끌어 내지 못했던 것일 수도 있다. 1925년 8월에 후스는 천진에서 『애국 운동과 공부愛國運動與求學』를 썼다. 그때 괴테의 사례를 인용하면서 학생들에게 "혼란한 시기에 다른 사람들을 따라서 마구 달리면서 소리지른다고 애국의 책임을 다하는 것이 아니며" 반드시 "확실하게 서서 마음을 정하고 자기 자신을 먼저 구한 다음에 자신을 유용한 사람으로 만들기 위해 노력하라"[105]라고 권고했다. 학생 운동이 나날이 고조되는 상황에서 권고는 아무런 영향도 미치지 못하고 그저 비난할 표적만 제공했다.

이런 권고가 소용이 있었느냐와 별개로 후스가 설득하고자 했던 대상은 공부를 팽개치고 정치에 참여하려고 했던 사람들이었고 이것은 그가 인용한 괴테의 사례와는 사실상 거리가 있었다. 괴테는 원래부터 문인 학자였고 전쟁으로 인해 정치에 투신하거나 직업을 바꾼 것이 아니라 연구대상을 선택하여 현실 정치가 가져다 준 심리적인 부담에서 벗어나려고 했다. 심리적으로 안정된 상태에서 자신이 잘하는 일에 계속 매진하려고 했던 것이다. 정치적으로 좋지 않은 상황에서 현실과 동떨어진 학술 작업을 선택해서 "마음을 가라앉힌" 괴테와 가까운 사람은 오히려 후스 자신이었다.

---

104 『胡適之先生年譜長編初稿』, 3817면에 수록된 1961년 11월 23일 후스의 일기.
105 胡適, 「愛國運動與求學」, 『現代評論』 第2卷 第39期, 1925.

현실 정치에 거리를 두면서 동시에 '의리'를 배척하고 학술의 독립과 존엄을 유지하려고 한 것은 그 합리성과 유효성에서 모두 문제가 있다. 분명한 사실은 "저술에 몰두하고 정치에 무관심한 것"도 일종의 정치적 태도라는 것이다. 현대 사회에서는 누구도 학술이 정치와 '자동적으로 연결되지' 않게 할 확실한 방법이 없다. 후스가 만년에 정력을 집중해서 『수경주』의 미해결된 사안들을 연구했을 때 그의 고심은 충분히 공감할 수 있겠지만 그의 이 독특한 경험을 다른 사람에게로 확대 적용할 수는 없을 것이다.

개탄스러운 것은 후스가 1920~1930년대에는 "강학하면서 정치를 논할" 수 있었는데 어째서 1940~1950년대에는 이 둘을 함께 할 수 없게 된 것일까 하는 점이다. 후스가 노쇠하면서 정력이 따라주지 못한 것일까, 아니면 입지가 좁아져서 그렇게 할 수가 없었던 것일까?

제4장

전문가와 박학가

현대 중국의 학술사에서 후스는 언제나 '문제적 인물'이었다. 학술사의 시각에서 볼 때 평가가 엇갈리는 사람들은 많지만 후스처럼 인기가 하늘로 치솟았다가 다시 시궁창에 처박히는 학자는 별로 없다. 처음에는 신학파와 구 학파가 후스에 대한 평가를 가지고 논쟁했고 그 다음에는 좌파와 우파 문인들이 그를 핑곗거리로 삼았다. 그 다음에는 학술사가들이 나서서 평가를 해댔는데 이때의 후스는 이미 만신창이가 되어 있었다. 정치적 편견에 근거한 칭찬과 욕지거리 말고도 한 시대의 대표 학자인 후스에 대한 평가는 여전히 엇갈리고 있다. 후스가 새로운 학풍을 개척한 사람이라는 점을 의심하는 사람은 없다. 하지만 후스의 학문이 어느 정도 수준이었는지, 학계에 어느 정도의 공헌을 했는지에 대해서는 논란이 많다. 사람들에게 후스는 당연히 대학자이지만 일부 전문가들의 평가를 들어보면 후스는 또 그렇게 학문이 있었던 것이 아니었던 것도 같다. 후스는 처음에 존 듀이John Dewey의 철학과 명학名學, 논리학의 시각에서 중국철학사를 연구해서 유명해졌으나 진웨린金岳霖, 김악림은 도리어 이렇게 평가했다. "후스 선생은 서양 철학과 명학에 정통하지 못했다. 그래서 그가 중국과 서양의 학설을 함께 논할 때는 견강부회가 불가피했다."[1] 후스는 자신이 선종사禪宗史 연구에 "개척한 공"이 있다고 여겼지만[2] 량수밍梁漱溟, 양수명은 그가 "불교에서는 입문하는 방법門徑을 제대로 찾지 못했고 불교의 선종에 대해서는 더욱 이뤄낸 성과가 없었기에 고증이나 좀 할 수밖에 없었

1　　金岳霖,「『中國哲學史』審査報告」, 馮友蘭,『中國哲學史』上冊, 上海:商務印書館, 1934.
2　　胡適,「胡適的自傳」,『胡適哲學思想資料選』下, 上海:華東師範大學出版社, 1981, 222면.

다"라고[3] 했다. 후스의 학문은 방법론을 중시하는 것으로 유명했다. 그런데 인하이광殷海光, 은해광은 도리어 그가 "과학적인 방법"이라고 과시했지만 깊이가 없었고 더 나아간 것도 없었다고 비웃었다.[4] 후스는 어쨌거나 1백 만 자에 달하는 거질의 문학사 논저를 펴냈다. 그런데 류원뎬劉文典, 유원전은 그가 다른 것은 잘해도 문학에 대해서는 아는 것이 없다고 했다. 비판한 사람들은 모두 이 시대의 유명한 사람들이었고 그들의 판단은 모두 최종 결론의 성격을 띤 전칭명제였을 뿐 어떤 특정한 저술이나 관점을 두고 한 것이 아니었다. 그래서 그들의 비판을 전혀 무시할 수는 없다. 만약 후스가 정말 철학사, 불교사, 문학사와 방법론의 연구에서 모두 발붙일 곳이 없다면 이 '학문의 대가'가 진짜인가 하는 질문은 실로 큰 문제가 될 수 있다. 다행히 후스의 학문을 높이 사는 사람들도 많고 그들 중에는 권위자도 적지 않다. 그래서 후스의 학문 수준이 어떤지는 당분간 결론 내리기 어려울 것 같다. 흥미로운 점은 찬양하는 사람들은 후스를 '학자'로 논하는 반면, 비판하는 사람들은 '철학사가'나 '문학사가'로 논한다는 것이다. 이 두 가지는 매우 큰 차이가 있다. 하나는 '박학가通人'라는 점이고, 다른 하나는 '전문가'라는 점이다. 그런데 후스의 학문은 공교롭게도 '박학가'와 '전문가' 사이에 있어서 평가하기가 쉽지 않다. 어쩌면 문제는 후스가 학술이 세분화되는 시대에 살면서도 어느덧 학술계의 '아이언맨 양촨광楊傳廣, 양전광[5]처럼 되었기 때문인지도 모른다. 탕더강의 견해에 따르면 최근 100년간 중국 학술은 줄곧 '개발도상 단계의 학술'에 머물러 있었는

---

3   梁漱溟 口述,「略談胡適之」, 顔振吾 編,『胡適研究叢錄』, 北京 : 三聯書店, 1989.

4   殷海光,『殷海光・林毓生書信錄』, 臺北 : 獅谷出版公司, 1981, 131면.

5   唐德剛,『胡適雜憶』, 北京 : 華文出版社, 1990, 157면.
     [역자 주] 楊傳廣(1933~2007)은 대만 사람으로, 1954년 마닐라 아시안게임에서 열 개의 육상 경기 금메달을 획득해 당지 신문에서 '아시안 아이언맨'이라고 불렸다.

데 후스의 학문은 바로 그런 시대에 가장 적합한 학술이었고 또 그가 대단하면서도 그 시대에 "적합한 학자"였기 때문에 후스는 "주자 이후 중국 학술 사상에서 옛 시대를 계승하고 새 시대를 여는, 영향력이 가장 큰 학자"가 될 수 있었다는 것이다.[6] 후스에 대한 이런 평가가 과장되었는지는 재론할 여지가 있지만, 후스를 중국 학술 사상 발전의 전환점에 두고 평가했다는 점에서 실로 탁견이 아닐 수 없다. 후스가 어째서 '박학가'와 '전문가' 사이에서 배회했는지를 살펴보는 것은 단순히 후스의 학문에 깊이가 있는지를 논쟁하는 것보다 훨씬 재미있다. 이것은 옛날과 지금, 동양과 서양의 학술사상이 교차되는 독특한 상황을 투영한 것이기 때문이다.

1. 오래된 명제의 현대적 해석

'동양과 서양 학술의 비교' 같은 큰 주제는 후스에게는 "불가능한 연구"일 수도 있다. "근거가 없기" 때문이다. 그러나 실제로 후스는 이렇게 "불가능한 연구"에 대해 자주 이야기했는데, 동양과 서양의 여러 시대의 여러 학문의 학술 방법 비교 같은 것이 그런 예였다.[7] 좋게 말하면 "알고 있는 것을 확장시킨 것"이었고 나쁘게 말하면 "틀린 방법"이었다. 사실 옛날과 지금, 동양과 서양의 학술을 논할 때에는 단순화할 수밖에 없다. 그렇게 하지 않으면 이 두 가지를 극단적으로 대립시켜 간결하고 명쾌하며 응용하기 편한 이론으로 만들기가 어렵기 때문이다. 옛날과 지금, 동양

6　唐德剛이 『胡適的自傳』 12장에 대해 쓴 평론과 주석 참조. 『胡適的自傳』, 285~290면.
7　후스 본인이 매우 중시했고 또 확실히 영향력이 매우 컸던 「治學的方法與資料」에서는 顧炎武와 閻若璩를 갈릴레이와 뉴턴에 견주고 戴震과 錢大昕을 다윈과 파스퇴르에 비겼다.

과 서양의 학술 방법을 논한 후스도 그랬지만 반 세기 이후 동양과 서양의 학술 전통을 논한 첸무도 마찬가지였다. 다만 첸무는 후스까지 싸잡아 비판했다는 점이 달랐다. 후스와 첸무는 주장은 달랐지만 생각하는 방식은 매우 비슷했다. 첸무는 후스가 신문화운동을 주창하여 중국 학술을 전통과 단절시켰기 때문에 학자들은 더는 "전반적으로 사고하지" 않고 "학술에서 전문가가 되려고 하는 서구화만 추구하게 되었다"고 했는데 이 판단은 두 가지 이론을 근거로 한 것이다. 하나는 "중국은 화합을, 서양은 구분을 중시한다"라는 것이고 다른 하나는 "전문가가 되려고 하는 것은 박학가가 되려고 하는 것보다 못하다"라는 것이었다.[8] 전문가가 될 것인가, 박학가가 될 것인가 하는 문제는 개인의 학술적 선택이므로 굳이 우열을 가릴 필요가 없다. 화합과 구분, 박학가와 전문가로 동양과 서양의 학술 차이를 요약하는 것은 신선하고 흥미롭기는 하지만 실증이 필요한 '대담한 가설'일 뿐이다.

겉으로 보기에 첸무의 주장은 큰 문제가 없어 보인다.

민국 이후 중국의 학술은 다양한 분야로 나뉘었고 학자들은 전문가가 되려고 노력했다. 이는 중국이 전통적으로 박학가의 학문을 추구하던 경향과는 크게 다르다.[9]

그런데 '박학가'와 '전문가'의 차이는 동양과 서양의 차이일까, 아니면 옛날과 지금의 차이일까? 아리스토텔레스와 디드로Denis Diderot, 괴테 등은 모두 어느 한 분야의 '전문가'가 아니었고, 건가학파도 '박학가'를 숭상

---

8   錢穆, 「『現代中國學術論衡』序」, 『現代中國學術論衡』, 長沙 : 岳麓書社, 1986.
9   위의 글.

했다고 볼 수 없다. 사회가 세분화되면서 '전문가의 학문'이 우위를 차지하게 된 것은 중국이나 서양이나 다르지 않다. 다만 중국과 서양의 학술이 교차된 20세기에 중국와 서양의 사회 발전 단계가 달랐기 때문에 서양 학계가 더 '전문가의 학문'을 중시하는 것처럼 보였을 뿐이다.

'박학가'가 될 것인가 아니면 '전문가'가 될 것인가 하는 논쟁은 중국에서는 예전부터 있었다. 다만 최근에 더 격화되었을 뿐이다. "옛날 유학자들은 육예六藝를 다룬 글을 널리 배웠"으므로章學誠,「朱陸篇書後」전문가와 박학가의 구분이 없었다. 진시황의 분서갱유 이후 "육학六學이 사라졌고" 한 무제가 오경박사五經博士를 설치하자 그제야 "경전 하나에 대해 수많은 말로 설명하는" 전문가들이 생겨났다. 죽을 때까지 경전 하나만을 보면서 장구章句를 분석하는 전문가도 있었고, 훈고에 정통한 뒤 오경五經을 두루 공부하는 박학가도 있었다.[10] "자구에 집착하지 않고 전체적인 뜻만 이해한" 반고班固라면『後漢書』「班固傳」전문가보다 박학가를 더 중시했을 것이다. 하지만『한서』「예문지藝文志」에서 중국 학술사의 중대한 변천에 대해 쓴 대목은 그래도 믿을 만하다.

옛날 학자는 농사로 생계를 유지하는 한편 학문을 공부해서 3년 만에 한 분야를 이해하면 전체적인 뜻만 가지고 경문을 연구했다. 그래서 시간을 적게 들이고 덕은 많이 쌓게 되어 서른이 되면 오경의 체계를 세웠다. 후세에는 경전

---

10 한대 사람들은 학문을 논할 때 늘 '章句'와 '訓詁'를 대척점에 놓고 그 학술 방법이 다르다는 것을 강조했다. 張舜徽 선생은『廣校讎略』(北京 : 中華書局, 1963, 138면)에서 이에 대해 비교적 합리적인 해석을 내놓았다. "양한시대에 훈고와 장구는 차이가 있었다. 章과 句를 분석하는 자들은 반드시 자세하게 이야기하여 번다한 병폐가 있었다. 만약 훈고에만 통하게 된다면 경전을 널리 섭렵하여 고대의 경전을 훤하게 꿰뚫을 것이므로 전면적으로 이해할 수 있을 것이니 고집스럽게 자신의 견해만을 묵수하는 병폐가 없을 것이다."

의 내용이 원래와 달라졌으나 박학자들은 빠진 내용을 많이 들어볼 생각을 하지 않고 어려운 내용이 아니라 자잘한 의미만 알아내는 데 골몰하고 말만 교묘하게 써서 전체적인 틀을 망가뜨렸다. 그래서 다섯 자의 글을 말하는 데 2, 3만 자의 말이 필요해져 버렸다. 나중에 공부하는 사람들은 이것을 따라잡으려면 어릴 때부터 한 분야만 파야 백발이 된 뒤에 말할 수 있었다. 자신이 배운 것에 안주해서 자기가 보지 못한 것을 없앤 결과 결국 자기 안의 세계에 갇히게 된 셈이다. 이것이 학자의 가장 큰 문제점이다.

사마천은 '박학가通人와 통달한 인재達才'를 언급했지만 명확하게 정의를 내리지 않고『史記』「田敬仲完世家」 반고는 옛날의 학술과 지금의 학술의 차이를 설명했지만 이것에 각각 이름을 붙이지 못했다. 왕충王充에 이르러서야 "경전 하나를 말할 수 있는" '유생'과 "옛것과 지금 것을 두루 읽은" '박학가'를 대응시켰다.『論衡』「超奇篇」 왕충이 말한 '유생'은 후세의 '전문가'에 가깝지만 그가 말한 '박학가'는 후세의 '박학가'와 차이가 있다. 왕충이 말하는 '박학가'는 두루 읽고 잘 기억하며 기세가 호방하고 우아하기는 하지만 "정밀하게 생각해서 글을 쓰지" 못했기에 '문인'과 '홍유鴻儒'처럼 높은 위상을 가지지 못했다. 그래도 학계에서 전문가와 박학가 구분은 대체로 이때에 확립되었고 시대에 따라 학풍이 달라지면서 역대 왕조에서 모두 이 문제를 둘러싸고 논쟁을 벌였다.

어떤 이유로 어떤 시대에는 '전문가의 학문' 또는 '박학가의 학문'이 우위에 서는가를 탐구하는 것은 매우 흥미로우면서도 복잡한 학술사상사의 과제이므로 단순한 상식에만 근거해서 답할 수 없다. 다만 나는 후스가 직면한 이 오래된 논제가 서구 학문이 들어오면서 한층 더 도전을 받게 되었다는 점을 지적하고 싶다. 지금 학계에서 기대하는 박학가는 옛날과 지금 일을 모두 잘 알아야 할 뿐만 아니라 동양과 서양도 두루 알아야 한다. 이런 수준에 도달하기란 결코 쉽지 않다. 그래도 "도달하지는 못해도 마음속으로 동경하는" 사람은 많고 후스도 그중 한 명이었다. 첸무는 후스가 전문적인 학문을 중시하는 현대 학술 기풍을 열었다고 비판하였는데 이것은 후스를 너무 과대평가한 것이다. 후스의 학술 생애 전체를 보면 후스는 줄곧 '박학가'와 '전문가' 사이에서 배회했다. 그의 학문적 결함도 여기에 있고, 그가 학술 사상사에서 가지는 의의도 여기에 있다.

유학 시절에 후스는 이미 자신이 선택한 학술 방향이 가져올 수 있는 문제와 직면할 수 있는 함정을 잘 알고 있었다. 후스는 『후스의 유학 일기』에서 반복해서 '박학과 전문적인 것'의 관계를 논의했다. 아무리 여러 번 "반성하고" "다짐했지만" 여전히 자신의 갈등을 숨기지 못했다. 대부분의 유학생들에게 공부와 직업 선택은 자연스러운 일이어서 고심할 필요가 없었다. 그러나 한학도 어느 정도 알면서 조국에 대한 열정이 넘치던 청년 후스는 야심차게 자신의 학술적 계획을 세우느라 여념이 없었다. 1914년 초에 후스는 매우 뼈아픈 자기성찰을 단행했다.

나는 최근에 책을 읽으면서 섭렵한 것은 많았지만 제대로 파고든 것은 없었다. 방향성이 없이 포괄하기만 하고 하나에 집중하지 못해서 얻은 것이 모두 피상적인 것뿐이었다. 세상에 나아가도 세상에서 쓰일 만하지 못하고, 사람들을 기만할 수는 있어도 도움을 줄 수는 없으며, 자신을 속일 수는 있어도 제대로 된 공부를 하지는 못했다. 이제는 이것을 뼈아프게 생각하고 고칠 것이다.[11]

하지만 그해 연말에 후스는 다시 이렇게 전문 인재를 키우는 교육의 가치에 의문을 표했다. 또 다시 박학과 여러 방면에 재주가 많은 것을 추구하고자 하는 것처럼 보였다.

> 만약 죽을 때까지 한 분야만 공부한다면 성취가 있다 해도 걸어 다니는 책
> 장과 같아서 생기가 없을 것이다. 지금 우리나라 학자 중에는 이런 문제를 가
> 진 사람이 많다. 공학을 배운 사람들은 기계 말고는 아무것도 모른다. 이것은
> 큰 문제이다.[12]

진晉나라 사람 갈홍葛洪은 여러 책을 두루 섭렵했지만 식견이 없는 사
람을 '책을 보관하는 상자'에 비유했다.[13] 후스는 학식은 있지만 생기가
없는 사람을 '걸어 다니는 책장'에 비유했는데, 표현은 달라도 비슷한 내
용이다. 물론 엄격한 근대식 학교 교육을 받고 있던 후스는 현대 학술이
전문화로 가는 추세라는 것을 알고 있었다. 이듬해 봄에 후스는 이를 절
충하여 정밀하면서도 박학하자는 결론을 내렸다.

> 학문 방법은 두 가지가 있을 뿐이다. 하나는 널리 보는 것이고 다른 하나는
> 자세히 보는 것이다. 이 둘은 상호보완적이다. 자세히 보는 사람은 언제나 시
> 야가 너무 좁다는 문제가 있고 널리 보는 사람은 언제나 깊이가 없다는 문제가
> 있으니, 문제점이 있다는 점은 같다.[14]

이 말은 틀림이 없다. 그렇지만 맞는 말이기 때문에 누구나 알고 있고

---

11 胡適, 『胡適留學日記』, 上海 : 商務印書館, 1947, 168면.
12 위의 책, 462면.
13 劉知己, 『史通』 卷18 「雜說下」.
14 胡適, 『胡適留學日記』, 538면.

특별한 내용도 아니다. 10년 뒤에 후스는 이 주장을 짧은 구호로 거칠게 엮었다.

학문 연구는 금자탑처럼 넓고도 높아야 한다.[15]

이 격언이 널리 퍼졌던 것은 학문의 비결을 전수해서가 아니라 지식인 모두의 고민을 담고 있어서였다. 널리 공부하는 것과 자세히 공부하는 것을 어떻게 '상보적으로' 해나갈 수 있을까? 학자들은 자기가 전문가가 되고 싶은 것인지, 아니면 박학가가 되고 싶은 것인지에 따라 '자세하게' 공부할 것인지, '널리' 공부할 것인지를 정해야 했다.

후스도 이 점을 잘 알고 있었을 것이다. 그가 자신에 대해 "나는 학문적 깊이가 없다. 그래서 자세하게 파고들어 이 점을 고쳐야 한다"고 했을 때에는[16] '전문가'라는 기준을 자신에게 들이댄 것이다. 처음에는 "철학을 중심으로 해서 정치, 종교, 문학, 과학을 곁들일" 생각이었으나[17] 나중에는 이 계획이 본질 이외의 것을 너무 많이 섭렵해서 깊이가 없다는 것을 알고 "만사를 제쳐놓고 철학만을 탐구하려고" 결심했다.[18] 하지만 "철학만을 탐구하려는" 결심을 하자마자 후스는 또 다시 시詩와 사詞의 변천과 백화문 발전 방향을 흥미진진하게 논하러 떠나 버렸다. 끊임없이 참회하고 반성한 것은 제도 교육 속에서 후스가 과중한 부담감을 느꼈다는 것을 보여주었을 뿐 이것을 통해서 이미 명맥이 사라진 분야에

---

15 胡適,「讀書」,『胡適文存』3集 卷2, 上海 : 亞東圖書館, 1930.
16 胡適,『胡適留學日記』, 538면.
17 위의 책, 563면.
18 위의 책, 654면.

서 최고 전문가가 되도록 보장해 주지 못했다. 후스는 죽을 때까지 이런 압박 속에서 '긴장하면서' 연구했다. 후스는 포부와 성격적인 측면에서 본다면 '박학가'에 가깝지만, 학술적 훈련과 성정으로 본다면 '전문가'에 가까웠다. 외부 환경의 변화로 인해 후스의 학문적 관심사는 부단히 바뀌었지만 '자세하면서도' '널리' 공부하겠다는 비장한 노력은 여전히 지속되었다.

2. "박학다식한" 전문가

1915년 5월, 철학 공부에 전념할 것을 결심하면서 후스는 자신에 대해 매우 통찰력 있는 평가를 내놓았다.

내 평생의 가장 큰 잘못은 자세히 공부하지 않고 널리 공부하려고 한 것이다.[19]

후세 사람들은 후스의 학문을 평가할 때 대부분 그가 "쓰는 건 잘했지만" "깊이가 없다"는 점을 지적했다. 하지만 한 시대의 대가였던 후스는 학문에 뿌리가 있었다. 위잉스는 후스 학술의 "알파이자 오메가가 모두 중국의 고증학이다"[20]라고 했는데 이 말은 좀 매몰찬 감이 있다. 고거학은 확실히 후스의 학문적 바탕이었다. 미국에 유학 가기 위해 시험을 치렀을 때 "고거학에 대해 이런저런 이야기를 한 짧은 글"은 만점을 받았고[21] 북

19　위의 책, 653면.
20　余英時, 『中國近代思想史上的胡適』, 臺北 : 聯經出版事業公司, 1984, 72면.

경대학에 임용될 수 있었던 것도 고거학 성과 덕분이었다.[22] 중국 학술계에서 후스의 위치를 공고하게 만든 『중국철학사대강』이 출판되었을 때 차이위안페이는 후스가 "'한학'의 유전자를 물려 받았다"는 점을 가장 먼저 강조했다.[23] 이 책의 학술적 성과가 더는 대단하지 않게 된 반세기 이후 또 다른 철학사가 펑여우란 馮友蘭, 풍우란이 여전히 이 책에 "한학의 장점과 단점이 함께 있다"라고 평가했다.[24]

고거학이 바탕이라면 학술 스타일은 조심스럽고 신중하여 헛된 공론을 늘어놓지 않는다. 후스는 학문을 논할 때 "작은 사안을 가지고 폭넓게 논의하고자" 했는데 심도 깊게 연구하려고 했기 때문이다. 이것은 물론 '전문가의 학문'을 하는 방법이다. 1928년에 후스는 '새로운 학풍'을 주장하면서 다음과 같은 다짐을 했다.

우리는 "작은 사안을 가지고 폭넓게 논의해야" 한다. "큰 주제를 좁게 다루

---

21 胡適, 『四十自述』, 上海 : 亞東圖書館, 1933, 89~90면.

22 후스는 만년에 차이위안페이가 자신을 북경대학 교수로 초빙한 것은 자신이 19세 때 쓴 「詩三百篇言字解」(『胡適之先生年譜長編初稿』 294면)를 읽었기 때문이라고 말했는데 이 말은 믿을 만하다. 이 글(1913년 『留美學生年報』와 『神州叢報』에 발표) 외에 1916년에 후스는 다만 몇 편의 독서차기만을 발표했을 뿐이었는데 1917년 1월에 천두슈가 후스에게 보낸 편지에서는 "孑民(차이위안페이) 선생께서는 그대가 하루 빨리 귀국하기를 희망하십니다. 학장 직을 원하지 않으시면 학교의 철학, 문학 교수를 맡을 만한 뛰어난 분이 부족하니 오셔서 이쪽 직을 담당하셔도 됩니다"라고 했다.(『胡適來往書信選』 上, 北京 : 中華書局, 1979, 6면)

23 蔡元培, 「『中國哲學史大綱』序」, 『中國哲學史大綱』 권상, 上海 : 商務印書館, 1919. 후스는 만년에 이르러서야 본인이 건륭·가경 연간의 유명한 학자 胡培翬의 후손이라는 설을 바로잡았는데(「胡適的自傳」 제1장 참조) 이 설이 정확하지는 않지만 (학술적인 명맥으로 볼 때-역자 주) 일리가 없지는 않다고 생각했던 것 같다. 한학은 확실히 후스의 학문의 기반이었기 때문이다.

24 馮友蘭, 『三松堂自序』, 北京 : 三聯書店, 1984, 223면.

어서"는 안 된다. 고염무는 1백 6십 개의 사례를 통해 "'服'의 고음이 '逼'과 같았다"는 것을 증명했다. 이것이 작은 사안을 가지고 폭넓게 논의한 것이다. 만약 2백 자에서 3백 자 정도의 짧은 글로 "재정을 통일하자"거나 "독립적으로 다스리되 협력해야 한다"를 주장한다면 이것은 큰 주제를 좁게 다루는 것이라 자신이든 다른 사람에게든 득이 될 것이 없다.[25]

후스는 이후 여러 차례 이런 방식으로 청년들의 학문을 지도했다.[26] 그런데 "작은 사안을 가지고 폭넓게 논의하는 것"을, 정력을 집중해서 정밀하고 깊이 있는 연구를 하기 위해 연구범위를 축소하는 것으로 해석한다면 후스의 본의를 다 이해하지 못한 것이다. "폭넓게 논의한다"라고 했을 때 핵심은 많은 사례를 통해 엄밀하게 논증한다는 것이 아니라 사안은 작지만 그 안에 담고 있는 내용이 풍부해서 깊이 있게 들어가면 중차대한 발견을 할 수 있다는 뜻이고, 이렇게 해야 학과의 발전에 중요한 의의가 생긴다는 것이다. 다시 말하면 '작은 사안'이라고 해서 반드시 '폭넓게 논의'할 만한 것은 아니며, 엄밀하게 고증했다고 해서 반드시 '작은 사안을 폭넓게 논의했다'고 할 수 있는 것도 아니다. '작은 사안'은 연구 대상의 범위 문제이며, '폭넓게 논의한다'는 것이야말로 학문 연구의 전략과 방법을 말한 것이다. 글자 하나에 대해 엄밀한 고증을 하는 경우에도 '작은 사안을 가지고 좁게 다룰' 수도 있고 '작은 사안을 가지고 폭넓게 논의할' 수도 있다. 이것은 연구자의 학술 수준으로 결정된다. 후스는 '작은 문제를 폭넓게 논의하는' 것과 '큰 주제를 좁게 다루는' 두 가지 연구방법 중에서 전자를 선택했지만, 그 외에도 '작은 사안을 가지고 좁게 다루는

25   胡適, 「『吳淞月刊』發刊詞」, 『胡適文存』3集 卷7, 上海：亞東圖書館, 1930.
26   胡頌平 編, 『胡適之先生年譜長編初稿』, 臺北：聯經出版事業公司, 1984, 992・3497면.

것'과 '큰 주제를 폭넓게 논의하는 것'이라는 선택지가 있다는 것을 생각하지 못했다. '큰 주제'를 피했기 때문에 '큰 주제를 폭넓게 논의하지' 못하게 되었고, '작은 사안'만 좋아했기 때문에 결국은 '작은 사안을 가지고 좁게 다루는' 곤경에 빠지고 말았다. 후스의 후반기 연구는 이런 편향적인 면이 있다. 학자가 어떤 연구 방법을 선택하는가는 다른 사람이 왈가왈부할 일이 아니지만, 후스는 한 시대의 학풍에 영향을 줄 수 있는 특별한 위치에 있었기 때문에 '의리義理'와 '큰 주제'를 중요하게 여기지 않는 태도로 수많은 학자들의 비난을 받았다.[27]

큰 주제를 연구하는 것에 반대하는 이유는 큰 주제를 연구하다 보면 별다른 내용이 없는 결론을 도출하기 때문이다. 후스는 사람과 글을 논할 때 작은 사안으로 시작하는 것을 높이 샀고 사람의 학문과 인품을 연결지어 이해했다. 후스가 사회의 점진적 개량을 주장한 것이 사람들에게 급속도로 알려진 이유가 '문제와 이데올로기' 논쟁[28] 때문이었다는 점을 생각해 보면 후스가 학문 연구에서 작은 사안을 중시한 것은 이상할 것이 없다. 후스에게 "진보란 조금씩 쌓여 이루어지는 것"이었다. 그래서 "나는 평

---

27 徐復觀은 '中央研究院' 원장인 후스를 "그가 선발한 중앙연구원의 연구원들은 인문학 분야에서는 자료 정리나 문헌 교정만 중시하는 듯하다. 그들은 조사나 할 법한 일을 하는 것을 대단한 수준의 일로 보았다"라고 비판했다. 쉬푸관은 이런 학자들이 "절의 비구니와 비슷해서 고귀하지만 자식을 낳지 못한다"라고 했다.(『中國思想史論集』, 臺北：學生書局, 1988, 256면) 개인적인 원한을 제쳐놓고 본다면(쉬푸관이 후스를 문학, 철학, 사학, 과학, 불학을 모른다고 비난한 일은 『胡適之先生年譜長編初稿』, 3858면에 실려 있다) 쉬푸관의 말은 가혹하기는 해도 일리가 있다.

28 [역자 주] 후스는 1919년 7월 20일, 『每週評論』 31호에 「문제를 많이 연구하고 '이데올로기'를 적게 논하자(多研究些問題, 少談些'主義')」라는 글을 발표했다. 글에서 후스는 '이데올로기'라는 것은 특정된 시기와 지역에만 적용되는 구제책이므로 사회문제를 해결하지 않고 '이데올로기'만 부르짖어서는 소용이 없으며, 구호에 불과한 '이데올로기'는 정객들에게 이용되어 사람을 해칠 수 있다고 주장했다.

생 한두 개의 작은 문제만 제기하고 그것을 쉬지 않고 풀어나갈 것이다. 지나치게 높은 목표를 세우지도 않을 것이고, 근본적인 개혁에 대해 섣불리 논의하지도 않을 것이다"라고 했다.[29] 마찬가지로 "문화는 조금씩 만들어가는 것"이었기에 "우리는 다만 각자의 흥미에 따라 범위가 비교적 작은 문제를 이야기하고 작고 세밀한 연구만 하면 된다"라고 했다.[30] 정치에서든 학문에서든 후스는 효과를 중시했다. 그래서 "작고 세밀한" 것을 "쉬지 않고 풀어나가는 것"이 그가 학문을 연구하고 일을 처리하는 기본 원칙이 되었다. 후스는 만년에 연구를 지도할 때 늘 "성실하고, 신중하고, 온화하고, 여유로워야 한다"는 네 가지 비결을 이야기했다. 때로는 '자세'라고 이야기했고 때로는 '방법', 때로는 '습관'이라고 말했는데 사실은 이 여러 가지를 겸한 것으로, 사람과 학문을 일치시켜야 한다는 것이었다. 물론 틀린 말은 아니다. 좀 우직해 보이지만 그래도 이런 고집스러움은 존경스럽기도 하고 사랑스럽기도 하다. 별세하기 한 해 전 중앙연구원 원장 신분이었던 후스는 석간신문에 실린 「미국의 키스 학교美國接吻的學校」라는 짧은 글 때문에 불같이 화를 내며 편지를 보내 항의하고 글 쓴 저자한테 '증거'를 내놓으라고 요구했다. 그에게 이런 식의 "전혀 상식적이지 않은 날조"는 미국 교육에 대한 모욕일 뿐만 아니라 "독자의 상식에 대한 모욕"이기도 했으며[31] 평생 '근거 제시'를 주장했던 후스 자신에 대한 모욕이기도 했다. 걸물이지만 사소한 사건도 간섭하고 범위가 좁은 학문을 연구하면서도 전혀 위축되지 않는 이런 경지에 이르기는 정말 쉽지 않다.

---

29   胡適,「高夢旦先生小傳」,『東方雜志』第34卷 第1號, 1937.

30   胡適,「『文史』的引子」,『大公報』, 1946.10.16.

31   胡適,『胡適之先生年譜長編初稿』, 3789면에 수록된 후스가『大華晩報』편집장에게 보낸 편지 참조.

후스가 늘 "자료에 근거해서 주장하라"라고 했다고 해서 그가 자신이 모르는 분야에 대해서는 함구했거나 혹은 "큰 주제를 좁게 다룬" 적이 없었을 것이라고 믿는다면 지나치게 순진한 것이다. 누구나 다 자신이 모르는 분야에 대해 말을 할 때가 있다. 하물며 학계의 영수이자 늘 여기저기 다니면서 특강을 하고 서언을 써야 했던 후스라면 더 말할 필요도 없을 것이다. 만년에 자기가 모르는 분야에 대해 몇 마디 했다가 비웃음을 당한 뒤 후스는 "절대 자기 전공 분야가 아닌 전문적인 문제에 대해 함부로 이야기하지 않겠다"고 다짐했다.[32] 하지만 후스는 평생 학문 분야에서 전문가답지 않은 말을 할 때가 많았다. "큰 주제를 좁게 다루면서" 동양과 서양의 문화를 종횡무진 논할 때 특히 그랬다. 재미있게도 학문할 때에는 "작은 사안을 가지고 폭넓게 논의해야 한다"고 주장한 후스는 실제로는 "큰 주제를 좁게 다루는" 데에 선수였다. 후스의 저술 목록을 펼쳤을 때 한눈에 다가오는 인상은 연구대상의 범위가 좁은 것은 놀라울 만큼 좁은 반면, 연구대상의 범위가 넓은 것은 놀라울 만큼 넓다는 것이다. 2,000자에서 3,000자 정도의 길지 않은 글로 중국문화의 특징이나 국제사회의 발전 방향을 논의한 글은 그가 예전에 비웃었던 200자에서 300자 정도의 짧은 글로 '재정을 통일하자'고 주장한 것보다 별로 나을 것도 없다. 문제는 후스 자신이 이런 글을 많이 썼다는 점이다. 무정부주의에 대한 항의, 자유주의의 교육철학, 독재정치의 흥기, 무위정치의 시범적 시행이라는 네 가지 측면으로 중국 고대의 정치사상을 정리한 것,「中國古代政治思想史的一個看法」 8세기에서 20세기까지의 중국문화를 문예, 철학, 학술이라는 세 차례의 문예부흥으로 나눈 것,「中國傳統與將來」 새로운 과학, 새로운

---

32 위의 책, 2798・3068・3655면.

공업, 민주와 자유로 최근 300년간의 세계 문화의 추세를 논한 것「三百年
來世界文化的趨勢與中國應採取的方向」 등의 글은 과학적 성격은 제쳐놓고라도
주장이 지나치게 대담하고 논증 과정이 지나치게 거칠어서 후스가 주장
한 "작은 사안을 가지고 폭넓게 논의하자"는 원칙에 크게 어긋난다. 외국
인을 대상으로 중국문화에 대해 강의한다거나 강연 원고를 고쳐서 쓴 글
들은 독자의 성격과 글의 형식 때문에 "큰 주제를 좁게 다룰" 수밖에 없었
지만 후스 자신이 원해서 그렇게 한 것도 있다. 그런 점에서 후스 학문의
또 다른 특징인 박학에 대해서도 이야기해야 할 것이다.

　후스는 유학 일기에서 자기의 연구방법이 박학을 추구하려다 보니 깊
이가 없어진 것에 여러 차례 참회하는 글을 썼지만, 실제로는 여전히 정
밀함보다는 박학으로 기울었다. 1936년에 후스는 자기가 가장 좋아하는
학생 중 한 명이자 나중에 저명한 물리학자가 된 우젠슝吳健雄, 오건웅에게
편지를 써서 전공지식 외에 "인문 서적을 많이 읽고 그밖에 과학 서적도
많이 읽으라"고 조언했다. 그래야만 "시야가 넓어지고" "식견이 높아진다"
는 것이었다. 곧 "나는 네가 박학한 사람이 되었으면 한다"고 요약할 수
있다. 후스는 연구 방법을 가르칠 때 학생에 따라 교육방법을 달리했다.
"풍부한 자료를 바탕으로 핵심을 파악하고取精用宏" "널리 본 뒤에 요점을
짚어낸다由博返約"는 것은 모든 학생들이 노력한다고 할 수 있는 것이 아
니다. "학문 연구에는 노력도 필요하지만 재능도 필요하다." 거북이와 토
끼의 비유는 평균 이하의 사람을 상대로 한 것이고, 재능을 가진 학생에
게는 이런 조언을 함으로써 박학을 통해 전체를 이해하라고 할 수 있었
다.[33] "작은 사안을 가지고 폭넓게 논의하는 것은" 연구를 하면서 겪은 경

33　위의 책, 1541면.

험일 뿐만 아니라 평균 이하 사람이라도 모두 활용할 수 있고 효과도 뚜렷하다. 하지만 박학을 통한 전체적인 파악을 강조하게 되면 알아주는 사람은 적은 반면 폐단은 많아진다. 그러니 이것을 할 수 있는 사람에게만 전수해야 한다. 공개적으로 강연할 때와 사적으로 대화할 때 하는 말이 다른 이유는 후스가 구체적인 연구방법에서는 정밀하고 깊이가 있는 '전문가의 학문'을 주장했지만 마음 깊은 곳에서는 두루 아는 '박학가의 학문'을 지향했기 때문이다.

후스는 글을 쓸 때나 시를 쓸 때 모두 '수준 이상通'을 중시했고 만년에 역대 시문을 평론할 때도 판단의 기준이 '수준 이상이냐通', '수준 이하냐 不通'였다.[34] 하지만 학문을 논할 때 후스는 '박학'을 중시했지 '수준 이상인가通'를 중시하지 않았다. 어쩌다가 '수준 이상의 연구자'에 대해 언급하기는 했지만 그 기준을 진지하게 논의하지는 않았다.[35] 이는 후스의 학술 스타일과 큰 관련이 있다. 젊은 시절에 사회학과 인류학, 민속학의 방법으로 중국 신화와 『시경』을 분석하려고 구상하고 시도도 했지만[36] 후스는 기본적으로 전통적인 인문 학자였고 인문학의 여러 학과를 융합하고 관통하는 것에 그다지 관심이 없었다. 엄격하게 말하면 인문학 분야에서 후스는 '수준 이상'이었다기보다는 '박학'하다는 측면에서 강점이 있었다. 어떻게 여러 분야에서 모두 높은 수준에 도달한 뒤, 다시 그것에 기

---

34 胡頌平 編著, 『胡適之先生晚年談話錄』, 臺北 : 聯經出版事業公司, 1984, 61·66·77·99면 등.

35 후스의 1937년의 일기를 보면 "시인이 되려면 반드시 식견이 있어야 하므로 오직 通人만이 시인이 될 수 있다"라는 말이 있는데 여기서 말하는 '통인'은 '식견이 있는 자'라는 말일 뿐 중국의 학술전통에서 숭상하는 '통인'이 아니었다. 胡適, 『胡適的日記』, 北京 : 中華書局, 1985, 541면.

36 胡適, 『胡適留學日記』, 447면, 『胡適的日記』, 336면과 후스 등 사람들이 쓴 「野有死麕」之討論」(『歌謠週刊』 第94號, 1925) 참조.

반해서 '전반을 이해하는' 큰 학문을 이룰 것인가는 후스의 관심 밖이었던 것 같다.

후스는 자신의 지식이 넓은 것에 대해 자긍심을 가졌다. 중국인들이 후스를 박학하다고 평가한 것은 이상하지 않다. 그런데 루소가 『중국의 문제中國的問題』라는 책에서 후스가 "넓은 학식을 지녔다"라고 칭찬한 것은[37] 예사롭지 않은 일이었다. 후스는 만년에 겉으로는 매우 겸손한 것처럼 보이지만 실제로는 자부심에 찬 자조적인 글을 썼다.

> 나는 62세가 되어서도 내 전공이 무엇인지 모르겠다. 처음에는 농업을 배웠고 그 다음에는 문학도 약간 했고 철학도 약간 했고 역사도 약간 했다. 지금은 『수경주水經注』를 연구하고 있는데 사람들은 내가 지리를 연구하기 시작했다고 말한다.[38]

자신이 전공이 없다고 불평하고 있지만 실제로는 자신이 어느 학과나 전공에 국한되지 않았다고 했다. 그래서 예전에 전문가를 두고 평생 한 가지에만 파고들어 성취한 것은 있지만 생기가 없다고 비판했던 후스는 자신은 그런 전문가와 다르다고 한 것이다. 농업을 아주 이른 시기에 포기했을 뿐 문학, 사학, 철학 등의 분야에서 후스는 수준 높은 전문적인 논저를 많이 썼다. 자서전을 구술할 때 후스는 자기가 여러 분야의 학술에서 어떤 성과를 보였는지를 말했고, 또 1950년대 중엽에 중국의 '후스 사상 비판 토론 공작위원회'에서 자신을 아홉 가지 측면철학사상, 정치사상, 역사관점, 문학사상, 철학사 관점, 문학사 관점, 고거학, 『홍루몽』 연구 등을 포함에서 비판했던 글

---

37   胡適, 『胡適之先生年譜長編初稿』, 460~461면.
38   胡適, 「工程師的人生觀」, 『胡適演講集』 3, 臺北 : 遠流出版公司, 1986.

을 특별히 인용한 뒤 의기양양하게 말했다.

> 이 목록을 보고 나는 오늘¹⁹⁵⁸에 이르기까지도 중국공산당이 여전히 내가 몇 가지 일을 했다고 여길 뿐만 아니라 내가 위에서 열거한 일곱 가지 일에 끼친 '해악'이 아직도 완전히 사라지지 않았다고 생각한다는 것을 알게 되었다.[39]

후스를 비판한 글은 몇백 만자에 달할 정도로 길었다. 그래도 후스는 그 글을 다 읽었다고 했다. 하지만 이런 비판은 그를 쓰러뜨리지 못했을 뿐만 아니라 오히려 의기양양하게 만들었다.[40] 정치적 관점에 따라 학술을 달리 판단할 수도 있다. 그러나 후스는 한 시대의 기풍을 연 인물이어서 구체적인 학술 관점이 이미 구식이 되었다고 해도 여전히 그 나름의 가치"해독이 완전히 사라지지 않았다."를 가지고 있다. 이런 호된 비판은 도리어 정반대의 측면에서 그의 학술을 정리한 셈이었다. 위잉스는 학술 사상계에서 후스가 갖는 위상을 이렇게 설명했다.

> 수많은 사상과 학술 영역에서, 곧 철학, 사학, 문학에서 정치, 종교, 도덕, 교육 등에 이르기까지 어떤 사람들은 그가 하는 그대로 뒤따랐고 어떤 사람들은 그의 관점과 방법을 가져와 발전시켰으며 어떤 사람들은 그와 조곤조곤 공통점과 차이점을 상론했고 어떤 사람들은 다양한 관점으로 그를 맹렬하게 비판했다. 그래도 그의 존재를 완전히 무시할 수 있는 사람은 거의 없었다. 이것으로 그가 중국의 근현대사에서 차지하는 중추적 지위를 충분히 알 수 있다.[41]

39 　胡適, 『胡適的自傳』, 221면.
40 　唐德剛, 『胡適雜憶』, 156면.
41 　余英時, 『中國近代思想史上的胡適』, 6면.

근대 중국 학술 사상사에서 후스와 위상이 비슷하고 학풍이 비슷한 사람은 아마 량치차오밖에 없을 것이다. 하지만 량치차오는 자신의 학문에 대해 냉철한 판단을 내렸다. 그는 「쌍도원에서 독서하다雙濤園讀書」에서 이렇게 말했다.

> 내 인생은 크게 불행했네, 약관에 얻게 된 명성으로.
> 여러 학문을 기웃거리다가, 지금껏 이룬 것 하나 없구나.[42]

시인이 시를 지을 때에는 늘 '부풀리는' 경우가 많다. 그러나 량치차오의 자기 성찰은 진정성이 있고 깊이가 있다. 10여 년 뒤에 량치차오는 「『묵자학안』 서문墨子學案序」에서 그와 비슷한 이야기를 했다.

> 나 량치차오는 천성적으로 배우기를 좋아하기는 했지만 좋아하는 것이 많아서 하나에 집중하지 못했다. 공부를 할 때마다 그 언저리를 기웃거렸을 뿐 그 안으로 깊이 들어가지 못했다. 그러니 어찌 저술에 대해 이야기할 수 있겠는가?[43]

학문 연구에서 박학과 전문성은 겸비하기가 어렵다. 후스가 젊은 시절에 개탄했듯이 깊게 파고들려고 하면 범위가 좁아지고, 두루 보려고 하면 깊이가 없어지는 것이다. 두루 보면서도 깊게 파고들기는 어렵지만 수시로 자신의 연구 스타일이 가지고 있는 결함을 경계하고 가능한 한 보완하려고 노력하는 것은 그래도 어렵지 않다. 후스는 만년에 이런 자기성찰

---

42 梁啓超, 『飮氷室合集・文集』 16, 上海 : 中華書局, 1936.
43 梁啓超, 『梁任公近著第一輯』 下, 上海 : 商務印書館, 1923.

이 부족했고 오히려 '후스 비판'을 통해 자기 학문이 드넓고 중국 현대 문학 사상사에서 자신이 중요하다는 것을 인증받게 되었다는 점에 도취되었다. 이것은 무척 아쉬운 일이다.

후스도 가끔 반성을 했다. 그렇지만 그것은 자기가 목표로 했던 저술계획『중국철학사』와 『백화문학사』 등을 완성하는 것 등을 이루지 못했다고 한탄한 것이지 진지하게 자신의 연구 방법을 성찰한 것이 아니었다. 다시 말하면 후스에게는 어떻게 시간을 잘 활용해서 연구에 정진하고 더 높은 학술 성취를 이룰 것인가가 문제였지, 학술 연구의 방법론을 조정하고 수정하는 것에 관한 고민을 하지는 않았던 것이다. 후스는 자신이 너무 일찍 연구 방향을 바꾸었기 때문에 이수한 과학 강좌가 너무 적어서 현대의 물리와 생물, 화학을 이해하지 못하겠다고 한탄했다.[44] 이것은 허풍일 뿐 진지한 자기성찰이라고 할 수 없었다. 후배 학자들이 후스를 가혹하게 비판한 것은 후스가 인생 후반기에 학술적인 진보가 크지 않았음에도 자신에 대한 평가가 지나치게 후했기 때문이었다. 1916년 6월에 당시 청년이었던 후스는 일기에서 선배 학자 마쥔우馬君武, 마군무에 대해 강렬한 불만을 쏟아냈다.

그의 전문적인 학술 연구의 깊이는 내가 가늠할 수 있는 것이 아니다. 그렇지만 그의 사상과 안목은 10년 동안 별로 발전하지 않은 것 같다. 그는 유럽의 사상과 문학에 대해서도 별로 체득한 것이 없는 것 같다. 선생은 나라의 큰 기대를 한 몸에 받고 있기 때문에 크게 성취할 수 있었는데도 20년간 축적한 것이 이것밖에 되지 않았다. 나는 선생을 위해서도 안타깝지만 사회와 국가를 위

---

44   胡適, 『胡適之先生年譜長編初稿』, 934면.

해서도 안타깝다.[45]

반세기가 지나자 이제 후스의 학생뻘 되는 사람들이 "선생을 위해서 안타까울" 차례였다. 다만 1940, 1950년대 중국은 학술 논쟁과 정치비판이 뒤엉켜 있었기 때문에 후스는 이 특수한 환경을 핑계로 거의 모든 비판을 받아들이지 않았다. 그래서 후스의 사상은 일관성을 유지했고 시대의 조류에 따라 곡학아세하지 않을 수 있었다. 그러나 동시에 자기 안에 갇혀 있어서 학술에서 큰 진전도 불가능했다. 얻은 것이 무엇이고 잃은 것이 무엇인지는 아마 딱 잘라 말하기 어려울 것이다.

3. '박학한 사람'과 '국민의 스승'

후스의 학술은 박학을 추구했기 때문에 깊이가 없다는 문제가 있었다. 이것은 개인적인 기질 문제이기도 했지만 중국의 학술 전통과 5·4 시기 특유의 사상 문화 분위기에서 기인했다. 중국 학계에서는 '박학가'를 높였는데, '박학가'가 "옛날과 지금을 두루 잘 알기" 때문이기도 했지만, 그들의 탁월한 식견으로 세상에 쓰일 수 있다는 점이 더 컸다. 한대 사람 왕충은 "학문 하나만 파고들 뿐 널리 보려고 하지 않는" 유생을 "온고지신溫故知新하는 현명함은 없고 잘 모르면서도 찾아보려고 하지 않는 어리석음만 있다"라고 비웃었고, "가슴 속에 제자백가의 말을 담고 있는" '박학가'에 대해서도 부정적이었다. 『論衡』 「別通篇」 "두루 아는 것을 중시하는 이유

---

45   胡適, 『胡適留學日記』, 934면.

는 세상에 쓰일 수 있기 때문"인데, "쓰일 수 있다"라는 점에서 "배우는 것을 좋아하고 열심히 노력하며 두루 보면서 기억력도 좋은" '박학가'는 "책과 표문^{表文}을 써서 고금을 논하는" '홍유^{鴻儒}'보다 못했기 때문이다. 『論衡』「超奇篇」 후세에는 더 이상 서생을 네 가지로 분류하지 않았고[46] '홍유'의 역할은 '박학가'에 통합되었다. 당대 사람 유지기^{劉知幾}는 "경전 하나에 빠져 있거나 역사서 하나에만 정밀한" 전문가인 명가^{名家}도 비판했지만 수많은 책을 읽었어도 자기 견해가 없는 사람들도 부정적으로 보았다.

천년의 학문을 꿰뚫고 다섯 수레의 책을 읽었어도 어질고 정직한 자를 보고 착한 사람이라고 생각하지 않고 거슬린다고 배척하는 것을 보고서도 그것이 잘못인 줄을 알지 못한다면 갈홍^{葛洪}이 말한 '책을 보관하는 상자'이자 '오경^{五經}을 보관하는 자'와도 같다. 공자께서 "많다고 한들 어디에 쓰겠는가?"라고 하신 것이 바로 이들을 가리킨 것이다.[47]

책을 읽을 때는 혜안과 식견이 있어야 한다. 또 고금을 논함으로써 세도^{世道}와 인심에 영향을 미치거나 사상과 문화를 혁신해야 한다. 이는 현실 정치에 직접 뛰어들어 싸우자고 주장하는 경세치용의 학문과는 여전히 큰 차이가 있다. 유지기의 주장은 '도문학^{道問學}'을 기반으로 하고 있으며, 학자는 세상에 관심을 가져야 한다고 강조했을 뿐 정치를 위해 학문

---

46   [역자 주] 왕충은 인재를 鴻儒, 文人, 通人, 儒生 네 가지로 분류했다. 그의 최고 이상은 독립적인 사고능력과 창조적인 재능을 가진 홍유를 배양하는 것이었고 그 다음은 표장과 공문을 쓰는데 능하여 지식을 사회 실천에 응용할 수 있는 문인을 배양하는 것이었다. 통인, 즉 박학가는 글을 잘 쓰지는 못하지만 고금을 잘 아는 박식한 사람, 유생은 인재의 가장 낮은 단계로 한 가지 분야의 지식만 장악한 사람을 말한다.

47   劉知幾, 『史通』 「雜說 下」.

을 해야 한다거나 치국평천하를 궁극적 목적으로 내세우지 않았다. 물론 학계의 '박학가'들 중에도 '왕의 스승이 되려는' 생각을 가진 사람이 없지 않았기 때문에 그 경계를 구분짓기가 매우 어렵다. 하지만 학식 있는 정치가와 정치에 참여하려는 학자는 구분할 수 있다. 지금 사람들은 학자 중에서 '박학가'를 언급할 때 "두루 알면서 동시에 시대의 요구에 부합해야 한다"[48]고 강조한다. 또 "학술에 정치성을 담아" "학술과 정치를 통합해야 한다"[49]고 주장하는 사람도 있다. 이는 모두 박학가에게 박학과 정밀 이외에 또 다른 무엇인가를 요구한 것이다.

후스는 학문 연구에서 "'진리를 위해 진리를 구한다'는' 태도"를 가져야 한다고 주장했다. 또 "협의의 공리주의적 관념"으로 학문 연구를 하는 것에 결사코 반대했다.[50] 후스의 이런 학문적 태도는 미국 유학 시절에 엄격한 학술 훈련을 받아서 만들어진 것이다. 하지만 그가 중국의 유구한 학술 전통을 마주하게 될 때나 그가 중국에서 할 수 있는 역할을 생각할 때는 어쩔 수 없이 '순수 학문'을 추구하는 태도를 바꿀 수밖에 없었다. 후스 내면의 이 모순은 미국 유학 시절에 이미 발현되었으나 그때는 캠퍼스 안에 있었기 때문에 전문가적인 측면이 더 강했다. 그러나 귀국하게 되자 상황은 급격히 바뀌어 박학가의 학문을 더 지향하게 되었다. 1915년에 후스는 자신의 학문이 박학을 추구하여 정밀하지 못한 것에 대해 이렇게 해명했다.

귀국해서 나라 상황을 보니 지금 조국은 모든 일에서 인재가 필요했다. 나는

---

48 錢穆,「『現代中國學術論衡』序」.

49 吳敬恒,「通人與學人」,『國風』12, 1943.

50 胡適,「論國故學－答毛子水」,『胡適文存』1集 卷2, 上海 : 亞東圖書館, 1921.

이것은 어떻게 학문을 더 깊이 연구할 것인가 아니라 어떻게 더 쓸모 있는 사람이 될 것인가를 고민한 것이기 때문에 "진리를 위해 진리를 구하는" 학문 태도와 맞지 않다. 후스는 이런 '망상'에 대해 스스로 비판하는 글을 일기에 썼지만, 이후 그가 실천한 것이 보여주듯 젊은 시절 후스가 했던 이런 생각은 이미 흔들리지 않을 만큼 깊게 뿌리를 내렸기 때문에 한두 번 반성한다고 해서 완전히 없앨 수 없었다. '국민의 스승'이 되기 위해 후스는 "두루 공부하고 널리 섭렵"해야 했고 쓸모 있는 학문을 해야 했다. 그러다 보니 자연히 '박학가의 학문'으로 기울게 되어 그가 본래 추구했던 "전문적인 철학 연구"나 "학술을 위해 학술을 하려던" 구상과는 상당히 거리가 있게 되었다.

20세기 중국에서 학술이 쓸모가 있느냐 없느냐 하는 논쟁은 매우 난감한 문제였다. 왕궈웨이는 이렇게 말했다.

> 구학문과 신학문, 중국 학문과 서구 학문의 논쟁에 대해 두루 잘 아는 박학가들은 이 논쟁이 적절하지 않다는 것을 알고 있다. 그런데 학문이 쓸모가 있느냐 없느냐 하는 논쟁은 앞의 두 논쟁보다 더 치열하다.

왕궈웨이는 '쓸모가 있는 학문'과 '쓸모가 없는 학문'의 논쟁 자체를 부정했고 매우 강한 어조로 이렇게 말했다.

51 　胡適, 『胡適留學日記』, 653면.

이런 명제를 만들어낸 자들은 모두 배움이 없는 자들이며, 배웠다고 해도 학문을 모르는 자들이다.[52]

하지만 왕궈웨이처럼 이렇게 분명하게 "학술을 위해 학술을 하자"고 주장하고 그것을 자신의 일생에서 관철시킨 학자는 같은 연배나 후배 중에서는 거의 없었다. 더 많은 학자들은 "쓸모 있는 학문"과 "쓸모 없는 학문" 사이에서 배회하면서 상황에 따라 마음을 바꿔 "학술을 위해 학술을 하자"는 입장에서 "학술에 정치를 담자"는 입장으로 넘어갔다. (반대인 경우도 있었다) 량치차오와 후스도 마찬가지였다. 미국에서 유학할 때 후스는 "백거이白居易가 풍자가 없는 시 전체를 무시한 것은 편협하다는 병폐가 있다"라고 비판했고, 젊은 시절 자신이 "현실과 무관한 글은 쓰지 않겠다"고 선언한 것에 대해 참회했다.[53] 하지만 국내로 돌아와 갖가지 어두운 현실을 목도하자 또 참지 못하고 사회현실과 관련된 문장을 쏟아냈다. (먼저 사상문화의 혁신에 대해 글을 썼고 그 다음에는 "20년 동안 정치에 대해 발언하지 않고, 20년 동안 정치에 간여하지 않겠다"라고 했던 다짐을 깨고 정치를 논하고 정치에 참여했다) 이때 그는 백거이와 원진元稹의 문학 주장을 새롭게 보게 되었고 이것을 "문학을 위한 문학이 아닌, 인생을 위한 문학을 창작해야 한다"고 요약했다. 또 그들의 이런 자발적인 문학 혁신이 "중국 문학사에서 매우 빛나고 찬란한 시대"를 열었다고 평가했다.[54] 이것은 몇몇 작가에 대한 평가가 달라진 것만이 아니라 문학 예술 전체의 역할을 다시 이해했다는 뜻이었다. 이와는 반대로 "진리를 위해 진리를 추구하는" 학문 태

52 王國維, 「國學叢刊序」, 『王國維遺書』 4, 上海 : 上海古籍書店, 1983.
53 胡適, 『胡適留學日記』, 737면.
54 胡適, 「元稹·白居易的文學主張」, 『新月』 第1卷 第2期, 1928.

도에 대해 후스는 단 한 번도 공개적으로 부정한 적은 없었지만 자신의 학문 연구에서는 점차 학술의 "쓸모"를 부각시키기 시작했다.

후스가 우젠슝에게 '박학한 사람'이 되라고 했을 때 제시한 모범이 딩원장丁文江, 정문강과 윙원하오翁文灝, 옹문호였다. 이 두 사람은 당시 후스가 창간한 『독립평론』의 주요 필진이었다. 『노력주보』를 창간한 뒤부터 후스는 학술 연구를 잘하면서도 동시에 정치로 생계를 유지하지 않는 학자들이 '국민의 지도자'로 나와서 국내 정치를 정상 궤도에 올려놓기를 바랐다. 후스는 나중에 자신과 딩원장 등의 사람들이 노력사努力社를 세울 때 정한 "하나는 지조가 있어야 한다는 것, 다른 하나는 자신의 직업에서 이룬 것이 있어야 한다는 것"이라는 두 가지 기준을 제시했다."[55] 첫 번째 기준은 평범하지만 두 번째 기준은 흥미롭다. 일류 전문가라고 해서 일류 정론가인 것은 아니며, 학자는 자기의 전문 지식에 근거해 정치를 논하지 않는다. (딩원장의 전공은 지질학이었다) "자신의 직업에서 이룬 것이 있어야 한다"를 강조한 것은 발언에 권위를 부여한다는 측면도 있겠지만, 자신들의 본업이 학자임을 보여주는 측면이 더 컸다. 널리 알면서도 반드시 깊이 있게 파고들어야 했다. 아마도 그들에게 본업에서 일류 전문가가 된다는 것은 하나를 깊이 파고 든다는 정도의 의미였고, 밖으로 나가 정치에 참여하여 국민의 스승이 되어야 "널리 안다"고 할 수 있었을 것이다.

이것은 중국의 사인들이 천하를 자신의 책임으로 보는 유구한 전통에 따른 것이기도 했지만, 1920·1930년대 중국에서는 유학생들을 중시했기 때문에 이들은 "내가 나서지 않으면 세상 사람들을 어찌할 것인가?"

---

55   胡適, 「丁在君這个人」, 『獨立評論』 第188號, 1936.

라는[56] 사명감이 있었다. 후스가 세상에 뛰어들어 정치를 이야기하겠다고 선포한 이유는 "중국의 여론계가 여전히 크게 실망스러웠기 때문"이었다.[57] 한편으로는 국내에 인재가 거의 없었고 다른 한편으로는 학자들이 스스로를 고평가했기 때문에 이 두 가지가 잘 맞아 떨어져서 후스 같은 사람들은 서재만 지키는 것에 만족할 수가 없게 되었다. 뛰어난 학술 논문 몇 편을 쓰는 것과 사회 발전을 선도하는 것을 비교한 뒤 "박학가와 달인들"은 사회 발전을 선도하는 길을 택했다. 1937년 4월 『독립평론』이 복간되어 많은 친구들이 축하 편지를 보냈다. 후스는 이 중에서 복당復堂의 편지를 뽑아서 『독립평론』에 실으면서 진심 어린 감사 인사를 전했다. 그 편지가 자신의 생각과 같았기 때문이다.

북평北平의 분위기에서 학자들은 자연히 한학을 공부하게 됩니다. 예전에는 자기가 후스를 아낀다고 생각하는 수많은 사람들이 후스가 어째서 한학에 몰두하지 않느냐고 한탄했습니다. 재작년에 취추바이瞿秋白, 구추백가 임종할 때 신문 기자들과 한 인터뷰도 이런 어조였습니다. 그러나 이것은 잘못입니다. 한 명의 지도자를 배출하기 위해 사회 전체에서 얼마나 많은 공을 들이는지 모릅니다. 그가 할 일이 어찌 '예문지' 류의 글에 몇 줄의 기록을 덧붙이는 것뿐이란 말입니까? 더구나 우리의 민족과 국가는 지금 어떤 상황입니까?[58]

---

56 [역자 주] 원문은 "謝安이 나서지 않으면 세상 사람들을 어찌하겠는가?(安石不肯出, 将如苍生何!)"로, 『世說新語』 「排調篇」에 나오는 말이다. 사안은 자가 安石으로, 東晉의 뛰어난 정치가이다. 초기에 그가 은거하면서 벼슬에 나아가지 않자 주변 사람들이 이렇게 말했다고 한다.

57 胡適, 「我的岐路」, 『胡適文存』 2集 卷3, 上海 : 亞東圖書館, 1924.

58 復堂의 편지와 후스의 답신은 1937년에 간행된 『獨立評論』 제231기에 실려 있다.

이 말은 매우 침통하다. 나라가 위기인 상황에서는 학자에게 문을 걸어 닫고 책만 읽을 권리가 없다. 하지만 이 말에는 숨겨진 다른 뜻이 더 있다. 그것이 바로 "전문가는 얻기 쉬워도 박학가는 얻기 어렵다"라는 것이다. 여기서 말한 "한학에 몰두하다"는 고거와 훈고만을 가리키는 것이 아니라 '전문가의 학문'을 가리킨다. 실제로 『독립평론』의 주요 필진 중에서 고거학에 흥미를 가진 사람은 후스밖에 없었다. '전문가의 학문'은 단기간에 민족을 기사회생하게 할 수 없다. 그렇다면 '박학가의 학문'에는 이런 대단한 기능이 있다는 것일까? 후스는 열정에 넘치는 '독자의 편지'에 일순간 판단력을 상실하고 자신들이 나서서 정치에 참여하면 정말로 역사의 발전방향을 바꿀 수 있다고 생각했던 것 같다. 1948년 말에 국민당 정권의 실패는 이미 돌이킬 수 없이 자명해졌다. 후스는 남경에서 미국 대사 스튜어트를 만났을 때 눈물을 흘리면서 이 전쟁의 실패에 대해 책임을 지려고 했다.

그는 중일전쟁이 승리한 뒤에 자신이 다시 이기적으로 변해서 본인이 흥미를 가지는 학술활동에 몰두하느라 본인의 재능을 이쪽(사상투쟁을 지도하는 데―저자 주)에 쏟지 않은 것을 통렬하게 반성했다.[59]

후스가 이 말을 할 때는 아마도 진심이었을 것이다. 바로 그랬기 때문에 후스가 '박학가 학문'의 효과를 과대평가했다는 것을 잘 볼 수 있다. 문제는 후스 본인에게 정말 대세를 돌려놓을 만한 능력이 있었는가가 아

---

59 이는 스튜어트가 미국 國務卿에게 올린 보고서 내용으로, J. B. Griede가 쓴 저서의 중국어 번역본 『胡適與中國的文藝復興』(南京 : 江蘇人民出版社, 1989, 327면)에서 인용한 것이다.

니라, 중국의 사인들이 가지고 있었던 "왕의 스승이 되겠다"는 전통적인 사고 방식이 현대 사회에서 여전히 유효한가 하는 것이었다. 겉으로 볼 때는 1930년대 이후 후스와 장제스^{蔣介石, 장개석}는 사적으로 매우 우호적인 관계를 유지하고 있는 것 같았다. 후스는 여러 번 국가 정책을 제안했고 — 자신이 쓴『회남왕서^{淮南王書}』를 선물한 것 등을 포함해서 — 장제스도 매우 정중하게 예우했다. 하지만 후스는 이 그럴싸한 정치 게임에서 가장 중요한 것은 양측의 '자세'였다는 것을 알아야 했다. 국가 정책은 자연히 '권력자의 의지'와 '집단의 이익'에 따라 결정되는 것이지 후스 같은 대학자가 참견할 사안이 아니었다. 나는 후스의 정치 행위에 대해 평가할 생각은 없다. 다만 후스가 '박학가의 학문'을 정치적 논의와 정치 참여로 확장시켰기 때문에 "자신이 흥미를 가지는 학술 활동"에 소홀할 수밖에 없었고 결국 그의 학술 업적에 결정적인 영향을 미쳤다는 것을 지적하고 싶을 뿐이다. 계몽사상가의 입장에서 보면 후스의 이 행동은 '득'이었지만 학자라는 측면에서 볼 때 이 행동은 '실'이었다. 그리고 보면 학자들이 20세기 중국 학술사의 '박학가'를 이야기할 때 왕궈웨이, 천인췌 등을 논할지언정 의도적으로 '박학가의 학문'을 추구한 후스를 거의 언급하지 않는 것도 이상하지 않다. 물론 이는 '박학가'에 대한 상반된 견해에서 비롯된 것이다. 하나가 학술의 발전을 중시했다면, 다른 하나는 사상의 건설을 중시했다. 근대 중국의 사상사에서의 위상을 논한다면 왕궈웨이와 천인췌는 후스보다 훨씬 못하지만 논저의 학술적 가치로 말한다면 후스는 뒤로 물러설 수밖에 없다.⁶⁰

---

60 위잉스는 "이런 계몽가적 성격의 인물을 우리는 중국의 전통적인 '經師'라는 기준으로 가늠해서도, 서양의 근대 전문적인 철학가의 기준으로 평가해서도 안 된다"고 했다.(『中國近代思想史上的胡適』, 62~63면) 唐德剛도 "우리가 후스를 단순히 학자로 본

4. '길을 여는 도끼'에서 '자수바늘'로

후스가 학술적인 면에서 후세 사람들에게 가장 비판을 많이 받은 점은 그의 학술이 시작만 있고 끝을 보지 못해서 깊이 들어가지 못했다는 것이다. 가장 단적인 예가 절반밖에 쓰지 못한 『중국철학사대강』과 『백화문학사』인데, 결국은 죽을 때까지도 미완으로 남았다. 이 일로 후스는 매우 난감해졌다. 그는 여러 번 계획을 이야기했지만 결국은 다 실언으로 끝난 셈이라 학자로서의 '맑은 명성'에 큰 흠집을 낸 것이다. 『중국철학사대강』 상권은 1919년에 간행되었고 『백화문학사』 상권은 1928년에 간행되었는데 이후 30~40년에 달하는 학술 인생에서 후스는 여러 차례 노력했지만 결국 뜻을 이루지 못했다. 그리고 보면 학계 인사들이 후스의 학술적 잠재력을 의심하는 것도 당연하다. 후스는 이 두 종의 저작을 완성한다는 것의 상징적 의미를 잘 알고 있었기 때문에 61세가 되는 해에 작성한 「생일결의안」에서 모든 장기적인 직무를 반납한 뒤 이 두 종의 저작을 완성하는 데 전념하겠다고 했다.[61] 그전에도 이후에도 후스는 여러 차례 이 '학술적으로 갚아야 할 빚'을 언급했고 세상을 뜨기 전에 「『회남왕서』 수고 영인본 서문淮南王書手稿影印本序」미완성고을 쓰면서도 이 일을 마음에 두고 있었다. 개척의 의의가 있는 이 두 종의 저술을 완성하지 못한 것은 후스의 학문 생애에서 가장 큰 유감이었다고 할 수 있다.

"전반적으로 파악한다는 의의는 크다"고 해도 "옛날과 지금의 변화를 다 쓰는 것鄭樵「通志總序」"이 반드시 통사 저술일 필요는 없다. 후스가 통사

다면 그에게서 배울 것은 하나도 없을 것이다", "하지만 우리가 신문화운동을 개척한 宗師로 본다면 그는 닿을 수 없는 높은 위치에 있다"라고 했다. (『胡適雜憶』, 79면)

61 胡適, 『胡適之先生年譜長篇初稿』, 2195면.

저술에 심취하면서 특정한 주제 연구와 자료집 편집으로 시작하려고 했던 것도 이렇게 하지 않으면 '박학가의 학문'이라는 연구 방향을 드러낼 수 없다고 생각해서였을 것이다. 1950년에 자전을 구술할 때 후스는 자신이 비판적으로 국고를 정리하는 작업에서 두 가지 큰 목표가 있었는데 하나는 중국문학사이고 다른 하나는 중국철학사였다고 했다.[62] 그는 이 두 가지 영역에서 많은 연구 성과를 쌓았지만 옛날과 지금을 아우름으로써 일가를 이루는 성과를 거두지는 못했다. 후스는 항상 "철학은 나의 직업이고 문학은 나의 오락이다"라고 말했기 때문에[63] 문학사를 완성하지 못한 것은 이해할 수 있지만 철학사 속집을 계속 써내지 못했다는 것은 말이 되지 않는다. 도대체 무슨 원인 때문에 완정한 『중국철학사』후스는 '중국사상사'라고 부르는 것을 더 좋아했다를 그렇게 쓰고 싶어 했으면서도 중도에 포기할 수밖에 없었을까? 이것은 중국 현대 학술사에서 크다고 할 수는 없겠지만 그렇다고 작다고 할 수도 없는 '수수께끼'라고 해야 할지도 모르겠다.

후스를 높이는 사람들은 그의 학술 연구가 엄밀해서 만년에는 쉽게 글을 쓰려고 하지 않았기 때문이라고 한다. 후스를 비판하는 사람들은 그가 재주가 고갈되어서 침묵할 수밖에 없었다고 한다. 어쩌면 문제는 조금 더 복잡할지도 모른다. 논자들은 감정적으로 판단해서는 안 된다. 가장 단순한 변명은 정치를 의논하고 정치에 참여하느라 바빠서 연구할 시간이 없었다는 것이다. 이렇게 말하면 나라와 백성을 걱정하는 듯도 하고 그의 학술적 잠재력이 의심받는 것도 피할 수 있다. 1920년대에 후스

62 　胡適, 『胡適的自傳』, 262면.

63 　胡適, 「我的岐路」. 그 외에 후스는 만년에 "철학은 나의 직업이라고 할 수 있고 문학과 역사는 모두 나의 흥밋거리였다"라고 했다. 하지만 그는 자신이 중앙연구원 연구원으로 있을 때 역사 분야에 있었지 철학 분야에서 뽑아준 것이 아니었다는 점도 인정했다. (胡適, 『胡適之先生年譜長編初稿』, 2773면)

는 "시간이 없어서"라는 평계를 대는 "오늘날 중국 학자의 보편적인 문제점"을 비판한 적이 있기 때문에[64] 이런 변명으로 자신을 변호하기가 쑥스러웠는지도 모른다. 가끔 사교활동이 너무 많다고 불평하기는 했지만 실제로 1940·1950년대에 후스는 『수경주』 연구에 몰두할 시간이 얼마든지 있었던 반면 반쪽짜리 『중국철학사』에 대해서는 손을 대지도 않았다. 약간의 선종禪宗 사료 고증을 하고 큰 범위의 사상사적 성격을 띤 강연을 했을 뿐, 후스는 중일전쟁 시기에 들어선 뒤에는 중국 철학사 연구는 거의 하지 않았다. 다만 옛 책을 다시 간행하거나 기자들이 물어볼 때면 후스는 자신이 여전히 노력하고 있다고 슬쩍 언급하는 것을 잊지 않았다. 사망 전까지도 채 완성하지 못한 「『회남왕서』 수고 영인본 서문」에서 후스는 자신의 원래 연구 계획에 대해 이렇게 말했다.

나는 민국 18년1929부터 19년1930까지 혼자서 몇십 편에 달하는 '중고사상사 中古思想史' 안의 특정한 주제에 대해 연구하려고 했다. 이것은 너무 대담하고 야심에 찬 계획이었기 때문에 당연히 성공하기가 어려웠다.[65]

어쨌든 6, 7년 사이에 후스는 총 7장으로 14만 자에 달하는 『중국중고사상사장편』을 완성했다. 또 「유학에 대해 말함」, 「하택대사 신회전」, 「능가종고楞伽宗考」, 「안리학파 정정조」 등 분량이 긴 학술논문을 썼다. 이런 식으로 한다면 『중국철학사』를 쓰는 것도 불가능하지 않았다.

내 판단으로는 후스가 『중국철학사』를 완성하지 못한 이유는 연구할 시간이 부족하거나 연구 범위 자체가 너무 방대해서가 아니라 후스 자신

---

64   胡適, 『胡適先生日記』, 440면.
65   이 글은 1962년 9월 臺北商務印書館에서 출판한 『淮南王書』에 실려 있다.

이 약간 겁을 냈기 때문인 것 같다. 1930년대의 중국 철학사 연구는 이미 5·4 시기와 완전히 달라져 있었다. 특정한 주제 연구 저작을 빼고 종합적인 성격의 저술만 해도 장웨이차오蔣維喬, 장유교의 『중국철학강요中國哲學綱要』, 리스천李石岑, 이석잠의 『중국철학십강中國哲學十講』, 판서우캉范壽康, 범수강의 『중국철학사통론中國哲學史通論』 등이 나와 있었다. 후스에게 가장 부담이 되었던 것은 펑여우란의 『중국철학사中國哲學史』 상권과 하권이었다. 천인췌와 진웨린은 각각 펑여우란을 위해 「심사보고審査報告」를 쓰면서 약속이나 한 듯이 이 책을 후스의 『중국철학사대강』과 비교했는데, 후스를 폄하하고 펑여우란을 높이는 경향이 뚜렷했다. 후스가 이런 분위기에서 전혀 느낀 것이 없었을 리 없다. 하지만 노자老子가 도덕경을 쓴 연대에 대해 펑여우란 등과 논쟁한 것 말고는 별달리 의견을 표명한 것은 없었다. 만약 펑여우란의 저서가 이미 자신의 『중국철학사대강』을 대체했다는 것을 의식했더라면 학계의 영수로서 후스는 어떤 느낌이었을까? 학술 연구는 본래 후발주자가 우위를 차지하기 마련이며 그렇다고 해도 어느 누구도 개척자로서 후스가 세운 공을 부정하지 않을 것이다. 하지만 추월당한 입장에서 후스는 다시 여러 논의들을 주도하고 싶지 않았을까? 1958년에 후스는 이미 68세의 고령이었다. 타이베이에서 『중국고대철학사中國古代哲學史』를 출판하면서 「저자의 말自記」을 쓸 때 후스는 예전과 마찬가지로 이 저작이 "당시에는 새로운 길을 개척하였다는 의의가 있었다"라는 것을 강조했고 다시 "앞으로 내가 『중고사상사中古思想史』와 『근세사상사近世思想史』를 다 쓰게 되면 중년 이후의 견해에 따라 『중국고대사상사中國古代思想史』를 다시 쓸 수 있을 것이다"라고 했다.[66] 이런 소망은 결

---

66   胡適, 『中國古代哲學思想史』, 臺北 : 商務印書館, 1958.

국 실현되지 못했지만 이 발언으로 후스의 학술 포부를 확인할 수 있다.

　이런 학술 포부와 1920년대 이후 중국 학술계의 영수로 있었다는 점이 오히려 후스가 『중국철학사대강』을 완성하지 못한 주된 심리적 요인으로 작용했다. 예전에 『중국철학사대강』 상권을 쓸 때는 한창 젊은 시절의 패기가 있었고 또 "처음으로 시도하는 시대였기" 때문에 「서론導言」 부분에서 철학사의 저술 방법과 목적에 대해 종횡무진으로 이야기했고 또 "이상적인 『중국철학사』"를 높이 내걸었다. 설령 이런 목표에 도달하지 못했다고 하더라도 이 책은 천지개벽 수준의 높은 공이 있었다. "전범을 세우고 새로운 기풍을 여는 작품이고 동시에 또 '시범'으로서의 역할도 했기 때문에"[67] 구체적인 결론이 정확한가 여부는 그렇게 중요하지 않았다. 후스 자신도 자신감으로 충만해 있었다. 하지만 그때 완성하지 못한 채 10년 뒤, 20년 뒤에 다시 속편을 쓰려고 했을 때는 학계의 기풍이 이미 만들어진 뒤였고 후발주자들이 이미 그를 따라잡거나 추월한 상태였기 때문에 후스는 어떻게 써야 할지 몰랐을 것이다. 만약 "새로운 기풍을 연다"는 측면에서 본다면 '상권'만 있는 상태와 '중권'과 '하권'으로 완성하는 것 사이에 차이가 없었다. 만약 새로운 길을 개척하여 당시 학자들을 추월하고 또 자기 자신도 넘어서려고 한다면 그것은 쉬운 일이 아니었다. 후스가 나중에 『중국철학사대강』을 수정하려고 하지 않고 새롭게 중국사상사를 쓰려고 한 것은 두 번째 길을 걷겠다는 의도였을 것이다. 1919년에 후스는 북경대학에서 '중고철학사' 수업을 개설하고 총 7장에 달하는 강의 원고를 작성했다. 10년 뒤에는 『중고사상사장편』을 편찬했는데 연구 시각과 구상이 모두 달라진 상태였다. 이렇게 바뀌면서

---

[67]　余英時, 「『中國哲學史大綱』與史學革命」, 『中國近代思想史上的胡適』 부록 참조.

『중국철학사대강』을 완성할 가망이 더 요원해졌다. 후스는 학술적 안목과 포부가 있었기 때문에 자기 자신을 넘어서야 한다는 것을 알고 있었지만 생각대로 되지 않았다. 억지로 손을 대서 대가들에게 비웃음을 당하느니 차라리 깊이 감추고 드러내지 않은 채 사람들에게 매우 수준 높다는 인상을 주는 편이 나았을 것이다. 명성이 커진 뒤 학계에서의 명성과 이미지를 지나치게 신경 쓴 나머지 그는 젊은 시절처럼 그렇게 하룻강아지 범 무서운 줄 모르고 "자고로 성공은 시도하느냐 여부에 달려 있다"는 신념을 갖지 못했다.

후스는 만년에 "갑자기 큰 명성을 얻은 것이 평생의 짐이 되었다"라고 개탄했다.[68] 이 말은 여러 가지로 이해할 수 있겠지만 후스 자신은 외부의 압박이라는 점에 방점을 둔 것 같다. 나는 여기에 '본인의 이미지'라는 무거운 심적 부담감을 덧붙여야 한다고 생각한다. 1920년대 후스는 절강성의 어떤 교사의 독극물 사건에 대해 글을 써서 발표했다. 이 글에서 그는 큰 명성이 가져다주는 문제점에 대해 논의했다.

옛사람의 말에 "갑자기 큰 명성을 얻는 것은 좋지 않다"라고 했는데 이 말은 매우 일리가 있다. 명예는 사회에서 어떤 사람이나 어떤 기관에 기대하는 것을 의미한다. (…중략…) 기대가 클수록 더 실망하기 쉽고 실망이 클수록 책망도 더 심해진다. 그래서 큰 명성을 가진 사람이 주저앉으면 사람들은 보통 사람들보다 더 심하게, 더 많이 꾸짖는다. 그래서 옛사람들이 갑자기 큰 명성을 얻는 것은 좋지 않다고 한 것이다.[69]

---

68 후스가 胡光麃에게 보낸 편지. 胡適, 『胡適之先生年譜長編初稿』, 2824면 참조.
69 胡適, 「一師毒案感言」, 『胡適之先生年譜長編初稿』, 535면.

후스의 이 말은 아마도 자신의 체험에서 우러나왔을 것이다. 그때 서른을 갓 넘긴 후스는 이미 신문화운동의 영수였고 "이름이 천하에 알려져서 비방도 함께 따라온" 상태였다. 안타깝게도 후스는 "갑자기 큰 명성을 얻는 것"이 초래할 수 있는 또 다른 곤경에 대해서는 의식하지 못했다. 그것은 사회_{대중}에서 실망하지 않도록 자신의 주장을 굽히고 세속에 아부하거나 아니면 넘어지는 것이 두려워서 움츠리고 나아가지 못하는 것이다. 대중_{같은 부류의 전문가 포함}이 큰 명성을 가지고 있는 사람에게 갖는 기대는 야박할 정도로 까다롭다. 차라리 하지 말거나 아니면 이왕 한다면 비범한 기개를 보여주어야 박수갈채를 받을 수 있다고 믿게 된다. 후스는 나중에 "성실하고, 신중하고, 온화하고, 여유로워야 한다"라는 네 가지 원칙을 주장했고 부단히 자신의 글을 수정했으며 죽고 나서 상당히 많은 분량의 미발간 원고를 남겨 놓았다.[70] 이것은 대부분의 연구자들이 지적한 것처럼 학문 연구에 대한 후스의 진지함과 엄밀성을 보여준 것도 맞지만 그가 학문 연구를 할 때 느꼈던 거대한 심적 부담감을 보여주는 것 같기도 하다. 다른 사람은 아무렇게나 쓸 수 있지만 후스는 함부로 쓰면 안 되었다. 다른 사람들은 "옥을 꺼내기 위해 벽돌을 던지는 정도"에 만족해도 됐지만 후스는 반드시 "마지막 결론을 내리는 사람이어야 했다". 지나치게 높은 목표를 설정한 것도 정신적으로 부담이 되었다. 당연히 개척적인 학술 연구를 하는 데에도 불리했다. 1940년대 이후 후스가 더는 무모하게 중국사상사 연구 저술을 재개하지 않은 것은 어쩌면 이런 모순된 심리 때문이었는지도 모른다.

---

70 이런 학술적 글쓰기는 이후에 『胡適手稿』 10집(매 집은 線裝書 3권으로 구성되어 있다)으로 편찬되어 1966~1970년에 타이베이 '中央研究院' 후스기념관에서 영인본으로 출판되었다.

이것은 후스가 선택한 학문의 방향과도 관련된다. 후스는 평생 박학하면서도 정밀하기를 바랐기 때문에 시종일관 '전문가의 학문'과 '박학가의 학문' 사이에서 배회했다. 젊은 시절 후스가 "갑자기 큰 명성을 얻었"던 이유는 『중국철학사대강』 등 박학을 특징으로 한 저술 때문이었다. 당시는 "모든 기성관념을 타도하고 중국의 학술을 위해 해방을 도모하던" 시대였기에[71] 좀 거칠어도 상관없었다. 5·4운동이 끝난 뒤 학계는 정상적인 궤도에 올랐기 때문에 탄탄하고 엄밀하며 전문적이고 정밀한 저술이 더 인정을 받게 되었다. 항상 시대의 앞장에 섰던 후스 선생도 '길을 여는 도끼'를 내려놓고 '자수바늘'을 꺼내 들어 수많은 전문적인 학술 논문을 썼다. 1922년, 「장실재선생연보章實齋先生年譜」를 완성한 뒤 후스는 자신이 학술 방향을 바꾼 것에 우려를 표명했다.

이 책은 내가 흥미를 느껴서 쓴 것이다. 그런데 이 작업을 하면서 나는 자세한 연구를 하는 것이 쉽지 않다는 것을 느꼈다. 반년 정도 여유롭게 공부하면서 비로소 장학성이라는 사람을 진정으로 알게 된 것이다. 학술사 연구는 정말 쉽지 않다. 내가 모든 사람에게 이 정도의 정력을 쏟는다면 나의 『철학사』가 간행될 날은 오지 않을 것이다. 나는 지금 황무지를 개간하고 크게 도끼질을 해서 나중에 나올 능력 있는 사람들이 더 상세하게 연구할 수 있기를 바랄 뿐이다. 하지만 큰 도끼를 휘두르는 사람도 자수바늘을 다루는 능력이 있어야 한다. 내가 쓴 이 「연보」는 한순간의 취미로 만든 것이지만 이 작업은 나에게 자수바늘을 다룰 수 있는 훈련이 되었다.[72]

---

71 胡適, 『胡適的日記』, 438면.
72 위의 책, 273면.

불행하게도 이 예언은 적중해서 후스의 철학사는 정말 간행될 날이 오지 않았다. 하지만 이것은 후스가 한탄했던 것처럼 야심이 컸지만 시간이 부족해서가 아니었다. '자수바늘'과 '길을 여는 도끼'를 동시에 손에 들기가 어려워서였다. '길을 여는 도끼'를 휘두를 수 있는 사람은 '자수바늘'을 다루기가 어려울 가능성이 크다. 반대도 마찬가지이다. 이 두 가지 길은 상반된 학문의 길이며, 학자는 이 둘을 겸비하기도 어렵고 이 두 가지가 서로 제약이 되지 않기도 어렵다. 후스는 자신의 실험주의 철학과 한학이라는 기반을 가지고 순조롭게 '길을 여는 도끼'에서 '자수바늘'로의 전환을 이루어냈다. 하지만 '자수바늘'을 제대로 잡게 된 다음에 다시 예전의 개척의 의미가 있는 저작을 되돌아보았을 때 눈에 돌아오는 것은 그 오류와 허술함 뿐, 예전의 패기와 뛰어난 재능은 더는 보이지 않았다. 1940년대 이후 후스는 고거학에 빠져들었기 때문에 그의 학술 취미는 『중국철학사대강』에서 했던 것처럼 그렇게 "시대의 기풍을 열었지만" "오류가 많은" 저술을 하는 것을 허용하지 않았다.

후스는 평생 "근거 제시"를 주장했고 그것을 "역사학 연구의 정신일 뿐만 아니라 윤리, 도덕 나아가 종교가의 정신"이라고 했다.[73] 젊은 시절에 이 구호에 따라 시대를 뛰어넘는 높은 안목을 가지고 『중국철학사대강』을 썼고 노자와 공자에서 논의를 시작함으로써 세상을 놀라게 했다. 명성이 커진 뒤에는 이 구호의 틀에 갇혀 더 이상 감히 '길을 여는 도끼'를 휘두를 수 없었다. 성공도 그 구호 때문이었고 실패도 그 구호 때문이었다. 1936년에 그의 학생 뤄얼강羅爾綱, 나이강이 「청대 사대부의 이익 추구 유래淸代士大夫好利風氣的由來」를 썼을 때 후스는 "이런 부류의 글은 쓰면 안 된

---

73 胡適, 『胡適之先生年譜長編初稿』, 2378면.

다"라고 비판했다. 왜냐하면 "근거를 제시할 수 없기 때문"이었다. "새로운 역사학을 연구하는 사람들은 이렇게 자의적으로 개괄하고 논단해서는 안 될 것"이다.[74] "자의적으로 하는 것"은 바람직하지 않지만 "개괄하고 논단하는 것"은 불가피하다. "정확하고 오류가 없는 것"을 지나치게 추구하고 "개괄하고 논단하는 것을" 피하려고 한 결과 후스는 "큰 주제로 폭넓게 논의할" 용기를 갖지 못했고 "천지를 개벽하던" 일도 그저 아름다운 추억으로 남게 되었다. 만년에 동양과 서양 문화의 공통점과 차이점, 또 세계 문화의 발전 방향 등을 논한 것은 엄격한 의미에서의 학술논문이 아니므로 굳이 따질 필요가 없을 것이다.

이 문제는 후스가 말한 "대담하게 가설을 설정하고 신중하게 증명하는" 방법론 및 그가 청대 학술에서 어떤 것을 계승했고 어떤 것을 지양했는지와도 연관되지만, 이 문제는 다른 글에서 논할 수밖에 없을 것 같다.

---

74 胡適, 「給羅爾綱的信」, 『胡適之先生年譜長編初稿』, 1522면.

학자로서 후스가 가장 큰 업적을 세운 분야는 당연히 중국문학사와 자신이 '중국사상사'라고 부르곤 했던 중국철학사였다. 1950년대에 자전을 구술하면서 후스는 이 두 작업이 "(학술 연구에서) 40년간 무르익은 시기에 가장 관심 있었던 분야"라고 했다.[1] 완성되지 않은 상태로 일부만 출판된 『중국철학사대강』과 『백화문학사』는 후스에게 명성을 안겨준 업적이었지만 그의 가장 큰 고민거리이기도 했다. 1930년대에 정치 참여를 거절했던 이유는 "철학사와 문학사 모두 시작만 하고 끝을 보지 못한 채로 늙어 버려서 이제는 학술적으로 빚을 갚아야 하기" 때문이었다.[2] 1950년대에 「생일결의안」을 쓴 이후로 후스는 "모든 장기적인 직무를 거절하고 빚을 갚기로 결심했다." 가장 먼저 갚아야 할 빚이 "시작만 하고 끝을 보지 못한" 철학사와 문학사였다.[3] 이 두 종의 저작은 결국 상권만 있고 하권은 없는 상태로 끝나고 말았다. 그러나 몇십 년간 후스가 쓴 수많은 관련 논문을 보면 그가 어떤 방향으로 노력했는지 알 수 있다. 만약 『선진명학사 先秦名學史』, 『중국중고사상사강요 中國中古思想史綱要』, 「유학에 대해 말함」, 「근래 사람들이 『노자』의 연대를 고증한 방법에 대해 논함 評論近人考據『老子』年代的方法」, 「동원 대진의 철학 戴東原的哲學」, 「안리학과 정정조」 그리고 선종사에 관한 일부 논저까지 보면 후스가 중국철학사 연구에 상당한 정력을 기울였다는 것을 알 수 있다. 문학사의 저술도 마찬가지이다. 후스는 명청 소설 연구에서 뛰어난 성과를 거두었다. 이 성과는 『백화문학사』

1　胡適, 『胡適口述自傳』, 北京 : 華文出版社, 1992, 279면.
2　胡適, 「胡適致汪精衛」, 『胡適來往書信選』 中, 北京 : 中華書局, 1979, 208면.
3　胡頌平 編, 『胡適之先生年譜長編初稿』, 2195면.

를 수정하려는 후스의 염원이 이루어지지 못한 것을 상쇄할 수 있을 정도로 탁월했다.[4] 중요한 것은 후스의 이 두 책이 모두 새로운 길을 개척하고 새로운 방법을 도입했으며 새로운 관념을 제시했을 뿐만 아니라 앞으로 증명해야 할 새로운 문제들을 남겨 놓은, 곧 '전범典範'을 수립한 저작이었다는 점이다. 후스 이후 후발주자들은 이 두 책을 계승할 수도 있고 비판할 수도 있고 추월할 수도 있었지만 이 두 책의 존재 자체를 무시할 수는 없었다. "역사에 한 획을 그은" 이런 대작은[5] 하권이 없어도 상관없다. 이 두 책의 존재 의의는 티 없는 완벽함에 있는 것이 아니라 전범을 제시했다는 점이다. 후스도 이 점을 명확하게 알고 있었고 주로 '특별한 관점과 방법'으로 글을 썼다는 점에 초점을 두어 여러 차례 '개척한 공'을 강조했다.[6]

둘 다 '전범'을 확립한 저술이었지만 후스의 문학사 연구는 철학사 연구보다 영향력이 더 컸다. 미국에 유학했을 때 전공은 철학이었고 철학 연구로 박사학위를 취득하고 대학에 임용되었다고 해도 후스가 근대 중국 역사에서 화려한 조명을 받게 된 것은 문학혁명 덕분이었다. 『신청년』에서 문학혁명을 앞장서서 주장하지 않았더라면 철학 교수인 후스가 이렇게 명성을 얻지는 못했을 것이다. 후스의 문학사 연구는 역사를 변화시킨 이 '문학혁명'과 밀접하게 연결되어 있었다. 어떤 내용은 혁명을 위한 이론적 준비였고, 어떤 내용은 혁명의 연장선이었으며, 어떤 내용은 그

---

4   후스는 『白話文學史』(上海 : 新月書店, 1928)의 「自序」에 이 책의 「新綱目」을 수록했는데 宋詞, 元曲과 명청 소설이 포함되어 있었다.

5   余英時는 『中國近代思想史上的胡適』(臺北 : 聯經出版事業公司, 1984) 29면에서 "그는 중국사상사와 문학사(특히 소설사)에서 한 시대를 개척하는 역할을 했다"라고 말했고 「『中國哲學史大綱』與史學革命」과 「近代紅學的發展與紅學革命」에서는 후스가 쓴 철학사와 문학사의 전범적 의미를 구체적으로 분석했다.

6   胡適, 「整理國故與'打鬼'」, 「『中國古代哲學史』臺北版自記」와 『胡適口述自傳』 236면 참조.

자체가 혁명의 주요 구성 부분이었다. 1930년대 이후『중국철학사대강』은 전범으로서의 역할을 점차 상실했다. 천인췌와 진웨린 등은 펑여우란이 쓴『중국철학사』의 심사보고서에서 펑여우란을 후스 위에 두었다. 이제 학계의 분위기가 바뀐 것이다.[7] 이에 비해 후스의 문학사 연구는 학술적 생명력이 좀 더 길었다. 지금까지도 후스가 제기한 수많은 이론과 가설이 문학사가의 논의에 영향을 미치고 있다.

후스의 학술이 새로운 길을 개척할 수 있었던 주된 이유 중 하나는 '방법에 대한 자각'이었다. 후스의 학술적 기여를 논하면서 그가 평생 주장했던 '과학적인 방법'을 논의하지 않는 것은 상상할 수조차 없다. 연구 방법을 소개할 때 후스가 가장 많이 제시한 예가 소설 고증의 성과였다. '가설'을 제시하고 '증명'하는 맥락이 선명해서 설명하기 편했다는 이유도 있겠지만, 자신의 학술 연구에 대한 평가를 담고 있어서일 수도 있다. 학술적 위상으로 평가하면 후스의 최고 성과는『중국철학사대강』일 것이다. 그러나 후스의 학술적 사유와 방법론 연구라는 점에서 본다면『백화문학사』를 살펴보는 것이 더 적절하다.

---

7   천인췌와 진웨린의 심사보고에서 주로 비판한 것은 후스가 하나의 철학 주장에 근거해서 역사를 쓰고 있어서 옛 사람의 학설에 이해를 기반으로 한 동정이 부족하다는 점이었다. 이것은 후스를 비롯한 신문화인의 '국고 정리'에서 늘 존재하던 문제였기 때문에 이 두 사람이 탄식한 대상이 후스 한 사람이나 후스의 책 한 권만은 아니었다.

1. '대담한 가설'에서 '신중한 입증'으로

중국 현대 학술 사상사에서 '자기 사상을 소개하는 것'을 가장 좋아한 사람이 후스이다. 젊은 시절에 성공해서 사람들의 주목을 받은 데다가 사회지식의 전환기에 있어서 '선지자'이자 '선각자'이기도 했던 후스는 "나는 사상과 학문의 연구 방법을 가르치겠다"고 여러 차례 강조했다. 이 '과학적 방법'은 매우 간단했다. "사실을 존중하고 근거를 존중하면" 끝이었다. 또는 어쩌면 '대담한 가설과 신중한 입증'이라고 요약할 수도 있을 것이다.[8] 「청대 학자의 연구방법淸代學者的治學方法」을 저술한 1919년부터 대만대학에서 '학술 연구 방법治學方法'이라는 주제로 연속 강연을 했던 1952년까지 후스는 몇십 년 동안 자신의 비결을 전수했는데, 모두가 '가설과 입증'이라는 측면이었다. 일관된 주장의 좋은 점은 주장이 선명해서 지금도 '과학적 방법'을 언급할 때 모두 후스를 의식하게 된다는 것이다. 후스의 이 주장이 적절한가는 일단 논외로 하겠지만, 지식인에게 이런 첫인상을 심어주었다는 것만으로 성공적이었다고 볼 수 있다. 물론 너무나 도식화되었기 때문에 확산되기도 쉽고 수용되기도 유리했던 '과학적 방법'은 처음부터 많은 전문가들에게 지적을 받았다. 그래서 후스 학술의 성과와 문제점에 대한 논쟁이 반 세기 동안 그의 '과학적 방법'을 둘러싸고 전개되었던 것이다.

후스가 평생 동안 쓴 "학문과 사상의 방법을 중시한" 글들은 대략 1백만 자가 넘을 정도로 많다고 한다.[9] 이 수치는 후스 자신이 여러 번 말한

8   胡適,「介紹我自己的思想」,『胡適文選』, 上海 : 亞東圖書館, 1930; 胡適,「治學的方法與材料」,『新月』第1卷 第9號, 1928.11.

9   許冠三,『新史學九十年』上, 香港 : 香港中文大學出版社, 1986, 139면.

것으로, "밀반입과 탈세의 수법을 학술 연구 방법에 활용한"[10] 소설 고증도 그 안에 들어있다.[11] 1921년에 나온 『후스문존^{胡適文存}』 초판본에서 후스는 자신의 학술 관련 글들이 모두 "학문과 사상의 방법을 중시하는 것이 유일한 목적이었기 때문에" 모두 방법론에 대한 글로 읽을 수 있다고 강조했다.[12] 말년에 평생을 회고할 때도 후스는 여전히 독자들에게 자신의 저술과 주장에서 모두 '방법'이 핵심이므로, 40여 년간의 학술 인생에서 쓴 모든 저술이 '방법'에 따른 것임을 유의하라고 귀띔했다.[13] 하지만 후스가 전수한 비결은 때로는 사상과 원칙이었고 때로는 학문 연구의 방법이었으며 때로는 이 두 가지를 결합하려고 했다.

후스는 자신의 사상에 대해 자술할 때 늘 토마스 헉슬리^{Thomas Henry Huxley}와 존 듀이에게서 영향을 받았다고 강조했다.[14] 헉슬리의 불가지론^{不可知論}과 "증거를 가져오라"는 구호의 영향으로 중국 전통 사상과 문화에 대해 전면적으로 비판할 수 있었고, 존 듀이의 '반성적 사고' 5단계^{思想五步法}[15]의 영향으로 국내외에 명성을 떨친 '대담한 가설, 신중한 입증'

---

10 [역자 주] 후스가 『홍루몽』을 연구할 때 사용한 방법으로, 보기에 평범하고 사람들이 잘 알고 있는 자료를 교묘하게 조합하고 이용하여 연구를 하는 것을 말한다.

11 胡適, 「治學方法」, 顏振吾 編, 『胡適研究叢錄』, 北京 : 三聯書店, 1989, 285면.

12 胡適, 「『胡適文存』序例」, 『胡適文存』 1集, 上海 : 亞東圖書館, 1921.

13 胡適, 『胡適口述自傳』, 105면.

14 胡適, "나의 사상은 두 사람의 영향을 가장 크게 받았다. 한 사람은 헉슬리이고 다른 사람은 듀이 선생이다. 헉슬리는 나에게 어떻게 의심해야 하는지를 가르쳐 주었고 충분한 근거가 없는 것은 어떤 것이라도 믿지 말라고 가르쳤다. 듀이 선생은 나에게 어떻게 생각해야 하는지, 항상 현재 맞닥뜨린 문제와 결부시켜 생각하라는 것을, 모든 학설의 목표는 증명해야 하는 가설이라는 점을, 연구해서 내린 결론을 언제나 의식하라고 가르쳤다."(胡適, 「介紹我自己的思想」, 『胡適論學近著』, 上海 : 商務印書館, 1935)

15 [역자 주] 존 듀이가 『우리는 어떻게 생각하는가?』에서 제기한 '반성적 사고' 5단계를 말한다. 이 5단계는 문제를 해결할 수 있는 방향으로 시사를 받는 단계, 문제를 확정짓는 지식화 단계, 해법을 제안하는 가설 설정 단계, 아이디어를 결합하여 사고를 구성하

을 제기할 수 있었다는 것이다. 하지만 사상의 원칙으로서의 '회의'와 '비판'미신'과 '맹목적인 추종'에 대응해서은 5·4신문화운동의 기본 입장이었기 때문에 굳이 헉슬리까지 동원할 필요가 없다. 후스가 "새로운 사조의 정신은 비판적인 태도"라고 이야기할 때조차 헉슬리가 아니라 "모든 가치를 새롭게 평가해야 한다"는 니체의 말을 인용했다.[16] 시공을 뛰어넘어 모든 우상을 타파하여 '눈이 가려지고 코가 꿰인 채' 권위에 끌려가지 말아야 한다는 말은 구체적인 맥락과 대상을 빼고 보면 신문화인이 보편적으로 인정하는 회의 정신이었다. 후스가 특별한 점은 '학문하는 방법'과 '일처리하는 태도'를 결합시켰다는 것이다.[17] '태도와 방법을 결부시키고' '과학적 마인드scientific attitude of mind'와 '사고 습관habit of thought'의 중요성을 강조했다는 점에서 스승인 존 듀이와 제자인 후스는 일맥상통했다.[18] 다만 후스가 중국 사상학술사에서 유일무이한 존재가 된 것은 그가 존 듀이의 '반성적 사고reflective thinking'와 청대의 고증학을 교묘하게 결합시켜서 중국·사회의 '증상에 딱 들어맞는 처방'이자 널리 전파하고 쉽게 사용할 수 있는 '과학적 방법'을 만들어냈기 때문이었다.[19] 전문가들이 아무리 오류를 지적하고 비판해도 '대담한 가설과 신중한 입증'이라는 과학적

고 체계화하는 추론 단계, 추론을 경험을 통해 검증하는 단계이다. 이렇게 5단계를 거쳐 '불확정 상황'에서 '확정 상황'으로 나아간다.

16   胡適, 「新思潮的意義」, 『胡適文存』 1集 4卷, 153·163면.

17   후스는 「介紹我自己的思想」에서 사실을 구하고 진리를 구하는 과학적인 정신, 사실만 알아보고 증거만 따라서 가는 과학적인 태도와 대담한 가설, 신중한 입증을 진행하는 과학적인 방법 세 가지를 함께 이야기하면서 이를 사람들에게 사상과 학문을 가르치는 방법의 구체적인 내용으로 삼았다.

18   周策縱, 「胡適風格—特論態度與方法」, 『傳記文學』 第3期, 1987. 周策縱의 '태도' 질문에 대한 후스의 답신, 듀이의 『어떻게 생각할 것인가(How We Think)』의 1910년 초판본과 1933년 수정본에서 '태도의 중요성'을 어떻게 논술하였는지에 대한 후스의 소개 참조.

19   殷海光, 「論"大膽假設小心求證"」, 『思想與方法』, 臺北 : 文星書店, 1964, 158~159면.

방법에 대한 대중적 표현은 날개 돋친 듯 퍼져나가 20세기 중국에서 가장 우렁찬 학술 구호가 되었다. 여기에서는 구호 자체에 대해 평가하지는 않을 것이다. 그저 후스가 어떻게 이 '과학적 방법'을 사용해서 학술 연구를 진행했는지를 살펴볼 것이다. 곧 후스의 몇십 년 동안의 저술을 그의 '과학적 방법'을 홍보하기 위해 설명하는 주석이나 사례로 사용하지 않을 것이다. 대신 '가설과 입증'을 분석의 틀로 삼아 그의 학술의 성과와 문제점을 평가할 것이다.

평생 '과학적 방법'을 얘기했지만 그 틀이 확정된 시점은 1919년이었다. 그 해는 후스의 '방법이 나온 해'로 역사에 기록되어야 할 것이다. 그 이후 글은 이것을 바탕으로 확장하고 발전시킨 것에 불과했다. 그해 연초에 출판된 『중국철학사대강』 상권과 연말에 발표한 「새로운 사조의 의의新思潮的意義」는 모두 '과학적 방법'을 언급했지만 비판적 태도'나 '사료의 선별과 확정 방법' 등 본격적인 논의는 「실험주의實驗主義」, 「청년 중국의 정신少年中國之精神」, 「국고학을 논함論國故學」, 「청대 학자의 연구 방법」에서 전개되었다. 이 네 편의 글에서 후스는 존 듀이의 반성적 사고를 청대 고증학에 성공적으로 '접목'시켜 이후에 대대적으로 국고를 정리하기 위한 효과적인 이론적 무기를 마련했다.

존 듀이의 반성적 사고는 의문을 가지는 단계, 의문을 제기하는 단계, 해결방법을 가정하는 단계, 어떤 것이 효과적일지 확정하는 단계, 증명하는 단계로 이루어져 있다. 여기에서 핵심은 세 번째 단계이고, "존 듀이 계열의 철학가들은 반성적 사고의 작용을 논할 때 '가설'을 가장 중시한다".[20] 후스의 관심사가 존 듀이 반성적 사고의 소개에서 과학적 방법을

---

20 胡適, 「實驗主義」, 『胡適文存』 1集 2卷, 120·127면.

주장하는 데로 옮겨감에 따라 '가설'과 '입증'의 위치에도 미묘한 변화가 일어났다. 우선 탐구의 5단계가 사실을 중시하고 가설을 중시하고 검증을 중시한다는 세 가지 요점의 과학적 방법으로 요약되었다. 이것은 어떤 이상적인 학설도 검증을 거치기 전에는 "모두 검증을 거쳐야 할 가설에 불과하다"는 점을 강조한 것이다.[21] 사유의 순서를 이런 식으로 전환하는 것은 그 당시 회의함으로써 권위를 무너뜨리는 것을 중시한 새로운 사조와 맞아떨어졌다. 또 후스가 독창적인 안목으로 존 듀이의 반성적 사고를 고거학과 접목시키는 데도 유리했다. 「국고학을 논함」에서 후스는 청대 유학자의 고거학이 "과학적 방법과 암암리에 잘 맞아 떨어진다"는 점을 높이 샀다. 그 이후에는 한학가들이 무의식적으로 사용한 방법을 어떻게 의식적으로 사용할 것인가 하는 문제만 논의하면 되었다.[22] 후스는 청대 유학자에게 '과학적' 정신이 있었는데 이는 중국 학술사의 중대한 변곡점이었다고 보았다. 그 실증 정신을 찬양하면서 동시에 후스는 한학자들이 "가설을 설정하는 데 매우 능했다"는 점도 잊지 않고 언급했다. 이렇게 되자 청대 학자의 연구 방법은 존 듀이의 반성적 사고의 세례를 거친 뒤 다음과 같은 두 가지 내용으로 요약되었다.

① 대담한 가설
② 신중한 입증
　대담한 가설이 없다면 새로운 발명이 있을 수 없다. 증거가 충분하지 않으면 사람들을 설득시킬 수 없다.[23]

21　胡適, 「少年中國之精神」, 『少年中國』 第1卷 第1期, 1919.7.
22　胡適, 『胡適文存』 1集 2卷, 287면.
23　胡適, 「淸代學者的治學方法」, 『胡適文存』 1集 2卷, 上海 : 亞東圖書館, 216·220·242면.

"가설을 가장 중시하는" 것에서 "대담한 가설과 신중한 입증"으로, 다시 나중에 제시한 "증거를 가져와라"[24]라는 금과옥조 같은 비결에 이르기까지 '과학적 방법'에 대한 후스의 이해와 해석은 날로 실증주의에 가까워졌다.

이렇게 오독을 했던 이유는 후스의 학술이 문학과 역사의 고증에 기반해 있었기 때문이다. 존 듀이의 반성적 사고와 헉슬리의 불가지론을 받아들이기 전에 후스는 청대 사람들의 학술 방법에 관심을 보였다. 후스의 『장휘실차기藏暉室箚記』에는 예전에 고거학 방식의 글쓰기를 시도해 보았다는 내용과 중국과 해외의 고거학적 사유를 비교해 보았다는 내용이 있다. 이것은 그가 건가 학술의 영향을 받았다는 뜻이다. 존 듀이의 체계적인 사고 분석을 접한 뒤 후스는 과학적 연구의 기본적인 단계를 더 깊이 이해하게 되었다. 이것을 통해 후스는 현대의 과학 법칙과 유구한 중국의 고증학이 정신적으로 서로 통한다는 것을 깨닫게 되었는데, 이 점은 매우 중요했다. 동양과 서양의 학술 방법이 원래 일치했다는 발견은 예삿일이 아니었다.[25] 이 발견으로 후스가 평생 신봉한 '과학적 방법'이 널리 퍼질 수 있게 되었고 존 듀이의 반성적 사고와 헉슬리의 불가지론이 거의 아무런 장애 없이 중국에 들어올 수 있었다. 청대 유학가의 가법家法으로 존 듀이와 헉슬리의 사상을 수용한 동서양 절충식 '과학적 방법'은 이 둘의 최대공약수인 '실증'을 기반으로 할 수밖에 없었다.

사람들은 유학생들이 서양 학문은 잘 알아도 중국 학문은 잘 모를 것이라고 생각한다. 귀국 초 후스가 고거학을 자주 논했던 것은 다분히 의도적이었을지도 모른다. 물론 신의 한 수였다. 사람들은 후스가 "'한학'

---

24   胡適, 「存疑主義」, 『努力』 23期, 1922. 10.
25   胡適, 『胡適口述自傳』, 107~108면.

도 잘 알았다"고 찬양하느라 여념이 없어서 그가 서양 철학을 잘 아는지는 전혀 따지지 않았던 것이다. 차이위안페이는 『중국철학사대강』에 서문을 쓰면서 후스가 "한학'의 유전자를 가지고 있다"는 내용으로 시작했고, 량치차오는 『청대학술개론』에서 "청대 유학자의 방법으로 학문을 연구했고 정통파를 계승했다"라고 단언했다.[26] 유명한 선배 학자들의 지지로 신진 연구자인 후스는 빠른 속도로 학계에 안착했고 새로운 것과 옛 것 모두 잘 이해하는, 곧 젊으면서도 노련한 이미지를 만들 수 있었다. 사회적 기대에 부응하기 위해 "갑자기 큰 명성을 얻은" 후스는 자기도 모르게 점차 '한학' 풍으로 변모했다. 다른 사람들은 오류가 있어도 괜찮았지만 자기자신에게는 후대에 웃음거리가 되지 않도록 글자 하나하나 모두 근거가 있기를 요구했다. 학계의 스타가 된 이후 후스의 학문적 경향은 더 엄격해졌다. 더는 예전처럼 그렇게 "제멋대로 논의를 펼치지" 못했다. 1930년대에는 그래도 '약간 대담한 가설'『醒世姻緣傳』의 작가에 대한 고증 등을 제기했지만[27] 1940년대 이후에는 "신중한 입증"에만 전념했다.

후스는 자신에게 역사 고증에 집착하는 면이 있다는 사실을 인정했다. 여산廬山의 탑 하나를 위해 몇천 자에 달하는 긴 글로 고증했고 『수경주』의 판본 연구에 20여 년을 할애했다.[28] 이것은 비난받을 일은 아니다. 후

---

26 蔡元培, 『『中國哲學史大綱』序」, 『中國哲學史大綱』 卷上, 上海:商務印書館, 1919; 梁啓超, 「淸代學術槪論」, 『梁啓超論淸學史二種』, 上海:復旦大學出版社, 1985, 6면.

27 「治學方法」에서는 본인의 『『홍루몽』 자전설'을 '조금 용기를 낸 가설'이라고 하였고 蒲松齡이 쓴 『醒世姻緣傳』에 대한 추측이야말로 '대담한 가설'이라고 말했는데(『胡適硏究叢錄』 283·287면) 내가 보기에는 정반대이다.

28 胡適, 「廬山遊記」, 『新月』 1卷 3號, 1928.5; 『『水經注』考」, 『胡適硏究叢錄』 참조. 후스는 여러 번 『수경주』를 5년 동안 연구했다'고 말했으나 연구자들은 후스의 생애의 마지막 20년 학술의 중심은 이 『수경주』 연구에 있었다고 본다. (費海璣, 『胡適著作硏究論文集』, 臺北:商務印書館, 1970)

스는 자오위안런에게 보낸 편지에서 "나는 아직도 나의 『수경주』를 갖고 놀고 있다"라고[29] 했는데 "논다"고 말한 이상 개인적 흥미가 있다는 뜻이므로 다른 사람이 왈가왈부할 일은 아닐 것이다. 하지만 후스가 학계의 선도적 위치에 있는 이상 "가지고 놀면서 고거하는 것"조차 학계의 중대 사안처럼 포장할 수밖에 없었는데 이는 매우 억지스러운 일이었다. 후스는 만년에 자신이 『수경주』를 연구한 것에 대해 긴 글로 해명했으나 하면 할수록 납득시키기 어려웠다. 어쩌면 이것은 유명인의 비애일지도 모른다. 사람들의 기대가 부담으로 작용해서 학계를 선도하는 후스는 '대담한 가설'도 펼 수 없었고 '신중한 입증'조차 할 수 없었다.

1920년대에 『동원 대진의 철학』을 저술할 때 후스는 분명하게 '전면적 고찰'을 중시하고 '논거 제시를 통한 입증'을 경시하는 경향을 보였다. 그는 청대 유학자는 학문 연구에서 근거로 주장하는 것을 가장 중시했으며, 이것이 그들의 '가장 큰 성과'라고 했다. 그러면서도 결론을 알고 있지만 근거를 찾을 수 없다면 대담하게 가설을 세우고 그 가설로 문제를 해결할 수 있는지, 또 이것으로 전체를 파악할 수 있는지를 보아야 한다고 했다.[30] 이런 '전체를 파악하는 학문'은 반드시 "멀리 보는 상상력"이 필요한데 "성실하고, 신중하고, 온화하고, 여유로워야 한다"는 네 가지 비결만으로 정리할 수 있는 것이 아니다.[31] 1930년대 중기에 후스는 뤄얼강이 쓴 「청대 사대부의 이익 추구 유래」를 비판하면서 "주제 자체가 말이 안 된

---

29   胡頌平, 『胡適之先生年譜長編初稿』, 上海 : 商務印書館, 1927, 121면. 이 외에 후스는 만년에 여러 번 고증학의 글쓰기를 하는 것이 "재미있다"라고 했다. 이렇게 볼 때 그가 『수경주』를 가지고 논다고 한 것이 일시적인 농담이 아니라는 것을 알 수 있다.

30   胡適, 『戴東原的哲學』, 上海 : 商務印書館, 1927, 2029면.

31   '상상력'은 「『國學季刊』發刊宣言」, 네 가지 비결은 「論治學方法 : 給王重民的一封信」, 「致陳之藩」과 「『水經注』考」 참조.

다"고 했다. "우리 같은 새 시대의 사학 연구자들은 이렇게 아무렇게나 정리해서 주장해서는 안 되기" 때문이었다. 이것은 당연히 안될 일이지만 증거가 있는 만큼만 말하게 되면 문헌 고증 외의 모든 '가설'을 세우지 못할 것이다. 6일 뒤에 후스는 다시 편지를 보냈는데 그중 이 구절은 그의 마음 상태와 사고방식을 잘 보여준다.

> 사학 연구에서는 너무 질서 있는 체계는 모두 의심해 봐야 한다. 왜냐하면 인간사는 이렇게 너무 질서 있는 체계로 설명할 수 없기 때문이다.[32]

이 말은 천인췌가 바로 몇 해 전에 『중국철학사대강』에 대해 "주장이 조리가 있고 체계적일수록 옛사람들의 학설의 실제와 거리가 있다"라고 비판한 것과 너무 비슷해서[33] 두 사람 간의 관련성을 생각해 보게 된다. 설령 그것이 우연의 일치라고 하더라도 전문화되던 1930년대 학계에서 후스가 "멀리 보는 상상력"에 상당한 부담감을 가졌을 것이라는 점은 쉽게 알 수 있다. 학술 연구가 안정기에 접어들자 5·4 시기에 도처에서 볼 수 있었던 '큰 규모의 가설'과 '큰 규모의 결론'을 거의 볼 수 없었고 학계에 여러 실력있는 연구자가 등장하면서 한 사람만 주목을 받던 시절과는 상황이 달라졌다. 후스는 그런 이해관계를 잘 알고 있었기에 학문 연구에서 더욱 조심스럽게 처신하지 않을 수 없었다.

위잉스는 고증학과 의리학을 둘 다 했던 대진을 두고 "고증학파 쪽의 비판에 매우 예민해서 그는 고도의 긴장 상태에 놓여 있었다"고 했었다. 그런데 후스도 비슷한 상황이었던 것 같다. 의리학도 열심히 했던 대진

---

32   羅爾綱, 『師門辱教記』, 桂林 : 建設書店, 1944, 49~53면.
33   陳寅恪, 『金明館叢稿二編』, 上海 : 上海古籍出版社, 1980, 247면.

은 늘 고증을 초월하려고 해서 글자의 의미를 고증하는 것에 구애되지 않았지만[34] 철학이 전공인 후스는 점차 '가설'을 제기할 능력도, 그런 의지도 잃어버리고 "증거를 가져올" 수 있는 고거학에 심취하게 되었다. 이 점에서 후스는 그가 변호했던 선배들보다 못했을 뿐만 아니라 그가 초년에 한학과 송학의 경계를 초월하고 동서양의 학술을 융합시키려고 했던 초심과도 어긋나는 길로 나아갔다. 하지만 그렇다고 해서 후스의 학술에서의 성과와 문제점이 주로 고거학에 있다고 말한다면[35] 그 또한 지나친 해석이다. 후스가 보인 역사 고증에 대한 집착이 무수히 많은 청년 학자들을 흡인했고 "증거를 가져와라"는 구호 역시 널리 울려퍼졌지만 후스가 중국 현대학술에서 이룬 중요한 성과는 여전히 초년의 '대담한 가설'에 있었다.

후스가 중국문학사를 연구한 기본적인 사유 혹은 주된 가설은 "복선적 문학 관념雙線文學觀念"과 "역사연진법歷史演進法", "『홍루몽』 자전설『紅樓夢』自傳說" 세 가지이다. 그 외에는 이런 '가설'을 형성하고 확장한 '문학혁명'과 '국고정리國故整理'가 있을 뿐이다. 후스는 이 두 가지 사조, 특히는 '국고정리'를 가장 먼저 주도한 사람이다. 이런 '가설'이 어떻게 '사조'로 발전했는지를 살펴보게 되면 후스의 학술의 성과와 문제점을 더 잘 이해하고 파악할 수 있을 것이다.

34 余英時, 『論戴震與章學誠』, 香港 : 龍門書店, 1976, 102면.
35 馮友蘭, 『三松堂自序』, 北京 : 三聯書店, 1984, 223면. 펑여우란은 후스의 『중국철학사대강』은 "한학의 장점을 살렸지만 한학의 단점도 피하지 못했다"라고 지적하였고 위잉스는 『중국 근대 철학사에서의 후스』에서 "후스 학술의 알파이자 오메가가 모두 중국의 고증학이다"라고 했다. (余英時, 『中國近代思想史上的胡適』, 臺北 : 聯經出版事業公司, 1984, 72면) 그 외에 1950년대에 중국에서 전개된 '후스 비판' 중 주된 항목이 고거학의 방법이었다. (三聯書店에서 출판한 8집으로 된 『胡適思想批判』 참조)

2. 복선적 문학 관념

『후스구술자전胡適口述自傳』의 마지막 장절에는 그가 중국문학사를 연구할 때 주로 '복선적 문학 관념'이라는 가설을 세웠다는 것을 집중적으로 소개한 독립된 항목이 있다.

특히 내가 한대漢代 이후에서 지금까지의 중국문학발전사를 나란한 두 개의 선으로 본 것이 그렇다. (…중략…) 민간에서 흥기한 생동하고 살아 숨쉬는 문학과 이미 굳어져 버린 죽은 문학은 두 개의 평행선을 이루면서 발전해 왔다고 보는, 문학사 연구에서 혁신적인 의미가 있는 이 이론은 사실은 내가 가장 먼저 제기한 것이며, (중국 문학사 연구에 대한) 나 개인의 가장 큰 공헌이기도 하다.[36]

중국문학을 '표현도구'문언문과 백화문에 따라 둘로 나누고, 그것을 상대적으로 독립되면서도 평행으로 발전하는 '고문古文 전통사'와 '백화문학사'로 보는 이 '대담한 가설'은 확실히 후스가 가장 먼저 제기한 것이다. 이후 학자들이 '죽은 문학'과 '살아 있는 문학'이라는 명칭에 대해 많은 이견을 제기했지만 어쨌든 '복선 문학'이라는 이 틀은 여전히 지금의 문학사 연구에 영향을 미치고 있다. 그 핵심은 구체적인 작가나 작품 혹은 유파나 사조에 대한 평가가 정확한가 여부가 아니라 이 연구의 틀이 왕조혹은 문체를 기준으로 문학의 발전을 논하던 관행에서 벗어나 2,000여 년의 중국문학사의 발전을 관통할 수 있는 기본적인 맥락을 찾아냈다는 데있다. 그 이후 중국문학사는 더 이상 '문장의 장르를 구분하는 것文章辨體'

---

36   胡適,『胡適口述自傳』, 289~290면.

이나 '역대의 시를 모아 정리하는 것歷代詩綜'이 아니라 내적 동력을 지닌, 생기로 충만된 '유기체'의 성격을 갖게 되었다. 이런 아이디어로 많은 문학사가들은 흥분했고 한때를 떠들썩하게 만든 문학사 저서들을 내놓았다. '복선적 문학 관념'은 20세기 중국 학계에서 가장 영향력 있고 가장 깊이 있었던 '문학사 가설'이라고 할 수 있다. 이 가설은 부단히 수정되고 보완되었으며 심지어 많은 새로운 학술 명제들을 낳았다. 사람들은 늘 이런 구체적인 명제이를테면 악부(樂府), 탄사(彈詞), 설서(說書) 연구 등들을 주목하지만, 이런 명제를 성립시킨 — 학자의 시야에 들어오게 한 — 이론적 틀에 대해서는 기억하지 못한다. 세월이 흘러 후스의 '큰 사유'는 이미 상식이 되었으나 논리적 허술함과 편파적인 경향은 후대의 학자들의 공격 대상이 되었다. 이것은 두말할 나위 없이 부당한 처사이다.

　'죽은 문학'과 '살아 있는 문학'을 논한『장휘실차기』에서 "단언컨대 백화문학은 중국문학의 정통이고 또 미래의 문학에 반드시 필요한 이기利器이다"라고 한「문학개량추의文學改良芻議」까지, 그 이후에 고문古文과 백화문의 흥성과 쇠퇴를 통해 문학사를 구축한『50년 이래의 중국문학五十年來中國之文學』과『백화문학사』까지 20여 년 동안 후스는 백화문학을 선두로 하는 문학혁명을 추진했을 뿐만 아니라 중국의 학계에 문학사를 보는 새로운 시각을 제시했다. 후스는 이런 '새로운 문학사관'이 "전국의 문학사 독자들에게 새로운 렌즈를 통해 그동안 보지 못했던 아름다운 궁전들과 기이한 화초들을 보고 천지의 광활함과 역사의 온전함에 놀라 감탄하게 하였다"[37]라고 자술했다. 나는 여기에서 새로운 렌즈의 구조와 기능, 제작과정에 대해 분석해 볼 것이다.

37　胡適,「『中國新文學大系·建設理論集』導言」,『中國新文學大系·建設理論集』, 上海 : 良友圖書印刷公司, 1935, 21면.

백화문운동의 성공 요인에 대해 천두슈는 경제 변혁이라는 '마지막 요인'을 강조했고 후스는 개인의 사고 및 친구들과의 논쟁으로 "어쩔 수 없이 그렇게 된" 과정을 부각시켰다. 또 첸쉬안통은 "량런궁梁任公, 양임공, 량치차오의 호─역자 주 선생은 최근 신문학을 창조한 사람 중의 한 명이다"라는 점을 일깨워 주었다.[38] 천두슈와 후스는 모두 청대 말기에 백화로 쓴 글을 발표했는데 『안휘속화보安徽俗話報』, 『경업순보競業旬報』에서 『신청년』에 이르기까지 그 자취가 분명하다. 만청 지사들의 백화문 주장은 시대 분위기를 형성했을 뿐만 아니라 계몽 교육에서 문학혁신으로 점차 발전했다. 량치차오가 '속어문체俗語文體'의 심미적 가치를 논한 것이 단적인 예이다.

문학의 진화에서 핵심은 고어古語의 문학에서 속어俗語의 문학으로 변하는 것이다. 여러 나라의 문학사 전개는 모두 이 궤적을 따르고 있다.[39]

류스페이는 한 걸음 더 나아가 중국문학사도 "이 궤적을 따랐다"라는 것을 논증하고 "속어를 문학에 넣는" 추세를 비판한 유학자들을 고루하다고 공격했다.

중국 문학을 살펴보면 상고시대 책은 인쇄술이 발명되지 않았고 대나무나 비단은 무겁고 번거로웠기 때문에 최대한 간결한 것을 추구해서 문언문을 숭상했다. 동주東周에 이르러 글이 길어졌고 육조六朝 때는 운문韻文과 산문이 나뉘었다. 송대宋代 이후에는 표현이 쉬워지고 유가 어록이 흥기했으며 원대元代

---

38 陳獨秀, 「『科學與人生觀』序」; 胡適, 「逼上梁山」; 錢玄同, 「寄陳獨秀」 等.

39 梁啓超, 「飮氷語」, 『國粹學報』 第1期, 1905. 2.

에 다시 시詞와 희곡이 흥기했다. 이는 모두 언어와 문자가 결합되는 과정이었다. 이로부터 소설 장르가 흥기해서 『수호전』, 『삼국연의』 등이 속어를 문학 작품에 넣기 시작했다. 고루한 유학자들은 그것을 살피지 못하고 문장이 날로 쇠퇴한다고 한다. 하지만 세상의 변화가 간단한 것에서 복잡한 것으로 변하는데 어찌 문학만 예외가 되겠는가?[40]

'세상의 변화'에 따라 '언어와 문자의 합일'을 주장한 류스페이의 관점은 후스가 나중에 주장한 '역사 진화적 문학 관념'과 비슷한 점이 많다. 다만 후스가 '고문문언문'에 사형을 언도한 반면, 류스페이 등은 대부분 "속어를 폄하하지 않지만 고문을 사랑했을" 뿐이었다.

후스는 이런 차이에 근거하여 백화문에 대한 두 관점이 어떻게 다른지 구분했다. 또 문언문과 백화문의 공존을 주장하는 것이 "사회 계급을 사대부인 '우리'와 평민인 '그들'로 나누는 것"이라고 질타했다.[41] 지식인들이 너나 할 것 없이 백성들의 편에 서자고 하던 시대에 이런 주장은 상대에게 치명적인 일격을 가하는 것이었다. 그런데 당시 몇몇 학자들이 고문을 버리지 않으려고 했던 이유를 계급적 관점이라는 말로 뭉뚱그릴 수는 없다. 류스페이를 예로 든다면 그가 '언어와 문자의 합일'을 주장하되 '고대의 글'를 버리지 않으려고 한 것은 중국의 전통문화를 보존해야 하기 때문이었다.

최근의 글은 두 종류로 나눌 수 있다. 하나는 속어를 통해 사람들을 계몽시키는 것이다. 다른 하나는 고문을 통해 국학을 보존하여 선현들의 좋은 본보기

---

40 劉光漢, 「論文雜記」, 『國粹學報』 第1期, 1905. 2.
41 胡適, 「『中國新文學大系·建設理論集』導言」, 『中國新文學大系·建設理論集』, 11면.

가 보존되도록 하는 것이다.[42]

여기에서 두 가지 입장을 생각해 볼 수 있다. 후스는 평생 개량改良을 주장했지만 언어문체에서는 철저한 혁명파였다. 문언문을 폐지하지 않고도 백화문을 추진할 수 있는가 하는 것은 전략적 문제였지 '공존설'을 반대하는 이론적 근거라고 할 수 없다. 지금까지도 '문언'은 완전히 사라지지 않았다. 그러니 후스의 가설에 결함이 있는 것이다.

그런데 이런 결함을 가진 '가설', 즉 "죽은 문언문으로는 절대 살아있고 가치 있는 문학을 창조할 수 없다"는 관점이[43] 기세가 넘치고 영향력이 큰 문학혁명을 일으켰다. 곧 백화문을 주장하는 것계몽의 도구로, 혹은 문학의 표현 수단으로은 후스의 발명이 아니었다. 후스가 한 것은 '문언문'에 사형을 선고했다는 것이다. 그 '판결문'은 1916년에 미국에서 구상되고 1917년을 거쳐 1918년에 완성된 뒤 북경에서 선포되었다.

1915년 8월, 후스의 강연 제목은 여전히 "어떻게 우리나라 문언문을 쉽게 가르칠 것인가如何可使吾國文言易于講授"였고 그 전제는 "문언문은 결국 없앨 수 없다"였다. 이듬해부터는 "산문 쓰는 것처럼 시를 써서" "형식이 내용보다 우세한 병폐를 없애자"고 했고 중국문학사상의 제6차 '문학혁명'을 논의했다. 기본적으로는 아직까지는 전통적인 중국 문학을 개혁한다는 사고방식에서 벗어나지 못했던 것이다.[44] 후스 본인의 회고에 따르면 대략 1916년 2, 3월 사이에 "사상에 근본적인 새로운 변화가 생겨" "중국문학사는 다만 문자형식도구의 신구교체에 관한 역사일 뿐이며 '살아

---

42 劉光漢, 「論文雜記」, 『國粹學報』第1期, 1905.2.
43 胡適, 「建設的文學革命論」, 『新青年』4卷 4號, 1918.4.
44 好適, 『胡適留學日記』(곧 『藏暉室箚記』), 上海 : 商務印書館, 1947, 759・844・862면.

있는 문학'이 수시로 '죽은 문학'을 대체하는 역사라는 것을" 깨달았다고
했다.[45] 『장휘실차기』의 표현으로는 "백화로 된 문학은 중국 1,000년의
역사 이래 유일하게 인정할 수 있는 문학이다. (특히 소설과 희곡은 세계 일류
의 문학이라고 할 만하다) 백화를 사용하지 않은 문학인 고문과 팔고문, 차기
소설筆記小說 같은 것은 일류의 문학이라고 보기 어렵다."[46] 시내암施耐庵,
조설근曹雪芹 등이 벌써 "소설의 무기는 백화에 있다"는 것을 증명했고 량
치차오 등 신소설가의 노력으로 "소설이 문학의 최고봉"이 될 수 있었으
므로 후스의 '실험'은 주로 백화문으로 시와 산문을 쓰는 것에 집중되었
다. 「문학개량추의」에서 백화문을 '중국문학의 정통'이라고 높인 이후 후
스는 「역사적 문학관념론歷史的文學觀念論」에서 "백화로 쓴 문학은 송대 이
후 고문가들이 그 가치를 가렸지만 그 이후도 이어져서 지금껏 사라지지
않았다"는 것을 논증하고 「건설적 문학혁명론建設的文學革命論」에서는 또
'대담한 가설'을 제기하여 "이 2,000년간 문인이 만든 문학은 모두 죽은
것이고 죽은 언어와 문자로 만든 것이다. 죽은 문자는 결코 살아 있는 문
학을 만들 수 없다"라고 했다.[47] 이제 '문학혁명'은 당당한 기세로 전개되
었고, '문언과 백화 구도'에 관한 후스의 사고도 완성되었다. 이후 후스는
부단히 '백화문학'에 대해 말했다. 만년에 이르러서도 중고시대 문장이
'수준이 높지 않은不通' 이유는 "죽은 문자로 살아 있는 언어를 썼기" 때문
이라고 굳게 믿었다.[48]

　1920년에 여러 신문들이 백화문을 사용하는 것으로 방침을 바꾸고 교

45　胡適,「逼上梁山」,『中國新文學大系・建設理論集』, 9면.
46　胡適,『胡適留學日記』 943면. 이 말은 「逼上梁山」에 수록할 때 일부 수정되었다.
47　胡適,『中國新文學大系・建設理論集』, 43・57・129면.
48　胡松平 編,『胡適之先生晚年談話綠』, 臺北:聯經出版事業公司, 1984, 77면.

육부에서 국어를 사용할 것을 선포하여 백화문운동이 확실하게 승리를 거뒀다. 그 이전의 후스는 역사에 심취해 있어서 "지금까지 문학의 변천의 흐름을 제시"하고 "문학사의 흐름을 바탕으로 백화문학이 '정통'이라는 것을 인정"하는 것을 "옛 문학을 타도하는 무기"로 삼았다. 그러나 백화문 운동이 승리한 뒤에 후스는 강렬한 현실감각과 문학혁명의 성과를 무기로 "지금까지의 정통을 뒤집었다."[49] 문학혁명의 선구자에서 문학사가로 변모한 후스가 가진 최대 장점은 자기 관점이 있다는 것이고 단점은 그것이 고정관념이 되어버렸다는 점이었다. 역사를 거울로 삼는 정도였다면 문학사에 대해 알고 있는 것도 많았으므로 그의 백화문 주장도 충분히 설득력이 있었을 것이다. 그런데 후스가 역사가로서 "백화문이 정통"이라는 주장을 고집하고 자신이 평생 신봉하던 '역사에 대한 안목'을 내팽개친 결과, 그가 쓴 중국문학사는 '고문 문학의 멸망사'이자 '백화 문학의 발달사'로 단순화되어 버렸다.[50] 심지어 『중국철학사대강』보다 견강부회의 정도도 훨씬 심했다.[51] 하지만 그렇다고 해도 후스의 문학사 저작은 참신한 아이디어로 연구했다는 점에서 여전히 전범의 의의가 있다.

'문학 전통'의 재구축을 위해 예전에는 "문학의 전당에 오를 수 없었던"

---

49 胡適, 「『中國新文學大系·建設理論集』導言」, 『中國新文學大系·建設理論集』, 20면.
50 胡適, 「『白話文學史』引子」, 『白話文學史』, 上海 : 新月書店, 1928.
51 진웨린은 평여우란이 쓴 『중국철학사』의 「심사보고」에서 후스의 『중국철학사대강』이 "견강부회"했다고 비판했다. "철학은 고정관념이 있어야 하지만 철학사는 고정관념이 있어서는 안 된다. 철학에 고정관념이 없을 수 없는데 여기에 더해 하나의 철학 주장을 바탕으로 철학사를 쓴다면 그것은 어떤 고정관념으로 다른 고정관념들에 대해 쓰는 것과 같다. 이렇게 쓴 책은 또 다른 관점으로 볼 때의 가치를 막론하고 좋은 철학사는 아니다"라고 생각했기 때문이다. 이 말은 『백화문학사』에도 그대로 적용될 수 있다. 옛사람들의 사상과 학설을 음미하고 동정하는 과정에서 연구자의 '고정관념'은 완전히 없앨 수도 없고 없앨 필요도 없다. 하지만 지나친 고정관념으로 인해 '견강부회'하게 될 경우 "고정관념을 버리자"는 주장은 설득력을 갖게 된다.

소설의 문학사적 위상을 부각시키려고 노력했고 "백화문학사가 중국문학사"라고 단언하기까지 했다. 후스는 장회소설章回小說을 "학술 연구 주제 중 하나로 삼아서 전통적인 경학 및 사학과 동등한 지위에 놓은 것"이 자신이 학술에 기여한 주된 성과라고 강조했지만[52] 실제로는 청말의 신소설가들이 이미 이러한 경향을 보였고 해외의 한학가들이 이미 그런 작업을 했다. 또 동시대의 루쉰은 후스보다 먼저 시작했고 이룩한 성과도 상당했으며, 이 점은 후스도 인정했다.[53] "중국 문학은 송대 이후에 크게 발전했다"라고 단언한 량치차오에서 "원대와 명대의 극본과 명대와 청대 소설이 근대 문학에서 찬란하게 빛을 발했다"고 주장한 천두슈까지[54] 소설의 위치 상승과 학술 주제로서의 지위 획득은 이미 대세였다. 후스는 이 상황에 대해 여러 차례 썼다. 곧 근대에 이르러 중국인은 서양 문학의 영향을 받아 소설과 희곡의 가치를 알게 되었고 "그 결과 문학사에 대한 우리의 견해에 일종의 혁명이 일어났다"는 것이다.[55]

진정한 의미에서 후스가 만들어낸 것은 '백화문학사'와 '고문 전통사'의 대립으로 중국의 2,000년간 문학 발전의 흐름을 파악하는 방법이었다. 이 가설의 전제는 후스가 젊은 시절에 발표한 몇 편의 글에서 사용한 짧은 내용으로 요약할 수 있다. 첫째, 중국문학사에서 가치와 생명력을 가진 것은 모두 백화로 쓴 것이다. 죽은 문언은 생명력과 가치가 있는 문

---

52   胡適, 『胡適口述自傳』, 258면.

53   후스는 「『백화문학사』자서」에서 소설사 연구의 "가장 큰 업적은 당연히 루쉰 선생의 『중국소설사략』이다"라고 말했다. 일본학자 鹽古溫의 『중국소설사략』은 1921년에 이미 郭希汾의 역서가 출판되었다. 신소설가의 문학관념에 대해서는 陳平原, 『小說史─理論與實踐』, 北京 : 北京大學出版社, 1993, 17장 참조.

54   梁啓超, 「飮氷語」, 『新小說』 7號; 陳獨秀, 「中國文學論」, 『新靑年』, 第2卷 第6號, 1917.2.

55   胡適의 「『中古文學槪論』序」와 「『曲海』序」, (『胡適古典文學硏究論集』, 上海 : 上海古籍出版社, 1988, 171・648면)

학을 만들어낼 수 없다. 그러니 백화문학이 '중국문학의 정통'이다. 둘째, 중국문학은 언어와 문자가 합일된 적이 있었다. 그런데 언어와 문자가 분리된 뒤 "2,000년간 문인이 쓴 문학은 모두 죽은 것"이었다. 반면 "고문 전통의 압박 속에서도 백화문학은 명맥을 유지해 지금껏 끊어지지 않았다." 셋째, "만약 '아雅'와 '속俗'을 신분으로 설명한다면" 문언문은 '귀족'에게만 속할 뿐 '평민'과는 무관하다.[56] 세 번째 내용은 '완정하지 못한' 것이 분명했기 때문에 '문언'과 '백화'를 '귀족'과 '평민'에 대응시키는 구도는 처음에는 중시되지 않았다. 그런데 천두슈가 '귀족문학'을 무너뜨리고 '국민문학'을 건설하자고 주장하고 저우쭤런이 '평민문학'을 이끈 뒤에야[57] 후스는 이 대응 구도 간의 깊은 관련성을 깨닫게 되었다. 1920년대 이후에 후스는 '죽은 문학'과 '살아 있는 문학'이라는 명칭 외에도 '문언문학'과 '백화문학'에 더 잘 어울리는 '귀족문학'과 '평민문학' 또는 '궁정 문학'과 '민간 문학'이라는 대응항을 찾아냈다.[58]

앞에서 말한 두 가지 내용은 백화문운동의 이론적 무기로 효용이 있었다. 주징눙朱經農, 주경농, 메이광디梅光迪, 매광적, 후셴수胡先驌, 호선숙 등의 비판에는 이론적이고 실천적인 근거가 있었지만[59] 운동의 방향은 바뀌지 않

---

[56] 후스가 1917·1918년에 쓴 「文學改良芻議」, 「歷史的文學觀念論」, 「建設的文學革命論」, 「答朱經農書」 참조.

[57] 陳獨秀, 「文學革命論」과 周作人, 「平民文學」. (『每週評論』 第5期, 1919)

[58] 胡適, 『『中古文學概論』序」, 『胡適古典文學硏究論集』, 171면.

[59] 朱經農은 후스에게 보낸 편지에서 '문학의 국어'에 '문언'과 '백화'를 모두 받아들여야 한다고 했다.(『胡適文存』 1集 卷1, 112면) 梅光迪는 고문과 백화가 번갈아 발전해서 문학 장르가 늘어난 것이므로 송, 원 이후 백화가 발전했어도 고문은 사라지지 않았다고 지적했다.(「評提唱新文化者」, 『學衡』 第1期, 1922.1) 胡先驌는 후스가 고문을 라틴어에 견주고 백화를 영어, 독일어, 프랑스어에 견주는 것을 비판하면서 "같은 부류가 아닌 사물을 함께 논의해서 사람들을 속이고 자기 주장을 그럴듯하게 하려고 한다"라고 했다.(「評『嘗試集』」, 『學衡』 第1期)

았다. 백화문 주장으로 성공했기 때문에 후스는 이 '가설'의 적용 범위를 과대평가했을 것이다. 이어서 쓴 『50년 이래의 중국문학』과 『백화문학사』에서 후스는 여전히 위의 두 가지 내용을 주장의 근거로 삼았고 비판에 대해 진지하게 고민하지 않았다. 이론의 적용 범위를 확대하여 '백화문학사'를 '중국문학사'로 만들기 위해 후스는 두 가지를 보완했다. 하나는 '백화'의 범위를 확대해서 세 가지 의미로 해석한 것이다. 즉 백화에는 속어라는 의미도 있고 말처럼 분명하다는 의미도 있다고 한 뒤 여기에 "백화는 군더더기와 수식이 없는 간결한 말이며 뜻이 명확하고 알기 쉬운 문언문 단어를 넣는 것도 무방하다"도 추가했다. 두 번째는 '백화문학'의 역사를 늘린 것이다. "고문이 죽은 문자가 된 2,000년 전"의 그날부터 "민간에는 백화문학"이 존재했으므로 이 2,000년에 "다섯 시기의 백화문학"이 있게 된다.[60] 이렇게 수정하자 '백화문학'이 중국문학사의 중심이라는 주장은 억지로 만들어졌다. 그러나 당시 사람들은 후스가 규정한 '백화문의 정의'와 문언문이 2,000년 전에 죽었다는 가설, 시를 논할 때 "알기 쉽고 내용이 얕은" 작품만 이야기하는 취미, 개인의 문학 주장에 근거하여 역사를 재단하는 학술 방법에 대해 날카롭게 비판했다.[61]

『백화문학사』「들어가는 말」에서 표방한 두 가지 목표 중에서 "백화문학이 역사가 있다는 것을 알리겠다"라는 목표는 큰 성공을 거두었다. 하지만 "백화문학사가 중국문학사의 중심이라는 것을 알리겠다"라는 목표는 많은 문제점을 남겼다. 후스는 '백화문학'에 대한 발견(악부 가사 樂府歌辭

---

60 胡適, 「答錢玄同」, 『新靑年』 第4卷 第1號, 1918.1; 『五十年來中國之文學』 10장; 『白話文學史』 「自序」.

61 胡先驌, 「評胡適 『五十年來中國之文學』」, 『學衡』 第18期, 1923.6; 素痴(張蔭麟), 「評胡適 『白話文學史』 上卷」, 『文學副刊』 第48期. (『大公報』 1928.12.3)

의 제작과 영향력, 불교문학과 서사시의 전파, 왕범지王梵志와 한산寒山의 생애 고증 및 만청 시기 북방의 평화소설評話小說과[62] 남방의 풍자소설에 대한 묘사 등)에서 성과를 거둔 반면, '문학 전통'을 새로 구축하기 위해 2,000년간의 '고문 전통'을 의도적으로 폄하하고 심지어 말살했다는 문제점을 남겼다. 1920년대 초기에 후스는 희곡 연구를 제창하기 위해 앞사람들이 '정통문학'이라는 틀에 갇혔다고 비판했다.

'정통문학'의 문제는 책을 불태운 진시황보다 더 심하다. 문학에 정통이 있어서 사람들이 문학을 모르는 것이다. 사람들은 정통문학이 있는 줄은 알아도 그 시대의 문학이 있다는 것은 알지 못한다.[63]

'정통문학'을 비판하는 이 이론적 무기는 '양날의 검'이었다. '문언문 정통'과 함께 '백화문 정통'도 겨누고 있었던 것이다. 아쉽게도 후스는 문학사를 편찬할 때 자신이 예전에 '정통문학'을 공격했다는 사실을 기억하지 못했다. 그에 비해 '궁정 문학'과 '민간 문학'의 대립이 2,000년간의 중국문학에 발전 동력을 제공했다는 가설은 이론적으로 더 활력이 있어서 지금까지도 영향력을 미치고 있다.

재미있는 것은 후스에게 가장 먼저 민간문학의 혁명적 의의에 주목하라고 일깨워 준 사람이 나중에 논적이 된 메이광디였다는 점이다. 1916년 3월, 후스는 "서양 문학사를 연구했던" 메이광디의 편지를 받았다. 메

---

62 [역자 주] '評話'는 '平話'라고도 한다. 구술과 창이 결합된 형식으로 송대에 성행하였으며 산문과 운문이 혼합된 형태에서 점차 산문 위주로 발전하였다. 산문이 위주로 된 것으로는 『三國志平話』, 『五代史平話』 등이 있다.

63 胡適, 「讀王國維先生的『曲錄』」, 『讀書雜志』 第7期, 1923.3.4.

이광디는 그가 송대와 원대의 '백화문학'을 높이는 관점에 찬성하면서 "문학혁명은 당연히 '민간문학folklore, popular poetry, spoken language, etc.'에서 시작해야 하며, 이것은 더 말할 필요도 없는 일입니다"라고 덧붙였다.[64] "더 말할 필요도 없었기" 때문에 유학생 대부분은 이 부분을 논의하지 않았다. 5·4 신문화를 주도했던 사람들은 문학혁명은 외국 문학과 민간 문학에서 영양분을 섭취해야 한다는 생각에 찬성했고 민간문학의 수집과 정리 사업에 적극적으로 참여했지만 '궁정문학'과 '민간문학'의 관계에 대해서는 진지하게 생각하지 않았다. 『50년 이래의 중국문학』에서 후스는 '귀족문학'과 '민간문학'을 대립시키는 구도를 구축하기 시작하였고 얼마 뒤 「『중고문학개론』 서문『中古文學槪論』序」에서는 "민간문학이 정통문학으로 발돋움하는" 과정을 서술하여 이 둘의 '대립'을 중시하는 것에서 이 둘의 '대화'를 중시하는 것으로 바꾸었다. 민간문학에 대한 그의 문학사적 시각은 1926년에 발표한 「『사선』 자서『詞選』自序」에 와서야 완정하게 서술되었다.

하지만 문학사에는 피할 수 없는 공식이 하나 있다. 문학의 새로운 형식은 모두 민간에서 온다는 것이다. 시간이 흐르면 문인과 학자들은 민간문학의 영향을 받아 새로운 장르로 문학 작품을 창작하게 된다. 문인이 참여하면 좋은 점이 몇 가지 있다. 얄팍한 내용이 풍부해지고 유치하던 기교가 세련되게 바뀌며 평범한 의경이 멋지게 된다는 것이다. 문인들이 이렇게 새로운 장르를 섭렵한 다음에는 수준 낮은 문인들이 와서 모방한다. 모방의 결과 형식적인 기술만 배우고 창작의 정신을 잃어버린다. 천재가 장인이 되고 창작이 상투적으로 되

---

64   胡適, 『胡適留學日記』, 845면.

는 셈이다. 생기가 사라지면 사소한 기교와 한 무더기 책, 판에 박힌 곡조 하나 만 남게 된다. 이렇게 이런 문학 형식의 운명은 끝나며 문학의 생명은 민간으로 가서 또 다른 방향을 찾아서 발전하게 된다.[65]

『백화문학사』는 이 '문학사의 일반적인 모습'을 가장 잘 설명한 것이었다. "3,000년의 중국 문학사에서" "모든 신문학의 원류는 모두 민간에 있었다"라는 것을 논증한 다음에 후스는 '악부' 제도가 어떻게 민요와 문인이 접촉할 수 있게 하고 서로 영향을 미치게 했는지를 중점적으로 연구했다. 문인이 민요를 모방하고 창작하는 것은 "한편으로는 문학의 민중화였고 한편으로는 민요의 문인화였다". 당대唐代 문학의 빛나는 성과는 그들이 "악부 민요 문학의 진정한 가치를 충분히 인정하고 이 500, 600년 동안 지속되어 온 평민의 가창 및 평민의 가창이 직접 만들어낸 살아있는 문학을 모방했기 때문이었다". 성당시盛唐詩가 악부 가사를 참고한 과정에 대해 후스는 세 단계로 나누어 분석했다. "첫 번째 단계는 시인이 악부를 모방하는 것이다. 두 번째 단계는 시인이 고악부의 제목을 사용하되 원래의 뜻과 곡조에 구애받지 않고 새롭게 창작하는 것이다. 세 번째 단계는 시인이 고악부 민요의 정신으로 신악부를 창작하는 것이다."[66] 『백화문학사』는 원래 구상과 달리 미완성으로 끝나서 악부 정신의 상실에 대해 제대로 쓰지 못했다. 이런 '문학 방식의 운명'에 대해 끝까지 서술하지 못했다는 뜻이다. 후스가 처음에 구상한 '공식'에 따르면 모든 장르는 모두 생-로-병-사의 과정을 거쳤다.

후스가 '백화문 정통설'과 '문학 유기체'의 발상을 결합시킬 수 있었던

---

65   胡適,『胡適古典文學研究論集』, 554~555면.
66   胡適,『白話文學史』, 19・33・63・262면.

것은 그의 제자 푸쓰녠 덕분이었다. 후스는 만년에 푸쓰녠 타계 2주기 기념회에서 한 강연에서 1926년에 파리에서 모였을 때 푸쓰녠의 "중국의 모든 문학은 다 민간에서 온 것이며, 동시에 모든 문학은 생, 로, 병, 사의 과정을 거친다"라는 발상이 "나에게 매우 큰 영향을 주었다"라고 했다.[67] 푸쓰녠이 쓴 『중국고대문학사강의 中國古代文學史講義』의 영향력이 『백화문학사』보다 못했던 이유는 후스의 명성이 훨씬 높았고 후스의 글이 더 빨리 공식적으로 발표되었기 때문이었다. 게다가 푸쓰녠은 문학사를 생물학에 빗대면서 '유기체의 생명'이 필연적으로 노쇠해진다는 점을 과도하게 강조하고, 문인들이 "민간에서 온" 문학을 차용하는 과정을 묘사할 때 유연하게 쓰지 못했다.[68]

1930년대 이후 중국인이 쓴 문학사는 후스가 주장한 '문학사의 일반적인 모습'이라는 구속을 받았다. 루쉰이나 정전둬 같은 대가들도 연구 방법에서 영향을 받았다. 루쉰은 1930년대에 "낡은 문학이 쇠퇴할 때 민간문학 혹은 외국 문학에서 영양분을 섭취하여 새로운 전환을 가져오는데 이런 사례는 문학사에서 자주 나타난다", "사대부들은 자주 민간의 것을 가져온다. 이를테면 죽지사를 문언문으로 고쳐 쓴다거나 '여염집의 규수'를 첩실로 삼는 것이다. 일단 사대부의 손을 거치면 모두 그들과 함께 사라진다"라고 말했다.[69] 정전둬는 『중국속문학사 中國俗文學史』의 제1장 '속문학'과 '정통문학'의 영향 관계를 말하는 대목에서 후스의 표현을 그대로 가져왔다.[70] 민간문학을 중국 문학 발전의 원동력으로 보는 참신한

---

67 胡適, 「傅孟眞先生的思想」, 『胡適演講集』 第2集, 臺北 : 遠流出版公司, 1986, 57~58면.

68 傅斯年, 『『中國文學史講義』序語』, 『傅斯年全集』 第一冊, 臺北 : 聯經出版事業公司, 1980.

69 魯迅, 「門外文談」, 「略論梅蘭芳及其他(上)」, 『魯迅全集』(北京 : 人民文學出版社, 1981) 第6卷, 95면・第5卷, 579면.

70 鄭振鐸, 『中國俗文學史』 上, 上海 : 商務印書館, 1938, 2~3면.

가설은 1950년대에 '민간문학주류론民間文學主流論'으로 변해 점차 이론적 결함을 드러냈다.[71] 지금까지 '문인 문학'을 폄하하고 '민간문학'을 높이는 기조는 연구자들이 직면해야 할 5·4 시기의 유산이다. 이 '유산'의 창조자 중에는 '백화문학'과 '평민문학'을 높였던 후스도 포함되어 있다.

3. 역사연진법歷史演進法

스스로 '가장 뛰어난 방법론'이라고 칭찬한 「고대사 토론자료 독후감古史討論的讀後感」에서 후스는 "고대사는 계속 내용이 추가되면서 만들어진 것이다"라는 구제강의 주장이 이 당시 사학계에 큰 공헌을 세운 것이라고 고평하면서 그 연구 방법을 "역사 진화의 시각으로 여러 이야기의 변화 과정을 추적한 것"이라고 말했다. 구제강 자신도 후스의 정전제井田制 논의와 『수호전』 고증에서 연구 방법을 가져왔다고 했고 후스도 인정했기 때문에 이 고대사 토론에 대한 평가는 후스가 자신의 학술을 평가한 것으로 봐도 무방하다.[72] '역사 진화의 시각'에 대해 후스는 그것을 다음과 같은 공식으로 정리했다.

첫째, 역사적 사실에 대한 이야기들을 선후 순서에 따라 배열한다.

둘째, 역사적 사실이 각 시대에 어떤 양상의 이야기에 담겼는지 연구한다.

셋째, 역사적 사실의 변천을 연구한다. 간단한 것에서 복잡한 것으로, 거친

---

71 鄭振鐸, 『中國文學史討論集』(北京 : 中華書局, 1959) 중 「關于民間文學在文學史上的地位和作用問題」 부분.

72 胡適, 「介紹我自己的思想」; 顧頡剛, 「『古史辯』第一冊自序」.

것에서 세련된 것으로, 지방부분적인 것에서 전국으로, 신에서 인간으로, 신화에서 역사적 사실로, 우언에서 사실로 변화한 것을 연구한다.

넷째, 가능한 경우 각 변화의 원인을 해석한다.

후스의 주장에 따르면 "이는 근본적인 관점이므로 절대 깨뜨릴 수 없"으며, "고대사 이야기는 모두 이런 변화를 겪었고 모두 역사연진법역사진화론으로 연구할 수 있다"[73]라고 했다. "고대사 이야기"만이 아닐 것이다. 오랫동안 전해 내려온 모든 이야기와 전설, 관련 소설, 시가, 희곡 등에도 이 방법을 적용할 수 있다. 이론과 실제에서 '역사연진법'은 문학비평 차원에서 장회소설의 해독과 사학 연구 영역에서 고대사 이야기 고증, 이 두 방향으로 전개되었다. 후스의 주된 성과는 고대사의 고증보다는 중국 소설 연구에서 새로운 경지를 개척했다는 것이다. 「『수호전』고증『水滸傳』考證」을 쓴 1920년에서 「『삼협오의』 서문『三俠五義』序」을 쓴 1925년까지 후스는 이야기의 진화와 모티브의 발전이라는 측면에서 특정한 유형의 중국 소설을 연구하여 예상치 못한 성과를 거두었다. 그 연구방법은 지금도 유효하다.

명대의 '4대 기서奇書' 중에서 최소한 3권, 곧 『삼국연의』와 『수호전』, 『서유기』는 저자가 단숨에 써낸 것이 아니라 몇백 년이라는 시간 동안 작은 이야기들이 모여 장편의 장회소설로 발전한 것이다. 이 3권의 책이 중국 소설사와 중국 문화사에서 가지고 있는 높은 위상을 고려할 때 독특한 발전 과정은 주목할 가치가 있다. 이전의 연구자들은평점 연구자든 아니면 고증학자든 모두 고립적인 '텍스트' 자체만 주목했다. 반면 후스는 동일한 이야기의 다른 변천을 통해 이 유형 소설의 발생 과정을 고찰했고 몇백

---

73 胡適, 「古史論的讀後感」, 顧頡剛, 『古史辯』 第1冊, 上海 : 上海古籍出版社, 1982, 192~194면.

년간 문학적 진화를 거쳐 탄생한 『수호전』 같은 작품을 읽을 때는 일반 문인 문학과는 다른 비평적 안목과 연구 방법을 활용해야 한다고 강조했다. 이런 사유는 역사적인 안목과 주제학적 방법을 통해 얻은 것이며, 결국 판본 고증 중심의 '박피주의剝皮主義'[74]로 귀결되었다.

후스는 학문을 연구할 때 '새로운 학설과 깊이 있는 이론'을 중시하지 않았다. 그는 '학문을 연구하고 사안을 논하며 대상을 관찰하고 나라를 다스리는 방법'을 중시했다. 그래서 방법이 가장 중요했다. 젊은 시절에 말한 '방법'은 학문 입문 단계의 상식이었으나 '역사적 안목'을 해석할 때는 자기 경험을 녹여 독자적인 면모를 갖추었다. 1914년 초에 미국 유학 중이던 후스는 드디어 신대륙을 발견했다. "세 가지 방법이 있는데 모두 엄청난 특효약이다. 첫 번째는 귀납법, 두 번째는 역사적 안목, 세 번째는 진화론이다." 이 특효약을 노쇠한 중국에 처방하자 효과가 대단했다. 1921년에 『국어문법의 연구법國語文法的研究法』을 쓸 때 후스는 '귀납적 연구 방법', '비교의 연구 방법'과 '역사적 연구 방법'을 '세 가지 불가결한 방법'으로 제시했다. 1923년에 국고 정리 선언을 발표할 때 후스는 다시 '역사적 안목', '체계적인 정리'와 '비교연구'를 지향점으로 설정했다.[75] 그중에서 '귀납'은 학문 연구의 기반이었고 '비교'는 동서양의 문화가 충돌하는 상황에 있던 학자들이 공통적으로 가진 인식이었다. '진화'에는 '역사적 안목'이 가미되었으므로 후스가 창안한 아이디어를 가장 잘 보여줄 수 있었던

---

74 [역자 주] '박피주의'는 후스가 구제강의 "고대사는 계속 내용이 추가되면서 만들어진 것이다"라는 주장을 찬양하면서 한 말로, 하나의 관념으로 한 겹씩 후대에 물든 색깔을 벗겨내어 역사의 진실에 접근하는 방법을 말한다.

75 胡適, 『胡適留學日記』, 167면; 「國語文法概論」(초간본 『新靑年』에 실렸을 때의 제목은 「國語文法的研究法」이었다), 『胡適文存』 1集 卷3, 36면; 『『國學季刊』發刊宣言』, 『國學季刊』 第1卷 第1號, 1923.1.

것은 '역사 진화론적 문학 관념'이라고 보아야 할 것이다.

　문학혁명을 주장하면서 후스는 '역사 진화론적 시각'으로 중국문학사를 다시 읽고 나서 "시대마다 자기 시대의 문학이 있다. (…중략…) 각 시대는 그 시대의 추세와 분위기에 따라 변화하기 때문에 각각 훌륭한 분야가 있다"라는 결론을 얻어냈다.[76] 이 결론 자체는 결코 새롭지 않다. 유협劉勰이 이미 "문학의 변화는 사회 분위기의 영향을 받으며 흥성과 쇠퇴는 시대로 결정된다"『文心雕龍』라고 단언했고, 초순焦循은 시대마다 그 시대의 훌륭한 문학이 있다고 명시했다.『易餘龠錄』 왕궈웨이는 더 멋진 말을 했다. "시대마다 그 시대의 문학이 있다. 초楚나라에는 소騷가 있었고 한漢대에는 부賦가 있었으며 육대六代에는 변려문이 있었고 당에는 시가 있었으며 송에는 사가 있었고 원에는 곡이 있었다. 모두 그 시대의 문학이었는데 후대에는 계승되지 못했다"라고 하였다.[77] 후스의 주장이 놀라운 이유는 "산천에 시대마다 인재가 나서 수백 년간의 풍아風雅, 문학를 이끈다"라는 '역사적 견해'에[78] '진화'라는 가치판단을 녹여 넣었기 때문이다. 문학이 시대에 따라 변화하여 시대마다 그 시대의 문학이 있다는 점 위에 덧붙여 후스는 2,000년간 중국 사회와 문학이 정체되거나 후퇴한 적이 없고 언제나 발전하고 진보했다고 강조했다. 문언문이 백화문으로 변한 것도 진보이고, 전기傳奇가 화본話本으로 변한 것도 진보이며, "당시가 송사가 되고 다시 송대와 원대의 곡이 된 것도 모두 진보"[79]라는 것이다. 다

76　胡適,「文學改良芻議」,『新靑年』第2卷 第5號, 1917.1, 140면.

77　王國維,「『宋元戱劇考』序」,『王國維遺書』第15卷, 上海∶上海古籍書店, 1983.

78　후스는 趙翼의 이 시를 읽고 "크게 놀라고 기뻐하면서" "그가 이런 역사적인 견해가 있을 줄을 생각지도 못했다"라고 감탄하였다. 胡適,『胡適的日記』, 北京∶中華書局, 1985, 399면.

제5장 | 새로운 패러다임으로서의 문학사 연구　　303

윈과 스펜서 Herbert Spencer 이론에 근거한 문학 진화론은 19세기 서구에서 한 시대를 풍미했다.[80] 후스와 정전둬 같은 신문화인이 이 주장을 특히 좋아했던 이유는 중국인의 마음속에 뿌리내린 숭고崇古와 의고擬古, 복고復古의 문학 관념을 부정하고 문학혁명을 위해 길을 여는 역할을 할 수 있었기 때문이다.

문학혁명 주장에서 국고 정리 주장으로 바뀌면서 후스의 '역사적 안목'에 대한 해석도 변화가 생겼다. 이제는 문학이 발전하는 과정임을 강조하지 않고 문학 진화 과정의 '유형물遺形物'을 부각시켜 특정한 장르나 작품을 통해 그 작품이 살아남는 문학시대를 해석한 것이다. '유형물'이라고 한 것은 문학 진화 과정에서 시대를 거칠 때마다 필연적으로 그 시대가 수많은 '쓸모없는 기념품'희곡의 분장(臉譜), 동선(臺步) 등을 남긴다는 점을 해석하기 위해서였다. 후스는 처음에는 "이런 '유형물'을 완전히 치우지 않으면 중국 희곡은 혁신될 가망이 전혀 없다"고 예상했다.[81] "과거의 각종 '유형물'을 완전히 치우자"는 대담한 가설은 실현할 수 없다는 것이 바로 증명되었다. 그런데 예상외로 여러 '유형물'을 분석하자 후스의 '역사적 안목'이 빛을 발했다. 많은 학자들이 시와 문장을 논할 때 진秦·한漢 등 시대를 구분하지 않고 과거와 현재를 뒤섞어버렸지만 후스는 국학 연구의 첫걸음은 "원래 모습을 복원하는 것"이라고 주장했다. 지금까지 높은 위상을 가졌던 조정의 중요한 문서든 아니면 지금 아이들이 부르는 민요든 모두 그 위상을 재정립해야 한다는 과제가 생긴 것이다. 먼저 본래 모습

79   胡適,「歷史的文學觀念論」;「論短篇小說」;『胡適的日記』, 124면.
80   René wellek, 丁泓 等 譯, 『批評的諸種概念』의「文學史上進化的概念」참조. (成都 : 四川文藝出版社, 1988)
81   胡適,「文學進化觀念與戲劇改良」,『新青年』第8卷 第3號, 1920.11.

으로 복원해야 했고 그 다음에야 가치를 평가할 수 있었다. 문학 부분에서는 다음과 같았다.

> 시 『삼백편』의 저자는 서주西周와 동주東周 시기의 무명 시인이고 『고악부古樂府』의 저자는 한, 위, 육조의 무명 시인이다. 당시는 당에, 사詞는 오대五代와 북송과 남송에, 소곡小曲과 잡극雜劇은 원에, 명대와 청대 소설은 명과 청에 귀속되어야 한다. 모든 시대에 그 시대에서 잘했던 문학을 돌려주고 그 다음에 문학적 가치를 평가해야 한다. 각 시대의 독특한 문학을 인정하지 않는 것은 옛사람을 속이는 것이자 지금 사람들을 오해하게 하는 것이다.[82]

모든 시대의 문학에는 나름대로 잘하는 것도 있고 못하는 것도 있다. 역사학자는 평가도 해야 하지만 이런 특수한 상황 자체를 이해해야 한다. 오랫동안 전해져 왔고 나중에야 정본화가 된 장회소설은 민족의 문학 역사를 펼쳐보는 것과 같아서 그 시대의 낙인도 발견할 수 있다. 이런 식으로 "400년 '양산박梁山泊 이야기'의 결정체"인 『수호전』을 읽은 뒤 후스는 "각 시대마다 문학을 보는 관점도 다르고 문학 작품의 모습도 다르다"라는 기본적인 문학 관념을 도출했다. 곧이어 송, 원, 명 세 왕조의 시대 배경과 문학 진화에 대해 알지 못하면 '수호' 이야기가 왜 이런 식으로 발전하고 변하는지 알 수 없다는 것을 논증했다.[83] 이것은 1930년대 이후 한때 유행한 유물사관과 통하는 점이 매우 많다. 모두 문학 발전이 사회 변화로 인해 근본적으로 제약을 받는다는 것이다. 후스에게 이것은 문학 관념이라기보다는 연구 전략이었다. 후스의 문학과 인생시대을 볼 때 전통

---

82 胡適,「『國學季刊』發刊宣言」,『國學季刊』第1卷 第1號, 1923.1.
83 胡適,『胡適文存』1集 卷3, 90・144~145면.

적인 시교설詩敎說과 19세기 현실주의 문학관을 벗어나지 않았다. 따라서 이것을 엄청난 발명이라고 하기는 어렵다. 하지만 '역사 진화론적 문화 관념'을 통해 도출한 '역사연진법'은 중국 고대 장회소설을 해석하는 데 새로운 길을 개척했기 때문에 지금도 여전히 매력이 있다.

후스의 고증에 따르면 『삼국연의』와 『수호전』, 『서유기』에는 모두 "500·600년간의 진화의 역사"가 담겨 있다.[84] 그중에는 원초적인 민간 전설뿐만 아니라 여러 시대를 거치면서 작가들이 고친 것도 있고 마지막 에 다시 이것을 확정한 저자의 예술적 상상력이 가미되었기 때문에 전 체적으로 볼 때 소설의 일관성이 부족하고 상충되는 곳이 많다. 여러 시 대를 거치면서 문학 취미가 누적된 장편소설을 읽을 때는 예술적으로 '복원'할 필요가 있다. 먼저 '저본'을 찾은 뒤에 같은 이야기가 어떻게 다 르게 변형되었는지를 살펴봄으로써 작가가 예술적으로 창조한 부분이 무엇인지를 파악해야 한다. 후스는 "연보 보는 것을 가장 좋아했다". 연 보가 대상의 "사상과 학설이 변천되는 순서"를 보여주기 때문이었다.[85] 500·600년의 역사를 가진 소설의 '연보' 작성도 '변천되는 순서'를 보여 주는 것이 아닐까? 그런데 후스가 "역사적 진화의 시각으로 전해지는 이 야기의 변천 과정을 추적한 것"은 연보 작성이라는 연구 방법만 가져온 것이 아니라 또 다른 근원이 있었다. 후스의 이론 틀을 가장 잘 보여주는 것은 『삼협오의』에서 모티브의 변화를 논한 이 대목이다.

굴릴수록 커지는 눈덩이처럼 전해지는 이야기는 시간이 지날수록 살이 붙 는다. 처음에는 단순한 이야기 중심의 모티브였지만 여러 사람이 하나씩 가지

---

84   胡適, 「『西遊記』考證」, 『胡適古典文學硏究論集』, 899면.
85   胡適, 「『章實齋先生年譜』自序」, 『胡適文存』 2集, 上海 : 亞東圖書館, 1924, 275면.

를 추가하면 모양을 갖추게 된다. 나중에 사람들이 입으로 전하면서 구연하는 사람들이 부연하고 희곡가들이 재구성하고 소설가들의 수식을 거치면 이야기는 하루하루 새롭게 거듭난다. 내용이 풍부해지고 스토리가 섬세하고 완정해지며 갈등이 더 많아지고 인물은 생기가 넘치게 된다.[86]

이렇게 '전해지는 이야기가 살이 붙는 역사'는 옛사람들이 걸桀과 주紂에게 모든 죄를 떠넘기고 요堯와 순舜에게 모든 미덕을 갖다 붙이는 것에서도 드러난다. 그뿐 아니라 여러 시대의 독자들이 자기가 좋아하는 이야기에 내용을 덧붙이는 것에서도 볼 수 있다. 한 사람에게 악덕과 미덕을 몰아주는 이런 예를 두고 후스는 '화살받이형 인물'[87]이라고 불렀는데 이 주장은 지나치게 가볍고 단순해서 전설적 인물인 주공周公, 판관 포청천包青天, 包拯이라면 딱 맞아도 역사적 인물 굴원屈原, 조인曹寅처럼 실제 모습과 차이나는 경우도 있다.[88] 어쨌든 후스의 성과는 모티브가 변화하고 확장되는 것을 통해 중국 장회소설의 변천사를 이해하도록 했다는 점이다.

그 외에 후스는 '모티브의 변천'을 통해 「공작동남비孔雀東南飛」를 해석했지만 구제강의 맹강녀 이야기 연구보다 못했다.[89] 스승과 제자로서 후스와 구제강은 서로를 격려하고 계발했다. 그들은 모두 민속학의 연구 방

86 胡適, 「『三俠五義』序」, 『胡適古典文學研究論集』, 1193면.
87 [역자 주] 후스가 창안한 용어로, 원어는 '箭垛式的人物'이다. 어떤 이야기의 원형이 시간이 흐르면서 살이 붙어서 발전할 때 이런 이야기군의 주인공에게 여러 모티브가 누적되어 이미지가 만들어지는 것을 가리킨다. 곧 후스는 『삼협오의』서문에서 민간 전설의 여러 모티브가 송의 판관 포청천(포증) 한 사람에게 모아져서 포청천이라는 실존 인물을 전형화된 인물 유형으로 만들어냈다고 설명했다. 학술용어의 성격상 학계의 번역어를 따라야 하겠지만 관행적인 번역어를 찾기가 어려워서 이 책에서는 화살이 하나로 몰리는 과녁이라는 축자적인 의미를 살려 '화살받이형 인물'이라고 번역했다.
88 胡適, 「『三俠五義』序」; 「讀『楚辭』」; 「與顧頡剛書」. (1921. 5. 30)
89 胡適, 『白話文學史』, 105~106면.

법을 참조했다. 중국 민속학 연구의 개척자로서 구제강의 『맹강녀 고사 연구집孟姜女故事硏究集』은 지금도 전범이 되고 있다.[90] 후스는 전문적인 저술은 없지만 여러 차례 민속학의 연구 방법을 문학비평에서 활용하고 싶어 했다.[91] '모티브'는 문학비평의 개념으로, 독일 문학사에서 가장 오래된 연원이 나오며 가장 완정한 형태의 발전을 이루었다. 이것은 그림 형제 Brüder Grimm가 수집하고 편집한 동화 이야기가 독일문학사에서 중요한 의의를 가지고 독일학자들이 민간문학에 깊은 흥미를 갖고 있었기 때문이다. 그래서 모티브 연구가 중심인 '주제학'은 일반적으로 19세기 독일의 민속학 열풍 속에서 탄생한 학문으로 인식되었다.[92] 후스와 구제강 같은 사람들이 서구의 민속학이나 주제학 연구에 깊은 조예가 있었다고 하기는 어려울 것이다. 다만 5·4신문화운동이 기존의 장르 위상에 대한 관념을 바꿔서 예전에는 높은 위상을 가지지 못했던 여러 '속문학'민요, 동화, 민담 등이 갑자기 귀하신 몸이 되었던 것이다.[93] 이런 유형의 '대동소이한' 이야기나 민요 연구는 당연히 예전에 했던 시와 문장을 품평하는 것과는 달라서 '독창성'을 강조하기 어려웠다. '모티브'라는 개념을 가져와서 이야기의 계보를 만들어야만 이런 작품의 가치를 부각시킬 수 있었다. 이론적인 면에

---

90 陳鵬翔은 「主題學硏究與中國文學」(陳翔鶴 編, 『主題學硏究論文集』, 臺北 : 東大圖書公司, 1983, 16면)에서 구제강의 「맹강녀고사연구」에 대해 "민간문학의 변화의 관건과 계기, 최근 서양의 주제학 이론에서 강조하는 가치 등을 모두 망라했다"라고 높이 평가하였다.

91 후스는 여러 번 민속학과 사회학의 연구방법으로 『시경』을 연구하려는 구상을 이야기했으나 깊이 있는 연구로 나아가지는 못했다. 胡適, 『胡適古典文學硏究論集』, 287·296·333면.

92 P.懷納(P. P. Wiener) 編, 『觀念史大辭典』(中譯本) 第3卷, 臺北 : 幼獅文化事業公司, 1988, 245면; U.韋斯坦因(U. Weisstein), 劉象愚 譯, 『比較文學與文學理論』, 瀋陽 : 遼寧人民出版社, 1987, 126면.

93 鍾敬文, 「'五四'前後的歌謠學運動」, 『鍾敬文民間文學論集』 上, 上海 : 上海文藝出版社, 1982.

서 후스와 구제강은 각각의 모티브가 변화 과정에서 "수많은 그 지역적 색채가 덧입혀졌고 수많은 무명 시인의 재능과 풍격을 흡수했다"는 점, "문화의 주류를 따르면서 여러 시대와 지역의 추세와 풍속의 영향으로 변화했고 민중의 정감과 상상력을 통해 발전했다"는 점을 인정했다.[94] 하지만 실제 연구에서는 계보를 구축하지 못했다. 또 무명 시인을 확인하기가 어려웠기 때문에 '말하는 사람의 생각'을 찾으려던 노력은 늘 '시대의 추세와 풍속'에 대한 멋진 묘사로 대체되었다. 이것은 이야기나 민요 연구에서는 치명적인 흠이 아니었지만, 『수호전』 같은 문학 연구에서는 용인될 수 없는 문제였다. 그러다 보니 '인습'과 '창작' 사이에서 연구자가 '인습'만 강조하고 '창작'을 경시하는 경향이 강할 수밖에 없었다. 후스가 『삼국연의』의 저자가 '평범한 유생'이라고 섣불리 단언했던 일과 같은 문제는 많지 않았지만[95] 이런 연구는 이야기 전승의 계통은 잘 보여주지만 작가의 심리는 제대로 탐구하지 못해서 천재 작가가 기여한 부분을 거의 보여주지 못했다.

이러한 약점은 후스의 모티브 이해가 청대 고거학적 사유에 바탕을 두고 있었기 때문이다. 후스는 "고대사는 계속 내용이 추가되면서 만들어진 것이다"라는 구제강의 대담한 가설을 '박피주의'라고 명명하고 이것이 최술崔述의 『고신록考信錄』에서 나온 것이라고 했다.[96] 대진과 완원의 학술적 공헌을 논할 때에도 후스는 '박피주의'임을 부각시켰다.

박피剝皮의 의미는 하나의 관념으로 한겹씩 후대에 물든 색깔을 벗겨내는 것이다. 파초芭蕉 껍질을 벗기는 것처럼 벗길수록 중심에 가까워진다. (…중략…)

94   胡適, 『白話文學史』, 101면; 顧頡剛, 『孟姜女故事研究集』, 上海 : 上海古籍出版社, 1984, 72면.
95   胡適, 「『三國演義』序」, 『胡適古典文學研究論集』, 741면.
96   胡適, 「古史討論的讀後感」, 『古史辨』 第1冊, 192면.

우리는 모든 철학 관념에 대해 늘 이런 박피 방법을 사용해야 한다.[97]

철학사가인 완원이 고금의 '성^性' 담론을 모은 것을 두고 후스는 "시대의 선후에 따라 배치하고 비교하여 글자 뜻의 변천 과정을 쉽게 알 수 있었다"고 했다.[98] 문학사가인 후스는 몇백 년간의 '수호' 이야기나 판관 포청천 이야기 관련 작품들을 모아 완원처럼 시대의 선후에 따라 배치하고 비교했다. 전하는 이야기의 '변천'을 알기 위해서였다. 이 둘은 연구 범위는 다르지만 기본 사고는 매우 비슷하다. '고본^{古本}'을 찾아가는 과정에서 시대의 변화와 문화, 학술의 변천을 탐구했다는 것도 같다. 청대 유학자는 학술에서의 '복원'을 위해 고거학의 이론과 방법을 발전시켰다. 이것이 후스가 찬탄했던 '과학적 정신'이었다. 「청대 학자의 연구 방법」과 『동원 대진의 철학』에서 후스는 한학자의 기본 연구 방법을 '역사적 안목'과 '증거 중시'로 정리했다. 1928년에 「교감학 방법론^{校勘學方法論}」을 썼을 때 후스는 교감학의 근본적인 방법이 먼저 저본의 차이점과 공통점을 파악한 다음에 시비를 판단하는 것이라고 하면서 연구자는 반드시 다른 판본을 모두 찾은 다음에 실제에 근거하여 시시비비를 정하고 의심되는 점은 널리 탐구해야 한다고 강조했다. 또 자기가 교정하는 책의 배경지식도 알아야 했다. "어떤 시대의 책에 대해 알기 위해서는 반드시 그 시대의 제도와 습속, 언어, 문자를 많이 알아야 하기 때문이었다." 이 모든 것은 후스에게는 중국과 서구의 교감학자들이 공통으로 따라야 할 방법이었다.[99] 『대영백과전서^{大英百科全書}』 속

---

97 胡適, 『戴東原的哲學』, 上海 : 商務印書館, 1927, 163면.

98 胡適, 『戴東原的哲學』, 159면.

99 胡適, 「校勘學方法論−序陳垣先生的『元典章校補釋例』」, 『國學季刊』 第4卷 第3期, 1928. 3.

310   중국 현대 학술의 건립

의 '판본학textual criticism' 항목을 읽고 "동양과 서양의 교감학이 다른 길을 따라 같은 목적지에 도착한다는 사실"을 깨달은 유학 시절에서[100] 20년 동안 다시 『수경주』의 여러 난제를 연구한 만년까지 후스는 계속 문헌학에 열의를 가지고 있었다. 이렇게 역사와 고증에 대한 집착이 있었기 때문에 소설을 전통적인 경학이나 사학과 동등한 위상을 가진 학술적 주제로 삼게 되자 필연적으로 청대 유학자들이 연구하던 방법으로 소설을 연구하게 되었다. 원래 서사의 같고 다름과 판본 교감을 바탕으로 한 뒤 그 위에 다시 역사적 안목과 모티브 연구라는 방법을 적용한 것이다. 이렇게 동양과 서양의 방식이 절충된 학술적 시야로 인해 후스는 장회소설 연구에서 종횡무진할 수 있었다. 어쩌면 삼국지 이야기의 변증과 수호지 판본 비교가 너무나 매력적이었는지도 모른다. 후스는 늘 여기에 심취하여 소설 자체의 예술적 가치를 눈여겨보지 않았다.[101] 어쨌든 이야기 변증과 판본 교감은 확실한 근거를 통해 명확하게 결론을 내릴 수 있다. 명확한 해석을할 수 없는 문학 작품 분석과는 다르다. 증거를 중시했던 후스에게 문학작품 해석은 가능한 한 피해야 할 위험한 함정이었다. 확실한 것만 파고드는 연구 전략으로 후스의 소설사 연구 기반은 탄탄해졌지만 상대적으로 유연성은 떨어졌다. 이 점은 루쉰의 『중국소설사략』과 비교하면 쉽게 알 수 있다. '문학사'는 학과를 이루는 분야로, 사학이자 시학詩學이다. "판본의 변천 궤적"을 밝힌다고 해서 "과학적인 중국소설사학을 수립할" 수

---

100 胡適, 『胡適口述自傳』, 140~144면.
101 「『三國演義』序」에서 李商隱과 段成式의 시문을 근거로 만당 시기에 이미 삼국 이야기가 있었다는 것을 논증한 뒤에 자연스럽게 500년 동안의 삼국 이야기의 변화를 고찰한 것, 「『水滸傳』後考」에서 이미 알고 있거나 가정한 텍스트를 열거하여 「『水滸』淵源表」를 만든 것 등이 바로 그 사례이다. 『胡適古典文學研究論集』, 736・814면.

있는 것은 아니다.[102] 후스는 사학만 중시했을 뿐 시학은 경시했고 소설의 예술적 표현에 별다른 흥미를 보이지 않았다. 설사 언급한다고 해도 탁월한 견해를 보여주지 못했다. 사학자의 시각으로 문학 작품을 읽고 분석하다 보면 편향적인 때도 있지만 심도 있는 내용이 나올 때도 있다. 중요한 것은 '역사적 진화'라는 관념을 가지고 이전에 이루어진 시 품평, 문장론, 소설 평점에서 등장하던 자의적인 감상이나 직관적인 평론 같은 관행을 타파하고[103] 장르 발전과 작품 형성의 비밀을 찾아냈다는 점이다. 이렇게 함으로써 만들어진 문제들은 후대 학자들이 보완하는 수밖에 없다.

4. 『홍루몽紅樓夢』 자전설自傳說

'복선적 문학관념'이 중국문학사의 연구에 새로운 이론의 틀을 마련해 주었고 '역사 진화의 시각'이 장회소설의 해석에 유효한 안목과 방법을 제공해 주었다면, 『홍루몽』 자전설은 '홍학紅學'의 발전에 기반을 마련해 주었다. 이 말은 이 세 가지 중에서 뒤의 것이 학술적 가치가 떨어진다는 뜻이 아니다. 사실 '새로운 홍학'이 20세기 중국의 학계에서 큰 명성을 얻었고 『홍루몽』에 심취한 사람들은 항상 있었기 때문에 '자전설'은 깊이와 지속성에서 앞의 두 가지보다 더 큰 영향력을 발휘했다. 지금 사람들은 '홍루몽'을 이야기할 때 언제나 조설근曹雪芹의 생애와 결부시키는 경

---

102 1930년대에 후스는 孫楷第의 『日本東京所見中國小說書目提要』에 서를 쓰면서 '목록학의 기반'과 '소설사학'을 제대로 구분하지 않았는데, 이해할 수 없는 것은 아니다. 『胡適古典文學研究論集』, 1271면 참조.
103 이는 5·4 시기 신문화인의 공통된 인식이었다. 鄭振鐸, 「研究中國文學的新途徑」, 『中國文學研究』, 上海 : 商務印書館, 1927.

향이 있다. 그런데 이 '공통된 견해'는 후스의 대담한 가설에서 온 것이다. '자전설'은 『홍루몽』의 저자 고증에 한정되는 문제가 아니다. 더 큰 의의는 해석의 방법과 연구의 사유를 제공했다는 것이다. 후스는 자기 사상을 소개할 때 자신이 『홍루몽』 고증으로 사람들이 생각하고 연구하는 방법을 일깨웠다는 것을 강조하곤 했다. 몇십 년 동안 홍학 연구자들이 후스를 둘러싸고 벌인 여러 논쟁은 저자나 판본 고증이라는 범위를 넘어섰으며 여러 사상적 입장과 학술 사유까지 넘나들었다. 이 글에서 '자전설'의 등장과 '새로운 홍학'의 성립을 논의하려는 이유도 더 넓은 학술사의 배경 속에서 '전범'이 이동한 가장 좋은 사례로 삼아 분석하려고 하기 때문이다. 이 부분에 대해서는 위잉스가 『근대 홍학의 발전과 홍학 혁명近代紅學的發展與紅學革命』에서 탁월한 논의를 했으므로[104] 여기에서 한 걸음 더 나아가려면 이 '전범'의 핵심 개념인 '자전설'의 발단과 형성에 대해 다루어야 한다.

「『홍루몽』 고증『紅樓夢』考證」은 '새로운 홍학'을 개척한 글로, 후스가 가장 성과를 거둔 학술 논문 중 하나이다. 후스는 자기 학생인 구제강과 위평보俞平伯, 유평백의 도움을 받아 이 논문을 수정했다. 구제강은 후스의 이 글이 가지는 학술사적인 위상을 간결하게 정리했다.

후스 선생은 조씨 집안의 사실 자료를 바탕으로 이 책이 저자의 자술이라고 단정한 최초의 사람이다. 그 결과 사람들은 신비한 이야기를 평범한 이야기로 이해하게 되었다. 또 판본 고증으로 이 책이 미완성작인데 후세 사람들이 보완

---

104 토마스 쿤(T. S. Kuhn)의 '패러다임' 변화의 이론을 이용하여 후스의 학술사적 위치를 확정하려는 것이 위잉스의 일관된 사유였다. 「近代紅學的發展與紅學革命」, 「『中國哲學史大綱』與史學革命」, 「『胡適之先生年譜長編初稿』序」 등 글 참조.

하여 완성했다는 것을 밝혔다. 그 결과 사람들은 처음에는 작품을 하나의 스토리로 봤지만 이제는 두 부분으로 나뉜다고 생각하게 되었다.[105]

이 두 가지가 『홍루몽』 연구에서 후스가 거둔 주요 업적이다. 이것은 또한 '새로운 홍학'의 기본 명제이기도 하다. 이후 수많은 저술은 고증이 세밀하고 논의가 치밀해졌을 뿐 모두 이 사유를 따랐다. "마지막 40회는 고악高鶚이 보완한 것이지 조설근의 원작이 아니다"라는 가설은 '자전설'에서 확장된 것이다. 조씨 가문의 역사를 조사해서 소설을 고증하려고 하지 않았더라면 소설의 본래 의도가 제대로 반영되었는지, 소설이 완정한지를 의심하지 않았을 것이다. 후스 자신이든 논쟁의 아군이든 적군이든 『홍루몽』 연구에서 '자전설'을 새로운 전범의 핵심으로 보았다. 후대 학자들이 후스와 차이위안페이의 논쟁을 '진정한 홍학'의 시작으로 보는 이유도 '투영설'로 대표되는 학술 패러다임에 '자전설'이 도전했다는 점을 중시했기 때문이다.[106] 판본 고증과 고악의 보완설이 구체적인 독해에서는 더 의미가 있었지만 기존 학술사에 대한 도전이라는 점에서는 '자전설'의 영향력이 훨씬 컸다. 그래서 새로운 전범의 대표작은 위핑보의 『홍루몽변紅樓夢辨』이 아니라 후스의 「『홍루몽』 고증」이었던 것이다. 『홍루몽』 텍스트 고증과 분석, 고악의 창작에 대한 연구에서 위핑보의 연구가 후스보다 훨씬 치밀했어도 어쩔 수 없었다.

후스는 『홍루몽』을 "진짜 사실을 숨긴" '자서전'으로 보았다. 이것은 후대 사람들에게는 "매우 평범한 견해"이겠지만, 이 내용이 저자의 생애 고증과 결합되면 놀라운 결론으로 이어진다.

---

105 顧頡剛, 「『古史辨』第一冊自序」, 『古史辨』第一冊, 46면.
106 潘重規, 『紅學六十年』, 臺北 : 文史哲出版社, 1974, 1면.

조설근이 바로 『홍루몽』의 시작 부분에서 깊이 참회하던 '나'이다. 다시 말하면 이 책의 견甄, zhen, 가賈, jia 두 성을 가진 (진짜眞, zhen와 가짜假, jia) 두 보옥의 저본인 것이다. 이 사실을 알게 되면 이 책에 나온 가씨 집안과 견씨 집안은 조설근 집안이 투영된 그림자일 뿐이라는 것을 알게 된다.[107]

'그림자'와 '저본', "깊이 참회하던" 서술자 '나'를 강조한 이 대목은 나중에 선명하게 조설근을 가보옥과 직접 대응시킨 것보다도 훨씬 절묘하다. '자전소설'과 '자전'이 다르다는 것은 문학에 약간의 상식이 있다면 모두 잘 알고 있을 것이다. 후스가 아무리 고증에 집착했다고 해도 이 둘을 동일시해서는 안 되었다. 후스와 같은 견해를 가진 사람들이 저자의 집안 고증을 통해 소설을 분석한 성과에 지나치게 도취된 나머지 소설가가 "이야기를 만들어내는"[108] 권력을 대수롭지 않게 넘겼기 때문에 '홍학'은 나중에 '조학曹學, 조설근에 관한 학문 ─ 역자 주'으로 변질되었고 '자전설'은 많은 비판을 받게 되었다. 1950년대 초에 위핑보는 이 점을 진지하게 반성했다. 그는 "『홍루몽』은 자전적 소설은 될 수 있어도 이것을 저자의 전기나 행장으로 볼 수는 없다"라고 했다.[109] 사실 당시 후스 같은 사람들이 전기와 소설을 혼동하면 안 된다는 경각심이 없었을 리는 없다. 다만 "증거를 가져오라"는 유혹을 이겨내기 어려웠기 때문에 '홍학'이 '조학'으로 변화

---

107 胡適, 「『紅樓夢』考證」, 『胡適文存』 1集 卷3, 219면.
108 [역자 주] 원문은 '假語村言'인데, 이는 『홍루몽』 제1회의 "내가 비록 배운 것이 없어서 글을 잘 쓰지는 못하지만 마을 사람들의 말을 빌려 이야기를 풀어내는 것도 나쁘지 않을 것이다(雖我未學, 下筆無文, 又何妨用假語村言, 敷演出一段故事來)"에서 온 것이다. '假語村言'은 '賈雨村言'과 중국어 발음이 같으므로, "賈雨村이 말하기를"로 해석할 수도 있다. 賈雨村의 이름은 '賈話'로 발음이 '거짓말(假話)'과 같다. 즉 이 말은 『홍루몽』의 이야기가 모두 허구라는 뜻이다.
109 兪平伯, 「『紅樓夢研究』自序」, 『紅樓夢研究』, 北京 : 人民文學出版社, 1973, 2면.

하게 되었던 것이다.

차이위안페이는 진짜 사실을 숨긴 것이라면 어떻게 책 속의 이야기를 사실로 여길 수 있겠는가, 또 자서전이라면 왜 견보옥과 가보옥 두 인물이 존재하는가라는 반론을 제기했다. 후스 등의 사람들은 처음 주장할 때 이미 이 비판에 직면했었다.[110] 구제강은 사료에 나온 조설근과 소설 속의 가보옥이 매우 다르다는 점을 발견했고, 위펑보는 대관원大觀園이 남쪽에 있는지 북쪽에 있는지조차 밝혀내지 못했다. 그럼에도 이것이 '자전설'의 기반을 흔들지는 못했다. "고립되고 냉담한" 성격과 "화려한" 경력은 상충되는 것이 아니었고, 자전적 소설이 "사실에 입각하더라도 모두 믿을 만한 역사인 것이 아니기" 때문이었다.[111] '믿을 만한 역사'가 아니므로 '실제 상황을 썼다'고 해도 진짜 사실이 바탕이 되었다는 것이지 역사가의 '실록'이 아닌 것이다. 후스는 『노잔유기老殘遊記』까지도 자전으로 보았다. 그가 생각하는 자전적 소설이란 작가 생애의 '그림자'에 불과했다는 뜻이다.[112] 그런데 막상 글을 쓸 때에는 색은파索隱派[113]의 견강부회와

---

110 蔡元培, 「『石頭記索隱』第六版自序」, 『蔡元培全集』 第3卷, 北京 : 中華書局, 1984, 73면.

111 胡適, 『胡適紅樓夢硏究論述全編』, 上海 : 上海古籍出版社, 1988, 50・54면; 兪平伯, 『紅樓夢辨』, 北京 : 人民文學出版社, 1973, 111・116면.

112 1921년에 후스는 일기에서 『노잔유기』가 '일종의 자서전'이라고 말했다. (『胡適的日記』, 214면) 1925년에 『노잔유기』에 서문을 쓰면서 후스는 이 책의 제1회가 저자의 '자서 혹은 자전'이고 소설은 "저자가 자신의 생애와 가족, 국가, 종교에 대한 견해를 드러낸 책"이라고 말을 바꿨다. (『胡適古典文學硏究論集』, 1251・1255면)

113 [역자 주] 索隱派는 '홍학'에서 비교적 대표성이 있는 하나의 큰 유파로 대표적인 인물로는 王夢阮, 沈瓶庵, 蔡元培, 鄧狂言 등이 있다. 그들은 주로 역사, 야사잡기와 문인의 시, 사, 수필 등 자료를 『홍루몽』의 인물, 사건 등과 비교하거나 고증하여 소설에서 드러내지 않은 일이나 사람을 찾아냈다. 『홍루몽』이 조설근이 집안일 혹은 건륭 초년의 무장 傅恒의 집안일 또는 淸世祖와 왕비 董鄂의 일을 다룬 것이라고 하는 견해들이 그 사례들이다. 색은파의 대표적인 연구로는 王夢阮・沈瓶庵, 「『紅樓夢』索隱」, 蔡元培, 「『石頭記』索隱」, 鄧狂言, 「『紅樓夢』釋眞」 등이 있다.

다르다는 점을 강조하기 위해 후스는 가씨 집안과 조설근 집안, 가보옥과 조설근이 "딱 들어 맞는다"는 사실을 최대한 고증하려고 했고 자전과 자전적 소설의 차이를 지워 버렸다. 그럼에도 '자전설'은 여전히 20세기 『홍루몽』 연구 중에서 가장 성공적인 가설이다. 이것이 '새로운 홍학'의 발전에 단단한 기반을 마련해 주었기 때문인데, 이는 다른 논저들과 비교할 수 없는 점이기도 했다. 후대 학자들은 왕궈웨이의 『홍루몽평전紅樓夢評傳』이 더 흥미로울 수도 있다.[114] 그러나 왕궈웨이가 예술창작의 일반 법칙에 근거하여 "저자가 자신의 생애를 이야기했다"는 가설을 비판한 것은 설득력이 거의 없었다. '저자 이름'과 '저술 시기' 고증이 『홍루몽』 분석에서 매우 중요하다는 점을 인정했지만 왕궈웨이 글의 핵심은 비극에 대한 자신의 견해를 드러내기 위한 것이라 후발주자가 이 견해를 계승하여 발전시킬 기반을 제공하지 못한 것이다.[115] 루쉰도 왕궈웨이처럼 『홍루몽』의 비극적 정신을 깊이 이해했지만 왕궈웨이와 후스의 견해를 비교한 뒤에는 후스의 '자전설'에 더 긍정적이었다. 또 루쉰은 저자가 "자신의 상황을 바탕으로 깊이 참회하는" 어조를 근거로 이 책에 자기서사적 색채가 있다는 점을 논증하였다.[116]

「『홍루몽』고증」의 마지막 부분에서 후스는 "견강부회했던 예전의 '홍학'을 타파하고 과학적 방법에 근거한 『홍루몽』 연구를 창조하자"는 구호를 제시했다. 학술 규범을 새로 확립하겠다는 태도를 보인 것이다. 새로운 '전범'의 이론 가설은 '자전설'이었고 방법론은 '실증'이었다. 후스는

---

114 劉夢溪는 王國維 또한 홍학 연구사에서 전범을 확립한 학자이며 그의 성과는 후스보다 더 뛰어나다고 주장했다. 劉夢溪, 『紅學』, 北京 : 文化藝術出版社, 1990, 257면.

115 王國維, 『王國維遺書』(『靜庵文集』 第5卷), 上海 : 上海古籍書店, 1983, 58~61면.

116 魯迅, 『中國小說史略』 24篇 「淸之人情小說」, (『魯迅全集』 第9卷, 北京 : 人民文學出版社, 1981, 235~238면)

이 점에 대해 명확하게 서술했다.

> 나는 이 글 전체에서 기존의 견해를 타파하려고 했고 증거를 제시한다는
> 목적에 충실했으며, 증거를 존중하고 증거를 통해 적절한 결론을 도출하고자
> 했다.[117]

증거를 중시하는 '과학적 방법' 때문에 후스의 『홍루몽』 연구는 저자와 텍스트 연구에 치중되었다. 후스에게는 이 두 가지만이 "『홍루몽』 고증의 적절한 범위"였던 것이다. 문학작품 분석에서 핵심은 저자가 아니라 텍스트라는 차이위안페이의 비판에 대해 후스는 "저자의 생애와 시대는 '작품의 내용'을 고증하기 위한 첫걸음"이라고 강조했다. 후스는 그렇게 '첫걸음'을 중시했지만 그 다음 발걸음을 내딛지 않았다. "증거를 가져올" 수 없었기 때문에 자신이 신봉하는 '과학적 방법'에 부합하지 않았던 것이다.[118] 후스가 '자전설'을 제시할 때 색은파만을 낡은 전범의 대표로 내세웠을 뿐, 당시 존재했고 여전히 영향력이 있었던 평점파評點派에 대해서는 전혀 언급하지 않은 것도 당연했다.

구제강은 이전 홍학을 "깊이 없는 모방, 가혹한 비판, 견강부회식 고증", 이렇게 세 가지로 분류했다.[119] 그런데 후스는 어째서 '견강부회식 고증' 하나만 가지고 와서 논적으로 삼았던 것일까? 후스가 김성탄金聖歎식의 소설 평점에 전혀 호감이 없었고 이런 류의 소설 평점이 '미언대의' 발굴에 목적이 있고 '팔고문 선록자의 기풍'이 있는 비판이므로 무의미하다고 생

---

117 胡適,「『紅樓夢』考證」,『胡適紅樓夢研究論述全編』, 118면.
118 胡適,『胡適紅樓夢研究論述全編』, 86·139면.
119 顧頡剛,「『紅樓夢辨』顧序」,『紅樓夢辨』, 1면.

각했기 때문이다. 『『수호전』 고증」에서는 이런 소설 평점을 비판이라도 했지만 『홍루몽』 고증에서는 언급조차 하지 않았다.[120] 당시 사람들 중에는 홍학에 색은파, 고증파, 비평파가 삼자 대립한다고 생각하는 사람들이 많았지만,[121] 일단 사학을 중시하는 사람과 문학을 중시하는 사람으로 나눈 다음에 다시 분류하는 것이 적절하다. 후스는 만년에 문학 연구 방법을 두 가지로 구분하고 자신의 소설 고증이 "완전히 문학사적 시각이지 문학을 연구하는 시각이 아니다"라고 했다.[122] 이 글은 정식 논문이 아니라 질문에 대한 답변이어서 모호한 감이 있다. 후스가 일관되게 보여준 사유를 들여다 보면 그가 "증거를 가져올 수 있는" 전기 고증과 역사적 진화를 살핀 것을 '문학사적 시각'으로 봤고, 주관적 성격의 예술 분석을 '문학 연구 방법'으로 보았다는 점을 알 수 있다. 이런 분류를 홍학 연구에 적용하면 '역사가'로 소설을 볼 것이냐, '문인'으로 소설을 볼 것이냐가 될 것이다. 이 둘은 공통된 점도 있지만 비교할 만한 점도 있다. '원래 이야기' 고증, 저자 고증, 판본 고증은 모두 실증적인 연구이며 증거를 존중해야 한다. '증거'를 신봉하는 후스에게 예술적 분석은 애초에 학문이 아니어서 소설 연구를 "전통적인 경학, 사학과 동등한 위상을 가지는" 학술 주제로 올려놓을 수 없었다. 후스의 편향적인 생각은 노년에도 바뀌지 않았다. 비평을 중시하는 린위탕(林語堂, 임어당)의 글이 수집할 가치가 없다고 여겼고, 새로운 홍학이 40년 동안 발전시킨 것은 자신이 개척한 저자와 판본 고증 연구에

---

120 胡適, 『胡適古典文學研究論集』, 745~748면; 『胡適紅樓夢研究論述全編』, 75~84면.
121 위잉스는 「近代紅學的發展與紅學革命」에서 자전파에 부담을 준 유파나 주장으로는 索隱派, 鬪爭論, 文學批評이 있었다고 하였다. 劉夢溪는 『紅學』, 259면에서 투쟁론을 소설 비평의 변형으로 보고 자전파, 색은파, 문학비평이 천하를 삼분하였다고 주장하였다.
122 胡適, 「什麼是'國語的文學', '文學的國語'」, 『胡適講演』, 北京 : 北京廣播電視出版社, 1992, 274면.

새로운 자료를 추가한 정도라고 생각했다.[123] '가설'은 반드시 '증명'되어야 한다는 방법을 설정했기 때문에 후스는 '자전설'을 선택하고 텍스트 비평을 배척했다. 이것은 이전 사람들의 '견강부회'를 바로잡기 위한 것이기도 했겠지만 자신이 현실주의적 문학관을 가지고 있었고 자전에 대해 매우 흥미를 가지고 있었기 때문이었다.

후스는 정치 논의에서도 '이데올로기'에 대해서는 거의 말하지 않았고 '문제'에 대해 많이 다루었다. 학술적 논의도 마찬가지였다. 한 시대를 풍미했던 '팔불주의八不主義'[124]에 대해서도 마찬가지로 구체적인 문제에 대한 대책만 논의했을 뿐이었다. 5·4 신문화인들이 논의했던 사실주의와 낭만주의, 상징주의에 대해 후스는 잘 알지 못했다. 가끔 언급할 때도 후스는 사실주의 경향이 강했다. 1918년에 「단편소설을 논하다論短篇小說」를 쓰면서 후스는 당대唐代 소설은 이상주의에 속하고 송대와 명대 화본은 사실주의에 가까우며 포송령蒲松齡의 『요재지이聊齋志異』는 이상주의에 사실주의적인 성격을 가미했다고 했다. 이 글에서 '이상주의'와 '사실주의'를 대등한 위치에 둔 것 같았지만 곧바로 후스는 사람들이 앞다투어 '신낭만주의'를 추구하는 것에 불만을 표시하면서 자신의 사실주의적 입장을 강조했다.[125] 그런데 후스는 사실주의를 깊이 있게 연구하지는 않았다. 그저 '인생을 위한 예술'이라는 창작 태도와 사실적인 문체를 좋아했을 뿐이다. 사실적인 문체로 인해 소설은 역사가들이 흥미롭게 여기는 사회에 대한 사료를 제공해줄 수 있었기 때문이다. 후스의 이런 기대에는

---

123 胡適,「答李孤帆書」,『胡適紅樓夢研究論述全編』, 357면.

124 [역자 주] 후스가 「문학개량추의」에서 제기한 여덟 가지 주장을 말한다. 내용이 없는 글을 쓰지 말 것, 수식이 지나친 글을 쓰지 말 것, 전고를 쓰지 말 것, 상투어나 흔한 표현을 쓰지 말 것, 對偶를 중시하지 말 것, 문법에 맞지 않는 글을 쓰지 말 것, 옛사람을 모방하지 말 것, 속된 말이나 문자를 피하지 말 것 등이다.

중국 전통문인들의 '시사詩史'와 '시교詩教'설의 영향력이 담겨 있었다.

후스는 젊을 때 "세도世道와 무관한 글은 쓰지 않겠다"고 맹세했다. 그런데 미국 유학 시절에 몇 권의 문학개론을 읽고 "목적 없이" 미감을 위해 쓴 문학 작품도 있다는 사실을 알게 된 뒤에는 백거이白居易처럼 '경세치용'만을 위해 문학을 하는 '실용적인 사람'을 좋게 보지 않았다.[126] 하지만 후스는 천성적으로 '낭만적'이거나 '유미주의적'이지 않아서 귀국한 뒤에는 다시 문학이 세도와 인심에 관심을 가지고 세상을 구원하고 다스리는 중임을 짊어져야 한다고 생각했다. 그래서 원진元稹과 백거이의 문학을 "사회를 구원하고 삶을 개선하는 도구"로 삼자는 주장에 대해 다시 열렬히 찬양했고 그들이 '중국 문학사에서 영광스럽고 찬란한 시대'를 열었다고 주장했다. 후스는 원진과 백거이의 문학 혁신 주장을 '인생을 위한 문학'과 '사실주의'라는 현대적 단어로 번역했다. 이 둘은 불가분의 관계에 있다. "문학이 '사람의 병을 고치고 시대의 잘못을 보완하는 것'이어서 사실 그대로 쓰는 것에 치중해야 하기" 때문이었다.[127] 그래서 후스는 공중누각 같은 허황된 논리에 관심이 없었고 『홍루몽』을 높이 평가할 때에도 그 가치가 "평담한 자연주의'에 있다고 강조하는 것을 잊지 않았다.[128] '사실 그대로 쓴다'는 것은 후스에게는 창작 기법일 뿐만 아니라 작가의 양심이자 사회적 책임감이었다.

후스는 원진과 백거이의 풍유시諷諭詩가 지나치게 목적성을 중시한 나머지 여운이 없어서 "사료적 가치는 있지만 문학적 의의는 없다"는 점을

---

125 胡適, 『胡適的日記』, 75~76면.
126 胡適, 『胡適留學日記』, 737면.
127 胡適, 『白話文學史』, 423~446면.
128 胡適, 「『紅樓夢』考證」, 『胡適紅樓夢研究論述全編』, 108면.

잘 알고 있었지만 그래도 매우 높이 샀다.[129] 역사를 중시하고 문학을 경시하는 이런 취미는 소설 연구에서 선명하게 드러났다. 『아녀영웅전兒女英雄傳』을 읽을 때나 혹은 『관장현형기官場現形記』, 『노잔유기』를 읽을 때 후스는 항상 작품이 '사회를 보여주는 사료'의 가치가 있다는 점을 강조했다. 『경화연鏡花緣』을 이야기할 때는 여아국女兒國 부분만을 근거로 이 소설이 "앞으로 여권女權의 역사에서 불멸의 문장"이 될 것이라고 평가했다. 이때도 문학이 아니라 사회 역사에 착안했다.[130] 차이위안페이는 소설을 읽을 때 "그 이면에 어떤 일을 투영한 것"을 좋아해서[131] 그의 『홍루몽』 연구도 숨은 것을 찾아내는 것이 중심이었다. 반면 후스는 소설을 읽을 때 '사회를 보여주는 사료'를 중시해서 그의 『홍루몽』 연구도 고증에 편중되어 있었다. 차이위안페이와 후스는 청대 학술에 식견이 있다는 점도, 왕궈웨이가 조롱했던 것처럼 '고증의 시각'에서 소설을 읽었다는 점도 같았지만,[132] 『홍루몽』에 대한 두 사람의 견해는 서로 상충되었다. "연구 방법이 다르고 받은 훈련도 달랐다"[133]는 요인도 있다. 그러나 더 중요한 점은 이 두 사람이 소설에서 찾으려던 것이 처음부터 달랐다는 것이다. 문학사가의 연구방법과 취미는 늘 혼재해 있어 학술 훈련에서 논자의 주관적 성향을 완전히 배제할 수도 없고 배제해서도 안 된다. 후스는 이 점을 명확하게 인식하지 못했고 증거만을 바탕으로 하는 '과학적 방법'을 지나치게 표방했기 때문에 '자전설'의 탄생을 촉발시킨 것도 역시 '욕망이 어린' 열독 취미라는 점을 잊고 있었다. 사실적인 문체를 높게 보고 사

---

129 胡適, 『白話文學史』, 458면.
130 胡適, 『胡適古典文學研究論集』, 1164·1232·1260·1145~1146면.
131 蔡元培, 「追悼曾孟朴先生」, 『宇宙風』 第2期, 1935.10.
132 王國維, 「紅樓夢評論」, 『靜庵文集』, 58면. (『王國維遺書』 第5卷)
133 胡適, 「對潘夏先生論『紅樓夢』的一封信」, 『胡適紅樓夢研究論述全編』, 224면.

회를 반영하는 사료를 중시했으며 한학 실력까지 갖췄다는 점에서 후스가 '자서전'이라는 가설을 선택한 것도 매우 자연스러운 일이었다.

그 외에도 '자전설'의 등장에 대해서는 후스가 전기와 연보, 일기, 자기서사 등의 문체에 지속적으로 깊은 흥미를 가졌다는 점을 염두에 둬야 한다. 후스는 만년에 자신의 『홍루몽』 연구의 사유에 대해 '천기누설'이라고 할 만한 내용을 자술했다.

> 반드시 전기 고증을 먼저 해야 '저자의 자기서사'라는 평범하면서도 합리적인 주장을 확정할 수 있다.[134]

조설근 가문의 역사를 고증하지 못했다면 '자전설'을 증명할 수 없었을 것이라는 말은 연구 과정에 대한 서술일 뿐이다. 오히려 어째서 전기 고증을 문학 연구를 위한 출발점으로 삼았는가 하는 구체적인 선행 작업으로서의 방법 설정을 더 들여다볼 필요가 있다. 후스는 인격이 진화하는 궤적과 역사 진화 과정에 흥미를 가졌고 특히 결정적 역할을 하는 '시간'에 매우 예민했다. 유학 시절에 후스는 동양과 서양 전기의 장단점을 비교한 뒤 중국의 전기가 "움직임 없이 고요하다"면, 서양의 전기는 "인격이 진화하는 역사"를 중시한다고 했다. 중국에는 장편의 자서전이 거의 없고 "우리나라에는 자기 연보나 일기를 작성하는 사람들이 매우 많은데 연보는 서양 사람들의 자전과 비슷하다"라고도 했다.[135] 후스가 전기 문학을

---

134 胡適, 『胡適紅樓夢研究論述全編』, 223면, 『胡適口述自傳』(263~270면)에도 유사한 서술이 있다.
135 胡適, 『胡適留學日記』, 415~418면.

제창하고 직접 전기를 쓰고자 노력했다는 점에 주목한 사람들도 많다.[136] 그런데 후스가 더 흥미를 보인 것은 타인을 위해 전을 쓰는 것이 아니라 스스로 "비석을 세우고 입전하는 것"이었다.

이것은 후스를 비웃으려는 것이 아니다. 모든 사람에게는 슬픔과 기쁨, 이별과 만남이 있고 모두 시대의 제약을 받는다. 그렇기 때문에 "사실을 기록하여 진상을 전할 수 있고" "그들의 삶을 적나라하게 기록할 수 있다면" "역사가에게 자료를 제공하고 문학을 위해 길을 열어줄 수 있다"고 확신했던 것이다. 이런 자서전이라면 원수가 모함하거나 친우들이 찬양하는 글보다 더 가치가 있을 것이다.[137] 후스는 선배나 친구들에게 자서전을 쓰라고 권하면서 자신도 1930년에 『사십자술四十自述』을 썼고 1950년대에는 "자술한 '후스학안胡適學案'"인 『후스구술자전』을 펴냈다.[138] 「쫓겨 양산박으로 도망치다逼上梁山」, 『나의 기로』, 『내 사상의 소개介紹我自己的思想」, 「나의 신앙我的信仰」 같은 단편까지 포함한다면 후스가 자신의 생애와 사상을 자술한 글은 상당히 많다. 심경에 변화가 생겨 『오십자술五十自述』과 『육십자술六十自述』은 계획했던 대로 완성되지는 못했지만[139] 후스의 '자서전'이 이로 인해 좌절되지는 않았다. 타이베이의 원류출판공사遠流出版公司에서 1989년에 출판한 총 18권의 『후스 일기-수고본胡適日記:手稿本」

---

136 唐德剛, 『胡適雜憶』, 北京: 華文出版社, 1990, 139~144면; 易竹賢, 『胡適傳』(武漢: 湖北人民出版社, 1987) 第9章 「傳記熱'與『四十自述』」; 章淸, 『胡適評傳』(南昌: 百花洲文藝出版社, 1992) 第4章 「傳記文學的身體力行」.

137 胡適, 「南通張季直先生傳記」序」, 『胡適文存三集』, 上海: 亞東圖書館, 1930; 胡適, 『「四十自述」自序」, 『四十自述』, 上海: 亞東圖書館, 1933.

138 후스가 어떻게 자서전을 구술하였는지와 이 구술자서전의 특징에 대해서는 탕더강이 이 책의 중국어 판본을 위해 쓴 「寫在書前的譯後感」(『胡適口述自傳』)과 『胡適雜憶』, 30~31·246~263면 참조.

139 胡頌平, 『胡適之先生年譜長編初稿』, 2371면.

을 보면 쉽게 확인할 수 있다. 자서전을 일기에 감춘다는 착상도 근거가 있다. 후스는 중국인의 일기와 연보가 서양의 자서전과 비슷하다고 했고 만년에는 몇 번이나 『후스 유학 일기胡適留學日記』가 바로 자신의 자서전의 일부라고 했다.[140] 탕더강이 후스를 "매우 괜찮은 '일기 작가'"라고 한 것도 일리가 있다.[141] 후스가 몇십 년간 끊임없이 일기를 썼고 자기 일기를 소중히 여겼다는 뜻만이 아니다. 후스가 일관되게 일기를 독특한 장르라고 생각해서 어떤 시공간에서의 생각과 느낌을 기록할 때 그 목적이 언젠가 공개하기 위해서였다는 점이 더 중요했다. 독자를 의식했으므로 글을 쓸 때 고려하는 것들이 많아졌다. 후스의 일기는 자기가 주장했던 것처럼 그렇게 '적나라하지' 않다. 오히려 수식된 부분이 상당히 많다. 1915년 8월, 이국에 있던 후스는 "우연히 멋진 글로" 사詞 한 수를 썼다. 일기에는 이 사를 수록하면서 "이 사는 특별한 의미를 표현하려고 한 것이 아니다. 나중에 독자들이 멋대로 추측할까 봐 이렇게 서문을 쓴다"라는 주석을 달았다. 같은 해 10월에 후스는 모친에게 편지를 보내어 정혼자 말고 다른 사람에게 생각이 없다는 뜻을 전했다. 그리고 이 편지에서 이해득실을 따진 내용은 일기에서 삭제했다.[142] 루쉰은 리츠밍李慈銘, 이자명이 "일기를 저술로 삼은" 것을 부정적으로 보았다. 『월만당일기越縵堂日記』에서 "리츠밍의 마음은 볼 수 없고 꾸며낸 흔적만 보게 된다"라고 했다. 루쉰은 글 끝부분에서 이런 이야기를 하던 끝에 "일기를 써서 다른 사람들이 돌려보게 한" 후스를 언급했다.[143]

---

140 후스는 때로는 『胡適留學日記』를 '자서전의 자료'라고 했고 가끔은 또 '자서전의 일부분'이라고 하기도 했다. 『胡適先生年譜長編初稿』, 2371 · 3194면.

141 唐德剛, 『胡適雜憶』, 140면.

142 胡適, 『胡適留學日記』 749면; 耿雲志, 『胡適研究論稿』, 成都 : 四川人民出版社, 1985, 349면.

후스는 『월만당일기』를 높게 평가했다. 이 책이 "역사를 보완할" 만한 가치가 있다고 단언했고, 이 책을 읽고 "일기 쓰기에 다시 흥미가 생겼다"라고 했다.[144] 루쉰은 일기를 통해 그 사람의 마음을 볼 수 있기를 바랐고 후스는 일기가 역사를 보완할 수 있기를 바랐다. 이 두 사람은 일기에 대한 시각도 달랐고 각자 쓴 일기의 풍격도 달랐다. 그러므로 이 둘을 비교할 필요는 없을 것이다.

리츠밍이 "일기를 저술로 삼았다"면, 후스는 "일기를 자서전으로 삼는" 편이었다. 뿐만 아니라 후스는 자전적 성격의 문체 모두에 흥미를 가졌던 것 같다. 사마천의 「자서自序」, 반고의 「서전敍傳」, 왕충王充의 「자기편自紀篇」은 물론, 송대 사람들이 편년체를 '개인의 역사'에 적용한 '연보'도 애호했다. 후스는 "연보는 중국의 전기체의 거대한 진화"이며 「나장용공 연보羅莊勇公年譜」를 "최근 100, 200년간 가장 흥미로운 전기"라고 했다.[145] 그가 쓴 「장실재선생연보」는 체제에서 후스가 만들어낸 것이 많아서 사제지간인 량치차오와 야오밍다姚名達, 요명달에게서 격찬을 받았다.[146] 「사문 5년기師門五年記」처럼 공부하던 경험과 사우들과 절차탁마하던 즐거운 한때를 기록한 자전의 '독창적인 체제'를 높게 평가하고 만년에 여러 회고록을 찬

143 魯迅, 「馬上日記」, 『魯迅日記』 第3卷, 308면; 「怎麼寫」, 『魯迅全集』 第4卷, 24면.

144 胡適, 『胡適的日記』, 24·411면.

145 胡適, 「『章實齋先生年譜』自序」와 「傳記文學」(『胡適講演』, 197~200면) 참조.

146 량치차오는 이 책에 대해 "주류 학술의 요강을 따서 계보화했을 뿐만 아니라 그 시대의 풍조에까지 미쳤기" 때문에 "근대 학술계의 성대한 업적이다"라고 칭찬했다. 梁啓超, 『中國近三百年學術史』, 上海 : 中華書局, 1936, 335면. 姚名達는 이 연보를 증보하였을 뿐만 아니라 서언에서 이 책의 '體例에 대한 혁신'을 "이전 사람들이 사건만을 기록하던 장르적 틀을 깨뜨렸고, 기록 인물의 가장 중요한 글들을 발췌했으며, 기록 인물과 동시대 사람들의 관계에 주의했고, 사료의 출처를 제대로 밝혔으며, 비평과 고증이 있고, 기록 인물의 저술 연대도 거의 다 기록했다"라고 했다. (姚名達, 「序」, 胡適, 『章實齋先生年譜』, 上海 : 商務印書館, 1933)

양한 것은 '사료 보존'이라는 가치를 중시한 측면도 있지만 서술의 진정
성과 표현의 자유를 더 중요하게 본 것이다.[147]

자전을 중시한 점은 후스의 가학 전통으로 인한 것이다. 후스의 부친
은 이름이 전傳이고 자가 철화鐵花, 호가 둔부鈍夫였고 「둔부연보鈍夫年譜」
와 『일기』 등 여러 저술이 있었다. 후스는 이것을 매우 자랑스러워했다.
사적인 자리에서 벗들에게 「둔부연보」는 매우 잘 쓴 자서전인데 아쉽게
도 완성하지 못했"지만, 『일기』까지 더한다면 "한 편의 자서전이 될 수 있
다"라고 했다.[148] 전기와 연보, 일기, 자서전 등 장르에 특별한 감정이 생
겼던 것은 『홍루몽』 연구를 시작하기 전부터였다. 이런 독서 취미는 '자
전설'의 이론적 틀 마련에 영향을 끼쳤을 것이다. 이전 사람들도 저자가
자기 생애를 이야기했다고 주장한 적이 있었지만 그래도 『홍루몽』을 자
서전으로 읽는 것에는 용기도 필요했고 식견도 필요했다. '시'를 역사의
증거로, '역사'를 시 분석의 증거로 삼는 연구 방법은 그다지 신선하지 않
다. 정작 사람들을 놀라게 한 것은 후스가 한 편의 장편소설을 '자서전'이
라는 '대담한 가설'을 가지고 읽은 점이다. 이후에 "증거를 가져오라"라고
한 것은 순수한 한학 연구 방법이지 후스가 특별히 잘하는 장기가 아니
었다. 사람들은 증거를 따르는 후스의 '과학적 방법'에 주목했지만, 그 가
설을 제기한 내재적 동인인 장르의식과 감상의 취미, 학술 품격 등에 대
해서는 탐구한 것이 많지 않다.

---

147 胡頌平, 『胡適先生年譜長編初稿』, 2040・2828・3340면.
148 위의 책, 3220・3169면.

5. 국고國故 정리 사조

후스의 문학사 저술은 대부분 문학혁명운동 시기에 구상되고 국고 정리 사조 속에서 이루어졌다. 문학혁명에서 국고 정리까지는 후스가 저술했던 학술적 배경이자 학계를 선도했던 내재적 맥락이기도 했다. 어울리지 않는 이 두 사조 사이에 다리를 놓은 사람이 후스였다. 개인의 저술 차원에서 볼 때『중국철학사대강』에서「『수호전』고증」으로 간 것은 급격한 전환은 아니었다. 하지만 문화사조의 시각에서 볼 때『신청년』에서『국학계간』으로 간 것은 엄청난 변화였다. 유학 시절에 "문학 혁명에 무슨 의문이 있는가?"라고 호언장담을 했다고 해도 온화한 성격인 후스가 5·4 시기에 급진적인 반전통의 입장을 보인 것에는 천두슈의 영향이 컸다.[149] 후스는 백화문학을 논할 때는 당, 송 이후 "한 줄기 명맥을 이어 지금도 끊어지지 않았다"라고 했고, 중국철학을 논할 때에는 "고학古學을 밝힌" 청대 학술을 중시하여 유럽의 르네상스에 견주기도 했는데[150] 이것은 모두 진정한 '혁명가'의 어투가 아니다. 문학혁명으로 낡은 것들을 무너뜨리는 작업이 한창이었던 1919년에 후스는 잇달아 「새로운 사조의 의의新思潮的意義」,「국고학을 논함-마오쯔수이에게 답함論國故學-答毛子水」,「청대 학자의 연구 방법」 등 역사에 대한 집착을 잘 보여주는 세 편의 글을 통해 '국고 정리'라는 기치를 정식으로 내걸었다. 우선 새로운 사조를 "문제를 연구하고 학술 이론을 도입한 다음에 국고를 정리하여 문명을 재창조한다"와 같이 밀접하게 관련된 네 가지 부분으로 정리했다. 이어 '지식

---

149 胡適,『嘗試集』, 上海 : 亞東圖書館, 1922, 194면;『五十年來中國之文學』,『胡適古典文學研究論集』, 155면.
150 胡適,『胡適古典文學研究論集』, 47면; 胡適,『中國哲學史大綱』, 9면.

을 추구하는 천성'을 출발점으로 삼아 "지금은 정말 국고를 정리할 필요가 있다"는 점을 확인했고 마지막에 "중국에 있던 학술 중에서 청대 '박학樸學'만 '과학적' 정신이 있다"고 논증했다. 고증학의 방법으로 국고를 정리하려고 했던 것이다.[151] 그런데 고증학과 관련된 주장이 오해와 비판을 불러오자 후스는 모호한 느낌의 '과학적 방법'이라는 표현으로 바꿨다. 그러나 문제는 이것이 아니라 '학술 이론 도입'으로 유명한 후스가 돌연 '국고 정리' 쪽으로 가버렸다는 사실이었다. 이제 막 각성해서 고서 더미에서 뛰쳐나온 청년 학생들은 이 상황에서 어찌할 바를 몰랐다.

'문학혁명'은 문언문 대신 백화문을 쓰겠다는 단순한 내용이 아니다. 이것은 중국 전통 문화 전반에 대한 평가 문제였다. 그래서 수많은 사람들이 여기에 대한 자신의 입장을 밝혔다. 1919년 1월에 신문화운동을 옹호하거나 반대하는 북경대학의 교수와 학생들이 각각 신조사新潮社와 국고사國故社를 설립했다. 신조사는 "학술에는 국가의 구분이 없으니" 중국은 "세계 조류에 합류해야 한다"라고 했다. 국고사는 "중국 고유의 학술 흥기가 목표"라고 맞섰다.[152] 신문화운동에 대한 평가도 상반되었지만 더큰 차이점은 '국학' 혹은 '국고'를 보는 태도였다. 신문화운동의 반대파는 대부분 학문적 깊이가 있었고 서구 사상과 학설도 어느 정도는 파악하고 있었다. 이들은 최소한 공개적으로 서양 학문을 반대하지는 않았다. 린수, 옌푸, 후셴수, 메이광디 등도 "다른 사람의 문화로 대체하는 것"에 반대했고 "새로운 문학을 창조하려면 옛 문헌을 잘 알고 있어야 한다"는 점

---

151 이 세 편은 모두 1919년 하반기에 썼고 『胡適文存』 1集에 수록했다. 「淸代學者的治學方法」은 처음에 『北京大學月刊』에 실릴 때 제목이 「淸代漢學者的科學方法」이었는데 더 직접적으로 '한학'과 '과학적인 방법'을 연결시켰다.

152 「『新潮』發刊旨趣書」, 『新潮』 第1卷 第1號, 1919.1; 「『國故』月刊成立紀事」, 『北京大學日刊』, 1919.1.28.

을 강조했을 뿐이었다.[153] 루쉰이 "평가할衡" 가치도 없다고 비웃었던 『학형學衡』 잡지의 취지도 '국수國粹 발전'을 '신지식과의 융합'보다 우선시하자는 정도였다.[154] 그들과 마찬가지로 신문화인이 서구 학술을 높이고 국학을 낮춘 것도 주로 전략적인 이유였는데, 중국인에게 뿌리 깊은 복고사상을 경계했기 때문이다. 이렇게 완전히 다른 두 진영이 팽팽하게 맞서는 분위기에서 갑자기 신문화운동의 선봉에 선 후스가 창을 돌려 "국고를 정리하자"고 나섰기 때문에 예전의 동지들이 부정적인 입장을 밝혔다. 루쉰은 '이른바 국학'을 비웃었을 뿐이었지만, 천두슈는 후스의 국학 연구가 "배설물이 가득한 곳에서 향수를 찾는 것"이라고 노골적으로 비판했다. 청팡우成仿吾, 성방오와 궈모뤄郭沫若, 곽말약의 대응은 온화한 편이었다. 이들은 국학 전체를 반대하자고 하지 않았다. 다만 국학을 주장하는 사람들이 "과학적 소양이 부족하여" "청대 고거학자를 계승"하는 것만 열중한 나머지 "수많은 사람들을 부추겨서" "옛 서적들을 마구 뒤지는" 복고 분위기를 조성할 우려가 있다고 비판했다.[155] 마오둔茅盾, 모순의 「일보 전진 이보 후퇴進一步退二步」를 보면 '반대파'가 "국고 정리의 빛을 빌려" 되살아나는 것을 우려하는 신문화인의 결연한 심리 상태를 잘 볼 수 있다.

나도 '낡은 것의 정리'가 신문화운동 범위 안의 일인 것은 안다. 그러나 백화

---

153 梅光迪, 「評提唱新文化者」와 胡先驌, 「中國文學改良論」(上)(『中國新文學大系 · 文學論爭集』, 132 · 106면) 참조. 린수와 옌푸의 견해는 『中國新文學大系 · 文學論爭集』, 78~81면과 『嚴復集』 第3冊(北京 : 中華書局, 1986), 699면 참조.

154 魯迅, 「估『學衡』」, 『魯迅全集』 第1卷, 377~379면; 「學衡雜志簡章」, 『學衡』 第1卷 第1期, 1922.1.

155 魯迅, 「所謂『國學』」, 『魯迅全集』 第1卷, 388면; 陳獨秀, 「國學」, 『陳獨秀論文選編』 中, 北京 : 三聯書店, 1984; 成仿吾, 「國學運動的我見」, 『創造週報』 第28號, 1923.11; 郭沫若, 「整理國故的評價」, 『創造週報』 第36號, 1924.1.

문이 아직 사회 전체에서 믿음의 대상이 되지 못했기 때문에 우리는 고집스러 운 태도로 고서를 읽지 않겠다고 맹세해야 한다.[156]

전략적인 발상이었기 때문에 루쉰 같은 사람들이 후스와 국고 정리 사 안을 두고 충돌했다고 해도 후대 사람들이 생각하는 것처럼 그렇게 첨예 하게 대립했던 것은 아니었다. 이때 루쉰과 마오둔, 궈모뤄는 이미 중국 고대 소설, 신화, 사회 연구를 본격적으로 시작했거나 시작한 참이었다.

신문화인이 개혁의 핵심을 문화 비판에서 학술연구로 바꾸는 자기 조 정 과정에서 후스의 국고 정리 주장은 매우 큰 역할을 했다. 모든 신문화 인이 이 주장의 취지를 이해하지 못했던 것은 아니었다. 1921년에 문학 연구회가 설립되었고 그 「요강簡章」에서 "본 회는 세계문학을 연구, 소개 하고 중국의 전통 문학을 정리하고 신문학을 창조하는 것을 취지로 한 다"라고 선포했다. 1923년에 『국학계간』이 창간된 후 "국고 정리"가 많 은 비판을 받자 정전둬가 주편主編인 『소설월보小說月報』에는 「국고 정리 와 신문학운동國故整理與新文學運動」이라는 토론글이 연속 기획 형태로 게 재되었는데 "국고 정리가 신문학운동에 매우 유익하다는 논조 일색이었 다".[157] 정전둬는 '중국 문학의 가치를 재평가하거나 발견하는 것'이 신문 화운동의 주된 책무라고 했고, 왕보상王伯詳, 왕백상은 "'국고 정리'와 '신문 화운동'의 학술 연구에서의 위상은 똑같이 중요하다"라고 강조했다. 구제 강은 문학창작을 좋아한다면 역사 연구를 하지 않아도 되고 성향이 국고 정리에 맞는 사람이라면 일찌감치 노력해야 한다고 했다.[158] '국고'는 언

---

156 茅盾, 『茅盾全集』 第18卷, 北京 : 人民文學出版社, 1989, 445면.
157 「文學研究會簡章」, 『小說月報』 第12卷 第1號, 1921.1; 鄭振鐸, 「發端」, 『小說月報』 第14 卷 第1號, 1923.1.

젠가는 정리를 해야만 했다. 문제는 어떤 시각에서 어떤 방법으로 정리를 하느냐는 것이었다. 정전둬와 구제강 등의 지지파들이 기세등등했던 이유는 이 일의 중요성과 함께 자신들이 국고 정리의 '과학적 방법'을 장악했다고 생각했기 때문이었다.

1920년대 초 중국 학계에서 '과학적 방법'은 후스의 '전매특허'였다. 「국고학을 논함」에서 제기한 "진리를 위해 진리를 탐구하는" 학술 수준, 「신사조의 의의」에서 제기한 "평가하는 태도, 과학적인 정신", 「『국학계간』 발간 선언」에서 제기한 "역사적 시각", "체계적 정리", "비교 연구" 등을 합치면 '신청년'들이 생각하는 '과학적 방법'이 될 것이다.[159] '과학적 방법'이 순조롭게 중국에서 확산되게 하기 위해 후스는 청대의 고거학 전통을 빌려왔고 그것을 "증거를 가져오라"는 말로 단순화했다. 이렇게 되자 '과학적 방법'은 보편화되었지만 후스가 구상했던 "중국 학술 해방을 위한" '새로운 사학'[160]이 '새로운 한학'으로 오해받는 상황에 처했다. 후스가 이 위험성을 몰랐던 것은 아니다. 국고 정리의 강령인 「『국고계간』 발간 선언」에서 다시 '멀리 보는 상상력'을 이야기하고 텍스트 이해보다 텍스트 분석 작업만 중시하는 청대 학술 경향에 대해 부정적인 견해를 드러냈다.

이 3백 년 동안 경학가만 있고 사상가는 없었다. 역사를 교열하는 사람만 있

---

158 鄭振鐸, 「新文學之建設與國故之新硏究」; 王伯祥, 「國故的地位」; 顧頡剛, 「我們對于國故應取的態度」. 위의 글은 모두 『小說月報』 第14卷 第1號(1923.1)에 수록되어 있다.

159 구제강은 이 점을 명확하게 썼다. 「『古史辨』第一冊自序」, 『古史辨』 第1冊, 78·94~95면; 顧頡剛, 『當代中國史學』, 香港 : 龍門書店, 1964, 126면. 이 밖에 정전둬는 「硏究中國文學的新途徑」에서 기본적으로 후스가 해석한 '방법'을 그대로 옮겨왔다. 鄭振鐸, 『中國文學硏究』上, 上海 : 商務印書館, 1927.

160 胡適, 『胡適的日記』, 438면.

고 역사가는 없었다. 교주校注만 있고 저작이 없었다.[161]

이런 매서운 비판은 후스의 '자기 구원'을 위한 노력이라고 볼 수 있다. 이후 『동원 대진의 철학』 중에서 후스는 '깁고 보완하는 데만 치중하는' 청대 한학의 기풍을 비판하면서 "고증을 통해 성性과 천도天道를 파악하는" 대진의 학술 경향을 찬양했다.[162] 그래도 역사와 고증에 집착한 후스는 과학적 고증학의 유혹을 떨쳐내지 못해서 그의 학술 경향은 한학처럼 변해갔다. 이것이 후스의 개인 취향이기만 했던 것은 아니었다. 당시 북경의 학자 중에는 당시 유행하던 '직각直覺'과 '이데올로기' 주장에 불만을 품고 "육구연陸九淵과 왕양명王陽明의 학술을 추구했고" 의도적으로 실증적 연구를 강조하는 사람들이 있었다.[163] 흥미로운 사례가 있다. 후스가 '멀리 보는 상상력'을 큰소리로 외쳤던 『국학계간』 창간호에 실린 글은 후스와 왕궈웨이의 번역문 두 편 외에는 마형馬衡, 마형 의 「석고가 진대 각석인가에 대한 고찰石鼓爲秦刻石考」, 천위안陳垣, 진원 의 「화천교 중국 전래고火祆敎入中國考」, 주시쭈의 「소량구사고蕭梁舊史考」, 구제강의 「정초저술고鄭樵著述考」, 왕궈웨이의 「오대남본고五代藍本考」, 그리고 선젠스沈兼士, 심겸사 의 「국어 문제의 역사적 연구國語問題之歷史的研究」처럼 모두 고거학 논문이었다. 같은 시기의 문화학술 간행물 중에서 이보다 더 '한학화'된 것은 없었다. 북경대학과 후스 같은 사람들이 전국 학계에서 영향력이 크다 보니 이들이 과학적 방법으로 "국고를 정리하자"고 한 주장은 텍스트 분석보다 텍스트 이해를 중시하는 학자들에게 부담감을 주었다. 이들은 자신의 비 고거학적

---

161 胡適, 「『國學季刊』發刊宣言」, 『國學季刊』 第1卷 第1號, 1923.1.
162 胡適, 『戴東原的哲學』, 121~122면.
163 胡適, 『戴東原的哲學』, 196면.

연구 방법을 변호해야 할 처지가 되었다.[164]

후스는 자기가 구호를 제창한 점도 있고 이미 명성이 너무 대단해서 근거 없는 말을 할 수도 없었고 '멀리 보는 상상력'을 발휘할 수도 없었으며, '대담한 가설'을 제기할 수도 없었다. 문학사가인 후스에게 이 점은 치명적이었다. 문학 연구는 사학 연구와 다를 수밖에 없다. 고증으로 모든 문제를 해결할 수 없는 것이다. 후스는 소설 연구를 전통적인 경학 및 사학과 같은 위치에 올려놓았고 청대 학자들의 경학 및 사학 연구 방법을 문학비평에 도입했다. 사실 그도 예전에는 예전에 "견강부회식으로"『시경』에 주석을 단 이전의 학자들을 비웃으면서 "문학적인 안목으로『시경』을 읽어야 한다"라고 주장했다.[165] 사실 "문학적 감식안과 상상력이 없는 사람"은 "『시경』을 읽을 수도 없고" 진정한 문학비평에 종사할 수도 없다. 하지만 후스는 계속 발굴되는 새로운 사료들을 보느라 바빠서 작품의 텍스트 연구에 집중할 수 없었고[166] 문학적 감식안도 높은 편이 아니어서 비평을 할 때 늘 문제가 있었다.『백화문학사』에서 율시를 성토하는 내용이든 『중국장회소설고증中國章回小說考證』에서 예술풍격을 분석한 부분이든 모두 후스의 결함이 드러나 있다. 가장 난감한 문제는 새로운 홍학의 선구자인 후스가『홍루몽』에 전혀 호감이 없었다는 점이었다. 그는

---

164 郭沫若가 고증파가 문학을 모른다고 비웃었고(위에서 인용한 「國故整理的評價」 참조), 俞平伯가 고증이 문예에 대한 이해에 방해가 되지 않는다고 해석하기도 해서(『紅樓夢辨』, 212면) 감상파가 우세를 차지한 것처럼 보이지만 사실은 전혀 그렇지 않다.

165 胡適,『胡適留學日記』, 737~741면;『胡適的日記』, 337면;『胡適古典文學研究論集』, 326면.

166 구제강은『紅樓夢辨』에 쓴 서에서 이렇게 말했다. "후스 선생은 늘 새로운 자료를 발견해 냈다. 하지만 나와 평보는 모두 역사적인 자료를 찾지 못했기에 오로지『홍루몽』의 텍스트 연구에 힘을 쏟았다." 후스는 연구에서 새로운 자료를 특별히 중시하였는데 이는 그가 학계의 핵심 지위에 자리하고 있어서『홍루몽』을 연구할 때나『수경주』에 관한 연구를 다시 진행할 때 모두 많은 진귀한 판본을 얻을 수 있었던 것과 관련이 있다.

『홍루몽』이 사상과 식견에서는 『유림외사』보다 못하고, 문학적 기교에서는 『해상화열전海上花列傳』과 『노잔유기』보다 못하다고 보았다.[167] 이런 오류는 "시에는 정확한 해석이 없다"는 말로 변호할 수 있는 것이 아니다. 1940년대 말에 후스는 『수호전』을 읽고 난 뒤 소감을 이렇게 자술했다.

내가 한참 신나게 읽고 있을 때 갑자기 나의 역사 고증벽이 나의 문학 감상을 방해했다![168]

이것은 '우연한 일'이 아니다. "증거가 있는 지식이 진정한 지식"이라는 말을 신봉한 후스가[169] 글을 읽다가 '문학 감상'에서 재빨리 '역사 고증'으로 넘어가는 것은 이해할 수 있다. 지나치게 '과학'을 맹신하고 "증거를 가져오라"는 것을 학술 연구의 핵심으로 삼은 나머지 후스의 문학비평과 철학적 사고에는 깊이 있는 이해와 분석이 없었고 이로 인해 수많은 비판을 초래했다.[170]

구제강은 20세기 초 중국의 학술 사조를 서술하면서, "가장 먼저 국고

---

167 胡適, 「答蘇雪林書」, 『胡適紅樓夢硏究論述全編』, 279~280면; 「與高陽書」, 『胡適紅樓夢硏究論述全編』, 290면.

168 胡頌平, 『胡適之先生年譜長編初稿』, 1997면.

169 위의 책, 2711면.

170 철학 연구를 예로 든다면 장타이옌은 후스가 경서 연구방법을 제자서 연구에 잘못 사용하였기 때문에 훈고를 많이 논의하는 반면 의리를 논하는 경우가 적다고 비판하였다. (「與章行嚴論墨學第二書」) 량치차오는 후스에 대해 "지식론에서는 도처에서 탁월한 견해를 보여주었지만 우주관과 인생관에서는 열에 아홉이 천박하거나 황당한 견해들이다"라고 했다. (「評胡適之『中國哲學史大綱』」, 『時事新報·學燈』, 1922.3.13~14) 슝스리는 후스가 과학적인 방법을 제창하는 것에 긍정적이었지만 그가 "고증 연구만 해서" "크고 깊은 학문이라고 말할 수 없는" 것에 불만이었다. (「紀念北大五十周年並爲林宰平先生祝嘏」, 『國立北京大學五十周年紀念一覽』, 1948)

정리를 외친 사람은 장타이옌 선생이었지만 그것을 궤도에 올려놓고 진척시킨 것은 후스 선생의 구체적인 계획 덕분이었다"라고 했다.[171] 장타이옌의 영향을 받아 국고 정리를 주장할 수 있었기 때문에 후스는 『중국철학사대강』에서 여러 번 장타이옌의 저술을 인용했고 감사의 뜻을 보였다. 「국고 연구 방법研究國故的方法」에서는 "장타이옌 선생이 『국고논형』을 저술한 뒤에 '국고'라는 단어가 만들어졌다"라고 했으므로 이 대목에서도 장타이옌 영향의 단서를 확인할 수 있다.[172] "중국의 모든 과거 문화와 역사"를 연구한다는 공통점이 있었음에도 장타이옌과 후스의 입장은 매우 달랐다. 장타이옌은 「원학原學」에서 중국문학의 독립적인 가치를 강조하고 사람들이 "서양과 비슷하지 않으면 부끄러워하는 것"에 반대하면서 이유를 이렇게 제시했다.

> 엿기름과 술지게미는 맛은 달라도 둘 다 맛있다. 서구가 중국에 기대지 않듯이 지금 중국도 서구에 기대서는 안 된다.[173]

장타이옌이 국학강습회, 국학진흥사 등을 설립했을 때의 목적은 "국학을 진흥시켜 나라의 영광을 드날리자"는 것이었다.[174] 이것은 "구시대의 망령을 몰아내기 위해" 국고를 정리한 후스와는 전혀 달랐다.

신문학운동을 주도하던 것에서 '국고 정리'로 선회했기 때문에 후스는 큰 압박을 받았다. 동지들의 불만을 달래고 사방에서 공격을 받지 않기

---

171 顧頡剛, 「『古史辨』第一冊自序」, 『古史辨』 1, 78면.

172 胡適, 『中國哲學史大綱』, 30면; 「再版自序」, 『胡適講演』, 47면.

173 章太炎, 『國故論衡』, 上海 : 大共和日報館, 1912, 149면.

174 『民報』 第7號, 9號(1960.9.11)에 실린 「國學講習會序」와 「國學振興社廣告」 참조.

위해 후스는 자기가 '낡은 책더미' 안으로 들어간 것은 "요괴를 잡고" "귀신을 몰아내서" 국고도 "별 게 아니다"라는 것을 증명하기 위해서였다고 강변했다.[175] "신기한 것을 썩은 것으로 만들겠다"는 마음으로 국고를 정리하면 중국 문화의 좋은 점을 자세히 살피거나 체득하기 어려울 것이다. 5·4 신문화인은 대부분 이런 경향이 있어서 툭하면 "중국 문학이 발달하지 못한 원인"이라든가 어떻게 "이 상처투성이인 중국 문학을 연구할 것인가"라고 했는데,[176] 이런 질문에서 보여준 연구의 목적과 시각에서 이미 중국 문화의 위상이 확정된 셈이었다. 같은 시대 연구자 중에서 그래도 후스는 중국 문학을 이해하고 동정심을 가진 편이었다. 그러나 서구 문학의 개념으로 중국 소설과 시문을 비평하는 것은 후스의 주된 문제점이었다. '과학적 원칙의 도입'과 '국고 정리' 사이에 수많은 험준한 산이 있는 것은 아니었지만 후스의 애초 예상처럼 그렇게 '어울리게' 할 수도 없었다. 새로운 학술시대를 개척한 후스에게는 이런 아쉬움이 컸을 것이다.

---

175 胡適, 「整理國故與'打鬼'」, 『現代評論』 第5卷 第119期, 1927.3.
   [역자 주] 국고정리가 복고라는 비판에 직면한 후스는 이 글에서 자신이 국고정리를 하는 것은 낡은 책더미 속에 숨어 있는 귀신과 요괴를 잡아내서 사람들이 더는 국고를 맹신하지 않게 하기 위해서라고 설명했다.
176 茅盾, 「中國文學不發達的原因」, 『茅盾全集』 第18卷, 97면; 鄭振鐸, 「中國文學研究者向哪里去?」, 『中國文學研究』, 北京 : 作家出版社, 1957, 1165면.

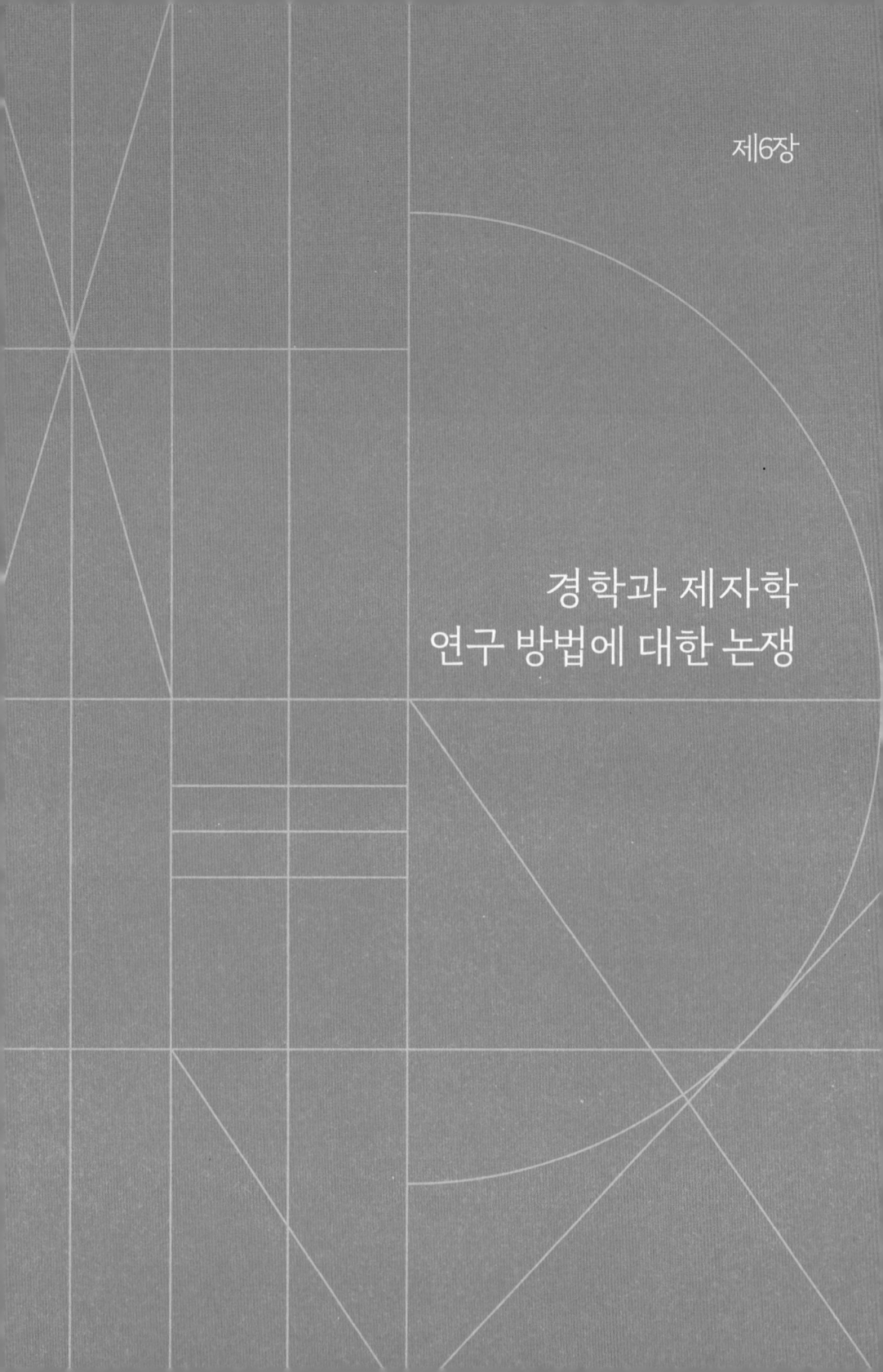

제6장

경학과 제자학
연구 방법에 대한 논쟁

20세기의 중국 학계에서 장타이옌의 '국학 제창'과 후스의 '국고 정리'는 모두 많은 주목을 받았다. 후스는 장타이옌의 도움을 받아 국고를 이해할 수 있었다는 사실을 숨기지 않았고, 구제강은 이 두 사람의 역사적 관련성을 명시적으로 서술했다.[1] 국학 연구라는 공통점이 있었지만 장타이옌과 후스의 연구는 큰 차이가 있었다. 이 차이는 학술 전환기에 '전통을 계승'하는 학자와 '새로운 학풍을 개척'하는 학자 사이의 거리이기도 했다. 이때 '전통'과 '새로운 학풍'은 학술적 훈련전통적인 서원이나 신식 학교의 문제일 뿐 가치판단을 담고 있지 않다. 1922년 4월에서 6월까지 장타이옌은 상해에서 일련의 '국학강연'을 했고 1923년 1월에 북경대학에서는 후스의 '발간선언'이 담긴 『국학계간』을 발행했다. 이 국학강연과 『국학계간』 간행은 이전 세대와 이후 세대 학자가 연결되어 있음을 보여주는 상징적 사건이었다. 이전의 국학 연구에서는 장타이옌이 수장이었으나 이후 국학 연구에서는 후스가 선두에 섰다. 장타이옌과 후스의 강학에는 같은 점도 있고 다른 점도 있다. 이 장에서는 학술 교체기에서 발생한 사소한 논쟁을 통해 이 둘의 학술 사유를 살펴보고자 한다.

1 　胡適, 「硏究國故的方法」, 『東方雜志』 第18卷 16期, 1921.8; 顧頡剛, 「『古史辨』第一冊自序」.

1. 연구 방법의 근본문제

1923년 11월, 장타이옌은 국가 중대사를 논의하기 위해 전보를 치느라 바빴고 당분간 연구 저술을 하지 않겠다고 신문에 발표한 상태였으나 장스자오張士釗, 장사소의 '도발'로 인해 다시 묵자墨子의 학문이후 '묵학(墨學)'으로 줄임을 논하게 되었다. 장타이옌과 장스자오는 서로를 높이면서 량치차오와 후스의 묵학 이해가 '독단적'이라고 비판했다. 젊고 기력이 왕성한 후스가 전장으로 나온 반면, 량치차오는 '못 본 척'하며 침묵했다. 아마도 자신이 후스와 함께 묶였을 뿐이라는 사실을 알았던 것 같다. 이들 간의 논쟁은 『후스문존胡適文存』 2집에 「묵학을 논하다論墨學」라는 제목으로 수록되어 있다. 이 책에 실린 장타이옌의 편지 두 통은 『화국월간華國月刊』에 실린 것과는 약간 다르지만 핵심 내용은 같다. 이 논쟁은 『묵경墨經』의 "辯爭彼也" 구절 해석으로 발생한 것처럼 보였지만, 실제로는 연구 방법과 학자들의 세대 차이를 보여준 것이었다. 그 깊은 함의에 대해 진지하게 탐구해 볼 필요가 있다.

먼저 장스자오가 "辯爭彼也" 구절에서 후스가 '彼'를 오자로 판단한 것이 독단적이라고 비판했다. 이어 장타이옌이 장스자오에게 보낸 첫 번째 편지에서 후스를 두고 "독단적인 문제만 있을 뿐 아니라" "제자백가를 논의하는 방법이 경서를 논의할 때와는 달라야 한다는 것을 모르는 것"이 가장 문제라고 했다. 예민한 성격의 후스는 장스자오의 구체적인 비판을 제쳐둔 채 장스자오에게 자신을 대신해 장타이옌 선생한테 "도대체 제자백가를 논의하는 방법과 경서를 논의하는 방법이 어떻게 다른지" 물어봐 달라고 요청했다. 후스는 자기 학문이 깊지 않다고 했지만, 지금 이 문제에 대해서는 나름의 답을 갖고 있었다. "경서와 제자서는 모두 옛날 책이고 연구 방법에는 하나의 길만 있을 뿐이다. 곧 교감학과 훈고학의 방법으로 원래 사상을 복원하고 옛 의미를 고증하는 것이다." 경학과 제자학 연구 방법에 차이가 없다는 것을 증명하기 위해 후스는 고우高郵 지방의 왕염손王念孫, 왕인지王引之 부자[2]와 장타이옌의 양대 스승 유월, 손이양을 예로 들었다.

제자학과 경학 연구 방법이 달라야 하는지는 후스의 말처럼 학술 연구 방법의 근본 문제였기 때문에 장타이옌도 그냥 넘어가지 못했다. 장타이옌이 장스자오에게 보낸 두 번째 편지에서는 묵학에 대한 논쟁을 이어나가면서도 후스의 질문에 답하는 내용이 주조를 이뤘다.

이전에 '묵변墨辯'[3]을 논하면서 경학과 제자학은 연구 방법이 다르다고 했었습니다. 어제 그대장스자오가 꺼내 보여준 후스의 편지에서는 교감과 훈고가 경학과 제자학 연구에 공통으로 적용되는 방법이라고 하면서 왕염손과 유월 선생을 예로 들었습니다. 내가 보기에는 교감과 훈고는 경학과 제자학 연구에서 첫 단계일 뿐입니다. 경서에는 사실에 대한 내용이 많고 제자서에는 의리에 대한 내용이 많습니다. (대략 말한다면 경서 중 『주역』도 의리를 밝혔고 제자서 중 『관자管子』와 『소자蘇子』도 사실을 나열했지만, 그래도 제자서 중에서 사실만 말하고 의리를 말하지 않는 내용은 극히 드뭅니다) 이 두 유형의 책을 연구할 때는 교감과 훈고를 거친 뒤에 각자 중점적으로 보는 부분이 있기 마련인데, 그래서 연구방법이 다르다는 말이었습니다. 그러니 가의賈誼와 사마상여司馬相如가 제자서를 이해할 수 없고,

---

2   [역자 주] 江蘇省 高郵 지역의 王念孫(1744~1832), 王引之(1766~1834) 부자를 가리킨다. 두 사람은 '高郵二王'으로 병칭되는데, 乾嘉 연간에 惠棟을 대표로 하는 吳派, 戴震을 대표로 하는 晥派와 나란히 하는 고증학의 대표적 학파였다.
3   [역자 주] 『墨子』에 수록된 「經上」, 「經下」, 「經說上」, 「經說下」, 「大取」, 「小取」 등 여섯 편의 논리적 성격을 띤 글을 말한다.

곽상郭象과 장감張湛이 경서를 연구할 수 없는 것입니다. 왕염손과 유월 두 선생은 초보적인 작업을 했을 뿐입니다.[4]

후스는 "교감과 훈고 작업만 했고 의리 학설로 전체 맥락을 탐구하지 않은 것"을 "초보적인 작업"이라고 한 장타이옌의 비판에 동의했다. 그렇지만 "지금 묵학을 논의하는 사람들은 초보적인 작업을 경시하면서 하지 않기" 때문에 "초보적인 작업"인 교감과 훈고를 충분히 강조해야 한다고 생각했다.

콜롬비아대 철학과를 졸업한 후스가 교감과 훈고를 하자고 주장하고 항주의 고경정사 출신인 장타이옌이 청대 학문을 비판했다는 사실은 의미심장하다. 장타이옌의 비판에 맞선 후스의 변호도 유효했다. 의리를 따지려면 교감과 훈고에 근거해야 한다는 것이다. 그런데 "교감과 훈고를 제대로 하려면 그전에 의리에 대해 알고 있어야 한다".[5] 따지다 보면 '의리'와 '훈고'의 변별은 해석학적 순환으로 빠지기 쉽다. 여기에 개인의 지향까지 더해지면 "기존의" 한학과 송학 논쟁으로 바뀌게 된다. 『도한미언』에서 장타이옌은 학자의 학문 연구는 "각자 자기 뜻에 따를" 뿐이며 "사농공상이 각자 자기 일을 열심히 하는 것"처럼만 한다면 "한학과 송학 논쟁에 어찌 조정자가 필요하겠는가?"라고 했다.[6] "한학과 송학을 동등하게 보는" 것은 맞는 말이지만 실천하기가 쉽지 않다. 구체적인 역사적 상황에서는 모든 발언자들이 특유의 '우려'를 하기 때문이다. "서로 소통하

---

4 『華國月刊』제1권 제4기(1923.12)에 실린 「與章行嚴論墨學第二書」에는 빠진 내용이 있는 것으로 보인다. 본서에서는 『胡適文存』2集의 「太炎先生的第二書」를 따랐다.

5 胡適, 『胡適文存』2集 卷1, 上海 : 亞東圖書館, 1924, 222면.

6 章太炎, 『菿漢微言』, 杭州 : 浙江圖書館, 1919, 74면.

고 이해하는 현담玄談을 할 것인지", 아니면 "문리를 세밀하게 따져 실사구시"를 할 것인지는 학자 개인의 성향과 지향의 문제이기도 했지만 시대의 문제를 해결하기 위한 '대책'이기도 했다. 흥미롭게도 만년에 이 논쟁을 다시 꺼냈을 때 장타이옌은 당초 자신의 입장이 어떤 것이었는지조차 잊고 있었다.

> 예전에 후스와 장스자오는 『묵경』 해석에서 논쟁을 벌였지만 결론을 내지 못했다. 나는 그들을 이렇게 일깨워주었다 : 옛사람들이 경학 연구를 한 다음에 제자학 연구를 한 이유는 사실을 훈고하고 증명해서 공허한 말이나 억측을 하지 않으려고 했기 때문이다. 지금 사람들은 문자와 음, 의미도 잘 모르면서 제자학 연구로 명성을 높이려고 하는 경우가 많은데 이는 온당하지 않다.[7]

이렇게 볼 때 제자학, 훈고, 의리는 모두 중요하다. 이것은 너무나 당연하다. 그래서 후세 사람들이 장타이옌이 경학과 제자학 연구 방법이 다르다고 한 것에 별로 신경을 쓰지 않은 것이다. 그러나 나는 장타이옌의 이 말이 자신의 학술 지향과 함께 중국 학술사에 대한 생각, 5·4 이후의 학술 방향에 대한 비판을 보여주는 것이라 그냥 넘길 수 없는 내용이라고 생각한다.

---

7   章太炎, 「菿漢閑話」, 『制言』 第13期, 1936.3.

2. 『장자莊子』에 대한 도전

사실 장타이옌이 논쟁하고 싶었던 것은 의리 먼저 해야 하느냐, 훈고 먼저 해야 하느냐, 의리가 중요하냐, 훈고가 중요하냐 같은 문제가 아니었다. 경학과 제자학 연구는 교감과 훈고라는 첫 관문을 넘은 뒤 반드시 '각자 중점적으로 보는 부분'이 있어야 한다는 것이었다. 장타이옌에게 경학은 공통점과 차이점을 고증해서 역사의 진면목을 밝히는 '객관적인 학문'이며, 실사구시를 중시하고 "비교를 통해 원래 모습을 파악해서 진보를 추구"하는 학문이었다. 제자학은 의리 추구가 핵심이고 인생의 본질을 말하는 '주관적인 학문'이며 자신의 학설을 확고하게 하는 것을 중시하고 "직관과 자득自得을 통해 진보를 추구"하는 학문이었다.[8] 장타이옌이 왕염손, 왕인지 부자와 유월 같은 선현에게 불만을 가졌던 이유는 그들이 경학 연구 방법을 제자학 연구에 적용해서 제자백가를 철학이 아닌 사학의 측면에서만 연구했기 때문이었다. 이것은 이 당시 사람들이 '묵변'을 논할 때 어휘 고증만 하고 철학적 의미를 탐구하지 못했던 것과 흡사했다. 장타이옌은 일관되게 경학과 제자학이 목록학만이 아니라 학술사적으로도 매우 큰 차이가 있다고 주장하고 나아가 경학과 제자학이 학술 방향에서 다른 점을 부각시켰다. 일 년 전 장타이옌은 강소성 교육회江蘇省敎育會의 요청을 받아 상해에서 국학 강연을 했다. 철학 연구에서는 '직관과 자득'이 필요하며 청대 학자들이 했던 것처럼 "문자만 파고들어서는" 안 된다고 했다.[9] 이때부터 장타이옌에게는 학자들을 일깨우려는 의

8   章太炎, 「諸子學略說」, 湯志鈞 編, 『章太炎政論選集』, 北京 : 中華書局, 1977; 章太炎, 「國學之進步」, 曹聚仁 記述, 『國學槪論』, 香港 : 學林書店, 1971 참조.
9   章太炎, 張冥飛 筆述, 『章太炎國學講演錄』, 第4版, 上海 : 新文化書社, 1935, 171면.

도가 있었다. 그러다 마침 묵학 논의에서 후스가 청대 학술을 마구잡이로 떠받드는 것을 보고 정면으로 반박했던 것이다.

　미국 유학 시절에 중국의 고거학에 서양의 판본학^{textual criticism}, 존 듀이의 반성적 사고를 접목하면서 연구 방법을 깨달았기 때문에[10] 후스는 청대 학술에 상당한 호감을 가지고 있었다. 북경대학에 임용된 이유는 고거학 논문이 한 편 있어서였고『중국철학사대강』이 출판된 이후에는 "한학 연구도 겸할 수 있다"는 점이 높게 평가되어[11] 후스는 자신의 고거학 실력에 지나친 자신감을 가지게 되었고 여러 차례 청대 학술을 논하는 글을 썼다. 1919년을 예로 든다면『중국철학사대강』의 「서론導言」에서 청대 학술을 유럽의 르네상스에 견주었고 이어 「국고학을 논함」에서 청대 유학자의 고거학이 "과학적 방법"과 부합한다고 했다. 또 「청대 학자의 연구 방법」에서 한학가들이 "가설을 세우는 능력이 있고 도처에서 증거를 가져와 가설의 시시비비를 가리기" 때문에 그들의 연구에는 '과학적 가치'가 있다고 했다. 순식간에 "증거를 가져와라"는 구호가 세상에 퍼졌고, '과학적 방법'은 '고거학'으로, 다시 '청대 학자의 가법家法'이라는 말로 바뀌었다. 량치차오가 청대 학술의 '진영을 확대했다'고 평가했던[12] 장타이엔은 놀랍게도 그럴싸하지만 정확하지 않은 후스의 주장을 공개적으로 반박하지 않았다. 그 주된 요인 중 하나가 후스가 청대 학자의 가법을 주장하면서 당대 학자 중에서 유일하게 표창한 사람이 장타이엔이었다

10　胡適, 唐德剛 譯, 『胡適口述自傳』, 제6장 「靑年期逐漸領悟的治學方法」. (北京 : 華文出版社, 1992)

11　후스의 추억에 따르면 차이위안페이가 후스를 북경대학 교수로 초빙한 것은 그가 쓴 「詩三百篇言字解」(『胡適之先生年譜長編初稿』, 294면)를 보았기 때문이었다. "한학도 겸하여 연구할 수 있다"라는 말은 차이위안페이가 『중국철학사대강』에 쓴 서문에 있다.

12　梁啓超, 『淸代學術槪論』. (梁啓超, 『梁啓超論淸學史二種』, 上海 : 復旦大學出版社, 1985, 77면)

는 점이었다. 당연히 장타이옌은 후스의 체면을 깎고 싶지 않았다. 그의 『중국철학사대강』을 받아 본 다음에 보낸 답서에서 엄격한 비판을 했지만 관례에 따라 공개하지는 않았다. 후스는 1950년대에 예전에 쓴 「장자 시대의 생물진화론莊子時代的生物進化論」을 "젊은이의 잘못된 논의"라고 반성했던 적이 있었다. 만약 북경중국사회과학원에 현전하는 '후스존건胡適存件'이 공개되지 않았다면 독자들은 이것이 40년 전에 있었던 장타이옌의 비판을 받아들인 결과라는 사실을 알 수 없었을 것이다.[13]

후스의 중국 철학사 연구에서 장타이옌의 영향력은 상당했다. 『중국철학사대강』은 초판본이 간행된 후 2개월 뒤에 재판되었다. 후스는 너무나 흥분한 나머지 이 책을 쓸 때 도움을 준 여러 스승과 벗들에게 감사를 표했다.

> 이 책을 쓰면서 가장 고마웠던 선대 학자가 왕염손, 왕인지, 유월, 손이양, 이 네 사람이다. 지금 학자 중에서는 장타이옌 선생이 제일 고맙다. 북경대학의 동료 중에서는 첸쉬안퉁錢玄同, 전현동, 주디셴朱逖先, 주적선 두 선생이 이 책의 저술에 많은 도움을 주었다.[14]

왕염손, 왕인지 부자는 교감과 훈고 쪽에서 후스에게 도움을 주었다. 그 외 다른 네 사람은 모두 장타이옌의 스승이나 선배 또는 학생이었다. 첸쉬안퉁과 주디셴은 제자학을 연구하지 않았고 유월과 손이양은 제자학으로 이름 났지만 교감과 훈고 위주로 연구했다. 후스는 청대 학자들이

---

13 白吉庵, 「胡適文存第574號」, 『胡適傳』, 北京 : 人民出版社, 1993, 119면; 胡適, 「『中國古代哲學史』臺北版自記」, 『胡適學術文集·中國哲學史』, 北京 : 中華書局, 1991, 4~5면.

14 胡適, 「『中國古代哲學史』再版自序」, 『胡適學術文集·中國哲學史』, 3면.

"전체 맥락을 파악하는 공부를 하지 않았고", "장타이옌에 와서야 교감과 훈고로 접근하는 제자학 말고 논리와 체계가 있는 제자학이 나왔다"라고 굳게 믿었다.[15] 그러니 『중국철학사대강』에서 철학의 이치를 논한 중국인의 저술로 장타이옌 한 사람만 언급한 것도 이상한 일이 아니었다.

인용이 별로 없었다는 것은 후스가 그때 읽은 책이 많지 않았다는 의미이자 당시 제자학 연구 상황을 대변한 것이기도 했다. 만청 시기 제자학의 흥기는 중국 학술사의 큰 전환이었고 갈수록 연구자들은 이 점을 중시하고 있다.[16] 량치차오는 청대 학자들이 제자학을 연구할 때 일단 옛것을 숭상하여 제자학을 통해 경서를 교감했고 그런 다음에 "문장을 교감할 때 의미를 살폈고, 의미를 살핀 뒤에 새로운 해석을 내놓았다"고 했는데,[17] 믿을 만한 말이다. 그런데 어떤 학자들은 주류 학술에 도전하기 위해서 제자학을 연구 대상으로 삼는 경우도 있었다. 왕중汪中이 그런 사례였다. 량치차오는 묵학이 2,000년 동안 묻혀 있었으나 청대 중엽 이후 고증학의 흥기에 따라 부흥하였고 "왕중이 선편을 잡았다"라고 했다. 허우와이루는 청대 초기 묵학이 학자들의 주목을 받기 시작해서 "고염무, 부산傅山도 묵학을 숭상했다는 의심을 받았으며, 안원顔元은 육경 연구를 표방했지만 실제로는 묵학을 연구했다"라고 했다.[18] 량치차오가 학술 발전을 말한 것이라면, 허우와이루는 그 안에 흐르고 있던 사상 조류를 말

---

15   胡適, 『胡適學術文集・中國哲學史』, 27면.
16   張灝는 『危機中的中國知識分子』 제1장(중역본은 1988년에 山西人民出版社에서 간행되었다)에서 제자학의 흥기를 만청 학술조류에 영향을 미친 국내 요인 세 가지 중 하나로 보았다. 王汎森은 『章太炎的思想』(臺北 : 時報文化出版公司, 1985) 제2장 제2절에서 만청의 여러 학자들의 제자학에 대한 견해를 서술했는데 참고할 만하다.
17   梁啓超, 『淸代學術槪論』. (梁啓超, 『梁啓超論淸學史二種』, 49~50면)
18   梁啓超, 「中國近三百年學術史」, 『梁啓超論淸學史二種』, 359면; 侯外盧, 『近代中國思想學說史』, 上海 : 生活書店, 1947, 481면.

한 것이라 이 둘은 상호보완적이라고 할 수 있다. 최소한 왕중 때부터 순자와 묵자에 대한 연구가 경서 교감의 보조 도구로 국한되지 않았다는 사실을 알 수 있다. 바로 이런 이유로 량치차오와 허우와이루가 왕중의 「소경자통론蘇卿子通論」과 「묵자서墨子序」를 2,000년 이래 "사상 변화의 계기"로 여겼던 것이다.[19] 순수한 고증학 저술조차도 그 안에는 가치 판단이 담겨 있다. 유월이 "경학을 연구하면서 제자학도 섭렵한 것"은 "서한 경사經師, 경전을 전수하는 관리─역자 주들의 주장도 소중한데 그 전시기 제자백가는 어떻겠는가?"라고 생각했던 점도 있었겠지만, "주周, 진秦, 양한兩漢 시기 제자들도 성과가 있었기" 때문이었다.[20] 의리라는 측면에서 제자학이 가치가 있다고 생각했다는 것이지 이 가치를 발굴했다는 뜻이 아니다. 청대 학자의 연구는 실증을 중시했고 이치 탐구를 중시하지 않았다. 설령 경학과 제자학을 나란한 위치에 두고 제자학을 '전문 분야'로 삼아 연구했다고 해도 의리 측면에서 깊이 있는 성과를 거두지는 못했다. 청대 학자들의 제자학 부흥에서 가장 공력을 들이고 가장 성과를 거둔 것이 순자와 묵자 연구였다. 노자와 장자에 대해서는 "좋아하지도 않았고 잘하지도 못했다". 후스와 량치차오는 장타이옌의 『제물논석齊物論釋』이 "세상을 놀라게 한" 원인이 장타이옌이 불학과 '순수 철학'에 정통해서 사변에 능했기 때문이라고 강조했다.[21]

---

19 [역자 주] 왕중은 「墨子序」에서 묵학을 당시의 顯學이라고 하면서 높였고 묵자를 세상을 구하는 仁人이라고 하면서 맹자가 묵자를 지나치게 비판한 것에 맞서 묵자를 변호했다. 『荀卿子通論』에서는 순자의 학설은 공자에게서 나왔으며 특히 여러 경서에 공로가 있다고 하면서 맹자 대신 순자를 공자와 병칭하여 '孔荀'이라고 불렀다. 그의 주장은 송대 유학의 '도통'설과 다르고 묵자, 순자를 위해 신원했으므로 당시 통치자들에 의해 '명교의 죄인'으로 지목되었다.

20 俞樾, 『『諸子平議』序目』, '國學基本叢書' 시리즈 『諸子平議』, 上海 : 商務印書館, 1935.

21 胡適, 『胡適學術文集·中國哲學史』, 27면; 梁啓超, 『梁啓超論清學史二種』, 363면.

장타이옌의 제자학 연구에서 가장 높은 평가를 받은 것이 묵자와 장자 연구이다. 그의 묵자 연구에 대해서는 량치차오와 후스 모두 찬탄했다. 반면 장자 연구에 대해 량치차오는 『장자』의 원래 내용과 부합하지 않는다고 했고, 후스는 한 번 칭찬한 이후 더는 언급하지 않았다.[22] 후스의 『중국철학사대강』에서 장자를 논한 제9편은 가장 취약한 부분이었다. 후스가 받은 철학 교육으로는 이런 '동양의 신비주의'를 연구할 수 없었기 때문이었고 또 그가 지나치게 "명확하고 확실한" 학술을 추구했기 때문에 학술 방법이 달랐던 것과도 관련이 있다. 제1장은 「장자 철학 쉽게 알기莊子哲學淺釋」이라는 제목으로 『동방잡지』에 게재되었다. 이 글에 덧붙인 서문을 보면 후스가 『장자』를 읽은 뒤에 터득한 것이 별로 없었다는 사실을 알 수 있다.

지금까지 사람들은 장자 철학을 너무 신비하고 현묘한 것으로 보아서 장자를 제대로 알 수 없었다. 나는 장자 학설에 현묘하고 신비로운 점이 전혀 없다고 생각한다. 그래서 나는 장자를 논의한 이 글을 '쉽게 알기'라고 했다. 쉬운 글로 장자 철학을 말했다는 뜻도 있지만 장자 철학이 평이한 일상의 이치를 말한 것이라는 점을 알리고 싶었다.[23]

장자를 이런 식으로 말하는 것에 대해 장타이옌은 결코 동의할 수 없었다. 1908년에 장타이옌은 동경민보사東京民報社에서 쉬서우상許壽裳, 허수상

---

22 위의 책; 그 외에 후스는 『중국철학사대강』의 「導言」에서 장타이옌의 "「原名」, 「明見」, 「齊物論釋」 세 편의 글은 전례없던 저술이다"라고 칭찬했다. 앞의 두 편은 본문에서도 여러 번 인용하였으나 「제물론석」에 대해서는 다시 언급하지 않았는데 아마도 그 명성 때문에 언급하지 않을 수 없었던 것 같다.

23 胡適, 「莊子哲學淺釋」, 『東方雜志』 15卷 11·12期, 1918.11·12.

과 주시쭈, 첸쉬안퉁, 루쉰과 저우쮀런 형제를 위해 강학했는데, 『설문說文』, 『이아爾雅』 외에 『장자』와 『초사』도 포함되었다.[24] 『장자』 내용은 일부 정리하여 『장자해고莊子解詁』로 묶었다. 이 글은 다음 해 『국수학보』에 연재되었다. 글 머리의 제기題記는 이런 내용이었다.

> 수많은 학술 유파는 각기 떠받드는 사람이 있지만, 걸출한 철학자는 장자밖에 없다. 「소요逍遙」는 만물이 유유자적하도록 내버려 두며 「제물齊物」은 천도라는 큰 우주에서 공자와 묵자를 티끌처럼 본다. 더구나 육구연이나 왕수인 같은 부류는 하나의 이치로 만물을 주재하려고 하니 더욱 비할 것이 못 된다.[25]

제자백가 중에서 장자만 높였던 주장은 나중에는 다소 바뀌었다. 『도한미언』에서는 주 문왕, 공자, 노자, 장자를 함께 '우리나라 4대 성인'이라고 했고 그들이 '대승보살'과 대등하다고 했다. 하지만 불교는 "속세 밖의 이치에 관한 것이 많고 마음을 다스리는 내용內典에 자세한" 반면, 공자와 노자는 "세상의 이치에 관한 것이 많고 밖으로 시행하는 방법外王에 자세한데" 이 둘을 겸비한 것은 장주莊周 뿐이라는 것이다.[26] "마음을 다스리는 내용과 밖으로 시행하는 방법을 겸비한 진귀한 글"인 「제물론」을 장타

---

24 루쉰의 「關于太炎先生二三事」와 쉬서우상의 「章炳麟」 모두 『說文』과 『爾雅』에 대해서만 언급했다. 하지만 현재 북경도서관에 소장되어 있는 「朱希祖日記」에는 『장자』와 『초사』 강의를 들었다고 기재되어 있다. 같은 시기 수업을 들은 왕둥은 장타이옌이 불교로 장자를 해석하는 특징이 있었다고 이야기했다. "그는 『설문』과 『장자』를 주로 강의했는데 『장자』를 이야기할 때는 문자와 음운 등을 통해 자구를 해석하는 것 외에도 이치를 많이 설명했는데 불교의 이치와 합치되는 것이 많았고 후에 그 뜻을 정리하여 『莊子解詁』로 엮었다." 『寄庵隨筆』, 上海 : 上海書店, 1987, 6면.

25 章太炎, '章氏叢書' 시리즈 『莊子解詁』, 杭州 : 浙江圖書館刻本, 1919, 1면.

26 章太炎, '章氏叢書' 시리즈 『訄漢微言』, 『章氏叢書』, 杭州 : 浙江圖書館刻本, 1919, 26·38면.

이옌은 평생 사랑했고 많은 공력을 들여 연구했다. 장타이옌은 자신이 쓴 『제물논석』이 "한 글자가 천금"의 가치를 가지며 "1,600년 안에서는 비견될 저작이 없다"라고까지 자긍심을 가졌다.[27] 그러니 후스가 필적하기를 바랄 수 없는 것도 당연했다. 장타이옌은 답서에서 『중국철학사대강』을 비판할 때도 장자 부분을 중심에 두었다.

3. 청대 유학자의 성과와 한계

연구자가 학술 연구를 할 때에는 각자 중요하게 보는 부분이 있다. 후스가 제자백가의 '명학'논리학 방법을 둘러싸고 논의를 전개한 것도 취사선택의 결과였다. 후스의 『중국철학사대강』에 대해 량치차오는 "지식론으로 보면 도처에서 놀랄 만한 탁월한 견해를 보여주었지만, 우주관이나 인생관에서는 열에 아홉이 깊이가 얕고 오류투성이"라고 했다. 이 비판은 결코 지나친 것이 아니었다.[28] 그런데 후스는 꼭 했어야 할 자아 성찰을 하지 않았고 차이위안페이가 서언에서 찬탄한 '한학의 가법'에 지나치게 도취되어 그 이후 연구 방법을 가르칠 때 '대담한 가설'에서 점차 '신중한 입증'으로 나아갔다.[29] 장타이옌이 후스가 경학 연구 방법으로 제자학을 연구한다고 비판했을 때에는 『묵자』의 글자 하나에 대한 논쟁만 두고 한 말이 아니라 전체적인 연구 방법이 그렇다는 뜻이었다. 후스는 왕염

---

27   章太炎,「自述學術次第」,『太炎先生自定年譜』, 香港 : 龍門書店, 1965, 53면; 章太炎,「與貝末生書」,『章太炎政論選集』, 702면.
28   梁啓超,「評胡適之『中國哲學史大綱』」,『時事新報·學燈』, 1922. 3. 13·14.
29   본서의 제5장 참조.

손, 왕인지 부자와 유월, 손이양도 자신과 똑같이 동일한 방법으로 경학과 제자학을 연구했다는 사례를 들어 자신을 변호했다. 그런데 이것은 그가 청대 학자의 연구 방법의 한계를 제대로 인식하지 못했음을 보여주는 것이었다. 후스는 청대의 제자학에 대해 말할 때 주로 "작은 것들이 모여 큰 국면을 만들었고" 체제도 "지리멸렬했다가 전체를 관통하는 것으로 바뀌었다"라는 것만 이야기했을 뿐 내재적인 논리에 대해서는 거의 미치지 못했다. 후스는 청대 학자의 엄밀한 학술 방법을 신봉하면서부터는 도처에 가서 전대흔의 고음 고증과 왕염손의 허자 설명을 찬양하느라 청대 학술의 성과와 문제점을 살필 겨를이 더욱 더 줄어들었다.

장타이옌은 청대 학술의 마지막 보루였던 유월과 손이양의 수제자였다. 그는 청대 학자의 학술 연구의 성과와 문제점에 대해 후스보다 체감할 기회가 더 많았다. '경학 대사의 여섯 가지 법칙經師六法'만 해도 학문의 핵심까지 깊이 들어간 사람이 아니라면 이야기할 수 없는 것이었다.

> 명실名實을 살피는 것이 첫째이고, 증거를 중시하는 것이 둘째이며, 억지로 갖다 붙이는 것을 경계하는 것이 셋째이고, 범례凡例를 지키는 것이 넷째이며, 감정을 끊어내는 것이 다섯째이고, 화려한 문사를 버리는 것이 여섯째이다. 여섯 가지를 갖추지 못했는데도 경학 대사가 된 사람은 세상에 없다.[30]

곧이어 그 당시 경학 대사들을 품평하면서 "훈고를 정밀하게 연구하면서도 계통이 있고, 사실을 넓게 고증하면서도 질서가 있으며, 문장의 조리를 세밀하게 살펴서 선현들이 보지 못한 것을 밝혔고, 모든 결론이 태

---

30 章太炎,「定經師」,『民報』第10號, 1906.12.

산처럼 확고했던" 유월과 손이양 두 사람을 최고라고 평가했다. 후스는 장타이옌이 존경하는 유월과 손이양으로 예를 든다면 상대인 장타이옌이 반박할 수 없을 것이라고 여겼을 것이다. 그러나 예상외로 장타이옌은 유월과 손이양조차도 "초보적인 작업을 했을 뿐"이라고 비판했다. 장타이옌이 논쟁에서 이기려고 일부러 심하게 말한 것이 아니다. 이것은 자신의 학술적 이상과 청대 학술에 대한 전체적인 관점을 보여준 것이다. 장타이옌은 유월과 손이양 같은 경학 대사를 평가하면서 또 다시 글을 써서 안원, 대진 같은 대유학자를 소개했다.[31] 장타이옌에게는 유월과 손이양 같은 일류급 경학 대사도 학술의 최고 경지에 오른 사람들이 아니었다는 뜻이다.

제자학을 연구하는 유학자와 경학대사로서의 유학자를 구분하는 것이 중국 학술사를 바라보는 장타이옌의 독특한 시각이었다. 경학 대사에 대한 구분과 유학자에 대한 장타이옌의 평가는 시대 상황의 변화에 따라 많이 바뀌었다. 이 글에서는 청대 학술과 대진에 대한 장타이옌의 평가만을 간략하게 다루고자 한다. 이 화제는 후스의 학술 연구 방법과도 밀접한 관련이 있기 때문이다.

장타이옌의 글에는 청대 학자를 언급한 내용이 매우 많다. 그중에는 도덕적 기준으로 판단한 것도 많아서 그가 제창한 '민족의 대의'와도 잘 호응된다. 그의 평가 중에는 편파적인 것도 있다. (황종희의 경우 처음에는 높았지만 나중에는 비판했다. 공자진과 위원에 대해서는 전반적으로 부정적이었다) 그러나 전체적으로 볼 때 장타이옌의 입장은 일관되어 있다. 장타이옌이 청대 학술을 어떻게 보고 있는지를 대표적으로 보여주는 글이 전반기에 쓴

---

31   章太炎, 「悲先戴」, 『民報』 第9號, 1906.11.

「청유清儒」와 후반기에 쓴 「한학론漢學論」이다. 「청유」에서는 금문 경학을 비웃었고 「한학론」에서는 의고사학疑古史學을 매도했다. 이것은 이것을 구실 삼아 자신의 주장을 전개하려는 의도가 다분히 보였으나 그의 학술적 입장과 상통했고 기본적인 주장과도 맞았다. 1904년 『구서訄書』 중간본에 수록된 「청유」에서는 청대 문화 전반을 개관했는데 후대의 많은 학자들이 이 대목을 인용하고 재해석했다.

청대에 리학의 내용은 모두 고갈되어 남은 것이 없었다. 금기가 많아서 노래와 시, 문장과 역사기록은 거칠었고, 백성을 우매하게 만드는 정책을 시행해서 세상을 다스리는 선왕의 뜻이 쇠약해졌다. (이 세 가지를 다 하는 사람도 있었지만 송대와 명대보다 훨씬 못했다) 집에 영특한 아이가 있으면 경서 해석에 죽을 때까지 몰두했는데 이들의 학술은 정교하고 탁월했다.

구체적으로 청대 학자의 연구에서 특징은 금문 경학을 제외하면 대체적으로 "경술로 치란을 밝히지 않아서 풍자에 약했고, 음양으로 인간사를 재단하지 않아서 실사구시에 능했다"는 것이었다. 경학 대사의 저술에 대해서는 성과가 한낮의 해처럼 대단하다고 했다. 세상을 뜨기 한 해 전에 발표한 「한학론」에서도 이 주장은 그대로 유지되었다.

청대 한학은 고훈故訓을 밝히고 제도를 고찰하여 삼례三禮의 선후를 변별했고 경전과 문장의 난제를 해결하여 제대로 파악했으므로 성과가 절대 작지 않다.

그런데 이런 찬사는 모두 경세와 리에 대한 발언이 나올 가능성이 없다는 것을 전제로 한 것이다. 장타이옌은 청대 학자들의 어려운 처지에 대해 잘 알고 있었다. 그래서 위원이 대진에 대해 "너도나도 한학을 연구했다"라고 공격하는 것에 절대 동의할 수 없었다.[32] 그런데 이것이 장타이옌이 청대 학자의 연구 방향과 방법에 완전히 동의했다는 뜻은 아니었다.

도쿄에서 강학할 때 장타이옌은 「청유」에서 분명하게 드러내지 않던 '숨겨진 말'들을 명확하게 이야기했다. "어쨌든 청대 학술은 매우 발달했다. 다만 철리哲理를 이야기하지 못했기 때문에 한 분야만 잘했다고밖에 할 수 없다."[33] 위·진 현학에 대한 이해가 깊어지면서 장타이옌은 진晉대 사람들이 "견강부회"한다고 비판했던 자신의 이전 주장을 수정하고 『한학론』에서는 이렇게 강조했다.

문장에는 과거와 현재의 차이가 있지만, 학문에는 한漢과 진晉의 구분이 없다. 청대에 경학해석이 크게 발전하지 못한 이유는 한학이라는 이름에 구애되어 위魏·진晉의 학술을 멸시했기 때문이다.[34]

장타이옌이 위·진의 경학을 높인 이유에는 문파의 편향성도 작용하고 있었다. 이를테면 위·진 시기 경학은 금문경학의 견강부회에서 벗어나 "구애되는 것이 없었고" "점차 고문을 존중하고 믿게 되었"기 때문에 "한대 유학자들의 정밀함에는 미치지 못했지만 대체적인 내용은 이전 사람

---

32 章太炎, 「學隱」, 『章太炎全集』 3, 上海 : 上海人民出版社, 1984, 161면.

33 章太炎, 「敎育的根本要從自國自心發出來」, 『章太炎的白話文』, 臺北 : 文藝印書館, 1972, 56면.

34 대진은 「與某書」에서 세상 사람들이 "자신의 견해를 옛날 성현들의 학설이라고 억지로 주장하는 것"을 비판하면서 "晉代 사람들이 견강부회하는 것이 더 많았던" 잘못에까지 거슬러 올라가 언급하였다. 장타이옌은 『訄書』 「淸儒」에서 그 주장을 이어받아 "경학은 위·진 시기에 어지러워졌고 송·명에 이르러 더 흐려졌다"라고 주장했다. 『章太炎全集』 3, 155면.

들보다 낫다'라고 한 것이 그런 예이다.[35] 하지만 장타이옌의 아래 주장은 매우 중요하다. 장타이옌은 위·진의 학자들이 유학만 숭상하지 않고 광범위하게 여러 학설을 받아들여 나름대로 새로운 의미를 만들고 제자백가의 설을 섭렵하고 불교 경전을 탐구하여 "깊이 사색하여 자득한 것"이 많았다고 했고, 그래서 "진정한 의미에서 철학적 견해는 위나라에서 시작되었다"라고 했다.[36] 노자와 장자 사상을 좋아하고 청담淸談을 잘했으며 "불경도 참조했던" 현언玄言의 명가들은 경학 연구는 잘하지 못했지만 제자학 연구는 뛰어났다. 곽상郭象의 『장자주莊子注』나 장담張湛의 『열자주列子注』도 철학적 이치를 잘 해석하였다.

청대 사람들은 위·진 현학의 가치를 이해하지 못했다. 가규賈逵와 마융馬融만 추종했지만 두 사람의 경학 연구가 "제자학을 이해하지 못했고" '현묘한 이치'는 더욱 말하지 못했다는 점도 알지 못했다. 청대 유학자 중에도 불교 경전과 제자서를 읽는 사람이 있었지만 현묘한 이치에는 이르지 못해서 크게 성취하지 못했다. 장타이옌은 본인이 중년 이후에 불교를 연구하고 위·진 시기 현문玄文도 연구한 이후에야 청대 학술의 이 치명적인 결함을 잘 알 수 있었다고 말했다.

> 나는 지난 청대 백 년간 경사經史 외에는 학문이 없다고 생각했다. 그들은 제자서와 불교 경전에서는 다만 우아한 글귀나 수집하고 일화를 모았을 뿐이고 명리名理에 대해서는 알지 못했다. 그래서 평소에 책을 읽을 때 잡다한 이야기는 봐도 위·진의 현언은 혐오했다. 문장도 그랬고 학술도 마찬가지였다.[37]

---

35   章太炎, 「淸儒」, 『章太炎全集』 第3卷; 章太炎, 「漢學論」, 『章太炎全集』 第5卷.

36   章太炎, 「案唐」, 『章太炎全集』 第3卷, 451면; 章太炎, 「論中古哲學」, 『制言』 第30期.

37   章太炎, 「自述學術次第」, 『太炎先生自定年譜』, 59면.

경학 대사의 학술 연구는 음운, 훈고, 명물, 제도로 국한되기 때문에 이렇게 책을 읽어도 큰 문제가 없다. 그러나 "사실을 많이 서술하는" '경학' 연구 방법을 가지고 "의리를 밝히는" '제자학' 연구에 적용하면 "공담空談을 숭상하지 않는" 청대 유학자의 학풍은 분명한 결함이 된다. 1909년 장타이옌은 『국수학보』에 편지를 보내 자신이 도쿄에서 강학할 때 어떤 이유에서 음운과 제자서를 골랐는지 설명했다.

> 학문은 언어가 본질이라 음운과 훈고가 열쇠이고, 진리가 목표이므로 선진 제자백가가 안방이다.[38]

장타이옌은 "명물을 해석하는" 태도가 아니라 "진리를 추구하는" 태도로 제자학을 연구해야 하며 이것이 '한학의 영역'이 아니라고 생각했다. 이것은 그 당시 학자들과 다른 인식이어서 "위·진 현자들이 살아 있다면 함께 이야기할 수 있을 것"이라며 지음을 만나기 어렵다고 한탄했다.

후스도 장타이옌의 제자학 연구의 혁명적 의의를 잘 알고 있었다. 그러나 자신의 학술 취미가 '전체를 관통하며', '체계적'인가에 주목했기 때문에 장타이옌이 깊이 이해했던 '현언'과 '철리'에 대해서는 거의 언급하지 않았다. 장타이옌이 청대 학술의 틀에서 벗어나 "경학 연구 방법으로 제자학을 연구하지 않게" 방향을 선회한 것을 후스는 잘 알지 못했다. 그러나 그렇게 해서 대진을 높이는 것에 대해서는 진심으로 기뻐했으며 그 견해를 "완전히 따랐다".

---

[38] 章太炎, 「致國粹學報社書」, 『國粹學報』乙酉年 第10號, 1909.

4. 대진戴震에 대한 장타이옌과 후스의 관점

첸무와 허우와이루가 이야기한 것처럼 "최근 학자 중에서 장타이옌이 가장 먼저 대진을 높였고", 장타이옌의 『검론』, 「대진을 해석함釋戴」 등은 "사람들이 대진을 연구하는 학술을 열어놓았다."[39] 대진의 학술이 20세기에 유명해진 것은 장타이옌이 일깨우고 후스가 설명하고 알린 덕분이었다. 1923년에 후스와 량치차오 그리고 첸쉬안퉁, 주시쭈 등 장타이옌 문하의 제자들이 대진 탄생 200주년 기념회를 열었다. 이 기회로 '국고 정리' 사조의 판을 키우겠다는 의도도 있었다. 그래서 그전에는 청대 학술을 논할 때 하늘에 여러 별들이 찬란하게 빛나는 것 같았는데 그 이후로는 "대진만 빛났다". 이것은 후스가 열심히 알렸기 때문이다.[40] 그래서 이후 학자들이 대진 학문'대학(戴學)'으로 약칭하기도 함의 부흥을 탐구할 때 늘 장타이옌과 후스를 핵심 인물로 보게 되었다.

1930년대에 첸무가 쓴 『중국 최근 삼백 년 학술사』의 대진 부분에서는 장타이옌만 언급하고 후스에 대해서는 일언반구도 없었지만 그의 많은 주장은 후스의 『동원 대진의 철학』을 두고 한 것이었다. 1940년에 허우와이루가 『근대중국사상학설사近代中國思想學說史』에서 제대로 불붙지 못한 이 논쟁을 논평하면서 후스가 5·4 시기에 공자 가게를 때려 부순 여파를 이용하여 의도적으로 대진의 '반리학反理學'을 높이고 그를 '청대 철학 대본영의 사령탑'이라고까지 하여 대진의 사상을 과도하게 높이 평가했다고 했다. 또 허우와이루는 "첸무는 후스와 정반대로 대진 철학의 역

---

39   錢穆, 『中國近三百年學術史』, 北京 : 中華書局, 1986, 359면; 侯外盧, 『近代中國思想學說史』, 379면.
40   胡適, 「戴東原在中國哲學史上的位置」, 『胡適學術文集·中國哲學史』, 1991, 1106면.

사적 위상을 그냥 지워버렸다"고 했다. 첸무가 전승을 과도하게 중시해서 새로운 경향을 소홀히 본 점도 있지만 대진이 '도를 수호한다는 주관적인 태도'를 보였기 때문이기도 했다. 허우와이루의 주장에 따르면 대진의 철학은 후스가 말한 것 같은 '철학의 중흥'이 아니었다. "다만 제한된 범위에서 청대 초기 철학을 계승한 것 뿐이었다."[41] 1970년대 첸무의 학생 위잉스가 다시 대진과 그가 대표하는 학술사조를 긍정했다. 위잉스는 장타이옌과 후스, 첸무 등 여러 학자들의 설을 모두 취하면서도 리학의 우열을 가리는 데 연연해하지 않고 초연한 태도로 '유학의 지식주의智識主義 흥기'라는 측면에서 '18세기의 고증학이 사상사에서 가지는 의미'를 강조했다.[42] 1980년대 일본의 다카타 아쓰시高田淳가 다시 허우와이루를 매개로 장타이옌과 후스, 첸무의 논쟁을 언급했다. 그러나 그때의 중점은 네 단계로 나누어 장타이옌의 '대진에 관한 주장'을 평가하는 것이었다.[43]

내 논의의 중점은 장타이옌의 '대진에 관한 주장'이 『동원 대진의 철학』 말고도 어느 정도로 후스의 학술 사유에 영향을 미쳤는가 하는 문제를 밝히려는 것이다. 1900년의 『학은學隱』에서 사망하기 전 해에 쓴 『제자약설諸子略說』까지 장타이옌의 저술 중에는 대진 관련 논의가 매우 많다. 이것을 대략 정치적 태도, 철학 사상, 연구 방법이라는 세 측면으로 나누어 볼 수 있다. 후스는 대진이 청대 경학 연구의 대가라는 사실은 잘 알려져 있지만, 그가 "주자 이후 가장 위대한 사상가이자 철학가"라는 사실은 잘 알려져 있지 않다고 했다.[44] 실제로 대진 철학을 연구하기 시작

---

41   侯外盧, 『近代中國思想學說史』 7장 2절, 「戴東原學術底歷史地位何在?」.

42   余英時, 『論戴震與章學誠』(香港 : 龍門書店, 1976), 「自序」와 제3장 「儒家智識主義的興起」 참조.

43   高田淳, 「章炳麟の戴震論」, 『辛亥革命と章炳麟の齊物哲學』, 東京 : 研文出版, 1984.

44   胡適, 「戴東原在中國哲學史上的位置」, 『胡適學術文集·中國哲學史』, 1105·1106면.

한 1923년 이전에 후스는 그를 경학 대사로만 알고 있었다. 『중국철학사대강』의 「서론」에서는 "대진 이후 한학자"들이 고서에 주석을 달 때 법도가 있고 증거를 제시했고 추측이 거의 없었다고 했다. 또 「청대 학자의 연구 방법」에서는 대진이 『상서』 「요전」의 "光被四表"의 '光'자를 논한 대목을 인용하여 자신이 제창하는 연구 방법의 가장 좋은 사례로 제시했다. 1923년에 발표한 「『국학계간』 발간선언」에서는 청대에 "경학가만 있고 사상가는 없었다. 역사를 교열하는 사람만 있고 역사가는 없었다. 교주校注만 있고 저작이 없었다"라고 비판하면서도 대진과 장학성, 최술崔述은 예외라고 했는데, 이때 이미 대진 철학의 가치를 인식했던 것이다. 그는 이전에 『장실재선생연보』를 작성했고 그 이후 장타이옌 제자들과 함께 대진 기념회를 조직했다. 대진의 지향이 명물 제도 고증이 아니라 성性이 원래 선하다는 의리를 밝히는 것임을 강조한 사람으로 이전에는 장학성이 있었고, 이후에는 장타이옌이 있었다. 경학 연구와 제자학 연구 논쟁이 후스에게 별로 큰 자극을 준 것 같지는 않다. 그러나 곧바로 쓴 『동원 대진의 철학』은 분명 장타이옌에게서 계발을 받은 것이다.

장타이옌이 대진을 논한 것 중에서 가장 영향력이 컸던 부분은 「대진을 슬퍼함悲先戴」과 「대진을 해석함」에 나온 다음 두 단락이었다.

> 대진은 옹정제 치하의 난세에 태어나 도적들이 법률이 아니라 정주지학程朱之學, 정호, 정이, 주희의 학문으로 백성을 처벌하는 것을 직접 보았다. 대진은 백성들이 억울하게 당하는 것을 슬퍼하고 황제에게 무고함을 고하였는데 그 글이 매우 비통하였다.
>
> 대진은 어렸을 때부터 행상을 해서 천릿길을 다니면서 물건을 옮겼기 때문에 사람들의 고통을 잘 알고 있었다. 황제가 은혜로운 말 한 마디도 내리지 않

자 발분하여『원선原善』,『맹자자의소증孟子字義疏證』을 써서 정의를 구현하려 힘썼고 백성을 위해 황제에게 호소했다. 법 때문에 죽는 것은 구할 수 있지만 이치 때문에 죽는 것은 구할 수 없다는 점을 밝혔다.

이전에 도쿄에서 열린 유학생환영회에서 장타이옌은 대진에 대해 이야기했다. 옹정제의 학정이 리학理學으로 만들어졌다는 것, 또 이것을 보면 만주족이 괘씸하다는 것을 알 수 있다는 것이었다.[45] 첸무는 장타이옌의 이런 논의가 "특정한 목적을 위한 주장만주족을 반대하기 위한 것−역자 주"이라고 설명했다.[46] 장타이옌은 어쩌면 「학은」과 「대진을 슬퍼함」, 「대진을 해석함」을 쓸 때는 이 글들을 통해 자신의 생각을 전하려고 했을지도 모른다. 그러나 1914년에 완성된『도한미언』에서도 이 주장을 견지했던 것을 보면 이것이 "특정한 목적을 위한 주장"이 아니었음을 알 수 있다. 죽기 1년 전에 쓴『제자약설』에서 장타이옌이 송대 유학자들이 "이치로 사람을 죽였다"고 비판한 것이 대진 학술의 핵심 내용이라고 한 것이 더 좋은 예일지도 모른다.[47] 5·4 시기에 공자 가게를 때려 부순 것과 리학자를 반대한 것도 장타이옌과 무관하지 않았고 대진이 학술을 하게 된 동기도 장타이옌이 찾아낸 것이었다. 후스는 이런 점들이 마음에 들었기 때문에 거의 그대로 받아들였고,『대의각미록大義覺迷錄』의 자료 일부만 더 추가했다.[48]

후스의『동원 대진의 철학』에서는 송명 리학이 미친 영향 중에는 좋은

45 章太炎,「東京留學生歡迎會演說辭」,『民報』第6號, 1906. 7.
46 錢穆,『中國近三百年學術史』, 359면.
47 章太炎,「諸子略說」,『章氏國會講習會講演記錄』第7, 8期.
48 胡適,『戴東原的哲學』, 上海 : 商務印書館, 1927, 56면.

것도 있고 나쁜 것도 있다고 했다. 허우와이루는 이 주장을 부정하면서 "후스는 장타이옌 선생님에게 더 배우고 오라"고 했다. 대진과 장타이옌 모두 '좋은 송명 리학'에 대해 말한 적이 없다는 것이었다.[49] 허우와이루는 아마도 「대진을 해석함」에서부터 장타이옌의 입장에 변화가 생겼다는 점을 인식하지 못했던 것 같다. 장타이옌은 대진의 "아래에서 위를 압박하는 방법으로 황제가 절제하고 백성들이 힘들지 않게 하려는" 저항정신을 긍정하면서도 욕망을 인정하고 리理와 욕망의 공존을 주장하는 것이 염치와 절제를 부정하고 사치와 욕망을 부추길까 봐 우려했던 것이다. 그래서 리학도 합리적이라고 했고 "정호와 정이, 주희의 말은 몸을 삼가라는 것이지 정치에 참여하라는 것이 아니므로 대진의 일갈 또한 적절하지 않다"라고 했다. 후스는 리학의 합리성을 '몸을 삼가는 것'에서 '이성', '평등', 나아가 '자유의 쟁취'로 확장시켰다. 후스의 생각이 합리적인지는 몰라도 장타이옌과 완전히 반대되는 것도 아니었다. 장타이옌은 대진과 주희를 조화롭게 이해하고자 했고 이 점도 후스에게 상당한 영향을 미쳤다. 『도한미언』의 한 대목이다.

> 따라서 대진의 학술은 주희와 합치하지 않는 것처럼 보인다. 그러나 회통會通이라는 측면에서 보면 주희의 계승자는 대진뿐이다.[50]

후스의 주장도 비슷하다. 대진은 리학에 반대했지만, 정자나 주자처럼 지식을 통해 리를 탐구하는 치지궁리致知窮理 학파였으므로 "대진 학술은 정자와 주자의 적통이며 그래서 정자와 주자의 잘못을 지적할 수 있는

---

49 胡適, 『戴東原的哲學』, 53~55면; 侯外盧, 『中國近代啓蒙思想史』, 384~386면.
49 胡適, 『戴東原的哲學』, 53~55면; 侯外盧, 『中國近代啓蒙思想史』, 384~386면.
50 章太炎, 『訄漢微言』, 47면.

벗"이라고 했다.[51]

어쩌면 장타이옌이 대진을 높인 것이 후스의 학술 사유에 영향을 미쳤다는 점을 더 주목해야 할지도 모른다. 앞에서 언급한 경학 연구와 제자학 연구 방법에 대한 논쟁과도 관련 있기 때문이다. 대진이 "학문을 깊이 연구"하고 "저술 규모가 크고 수준이 높은 것"은 장타이옌이 굳이 말하지 않아도 다 아는 사실이었다.[52] 장타이옌의 '대진에 관한 주장'의 가장 큰 특징은 『원선原善』과 『맹자자의소증』의 철학적 이치와 "주나라 말기 경학 대가들에 근본한" 학술 경향을 강조한 것이다. 장타이옌은 "법으로 욕망을 없앨 수 없다"는 것이 맹자의 아이디어라고 보기 어렵다고 했다. 사실상 노자와 장자, 순자에게서 나왔으며, 당시 "노자, 장자, 상앙, 한비자"가 금기였기 때문에 대진은 '맹자를 적장자로 삼은 것'이라고 했다. 맹자에 자기 뜻을 담는 것에 대해 장타이옌은 견강부회한다고 하는 대신 대진이 노자와 장자에 대해 잘 알지 못한다고 비판했다. 이것은 '제자학 연구'이지 '경학 연구'가 아니었기 때문이다.[53] 장타이옌은 줄곧 맹자를 선진 제자백가 중 하나로 보았다. 「청유」에서 '십삼경十三經'을 논하면서 "『맹자』는 유가에서 내보내야 한다"라고 했고 「경서의 대의經的大意」에서는 더 명확하게 "『맹자』는 확실히 제자서"라고 했다.[54] 대진은 『맹자자의소증』을 쓰면서 자신은 경학 연구를 한다고 생각했지만 장타이옌에게는 제자학 연구로 보였다. 제자학 연구라면 의리를 밝히는 데 치중해야 하므로 '견강부회'를 따질 필요가 없었다. 그러므로 이 책에 대해 장타이옌의 평가

---

51 胡適, 『戴東原的哲學』, 192면.

52 章太炎, 『章太炎全集』 3, 157·162면.

53 章太炎, 「悲先戴」, 『民報』 第9號, 1906.11.

54 「清儒」, 『訄書』 개정판; 「經的大意」, 『章太炎的白話文』; 만년에 쓴 『經學略說』에서도 장타이옌은 여전히 "『맹자』는 子部에 들어가야 한다"고 주장했다.

가 전후로 달라지기는 했지만 평가의 핵심은 일관되게 고증이 아니라 의리였던 것이다.

'철학'이라는 용어를 잘 쓰지 않았지만 1920년대 이후 장타이옌은 당시 분위기를 따라 "고대 철학 관련 책은 제자서가 가장 많았다"라고 하거나 "우리나라 제자학이 지금 서양에서 말하는 철학"이라고 단언하기도 했다. 그래서 제자학을 연구했고 "인욕도 억제하지 않은" 대진이 철학가로 논의되었다.[55] 한 시대를 풍미한 장타이옌의 국학 강연은 장타이옌과 후스 사이의 논쟁이 벌어지기 1년 전에 있었다. 이때 후스는 이 강연에 그다지 관심을 가지지 않았던 듯하다. 그렇지 않았다면 장타이옌이 경학 연구와 제자학 연구를 구분한 것에 이렇게 당혹스러워하지 않았을 것이다. 후스는 답서에서 "훈고로 밝힌 뒤에야 의리를 정할 수 있다"고 해서 마치 장타이옌의 의견을 받아들이지 않은 것 같았지만[56] 그 이후 대진에 대한 글에서 청대 학술에 대해 평가할 때 변화가 나타나고 있었다. 우선 대진이 "고거학자만으로 만족하지 않고 철학가가 되려고 했다"라는 점에서 청대 유학자 중에서 독특하다고 보았다. 대진의 학술 이상이 실현될 수 있었던 이유는 그가 명대 사람들처럼 "헛되이 심성만 논하는 것"에 반대하는 동시에 청대 사람들처럼 "깁고 보완하는" 작업만 하는 것도 반대했기 때문이다. 곧 '격물궁리 방법'을 알았을 뿐만 아니라 '철학으로 만드는 능력'도 있었다는 것이었다. 또한 후스는 대진 문하의 제자 중에는 경학을 계승한 사람도 있고 음운학을 전수받은 사람도 있고 옛 제도학을 이은 사람도 있지만 철학만은 후계자가 없다고 한탄했다. 그래서 청대

---

55 章太炎, 『章太炎國學講演集』, 115·116·139면; 章太炎, 「說新文化與舊文化」, 『太炎學說』, 1921.
56 胡適, 「論墨學」, 『胡適文存二集』 卷1, 221면.

유학자들이 "머리를 파묻고 '깁고 보완하는' 작은 일을 하다 보니 철학을 중흥시키는 큰일을 잊지 못했다"고 했다. 마지막 장인 「뜻을 밝힘^{明志}」이 특히 흥미롭다. 후스는 대진이 그 당시 중국 학자들이 육구연과 왕양명의 학문을 지향하는 분위기를 바꾸기 위해 "지식을 통해 이치를 탐구하는 치지궁리라는 과학적인 중국철학"을 제창했다고 했다. 나는 여기에서 『동원 대진의 철학』이 논리적인지를 따질 생각은 없다. 다만 "여러 번 쓰고 여러 번 수정해서 수없이 고치고 삭제한 끝에 무려 20개월이 지나서야 탈고한" 긴 분량의 이 글이 대진과 관련해서도, '연구 방법'과 '학술의 역할'을 이해하는 측면에서도 모두 장타이옌에게서 영향을 받았다는 점을 지적하고 싶을 뿐이다. 경학과 철학을 구분하면서 "경학가는 옛 경전의 원래의 뜻을 찾아내면 되지만 철학가는 역사적인 고거에 그치지 않고 자기 나름의 견해를 펼치고 자신만의 체계를 세워야 한다"라고 한 부분, 청대 사람들이 대진이 고거를 통해 의리를 논하려고 하는 것을 이해하지 못한 것에 대해 "만약 고거학으로 의리에 대한 옛 설을 수정할 수 없다면 무엇하러 고거를 하겠는가?"라고 비판한 것을 예로 들 수 있겠다.[57] 이렇게 영향을 받은 결과 후스는 청대 학술의 성과와 문제점을 깊이 이해하게 되었다. 또 한동안은 지나치게 한학화되지 않으려고 경계하기도 했다. 그러나 자신의 기본적인 학술 사유를 바꾸지는 않았다. 그의 학술 사유는 개인적인 경험 및 문학적 이상과 관련된 문제이기도 했지만, 만청에서 5·4까지의 학술 패러다임의 전환과도 연관되는 문제였기 때문이다.

57　胡適, 『戴東原的哲學』, 26·82~83·97·103·142·196~197면.

5. 한학漢學에 대한 숭상과 초월

장타이옌은 만청 시기 고문 경학가였다. 그러나 그의 문자 음운학, 불학을 통한 노자와 장자 해석 등은 청대 학술로 한정할 수 없다. 그래서 량치차오는 "정통학파의 연구 방법을 사용하되 내용을 확대하고 새로운 길을 확장한 것이 실로 장타이옌의 큰 업적이다"라고 했다. 량치차오는 청대 학술을 이야기할 때 '적계績溪 지역 호씨胡氏의 후손'인 후스까지 언급하면서[58] 후스도 "청대 유학자들의 방법으로 연구하여 정통파의 유풍이 있다"라고 했다.[59] 장타이옌에 대해서는 "청대 학술로 한정할 수 없다"라고 했고 후스에 대해서는 "정통파의 유풍이 있다"라고 했는데, 여기에는 두 사람의 학술적 배경이 다르다는 점이 드러나 있다. 청대 학술에서 뛰쳐나온 장타이옌과 청대 학술을 계승하고자 했던 후스는 청대 학술을 평가할 때도 큰 차이를 보였다. 각자가 기대하는 점이 있기 때문에 사실 자연스러운 것이다. 두 사람 다 소학과 사학, 철학에 흥미를 가졌지만 제대로 경학을 연구해 본 적이 없는 후스는 경학 연구가 핵심인 청대 학술에 대해 이야기할 때 거리감을 가질 수밖에 없었다. 다행스러운 것은 경학 연구 방법과 제자학 연구 방법의 논쟁이라는 것이 사실상 경학과 크게 관련이 없었다

---

58 [역자 주] 중국의 安徽省 績溪縣의 胡氏 성을 가진 사람들은 전체 인구의 15% 정도를 차지하고 있는데 북송 명신 胡舜陟, 남송 문학가 胡仔, 명대 호부상서 胡富와 병부상서 胡宗憲, 청대 徽墨名家 胡開文과 紅頂商人 胡雪岩 등이 모두 적계 호씨이다.

59 梁啓超, 『淸代學術槪論』.(梁啓超, 『梁啓超論淸學史二種』, 6·78면) 우선은 차이위안페이가 「『중국철학사대강』 서문」에서 "후스 선생은 대대로 '한학' 전통을 가진 績溪의 胡氏 집안에서 태어나 '한학'의 유전자를 가지고 있다"라고 했고 후에 량치차오가 후스를 대대로 경학을 연구했던 '적계 지역 호씨의 후예'라고 했다. 후스에게는 상당히 유리했던 이런 '오해'에 대해 후스는 1950년대에 자서전을 구술할 때에 이르러서야 정정했는데(『胡適的自傳』 제1장 참조) 이 점에 대해서는 논란의 여지가 있다.

는 점이다. 그 논쟁의 내용은 유월처럼 『군경평의郡經平議』를 연구한 방법으로 『제자평의諸子平議』를 연구하는 것이 충분한가?" 하는 것이었다.

후스와 경학과 제자학 연구 방법을 논쟁하기 1년 전에 장타이엔은 글 한 편을 썼다. 당시 사람들이 "제자학을 말하기 좋아하는 것"은 "거칠고 간략한 논의로 큰 명성을 얻고자 하"기 때문이라고 비판하면서 제자학 연구가 경학이나 사학 연구보다 더 어렵다고 했다.

> 훈고는 기이한 학문이라 소학을 잘 아는 사람이 아니라면 할 수 없다. 경세 적인 발언을 하는 것은 역사를 잘 아는 사람이 아니라면 할 수 없다. 근원에서 멀어지고 그 사이에 달라진 것이 있기 때문에 육예六藝와 여러 역사서로 고증 하지 않고서는 그 변천 과정을 밝힐 수 없다. 근세의 왕염손, 대진, 손이양 등의 여러 사람이 모두 훈고에 힘써서 탁월한 성과를 거둔 뒤에 그제야 제자학을 연구했다. 그런데도 문장의 의미를 이해하고 변천을 파악하는 것이 절반 정도로 그쳤다. 난삽하고 알기 어려운 곳은 후대 사람들의 연구를 기다릴 뿐이다. 그 런데 안으로는 심성을 밝히고 옆으로는 외적 사물의 곡절을 밝히면서 밖으로 는 성패와 길흉의 원인을 밝히는 것을 어찌 쉽게 말할 수 있겠는가?[60]

제자학 연구가 어려운 것은 문장의 의미가 난삽하고 변천이 분명하지 않은 데다가 철학적 이치를 아는 사람은 그 안은 알지만 밖은 모르고 흥망을 밝히는 사람들은 밖은 알지만 안은 모르기 때문이다. 장타이엔이 제자 학 연구가 어렵다고 한 이유는 당시 문제점을 비판하려는 측면도 있었지 만 자기 자신을 내세우려는 의도도 있었다. 장타이엔이 후스의 질문에 대

60　章太炎, 「時學箴言」, 湯志鈞, 『章太炎年譜長編』, 北京 : 中華書局, 1979, 661면에서 재인용.

답할 때 일시적인 충동으로 왕염손, 왕인지 부자와 유월이 경학 연구 방법으로 제자학을 연구한 것을 두고 '초보적인 작업'이라고 했던 것이 아니었다. 항주의 고경정사 출신이자 엄격한 고증학 훈련을 받은 장타이옌은 "문장의 의미를 이해하고 변천을 파악하는 것"이 중요하다는 사실을 알고 있었다. 그저 이런 입문 단계의 공부에 대해 자세히 설명할 필요가 없다고 생각했을 뿐이다. 당시 사람들이 "제자학을 이야기하는 것을 좋아했기" 때문에 장타이옌은 '문장의 의미를 이해하는 것'을 부각시켰고 후스가 훈고만 하자 장타이옌은 '안으로 심성을 밝혀야 함'을 강조했다. "고증학으로 기반을 다지고 현학으로 범위를 확장하고자 했던" 장타이옌은[61] 제자학 연구에 필수적인 두 가지 능력을 갖추고 있었음에도 "제자학을 정밀하게 연구하기가 쉽지 않다"고 탄식했다.[62] "젊을 때 경학을 연구하고 고증학을 고수했던" 장타이옌이 제자학 연구에 어려움을 겪은 것은 '명물'이 아니라 '현언' 때문이었다. 『도한미언』과 「내가 공부한 순서自述學術次第」에서 장타이옌은 경학과 사학, 정치학에서 불학과 노장으로 간 것이 자신의 학술 변천에서 관건이라고 했다. 또 "중국 불교의 이치와 동서양 학자들이 말한 내용"을 이해하는 것이 즐겁다고도 자랑했다.[63] '청담과 현리玄理'를 의도적으로 추구한 것에는 장타이옌의 반성도 들어 있었다. 1900년에 학술 전환의 중요한 단계에 있었던 장타이옌은 학자가 가진 두 가지 문제점이 있는데 '실實'만 파고드는 문제가 있는 사람은 최대한 쏟아내는 게 좋고 '허虛'만 추구하는 문제가 있는 사람은 내실을 채워야 한다고 했다.

---

61   許壽裳, 「紀念先師章太炎先生」, 『制言』 第25期, 1936.9.

62   章太炎, 「章氏叢書」, 『訄韓微言』, 52면.

63   章太炎, 『訄韓微言』(章太炎, 『章氏叢書』, 72~74면에서 재인용)과 『章太炎先生自定年譜』, 53~54면 참조.

나는 예전부터 한학을 연구했는데 '실'만 파고드는 문제가 있었다. 몇 년간 청담과 현리로 마음을 씻어내어 지금은 '실'의 문제점을 다 쏟아 내었다.[64]

한학자에게 '실'만 파고드는 문제점이 있다는 것을 경험으로 절감했기 때문에 장타이옌은 당시 명성이 높았던 후스와 그의 『중국철학사대강』의 학술적 결함을 예민하게 인지했던 것이다.

후스의 상황은 장타이옌과 정반대였다. 장타이옌의 표현대로라면 "병으로 몸이 허해지면 보補해야 하는" 상황이었다. 후스는 미국 유학 때 고증 관련 논문으로 국비 지원을 받았지만 어릴 때부터 신식 교육을 받아서 한학의 기반을 갖추지 못했다.[65] 그런데도 미국 유학 일기에서 한학에 대해 철학보다 훨씬 많이 썼다. 철학은 전공하고 있었고 박사 학위 논문 집필 중이었기에 따로 언급할 필요가 없었던 반면, 한학은 독학 중이었으므로 단편적으로 끄적거린 수준이었다. 후스는 독서 범위가 넓어서 "철학을 연구하는 상황에서 동양과 서양을 모두 섭렵했는데 이것은 내가 선택한 것"[66]이라고 했다. 후스는 유학생이었으므로 한학 연구는 어디까지나 '보충수업'이었다. 그래도 누구나 쉽게 할 수 있는 것은 아니었다. 특히 "서양인을 상제上帝처럼 떠받들고 서양 서적을 신성하게 여겼던" 시대에서는 더욱 그랬다. 그래서 차이위안페이는 『중국철학사대강』에 쓴 서문에서 후스가 "'한학'도 연구할 수 있는 사람"이라고 칭찬했지만 철학은 후스의 전공이었기 때문에 따로 언급할 필요가 없다고 판단했던 듯하다. 후스도 마찬가지 생각이었는지 『중국철학사대강』 제1편 「서론」에서 철

---

64 章太炎, 「致宋燕生書三」(1900.10.1), 『中國哲學』 第9集, 北京 : 三聯書店, 1983.

65 胡適, 『四十自述』, 上海 : 亞東圖書館, 1933.

66 胡適, 『胡適留學日記』, 上海 : 商務印書館, 1947, 654면.

학사 저술에는 '변천 규명', '원인 규명', '판단과 평가' 세 부분이 포함되어 있다고 했고, 핵심은 사료 수집과 선정에 있다고 했다. 고증학자 출신인 장타이옌에 비한다면 후스의 철학 훈련은 더 체계적이고 완정했을 것임에도 후스는 자신의 철학적 입장에 대해 진지하게 설명하지 않았다.[67] "철학을 중심에 두고 정치와 종교, 문학, 과학을 참조한다"고 독서 계획을 세우던 예전부터 철학이 자기의 '전문'이고 역사는 '훈련'이며 문학은 '오락'이라고 말했던 만년에 이르기까지[68] 후스는 일관되게 철학을 우선순위에 두었다. 하지만 사람들은 후스의 철학사 저술을 논의할 때 늘 사변적인 것보다 고거에 중심을 두었다. 차이위안페이는 『중국철학사대강』에 네 가지 장점이 있다고 했다. 그중에서 첫 번째가 '증명의 방법', 곧 연대를 고증하고 진위를 변별하는 한학 실력이었다. 펑여우란은 후스의 이 책에 "한학의 장점과 단점이 다 들어 있다"라고 하면서 "자료의 진위, 문자의 고증이 대부분이고 철학가의 철학 사상에 대해서는 깊고 구체적으로 다루지 못했다"라고 했다.[69] 후스와 펑여우란은 철학사상과 연구방법에서 많이 달랐다. 펑여우란의 이 말은 몇십 년 뒤에 나왔지만 감정적인 요소를 제외하고 볼 때 일리가 있는 말이다. 철학을 중시한다면서 실증에 치우치고 '한학'으로 세간의 주목을 받은 것은 후스가 실험주의 철학을 신봉해서였다고 보기는 어렵다. 그보다는 그가 헉슬리의 불가지론, 존 듀이의 반성적 사고를 빌려 중국과 서구의 고거적 사유를 통해 만든 '과학

---

67 胡適, 『中國哲學史大綱』, 「導言」, "학술 연구가 어려운 것은 사료가 충분하지 못하거나 믿을 수 없어서이다." 1950년대에 『『中國古代哲學史』臺北版自記」에서 후스는 자신이 "당시에 개척적인 역할이 꽤 있었던" "특별한 입장"을 강조하였는데 곧 "한 철학자 혹은 한 학파의 '논리적 방법'을 집중적으로 파악했다"는 것이었다.

68 胡適, 『胡適留學日記』, 563면; 胡頌平, 『胡適之先生年譜長編初稿』, 2773면; 唐德剛, 『胡適雜憶』, 臺北 : 傳記文學出版社, 1980, 37면.

69 蔡元培, 「『中國哲學史大綱』序」; 馮友蘭, 『三松堂自序』, 北京 : 三聯書店, 1984, 223면.

적 방법'을 추적하는 것이 나을 것이다.

『중국철학사대강』이 당시 "세상을 놀라게 하는" 영향력을 가졌던 이유
는 "독특한 안목으로 노자와 공자에서 시작하여" "머릿속에 삼황三皇과 오
제五帝로 가득했던 사람들에게" 충격을 주었다는 점도 있다. 그러나 "시대
별로 논지를 비교하는 '체계적인 연구'로 중국철학이 '점차 발전하는 맥
락'을 보여줬다는 점이 더 컸다.[70] 차이위안페이가 말한 것처럼 "중국 고
대 학술은 단 한 번도 체계적으로 기록된 적이 없었"으므로 그 당시 사람
들이 철학사를 연구할 때에는 서양인의 저술 방식을 따라할 수밖에 없었
다. 20세기 초에 량치차오의 「중국사서론中國史敍論」과 장타이옌의 「중국
통사약례中國通史略例」가 있었고 그 뒤에 장타이옌의 『구서』와 『국고논형』,
『제물논석』 등 탁월한 철학사론이 나왔지만 현대적인 의미에서의 '철학
사'는 후스의 저작에서 시작해야 할 것이다. 후스는 이전 사람의 철학사
저술이 "분산되어 있고 파편적"이라고 비판하면서 "내가 철학사에서 가장
바라는 것은 여러 철학을 융합하고 전체 맥락을 관통하여 각기 조리가 있
는 학설이 되게 하는 것"이었다고 했다.[71] 5·4 이후의 학술 저작은 '맥락'
과 '체계'를 중시했다. 그래서 전통적인 시문평詩文評과 차기箚記, 주소注疏
를 "체계적이지 않다"고 무시했고 "연구의 본격적인 궤도에도 오른 적도
없었다"[72]고까지 비판했다. 후스는 국고 정리를 제창할 때도 "조리가 있
고 체계적인 정리"를 특별히 중시했다. 옛사람 중에는 '역사 진화론적 시
각'을 가진 경우가 드물었고 학술사상과 저술 역시 "조리가 없고 체계가
없어서" 언제나 "뒤죽박죽으로 엉켜있는 것에서 맥락을 찾아내고 두서없

---

70 蔡元培, 「『中國哲學史大綱』序」; 顧頡剛, 「『古史辨』第一冊自序」.

71 胡適, 『胡適學術文集·中國哲學史』, 28면.

72 鄭振鐸, 「研究中國文學的新途徑」, 『中國文學硏究』, 上海: 商務印書館, 1927, 4면.

는 것에서 원인과 결과를 찾아내"야 했다. 이런 연구는 철학사를 포함한 '역사적인 체계'를 '구축'하는 것을 목표로 했다.[73] 바꿔 말하면 후스가 제창하는 '현대 학술'은 학문 연구의 방법만이 아니라 저술 체제의 요건도 포함하고 있었다. 『50년 이래의 중국문학』에서 후스는 2,000년간의 중국 학술사에서 『문심조룡文心雕龍』과 『사통史通』, 『문사통의文史通義』, 『국고논형』 등 몇 안 되는 7, 8종의 저서만 체제가 엄밀하고 내용과 형식에서 모두 '일가의 견해'를 이룬 '저술'이라고 했다.[74] 후스는 전통적인 학자들이 저술이나 논지를 세울 때 체제를 중시하지 않고 논증이 부족하여 '결집結集', '어록', '고본稿本'에 불과했다는 점에 불만을 가졌다. 그래서 자신의 『중국철학사대강』과 『백화문학사』 등 '신식 사학'이 중국 학술계에 새로운 세상을 열어주기를 바랐다. 이 '신식 사학'에는 후스가 늘 강조했던 것처럼 쉬운 문장, 명확한 내용, 논리적이고 분명한 사유도 있었지만 장절이라는 형식을 가지고 있고 인용문에 출처를 밝히며 표점부호를 사용하고 참고문헌을 제시하며 "앞사람의 주장을 해석하는 것이 아니라 그것을 근거로 자신의 주장을 이끌어내는" 등의 서구식 학술논문 작성 방식까지 들어 있다.[75] 차이위안페이와 장인린張蔭麟, 장음린이 개척하는 의의를

73 胡適, 「新思潮的意義」, 『胡適文存』 卷4, 162면; 胡適, 「『國學季刊』發刊宣言」, 『胡適文存』 2集 卷1, 11~18면.

74 胡適, 『五十年來中國之文學』, 臺北 : 遠流出版公司, 1988, 104면.

75 후스는 『胡適留學日記』 752면에서 중국사람들이 "경전에 근거할" 줄만 알았지 "독립적인 판단을 할" 줄을 모른다고 비판했는데 곧 "경전의 말에 근거하여 그 주장을 밝힐" 줄만 알 뿐 사실과 이치에 근거하여 귀납하고 논리의 절차를 밟아 결론을 이끌어낼 줄 모른다는 것이었다. 펑여우란은 「三松堂自序」, 216면에서 『중국철학사대강』이 옛사람의 말에 주를 달고 옛사람들의 말을 위주로 하던 전통적인 저술 형식을 바꿔 "자신의 말을 본문으로 삼았기에" 당시의 청년 학자들에게 매우 큰 충격을 주었다고 말했다. 후스는 학술 저술의 '형식'을 상당히 중시했는데 1937년 2월 22일에 쓴 일기에서 천인췌의 역사 연구가 깊이가 있고 범위가 넓으며 식견이 있다고 찬탄하는 동시에 "하지만 그의 글

가진 후스의 책 두 권을 평가한 것을 보면 후스가 시도한 것이 유효했음을 알 수 있다. 천인췌가 철학사 연구에서 지나치게 '조리와 체계'를 추구했기 때문에 오히려 '옛사람의 학설의 실제 모습'과 괴리되었다고 비판한 것은 또 다른 문제와 관련되는 내용이므로 따로 논의해야 한다.[76]

후스가 자신을 찬양하는 것에 대해 장타이옌이 어떤 생각을 했는지는 알 수 없다. 그렇지만 후스 같이 저술 체제가 '서구화'나 '과학화' 경향을 띠는 것에 대해 장타이옌은 크게 반대했다. 1902년에 량치차오에게 서신을 보내 '중국통사' 편찬 작업에 대해 언급하면서 장타이옌은 일본인들이 서양 저서의 체제를 모방해서 쓴 중국사가 "핵심을 짚지 못했다"고 했다. "요컨대 그 나라가 이렇게 만든 책은 교재용이지 저술이라고 할 수 없다"[77]라는 것이었다. 일본에서 강학하던 시절에 장타이옌은 당시 사람들이 중국 사학이 "과학적이지 않다"라고 비판하자 그들에게 책만 펼치면 "역사적인 체계, 역사적인 성격, 역사적인 범위" 운운하는 것은 "겉으로만 번지르르"하다고 비웃었다. 장타이옌은 중국과 서양은 역사가 다르게 발전했기 때문에 저술의 체제도 달라야 한다고 보았다. 서양에 '철학사'가 있다면 중국에는 '학안學案'이 있고, 서양에 '문학사'가 있다면 중국에는 '문사전文士傳'이 있는데 어느 것이 수준이 높고 어느 것이 수준이 낮다고 하기가 어렵다는 것이었다. 또 지금 초학자를 위해 번잡한 것을 간략하게 정리하여 조리 있고 분명한 교재를 편찬할 필요는 있지만 이것이 이상적

은 탁월하지 않고 표점부호를 쓰는 것조차 하지 않아서 실로 본받을 대상이 못 된다"고 지적했다.

76 蔡元培,「『中國哲學史大綱』序」, 陳寅恪가 馮友蘭의 『中國哲學史』를 위해 쓴 「審查報告」와 張蔭麟이 쓴 「評胡適『白話文學史』上卷」(『大公報』, 1928.12.3) 참조. 장인린은 후스의 저술이 "방법이라는 측면에서 우리나라 문학사 저술에서 새로운 길을 개척하였다"라고 표창하였는데 표창한 내용이 대부분 학술 사유와 저술의 체제에 관한 것이었다.

77 章太炎,「章太炎來簡」, 『新民叢報』 第13號, 1902.

인 저술이 아니라는 점도 강조했다. 교재와 저술은 원래 성격이 다르다. 교재는 번잡하지 않고 간명해야 하기 때문에 '과학적'으로 보이기 쉽다.

> 과학적인 역사가 간명한 것만을 가리키는 것이라면 이것은 오히려 '신발에 발을 맞추겠다고 발꿈치를 자르는 격'이다. 그럴 바에는 차라리 과학적이지 않은 편이 낫다.[78]

장타이옌은 신식 교육에 불만이 많았다. 그는 학교가 "수준이 비슷한 사람들끼리 학회를 만드는 것"보다 못하다고 생각했다. 그래서 죽을 때까지 좌절을 겪고 괴로움에 시달리면서도 세 차례나 국학강습회를 만들었다. 그는 대학에서 강의하는 것을 원하지 않았다. 그 이유로 "어릴 때부터 홀로 가는 길을 흠모하여" "뜻을 굽혀서 제학提學이 시키는 일을 하는 직원이 될 수" 없었고, 또 학교가 '출세를 위한 길'이 되는 것을 불만스럽게 여겼다는 점을 들 수 있을 것이다.[79] 그러나 더 중요한 이유는 장타이옌이 학교의 교육 취지를 멸시했기 때문이었다.

> 제도의 문제점은 사람들이 빨리 깨우치는 것을 기대한다는 것이다. 그러다 보면 근본을 탐구하지 않고 귀로 듣는 학문만 중시하고 눈으로 보는 학문을 버린다. 결국 학생이 아는 것이 강의 내용 외에는 없게 되는 것이다.

---

78 章太炎,「中國文化的根源和近代學術的發達」,『章太炎的白話文』, 22~23면.

79 章太炎,「論學會有大益于黃人亟宜保護」,『時務報』第19冊, 1897.3; 章太炎,「留學的目的和方法」,『章太炎的白話文』, 1~12면; 章太炎,「與王鶴鳴書」,『章太炎全集』第4卷, 151~153면.

이 비판은 "가장 극성인" 문과에 대한 것이었다. 이들은 문학과 철학을 이야기할 때 '서양의 문장'을 인용할 줄만 알지 "정호程顥의 성性을 안정시키는 논리나 육구연陸九淵의 큰 체제를 먼저 세운다는 방법 등 동양철학의 깊은 의미"를 알지 못하며, 조리가 명확한 교재나 쓸 줄 알았지 "근본을 탐구하고" "핵심을 구할 줄"을 모르기 때문이었다.[80] 여기서는 잠시 중국과 서양의 서술 체제 및 학교와 학회의 교육 제도가 가지는 장점과 단점에 대한 논의를 접어두고[81] 학술 사조의 시각에서 장타이옌과 후스 두 사람의 논쟁에 대해 분석해 보려고 한다.

6. 서구 학술로 중국문화를 재단할 것인가?

장타이옌은 전통적인 서원書院 교육을 받았다. 또 "내 학문은 스승과 벗들과의 강습을 통해 얻은 것도 있지만 괴로움을 겪으면서 얻은 것이 많다"라고 했다.[82] 신식 교육은 교수의 강의가 중심이므로 학생들은 귀로 듣는 학문에만 갇히게 된다. 그래서 장타이옌은 이런 교육에서는 잘해야 고급 상식 약간을 알게 될 뿐 철학적 이치를 탐구할 수 없을 것이라고 보았다. 장타이옌에게 철학 연구는 경학이나 사학과 달라 "직관을 통해 자득하지 못하면 진정한 철학적 이치哲理라고 할 수 없었다."[83] 반년 뒤에 량치차오도 국학 연구에는 두 가지 방향이 있는데, 하나는 객관적 분석을

---

80   章太炎, 「救學弊論」, 『章太炎全集』 第5卷, 上海 : 上海人民出版社, 1985.
81   陳平原, 『小說史 : 理論與實踐』, 北京 : 北京大學出版社, 1993, 26~33면.
82   章太炎, 『章太炎先生自定年譜』, 14면.
83   章太炎 강의, 曹聚仁 기술, 『國學槪論』, 108면.

중시하는 것이고 다른 하나는 내면을 성찰하는 공부를 중시하는 것이라고 했다. 그런데 량치차오가 말한 '내면 성찰'은 '몸소 행하는 실천'에 대응되어 한 말이지 '현언과 철학적 이치'에 대응되는 말이 아니었다.[84] 어쨌든 장타이옌과 량치차오 모두 후스가 '과학적'인 것만 중시하고 "마음으로 깨닫는" 연구 방법을 중시하지 않는 점이 문제라고 생각했다. 그 이전에 이 두 사람 모두 후스의 『중국철학사대강』에 대해 평론을 발표한 적도 있었다. 량치차오는 이 책이 지식론에 강하지만 우주관과 인생관에는 약하다고 했는데 그나마 정중하게 말한 편이었다.[85] 장타이옌의 비판은 훨씬 치명적이었다.

제자학은 명확하게 알기가 어렵기 때문에 그들이 말하는 요지가 어디에 있는지 알아야 틀리지 않을 수 있습니다. 한두 대목의 좋은 점만 보는 것은 단장취의斷章取義입니다. 저자의 본의와 모두 부합되는 것이 아닙니다.[86]

"자기 견해가 있습니다"라는 식으로 좋게 말한 부분도 있지만, 이런 평가는 후스의 연구방법 자체를 부정한 것이나 마찬가지였다. 장타이옌은 학술 연구에서 항상 '그 대의를 알아야 한다'고 주장했다. 이것이 이 편지에서 말한 "요지가 어디에 있는지 알아야" 한다는 것이었고, "문장과 구절을 가져오는 것"과 일부 내용으로 전체 의미를 곡해하는 '단장취의'를 매우 부정적으로 보았다. 장타이옌은 일본에서 강학할 때 여러 차례 서양과 일본의 '한학'을 비판했다. 중요한 화제 중의 하나가 이들이 대의를 알지

84 　梁啓超,「治國學的兩條大路」,『時事新報·學燈』, 1923.1.23.
85 　梁啓超,「評胡適之『中國哲學史』大綱」,『時事新報·學燈』, 1923.3.13~14.
86 　章太炎,「致胡適之」, (白吉庵,『胡適傳』, 119면에서 재인용)

못하고 사소한 것에만 치중한다는 점이었다. 만년에 갑골학과 의고사학疑古史學을 공격한 것도 "자질구레한 부분을 따지는" 학술 연구의 성격에 불만을 가졌기 때문이다.[87] 이것을 보면 신세대와 구세대의 학자들과 동양과 서양의 학술 사유와 저술 체제가 갖는 차이를 확인할 수 있다.

후스도 이 사실을 잘 알고 있었다. 1922년 8월 28일 일기에서 자신이 "반은 신식이고 반은 구식인 과도기적 학자"라고 겸손한 어조로 썼다. 그런데 이 구절에서 핵심은 왕궈웨이와 뤄전위, 예더후이葉德輝, 섭덕휘, 장타이옌 등을 '구식 학자'로 모는 것이어서, 그들이 "학술에서 이미 경직된 상태"이며 뤄전위와 예더후이의 저작은 "조리와 체계가 없다"라고 단언했다.[88] 후스는 량치차오도 자신과 마찬가지로 '과도기적 학자'라고 했는데, 량치차오의 저술이 언어에서 체제까지 동년배 학자 중에서 가장 서구적이었기 때문이었다. 깊이가 있지만 자질구레한 내용을 담은 『도한미언』 같은 저술에 대해서도 후스는 높게 평가할 수 없었다. 후스의 저술은 조리 있고 논증이 상세하여 중국 학술의 발전 방향을 보여주었다. 그런데 장타이옌의 평가도 일리가 있었다. 특히 장타이옌이 연구할 때 '개인이 알아낸 것'과 연구 대상의 '학술적 취지'를 중시한 것은 후스가 '제창한 것'의 취약점을 보완하기에 충분했다. 장타이옌은 만년에 『제언』 잡지에 "앞으로 국학이 진보하기 위한" 네 가지 길에 대해 다시 써서 발표했다. 예전에 '국학강연'을 할 때 경학과 사학을 하나로 보았던 것을 둘로 나눈 것 외에는 달라진 내용은 없었다. 후스도 만년에 자서전을 구술하면서 예전에 발표했던 「『국학계간』 발간선언」에 썼던 내용을 대거 그대로 가져왔다. 이렇게 봤을 때 장타이옌과 후스 모두 그 당시 주장했던 것을 "국

---

87 장타이옌이 1933년에 진행한 연설 「歷史之重要」, 『制言』 第55期.
88 胡適, 『胡適的日記』, 北京: 中華書局, 1985, 440면.

학 연구를 위한 '선언'"으로 보았던 것이다. 두 사람은 자신들의 선언에서 각각 세 가지 대책을 제시했으므로 한번 비교해 봐도 좋을 것 같다. 후스의 구상은 역사적인 시각과 체계적인 정리, 비교 연구를 부각시켰고 모든 학과가 공유하는 '과학적 방법'을 중시했다. 장타이옌의 구상은 경학과 문학, 철학에 각기 다른 방법을 설정하고 각 학과의 개별 특징을 중시했다. 따라서 장타이옌과 후스의 논쟁이 경학 연구와 제자학 연구에 차이가 있는가 하는 문제에만 국한되지 않는 것임을 알 수 있다. 모든 영역에 적용될 수 있는 공통적이고 절대적인 방법을 제창한 후스는 다양한 저술을 모두 방법론을 논한 글로 볼 수 있다고 강조했다. "'방법'이 자신의 40여 년간의 모든 저술에 관통된 핵심 주제였기" 때문이었다. 반면에 여러 민족과 학과의 연구에는 나름의 방법이 있어야 한다고 주장한 장타이옌은 구체적인 문제만 해결하는 것이 충분하다고 생각지는 않았지만 대진과 마찬가지로 매번 저술을 할 때마다 모두 "범례를 정하고 규정을 세웠고 (그 내용을 채우는 것은—역자 주) 후세 사람들이 보완하기를 기다릴" 수밖에 없었다.[89] 두 사람 모두 교육과 학술에 종사할 의도가 있었지만 '방법'은 여러 학과의 공통점을 중시하고 '범례'는 구체적인 과제의 특수성을 고려해야 했다. 이런 점으로 장타이옌과 후스가 사유방식에서 어떻게 달랐는지 대략이나마 알 수 있다.

장타이옌의 비판에 대해 후스는 "제자학에서 밝힌 의리도 사학가들이 말하는 사실"이라고 강변했다. 모든 사상의 학설을 '사료'나 '사실'로 보고 연구하는 것이 후스의 일관된 시각이었다. 이 '평등한 시각'으로 후스는 국학의 연구범위를 크게 확장할 수 있었다. "사상의 학술이라는 큰 규모에서

---

89 胡適, 『『胡適文存』序例』, 『胡適的自傳』 제5장 「實證思維術」; 章太炎, 「自述學術次第」, 『太炎先生自定年譜』, 53면.

글자 하나 민요 한 수의 작은 것들까지" 모두 연구 가치가 동등하다는 입장이었다.[90] 후스의 이 주장은 "어떤 학파가 어떤 의리를 가지고 있는가?"라는 "극히 중요한 사실"만 중시했을 뿐 '의리' 자체의 함의는 그다지 염두에 두지 않아서 '철학사'를 '사회사'와 동등하게 보는 경향이 있었다. 그는 선종사禪宗史를 연구할 때 교의敎義를 논하지 않았고 『수경주』 연구에서도 지리를 다루지 않았다. 『홍루몽』 연구에서도 예술에 대한 언급은 없었다. 후스가 주목한 것은 '텍스트' 생성의 역사였지 '텍스트' 자체가 아니었던 것이다.[91] 후대 학자 펑여우란은 여기에서 돌파구를 찾았다. 그는 『중국철학사』의 「자서自序」에서 "나는 역사가가 아니어서 이 철학사 저술은 '철학'에 치중한 편이다"라고 하면서 시작할 때 방향을 명확하게 밝혔다. 그래서 천인쿼와 진웨린은 이 책의 「심사보고」를 쓸 때 이 책이 "마음으로 깊이 생각하여" 옛사람들의 나름의 주장에 대해 "이해에 기반한 동정을 가졌다"고 했고 그에 비해 후스의 『중국철학사대강』은 "실제와 거리가 있고 사실에 맞지 않아서" 미국인이 중국 사상을 논의한 것 같다고 비판했던 것이다.[92]

여기에는 중국 철학에서 체득한 것의 깊이 문제도 있었지만 연구할 때 '서양의 시각'을 어떻게 볼 것인가 하는 문제도 있었다. 『중국철학사대강』의 「서론」에서는 이 점을 명확하게 선언했다.

---

90 『論墨學』에 수록된 후스의 편지 두 통과 「『國學季刊』發刊宣言」 참조.

91 이 일로 후스가 불교도 모르고 문학도 모르다고 비웃는 사람들이 있는데 이는 공정하지 않다. 후스는 "문학을 연구하는 데는 두 가지 방법이 있는데" 본인의 소설 고증은 '문학사' 연구이지 문학 비평이 아니라고 해석했다. 『胡適演講集一』, 臺北 : 遠流出版公司, 1986, 240면. 선종사 연구에도 두 가지 입장이 있는데 鈴木大拙와 柳田聖山은 '선종의 신도'였지만 후스는 자신이 "중국사상사의 '학도'일 뿐 어떤 종교도 믿지 않는다"고 말했다. 胡適, 『胡適手稿』 7集 上冊 卷1, 臺北 : '中央研究院' 胡適紀念館, 31면.

92 馮友蘭이 『中國哲學史』에 쓴 「自序」와 陳寅恪, 金岳霖이 펑여우란의 『중국철학사』를 위해 쓴 「심사보고」 참조. 馮友蘭, 『中國哲學史』, 上海 : 商務印書館, 1930·1933.

> 우리가 중국 철학사의 사료를 일관되게 엮어 정리하려면 해석하고 설명하
> 는 도구로 삼기 위해 다른 계열의 철학을 빌릴 수밖에 없다.

「『국학계간』 발간선언」에서 "비교 연구로 국학 자료의 정리와 해석을
돕겠다"고 제창한 것도 이런 의도였다. 진웨린은 보편적인 철학 안에서
'특별한 학문'인 '중국 철학'을 논의해야 하고 현대 중국 학자들이 '서구
학술의 영향'을 완전히 벗어날 수 없다는 점도 인정했지만 그래도 '견강
부회'해서는 안 되며 특히 후스처럼 '하나의 철학에 근거한 주장'으로 철
학사를 써서는 안 된다고 했다.[93]

장타이옌도 비슷한 말을 한 적이 있었지만 후스를 두고 한 말은 아니
었다. 장타이옌은 당시 사람들이 연구를 할 때 "서양의 성공사례를 거론
하고 그것으로 비교하며 그래서 다르게 나오면 틀렸다고 하고 같게 나오
면 맞다고 하는 것"을 비판했다. "먼 곳에 있는 사람의 말을 듣고 머리를
조아리고 옷깃을 여기면서 마치 군주의 명을 받는 것 같은 태도"로 어떻
게 학술에서 자립할 수 있겠느냐는 것이었다. 장타이옌은 옌푸에게 '서구
이론'을 그대로 베껴서 "그것으로 사안을 판단하는" 문제가 있다고 생각
했지만, 그렇다고 선쩡즈가 서구 학술 수용을 전면적으로 부정하는 것도
동의할 수 없었다. 장타이옌은 "선쩡즈가 개별적인 것만 보고 전체를 파
악하지 못했다면, 옌푸는 전체는 파악했지만 개별적인 것은 몰랐다"[94]라
고 했다. 중국과 서구 학술을 융합해서 어떻게 전체와 개체 모두를 파악하
는가 하는 문제는 쉬운 일이 아니다. 장타이옌은 서구 학술의 수용을 매우

---

93 金岳霖, 『『中國哲學史』審査報告』.
94 章太炎, 「信史上」, 『章太炎全集』 第4卷, 64면; 章太炎, '章氏叢書' 『訄漢微言』, 50면.

중시했고 세 차례 일본에 가서 세 단계로 서구 학술을 받아들였다.[95] 다만 중국 고유 학문에 대해서는 자부심이 높아서 서양인들을 안중에 두지 않았으며 글에서는 늘 '한학자'들을 신랄하게 질타했다. "우리의 학문을 다른 나라에서 구할 수 있는가?"라는 이 질문에는 쇄국적인 감이 있지만 장타이옌이 말하고 싶었던 것은 당시 기염을 토하던 '서구화주의歐化主義'였다.[96] "자신의 사고에 근거하지" 않고 전적으로 "일본과 유럽에 기대는" 쓸모없는 신식 학파無聊新黨'를 비판하며 그들의 저술에는 "독립적이지 않고" "지루하며" "황당한" 내용이 나올 것이라고 했는데, 이 말은 현실을 두고 한 것이기도 했지만[97] "나 자신에게 의지할 뿐 다른 것에 의지하지 않는다"는 장타이옌의 소신에 따른 것이었다. 장타이옌은 이렇게 말하면 "아집에 빠질" 위험이 있다는 사실을 잘 알고 있었지만 비굴하고 나약한 사람들에 비해 "자신을 높이고" "홀로 걸어가는 것"이 "중국의 앞길에 유익하다"라고 보았다.[98]

장타이옌의 학술적 태도는 그의 다원적 문화관과 '제물철학齊物哲學'을 바탕으로 했다. 여기서는 그가 한 "같은 것을 같지 않게 하는 것은 하류의 고집이고, 같지 않은데도 같게 보는 것은 훌륭한 철학가의 현담玄談'이라고 한 말은 다루지 않을 것이다.[99] '현담'에 대해 몇 마디로 설명하는 것이 어렵기 때문이다. 이보다는 「원학」의 이 구절이 '서구화주의'를 비판한 것과 관련이 있다.

95　唐文權·羅福惠, 『張太炎思想硏究』 제2장, 武漢 : 華中師範大學出版社, 1986; 近藤邦康, 「章太炎與日本」, 章太炎紀念館 編 『先驅의 蹤迹』, 杭州 : 浙江古籍出版社, 1988, 29~45면.
96　장타이옌의 「留學的目的和方法」 및 「東京留學生歡迎會演說辭」 참조.
97　章太炎, 「敎育的根本要從自國自信發出來」, 『章太炎的白話文』, 61·69면.
98　章太炎, 「答鐵錚」, 『章太炎全集』 제4卷, 371·373~375면.
99　章太炎, 「齊物論釋定本」, 『章太炎全集』 제6卷, 上海 : 上海人民出版社, 1986, 61면.

엿기름과 술지게미는 맛은 달라도 둘 다 맛있다. 지금은 서구가 중국에 기대지 않듯이 중국도 서구에 기대서는 안 된다.[100]

이 말을 후스가 받아들이기는 힘들었을 것이다. 후스는 유학 시절에 "나는 집안일은 동양을 따르지만 사회와 국가 정치의 견해는 서양을 따른다"고 했고 후세 사람들이 그의 사람됨과 학문을 두고 "30%가 서양 것이고 70%가 전통적인 것"이라고 했지만, 몇십 년간 동양과 서양 문화 논쟁에서 후스의 기본 입장은 '서구화'였다. 동양과 서양 문화의 차이를 '진보의 차이'로 이해하고 선진적인 서구문명으로 낙후한 동양 문명을 바꾸려고 했던 후스였기에[101] 저술을 하고 논지를 세울 때 서구 학술을 '변화를 해석하는 도구'로 삼았던 것이다. 중국 현대사에서 얼마 되지 않는 대학자 후스는 학술 연구에서도 의심하는 정신과 역사적 시각을 중시하여 이것으로 자신이 예전에 가졌던 구체적인 관점을 수정했다. 하지만 후스는 서구 학술로 중국 문화를 재단하는 학술적 사유에 대해서는 단 한 번도 의심하지 않았다. 1950년대 『중국철학사대강』에서 생물 진화론을 장자와 견주면서 내린 결론은 "불후의 걸작 『종의 기원』을 욕되게 했다"라는 것이었다.[102] 후스는 어째서 자신이 불후의 걸작 『장자』를 욕되게 했다고 반성하지 않았을까? 후스가 연구한 것은 '철학사'였지 '생물사'가 아니었기 때문에 사과를 한다면 다윈이 아니라 장자에게 했어야 했다. 이런

---

100 章太炎, 「原學」, 『國故論衡』, 再版, 上海 : 大共和日報館, 1912, 149면.
101 동서양 문화의 비교에 관한 후스의 논술은 많지만 본서에서는 생략한다. 『胡適留學日記』, 443면 "집안일은 동양 사람을 따라야 한다(家庭之事則從東方人)"는 주장에 대한 견해를 참조할 수 있다. 唐德剛, 『胡適雜憶』 "30%의 서양 물건, 70%의 전통(三分洋貨七分傳統)"을 논한 장절과 耿雲志, 『胡適研究論稿』(成都 : 四川人民出版社, 1985) "후스의 중국과 서양의 문화에 관한 관점을 평론함(評胡適的中西文化觀)"이라는 장절 참조.
102 胡適, 「『中國古代哲學史』臺北版自記」, 『胡適學術文集・中國哲學史』, 5면.

미묘한 지점에서 후스의 가치관이 잘 드러났다. 사망 3개월 전에 쓴 마지막 강연원고 「과학의 발전에 필요한 사회 개혁科學發展所需要的社會改革」을 보면 후스가 중국문화에 대한 편견을 버리지 못했고 여전히 서구의 개념으로 중국문화를 '재단'하려는 주장을 견지하고 있었음을 볼 수 있다.

이 글에서는 장타이옌과 후스가 동양과 서양 문화를 어떻게 다르게 보았는지, 그들의 철학사상은 어떠했는지를 다루지는 않을 것이다. 다만 이들이 중국문화를 다르게 평가했기 때문에 '국고 정리'에서도 다른 방법을 선택했다는 점을 지적하고 싶다. 장타이옌은 '중국의 특별한 장점'을 발굴해 내려고 했지만, 후스는 "요괴도 잡고" "귀신도 몰아내"려고 했다. 장타이옌은 중국의 옛사람들이 학술을 세울 때의 고충을 이해하라고 했지만, 후스는 서양의 지금 사람들이 합리적인 사상을 가진 점을 부각시켰다. 장타이옌은 "옛것을 지킨" 다음에 "창신"하자고 했지만, 후스는 "낡은 것을 타파해야" "새로운 것을 세울 수 있다"고 했다.

1920년대 이후 중국 학계는 학술적 사유로 보면 장타이옌이 아니라 후스가 제시한 길을 따랐다. 이 글에서는 이 방향성에 이견을 제시할 생각은 없고 숨어 있던 '또 다른 가능성'을 발굴하고 싶다. 후스의 '과학적 방법'과 '문화적 이상', '저술의 형식'에는 나름의 합리성이 있지만 몇십 년 동안 주류가 되면서 취약점이 점차 드러났다. 장타이옌이 보여준 오래되고 잊혀진 '술학述學, 학술에 대한 서술' 전통을 이해하는 것은 지금의 학술 사유를 재조정하는 데 도움이 될지도 모른다. 그래서 이 글에서는 장타이옌의 학술 주장에 '문호의 견해'가 선명하게 드러난다는 점은 거의 언급하지 않았다.

제7장

만청 시기 지사志士의
유협遊俠 심리

1906년 12월, 장타이옌은『민보』1주년 기념회에서 강연을 했다. 주제는 예전 혁명과 지금 혁명의 차이에 대한 것이었다. "예전 혁명은 강도가 의형제를 맺는 것이라면 지금 혁명은 수재가 반역을 하는 것입니다." 수재가 반역을 할 때 가장 큰 특징은 총칼을 휘두를 때도 글재주를 자랑한다는 점이다. 곧 이들은 정치적 주장을 알리는 동시에 호쾌하면서도 비장한 뜻도 함께 표현한다. 이것은 후세 사람들이 '반역자'의 심리를 연구하는 데 중요한 사료가 되어 주었다. 우리는 진승陳勝이나 황소黃巢, 이자성李自成이 반역을 시도했을 때 실제로 어떤 마음이었는지 알 길이 전혀 없다. 전설이나 시문, 포고布告가 남아있기는 하지만 대부분 군사행동에 관한 것이지 역사적 인물의 심리를 보여주는 것이 아니기 때문이다. 그런데 만청 시기 지사들은 수많은 문헌을 남겨 놓았다. 만청 지사들의 혁명이 성공해서 관련 사료들이 잘 보존되었다는 이유도 있지만, 그들이 글재주가 있는 수재여서 의도가 있었든 없었든 간에 반역을 하면서 동시에 혁명에 대한 신화를 만들어냈기 때문이다. '역사'와 '신화'를 대비해서 읽게 되면 이 시대 사람들의 독특한 심리를 어느 정도 파악할 수 있다. 물론 이렇게 되면 관련 자료들은 정치사와 문학사라는 두 영역에 걸쳐져서 연구방법이 프랑스 아날 학파Annales School가 주장하는 심성사心性史나 상상사학과 비슷해진다.

많은 학자들이 만청 시기 지식인 사회의 급진주의 사조에 주목했다. 이 사조는 이후 중국 정치에 100년 가까이 매우 큰 영향을 미쳤다. 이 글에서는 만청 지사들이 중국의 고대 유협遊俠에게 공감하는 독특한 심리를 분석하려고 한다. 독자들이 급진주의 사조를 이해하는 데 도움이 되기를 바라는 마음이다.

1. "법망 밖에서 소요하는" 유협

만청 시기는 중국 역사에서 거의 없었던 대변혁의 시기였다. 국운이 위태롭고 폭풍우가 휘몰아치는 칠흑같은 상황이 오자 뜻있는 사람들이 나라를 구하기 위해 일어났다. 정치집단이 달랐던 이들은 서로 으르렁대면서 논쟁을 벌였다. 정치학의 관점에서 혁명파와 개량파의 잘잘못을 살펴보는 것도 필요하겠지만 나는 급진과 보수의 전략적 싸움으로 보는 게 낫다고 생각한다. 사회 제도를 개선하고 중국 사회를 개혁하여 근대화로 나아가자는 원론에서 두 파는 거의 일치했다. 나라를 위해 헌신하겠다는 지향이 정치적 전략을 잘 짰느냐로 빛이 바래지는 않을 것이다. 흥미롭게도 책무의식과 비장함으로 가득한 이 시대 지사들은 자신 또는 타인을 유협이라고 보는 시문을 많이 남겼고 이들의 삶의 방식이나 행동 규범에도 옛날 협객의 유풍이 남아 있었다.

'남사사검南社四劍'검공(劍公) 고욱(高旭), 군검(君劍) 부전(傅專), 검화(劍華) 유악(兪鍔), 검사(劍士) 반비성(潘飛聲), 검상劍霜, 검령劍靈, 검후劍侯 또는 공협公俠, 맹협孟俠, 심협心俠, 감호여협鑒湖女俠처럼 자字나 호號를 이렇게 붙이는 정도였다면 호언장담을 좋아하는 문인 특유의 관습이라고 넘어갈 수도 있을 것이다. 그러나 만청 시기 신문과 간행물, 서적에 '검'이나 '협'으로 자호하거나 '검'과 '협'을 논하는 문인이 너무나 많았다. 그들은 검에 대해 논했을 뿐만 아니라 협객처럼 행동했다. 그런 점에서 이들을 새롭게 보아야 한다. "검을 뽑아 들고 큰소리로 노래 부르려니, 고난을 이겨낼 협객의 강골, 이 몸엔 얼마나 있는 것일까?"[1] 담사동의 감개는 그 시대 사람들이 공유한

---

1   蔡尙思 等 編,『譚嗣同全集』, 北京 : 中華書局, 1981, 150면.

특유의 심리 상태를 보여주고 있다. 난세에는 도처에서 영웅들이 등장하지만 그렇다고 그 시대 사람들이 반드시 협객다운 모습을 자랑하는 것은 아니다. 영웅과 유협은 둘 다 뛰어나지만 살아가는 방식이 다르고 세상을 구하는 방식도 다르다. 만청 시기는 영웅이 배출되는 시기였지만 이들은 오히려 '호협豪俠'을 표방하기를 좋아했다.

량치차오는 담사동이 "의협심이 있었고 검술을 잘했다"라고 했다.[2] 천취빙陳去病, 진거병은 추근秋瑾이 "『검협전劍俠傳』을 좋아했고 말 타는 것을 배웠으며 술을 잘 마시고 주가朱家와 곽해郭解의 사람됨을[3] 흠모했다'라고 했다.[4] '장사壯士, 열사'를 아무개 협객이라고 한 시문도 곳곳에 있었다. '의협심'은 계층과 출신을 가리지 않았고 문인이든 학자든 아니면 강호의 호걸이든 혁명에 투신했다면 그 사람의 전을 쓰는 사람들은 대상 인물을 협객에 가까운 호방한 성격의 소유자로 부각시키고 싶어 했다. 1910년에 광복회 지도자인 타오청장陶成章, 도성장이 쓴 『절안기략折案紀略』의 열전에 실린 열사들도 호협의 모습이었다. 이를테면 천보핑陳伯平, 진백평은 "전문적으로 검술을 배웠다". 그러면서 "사람들에게는 '혁명은 수많은 방법을 통해 할 수가 있다. 그런데 그중에서 혼자 할 수 있는 건 자객뿐이다'라고 했다". 마쭝한馬宗漢, 마종한은 "옛날부터 우리 가문은 의협심이 있어서 가난한 사람들이 모두 의지했다"고 했고, 쉬순다徐順達, 서순달는 "용맹했고 신의가 있어서 향리에서 존경받았다". 위멍팅余孟庭, 여맹정은 "격투를 좋아했고

---

2   위의 책, 543면.
3   [역자 주] 주가는 魯國 사람으로 진한 교체기의 유협인데 사람들의 어려움을 도와주는 것으로 關東에 유명했다. 곽해는 西漢 시기 유협으로 청년 시절에 제멋대로 사람을 죽였으나 후에 덕으로 원한을 갚고 많이 베풀며 사람의 목숨을 구하고도 공을 자처하지 않았기에 현지에서 명망이 높았다.
4   陳去病,「鑑湖女俠秋瑾傳」,『南社』第9集『文集』, 1914.

큰 뜻이 있었으며 농사나 장사하는 것을 하찮게 여겼고", 류야오쉰劉耀勳,
유요훈은 "능력은 평범했지만 한번 허락한 일은 목숨을 거는 기개가 대단
했다". 쉬샹푸徐象輔, 서상보는 "친구를 위해 목숨을 걸고 지기를 위해 죽었
으니 그 옛날 섭정聶政이나 예양豫讓과5 비슷했다".6 옛 동맹회 회원 펑쯔
유馮自由, 풍자유는 1930, 1940년대에 『혁명일사革命逸史』를 쓰면서 혁명지
사의 의협심과 의리를 부각시켰다. 양취윈楊衢雲, 양구운은 "어질고 온화하
였고 의협심과 의리가 있었다. 특히 나라를 걱정하는 생각이 많았다". 친
리산秦力山, 진역산은 "천성이 호방하고 의협심이 있었다. 비밀결사와 어울
리는 것을 좋아했다". 리지탕李紀堂, 이기당도 "의협심이 있고 비밀결사와 다
니기를 좋아했다". 양쥐린楊卓霖, 양탁림은 "어릴 때 의협심으로 동네에 유명
했고, 마을의 비밀결사와 다니기를 좋아했다". 쉬쉐추許雪秋, 허설추는 "강개
한 성격으로 의협심이 있고 손님을 좋아해서 진신대부와 강호 협객이 모
두 그와 다니기를 좋아했다. '작은 맹상군小孟嘗'이라고 불렸다". 왕허순王
和順, 왕화순은 "젊어서 남다른 기개가 있었고 의협심을 가지고 실천해서 유
명했다". 왕한王漢, 왕한은 "망국이 임박했음을 알고 비분강개하여 병서를
연구하고 검술을 강론하며 당대의 호걸들과 교유했다". 장바이샹張百祥, 진
백상은 "젊어서 큰 뜻을 품어 자부심이 남달랐다. 의협심이 있었고 힘든 일
과 분쟁을 해결하면서 자신을 주가와 곽해에 견주었다".7 타오청장과 펑

5 [역자 주] 섭정은 韓나라 사람으로, 춘추전국 시기 4대 자객 중의 한 명이다. 자신을 알
   아준 대부 嚴仲子에게 보답하기 위해 그의 원수인 재상 俠累를 죽이고 자살했다. 예양
   역시 전국 시기 4대 자객 중 한 명으로, 晉나라 사람이다. 智伯이 國士로 예우하였는데,
   지백이 趙襄子와의 싸움에서 죽자 그의 은혜를 보답하기 위해 숯을 삼키고 몸에 옷칠
   을 하여 알아볼 수 없게 하고서 조양자를 암살하려 하였으나 실패하였다. 여러 번 실패
   한 끝에 포로가 되자 조양자의 옷을 얻어 세 번 칼로 찌르고 자살했다.
6 陶成章,「浙案紀略」, 湯志鈞 編『陶成章集』, 北京 : 中華書局, 374・381・384・388면.
7 馮自由,『革命逸事』第1集, 北京 : 中華書局, 1981, 4・85면; 第2集, 158・183・199면; 第3

쯔유 같은 사학가들이 어휘력 부족으로 "의협심이 있었다"라는 표현을 이곳저곳에서 사용했다고 간단하게 설명할 수는 없을 것이다. 왜냐하면 후대 사람들에게 위대한 영웅이라고 말해지는 사람들은 대부분 검과 협객을 논하는 것을 좋아했기 때문이다.

신해혁명 이후에 육군 총장을 역임한 황싱黃興, 황흥의 시문에도 이런 식의 유협의 어조가 많다. "불운한 영웅 유랑劉郎을 위해 통곡하나니, 참담한 중원에 협객의 자취 향기로워라"「挽劉道一烈士」, "계획이 좌절되어 다시 형가荊軻의 괴로움 맛봤고, 검을 내려놓은 지금 현명한 계찰季札을 만났네"「爲宮崎寅藏書條幅」, "주강의 행역이 어려운 것이 아니라, 박랑추博浪錐[8] 만들기가 어려움을 근심할 뿐"「蝶戀花·贈俠少年」, "오吳와 초楚 땅의 영웅이 창으로 해를 가리키니, 강호 협객 기운으로 검에 무지갯빛 인다."「和譚人鳳」 가장 대표적인 것이 황싱이 쑨원을 '지금 시대의 협객'이라고 한 미야자키 도라조宮崎寅藏, 미야자키 도텐(宮崎滔天)를 위해 쓴 7언율시이다.[9]

아득한 상황에서 홀로 시 읊나니, 강호의 협기 그 누가 알아주랴?

천금으로 사람 모으는 것도 부질없는 일, 이때 서로 웃으며 그대를 만났네.

글을 써서 세상을 놀라게 하다니, 과연 의기가 남자답도다.

관산엔 해가 지고 있는데, 필마로 가을에 어디로 가려는가?

集, 188면; 第5集, 182면.

8 [역자 주] 博浪沙에서 진시황 암살을 시도할 때 사용했던 쇠공이를 말한다. 진시황이 韓나라를 멸망시키자 張良은 복수를 위해 力士를 구해 120근에 달하는 쇠공이를 만들어 진시황이 동쪽을 순찰할 때 박랑사에서 진시황을 공격하게 하였으나 실패하였다.

9 孫文, 「『孫逸仙』序」, '中國近代史資料叢刊' 『辛亥革命』 (1), 上海 : 上海人民出版社, 1957, 92면.

이 시를 가오쉬高旭, 고욱나 류야즈柳亞子, 류아자가 썼다면 전혀 이상하지 않았을 것이다. 그런데 혁명가인 황싱이 지은 것이라 특별한 의미를 갖게 되었다. 송, 원 이후 은거한 문인이라도 유협에 대한 시문을 짓는 일은 극히 드물었다. 만청의 지사들은 검을 뽑아 들고 큰소리로 노래 부르는 정도가 아니라 정말 검을 휘두르면서 적진에 나아갔다. 그래서 "강호 협객 기운으로 검에 무지갯빛 이는" 불후의 공을 세웠다. 이 '마지막 유협'에 대해 후세 사람들은 이들의 정치적 신념과 투쟁 전략이라는 측면에서 비판할 수 있다. 그러나 그들의 분투했던 삶의 모습은 살펴볼 수 있을 뿐 비판할 권리는 없을 것이다.

'유협'이 무엇인가에 대해서는 그동안 여러 주장이 분분했다. 공공의 의리를 우선하여 어려운 사람을 도와주는 것도 '협'이었고, 강자를 제압하고 약자를 도우며 원수를 갚아주는 것도 '협'이었다. 호방하고 얽매이지 않으며 강개하면서도 다른 사람에게 잘 베푸는 것도 '협'이었고, 술에 취해 살인을 하거나 사람을 속이고 도둑질하는 것도 '협'이었다. '협'이라고 불린 것은 범위가 넓고도 잡다했다. 만청의 지사들이 찬양했던 협객은 대부분 『사기』의 「유협열전游俠列傳」과 「자객열전刺客列傳」에 나오는 인물들이었다. 보기에는 이들이 사마천식의 '유협' 해석을 받아들인 것처럼 보였다. 그러나 '협'은 특정한 계층이 아니다. '협객 풍조俠風', '협객 기운俠氣', '협객의 기골俠骨', '협객의 정俠情'에 대한 설명은 더욱 그때마다 다르다. '협'이라는 관념은 때와 장소와 사람마다 달랐다.[10] 즉 오랫동안 칭송된 '협'은 "역사적으로 실존하지 않았고 몇 마디로 설명할 수 있는 실체가 아니다.

10 龔鵬程, 『大俠』, 臺北 : 錦冠出版社, 1987, 48면. "진한, 남북조, 수당과 명청, 민국 초기 등 여러 시기의 협객에 대한 견해를 비교해 보면 협객은 고정된 유형이나 인물이 아니라는 것을 알 수 있다."

역사 기록과 문학적 상상력, 사회 규정과 심리적 욕구, 당대의 시각과 장르적 특징이 융합된 산물"인 것이다.[11] 그러므로 유협문학이나 유협의 심리상태를 논의할 때에 주목해야 할 것은 융합의 방향성과 과정이지 어떤 확실한 정의를 내리는 것이 아니다. 만청 시기 지사들의 특수한 심리상태를 연구하려면 '옛날 협객'의 원래 모습이 왜곡되었는가를 연구할 것이 아니라, 그 당시 사람들이 어떻게 자기 나름의 기대치로 '유협'이라는 개념을 새롭게 해석하고 이를 통해 어떤 가치 지향을 드러냈는가를 밝혀야한다.

유협은 "평민 나부랭이가 사람 목숨을 쥐고 흔드는 권리"를 손에 쥐었기 때문에 제국의 통치자는 결코 이들을 용인할 수 없었다. 한대 순열荀悅은 유협이 "왕조의 몰락기에 생겨나는데 진秦나라 말기에 더욱 심해졌다. 위에서 잘 다스리지 못해 아래가 바르게 되지 못했고 제도가 없어서 기강이 느슨해졌다"라고 했다.『漢紀』卷10 최근의 량치차오는 "중국의 무사도武士道는 패권 정치와 운명을 같이 해서" 춘추시대에 흥기했고 전국시대에 전성기였다가 한대 초에는 명맥만 남아 있었다. 그런데 천하가 통일되고 봉건 제도가 없어지자 "더는 무협으로 이름난 사람이 없었다"라고 했다.[12] 순열과 량치차오는 가치관은 다르지만 모두 통일 제국이 유협이라는 존재에 치명적인 위협이 된다고 강조했다. 한대의 문제, 경제, 무제의 공개적인 탄압과 은밀한 압박으로 "긴 기간을 들여도 길러질까 말까 하지만 몇십 년이면 충분히 꺾어 놓을 수 있는" 유협과 그들의 상무尙武 정신은 그때부터 침체되었다. "그러나 통일을 이룬 정부가 와해되고 농민들이 봉기할 때면 유협과 비슷한 인물이 등장했다."[13] "제도가 서지 않고 기

---

11   陳平原, 『千古文人俠客夢—武俠小說類型研究』, 北京 : 人民文學出版社, 1992, 2면.
12   梁啓超, 「『中國之武士道』自序」, 『飮氷室合集・專集』第6冊, 上海 : 中華書局, 1936.

강이 해이해"지면 기존 계층의 경계와 도덕 규범이 와해되어 개인이 사회 조직과 구조에서 떨어져 나갈 가능성이 증가했고 유협도 마음껏 활동할 수 있었던 것이다. 위진 이후 전란과 왕조 교체기에 유협은 대활약했다. 하지만 협객 풍조가 치솟은 때라면 만청 시기일 것이다.

류야즈는 시에서 "유협이 부상하는 난세에, 어찌 황폐한 곳에서 시들어 가랴?"「題錢劍秋「秋燈劍影圖」」라고 했다. "보통 재주로 난세의 끝자락에 처했기"『史記』『遊俠列傳』 때문에 유협의 도움을 절실히 원해서 협객을 숭배하는 마음이 널리 퍼지기 쉬웠다는 이유만은 아니었다. 오직 난세만이 협객이 검을 갈고 휘두르는 장이 되기 때문이었다. 만청 시기는 나라 안팎으로 우환을 겪어서 "제도가 서지 않고 기강이 해이해졌다". 그런데 이때 만청 시기 지사들이 "검만 믿고 멀리 다닐 수 있는" 상황이 만들어졌다. 이들은 조정의 손이 닿지 않는 일본과 중국의 홍콩, 중국의 조계지로 갈 수 있었다. '유협'은 이제 조정에서 체포해서 죽일까 봐 강호에 몸을 숨길 필요가 없었다. 해외로 망명해서 항쟁을 이어나갈 수 있었기 때문이다. 협객의 활동 공간 확장은 만청 시기 협객 풍조가 치솟는데 중요한 작용을 했다. 만청 시기 급진적인 언론과 활동이 해외^{특히 일본} 유학생과 망명 인사를 주축으로 전개되었고 쑨원 같은 사람들도 해외와 홍콩을 혁명 활동 기지로 삼았다는 점을 염두에 둔다면 이 시기 지식인의 반항 심리의 특수성을 쉽게 이해할 수 있다. 봉기를 일으키거나 역적이 될 필요가 없었다. 나라 밖으로 나서기만 하면 마음대로 논의할 수 있고 조정의 권위를 신경 쓰지 않아도 되었다. 이런 것은 예전 사대부들이라면 상상도 할 수 없는 일이었다. 쑨원은 처음에 "혁명을 고취하는 일에 힘을 쏟을 때" "늘 홍콩과

13 陶希聖, 『辯士與遊俠』, 臺北, 商務印書館, 1971, 98면.

마카오 사이를 왕래하면서 전혀 거리낌 없이 논의를 했다"라고 그 시절을 추억했다.[14] 그 이후에 런던에서 구금되고 일본에서 추방되는 등 여러 고난을 겪었지만 본국으로 들어오지 않는 이상 청 정부에서는 "법에 따라 사형을 집행할" 수 없었다.

멀리 이국의 땅에서 "아무 거리낌 없이" 혁명을 논의하고 계획할 수 있다는 것은 사람들에게 어떤 감정을 자아내고 마음을 움직이는 데에 큰 역할을 했다. 『민보』가 폐간되는 사건도 있었지만 최소한 일본에서 청 황제를 욕하고 역모를 주장한다고 목숨을 걸 필요는 없었다. "문자옥에 연루될까 자리를 피하고, 그저 먹고 살려고 글을 썼을 뿐"龔自珍, 「詠史」이었던 건가 시기 학자들과는 천지 차이였던 것이다. 만청 지식인이 강개하고 격앙된 어조로 국가 대사를 논할 수 있었던 것은 민족 정신이 고양되고 민주 사상이 용솟음친 결과이기도 했지만, 청 조정에서는 유협을 "지금 잔존해 있는 자들은 없애 버리고, 장차 생겨나려는 자들은 싹을 잘라버릴" 수 있었던 한 문제, 경제, 무제의 시대처럼 할 수 없었기 때문이었다.[15] 반청 인사들이 나라 밖으로 나서기만 하면 "법망 밖에서 소요하는 것"을 보면서도 청 조정에서는 어쩔 수가 없었다. 이제 사람들은 크게 고무되었다. 망명자들이 유협을 긍정했던 것은 조정에 대항한다는 점도 있었지만 "검만 믿고 멀리 다닐 수 있는" 이미지와 온 세계를 누비면서 생겨난 유랑의 감각 때문이었을 수도 있다. 이런 해외의 반청 기지가 없었더라면 ― 외국 유학의 자유까지 포함해서 ― 지식인들이 이렇게 용감하고 협객 풍조가 이렇게 높아지고 혁명이 이렇게 빨리 성공할 것이라고 상상조차 못했을 것이다.

14   孫文, 「建國方略」, 『孫中山選集』, 北京 : 人民出版社, 1981, 192면.
15   梁啓超, 『中國之武士道』, 『飮氷室合集·專集』 6, 61면.

장스자오는 1903년에 상해에서 발생한 『소보』 사건을 떠올리면서 "청대 말기에 사대부가 혁명을 제창하면서 아무 거리낌 없이 재첨_{載湉, 광서황제의 이름—역자 주}을 어릿광대라고 하고 황제 친척이나 측근을 나쁜 놈이라고 하는 것도 홍콩과 도쿄에서 나오는 간행물에서나 그랬다. 국내에서는 그렇게 하지도 못했고 그렇게 하려고도 하지 않았다"[16]라고 했다. 장스자오의 말처럼 만청 시기 국내에서 간행된 신문 중에서 목숨을 걸고 혁명을 부르짖은 것은 "『소보』가 유일했다". 또 『소보』 사건의[17] '주범'인 장타이옌과 쩌우룽이 대의를 위해 목숨을 거는 협객의 풍조가 있었어도[18] 이 사건이 그 정도의 가벼운 판결로 끝난 것은 만청 시기 상해 조계지여서 가능했다. 쑨원은 당시 이 사건의 정치적 영향력에 대해 "이 사건은 청 황제 개인 문제였다. 이 사건은 청 조정과 일반 백성의 논쟁의 서막을 열었는데 이것은 청 조정 이래 처음 있었던 일이었다. 청 조정이 승소했어도 장타이옌과 쩌우룽을 2년간 구금한 것으로 그쳤다. 그 이후 사람들의 기세가 하늘을 찔렀다"[19]라고 했다. 청 조정이 관대해서가 아니었다. 조계지의 치외법권 때문에 청 조정에서 장타이옌과 쩌우룽을 죽이고 싶었지만

---

16 章行嚴, 「蘇報案始末記敍」, 『辛亥革命』 (1), 387면.

17 [역자 주] 1903년에 쩌우룽과 장타이옌이 각각 전국을 떠들썩하게 만든 「革命軍」과 「駁康有爲論革命書」를 썼다. 『소보』에서는 잇달아 「讀 『革命軍』」, 「序 『革命軍』」, 「介紹 『革命軍』」 등 글을 발표하여 황제와 청 조정을 욕하고 '중화공화국'을 건립할 것을 요구하는 동시에 각지의 학생 애국운동을 보도하였다. 청 조정에서는 상해 조계지에 서신을 보내 "천하 사람들을 반역하라고 동원했다(勸動天下造反)", '대역무도' 등 죄목으로 장타이옌 등을 체포하였다. 장타이옌과 쩌우룽은 각각 3년과 2년 구금형을 선고받았는데 장타이옌은 형을 마치고 풀려났으나 쩌우룽은 감옥에서 21세를 일기로 사망하였다.

18 장타이옌과 쩌우룽이 옥중에서 쓴 연구 「絶命辭」에는 협객의 이미지가 없지 않다. "돌을 던지는데 어찌 박랑추가 필요하리(쩌우룽), 뭇사람 굴원 되기를 스스로 달게 여기네.(장타이옌) 要離의 사당 지금 어디 있나?(장타이옌) 선생한테 흙 한 줌 빌리려 하네.(쩌우룽)"

19 孫文, 「建國方略」, 『孫中山選集』, 200면.

그렇게 할 수 없었던 것이다. 장타이옌은 이 일을 떠올리면서 득의양양하게 "당시 청 정부가 자리에서 내려와 일개 포의 신세인 우리를 상대로 소송했고" "이 소식을 들은 사람들은 모두 놀랐다". "청 조정에서 원고를 자처했기 때문에 각국 공사公使에서 판결을 하게 되었다. 그러자 혁명당이 청 조정과 대립각을 세우면서 나란한 자리에 서게 되었다"고 했다.[20] 생사여탈권을 쥐고 흔들던 그 당당한 대청 제국이 갑자기 정적을 처벌할 힘조차 갖게 되지 못했고, 법정에서 '한족과 만주족의 소송' 당사자가 된 것이었다.[21] 처음에 청 정부는 "대역무도하게 사람들을 선동하여 반역을 꾀한다"라는 죄명으로 장타이옌과 쩌우룽을 '인도'받아서 사형에 처해 일벌백계하려고 했다. 그런데 각국 공사 간에 의견이 일치되지 못했고 여론의 압력도 받아서 회심공해會審公廨에서[22] 가볍게 처리하는 것으로 바꿀 수밖에 없었다. 그래서 상해회심공당에서 판결하면 "청조 관리들은 절망하고 혁명당원들은 부활하리라는 것은 모두 예상가능한 일이었다." 이 사건의 판결은 장타이옌과 쩌우룽의 생사 문제만이 아니었다. 상해, 나아가 중국 전체의 분위기와 여론에도 직접적인 영향을 미쳤다. "예전의 청 조정은 신문 폐간은 물론이고 사람도 죽일 수 있었다. 그래서 사람들의 기세를 꺾어 놓았으나 이제 한 줄기 광명이 생겼다. 만약 황제黃帝께서 우리를 도와서 행여라도 나라가 멸망하지 않을 수 있다면 『소보』가 폐간되어도 다시 간행할 수 있을 것이고 혁명당원들이 붙잡혀도 또 다시 벗어날 수 있을 것

20　章太炎,「贈大將軍鄒君墓表」,『章太炎全集』5, 上海: 上海人民出版社, 1985, 229면; 章太炎,『太炎先生自定年譜』, 香港: 龍門書店, 1965, 10면.

21　「咄! 漢滿兩種族大爭訟」,『江蘇』第4期, 1903.6.

22　[역자 주] '회심공해(shanghai associated house common pleas)'는 청조 정부에서 설립한 특수한 사법기구로, 상해 조계지 내에 위치하였으며 주로 중국인과 외국 교민 사이에 발생한 분쟁을 해결하는 데 사용되었다. 조정이 불가능할 때는 중국의 지방 관리와 외국 영사관에서 회동하여 심사하였다.

이다"『黃帝魂』「蘇報案」인 상황이었다. 당시 사람들은 이 사건의 판결을 특히 주시하고 있었다. 그래서 판결이 나오자 "사람들의 기세가 하늘을 찌르게"된 것이다.

여러 영사領事와 공부국工部局23에서 이 안건을 청 조정에 넘기지 않은 이유는 정의 수호 차원이 아니라 조계지의 치외법권을 지킨다는 명분 때문이었다. 장타이옌도 이 사실을 잘 알고 있었다. 각국 공사단公使團24에서 청 정부와 범인 인도 문제를 논의하면서 결론을 내리지 못하자 장타이옌은 「옥중에서 『신문보』에 답한다「獄中答『新聞報』」를 써서 "우리 같은 서생이 '줄지어 투옥된 것은 피 흘리는 데에 뜻을 두어서이며", "외국인들은 반드시 조계지 권리를 주장해서 이 안건이 내지청 정부로 넘어가지 않게 할 것이다. 그들은 자기 이해관계 속에서 행동하는 것이며 우리와는 목표가 같지 않다"25라고 했다. 보기에 따라서는 배은망덕한 말 같았다. 그러나 조계지는 만청 지사가 혁명을 알리고 계획하는 기지였다고 해도 어쨌든 중국의 치욕이었다. 이 두 가지가 관련이 있다고 한들 취지가 다르기 때문에 이 둘을 같은 선상에서 말할 수는 없다. "외세 침략의 거점으로 중국의 주권이 박탈된 상징이자 서양 문화의 진열대로, 중국 개혁의 거울이자 정치범의 피난처"26였던 것이다. 이 사건 이후 혁명당원들은 조계지에서 청 조정의 간섭을 받지 않는 유리한 조건을 이용했다. 신문사도 설립

---

23 [역자 주] 만청 시기 열강들이 중국 조계지에 설치한 행정 부서. 시정위원회(市政委員會)라고도 불렀다.

24 [역자 주] 외국에 파견된 사절이 주재국에 조직한 단체를 말한다. 만청 시기 중국에 만들어진 '공사단'에는 여러 나라의 사절들이 속해 있었는데 초기 임무는 외교적 예의를 조정하는 것이었으나 간여하는 일의 범위가 날로 확대되면서 장타이옌은 그들이 권력을 쟁탈하고 중국의 내정을 간섭하는 등 못하는 일이 없다고 비판했다.

25 章太炎, 「獄中答『新聞報』」, 湯志鈞 編, 『章太炎政論選集』, 北京 : 中華書局, 1977, 234면.

26 張玉法, 『淸季的革命團體』, 臺北 : '中央硏究院' 近代史硏究所, 1982, 133면.

하고 책도 간행하고 집회도 열고 연설도 했다. 정치 주장을 홍보했고 심지어 암살과 무장 폭동도 기획했다. 나중에 바다에 투신자살해서 사람들을 놀라게 했던 천텐화陳天華, 진천화는 『소보』 사건에 대해 "조계지 안에 있는 신문사라 중국 정부가 간섭할 수 없었기 때문에 신문에서 이런 말도 할 수 있었"고 "지사들이 다행히 조계지 안에 있어서 언론의 자유가 있었다. 저술과 신문 간행으로 만주 정부를 공격한 것도 따지고 보면 불행 중 다행이었다"라고 했다.[27] '불행 중 다행'으로 장타이옌과 쩌우룽이 아무 거리낌 없이 청 정부를 공격할 수 있었다는 것이다. 이렇게 말하는 것은 지사들의 기개를 폄하하려는 의도가 아니다. 중국 안에 있다고 해도 만청 지사가 유협 행위를 할 때에는 송, 원, 명, 청대 중엽 이전의 협객보다 '피난처'가 더 많았다는 사실을 강조하려는 것이다. 피난처의 존재는 만청 "사람들의 기세가 하늘을 찌르고" 유협 풍조가 날로 고조되기 위한 필수 조건이었다.

2. '중국의 무사도武士道'

"봄날의 시름을 이길 수 없으니, 하늘 향해 한 차례 통곡하리라. 4억 명의 국민들 모두 눈물 흘리는데, 하늘가 어디가 신주神州이런가?" 담사동의 시 「느끼는 바가 있어有感」는 청일전쟁 이후인 1896년에 지은 것이다. 당시 식견이 있는 지식인이라면 모두 가질 법한 마음으로 읽을 수 있다. 만청의 국운은 날로 기울어 언제든 나라가 망하고 민족이 사라질 위험이

---

27 陳天華, 『獅子吼』第七回, 『陳天華集』, 長沙: 湖南人民出版社, 1982, 159면.

있었다. 뜻을 가진 지사들은 사람들을 깨우쳐 나라가 망하지 않도록 호소하려고 사방으로 돌아 다녔다.『얼해화孽海華』에 나오는 누웨다오奴樂島, 노악도와『노잔유기』에 나오는 천촨沈船, 침선은 우언의 등장 인물이지만,『분할통치 예언기瓜分慘禍豫言記』는 "중국은 1894년 이후 백성들은 고통을 겪고 온 나라는 페허가 되었다"라고 단언했다. 지사들도 중국이 이 액운을 피할 수 없을 것이라고 믿는 듯했다. 천톈화도 바다에 뛰어들기 전에「절명시絕命辭」를 남겨 "중국은 최소한 10년 뒤에는 나라가 망할 것이다. 10년 뒤에 죽느니 차라리 지금 죽어서 그대들을 깨우치리라. (그대들이) 행동을 바로잡고 나라를 사랑한다면" "중국은 망하지 않을 수도 있다"라고 예언했다.[28] 강렬한 위기감으로 사람들은 여러 방법을 강구했다.

"백성들을 새롭게 하는 것이 지금 중국의 가장 급선무"라는 생각 자체는[29] 량치차오 외에도 모든 지사들이 공통적으로 가지고 있었다. 다만 어떻게 "백성들을 새롭게 할" 것인가가 문제였다. 옌푸가 내린 처방은 "지금 필요한 정치는 세 가지이다. 첫째는 백성의 힘을 키우는 것, 둘째는 백성의 지혜를 깨우치는 것, 셋째는 백성의 덕을 새롭게 하는 것"[30]이었다. 량치차오는 더 간단명료하게 "한마디로 백성의 지혜를 넓히고 기운을 진작시켜야 한다"[31]라고 했다. 백성들의 지혜와 기운이 어째서 둘다 중요한가는『항주백화보杭州白話報』에서 가장 잘 설명했다. "백성의 지혜를 깨우치지 않으면 기운이 있어도 의화단義和團 같은 사람이 될 것이며, 백성의 기운을 진작시키지 않으면 지혜가 있어도 총명한 노예일 뿐"[32]이라는 것이

---

28 陳天華,「絕命辭」,『陳天華集』, 235면.

29 梁啓超,「新民說」,『飮氷室合集·專集』3, 1면.

30 嚴復,「原强」,『嚴復集』1, 北京 : 中華書局, 1986, 27면.

31 梁啓超,『「淸議報」一百冊祝辭幷論報館之責任及本館之經歷』,『飮氷室合集·文集』3, 54면.

32 「謹告閱報諸公」,『杭州白話報』第1年 第33期, 1902.6.

었다. 백성의 지혜를 깨우치는 방법은 매우 많았다. 주로 서양의 여러 인문사상과 과학지식을 소개하는 것이었는데, 대체로 5·4 시기의 민주주의와 과학 이 두 가지였다. 백성의 기운을 진작시키는 것은 주로 '국혼을 불러오는 것'으로, 진톈허金天翮, 김천핵의 시에 나오는 "나라가 쪼개지는 재앙을 피할 길 없으니, 혼이여! 돌아오라, 나의 조국에"였다.「招國魂」

근대 중국이 국력이 약하고 가난하여 여러 차례 열강들에게 모욕을 당한 것을 보고 량치차오는 "1,000년간 문단에 기풍이 미미하더니, 군사의 혼 다해서 나라의 혼 비었네"라고 한탄했다.「讀『陸放翁集』」 그 당시 나라의 혼은 '모험의 혼冒險魂(山海魂)', '군인의 혼軍人魂(武士魂)', '유협의 혼', '종교의 혼', '평민의 혼' 등으로 불렸다.[33] 관건은 군사의 혼을 다시 만드는 것, 곧 상무정신尙武精神을 다시 고양하겠다는 것이었다.

만청 문인들은 유자가 된 것을 후회하고 무武를 높이는 작품을 많이 썼다. 억지로 꾸며서 호방한 말을 했다기보다는 실제로 피부에 와닿는 고통이 있었기 때문이었다. 저우스周實, 주실는 시에서 "원수를 찾아 협객의 검 들고 온 천지를 다니며, 다사다난한 이 한평생 유자 된 것을 후회한다"「重九」라고 했고, 천취빙은 "붓 던지는 것이 무엇이 아쉬우랴, 검 차고 사방을 다녀 보리라"「將赴東瀛賦以自策」라고 했다. 류야즈는 "조국이 이방인들에게 삼켜지는 것을 차마 어찌 보리오, 유자의 관冠을 써서 이 몸 그르친 것 한스러울 뿐"「元旦感懷」이라고 했고 진쑹천金松岑, 김송잠은 "유자는 죽은 얼굴이지만 협객은 생기가 가득하고, 유자는 공리공담을 숭상하지만 협객은 현실을 중시하"기 때문에 "나라는 유자 때문에 망하고 협객 덕분에 흥기하며, 사람은 유자 때문에 죽고 협객 덕분에 살아난다"라고 하면서 "우리 국

---

33 「國魂篇」, 『浙江潮』 第1·3·7期, 1903; 壯遊(金松岑), 「國民新靈魂」, 『江蘇』 第5期, 1903.

민의 혼을 만들어" 내려면 "유자의 관을 버리고 옷을 찢어버려야 한다"라
고 했다. 「國民新靈魂」 양두楊度, 양도는 그들에 비해 "우리 집안은 대대로 무
인 가문이라 위세는 부려도 유학은 알지 못했다"라며 득의양양해 했다.
물론 가장 좋은 것은 "책을 읽고 성취를 한 다음에 검을 배워, 체력을 갖
추고 글에 호쾌한 마음을 표현하는 것"이었다. 柳亞子, 「回憶詩」 하지만 문무
를 겸비하겠다는 생각이 결국 "젊을 때 검 휘두르고 피리 불려던 뜻이, 검
기운도 피리 불 마음도 모두 사라지지" 柳亞子, 「惆愴辭六十首, 四月十七日夜作」
않으리라는 보장도 없다. 당장 급한 것은 사람들이 글공부를 숭상하고 무
예를 경시해서 "좋은 쇠로는 못을 만들지 않고, 뛰어난 남자는 군대에 가
지 않는" 적폐가 재발하지 않도록 개선하려는 노력이었다.

국가의 군사 훈련도 중요했다. 그러나 국민의 상무정신을 높이는 것이
더 중요했다. 무술변법 전에 담사동은 지금껏 "유자들이 유협을 경멸하여
도적에 견주는" 것이 못마땅했다. 그래서 "사람들의 기를 펴게 하고 용감
한 기풍을 만드는 것으로는 협객을 숭상하는 것이 최선이고 이것으로 혼
란을 뿌리 뽑을 수 있다"라고 생각했다.[34] 이런 생각은 여러 파의 지사들
에게로 이어졌다. 1901년에 량치차오는 「중국이 쇠약해진 근원을 논함中
國積弱溯源論」에서 "군주와 재상이 전쟁을 좋아해서는 안 되지만 백성은 용
맹해야 한다"라고 강조하면서 상무정신의 '중국혼'을 부르짖었다.[35] 1902
년에 차이어蔡鍔, 채악는 『신민총보』 기고문에서 군국민정신軍國民精神을 고
취하며 "한족은 모든 민족 중에서 가장 온순하고 나약하다"라고 비판하고
이것이 "2,000여 년간 이민족에게 짓밟히지 않았던 적이 없는" 근본 원인
이라고 했다.[36] 양두는 국민의 나약함을 양주학楊朱學의 성행과[37] "진한 이

34 蔡尚思 等 編, 『譚嗣同全集』, 344면.
35 梁啓超, 「中國積弱溯源論」, 『飮氷室合集·文集』 2, 25면.

전에 죽음을 가볍게 여기고 협기를 숭상하던 무사도"의 상실에서 찾으면서 "유교를 표방하지만 양주학의 가르침을 내면화해서 무사도를 없애버렸기에 중국이 약해진 것"이라고 했다.[38] 순식간에 상무정신을 이야기하는 것이 뜨거운 화제가 되었고, '상무 이야기'가 "시국을 걱정하는 사람들 입에서 매일같이 나왔다". "진, 한 이후 문약文弱해져" 선비들이 "죽을 때까지 소매에서 손을 뺄 일이 없었고" 그것이 유전되어 천성이 된 결과 골격도 약해졌고 "기개도 용맹하지 않고 군세지 못해" 이민족의 침략을 막아낼 힘이 없게 되었다는 것이[39] 만청 지사 대부분의 공통 견해였다. 이 사조를 가장 잘 보여주는 것이 량치차오의 『신민설新民說』의 「상무를 논하다論尙武」이다. "상무尙武는 국민의 원기이며 국가가 성립할 수 있고 문명이 유지될 수 있는 버팀목이다." 중화민족이 '용맹하지 않은 것'에 대해 량치차오는 "병의 근원을 살펴야 한다"고 했다. 첫째는 전국시대처럼 국방이 최우선이 되어 "사람들이 용맹함에 힘쓰고 군인이 무공을 다투"는 것이 아니라 통일국가가 됨으로써 "예악과 법도를 익히고 문아文雅를 숭상하여" "글공부를 숭상하고 무예를 경시하는 기풍이 형성되어 군사 관련 일들이 폐지되면서 백성의 기운이 유약해졌다"는 것이다. 둘째는 유교의 상실이다. 공자도 강하고 용맹한 기운으로 사람들의 기운을 일으키자고 주장했다. 그러나 아쉽게도 "후세의 품행 나쁜 유자들이 은신에 유리하게 하려고 공자가 도탄에 빠진 백성을 불쌍하게 여기고 잘못을 바로잡으려다 지나치게 나간 말들을 주워 모아 구실로 삼으면서 강한 것 대신 유

---

36   蔡鍔, 「軍國民篇」, 毛注靑 等 編 『蔡鍔集』, 長沙 : 湖南人民出版社, 1983, 20면.
37   [역자 주] 양주학은 전국 시기 사상사 楊朱(BC 395~BC 335)가 창시한 학파로, 그 사상의 핵심은 '자신을 소중하게 여기는 것(貴己)'과 '자신을 위하는 것(爲我)'이다.
38   楊度, 「『中國之武士道』敍」, 梁启超, 『飮氷室合集·專集』 6.
39   蔣智由, 「『中國之武士道』敍」, 梁启超, 위의 책.

약한 것을, 드러내는 대신 감추는 것을 모범으로 삼았다"라는 것이다. 셋째는 패자霸者의 탄압이다. "한 사람이 굳세지면 세상 사람들이 나약해진다. 한 사람이 강해지면 천하는 약해진다. 천하의 패권을 잡은 자들은 늘 이랬다." 이런 통치술의 비결은 유약하지 않은 자들을 남김없이 죽여버리는 것이다. 그래서 "24개 왕조의 탄압과 숙청으로 사기는 사라졌고 인심도 죽었다". 네 번째는 습속의 영향이다. "무예를 경시하는 중국의 습속은 예전부터 그랬다." "학자의 논의와 문인의 시문조차 무공을 좋아하는 것을 풍자하고 변방 개척으로 인한 분란을 경계했다." 이런 나쁜 풍조가 널리 퍼지면 사람들의 웅장한 포부는 쇠퇴하고 호방한 기운은 사라진다.[40]

송, 원 이후 문아文雅의 숭상과 무에 대한 폄하로 지식인은 닭 한 마리 잡을 힘도 없게 되었다. 국난이 닥쳐도 목숨을 바치겠다는 포부만 있었지 실제로 할 수 있는 것은 없었다. 이 점은 이전에도 비판한 적이 있었지만 지금껏 이렇게 첨예하고 이렇게 집중적으로 비판이 쏟아진 적은 없었다. 사람들은 "중국의 나약함이 세상에 알려졌고 뼛속 깊이 박힌 유약함은 고칠 수가 없다"고 비판했다.[41] 나라 상황이 계속 악화되었다는 점도 있었지만 일본의 '야마토 혼大和魂'에서 자극받은 점이 컸다. 당시에는 스파르타를 말하기도 하고 워싱턴을 말하기도 했지만 중국인에게 가장 큰 자극이 된 것이 '작은 나라' 일본의 부상이었다. 일본의 부상이 '야마토 혼'의 형성으로 인한 것이라는 말을 듣고 량치차오는 "나는 일본인들이 말하는 일본혼이 상무정신이라고 들었다. 아아, 우리 국민은 언제 이런 정신을 가지게 될까?"[42]라며 탄식했다.

40　梁啓超,「新民說·論尙武」,『飮氷室合集·專集』3, 108~118면.
41　위의 글, 111면.
42　梁啓超,「中國積弱溯源論」,『飮氷室合集·文集』2, 26면.

가장 먼저 일본의 상무 정신에 주목한 사람이 황준헌黃遵憲일 것이다. 그는 "일본은 2,000년 동안 무武를 근본으로 하여 나라를 세웠고"「陸軍官學校開校禮成賦呈有棲川熾仁親王」 "또 500년 동안 군사를 중시하여 나라에 전국 시기 맹분孟賁이나 하육夏育과 같은 용사들이 많았다"「赤穗四十七義士歌」고 했다. 「일본잡사시日本雜事詩」 중 일본인의 유협 풍조를 묘사한 내용은 당시 사람들에게 큰 영향을 미쳤다. "군주 앞에서 칼자루 내려놓고 절을 한 뒤에, 문을 나서 무지개같은 쌍도를 찼네. 까닭 없는 말 한 마디에 갑자기 노하여, 목을 베어 피 뿌리니 옷이 붉게 물든다." 황준헌은 이 구절에 "사대부 이상은 모두 길이가 같은 쌍도雙刀를 차고 다닌다. 문을 나설 때는 허리춤에 가로 차고, 자리에 올라갈 때는 손에 쥐고, 자리에 앉으면 옆에 두었다. 『산해경』에서 왜국은 의관을 차려입고 검을 찬다고 했다. 일 벌이기를 좋아하고 목숨을 가볍게 여기며 말 한마디에 눈을 부라리고 칼을 뽑아 사람을 죽이며 툭하면 자살한다. 지금은 칼 소지를 금하였으나 자객과 협사들이 여전히 판을 친다. 태사공이 말하기를 '협객은 무력으로 금기를 범하는 것'이라고 했는데 일본이 유독 심하다"라고 주를 달았다. 고대 중국에도 사대부가 검을 차는 풍속이 있었다. 이지李贄는 "옛날에는 남자들이 집을 나설 때 검을 항상 몸에 차고 다녔다. 먼 길을 갈 때는 활과 화살을 손에서 놓지 않았고 뿔송곳과 패옥을 몸에 찼는데" 원래는 "문무를 겸하려는" 의도였으나 후세에는 장식품이 되어서『焚書』‘讀史’「無所不佩」 무력으로 법을 어기던 협기는 완전히 사라졌다고 불만을 표시했다. 황준헌이 일본인이 의관을 차려입고 검을 차며 목숨을 가볍게 여기는 습속을 객관적으로 소개했다면, 담사동은 이 습속을 일본 사람들의 사기가 높아지고 나라가 강성해진 내재적 원인으로 보았다. "변법자강의 효과도 이들의 습속이 검을 차고 다니기를 좋아하며 비장한 노래를 부르고 사람을 죽여 복수하는 기개로 인해 개혁의 조짐으로 드러난 것"[43]이라고 했다. 그 이후로도 사람들은 계속 시문을 지어 일본의 "서생과 검객이 국가 중대사에 강개한 태도를 보이는" 상무정신을 숭상했다. 章太炎, 「變法箴言」 탕차이창唐才常, 당재상은 「협객편俠客篇」에서 "내가 듣기로는 일본 협객은 바람과 우레를 막을 정도의 의로운 분노가 있다. 막부의 권위가 기울고 여러 번藩의 힘도 꺾였는데 홀연히 신학문을 일으키자 모든 어려움이 풀렸다"라고 했다. 량치차오는 『자유서自由書』 「싸우다 죽기를 빈다祈戰死」와 『신민설』 「상무를 논함」에서 모두 일본의 무사도를 칭송하며 "군대 깃발로 들어가 싸우다 죽기를 기도한다. 종군하게 되면 살아 돌아오지 않기를 축원한다. 무의 호방한 기풍을 좋아하는 것은 전국민이 그렇다"[44]라고 했다. 장즈유蔣智由, 장지유와 양두가 량치차오의 『중국의 무사도中國之武士道』에 서문을 썼을 때도 모두 일본이 강성한 이유를 "예전부터 무사도를 숭상"한 것에 귀결시켰다. 량치차오가 쓴 「동협에 대해 쓰다記東俠」[45] 천두슈의 「동해병혼록東海兵魂錄」, 황하이펑랑黃海鋒郎, 황해봉랑의 「일본협니전日本俠尼傳」, 저우쯔舟子, 주자의 「상무설尙武說」 등은 모두 "형가와 섭정 같은 협객과 어깨를 견주고 주가와 곽해처럼 엄청난 양의 술을 들이키며"[46] 죽음을 가볍게 여기고 싸우기 좋아하며 무를 숭상하고 문을 경시하는 일본의 습속을 찬양한 것이다. 여기에서 한 걸음 더 나아가 일본의 개혁, 유럽의 혁명, 미국의 독립이 성공한 이유를 모두 '일본 남아의 협기', '미국인의 협골'과 '프랑스인의 협심俠心'에 귀결시키는 사람도 있었다.[47]

43 蔡尙思 等 編, 『譚嗣同全集』, 344면.

44 [역자 주] '東俠'은 일본에 있는 유신지사들을 가리킨다.

45 梁啓超, 「新民說·論尙武」, 『飮氷室合集·專集』 6, 108~118면.

46 『時務報』 39, 1897.9; 『安徽俗話報』 第8~9期, 1904.7~8; 『杭州白話報』 第2年 第1~3期, 1902.6; 『第一晉話報』 第3期, 1905.9.

전쟁에서 싸우다 죽으라고 기원하는 '야마토 혼'을 숭상하는 목적은 중국의 상무정신을 불러일으키기 위해서였다. 쩌우룽처럼 "더는 정의감과 죽음을 무릅쓰는 기풍이 없고", "향촌의 호방함과 유협의 기백도 없다"고 사람들을 질책하는 방법도 있었고[48] 천두슈처럼 『동해병혼록』을 편찬하고 다시 『중국병혼록中國兵魂錄』을 편찬하여 야마토 혼에 대항하자는 또 다른 방법도 있었다.[49] "지금 새로운 도덕으로 국민을 바꾸는 것이 구구한 서구 학설로 되는 것이 아님"을 잘 알고 있어서[50] "국수를 통해 민족의 성정을 격발시키고 애국의 열정을 증진시키"려고 한 것이다.[51] 이 점에서 량치차오와 장타이옌개량파와 혁명파은 입장이 같았다. 차이어는 4,000년간 중국 역사에서 무를 숭상하는 국혼을 찾으려고 했으나 "자취가 없어서 찾을 수 없다"[52]고 개탄했다. 물론 이것은 차이어가 지나치게 단어에 집착해서 융통성 있게 찾아보지 못했기 때문일 것이다. 량치차오도 "나는 중국혼이라는 것을 전국을 다 뒤져 찾았는데도 자취를 찾을 수 없었다"고 개탄했다. 그러나 "지금 중요한 것은 중국혼을 만들어내는 것"이기 때문에[53] 어떻게든 구해서 재빨리 국혼을 찾아냈고 『중국의 무사도』라는 책도 엮었다. 이 책을 통해 "우리 조상의 보물을 찾아 자손에게 보여주어" 세상 사람들이 "옛사람들의 용맹한 정신을 가지고 상황에 맞게 잘 사용하게" 하려고 했다.[54] 량치차오는 "춘추전국시대부터 한대 초기까지

---

47 壯游(金松岑), 「國民新靈魂」, 『江蘇』 第5期, 1903.

48 鄒容, 「革命軍」, 『鄒容文集』, 重慶 : 重慶出版社, 1983, 48면.

49 「中國兵魂錄」, 『安徽俗話報』 第17~18·20期, 1904.12, 1905.6.

50 梁啓超, 『新民説·論私德』, 『飮氷室合集·專集』 2, 272면.

51 章太炎, 「東京留學生歡迎會演說辭」, 『章太炎政論選集』, 272면.

52 蔡鍔, 「軍國民篇」, 毛注靑 等 編 『蔡鍔集』, 38면.

53 梁啓超, 「自由書·中國魂安在乎」, 『飮氷室合集·專集』 2, 38~39면.

54 蔣智由, 『『中國之武士道』敍』, 『飮氷室合集·專集』 6.

우리 선조 중에서 무용^{武勇}으로 역사에 알려진 것을 가지고『중국의 무사도』한 권을 엮"고「자서^{自敍}」에서 "서양인과 일본인은 중국의 역사가 무를 숭상하지 않는 역사이고 중국의 민족이 용맹하지 못한 민족이라고 한다. 아, 나는 이 말을 듣고 부끄럽고 분했다. 나는 이 말에 승복할 수 없다". "우리 조상들이 기개를 숭상하고 의로운 일을 행하며 비장하게 노래 부른 일을 살피면" "세상을 누비며 바람과 우레를 혼으로 삼았고 만 길이나 우뚝 서서 산하를 빛나게 했다. 일본인들이 무사도, 무사도 하면서 자랑하는데 이보다 못한 것이 무엇이고 이보다 못한 것이 무엇인가"[55]라며 자신의 뜻을 밝혔다. 통일 전제 정치가 확립되자 민족의 무덕^{武德}은 점차 사라져 다시는 알려진 무협이 없게 되었다는 것이다.

"미래 조국의 혼을 다시 돌리려면 나아가 싸우는 영웅의 기개에 의지해야 한다."^{楊度,「湖南少年歌」} 나라의 국운이 쇠해지자 국혼을 부르고 상무정신을 부르짖었다. 그러자 상무정신을 추억했고 역사 속에 묻혀 있던 협객들이 발굴되었다. 협객은 정통 사대부에게 2,000년 가까이 버려졌다가 다시 역사 위로 떠올라 유럽과 미국의 매서운 도전을 마주하게 되었다. 류야즈는 "10년 동안 강호에서 여협을 찾았으나, 은랑^{隱娘}과 홍선^{紅線}은[56] 드물었네"^{柳亞子,「夢中偕一女娘從軍殺賦」,奏凱歸來,戰瘢猶未洗也,醒成兩絶記之」}, "나 역시 10년 동안 검을 갈았으나, 풍진 속 어디에서 형가를 방문할까?"^{柳亞子,「題錢劍秋「秋燈劍影圖」」}라고 했다. 형가나 은랑 같은 협객도 거의 없지만 강호에 이런 사람이 있다고 한들 그들이 나라와 민족을 구하는 중대한 임무를 맡을 수 있었을까? 오만해서 길들이기 어려운 유협이 정

---

55   梁啓超,「『中國之武士道』自序」,『飮冰室合集·專集』6.
56   [역자 주] 聶隱娘은 당대 裴鉶이 지은『傳奇』에 나오는 자객이고, 홍선은『太平廣記』에 나오는 협객이다.

치 투쟁에서 할 수 있는 역할에 대해 사람들의 기대가 너무 높았던 것은 아닐까? "목숨을 바쳐 복수하는" 유협을 어떻게 명확한 정치적 신념을 가지고 투쟁하는 역량을 가진 인재로 바꿀 것인가는 쉬운 문제가 아니었다.

3. 유혈流血에 대한 숭배

가오쉬는 「바다에서 큰 풍랑이 일어 큰소리로 노래하다海上大風潮起放歌」에서 이렇게 읊었다. "중국의 협객 풍조가 적막해져, 천 명의 루소의 시를 불러냈네. 민권을 크게 발달하게 하려고, 독립, 독립 소리 시끄럽구나." 루소는 만청 지사의 정신적 지도자였고『민보』창간호에 실린 인류 역사상 네 명의 위인 사진에도 보란 듯이 들어가 있다.다른 세 사람은 황제(黃帝), 워싱턴과 묵적(墨翟) 하지만 루소 같은 서양 사상가의 민권, 독립, 평등, 자유 사상이 유협과 상관이 있기는 한 것일까? 협객 풍조가 쇠락하지만 않았더라면 "천 명의 루소의 시를 불러낼" 필요가 없었다는 뜻일까? 루소의 등장으로 중국 문인들은 뜻밖에도 오래 전의 협객을 추억하게 되었다. 서양 근대 사조의 영향을 받아 오래 전에 역사에 묻힌 옛사람들을 예찬하는 경향이 만청 시기에는 일반적이었다. 여기에는 옛사람을 현대의 관점에서 재해석한다는 사고가 담겨 있다. 유협 이미지를 재해석하는 것은 유협이 역사의 표면에 다시 떠오르기 위한 필수적인 전제조건이었다. 송대에서 청대 중엽까지도 몇몇 유협 시문이 나왔지만 유협을 진지하게 대하고 사회 개조의 중요한 역량의 소유자로 본 것은 만청 지사가 처음이었다. 그러므로 유협이 재등장하려면 반드시 그들을 재해석해야 했다. 곧 유협이 복수만을 위한 존재가 아니라 목숨을 걸고 의리를 택하는 정신의 소유자이기 때문에 지사들이 숭상하고 따라할 가치가 있다는 것을 입증해야 했다.

유협을 추억하는 것은 세상의 변화에 대응하기 위해 이전의 전통에서 자원을 구하는 작업이었다. 유협 해석은 이 사고방식을 벗어날 수 없다. 옛것을 빌어 제도를 바꾼다고 해도 좋다. 옛것을 지금 상황에 사용한다고 해도 좋다. 전통의 창조적 변화라고 해도 좋다. 어쨌든 만청 지사들은 반드시 "유가와 묵가에서 수록하지 않고 버렸던"『史記』「遊俠列傳」유협이 권위를 가진 전통사상의 지지를 얻도록 해야 했다. 루소의 사상과 무정부주의자들의 행동으로 사람들이 유협을 추억하기 시작했지만 유효한 가치로 전환되지 않는다면 유협은 문명사회에서 받아들일 수 없는 존재였다.

'유협'에 대한 새로운 해석은 만청 제자학과 불교학의 부흥으로 가능했다. 평생 "검을 찬 채 차례로 술을 따르고, 비장한 노래로 강개함을 토로했으며, 머리 묶고 멀리 돌아다니면서 사방을 돌며 싸움에 참여했"「河梁吟」던 담사동은 "엄청난 양의 술을 마시며 자유분방한 삶을 살고, 손뼉 치며 유협 이야기를 하는 것"[57]을 매우 좋아했다. 그의 『인학仁學』에서는 '의협심'을 숭상했고 「자서自敍」에서는 묵가와 관련지어 "묵가에는 두 개의 유파가 있는데 그 중 하나가 '의협'이고 내가 말하는 인仁이다"[58]라고 했다. 이 "협객으로 나서는" 묵가가 담사동 자신이 고백한 "이 한 몸 아랑곳하지 않고 공리와 평등 같은 주장을 품은 채 지음을 찾으러 길게 소리 지르며 온갖 방법으로 펼쳐내련다"라는 것이었다.[59] '협'이 묵자의 말에서 나왔다는 주장은 만청 이후에 상당히 유행했다. 량치차오는 1902년에 「중국 학술사상 변천의 대세를 논함論中國學術思想變遷之大勢」에서 묵가를

---

57 蔡尚思 等 編, 『譚嗣同全集』, 8면.
58 위의 책, 289면.
59 위의 책, 266면.

겸애兼愛, 유협遊俠, 명리名理 세 파로 나누고, 유협파는 전국시대에서 한대 초기까지 매우 흥성했으며 "주가와 곽해 부류는 사실 묵가의 무리"라고 했다.[60] 장즈유는 협객이 묵가에서 나왔는지에 대해서는 논하지 않고 대협大俠과 소협小俠, 공무公武와 사무私武로 구분할 것을 강조했다. 이 구분에 따르면 다른 사람을 위해 복수한 주가와 곽해는 나라의 대협이 아니었다. 그렇다면 "의협심으로 목숨을 걸고 나라의 기풍을 바꾸려고 하면서 이것을 천하를 구하는 한 가지 길이라고 한 묵자"보다 훨씬 못했다. "협에서 지극히 큰 것은 순수하되 사사로움이 없고 공평하되 치우지 않았다"는 것을 기준으로 삼아 묵가를 '천고 협객들의 모범'으로 보았다.[61] 이것을 역사의 근원 찾기라고 보기는 어렵다. 오히려 대협에 대한 그 당시 사람들의 기대를 표현한 것으로 보는 것이 나을 것이다.

장타이엔도 이들과 마찬가지였다. 그도 공익사업에 투신하고 타인을 돕는 대협 정신을 부르짖었다. '완연한 협골'로 유명한 장타이엔은 협객을 유자와 관련짓는 경향을 보였다. 이 당시 "협객이 등장하지 않는 것은 모두 유학이라는 걸림돌 때문이다", "유학은 전제 정치의 자양분이었고 협객은 전제 정치의 강적이었다"라는 식의 주장이 나오자[62] 장타이엔은 '유儒'와 '협俠'을 나란히 들면서 또 "세상에는 대유大儒가 있다. 협사俠士를 높이면서 함께 포함한 말이다. 다만 그 중에서 특별히 강개하고 격분하여 지조로 자부심을 느끼는 사람을 따로 '유'와 다르게 이름 붙인 것이다"라고 했다.[63] 세상 사람들이 유자가 어질고 부드러운 사람이라고 하자

60 梁啓超,「論中國學術思想變遷之大勢」,『飮氷室合集·文集』3, 21면.

61 蔣智由,「『中國之武士道』敍」,『飮氷室合集·專集』6.

62 撥鄭(湯增璧),「崇俠篇」,『民報』第23號, 1908. 8.

63 章太炎,「儒俠」3편,『章太炎全集』3, 上海 : 上海人民出版社, 1984, 12면.

장타이옌은『한비자』「현학顯學」에 나오는 칠조씨漆雕氏라는 유자와『예기禮記』「유행儒行」에 나오는 15명의 유자를 비교했다. 칠조씨는 "유협과 흡사하고" 15명의 유자는 "특출나게 강인한 사람들"이라는 것이다. 유자가 나약하지 않고 또 협객이 "몸을 바쳐서 인仁을 이루고" "나라의 큰 해악을 없애는" 취지가 유자의 의리와 비슷하다면 '유'와 '협'을 나란히 두지 못할 이유가 있을까? 비록 "칠조씨 같은 유자는 사라졌지만 여항에는 유협이 있게 되었다"라는 근원 찾기가 사람들을 설득하기는 어려웠다. 그럼에도 유협이 "어려운 시대에는 사람들을 돕고 잘 다스려진 세상에서는 법을 보조한다"[64]라는 것을 강조한 것은 실제로 제자백가에서 배제된 협객을 위해 자리를 하나 내준 것이었다. "천하의 급한 일은 협객이 아니면 맡길 수 없다"[65]라는 것은 만청 시기 지사들이 가장 말하고 싶었던 말이었지만, 협객이 묵가에서 나왔는지 유가에서 나왔는지 같은 고증은 성공적이지 못했다. 황칸은 협객을 설명할 때에는 장타이옌을 따랐지만 "'협'이라는 명칭은 예전에는 유자와 구분하기 어려웠다.『유행儒行』에 나온 내용이 협의 대략적인 모습이다"라고 하고는 따로 고증 없이 넘어갔다. 그 말의 요지는 "옛날의 성인은 세상이 쇠미해지는 것과 백성이 생업을 잃는 것을 슬퍼해서 힘든 상황에서도 천하를 구하려는 마음을 잃지 않았다. 이것이 협객의 지조이다"[66]라는 것이었다. 량치차오도 장타이옌의 영향을 받았던지 1904년에『중국의 무사도』를 쓰면서 묵자를 "세상의 우환을 구하고 사람의 어려움을 해결해 주는" '성인'이라고 바꿔 말했고 공자를 중국의 무사도의 시조로 보았다. 그도 장타이옌과 마찬가지로『한비

---

64 위의 글, 141면.
65 위의 글, 11면.
66 運甓(黃侃),「釋俠」,『民報』第18號, 1907.12.

자』「현학」을 인용하여 칠조씨로 대표되는 유자를 '후세 유협의 시작'이라고 보고 "공자 문하에 상무적 풍조가 성했을 것이다"라고 칭송했다. 그러는 한편으로 "『설문해자』에서 '유儒'를 '유약하다'로 풀이한 것은 공자의 진짜 모습에서 먼 것이 아니겠는가?"[67]라고 비난했다.

유협이 유가에 속하는지 묵가에 속하는지 같은 학술 논쟁에 대해 당시 사람들은 별로 관심이 없었다. 묵가의 "자기 한 몸 아랑곳하지 않고 천하를 이롭게 하려는" 정신, 혹은 유가의 "몸을 희생해 인을 이루려는" 사상으로 거칠고 어딘가에 매이지 않은 활력으로 가득찬 유협의 생활방식을 규범화해서 은혜를 갚기 위해 복수를 하는 것이 아니라 나라를 이롭게 하는 이상적인 '대협'으로 바꾸고 싶었던 것뿐이었다. 장타이옌은 사람들이 숭배하는 유협을 네 등급으로 나누었다. 첫 번째가 '불세출'의 대협이고, 그 다음이 주가와 극맹劇孟 같은 사람, 세 번째가 형가, 고점리高漸離, 마지막이 "법을 어긴" 곽해와 원섭原涉이었다.[68] 이 분류의 기준에 대해 장타이옌은 명확하게 설명하지 않았다. 량치차오는 자신이 역사서에 수록된 유협을 취사선택할 때의 원칙을 이야기했으나 장타이옌의 분류 기준과는 많이 달랐다. 『중국의 무사도』「범례」에서는 "이 책의 취사선택에서는 고려한 점이 있었다. 전제專諸는 형가와 섭정 같은 부류이지만 개인적인 야심에 따랐을 뿐 부득이한 경우도 아니었고 또 나라의 대계와 무관하므로 수록하지 않았다. 계포季布는 주가나 곽해와 이름을 나란히 했지만 구차하게 망명했고 귀하게 된 뒤에는 간언한 것이 없었으며 무기력한 태도로 민족의 대외적인 포부를 신장하는 데 방해가 되어 제외했다"라고 했다. 전제를 빼고 형가와 섭정을 넣은 것, 계포를 빼고 주가와 곽해를 넣

---

67   梁啓超, 『中國之武士道』, 『飲氷室合集·專集』 6, 2면.

68   章太炎, 「儒俠」 3편, 『章太炎全集』 3, 12면.

은 것은 정치적 안목일 수도 있고 도덕적 수양을 기준으로 한 것일 수도 있지만 모두 '협'이 백성에게 보탬이 되고 인을 이룬 것을 부각시켜 이 오래된 이미지에 있을 법한 오점들을 없애려는 노력을 보여준다. 이렇게 의미심장한 선택과 변개를 거쳐 대협은 성스러운 순교자와 세상을 구원할 영웅의 모습으로 새롭게 사람들 앞에 재등장했다.

그리하여 유협은 "다른 사람의 어려움을 도와줄"『史記』「遊俠列傳」 뿐만 아니라 "민중들을 도와주는 것을 뜻으로 삼은 사람"이 되었다. 또 "유자들은 인의를 이야기하는데 인의의 큰 것은 협객이 아니라면 누가 짊어질 수 있겠는가?"[69]라고 했다. 유협은 "당시 규범에 저촉되는 일을 하는 사람"『史記』「遊俠列傳」일뿐만이 아니었다. 이상이 높아서 "지금 말하는 무정부주의자들"에 가까운 형상이었다.[70] 유협은 개인의 은혜와 원한을 갚을 뿐만 아니라 조말曹沫처럼 "나라를 안정시키고 사직을 보호하여" "특출난 공로"를 세웠다. 마지막으로, 유협은 "완력이 아니라 심력心力을 말하는 것"이어서 큰 포부를 가진 장량은 외모가 여자같이 예뻤지만 '천하의 대협'으로서 손색이 없었다.[71] 장타이옌, 량치차오, 황칸 이렇게 세 사람이 여러 차례 해석한 '유협'은 좋은 점만 있을 뿐 나쁜 점이라고는 하나도 없었다. 량치차오는 고대의 협객이 무력으로 법을 어기는 것만 변호했다. "협객이 법을 어기는 것은 필연적이다. 법을 어기는데도 세상 사람들이 그에게 모여드는 것은 어째서인가? 협객이 어기는 법은 사람들의 마음에 들지 않는데 법을 어기는 협객은 사람들의 마음에 들기 때문이다"[72]라고

---

69 運甓(黃侃),「釋俠」,『民報』第18號, 1907. 12.
70 章太炎,「儒俠」3편,『章太炎全集』3, 440면.
71 梁啓超,『中國之武士道』,『飮氷室合集・專集』6, 49면.
72 위의 책, 60면.

했다. 황칸은 아예 유협에게 영원한 매력이 있다는 것을 인정했다. 그는 "꽁꽁 언 대지에 동에서 서에서 남에서 북에서 강한 자를 없애지 못하고 폭정을 멈추게 하지 못하며 부자를 죽이지 못한다면 협객이 어떻게 사람들의 마음을 얻을 수 있겠는가?"[73]라고 했다.

유협을 찬미하는 수많은 말 중에서 상무정신, 평등의식, 강자를 제압하고 약자를 돕는 행동 등은 핵심이 아니다. 만청 지사의 마음을 사로잡은 것은 "의로운 일을 숭상하고 죽음을 가볍게 여기는"(유가의 말로 바꾸면 '살신성인'이다) 정신이었다. '유혈'을 숭배하고 '희생'을 갈망하는 마음으로 만청 지사들은 유협의 이미지를 해석하면서 그들을 자객으로 둔갑시키는 경향을 보였다. 그들이 암살할 수단을 갖고 있어서가 아니라 목숨을 바치려는 신념이 있었기 때문이다. 마지막 일격으로 찬란한 삶을 드러내는 또는 감상하는 이미지에 사람들은 도취되어 있었다. 가장 유명한 사례가 담사동이 무술변법 실패 이후 해외로 나가라는 권유를 거부한 것이다. "다른 나라의 변법을 봐도 모두 피를 흘리는 것으로 시작되었다. 지금 중국에서는 아직도 변법으로 피를 흘렸다는 사람이 없다. 그래서 우리나라가 번영하지 못하는 것이다. 피를 흘리는 것은 나 담사동이 시작하겠다."[74] 이런 열사의 심리는 만청 시기 지사에게는 보편적이었다. "문명은 피로 얻은 것", "열강의 문명은 피로 얻어낸 것"[75]이라는 판단과 프랑스 대혁명의 장면, 무정부주의자의 기개로 이 시대의 사람들은 "내가 지금 하루 더 일찍 죽는다면 우리 자유의 나무는 하루 더 일찍 피를 얻을 것이고, 하루 더 일찍 피를 얻는다면 하루 더 일찍 무성해지고 꽃도 하루 더

---

73 運甓(黃侃),「釋俠」,『民報』第18號, 1907. 12.
74 蔡尙思 等 編,『譚嗣同全集』, 546면.
75 梁啓超,「新中國未來記」; 楊篤生,「湖南之湖南人」 등.

일찍 필 것이다"[76]라고 굳게 믿었다.

"피가 흘러 강을 이루고, 죽은 시체가 첩첩이 쌓이는 것은 입헌立憲을 위해 피할 수 없는 일"[77]이라고 생각한다면 폭력 혁명이 최선의 선택이었다. 폭력은 피가 필요하며 피를 흘리는 것은 그래서 신성한 이미지를 가지게 된다. 혁명파와 개량파의 논쟁에서 혁명을 주장하는 사람들은 도의라는 측면에서 우위를 점해서 '피 흘리는 것'을 좋아할 수 있었다. 장타이옌은 혁명이 성공하기 힘든 근본적인 이유가 혁명당원의 도덕성 부족 때문이라고 했고 "도덕을 지나치게 깊이 말할 필요는 없다. 그저 확고한 신념을 갖고 약속을 중히 여기며 생사를 가볍게 여기게만 하면 된다"[78]라고 했다. "격렬한' '파괴'를 주장하고 정말 생사를 가볍게 여겼던 오월吳樾은 「나의 동지들에게 삼가 고한다敬告我同志」에서 논적들에게 "지금 와서 건설이니 평화니 말하는 것은 죽음이 두렵다는 것을 미화한 표현일 뿐"[79]이라고 질타했다. 황칸은 입헌당원을 비판하면서 이들 역시 "죽음을 두려워 한다"는 점을 가지고 "지금 시끄럽게 떠들면서 나라를 구한다고 자랑하지만 실제로는 죽음을 몹시 두려워하고 있다. 그러니 그들은 내심 명성 얻기를 좋아하고 세력 형성을 부러워하며 이익을 추구하는 것일 뿐 나라를 구할 능력이 없다고 하는 게 맞다"라고 비판했다. 정치적 전략이나 학술적 논리에 대해서는 논쟁할 수 있을 것이다. 그러나 '죽음을 각오하는 것'과 '죽음을 두려워하는 것'은 도덕적 기준을 선명하게 판단할 수 있기 때문에 논쟁의 여지가 없다. 그래서 황칸은 "우리 당의 지향은 죽음을 각

76 「熊烈士供詞」, 『辛亥革命』(3), 241면.
77 章太炎, 「駁康有爲論革命書」, 『章太炎政論選集』, 201면.
78 章太炎, 「革命之道德」, 『章太炎政論選集』, 311면.
79 「吳樾遺書」, 『民報』臨時增刊『天討』, 1907.4.

오하는 것이 우선이다"[80]라는 우렁차지만 모호한 구호를 외치게 된 것이다. 이 시기에 '죽음을 각오하는 것'인가는 행위 판단에서 가장 중요한 기준이었다. 천톈화는 암살 행위에 대해 "그들이 신봉하는 이데올로기가 우리 당과 같든 아니면 정반대에 있든 죽음을 각오한다는 점에서 높이 살 만하다"[81]라고 했다. "죽음을 각오하"기만 하면 "높이 살 만하다"는 것이다. 사람들은 모두 살고 싶어하고 죽는 것을 두려워하기 때문이다. 이 나약한 천성을 극복할 수 있다면 그 사람의 정치 주장이 어떻든 모두 존경할 만한 가치가 있다. 천톈화가 바다에 몸을 던져 자살하자 그 당시 「죽음을 각오하는 것을 논함敢死論」을 써서 그가 한 행동이 "평범한 사람이나 할 법한 행동이다"라고 비난하는 사람이 있었다. 장타이옌은 이 글에 '부지附識'를 붙여 "자결하는 기풍을 만들어야지 경계해서는 안 된다"라고 했다. "죽을 곳을 가려서 깃털처럼 가볍다거나 태산처럼 무겁다고 달리 평가한다면 죽어야 할 상황에서도 죽지 못할 것"[82]이기 때문이었다. 선진시대 법가는 세상 사람들이 법을 어기는 유협이 "죄가 있다고 보지만 그 용기는 칭찬했다"『韓非子』,「五蠹」라는 모호한 태도를 보였으며, 오늘날의 정치가들도 "우리 당과 정반대의 입장에 있는" "죽음을 각오한" 자들을 찬양하지는 않을 것이다. 그러나 만청 지사는 그렇게 많은 것을 고려할 여유가 없었다. 당시 급선무는 사람들의 기운을 고취하는 것이었고 "정치적 견해 차이"는 오히려 그 다음 문제였다. 그래서 "지금 사람들의 기운을 북돋우려면 암살주의를 실행하는 것이 가장 낫다"[83]라고 했다.

80 不侫(黃侃),「論立憲黨人與中國國民道德前途之關係」,『民報』第18號, 1907. 12.

81 陳天華,「怪哉上海各學堂各報館之慰問出洋五大臣」,『陳天華集』, 228면.

82 章太炎,「敢死論跋語」,『章太炎政論選集』, 352면.

83 「吳樾遺書」,『民報』臨時增刊『天討』, 1907. 4.

'죽음을 각오하는 것'으로 말한다면 고대의 유협과 자객은 당연히 일류였다. "협객은 죽음을 두려워하지 않고 일이 성사되지 못하는 것을 두려워할 뿐"元稹, 「俠客行」, "죽는다고 해도 협객의 기골 아름답기에, 세상의 영웅들에게 부끄럽지 않네"李白, 俠客行」라고 했다. 『사기』든 『한서』든, 아니면 그 이전과 이후에 이들을 품평한 문인이든 간에 유협과 자객의 도덕적 수양과 정치적 효과에 대한 평가는 높을 때도 있고 낮을 때도 있었지만, '목숨 아까운 줄 모르는 범법자들'이 확실히 '자기 몸을 아끼지 않았다'는 것을 의심하는 사람은 없었다. 당시 사람들은 "어째서 수군을 무서워하며, 어째서 날카로운 무기를 두려워하나? 죽기를 각오한 군사의 마음을 얻을 수 있다면, 대의 실현에서는 천하무적이리"黃節, 「宴集桃李花下, 興言邊患, 夜分不寐」를 진짜라고 믿었던 것 같다. 그래서 죽음을 아랑곳하지 않는 것이 강개하게 국난 해결에 투신하기 위한 첫 번째 조건이 되었다. "일념으로 생사를 가볍게 여기니, 역사에서 시비가 정해지리라"王大覺, 「贈周志伊獄中」, "나는 세상 끝에서 죽을 곳을 찾으려니, 십 년 동안 칼 간 것이 헛되었음을 후회하노라"柳亞子, 「次韻和陳巢南歲暮感懷之作」처럼 "생사를 가볍게 여기고" "죽을 곳을 구하는" 열사의 심리로 인해 만청 지사들은 목숨에 대한 유협의 인식에 쉽게 공감했던 것이다.

4. 암살 풍조의 고취

만청 지사들이 노래로 찬양한 유협은 사실 자객에 가까웠다. 추근은 「보도가寶刀歌」에서 "그대 보지 못했는가? 형가가 진나라 손님이 되어, 두루말이 지도 다 펼치자 비수 나왔네. 대전 앞에 던진 비수 맞추지 못했지만, 독재하던 진시황의 혼은 이미 빼앗았음을!"이라고 했고 가오쉬는「협객행俠客行」에서 "형가가 저잣거리에서 노래하니, 듣는 사람 간담이 찢어질 듯. 고점리가 축을 두드려 화답하니, 함께 기뻐하며 더욱 눈물 흘렸네"라고 했다. 류야즈는「완푸화 의사가 왕즈춘 암살에 실패하였다는 것을 듣고 감회를 쓰다聞萬福華義士刺王之春不中感賦」에서 "군권이 제왕에게 있어 협객의 혼이 사라지고, 형가와 섭정의 자취 사라져 무력하구나. 강산이 이토록 적막한데, 누가 일어나 큰 풍랑을 불러낼까"라고 했다. 사마천이『사기』를 쓸 때 자객과 유협을 각각 나누어 전을 쓴 것에는 깊은 뜻이 있었다. 유협은 무력으로 법을 어겨 "당시 법에 저촉됐다". "자기 몸을 아끼지 않고 곤궁한 사람들을 도와주는" 장한 일을 했지만 정치 투쟁에 도움이 되지 않았다. 자객도 술을 마시고 자기 멋대로 행동한다는 문제가 있었다. 그러나 검술을 익히고 은혜와 원수를 갚았고 한 번 분노하면 천하가 놀라고 "다섯보 이내에 피가 낭자해서 천하가 상복을 입게 되므로"『戰國策』「魏策」[84] 여러 나라에서 권력을 쟁탈하는 주요수단이 되었다. 위진 시기의 시인은 유협과 자객을 나누었으나 도연명의 "검을 잡고 홀로 노니네"에는 이미 "바람은 쓸쓸하고 역수易水는 차갑다"는 이미지가 나타났다.「擬古」제8수 당대에 이르면 시인과 소설가는 유협과 자객을 함께 다루어서 둘 사이의 경계가 뚜렷하지 않게 되었다.[85] 만청의 지사들은 강한 유협으로 하여금 원수를 갚게 하려는 것이 아니라 국가 대사를 위해 죽고 대의를 지키게 하고자 했다. 그래서 만청 지사들은 자객의 길로 나아갔다. 만청 시기 암살 풍조가

---

84   [역자 주]『戰國策』「魏策四」에 나오는 말이다. 秦에 사신으로 간 魏나라 謀士 唐雎는 진왕이 천자가 노하면 시체 백만 구가 쓰러지고 피가 천 리에 흐른다고 협박하자 칼을 뽑아들고 일어나며 "士가 한 번 노하면 시체 두 구가 쓰러지고 다섯 보 이내에 선혈이 낭자하며 천하가 상복을 입게 될 것입니다"라고 하였다. 진왕은 놀라 급히 사과하였다.

85   陳平原,『千古文人俠客夢─武俠小說類型研究』, 26~28면.

형성된 것도 뜻을 가진 사람들이 '유협'을 새롭게 해석했기 때문이다.

암살은 원래 정치투쟁의 매우 중요한 수단이었다. 그러나 만청 시기에 청나라 조정을 무너뜨린 혁명에서는 특별한 역할을 했다. 혁명당원들은 암살을 만주족 통치를 무너뜨리는 두 가지 중요한 방법 중 하나로 보았다(하나는 폭동이고 하나는 암살이었다).[86] 잡지와 서적에서는 암살의 장점을 말했고 잇달아 일어난 암살 사건으로 지사들의 정신은 매우 고무되었다. 심지어 신해혁명의 성패와 득실을 논할 때에도 암살의 역할을 무시할 수 없었다.

무술변법이 실패한 뒤에 캉유웨이는 해외로 망명했다. 그는 미야자키 도라조와의 대화에서 일본 지사들의 유협 정신을 크게 칭찬하면서 "나중에는 이런 협객들의 힘을 빌려 서태후를 저격하려는 뜻을 비쳤다." 그러나 미야자키 도라조는 공을 뺏을 수 없다는 이유로 거절했다.[87] 캉유웨이처럼 개량파였던 량치차오는 『중국의 무사도』와 「러시아 무정부주의자를 논함論俄羅斯虛無黨」 등을 썼지만 현실 투쟁에서 암살의 역할을 미미하다고 보았다. 만청 시기 암살 행위와 선전은 혁명당원들이 주로 했다. 당시 사람들은 "암살주의는 유협주의가 아니면 짊어질 수 없었다"[88]라고 생각했다.

1900년에 흥중회興中會 회원인 사견여史堅如가 양광총독 덕수德壽를 폭탄으로 암살 기도할 때부터 무창봉기 성공까지 십여 년 동안에 수많은 암살 사건이 발생했다. 그런데 죽음을 무릅쓴 자객 대부분이 뜨거운 피가 끓는 지식인들이었지 비밀결사 일원이나 살인 청부업자가 아니라는 점을 주목할 수 있다. 게다가 몸을 바쳐 인仁을 이룬 이런 '자객' 중 일부는 암살하기 전이나 이후에 '암살'의 의미와 역할에 대한 글을 썼다. 오월은 암살하

---

86 蔡元培, 「我在教育界的經驗」; 吳樾, 「暗殺時代」; 宋敎仁, 「旣設警部復置巡警道果何爲耶」 等.
87 宮崎寅藏, 黃中黃 驛, 「孫逸山」, 『辛亥革命』 (1), 104면.
88 壯游(金松岑), 「國民新靈魂」, 『江蘇』 第5期, 1903.

기 전에 「암살시대暗殺時代」라는 글을 써서 "청왕조를 전복하는 방법에는 두 가지가 있다. 하나는 암살이고 하나는 혁명이다. 암살은 원인이 되고 혁명은 결과가 된다. (…중략…) 지금 시대는 혁명의 시대가 아니라 암살의 시대이다"[89]라고 했다. 온생재溫生才는 광주장군 시린기오로 푸치西林覺羅・孚琦, 서린각라 부기를 총으로 암살하여 체포되었다. 그는 "장군 하나를 죽이면 또 다른 장군이 오니, (암살을 한들−역자 주) 무슨 소용이 있나?"라는 풍자에 "푸치 한 명을 죽여도 소용은 없겠지만, 천하를 위해 먼저 할 일이다"[90]라며 강개하게 맞섰다. 그들은 정치적 지략이 있는 특수한 자객이었다. 어쩌면 러시아 무정부주의자의 행위를 그들과 견줄 수 있을지도 모른다.

실제로 만청의 지사들이 암살에 열을 올린 것은 무정부주의자의 자극과 계시를 받아서였다. "강개하구나 소피아여,[91] 고단했구나 프루동[92]이여!柳亞子,「借劉申叔 (…중략…) 約爲結社之擧, 卽席賦此」등 소피아를 노래하는 시문은 수레에 가득 실을 수 있을 정도로 많았다. 20세기 초에 유럽과 일본을 유학한 지식인들이 무정부주의자의 강령과 투쟁 정신에 빠져들었고 이것을 20세기 "주도권을 잡고 세계를 제패할" 새로운 사상이라고[93] 중국에 소개했다. 1902년 마쥔우馬君武, 마군무가 『러시아 대풍조』를 번역하면서 "무정부주의자들은 각국 정부의 가장 큰 공공의 적이다"[94]라고 찬

89　「吳樾遺書」,『民報』臨時增刊『天討』, 1907.4.

90　「溫生才擊孚琦」,『辛亥革命』(4), 172면.

91　[역자 주] 소피아 페롭스카야(Софья Льовна Перовская, 1853~1881)는 러시아 무정부주의자로 알렉산드르 2세 암살을 모의하였다.

92　[역자 주] 피에르 조제프 프루동(Pierre Joseph Proudhon, 1809~1865)은 프랑스의 무정부주의 사상가이자 사회주의자이다. '아나키스트'라고 자칭한 최초의 인물로 알려져 있다. 그의 사상은 제1인터내셔널 조직, 파리코뮌에 큰 영향을 미쳤다.

93　馬敍倫,「二十世紀之新主義」,『政藝通報』14~16期, 1903.

94　馬君武,「『俄羅斯大風潮』序言」,『俄羅斯大風潮』, 上海 : 廣智書局, 1902.

양했다. 1903년에 마쉬룬馬敍倫, 마서륜이 「20세기의 새로운 이데올로기二十世紀的新主義」를 써서 "무정부주의자들은 뜻이 높고 식견이 탁월하며 희망이 위대하다. 제국주의가 그들을 만나면 뒷걸음치며 민족주의가 그들을 만나면 물러간다"[95]라고 했다. 그 이후에 장지張繼, 장계, 차이위안페이, 진이金一, 김일, 리스쩡李石曾, 이석증 등이 모두 무정부주의를 소개하는 데 열심이었다. 만청의 지사들이 무정부주의자를 존경했던 이유는 그들이 "이상이 높고 모든 것을 무너뜨릴 수 있는 염원의 힘을 가졌다"라는 점도 있었다. 하지만 무엇보다도 "관리를 죽이는 것을 통해 정의를 실현하는" 수단과 "죽음을 가볍게 여기는 정신" 때문이었다.[96] 어쩌면 중국인이 희생을 숭배해서 그랬을 수도 있고 유협전과 자객전에 익숙해서 "십 보 이내에 칼과 총이 빗발치는 가운데 피를 뒤집어쓴 채 바라보고 고위 관료와 군주를 개 잡듯 죽여버리는"[97] 이런 투쟁방식을 너무 좋아해서 그랬을 수도 있다. 그래서 무정부주의자의 '죽음을 두려워하지 않는 자객'의 이미지는 그들의 정치적 이상보다 더 칭송을 받고 사람들 마음에 깊이 자리하게 되었던 것이다. 1903년에 장지가 편역한 『무정부주의無政府主義』가 상해에서 출판되어 이런 독서 취향에 큰 영향을 미쳤다. 이 책은 상편에서 혁명당원과 무정부주의자들이 암살을 제창하는 내용을 수록했고, 하편에서는 1901년까지 무정부주의자들이 정부 요원을 암살한 기록을 실었다. 이 책에 실린 옌커燕客, 연객의 「서문」에서는 암살이라는 수단의 유효성을 강조했다. "암살이라는 수단을 대단하게 여기는 이유는 방법이 간단하고

---

95   馬敍倫, 「二十世紀之新主義」, 『政藝通報』 14~16期, 1903.

96   自然生(張繼), 「無政府主義及無政府黨之精神」, 『無政府主義思想資料選』 上, 北京 : 北京大學出版社, 1984, 28·34면.

97   金一, 「『自由血』緒言」, 『無政府主義思想資料選』 上, 53면.

효과가 신속하기 때문이다. 폭탄 하나, 권총 한 자루, 비수 하나로도 군주를 쫓아내고 수많은 재산을 빼앗을 수 있다. 암살과는 달리 군대를 동원해서 혁명할 때에는 준비할 것은 많고 비밀스럽게 추진할 수 없으며 확실하지도 못하다." 수많은 혁명당원들이 이 말을 받아들였다. 그래서 이후에 유협이나 암살을 논한 글에서 끊임없이 그 메아리를 들을 수 있다.

쑨원이 말한 것처럼 1900년 사견여의 암살이 다만 개인이 자체적으로 결정한 것이라면[98] 1903년에 설립된 군국민교육회軍國民敎育會는 고취, 봉기, 암살을 3대 전략으로 삼았고[99] 1904년에 차이위안페이가 조직한 광복회는 "본래는 암살을 목적으로 했으나 폭동을 일으킨 자들도 불러 모아"[100] 조직적이고 목표가 뚜렷하며 계획적인 암살 집단이 되었다. 1905년에 동맹회가 설립된 뒤 암살 활동은 더욱 활발해졌다. 청 정부의 고위 관료 암살에 참여한 청년 서생들은 초보적인 훈련을 받기는 했지만 성공률이 높지 않아서 "검술 실력이 낮아서 공을 이루지 못해 한스럽다"陶淵明,「詠荊軻」라고 탄식을 하게 만들었다. 하지만 암살에 성공하든 실패하든 사람들의 사기는 높아졌고 고위 관료와 정부 요원에게 공포를 안겨 주었다. 이 글에서는 혁명당원이 암살이라는 방법을 사용한 것이 정치 투쟁에서 효과적이었나를 논하지는 않을 것이다. 그보다는 이들이 이 수단을 사용하게 된 심리를 탐구할 것이다.

혁명당원들이 암살을 선택한 것은 우선 서로 간의 역량 차이를 고려했

---

98 쑨원은 「建國方略之一一心理建設」에서 史堅如가 양광총독 德壽를 폭탄으로 암살하려고 한 것은 본인이 갑자기 결정한 것이라고 했다. 펑쯔유는 『革命逸史』제5집 16면에서 쑨원이 사견여 등을 광주로 파견할 때 준 임무는 본래 "봉기를 조직하고 암살 기관을 만드는" 두 가지였다고 했다.

99 馮自由,『革命逸史』初集, 112면.

100 陶成章,「浙案紀略」,『陶成章集』, 334면.

기 때문이었다. 청 정부가 위태로운 상황이라고 해도 군사력만 보면 전국 각지의 산발적인 봉기를 진압하고도 남았다. 차이위안페이가 "혁명에 폭동과 암살이라는 두 가지 길밖에 없다고 생각한"[101] 것도 대규모 폭동을 일으키기에는 인력이나 자금 확보에서 어려움이 있었다는 게 큰 이유였다. 캉유웨이와 쑨원은 해외에서 모금을 하기도 했다. 그러나 제때에 자금을 들여오지 못해 봉기가 실패로 끝났기 때문에 이 일로 인해 당원들의 질책을 받았다. 량치차오는 러시아 무정부주의자들이 "어째서 폭동이 아니라 암살이라는 방법을 택했는지" 분석하면서 혁명에는 자본이 필요하다는 점을 특별히 강조했다. "폭동에는 거금이 들며" "황야의 도적이 되려면 최소한 천 명 이상은 모여야" 하기 때문에 "폭동에는 다른 힘도 필요하지만, 암살은 자기 힘만 있으면 된다"[102]라고 했다. 린셰林獬, 임해는 자객은 성공하기 쉽다고 하면서 "일단 돈이 많이 필요 없다"[103]는 점을 지적했다. 봉기를 일으키려면 수많은 사람과 돈이 필요하다. 그런데 암살은 한두 명의 자객만 보내면 된다. 그러니 훨씬 더 간단한 이 일을 어째서 하지 않겠는가라는 것이다. 황칸은 '백성을 구하는 길'이 많지만 암살만을 택하는 이유를 "혼자 적을 상대하는 것이 사람을 모아서 봉기를 일으키는 것보다 쉽다. 또 군대에서 싸우는 것보다 더 빨리 대장이 될 수 있다"[104]라고 설명했다. 탕쩡비湯增璧, 탕증벽도 "창과 방패 대신 폭탄을 사용하고 군중 폭동이 아니라 단독저격을 선택한다. 손이 재빠르고 마음을 집중하면 이것보다 좋은 것이 없다"[105]라고 동의했다. 황칸과 탕쩡비의 글

101　蔡元培, 『蔡元培自述』, 臺北 : 傳記文學出版社, 1967, 39면.
102　梁啓超, 「論俄羅斯虛無黨」, 『飮氷室合集·文集』 5, 26~27면.
103　白話道人(林獬), 「論刺客的敎育」, 『中國白話報』 第17~18期, 1904.8.
104　運甓(黃侃), 「釋俠」, 『民報』 第18號, 1907.12.
105　撥鄭(湯增璧), 「劉道一」, 『民報』 第25號, 1910.1.

은 모두 『민보』에 실렸다. 『민보』는 만청 시기 암살을 주장한 간행물이었고 매 기에 암살 관련 사진을 절반 이상 실었다. 그래도 혁명에 성공하려면 암살로만은 안 된다는 것은 누구나 알고 있었다. 가장 암살에 열심인 사람조차도 "필부가 검을 들고 악을 처단하는 것에는 한계가 있으니 우리 당의 유일한 전략이 아니다"[106]라고 했다. 그 당시에 "자객보다 군인 양성이 급하다"라거나 "자객과 군인은 상보적이라 급하고 안 급하고의 문제가 아니다"라는 논쟁도 있었지만[107] 전략의 관건은 원칙이 아니라 시기 문제였다. 쑨원은 암살에 대해 "절대적으로 주장하지는 않는다"라고 하면서 암살은 "혁명 전략과 맞고 우리의 근본적인 계획을 유지하는 선에서 실행할 수 있다"[108]라고 했다. "혁명은 단번에 성공할 수 있는 것이 아님"을 잘 알면서도 사람들이 각성하지 못했기 때문에 사람들을 일깨우려면 "암살주의만한 것이 없으며"[109] 최소한 "사람들의 기를 펴게 하고" "국혼을 만드는" 효과는 거둘 수 있다고 본 것이다. 이 일로 핵심 요원을 희생하고 무고한 사람을 마구 죽이는 것이 아닌지는 미처 생각할 겨를이 없었다.

암살에 대한 대대적인 고취는 만청 지사 대부분이 열혈청년들이고 노련한 정치가가 아니었다는 요인이 컸다. 그들에게는 이상과 신념이 중요했고 실천은 크게 고려하지 못했다. 혁명은 복잡하고 '체계적인 과정'이라 종합적으로 생각해야 하고 면밀하게 계산해야 한다. 하지만 만청 지사들의 정당과 조직에 대한 관념은 그다지 강하지 않았고 (심지어 장타이옌

106　撥鄭(湯增璧), 「崇俠篇」, 『民報』 第23號, 1908.8.

107　寄生(汪東), 「刺客校軍人論」, 『民報』 第16號, 1907.9.

108　「胡漢民自傳」, 『革命文獻』 第3集(臺灣), 1958.

109　白話道人(林獬), 「論刺客的教育」, 『中國白話報』 第17~18期, 1904.8.

은 정당이라는 형식을 반대했다) 정치적 이상도 단순하고 내용이 없었다. 때로는 자기 주장만 내세우고 일시적인 감정에 따라 행동하기도 했다. "사회가 발전하지 못한 각종 원인"을 정치가 몇몇이나 귀족, 일족의 대표에게 돌리는 것은 훌륭한 정치적 주장이라고 할 수 없다. "중생을 지옥에서 건져내려면" "칼 한 자루와 말 한 필로 자객이 되는 것이 진리"[110]라고 하는 것도 탁월한 투쟁의 전략이 아니다. 이런 사고방식은 병사를 이끄는 장수가 아니라 예전에 혼자 정의로웠던 유협에 가까웠다. 이것도 그들이 시문과 담화에서 고대의 자객과 유협을 숭배했던 원인이 되었다. 황칸은 "형가와 섭정의 행위가 (진나라말 농민반란을 일으킨) 진승과 오광보다 낫다"[111]라고 했다. 탕쩡비는 열사 류다오이劉道一, 유도일의 "순수하고 고결한 마음은 장량, 예양, 형가, 섭정조차 따를 수 없다"[112]라고 찬양했다. 류야즈는 "오랑캐 먼지 중원에 가득하니, 협객 풍조가 일어나지 않은지 오래"라는 추도시를 썼다. 그는 사견여와 추근 같은 수많은 영웅과 열사들의 사적을 열거하고 그들의 공통된 염원인 "마침내 한漢 왕조 은혜 보답하여, 일격으로 천지를 회복하리라"「有悼二首, 爲徐伯蓀烈士作」라고 하면서 "피흘린 다섯 걸음으로, 세계의 행복이 전진하리라"[113]라는 극적인 효과에 심취했다. 여기에 희생에 대한 숭배까지 더하자 만청 지사는 현대전에서 결정적인 역할을 하는 대규모 병사나 장군이 아니라 개인의 영웅주의 색채로 가득한 자객을 숭상하게 되었다. 유협의 개인적 매력은 오랫동안 문인의 묘사와 찬양을 거쳐 일찍부터 사람들의 뇌리에 깊이 각인되었다.

110　위의 글.
111　運甓(黃侃),「釋俠」,『民報』第18號, 1907.12.
112　撥鄭(湯增璧),「劉道一」,『民報』第25號, 1910.1.
113　「意大利暗殺歷史之一」,『新世紀』第23號, 1907.11.

만청 지사들은 새로운 정치적 이상으로 오래된 유협의 기풍과 자객의 정신을 새롭게 해석하고 변모시켰다. 또 신비한 색채로 가득한 유협의 꿈이 만청 지사의 사고방식과 투쟁 전략을 선택하는 것에 영향을 미쳤다.

많은 문인들은 혁명에 투신하면서도 글을 써서 암살을 제창찬송했다. 그래서 혁명당원들이 강개하게 두생에 나서 목숨을 걸고 정의를 수호하려는 찬란한 이미지가 퍼지는 데 일조했다. 곧 피비린내 넘치는 참혹한 행동에 문학적인 색채를 덧씌운 것이다. 수많은 문인들은 암살이 실제로 정치에 얼마나 효과가 있는지를 염두에 두지 않고 심미적 가치만 찬양하는 경향을 보였다. 역사가들은 정치투쟁의 전략이나 영웅사관의 편파성에 주목하여 만청의 암살 풍조를 평가하는 경우가 많다. 그렇지만 이 지사들의 지식 구조와 심리 특징에 대해서도 주목해야 한다. 이들은 오랫동안 혁명에 종사했던 쑨원 같은 프로혁명가가 아니라 대부분 혈기왕성한 청년 지식인들이었다. 때문에 헌신적인 마음과 낭만적인 격정에 더하여 수사적 표현에 대해 지나치게 빠져들었고 충동적이고 쉽게 흥분했다. 암살이 풍조가 된 것은 정치가들이 의도적으로 그렇게 만든 점도 있었지만 그 당시 사람들이 실제 암살이 아니라 암살 이미지를 동경했던 것도 원인이었다. 당시 암살을 논하는 글 중에서 자객의 최후를 다룬 경우는 극히 드물었다. 그래서 대의를 지키고 국가를 위해 죽는 것이 아주 쉬운 일처럼 보였다. 혁명이 고조되자 오월처럼 "노예처럼 사느니" 차라리 "노예가 되지 않고 죽는 것"[114]이 낫다고 진심으로 믿는 사람도 생겼고 천톈화처럼 "죽을 수 있는 기회를 만나면 죽을 것이다"[115]라고 생각하는 사람도 적지 않았다. 나는 만청 지사의 유협 시문에 목숨을 가볍게 여기는

---

114 「吳樾遺書」, 『民報』 臨時增刊 『天討』, 1907. 4.
115 陳天華, 「絶命辭」, 『陳天華集』, 235면.

경향이 보이는 것은 그들이 심미적으로 죽음이라는 이미지를 봤기 때문이라고 생각한다. 탕쩡비는 「숭협편崇俠篇」에서 검을 들어 전제 정치를 하던 폭군을 죽이자고 외쳤고 글 마지막에 역수에서 비장한 노래를 부르는 장면을 인상적으로 제시했다. "또 역수가 소슬하고, 지는 해는 황량한데, 벗들은 눈물을 삼킨다. 상복을 입고 전송하다가, 술에 취해 검을 뽑고, 축을 치며 크게 노래 부르니, 머리카락 쭈뼛 서고, 기세가 무지개로 뻗어간다. 대장부라면 낙담해서 눈물로 수건 적시는 여자처럼 굴지 말아야지. 옛 협객의 기풍은 본래 그랬으니, 어찌 지금이라고 없을쏘냐."[116] 문학적으로 선전하고 고취시키는 이런 글은 도적떼에 가까운 녹림綠林의 호걸들에게는 아무 느낌이 없을지도 모르지만, 만청 지사들은 이런 글 때문에 비장하게 노래 부르며 사지로 향했다. 그들은 위험한 상황에서 일격하는 실전의 결과가 아니라 "술에 취해 검을 뽑고 축을 치며 크게 노래 부르는" 그 분위기에 심취했다. 이 문인들의 마음은 이랬던 것이다.

사실 그들의 생각에도 일리가 있다. 만청 지사에게는 '열사의 정신'이 중요했지 저격 기술이 중요하지 않았다. 암살은 "사람이 하지만 성패는 하늘이 정하는 것"이라 우연적 요소가 너무 크고 성패로 영웅을 논할 수 없었다. 그래서 만청 지사가 자객에 대해 그렇게 많이 이야기해도 대체로 사람들에게 국가를 위해 몸 바칠 수 있는 '열사의 정신'을 갖게 하려고 했지 진짜로 암살하라고 부추기거나 실제로 암살하려고 했던 것은 아니었다. 영웅이 공을 세우려면 시간과 장소가 맞아야 한다. 하지만 혼자 행동하는 자객에게는 이런 것이 상관없다. 재능과 지략 때문에 영웅이 중요했다면, 자객은 그 정신 때문에 중요했다. 당시 사람들에게는 "영웅 한 명보

---

116 撥鄭(湯增璧), 「崇俠篇」, 『民報』 第23號, 1908.8.

다 열사 한 명이 더 소중했다." "영웅은 진짜가 드물지만, 열사는 가짜로 만들어낼 수 없기" 때문이었다. 영웅이라고 해서 반드시 국가를 위해 죽는 것이 아니지만, 자객은 "한 번 가면 다시 돌아오지 않는 장사"였다. "그래서 자객이 가는 길은 죽으러 가는 길이었다."[117] 희생을 숭배하는 만청 지사에게 자객은 영웅보다 훨씬 매력이 있었다.

역대 문인 중에는 유협이나 자객에 대한 이야기가 나오면 심장이 요동치는 사람들이 많았다. 만청 지사들은 특히 감개가 어렸다. 캉유웨이는 「『사기』 「자객전」을 읽고讀『史記』「刺客傳」」라는 시에서 "사마천은 분노하는 마음으로 섭정을 높였고, 도연명은 시에서 형가를 사모했네. 요리要離[118] 무덤에 누가 갈 것이며, 박랑사엔 쇠몽둥이[119] 없으니 어찌하랴"라고 했다. 캉유웨이는 이렇게 많은 사람 중에서 칼 가는 자객 하나 없다는 게 부끄럽다"라고 탄식하는 정도에 그쳤지만, 장타이옌은 직접 나섰다. 그는 1914년에 위험을 무릅쓰고 북경에 들어가 상황을 만회하려고 하면서[120] "위태로운 때 검 들고 장안에 들어가, 다섯 걸음 내에서 피로 다투리라"「時危」라고 크게 노래했다. 그러나 캉유웨이나 장타이옌이 자객 전고를 사용한 것은 나라를 구하려는 마음과 죽음도 불사하겠다는 신념의 표현이었을 뿐 진짜 암살 방법을 쓰겠다는 생각은 아니었다.

---

117 伯夔(湯增璧),「革命之心理」,『民報』第24號, 1908.10; 寄生(汪東),「刺客校軍人論」,『民報』第16號, 1907.9.
118 [역자 주] 要離(?~BC 513)는 춘추 시기 吳나라 사람으로, 오왕 闔閭의 명을 받고 합려에게 왕위를 찬탈당한 전 임금 僚의 아들 慶忌를 암살하여 자객으로서의 명성이 크게 알려졌다.
119 [역자 주] 張良이 力士를 고용하여 박랑사에서 쇠몽둥이로 진시황제를 암살하려 한 일을 말한다.
120 [역자 주] 1914년에 장타이옌은 위안스카이의 독재통치를 반대하여 총통부로 찾아 욕설을 퍼붓고 가구들을 부숴서 龍泉寺에 연금되었다.

5. 비밀결사와의 연합전략

만청 시기 여러 계층 중에서 고대 유협의 생존 방식과 가장 흡사한 것이 비밀결사였다. 혁명당원은 반청 역량을 키우기 위해 비밀결사의 투쟁 전략을 사용했다. 이것도 만청 지사의 유협 심리를 형성한 중요한 요소이다.

쑨원은 혁명 사조가 처음 일어났을 때의 상황과 당시에 전략을 짤 때를 떠올리면서 "중국인 중에서 청 조정을 무너뜨리자는 말을 듣고도 이상하게 여기지 않는 사람은 비밀결사 사람들밖에 없었다. 그러나 그들은 아는 것이 적고 단체의 결속력이 약했으며 기댈 만한 것이 전혀 없어서 그들의 호응을 기대할 뿐 원동력으로 삼을 수는 없었다"[121]라고 했다. 당시 혁명 지사 중에는 비밀결사 사람들을 쓰는 것을 조심해야 한다고 주장하는 사람들이 많았다. 이 사람들은 명확한 정치 이상도 없고 오만하여 통제하기 어렵다는 것이었다. 천톈화는 "비밀결사 사람들을 가끔은 쓸 수 있지만 그들을 본거지로 삼아 의지할 수는 없다"[122]고 했다. 심지어 긴 기간 동안 절강성에서 비밀결사를 조직해서 큰 성과를 거둔 타오청장조차도 "비밀결사의 전폭적인 지원을 받기는 어렵다"[123]라는 것을 시인했다. 비밀결사와 연합할 것인가는 이론적으로 옳고 그르냐의 문제가 아니라 투쟁의 전략 문제였다. 비밀결사는 '반청복명反淸復明'을 표방하여 "혁명으로 청 조정을 무너뜨리자"라는 혁명파의 취지와 대체로 맞았다. 또 비밀결사는 사회 최하층까지 침투해서 엄청난 활력과 에너지를 가지고 있

---

121 孫文, 「建國方略」, 『孫中山選集』, 197면.
122 陳天華, 「絶命辭」, 『陳天華集』, 236면.
123 陶成章, 「浙案紀略」, 『陶成章集』, 425면.

었다. 이것은 혁명당원들로서는 꿈도 못 꿀 일이었다. 신군^{新軍124}이 감화되고 개조되기 전까지 비밀결사는 혁명당원들이 활용할 수 있는 주된 무장 역량이었다.

무술변법이 실패한 뒤 만청 지사들은 더는 하향식 개혁을 실행할 수 없었다. 이제는 하층사회의 역량에 의존해야만 했다. 1900년의 "자립군^{自立軍125}의 봉기는 중국 최초의 근대 지식인 단체가 최초로 하층 비밀결사의 사람들과 반청이라는 목표 아래 초보적으로 연합한 것"[126]이었다. 저우시루이^{周錫瑞, 주석서}의 통계와 분석에 따르면 자료가 남아있는 참가자 64명 중에서 22명이 비밀결사의 두령이었다. 그중 5명이 비밀결사의 중요한 거점인 신군에 있었고, 37명이 지식인이었다.[127] 이후 혁명당원들의 수차례 봉기는 대부분 비밀결사와의 연합과 떼어놓을 수 없다.

자립군의 봉기가 진압된 뒤 호남순무 위롄싼^{俞廉三, 유염삼}은 상소문을 올려 이번 봉기를 이렇게 분석했다. "이번 사건의 비적들은 두 가지 부류입니다. 하나는 문인들인데 모두 각지의 학당에서 수학했거나 외국 유학생이며 캉유웨이 등과 평소에 밀접한 왕래가 있었습니다. 다른 하나는 비적^{匪賊}으로, 국내의 옛 비밀결사의 무뢰배들이 이익을 탐해 연합한 것입니다." 그는 '군영에 흩어져 있는 용맹하지만 생업이 없는 유민'들이 '도둑질과 노략질을 하는 것'을 염려할 필요는 없다고 보았다. 그들의 "손에

---

124 [역자 주] 청일전쟁 이후 청 정부에서 만든 신식 군대로, 서구식 군사체계와 훈련, 장비를 활용한 청 최초의 정규군이었다. 그러나 1911년에 호북 신군이 무창 봉기를 일으킨 이후 전국 각지의 신군이 1911 혁명의 주요 세력이 되었다.

125 [역자 주] 자립군은 캉유웨이를 대표로 한 保皇派와 쑨원을 대표로 하는 혁명파의 합작의 산물로, 1899년에 탕차이창에 의해 조직되고 발기되었다. 취지는 청조의 통치를 전복하고 정치 개혁을 실현하는 것이었다.

126 蔡少卿,『中國近代會黨史研究』, 北京 : 中華書局, 1987, 287면.

127 周錫瑞, 楊愼之 譯,『改良與革命』, 北京 : 中華書局, 1982, 22~23면.

무기나 자금이 없고 머리에도 원대한 계획이나 큰 뜻이 없기" 때문이었다. 문제는 '문인'과 '비적떼'의 결합이었다.[128] 위롄싼의 우려가 선견지명이 있었음은 이후 사실로 증명되었다. 혁명당원이든 개량파든 모두 비밀결사의 지지와 협력을 얻으려고 했다. 쑨원의 흥중회, 황싱의 화흥회華興會, 타오청장과 추근의 절강광복회는 모두 비밀결사와 연합했기 때문에 반청투쟁에서 큰 활약을 할 수 있었다.

연구자들이 지적했듯이 "어떤 점에서 보면 혁명파와 비밀결사는 자연적으로 만들어진 맹우盟友였다. 두 집단 모두 목숨 아까운 줄 모르는 범법자로 선포되었고, 전통사회 계층에 넣을 수 없는 사람들이었으며, 외국인의 통치를 증오했다".[129] 쩡푸曾朴, 증박가 그 무렵에 쓴 『얼해화』에서는 천첸추가 쑨원의 명을 받아 "각지의 비밀결사와 연합하고" 가로회哥老會의 두령이 "강가의 건장한 청년들을 이끌고 가서 청년회 회장 쑨원의 삼색기 아래에 복종하겠다"라는 의견을 전달했다고 했다. 연합하는 이유는 "내우외환을 당하여 어찌 한 집안에서 총칼을 겨누겠는가?"[130]였다고 한다. 사실상 연합의 근본적인 원인은 비밀결사에게는 새로운 사상과 재정을 가진 '지식인'의 지지가 필요했고 '지식인'에게는 조직체계와 군사역량을 갖춘 비밀결사가 필요했기 때문이었다. 두 집단이 연합하여 반청 투쟁을 펼치는 과정에서 혁명당원들은 비밀결사를 새로운 사상으로 점차 개조하는 것을 잊지 않았다. 타오청장은 "그들을 일깨우는 방법은 혁명서적을 많이 가져다가 중국 전역에 배포하는 것이었고" "혁명 사상 역시 점차 중하층의 사회에 보급되었다"[131]라고 했다. 비밀결사를 개조하는 것

---

128 「光緖二十六年閏八月二十一日湖南巡撫兪廉三奏折」, 『辛亥革命』(1), 271·273면.
129 費正淸 主編, 『劍橋中國晩淸史』(中譯本) 下, 北京 : 中國社會科學出版社, 1985, 560면.
130 小說林本 『孽海花』 4~5回, 眞善美本 『孽海花』 29回.

은 간단한 일이 아니었지만 새로운 시대에는 교통과 정보 전달이 발전했고 혁명당원들이 도처에서 강단에 올라 민족의 대의를 연설하자 비밀결사 구성원들이 지식을 쌓고 시야를 넓힐 수 있었다. 그 결과 예전에는 조직력이 떨어지고 재물을 탐내던 비밀결사들이 친리산이 예언한 것처럼 '만주의 운명을 좌우하는 염라대왕'[132]이 될 수 있었다.

평쯔유는 만청 시기 비밀결사의 역할에 대해 이렇게 말했다. "무술년1898과 경자년1900에 두 차례 변란이 일어난 뒤에 혁명지사들이 기회를 타서 일어나 비밀결사와 연합하는 일이 많아졌다. 비밀결사들이 차츰 민족 사상과 민권 사상을 접하면서 만청 말엽에는 많은 일들이 있었다."[133] 혁명당원들은 두 가지 방식을 통해 비밀결사와 연합했다. 하나는 비밀결사의 세력이 "강해지자 상황에 떠밀려서" 그들과 연합하여 "불길을 돋우고 파란을 일으키는" 방식이었다.[134] 구체적으로는 무기 제공과 재정 지원이었고, 그들에게 단독으로 거사를 일으키라고 부추기거나 그들과 연합해서 봉기를 일으켰다. 1907년에 쑹자오런宋敎仁, 송교인이 동북 지역에 가서 대고산大孤山의 '마적馬賊'들과 연락하여 "그대들과 우호적으로 왕래하고 남과 북에서 협공하여 함께 큰일을 도모하고자 한다"[135]라고 했다. 황싱은 북방의 비밀결사에 비용을 제공하여 거사를 하도록 독려하려고 했다. "이 일로 북경을 두려움에 떨게 했으니 대단한 책략이었다. 상황상 성공하지는 못했지만 북청北淸의 병력을 견제하고도 남음이 있었다."[136] 이것

131 陶成章, 「浙案紀略」, 『陶成章集』, 342면.
132 秦力山, 『革命箴言』.(王德昭, 『從改革到革命』, 北京 : 中華書局, 1987, 195면에서 재인용)
133 馮自由, 『革命逸史』 5, 42~43면.
134 陶成章, 「浙案紀略」, 『陶成章集』, 335면.
135 宋敎仁, 『宋敎仁日記』, 長沙 : 湖南人民出版社, 1980, 356면.
136 「復孫中山書」, 『黃興集』, 北京 : 中華書局, 1981, 19면.

은 비밀결사를 이용하여 소요 사태를 일으키고 청 조정의 군사력을 분산시킨 뒤 기회를 타 무장봉기를 일으키는 전략이었다. 곧 비밀결사를 조력군으로 하고 혁명당원들이 장악한 무장력을 '원동력'으로 삼았던 것이다. 다른 한 가지 방식은 혁명당원들이 직접 비밀결사에 참여하여 주도권을 장악한 뒤 "심복이 될" 만한 혁명의 역량이 되도록 만드는 것이었다. 1908년에 멀리 파리에서 무정부주의를 알리는 것을 취지로 삼은 잡지 『신세기新世紀』는 "가자! 비밀결사와 함께"라는 구호를 외쳤다. "중국 비밀결사의 힘은 중국 근대사의 장관이 되기에 충분하다"[137]라는 이유에서였다. 그런데 쑨원 일파가 이전에 이 전략을 실행했다. 쑨원은 "사견여에게 장강長江에 가서 비밀결사와 연합하게 했다. 또 정스량鄭士良, 정사량에게 명하여 홍콩에 가서 기관을 설립하고 비밀결사를 초대하게 했다. 그래서 장강 비밀결사와 양광, 복건 비밀결사가 홍중회 일에 참여했"[138]던 것이다. 혁명파가 비밀결사를 활용한 가장 전형적인 사례가 절강 광복회의 활동이었다. 천취빙은 쉬시린의 전을 쓰면서 그가 "소흥 지역의 비밀결사를 움직여서 마을 유지들 모두와 친교를 맺고 금화金華를 비롯한 여러 부府까지 영향력을 넓혔다. 그래서 마을에 그의 이름을 아는 사람이 많았다"고 했다. 대통학교大通學校를 설립하자 "녹림호걸들이 모여 세력이 날로 커졌다."[139] 대통학교의 설립은 이 사업을 주관한 타오청장의 설명에 따르면 "각지의 비밀결사 두령을 모두 불렀을" 뿐만 아니라 학생들 모두가 광복회 회우會友가 되어야 한다고 규정하여 "대통학교는 초야의 영웅들의 집결지가 되었다". 나중에 추근은 심지어 "여러 홍문洪門[140] 문하를 8

---

137 反,「去矣! 與會黨爲伍」,『新世紀』第42號, 1908. 4.

138 孫文,「建國方略」,『孫中山選集』, 197면.

139 南史氏(陳去病),「徐錫麟傳」,『民報』第18號, 1907. 12.

개 군軍으로 나눠 '한족 광복, 국권 진작光復漢族, 大振國權'이라는 여덟 글자를 8개 군의 이름으로 삼고" 수시로 무장봉기를 일으킬 준비를 했다.[141]

혁명당원들이 비밀결사를 움직인 것은 신의 한 수였다. 청 조정을 무너뜨리는 마지막 일격에서 신군이 결정적인 역할을 했다고는 해도 비밀결사는 사회위기를 수면 위로 드러내는 작용을 했다. 또 일부 비밀결사는 신군에서 거대 세력을 형성하여 만청 시기 "혁명을 통해 청 정부를 무너뜨리자"라는 투쟁에서 중요한 역할을 했다. 혁명당원들이 비밀결사를 움직일 수 있은 것은 청 정부에 반대한다는 공동의 목표도 있었지만 유협을 숭배한다는 공통점도 있었다. 정치 이상과 조직 형식 말고도 개인의 기질만 봐도 만청 지사와 비밀결사 구성원들은 "의협을 행하는 것"을 찬양하고 인정했을 것이다.

그랬기 때문에 만청 지사들이 '정인군자'들이 무시하는 이런 초야의 영웅들을 잘 이해했을 것이다. 쑹자오런이 만주 지역의 '마적'과 연합할 때 그 두령 리펑춘李逢春, 이봉춘 등에게 서신을 보내 "요해遼海에서 집결하여 약자를 돕고 강자를 제압하고 관에 항거하여 백성을 구제하는 것을 뜻으로 삼은 것"을 찬양하면서 '동지'라고 했다.[142] 이것은 임시 조치가 아니었다. 혁명당원들은 사람들이 비밀결사에 가담하게 된 심리와 비밀결사의 성격에 상당히 관대했다. 쑨원은 "그들이 단체를 만들었으니 잘 대해 주어 서로 형제처럼 대하고 어려울 때 서로 도울 수 있게 해야 한다. 강호의

---

140 [역자 주] 청대 민간 비밀결사의 하나로 '洪幫'이라고도 한다. 天地會에서 발전해 나온 단체로, 反淸復明을 목표로 삼았으며 명태조의 연호인 洪武의 '洪'자를 호칭으로 삼았다. 이 단체에 들어간 사람들은 모두 '洪門' 혹은 '洪家兄弟'라고 불렸다고 한다. 長江, 珠江 유역에 유행했고 해외 화교들이 致公堂 등의 조직을 만들었다.

141 陶成章, 「浙案紀略」, 『陶成章集』, 378면.

142 宋教仁, 『宋教仁日記』, 356면.

나그네와 집 없는 떠돌이에게 가장 필요한 일이다"[143]라고 했다. 타오청 장은 "그 사람들은 의기를 숭상하고 유비, 관우, 장비를 따라 한다. 의기를 숭상하고 평등주의에 힘썼기 때문에 자기들끼리 '형제'라고 하고 정치 체제는 공화정을 주장했다"[144]라고 했다. 우즈후이가 주편인『신세기』에서는「가자! 비밀결사와 함께去矣! 與會黨爲伍」를 발표했고, 차이위안페이가 주관한『아사경문俄事警聞』에서는「비밀결사에 고한다告會黨」를 발표했다. 그들은 심지어 강호 호걸과 비밀결사 구성원들이 "죽음을 두려워하지 않아 옛날 무사의 풍격이 있고" "모두가『삼국지』의 장비,『수호전』의 노지심 같아" "군국민軍國民[145]의 자원"이라고 찬양했다.[146] 샤민俠民, 협민의 장편소설『중국흥망몽中國興亡夢』은 아예 홍호자당紅胡子黨, 마적 두령이 얼마나 "항상 남을 도우러 칼을 뽑기를 좋아했는지" "이 때문에 여러 번 법을 어겼다"라고 말하는 장면을 넣었는데, 사마천이 쓴 옛날 협객 같았다.[147] 비밀결사는 "어려울 때 서로 돕는 것"을 주된 취지로 삼았다. 그들은『삼국지』와『수호지』같은 책의 영향을 받아서 의기를 중시하고 평등을 원했다. 이 점은 현대 학자들이 실증한 내용이다.[148]

비밀결사 구성원이 대부분 어리석고 방탕했지만 성격상 호방하고 자

---

143 孫文,「建國方略」,『孫中山選集』, 195면.

144 陶成章,「浙案紀略」,『陶成章集』, 423~424면.

145 [역자 주] '군국민주의'에서 온 말이다. 군국민주의는 19세기 독일에서 제기된, 군사훈련을 학교의 체육 수업에 사용하여 학생들을 군사로 훈련시키자는 주장이다. 독일에서 일본으로 전파된 뒤, 차이어와 蔣百里 등에 의해 중국에 소개되었다.

146 「去矣! 與會黨爲伍」,『新世紀』第42號;「告會黨」,『俄事警聞』, 1903.12.20.

147 「中國興亡夢」,『新新小說』第2期, 1904.10.

148 蔡少卿,『中國近代會黨史研究』, 19면. "우리는 청대 이래 각지의 주요 비밀결사의 조직 상황을 조사한 결과 그들의 기본 취지가 대부분 환난이 있을 때 서로 도와주는 것이었다는 것을 알게 되었다.";羅爾綱,「『水滸傳』與天地會」,『會黨史研究』, 上海:學林出版社, 1987. 羅爾綱은 천지회의 "사상이『수호전』에서 나왔다는 것"을 논증하였다.

유로운 점, 의기를 중시하고 신용이 있었던 점, 공정하지 않은 일에 나서기 좋아했던 점 때문에 만청 지사들은 이들을 좋아했다. 쑨원이 찾아낸 첫 번째 동지인 정스량鄭士良, 정사량이 "비밀결사에 가입한" 전력이 있던 사람이었다. 쑨원은 그가 "의를 숭상하는 호협이고 교유 범위가 넓으며 그와 교유하는 사람들이 강호지사이며 동학 중에서도 빼어나다"[149]는 점에 매료되었다. 이 선택은 상징적인 의미가 있을 것이다. 비밀결사의 우수한 구성원은 '의를 숭상하는 호협'이기 때문에 마찬가지로 '의를 숭상하는 호협'인 만청 지사와 함께 나아갈 수 있었다. 모든 만청 지사가 호방한 성격인 것은 아니지만 비밀결사와 연합할 수 있는 사람들은 대부분 검을 뽑고 크게 노래 부르며 마음껏 '협'을 자임하기를 좋아했다.

"협객으로 나서기 좋아하고 검술을 잘하면서" "호걸을 물색하러" 전국을 돌아다닌 담사동이[150] 일찍 죽지만 않았더라면 비밀결사와 연합할 수 있는 최적의 인물이었을 것이다. 담사동이 죽은 뒤 "대신 죽어줄 수 있는 사이"였던 탕차이창은 "이 한 몸 벗 위해 바쳐, 뜨거운 피 언덕에 뿌리리라"「臨難詩」처럼 죽었는데, 그의 주된 전략은 비밀결사와 연합하여 함께 거사를 일으키는 것이었다. 탕차이창이 그렇게 빨리 자립군自立軍을 만들고 부유산당富有山堂을 장강 지역의 거점으로 삼을 수 있었던 것[151]은 호방한 성격이라 비밀결사 구성원의 호감을 얻었다는 점도 있다. 그러나 그보다는 그가 매우 일찍 "병란이 일어날 것"임을 예견하고 "강호 호걸들을 물색하여 교유하였기"[152] 때문이었다. 혁명당원들이 비밀결사와 연합해

---

149 孫文, 「建國方略」, 『孫中山選集』, 192면.

150 蔡尚思 等 編, 『譚嗣同全集』, 543면.

151 [역자 주] 부유산당은 자립군이 비밀결사의 형식으로 만든 단체이다. 장강 중하류 지역에서 회원을 모집하고 규모를 확대하였다.

152 唐才常, 「致唐次丞書」, 『唐才常集』, 北京 : 中華書局, 1980, 244면.

서 했던 일 중에서 절강광복회의 성과가 매우 대단했다. 타오청장과 쉬시린이 여기에 심혈을 기울였다. "몸으로는, 남자가 아니었지만, 마음은 오히려, 남자보다 세찼다."秋瑾, 「滿江紅」던 감호여협 추근은 보란 듯이 비밀결사를 이끌어서 경탄을 자아냈다. 추근이 "작은 일에 구애받지 않고 자유롭고 호방했으며 술을 잘 마시고 검술에 능했으며" "특히 「검협전劍俠傳」을 좋아해 주가와 곽해를 흠모했던"[153] 호협이어서 그랬을 수도 있다. 또 "거금을 들여 보검을 사고, 갖옷을 팔아 술을 마실 정도로 호방하며"秋瑾, 「對酒」 "보검 찬 협객 누구와 짝이 되어, 평생 옛 은혜와 원수 갚으려나"秋瑾, 「寶刀歌」 같은 기질적 측면도 있었다. 이런 호방함과 협객 기질로 비밀결사 구성원을 제압하거나 사로잡아서 그들이 기꺼이 일개 '여류'의 지휘에 따르게 했던 것이다.

혁명당원이 비밀결사와 연합한 것은 처음에는 투쟁의 전략이었을 것이다. 그러나 결과적으로는 두 집단 모두 서로의 영향을 받아 변화를 겪었다. 특히 정서적인 기질과 행동 방식처럼 정치적 이상과 거리가 먼 측면에서 혁명당원들은 비밀결사의 영향을 받았다. '의를 숭상하는 호협'이라는 점에서 두 집단은 공통분모를 마련했고, 만청 지사는 비밀결사와 동맹하면서 유협 심리가 강화되었다.

---

153 徐自華, 「鑑湖女俠秋瑾墓表」, 『秋瑾集』, 上海 : 中華書局上海編輯所, 1962, 185~187면.

6. 대전통과 소전통의 소통

만청 시기는 중국 역사에서 매우 중요한 변곡점이었다. 이 점은 누구도 부정하지 않을 것이다. 논란거리라면 이 전환기에 전통의 역할이 무엇이었나 하는 것이다. 만청 시기 사회 변혁과 문화의 패러다임이 바뀔 때 선각자들이 어떻게 서구 학술로 전통을 자극하고 부활시키며 전통의 선택과 재구축을 완성시켜 개혁을 촉진하는 중요한 사상의 자원이 되게 했는지를 탐구하는 것은 정말 중요하다. 량치차오와 첸무에서 허우와이루, 장쉰후이張舜徽, 장순휘, 위잉스까지 이들은 모두 청 중엽 이후 제자학이 부흥해서 당시 주류 의식이었던 유학에 충격을 준 점에 주목했다.[154] 장하오는 제자학 부흥, 대승불교의 새로운 등장, 유학 전통에서의 치용 사상의 부각을 만청 지사의 사상을 형성하고 무르익게 한 중국의 사상적 배경으로 보았다.[155] 이 사상적 배경은 인식 구조를 바꿔 사회 위기에 대처하는 역할도 있지만 외부세계의 충격(선박과 화포에서 제도와 문명에 이르기까지)에 따른 것이기도 하다. 이 사상적 배경을 명확하게 이해하려면 '도전과 응전'이라는 구도를 버려야 할 뿐만 아니라 중국사 자체의 '스토리라인'만 중시한 나머지 서구 학술의 거대한 영향을 무시하는 태도도 버려야 한다.[156] 중국 학문과 서구 학문 간의 대화, 전통 내부의 대화를 중첩시켜 투시해야 만청 사회 사조의 복잡한 양상을 이해할 수 있다.

설령 전통 내부의 대화만 고려한다고 해도 제자학과 불학 부흥, 유교의

---

154 梁啓超,『中國近三百年學術史』; 錢穆,『中國近三百年學術史』; 侯外廬,『近代中國思想學說史』; 張舜徽,『淸代揚州學記』; 余英時,『中國近代思想史上的胡適』等.

155 張灝, 高力克 等 譯,『危機中的中國知識分子』第一章, 太原 : 山西人民出版社, 1988.

156 柯文, 林同奇 譯,『在中國發現歷史』第四章, 北京 : 中華書局, 1989.

자체 조정만으로는 만청 사상계의 동요와 변혁을 제대로 설명할 수 없다. 이 주도적인 세 사조의 등장으로 주류도 아니고 전통도 아니었던 학술이 변두리에서 중심으로 이동해 사회 사조에 격변을 일으키고 영향을 미쳤다. 그런데 이렇게 서술하더라도 결코 완벽하지 않다. '소전통' 또는 '통속문화'라고 하는 존재가 사상계와 사회 사조를 어떻게 제약하고 있는지 눈여겨보지 않았기 때문이다. 전통 내부의 대화는 사대부 사이의 유, 불, 도 사상의 변화만이 아니다. 유, 불, 도를 대표로 하는 엘리트 문화와 민간 통속문화와의 대화도 그 안에 넣어야 한다.

일반적으로 대전통엘리트 문화과 소전통통속문화은 독립적이면서도 서로 교류하기 때문에 완전히 폐쇄적이거나 완전히 개방되는 일은 상상할 수 없다. 위잉스는 오래된 다른 문화에 비해 "중국의 대전통과 소전통 간의 교류는 더 활발했고 진·한시대에 더욱 그랬"지만 "한대 이후 중국의 대전통과 소전통 간에 점차 거리가 벌어지게 되었다"[157]라고 했다. 당, 송 이후 몇몇 특출난 사람들이 대전통과 소전통의 소통을 위해 노력했다. 그러나 주류 의식의 수호자인 유생은 소전통을 무시하고 배척했다. 만청 사회가 동요하고 기강이 해이해지자 초야에 있던 수많은 지사들이 나섰다. 그들은 특수한 사회적 지위와 투쟁 전략을 가지고 있었기 때문에 대전통과 소전통 사이의 교류가 비교적 활발했다. 특히 만청 지사의 유협 심리는 주로 민간문화에서 영향을 받아 만들어진 것이다.

고대 유협의 기원에 대해 학계에서는 이견이 있다.[158] 구제강은 전국 시대에 이르러 "문무를 겸비한 사람들이 무력 사용을 싫어하는 '유학자'와 좋아하는 '협객'으로 분리되었다"라고 했다.[159] 이 주장은 공격을 많이

---

157 余英時, 『士與中國文化』, 上海 : 上海人民出版社, 1987, 132·138면.
158 崔奉源, 『中國古典短篇俠義小說研究』(臺北 : 聯經出版事業公司, 1986) 「緒論」 참조.

받았다. 그러나 구제강이 사회의 분업과 문과 무가 나뉘어 발전하는 것을 유기적으로 설명하고 진, 한 시기 유협의 흥성과 쇠락의 역사를 서술한 것은 믿을 만했다. 동한 이후 역사가들은 더는 유협을 위해 전을 짓지 않았다. 통치자들이 이들을 죽이려고 했을 뿐만 아니라 사대부들도 그들이 무력으로 법을 어기고 남의 목숨을 쥐고 흔들려고 하는 것을 멸시했다. 어느 왕조나 의를 위해 목숨을 가벼이 여기며 약자를 도우러 강자를 제압하는 협사가 있었지만 그들의 기세나 규모는 진·한시대보다 못했다. 문인 학자들은 가끔씩 유협을 노래했다. 그때에도 '유협'은 '실의한 마음 술로 달래다, 칼 들고 서로 원수가 되네"鮑照,「代結客少年場行」가 아니라 반드시 "강개하게 국난에 목숨을 바쳐, 죽음도 두려워하지 않았네"曹植,「白馬篇」 같은 형상이어야 했다. "검으로 협을 행한다 — 변방을 누빈다 — 공을 세워 상을 받는다"라는 세 단계를 통해 협객이 젊은 시절에 했던 불법행위는 면죄부를 받았을 뿐만 아니라 나중에 나라를 지키는 전주곡처럼 보였다. 이렇게 해서 부러우면서도 두려운 존재이자 정상궤도를 이탈한 '유랑아'가 다시 문명사회로 돌아갈 기반을 마련한 것이다.[160] 사적 원한이 아니라 공적인 의를 위해 나서고 용맹하고 싸움도 잘하며 자유분방한 유협은 이미 영웅과 다를 것이 없었다. 그래서 후대로 갈수록 유협시와 변새시가 혼재하게 되었다. 현실에서 유협은 "법을 준수하지 않고" "수시로 당시 법에 저촉되는 일을 해서" 필연적으로 사회 하층에 있게 된다. 안정된 사회라면 그들의 가치관은 장군이나 재상이 되려고 과거시험에 응시하는 사람들에게 인정받지 못했을 것이다. 문인들이 추억하는 유협은 실존 인물과 문학적 상상력이 혼합된 것에다 당시 주류 사상으로 재해석된 것

159　顧頡剛,「武士與文士之蛻化」,『史林雜識』, 北京 : 中華書局, 1963, 89면.
160　陳平原,『千古文人俠客夢—武俠小說類型研究』, 16~26면.

이었다. 부산傅山과 김성탄金聖歎, 황종희는 사회가 요동치는 명청 교체기에 살았으므로 유협이 얼마나 소중한지 잘 알고 있었다. 한 사람은 "항상 자객전과 유협전에 심취해, 기뻐서 안색이 바뀌며 생기가 피어났고"傅山, 『霜紅龕文集』「雜記三」, 다른 한 사람은 「규염객전虯髯客傳」 읽으니 또한 즐겁지 아니한가?"金聖歎, 「『西廂記』批語」라고 했으며, 또 다른 한 명은 "아주 작은 의義를 품은 유자가 있어서, 유협의 길로 나서지 않을 수 없었네"黃宗羲, 「陸周明墓誌銘」라고 찬양했다. 유협은 '회고' 안에서만 추억되었고 유가 사상으로 구속되어 규범화되어야 했다. 지식인들은 유협을 완전하게 원상복귀시키는 것을 원하지 않았고 그들을 따라할 생각은 더 없었다.

하지만 만청 시기는 달랐다. 캉유웨이가 "검을 잡고 '돌아가리라' 소리치니, 첩첩 산중에 비바람이 청봉검靑鋒劍 소리 내며 울부짖네"「出都留別諸公」라고 한 것은 나라를 위한 마음과 호방한 기세를 드러낸 것이었다. 그러나 담사동과 류야즈는 자신을 협객으로 생각했고 다른 사람도 협객에 견주어 "탁월한 계책은 이광李廣을 따랐고, 장대한 편력으로 요리要離처럼 죽었네"譚嗣同, 「丙申之春, 緣事以知府引見候補浙江, 寄別瓣薑師, 兼簡同志諸子詩」 其一, "홀로 협객으로 목숨 바치니, 아름다운 명성 만방을 놀라게 하리라"柳亞子, 「弔鑑湖秋女士」라고 했다. 만청 시기 시문에 나온 "협골과 강직한 성격을 스스로 장하게 여긴다"周實, 「書憤」는 말은 그냥 하는 말이 아니었다. 이 시대의 사람들은 유협의 행동을 인정했다. 심지어 어떤 사람은 피와 목숨을 걸고 오랜 세월 동안 사라졌던 '유협전'을 몸소 실천했던 것이다.

만청 지사들이 무협 심리를 갖게 된 것은 정치적 전략에서 나왔지만 문학적 상상력도 바탕에 있었다. 정치적 전략과 문학적 상상력은 만청 사상계의 대전통과 소전통의 교류와 소통과도 연결되어 있다. 당시 군주에게 기대 하향식 개혁으로 나라를 새롭게 하는 것은 불가능했다. 이상주의적인 만청 지사들은 그래서 집단 정치 체제로 바꿔서 사회 진보를 추진하려고 했다. 민중을 일깨우는 계몽자와 '혁명사업의 중견'이 된 '하층사회'는[161] 누구는 바꾸고 누구는 바뀌는 일방적인 관계만이 아니어서 광범위하고 깊이 있는 '대화'가 이루어졌다. 엘리트 문화는 통속문화를 바꾸면서 동시에 통속문화에 의해 바뀌었다. 소전통이 부상하고 주류 의식에 도전하자 식견 있는 사람들은 시각과 흥미를 바꾸어가기 시작했다. 이제 그 가치를 어느 정도는 인정하게 된 것이다. 만청 지사는 '문무 겸비'라거나 '검을 들고 협을 행하는' 옛 사풍士風을 회복했다. 대전통과 소전통의 대화 덕분이었다.

혁명에 심취한 만청 지사들은 "온화함이 아니라 파괴만 말할 것"[162]이라고 맹세하고 역사를 돌아보았고 그 결과 역대 봉기를 일으킨 녹림호걸들을 인정하게 되었다. 진승을 '중국 최고의 혁명가'라고 했고, 홍수전을 '한족 쾌남'이라고 했으며, 살인이 취미였던 장헌충張獻忠조차 '거친 영웅'이라고 불렀다. 그들 모두가 "정부를 무너뜨리고 국민을 구한다"[163]라는 뜻을 품었기 때문이다. 량치차오만 여기에 동의하지 않았다. "지금 국내에 혁명을 맹신하는 지사들이" '혁명의 결과'를 따지지 않고 비밀결사에 무기를 수송하여 정부를 무너뜨리려고만 하는 '저질 사회혁명' 방식을 따르는 것에 부정적이었다. 량치차오가 기대하는 '일반 수준의 사회혁명'은 등장하지 않았다. 혁명당원들이 의지한 대상이자 거사를 일으킨 주체였던 하층사회는 "혈관 속에 황건적과 이자성, 장헌충의 유전자가 흐르고 있었다."[164] 만청

---

161 「民族主義教育」, 『遊學譯編』 第10期, 1903.9. 이 글에서 말하는 '하층사회'는 비밀사회, 노동사회와 군인사회를 포함한다.
162 亞盧(柳亞子), 「中國立憲問題」, 『江蘇』 第6期, 1903.9.
163 亞盧, 「中國革命家第一人陳涉傳」; 復漢種者, 「新國史略」; 金一, 「荐英雄殺人記」. 세 글은 각각 『江蘇』 6~7・9~10기에 수록되어 있다.
164 梁啓超, 「中國歷史上革命之研究」, 『飲氷室合集・文集』 5, 31~41면.

지사들이 맞닥뜨린 어려움이 이것이었다. 개량이냐 혁명이냐의 논쟁에서 혁명파는 '죽음을 각오한다'는 도덕적 우세로 우위를 차지했지만 량치차오의 우려도 일리가 있었다. 파괴와 반란을 강조하고 암살이라는 수단을 선택하는 등 비밀결사의 생존방식을 따른 결과 지식인이 중심이었던 혁명당원들은 점차 하층사회의 정치의식과 문화관념에 가까이 다가가게 되었다.

이러한 경향은 사상문화계에 영향을 미쳤다. '협'으로 유, 불, 도로 삼분된 천하를 통일하려는 경향이 나타난 것이다. 협객은 저술을 남기지 않아서 독립적인 사상과 학술이 없다. 그래서 제자백가처럼 한 차원의 개념으로 말할 수 없다. 유협이 "자기 몸을 아끼지 않고 다른 사람의 곤경을 도와주는" 정신적 기개도 "훌륭해서" 『사기』「유협열전」 역대 문인들이 찬탄해마지 않았지만, 만청 시기가 되자 지식인들은 협이 유가에서 나왔는지 묵가에서 나왔는지 논쟁하기 시작했다. 이전에는 '협'이 민간 문화의 정신이었고 하층사회에서 숭배하고 모방하던 대상이었다. 협의 가치 상승은 유가의 가치 절하를 의미했다. '유협'으로 병칭되었다는 것 자체가 유학의 독존적 위상을 깨뜨린 것이었다. 거기에 또 스승 장타이옌과 제자 황칸이 유가의 인의仁義라는 이상적인 중임을 협객의 어깨 위에 올려놓은 것이다.[165] '묵협墨俠'이라는 호칭 역시 유가의 중심적 지위의 하락과 중국 문화의 대전통과 소전통의 소통을 의미했다.

'유협'은 문학적 상상력의 일종이다. 만청 시기에도 대전통과 소전통이 대화하는 국면이 펼쳐졌다. 만청 지사들은 국력의 쇠퇴를 문을 숭상하고 무를 숭상하지 않는 중국인의 습속에서 찾았다. 그리고 "중국 역대의 시가에서 종군의 괴로움을 말한" 책임을 추궁했다.[166] 육조의 유협시와 당

---

165 章太炎이 10여 년 동안 쓴 3편의 「儒俠」과 黃侃의 「釋俠」 참조.
166 梁啓超, 「自由書」, 「祈戰死」, 『飲氷室合集·專集』 2, 37면.

대의 변새시도 "전사를 기도하는" 강개하고 비장한 노래였다. 송, 원 이후에 중국 시가는 유약하고 미감을 중시하는 경향으로 흘렀다. 그런데 중국 문학에도 강건함을 추구하는 면이 있는데 사람들은 왜 못 본 척하는 것일까? 『수호전』에서 『삼협오의』에 이르기까지 명청 소설 중에서 민간의 전통과 조금이라도 가까운 것들에는 모두 무예와 거칠고 호방한 기질을 숭상하는 내용이 있다. (문인 느낌이 짙은 소설에도 가끔 '협객'이 나타나긴 했지만 대부분은 가짜였다. 『유림외사儒林外史』 12회에 나온 장철비張鐵臂 같은 경우가 대표적인데 이를 통해 문인의 심리를 엿볼 수 있다) 다만 소설특히 민간의 분위기가 짙은 장회소설이 위상이 높지 못해서 당시 사람들은 중국 문학에 상무정신이 결여되었다고 한탄했던 것이다.

만청 지사들은 개량으로 문제해결을 추구하는 정치운동에 맞추기 위해 '소설계 혁명'이라는 구호를 제기하고 예전에 '작은 기예小道'로 폄하된 소설을 '문학의 최상층'으로 격상시켰다. 시문 숭상에서 소설 중시로 문학관념이 변화했을 때의 핵심은 "소설에는 사람을 지배하는 불가사의한 힘이 있다"는 인식과 "육경六經으로 가르칠 수 없는 것은 소설로 가르쳐야 한다"[167]는 바람이었다. 어떤 문학 형식을 받아들인다는 것은 그것이 내포하는 문학정신과 심미취미까지 받아들인다는 뜻이다. 량치차오는 처음에는 아예 전통소설을 비판하는 입장이었다. 『수호전』과 『홍루몽』이 사람들을 유혹하여 도적질과 음탕한 일을 하게 하는 대표주자라고 생각했으나[168] 언제부터인지 량치차오 등 신소설을 제창하는 사람들은 다시 『수호전』와 『홍루몽』을 칭송하기 시작했다. 한편으로는 서양의

---

167 康有爲, 「『日本書目誌』識語」; 梁啓超, 「論小說與群治之關係」, 『二十世紀中國小說理論資料』 1, 北京 : 北京大學出版社, 1989.
168 梁啓超, 「譯印政治小說序」, 『淸議報』 1, 1898. 12.

민주 정신에 계발을 받아『수호전』이 "완전히 사회주의"[169]라고 찬양했고, 다른 한편으로는 거칠고 호방한 무를 숭상하는 민간 문화 정신의 영향을 받아『수호전』을 "무덕을 고취하고 협객 풍조를 진작시키며" "무협의 전범을 남겨 사회에 영향을 미치게" 한다고 예찬했다.[170] 신소설가들은『수호전』을 높게 평가했을 뿐만 아니라『수호전』을 이어 '양산梁山'(시링둥칭西泠冬青, 서령동청과 루스어陸士諤, 육사악가 각각『신수호新水滸』를 썼다)을 새로 만들었다.『수호전』의 전통과 무정부주의자의 소설을 결합하여 암살과 복수를 다루고 비밀결사와 연합하여 봉기를 일으키는 내용을 쓴 작품으로는 왕먀오루王妙如, 왕묘여의『여옥화女獄花』, 하이톈두샤오즈海天獨嘯子, 해천독소자의『여와석女媧石』, 화이런懷仁, 회인의『루소혼盧索魂』, 천징한陳景韓, 진경한의『자객담刺客談』등이 있다. 이런 소설들은 "무덕을 고취하고 협객의 기풍을 진작시키는" 데 일조했다. 이런 분위기 속에서 소설가들은 '상무'를 중심으로 하지 않더라도 소설 몇 단락에 협객이나 암살 묘사를 끼워넣는 것을 좋아했다. 쩡푸의『얼해화』, 린수林紓, 임서의『검성록劍腥錄』, 리보위안李伯元, 이백원의『문명소사文明小史』, 뤼성旅生, 여생의『치인설몽기痴人說夢記』등이 그런 작품이다. 천징한은 심지어 협객이 중심인 전문 잡지『신신소설新新小說』을 간행하고 간행할 때마다 여러 가지 유형의 '협객 이야기'를 실었다. 삽시간에 무를 숭상하고 협객을 이야기하는 것이 소설창작의 유행이 되었다.

1907년 쑹자오런은 동북으로 가서 그가 '20세기의 양산박'이라고 불렀던 '만주의 마적'[171]들과 연합했다. 연합하자는 서신을 보내 "함께 큰 거사

169 蠻,「小說小話」,『小說林』第1期, 1907. 2.

170 「小說叢話」,『新小說』第15號, 1905. 4. 이 글에서 '定一語'.

171 劫(宋敎仁),「二十世紀之梁山泊」,『二十世紀之支那』第1期, 1905. 6.

를 일으키자"라고 했던 그날, 그는 "어느 중국 서점에 가서 『대팔의大八義』와 『아녀영웅전兒女英雄傳』을 샀다".[172] 쑹자오런은 일기에 책을 산 목적을 밝히지는 않았다. 그 당시 쑹자오런의 마음을 추측해 보면 '마적'과 연합하는 일과 무관했던 것 같지는 않다. 이 일은 상징적인 의미가 있다. 만청 지사들이 비밀결사와 연합하여 거사를 함께 할 때 필연적으로 녹림 호걸과 강호 대장부를 찬양하면서 '사람들을 도적으로 이끄는' 이런 소설을 인정하게 된다는 것이다. 신소설가들은 '무를 숭상하는' 소설을 창작하게 되면서 청대 협객소설의 전통을 바꾸려고 노력했다. 가장 두드러진 점이 협객이 있는 곳을 관에서 강호로 옮겼다는 것이다. 이들은 더는 '왕을 위한 칼잡이'가 아니라 '하늘을 대신에 도를 행하는 자'였다. 이 가치관의 변화는 이후 무협 소설의 번영에 중요한 영향을 미쳤다.

대전통과 소전통의 대화로 인해 하층사회에서 전해지던 협객소설은 민주사상의 세례를 받았다. 만청지사들은 '협객 기풍 고조'의 자극을 받아 유협 심리가 강화되었다. 하지만 신해혁명 이후 유협 정신은 다시 사라졌다. 예전에 "유와 협으로 살며, 지기는 검과 퉁소"周實, 「無盡庵獨坐」였던 지사들은 막상 정권을 손에 넣자 주안점도 파괴에서 건설로 바뀌었고 의지할 기반도 비밀결사에서 신사층士紳으로 바뀌었다. 암살행위가 대대적인 공격을 받자 (적어도 겉으로는 그랬다) 법을 지키지 않았던 유협은 다시 강호로 숨어들어야 했다. 쑨원의 총통 취임 다음 날부터 각 성의 도독都督들은 잇달아 비밀결사를 해체한다는 포고를 반포했다.[173] 새로운 권력자도 여항의 협객들이 "평민 나부랭이가 사람 목숨을 쥐고 흔드는 권리"『漢書』「遊俠傳」를 가지는 것을 허용하지 않았다. 새 정부에서 비밀결사를

---

172 宋敎仁, 『宋敎仁日記』, 356면.
173 蔡少卿, 『中國近代會黨史研究』, 北京：中華書局, 1987, 313~329면.

해체한 정치적 판단에 대한 평가는 여기에서는 다루지 않을 것이다. 하지만 도적떼의 호방한 기운이 사라지고 암살 풍조가 사라지자 상무정신을 숭상하며 자기 길을 가던 사람들도 "협객 풍조를 진작시킬" 수 없게 되었다. 1930·1940년대에 국난이 닥쳤을 때 수많은 문인 학자들이 또 군사와 협객을 논했는데,[174] 이것으로 사기를 진작시키고 싶었던 것 같다. 그렇지만 다시는 만청 지사처럼 앉으면 검을 논하고 일어나면 협객이 되는 시절은 오지 않았다.

"오늘 막다른 길 앞의 그는, 예전에는 유협이었네."黃侃,「效庚子山詠懷」 만청 시기 지사들은 어쩌면 대협들이 영원히 역사의 깊은 어딘가에 묻히기 전에 잠깐 발산한 마지막 빛이었는지도 모른다. 현대인은 협객의 보검도 잃어버렸고 유협 노래 한 수도 제대로 부르지 못한다. 유일하게 남은 것은 "푸줏간을 지나면서 씹는 시늉이라도 하는" 격으로 무협 소설이나 읽는 정도일 것이다.

만청 지사들이 청 정부를 무너뜨린 공은 수시로 사람들의 입에 오르내린다. 그렇지만 나는 그들의 책임감, 비극의식, 진취적인 정서, 반항과 파괴욕, 위급한 순간 일격에 때려눕혀 문제를 해결하겠다는 사고방식, 검의 기운, 호방한 기운, 강호의 기질, 무뢰배 기질 같은 정신적 기질로서의 유협의 심리를 더 높이 사고 싶다. 만청 시기의 특수한 사상 문화 배경과 만청 지사가 택한 특수한 정치 전략으로 이 시기 사람들은 오랫동안 문인들이 꿈꿨던 협객의 모습을 실현할 수 있었다. 그것만으로도 후대 사람들은 부러워하고 그리워할 것이다. 그들의 사고방식과 정치적 전략이 그렇게 효과적이지 않았다고 해도.

---

174 顧頡剛, 郭沫若, 聞一多, 雷海宗 등이 모두 관련 논문을 썼다.

문호를 세우고 홀로 나아가다 장타이옌의 학술품격

첸무는 『여항 장씨학 별기餘杭章氏學別記』에서 장타이옌의 연구가 "평이하고", "하나의 학설에 치우치지 않았기 때문에 쉽게 문호를 세우지 않았다"라면서 "매우 기이했던" 캉유웨이와 크게 다르다고 찬양했다. 장타이옌이 하나의 학설에 치우치지 않았다고 한 점은 맞다. 그러나 쉽게 문호를 세우지 않았다는 말은 정확하지 않다. 사람들은 한 학설에 치우치는 것과 자기 문호를 만드는 것을 뒤섞어 이야기하곤 하지만 장타이옌은 놀랍게도 자기 문호를 세움으로써 한 학설에 치우치지 않을 수 있었던 사람이다. 그래서 장타이옌이 후반기에 여러 학과가 평등하며 한학과 송학을 둘 다 취해야 한다고 주장한 것은 전반기에 "자기 주장을 귀하게 여기고 뒤섞지 않는 것"을 높게 본 것과 크게 모순되지 않는다. 주안점이 달랐을 뿐이다.

장타이옌의 학술논의에서 문호의 견해는 상당히 선명하다. 또 이 점을 숨기려고 했던 것 같지도 않다. 그는 현대 중국 학술계의 문제는 문호가 너무 많고 각자 독립적인 것이 아니라 '중심이 없는 것'이라고 보았기 때문이다. 학자의 논의에서 범위를 정하는 기준이 없다면 외적으로는 자기 견해가 없어서 자립하지 못하고 내적으로는 지배적인 학술이 두려워 감히 마음껏 말하지 못할 것이다. 이것을 해결하려면 선진시대 제자들이 자기 문호를 세우고 백가쟁명한 학술 전통을 다시 높여야 한다. 먼저 자기 문호를 세울 수 있어야 한다. 그래야 백가쟁명을 실현할 수 있다. 만약 다른 사람의 문하에만 의지하게 된다면 '쟁명'이라는 것은 구멍난 곳을 기우는 잔재주에 불과할 뿐이라 또 다른 깃발을 올려 새로운 길을 개척할 수 없게 된다. 물론 자기 문호를 세울 수 있느냐 하는 것도 객관적인 환경의 제약을 받는다. 가령 한 무제의 경우 백가쟁명을 축출하고 유학 하나만 높였다. "마음껏 말하고 싶어도 공자를 종주로 받드는 것에 저촉되지 말아야 했다." 학자들이 "서로 인용하고 억지로 해석해서 여러 학설을 종합하려고 하는 사람은 나날이 그 본질을 잃어버리고, 견강부회하는 사람들은 나날이 제대로 된 해석에서 멀어지는 것"『諸子學略說』도 당연했다. 어떤 시대의 학술 성취 수준을 판단할 때 중요한 기준은 학자가 자립적이며 새로운 주장이 있느냐이다. 사회가 백가쟁명을 허용하는가와 학자 자신이 자립에 대해 의식하고 그렇게 하려고 하는가는 별개의 문제이다. 장타이옌은 주로 후자에 착안해서 후대 학자들이 선진제자들처럼 "각자 독립해서 다른 사람의 설에 기대지 않기를" 바랐다.

고학古學은 독립성이 중요했다. "같은 학파에 있더라도 자기 주장을 귀하게 여기고 뒤섞지 말아야 했다." 지금 학술은 고학과 달리 여러 영역이 뒤섞이는 경우가 많아서 아무 관련 없는 것인데도 억지로라도 도착점이 같다고 주장한다. 고학은 이런 지금 학술과 확실히 달랐다. 장타이옌은 공자와 묵자에 대해 평가한 뒤에 "유가는 8개 파로 나뉘었고 묵가는 3개 파로 흩어졌다"고 하면서 이렇게 말했다.

이것으로 당시 학자들이 스승의 설만 높였을 뿐 작은 차이가 있어도 억지로 맞추지 않았다는 것을 알 수 있다. 이와는 달리 후대인은 좁은 것을 싫어하고 넓은 것을 좋아하고 문호라는 좁은 시야를 싫어하고 넓게 본다고 자랑스러워

한다. 옛 학자는 독립을 중시하고 지금 사람들은 조화를 중시한다는 점에서 옛 학자와 지금 학자는 큰 차이가 있었다.『諸子學略說』

문호의 견해는 사람들이 말하는 것처럼 나쁘지 않다. 독립적이기 때문이다. 관용적인 태도가 사람들이 상상하는 것처럼 그렇게 좋은 것도 아니다. 다른 것들을 그냥 뒤섞기만 하기 때문이다. 장타이옌은 정치와 학술을 논하면서 사람들을 많이 놀라게 했는데 그런 행동은 독립적인 학술 지향과 잘 부합했다.

"중국 학술의 문제는 지리멸렬한 것에 있는 것이 아니라 경계가 없는 것에 있다"『諸子學略說』고 생각한 장타이옌은 마치 박학통달한 것처럼 보이는 근세 학인들을 혹독하게 비난했다. 이들에게 탁월한 식견이 없어서 자립하기 어려웠기 때문이다. 그간의 위원, 캉유웨이 같은 학자 몇몇에 대한 평가는 지나치게 가혹해서 편견으로 가득 차 있기도 했지만, 자립이라는 기준으로 글과 그 사람을 평가한 것이라 '전체 모습을 봤다'고 할 수 있었고 때로는 사람들의 의표를 찌르는 훌륭한 논의도 있었다. 어떻게 학술에서 자립할 수 있다고 판단하느냐에 대해 장타이옌은 이 주제로 따로 글을 쓰지는 않았지만 여기저기 흩어져 있는 그의 주장을 모아 보면 그래도 몇 가지 측면으로 정리할 수 있다.

먼저, 전문적이고 정밀하게 연구해야 하며 근거 없이 넓고 잡다한 것을 해서는 안 된다. 장타이옌에게 "견문이 넓고 잡다하여 아무 내용이나 말하기를 좋아하"는 것은 학술 연구든 글쓰기든 바른길이 아니었다. '두서없이 쓰는 것'이나 '남의 글을 표절하는 것'에 비해 나을지는 모르지만 '일가를 이룬 말'로 존경받는 건 꿈도 꾸지 말아야 했다.『說林下』 1906년 장타이옌은 류스페이에게 편지를 보내 "여러 책을 두루 보는 것은 하나만 파는 것보다 못하다"고 주장하면서 세상의 속유俗儒들이 길에서 주워들은 말이나 우연히 알게 된 것들은 모두 기댈 곳 없이 방황하는 외로운 넋이나 마찬가지라며 그렇게 해서는 절대 안 된다고 했다. 장타이옌의 학술 연구의 기치는 선명했다. "경술은 고문을 중심으로 해야 하며 제학齊學[1]을 해서는 안 된다." 그래서 금문경학대가인 랴오핑에 대해 맹공을 퍼붓고 근세 경학가의 최하위에 두었다. 그렇다고 해도 장타이옌은 랴오핑에 대해 경의를 가지고 있었고 만년에는 그를 위해 묘지명을 쓰기도 했다. 그에게 랴오핑은 "사고력이 너무 예리해서 기이하게 흘렀다"고 해도 어쨌든 "학문에 근본이 있고 고금의 경설을 두루 다 본" 사람이었던 것이다. 정밀하게 연구하고 자신만의 주장이 있다면 논적이라고 해도 존중할 만했다. 장타이옌이 가장 멸시했던 것은 "산만하고 중심이 없는" 학계의 '탕아'들이었다.

그 다음으로 학술은 독립적이어야 하고 '제멋대로인 논의'를 고취하지 말아야 한다. 장타이옌은 캉유웨이와 그의 제자들도 공격했는데 "제멋대로인 논의를 마구 펼쳤고, 근거 없는 말들을 만들어냈기" 때문이었다. 이것은 사람도, 학문도 마찬가지였다. 장타이옌은 자기 자신을 과대평가했고 비상식적인 행동과 기괴한 주장도 많이 했지만 학술 연구에서는 어쨌든 사승 관계를 중시했다. 7년간 고경정사에서 명물 훈고와 경학, 사학에서 단단하게 기초를 다질 때 "혜동惠棟과 대진이 진정한 나의 스승임을 깨달았다"고 한 것은 그냥 하는 말이 아니었다. 학문에 사승이 있고 기초가 있다는 것은 학계의 대부분이 인정하는 학술 규칙을 알고 준수한다는

---

1 [역자 주] 금문경학의 대표적인 학파 중 하나. 학자들이 모두 제나라 사람들이어서 이런 명칭이 붙었다. 대표적인 전적으로는 『公羊春秋』, 『齊詩』와 『易』이 있으며, 陰陽災異를 많이 언급한다.

것이고 이것으로 자기 연구를 어떤 학문 전통 속으로 넣을 수 있다는 것이었다. 학술 연구에는 어떤 '규범'이 존재한다. 시대의 변화에 따라 학술이 발전하면 '규범'도 자연스럽게 바뀐다. 그러나 특정한 기간 안에서 이런 '규범'은 대체로 고정되어 있다. 이 규범이 갖는 권위를 인정하느냐 또는 이 규범을 따르느냐 하는 것이 학파를 나누는 가장 좋은 기준이 되는 것이다. 그런데 어떤 규범은 학술의 유파를 초월한다. 고거를 하지 않거나 의도적으로 규범을 위반하려고 하는 것이 아니라면 견강부회와 억측을 통해 결론을 내려서는 안 된다는 이 '규범'은 절대적으로 준수해야 한다. 고문경학파인 장타이옌은 '실사구시'와 '증거 없이는 믿지 않는다'를 주장했고, 금문경학자 캉유웨이도 "증거 없는 말은 믿을 수 없으므로 반드시 증거가 있어야 하고, 모르면서 아는 체할 수 없으므로 마땅히 고증을 해야 한다. 모든 학문이 다 그렇다"『長興學記』고 하지 않았던가. 이런 의미에서 장타이옌은 학술 연구에서 규범을 지키자고 주장한 것이다. "자신이 정밀하게 살폈다"고 한『유자정좌씨설劉子政左氏說』과『신방언新方言』에 대해 장타이옌은 "모두 규범에 맞았다"고 자평했다.

규칙을 전혀 지키지 않으면 사이비 같은 야호선野狐禅이 될 수밖에 없기 때문에 터득한 것이 있어도 절대로 대성할 수는 없다. 규칙을 모두 지킨다면 큰문으로 들어가 바른길로 나아갈 수는 있지만 대성하는 길과는 여전히 멀다. 그러니 문제는 규칙이 있느냐의 문제가 아니라 어떻게 규칙을 지키면서도 규칙을 초월하는가 하는 것이다. 여기에 대해 장타이옌은 이렇게 말했다.

학문에 규범이 없다면 어지러울 것이다. 유파의 차이만 알 뿐 깊이 나아가 자득할 수 없게 된다.「與人論國學書」

이 척도는 실제로 파악하기가 쉽지 않아서 대략만 말할 수 있다. 초학자에게는 학문적으로 어느 정도 궤도에 오를 수 있도록 '규범을 지키는 것'을 강조한다. 학문이 축적된 사람에게는 스승의 울타리를 넘어 나아갈 수 있도록 '깊이 나아가 자득하는 것'을 강조한다. 그러나 첫걸음은 바른 문으로 들어가 스승의 법도를 지키는 것이다. 문을 들어서기도 전에 문을 부수어 이전 현인들을 넘어서자고 큰소리친다면 이것은 터무니없는 잠꼬대에 가깝다. "하나의 학설을 지켜 소통하고 증명하"면 2류의 경학가밖에 못 되기 때문에 "이전 사람들이 미처 보지 못한 것을 말해서 매번 논의가 태산도 옮기지 못할 정도로 확고하게 하는" 것보다는 못하다. 하지만 그래도 "대의만 말하고 과장을 섞는" 사람보다는 훨씬 낫다.『說林 下』

건가 시기 학술 규칙의 권위는 보편적으로 인정되었다. 학계의 문제점은 어쩌면 스승의 법도를 지나치게 준수한 나머지 창조적 정신이 결여되었다는 점일지도 모른다. 그런데 청말민초 때는 사람들이 너나 할 것 없이 변혁을 말하고 새로운 것만 옳다고 믿었으며 기괴한 담론이 세상에 만연했다. 학계의 문제는 스승의 법도를 준수하지 않고 공허하고 허황된 논의만 너무 많았다는 점이다. 장타이옌이 이른 시기에 류스페이를 존경했고 만년에는 황칸을 칭찬한 것은 이 두 사람이 모두 학문에서 준수하는 것이 있고 기반이 탄탄했기 때문이다. "중국의 사대부와 지식인들은 유연한 성향은 많았지만 고집하는 경우는 드물어서 '고집불통'은 원래 없었다."「箴新黨論」 장타이옌은 학술에 대해 이야기할 때 스승의 법도를 특별히 중시했다. 법도를 지킨다는 것은 스승의 법도를 묵수한다는 것과는 다르며 학파가 다르면 반목한다는 의미도 아니다. 정말 법도를 준수한다면 스승의 법도가 같지 않아도 소통할 수 있다. 가장 우려스러운 것은 때에 따라 바뀌고 끝까지 유행을 따르면서 수시로 창끝을 돌려 공격하는 사람이었다.

아직 입문도 하지 못했는데 새로움에 대해서만 이야기한다면 필연적으로 "잡다해져서 옛 학문도 아니고 지금 학문도 아니고 한학도 아니고 송학도 아니게" 될 것이다. 입문한 뒤에는 반드시 문호의 견해를 깨뜨리고 "옛 학문과 지금 학문을 두루 익혀야" "자기 학문의 기치를 세울" 수 있다. 장타이옌이 위원을 비난하고 왕카이윈王闓運, 왕개운을 높게 평가한 것도 이런 기준을 사용한 것이었다. 유월을 근세의 최고 경사라고 추대한 것도 유월이 가법이 있으면서도 가법에 갇히지 않는다는 기준과 부합하기 때문이었다.

학문에 영원한 스승은 없었다. 주변에서 두루 배웠으며 가법을 준수한다고 실제 기록을 따르지 않는 사람을 깊이 미워하셨다.「兪先生傳」

장타이옌은 비판 없이 묵수하는 것을 비난했는데 이것은 소극적인 의미에서 가법과 문호의 견해를 깨뜨린다는 것이 아니라 자기의 새로운 설을 만들고 자기 문호를 견지하라는 것에 주안점을 둔 것이었다. "글자 하나마다 근거가 필요하며 공허한 말을 하지 않는다. 내용마다 마음으로 터득해야 하며 기존의 설을 그대로 따르지 않는다"라는 것이 중요했다. 마음으로 터득해야 자연스럽게 새로운 뜻이 나올 것이며 새로운 뜻이 있어야 자연스럽게 가법과 문호의 견해를 초월할 수 있을 것이다. 가법과 문호를 무너뜨리는 것이나 이설이 스며드는 것을 막는 것이 급한 것이 아니라 용기 있게 자기의 깃발을 세우고 자기를 완성해 나가야 한다는 것이다. 고학이 독립할 수 있었던 것은 표면적으로는 '깨뜨렸기' (나누거나 이탈했기) 때문이었지만, 실제로는 '세웠기' 때문이었다. "하나의 종파를 세운 이상 반드시 자기의 주장을 견지하게 될 것이다." 곧 장타이옌은 "고학에서 홀로 서려면 "강력한 지론, 탄탄한 내용, 정밀한 실증이 있어야 한다"고 정리했다. "강력한 지론, 탄탄한 내용, 정밀한 실증이 있어야" "자기주장을 견고하게" 할 수 있는 것이다. "자기 주장이 견고"해야만 "같은 학설끼리 뭉쳐 다니면서 자기 의견만 고집하고 옛것에 구애되는 태도"에서 벗어날 수 있다. 사람들은 "같은 문하끼리 몰려다니면서 참된 도를 헐뜯는" 사람들을 비판하지만, 장타이옌처럼 자기 문호를 세워 자기 주장을 견지함으로써 문호의 견해와 가법의 고루함을 깰 수 있는 사람은 그다지 많지 않았다.

민국 이전에 장타이옌은 학술 논의에서 독립을 중시했다. "진리를 추구하되 지리멸렬함을 두려워하지 말고" "핵심이 없고" "절충하는 것"을 깨뜨리고 정통과 권위에 도전하는 것에 용맹정진하라고 했는데 이 점에 대해 학계에서는 다 인정하는 상황이다. 문제는 민국 이후에 장타이옌이 "보수적이고 절충하는 경향을 드러내기 시작"했다는 점이었다. 과거와 현재, 국내와 국외의 일류 문인 학자들이 늙어가면서 젊을 때처럼 과격하지 못했고 주장하는 것도 평이하고 맞는 말만 하게 되는 일은 늘 있었다. 늙어갈수록 급진적인 경우는 거의 없기도 했고 간혹 있다고 해도 사람들에게 시대착오적이라는 느낌을 주었다. 캉유웨이는 "학자는 오만하고 거리낄 것 없는 상태에서 시작해서 평정심을 갖춘 상태에서 발을 멈춰야 한다"는 고헌성의 말을 인용했는데 이것이 바로 그런 의미이다. 만년에 장타이옌은 젊었을 때 고담준론을 좋아한 것이나 "격분해서 공자를 비판한 것"을 후회했는데 이것은 그의 학술 사상이 조정 단계에 들어간 것을 말해줄 뿐 그가 학술적으로 "이전부터 문호를 견지하느라 다른 학파를 배척하는 것도 꺼리지 않았던 원칙을 포기했다"는 것을 증명했다고 할 수는 없다. 이보다 앞서 쓴 『제물론석』과 이후에 쓴 『도한미언』에서는 장자의 '어떤 것도 그렇지 않은 것이 없으며 어떤 것도 불가한 것이 없다 無物不然, 無然不可'라는 주장을 인정했는데 학술적으로 보면 한학과 송학을 절충하는 경향이 나타났다. "한학과 송학 논쟁이 어찌 조정이 필요하겠는가? 사농공상을 깨우쳐서 각자 자기 직분에 충실하게 한다면 분쟁이 어찌 사라지지 않겠는가?" 같은 예를 들 수 있겠다. 그런데 한학과 송학을 대립적으로 보지 않은 것과 문호를 세우지 않는 것은 어쨌든 별개의 일이었다. 장타이옌은 학술적으로 가법과 이론이 다르고 각각 일장일단이 있으며 "멀리 있는 지식과 소통하면서 현담을 좋아하는 사람"과 "문리를 세밀하게 살피고 실사구시하는 사람" 모두 존재 가치가 있다는 것을 인정했지만 결코 학술의 수준이 같다고 주장하지 않았다. "'제물'을 통해 분쟁을 해결하고 '천예天倪'를 밝혀서 판단할" 때조차 장타이옌은 범위를 한정했다. "밖으로 타인에게 이롭고 안으로 근심을 달랠 수 있다면 각자 자기 뜻에 따를 뿐"『菿漢微言』이었던 것이다. 다시 말하면 밖으로도 타인에게 이롭지 않고 안으로도 근심을 달랠 수 없다면 이런 '가짜 학술'은 존재할 가치도 없다는 뜻이었다.

훈고와 의리를 모두 탐구한 것은 장타이옌이 청대 학자를 뛰어넘은 점이었다. 한학과 송학의 대립을 주장하지 않았다고 하는 것은 그저 그가 대놓고 말하지 않았기 때문에 그렇게 보인 것이었다. "불교와 유교의 가르침과 동·서양 학자의 설"을 융합했다고 자부한 장타이옌은 한학의 울타리로 가둘 수 없는 사람이었다. 일찌감치 자기 문호를 세우려고 했고 만년에 한학과 송학을 조화시킨 것은 근본적으로 다르지 않았다. 장타이옌에게 '문호'와 '가법'은 사상체계와 학술 규범을 담고 있었기 때문이다. 사상체계라는 점에서라면 백가쟁명을 실현해서 "각자 자기 뜻을 말할" 수 있어야 했고, 학술 규범이라는 면에서라면 반드시 "규범을 따라서"

마구잡이로 하지는 말아야 했다. 1906년에 쓴 『제자학약설』에서 "고학의 독립"을 찬양했을 때 장타이옌은 "스승의 법도를 이으면서 각자 독립하는 것"과 "같은 유파끼리 몰려다니면서 참된 진리를 추구하지 않는 것"을 어떻게 구분할 것인가 (학파가 필요하지만 파벌로 나뉘지 않게) 하는 난제를 인식하고 있었다. 이 문제에 대한 장타이옌의 답은 간단했지만 의미심장했다. "이것이 경학과 제자학의 다른 점"이라는 것이다. 경전 연구는 '객관적인 학문'이어서 전장제도와 사적을 살피면 될 뿐이다. 따라서 여러 책들을 널리 봐야 하고 하나의 학설만 고집할 수 없으며 같은 학파끼리 다니면서 참된 도리를 추구하지 않는 방식을 취할 수 없다. 반면 제자학은 '주관적인 학문'이다. 각 학파의 공통점과 차이점을 고구하는 것보다 의리를 탐구하면 된다. 따라서 하나의 종파를 세운 이상 반드시 자기 주장을 견지해야 한다. 최대한 '절충하는 것'과 '핵심 없는 것'을 피해야 한다. 즉 이 말은 경학을 평가하는 기준이 '실사구시'라면, 제자학을 평가하는 기준은 '자기 설의 견지'였다는 것이다. 경학과 제자학 연구의 학술 사유가 다르니 평가 기준도 달랐는데, 이것은 한학과 송학에 일장일단이 있어서 굳이 서로를 공격할 필요가 없는 것과 같았다. 그런데 '의리학'을 말한다면 포용적인 태도가 필요해서, 같다고 모이고 다르다고 공격하면 안 된다. '고거학'전장, 제도, 명물, 훈고의 경우 일정한 규칙이 있어서 가법의 규범을 중시해도 상관없었다. 장타이옌은 만년에 한학과 송학을 두고 논쟁하지는 않았지만 그래도 고문의 가법을 엄수했는데 기회가 있으면 금문경학을 비웃곤 했다. 수차례 의고사조와 갑골학을 비난한 것을 보면 장타이옌이 갖고 있던 문호의 견해가 매우 깊었음을 알 수 있다.

장타이옌의 학술 논의의 구체적인 내용은 물론 전반기와 후반기가 다르다. 그러나 시론에 미혹되지 않고, 이전 사람과 다른 주장을 하는 것을 좋아해서 혼자 깃발을 들고 자기 문호를 세우기를 좋아했다는 점은 시종일관 변함없었다. 이것은 그의 성격과 취향 문제였다.『구서』초판본에 실린 장타이옌의 「제사題詞」는 "어려서부터 홀로 하는 것을 흠모했다"로 시작한다. 이 구절은 그가 평생 견지한 처세의 기본적인 원칙을 보여주고 있다. 학술 논의를 할 때 자기 문호를 세우는 것과 처세를 할 때 홀로 가는 것은 본질적으로 같다. 장타이옌에 대한 평가가 어떻든 파란만장한 일생과 독립적이고 혼자 가는 성격은 지울 수 없는 인상을 남겼다.

"위태로운 때 검 들고 장안에 들어가, 다섯 걸음 내에서 피로 다투리라" 「時危」의 기개와 "대훈장을 부채 장식으로 삼고 총통부 문앞에 가서 위안스카이의 불온한 야심을 크게 꾸짖던魯迅,「關于太炎先生二三事」 그 대단한 행동을 오랜 세월이 흐른 뒤에도 사람들은 끊임없이 찬탄할 것이다. 가오쉬는 「장타이옌 선생이 캉유웨이의 정치적 견해를 논박한 시에 쓰다題太炎先生駁康氏政見詩」에서 "검을 뽑은 모습 어찌 그리 우뚝한가, 협객의 풍골 하늘까지 닿겠네"라고 장타이옌의 일생을 사진처럼 옮겨 놓았다. 생사의 갈림길에서만 아니라 평소 살아갈 때, 고인을 품평할 때도 '유아독존'의 자세로 본성에 따라 행동하는가를 기준으로 삼았다. 장타이옌이 불교를 제창했을 때 불교의 매력은 "자기 마음을 귀하게 여기고 남의 힘에 의지하지 않기 때문에 위험하고 위급할 때 활용할 수 있다"라는 점이었다. 삶에 대한 견해가 이러했으니 학술 논의도 예외가 될 수 없었다. "유가, 도가, 명가, 법가는 많은 변화가 있었지만 근본을 더듬어가면 자기에게 기대지 다른 것에 기대지 않는다." 장타이옌은 그가 제창한 "생사에 초연하고 옆에 사람이 없는 듯, 베옷과 삼베 신 신고 좁은 길 홀로 가리라"라는 협객의 기개로 청말 민초 정계와 학계를 종횡무진했다.

장타이옌에게 유협 정신을 제창한다는 것은 종족혁명을 고취시키는 임시적인 조치가 아니었다. 일찍부터 외로운 협객으로 자임하면서 남들을 놀라게 하는 행동을 많이 했고 만년에는 나라가 무너지는 것을 보면서 협객의 정신을 찬양하고 그것이 진정한 중국 문화의 정수라고 했다. "중국 문화에서 버려야 할 것은 없다. 그저 당장 쓸 것이냐 나중에 쓸 것이냐의 문제이다. 지금 우리가 특별히 드날려야 하는 것은 '유'와 '협'을 겸하는 것이다."「答張季鸞問政書」 1900년에서 1915년까지 장타이옌은 세 차례 「유협儒俠」을 썼는데 매번 엄청난 수정을 통해 '협'의 이해에 깊이를 더해갔고 '협'에 대한 평가도 나날이 높아졌다. 『구서』 초판본에서 '협'의 기원과 표현을 고찰하면서 다시 "천하의 급한 일은 협객이 아니면 할 수 없다"고 단언했다. 『구서』의 중정본重訂本에서는 "난세에는 사람들을 돕고, 치세에는 법을 돕는다"는 말로 '협'이 역사발전에서 어떤 역할을 했고 어떤 효과가 있었는지 개괄했다. 『검론』을 엮을 때 장타이옌은 도척盜跖을 '위대한 협객'이라고 하면서 백이와 "행동은 달랐지만 본질은 하나이며" "그들이 무정부주의를 주장했다는 점에서 일치"한다고 했다. 그리고 백이를 톨스토이에, 도척을 바쿠닌에 견준 것은 그다지 잘 맞지는 않지만, 대협 정신을 강조하면서도 어려움을 돕는다든가 자기 희생에 착안하지 않고 자신을 높이고 귀하게 여기면서 정부의 절대적 권위를 부정한 점을 부각시킨 것은 참신하다고 할 수 있다. 옛날 협객이 "평민 나부랭이가 사람 목숨을 쥐고 흔드는 권리"가 있고 왕권과 법률을 안중에 두지 않는 경향이 있었다고 해도 장타이옌은 무정부주의 사상의 영향을 받아 의식적으로 개인을 국가보다 위에 둔 것이다.

"개인이 진짜이고 집단은 가짜"라고 단언했던 장타이옌은 그래서 「오무론五無論」, 「사혹론四惑論」을 썼다. 전제통치에 대한 항거라는 점에서 이 사상은 깊이가 있지만 '무정부주의'라는 명제는 어쨌든 치우친 내용이다.

흥미로운 점은 장타이옌이 '무정부주의'라는 명제와 도가와 불교의 어떤 관념을 가지고 와서 국가와 개인의 관계를 새롭게 사고하고 법가의 주장에 대해 "나라에 대한 통찰력은 있지만 개인에 대한 통찰력은 없고 집단에 대한 통찰력은 있지만 개체에 대한 통찰력은 없다"고 비판했다는 점이다.『國故論衡』「原道下」 개인의 자유와 인격의 존엄성을 존중하면서 독재 정권의 통치를 반대하던 입장에서 한 걸음 더 나아가 자신의 정의와 어디에도 얽매이지 않는 자유분방함, 여기에 이어 당시 법을 어기던 유협을 긍정했다. 이것은 "위험에 처한 사람을 구한다"는 측면만 강조한 주장보다 훨씬 깊이가 있다.

"자신에게 의지하지 남에게 의지하지 않고" "좁은 길 홀로 가는" 대협 정신으로 학문을 연구하면 자신을 둘러싼 속박을 깨뜨리고 따로 깃발 하나를 세우기가 쉽다. 모든 것에는 좋은 점도 있고 나쁜 점도 있다. 우둔한 사람은 자기 학설을 지키기는 쉽지만 크게 성공하는 것도 없고 크게 실패하는 것도 없다. 재주가 큰 사람은 마음에 쉽게 휩쓸려서 규범을 아랑곳하지 않고 제멋대로 굴면서 새로운 것을 가지고 자랑스러워 한다. 장타이옌의 말로 한다면 "우둔한 자는 대상에 빠져들어 자기 뜻을 잃게 되고, 제멋대로인 사람은 하고 싶은 대로 하다가 법도를 어기게 되는" 것이다.『王文成公全書題辭』 장타이옌은 '유儒'에 '협'을 포함시키자고 주장했다. 그 목적은 혈기왕성하고 재주 있는 사람들이 '협'을 행하거나 학문을 논할 때 "저절로 궤도를 넘는 일이 없게" 하기 위해서였다. 이것은 본인이 실제 느낀 점이 있어서 주장한 것인데 "유와 협이 서로 보완하게 하자"고 주장한 목적도 당시 '새로운 주장을 하고 자기 마음대로 행동하면서 사람들을 하찮게 보는" 세태 때문이었다.『菿漢昌言』 장타이옌은 그동안 '좁은 길을 홀로 갔고', 이전 사람이나 당시 사람과 다른 주장을 펼치기를 좋아했다. 그런 장타이옌이 아이러니하게도 만년에는 당시 사람들에게 "기이한 것을 좋아한다"고 비판받았던 것이다.

명청 교체기에 경학 연구는 "자신을 스승으로 삼았기 때문에 바른 것을 취한 것이 전혀 없었으나" 혜동에 이르러 "한학을 지향점으로 삼았고" 학술은 그제서야 정상궤도에 올랐다. 만청 시기에는 "학자들이 기이한 것만 좋아했다"가 장타이옌에 이르러 "마구잡이로 새로운 학설을 주장하는 것"에 반대하고 "중국을 정상 궤도에 올려놓으려면 이제부터는 평이한 도를 중시하는 것으로 시작해야 한다"고 단언했다. 「歷史之重要」 사람들이 기이한 것을 좋아하고 있을 때 '평이한 도'를 주장한 것은 여전히 좁은 길을 홀로 간다는 태도였고 여전히 남들과 다른 주장을 좋아한다고도 할 수 있을 것이다.

어쩌면 이런 격변의 시대는 '평이'할 수가 없어서 남들과 다른 주장이 그 안에 있는 깊숙한 비밀을 보여주는 것일지도 모른다. 남들이야 찬탄하든 아쉬워하든, 이런 식으로 남들과 다른 것을 숭상하는 것은 '변법을 처음 주장하던' 시대에만 나올 수 있는 것이다. 후대 사람들은 장타이옌을 두고 치우쳤다거나 깊이가 얕다고 비웃을 수도 있을 것이다. 그러나 자신을 둘러싼 속박을 깨뜨리는 기백 안에는 그만의 매력이 담겨 있다.

柯文(P. A. Cohen), 雷頤 等 驛, 『在傳統與現代之間－王韜與晚淸革命』, 南京 : 江蘇人民出版社, 1994.

_____, 林同奇 譯, 『在中國發現歷史』, 北京 : 中華書局, 1989.

江藩, 『國朝漢學師承記』, 北京 : 中華書局, 1983.

康有爲, 湯志鈞 編, 『康有爲政論集』, 北京 : 中華書局, 1981.

_____, 『長興學記 · 桂學答問 · 萬木草堂口說』, 北京 : 中華書局, 1988.

_____, 『春秋董氏學』, 北京 : 中華書局, 1900.

_____, 『康南海自編年譜』(外2種), 北京 : 中華書局, 1992.

_____, 『康有爲全集』 1~3, 上海 : 上海古籍出版社, 1987~1992.

_____, 『康子內外篇』(外6種), 北京 : 中華書局, 1988.

_____, 『孔子改制考』, 北京 : 中華書局, 1988.

_____, 『新學僞經考』, 北京 : 中華書局, 1988.

姜義華, 『章太炎思想硏究』, 上海 : 上海人民出版社, 1985.

格里德(J. B. Grieder), 魯奇 譯, 『胡適與中國的文藝復興』, 南京 : 江蘇人民出版社, 1989.

耿雲志, 『胡適硏究論稿』, 成都 : 四川人民出版社, 1985.

顧炎武, 黃汝成 集釋, 『日知錄集解』, 鄭州 : 中州古籍出版社, 1990.

_____, 『顧亭林文集』, 北京 : 中華書局, 1983.

庫恩(T. S. Kuhn), 紀樹立 等 譯, 『必要的張力』, 福州 : 福建人民出版社, 1981.

_____, 李寶恒 · 紀樹立 譯, 『科學革命的結構』, 上海 : 上海科學技術出版社, 1980.

顧頡剛, 『古史辨』 1, 上海 : 上海古籍出版社, 1982.

_____, 『顧頡剛古史論文集』 1 · 2, 北京 : 中華書局, 1988.

_____, 『漢代學術史略』, 北京 : 東方出版社, 1996.

_____, 『孟姜女故事硏究集』, 上海 : 上海古籍出版社, 1984.

_____, 『當代中國史學』, 香港 : 龍門書店, 1964.

_____, 『中國上古史硏究講義』, 北京 : 中華書局, 1988.

龔自珍, 『龔自珍全集』, 北京 : 中華書局, 1959.

郭沫若, 『郭沫若全集 · 歷史編』 1~4, 北京 : 人民出版社, 1982.

_____, 『十批判書』, 北京 : 人民出版社, 1954.

金毓黻, 『中國史學史』, 臺北, 鼎文書局, 1974.

羅爾綱, 『師門辱教記』, 桂林 : 建設書店, 1944.

羅振玉, 『羅雪堂先生全集初編』, 臺北 : 大通書局, 1986.

_____, 『羅雪堂先生全集續編』, 臺北 : 大通書局, 1989.

魯迅, 『魯迅輯校古籍手稿』(六函), 上海 : 上海古籍出版社, 1986~1993.

____, 『魯迅全集』, 北京 : 人民文學出版社, 1981.

____, 『魯迅小說史大略』, 西安 : 陝西人民出版社, 1981.

魯迅博物館 編, 『魯迅手迹和藏書目錄』, 北京 : 魯迅博物館, 1959.

譚嗣同, 蔡尙思 編, 『譚嗣同全集』, 北京 : 中華書局, 1981.

唐德剛, 『胡適雜憶』, 臺北 : 傳記文學出版社, 1980.

唐文權·羅福惠, 『張太炎思想研究』, 武漢 : 華中師範大學出版社, 1986.

唐才常, 『唐才常集』, 北京 : 中華書局, 1980.

戴震, 『戴震文集』, 北京 : 中華書局, 1980.

____, 『孟子字義疏證』, 北京 : 中華書局, 1982.

陶明志 編, 『周作人論』, 上海 : 北新書局, 1934.

陶成章, 『陶成章集』, 北京 : 中華書局, 1986.

杜維運, 『淸代史學與史家』, 北京 : 中華書局, 1988.

毛子水, 『師友記』, 臺北 : 傳記文學出版社, 1967.

蒙文通, 『蒙文通文集』 1·2·3, 成都 : 巴蜀書社, 1987~1995.

聞一多, 『聞一多全集』, 北京 : 三聯書店, 1982.

龐朴, 『儒家辨證法研究』, 北京 : 中華書局, 1984.

白吉庵, 『胡適傳』, 北京 : 人民出版社, 1993.

范文瀾, 『范文瀾歷史論文選集』, 北京 : 中國社會科學出版社, 1979.

_____, 『群經槪論』, 北平 : 朴社, 1933.

福柯(M. Foucault), 王德威 譯, 『知識的考掘』, 臺北 : 麥田出版公司, 1993.

傅斯年, 『傅斯年全集』, 臺北, 聯經出版事業公司, 1980.

費海璣, 『胡適著作硏究論文集』, 臺北 : 商務印書館, 1970.

謝國楨, 『明末淸初的學風』, 北京 : 人民出版社, 1982.

_____, 『明淸之際黨社運動考』, 北京 : 中華書局, 1982.

謝瓔寧, 『章太炎年譜撫遺』, 北京 : 中國社會科學出版社, 1987.

史華玆(B. Schwartg), 葉鳳美 譯, 『尋求富強-嚴復與西方』, 南京 : 江蘇人民出版社, 1989.

舒蕪, 『周作人的是非功過』, 北京 : 人民文學出版社, 1993.

徐復觀, 『中國思想史論集』, 臺北 : 學生書局, 1988.

舒新城 編, 『中國近代敎育史資料』, 北京 : 人民敎育出版社, 1961.

徐一士, 『一士類稿·一士談薈』, 北京 : 書目文獻出版社, 1983.

薛福成, 『出使英法義比四國日記』, 長沙 : 岳麓書社, 1985.

蕭公權, 『中國政治思想史』, 臺北 : 聯經出版事業公司, 1982.

孫中山, 『孫中山全集』, 北京 : 人民出版社, 1981.

宋敎仁, 『宋敎仁日記』, 長沙 : 湖南人民出版社, 1980.

宋恕, 胡珠生 編, 『宋恕集』, 北京 : 中華書局, 1993.

顏振吾 編, 『胡適硏究叢錄』, 北京 : 三聯書店, 1989.

艾爾曼(B. A. Elman), 趙剛 譯, 『從理學到樸學』, 南京 : 江蘇人民出版社, 1995.

梁啓超, 朱維錚 校注, 『梁啓超論淸學史二種』, 上海 : 復旦大學出版社, 1985.

_____, 『飮氷室合集』, 上海 : 中華書局, 1936.

_____, 『中國近三百年學術史』, 北京 : 中國書店, 1985.

_____, 『中國歷史硏究法』, 上海 : 上海古籍出版社, 1987.

楊樹達, 『積微翁回憶錄』, 上海 : 上海古籍出版社, 1986.

_____, 『論語疏證』, 上海 : 上海古籍出版社, 1986.

梁漱溟, 『東西方文化及其哲學』, 北京 : 商務印書館, 1987.

楊承彬, 『胡適的政治思想』, 臺北 : 學生著作獎助委員會, 1967.

楊向奎, 『繙經室學術文集』, 濟南 : 齊魯書社, 1989.

_____, 『淸儒學案新編』1·2, 濟南 : 齊魯書社, 1985·1988.

_____, 『繹史齋學術文集』, 上海 : 上海人民出版社, 1983.

嚴復, 『嚴復集』, 北京 : 中華書局, 1986.

余嘉錫, 『古書通例』, 上海 : 上海古籍出版社, 1985.

呂思勉, 『呂思勉讀史劄記』, 上海 : 上海古籍出版社, 1982.

_____, 『先秦學術槪論』, 北京 : 中國大百科全書出版社, 1985.

余英時, 『歷史與思想』, 臺北 : 聯經出版事業公司, 1976.

_____, 『論戴震與章學誠』, 香港 : 龍門書店, 1976.

_____, 『史學與傳統』, 臺北 : 時報文化出版公司, 1982.

_____, 『士與中國文化』, 上海 : 上海人民出版社, 1987.

_____, 『猶記風吹水上鱗』, 臺北 : 三民書局, 1991.

_____, 『中國近代思想史上的胡適』, 臺北 : 聯經出版事業公司, 1984.

_____, 『中國思想傳統的現代詮釋』, 南京 : 江蘇人民出版社, 1989.

_____, 『中國文化與現代變遷』, 臺北 : 三民書局, 1992.

列文森(J. R. Levenson), 劉偉 等 譯, 『梁啓超與中國近代思想』, 成都, 四川人民出版社, 1986.

吳承仕, 『吳承仕文錄』, 北京：北京師範大學出版社, 1984.

吳虞, 『吳虞集』, 成都：四川人民出版社, 1985.

吳稚暉, 『吳敬恒選集』, 臺北：文星書店, 1967.

阮元, 『研經室集』, 道光 3年(1823) 刊本.

王鑑平·楊國榮, 『胡適與中西文化』, 成都：四川人民出版社, 1989.

王遽常, 『諸子學派要詮』, 上海：中華書局, 1936.

王國維, 『王國維遺書』, 上海：上海古籍書店, 1983.

王德威, 『小說中國』, 臺北：麥田出版公司, 1983.

王韜, 『漫遊隨錄·扶桑遊記』, 長沙：湖南人民出版社, 1982.

____, 『弢園文錄外編』, 北京：中華書局, 1959.

汪東, 『寄庵隨筆』, 上海：上海書店, 1987.

王得後, 『兩地書研究』, 天津：天津人民出版社, 1982.

王鳴盛, 『十七史商榷』, 北京：商務印書館, 1959.

王汎森, 『古史辨運動的興起：一個思想史的分析』, 臺北：允晨文化公司, 1987.

_____, 『章太炎的思想(1868~1919)及其對儒學傳統的衝擊』, 臺北：時報文化出版公司,
        1985.

王先謙, 『葵園四種』, 長沙：岳麓書社, 1986.

汪榮祖, 『康章合論』, 臺北：聯經出版事業公司, 1988.

王瑤, 『魯迅作品論集』, 北京：人民文學出版社, 1984.

汪中, 『述學』, 嘉慶 20年(1816) 刻本.

王充, 劉盼遂 集釋, 『論衡集釋』, 北京：古籍出版社, 1957.

廖幼平 編, 『廖季平年譜』, 成都：巴蜀書社, 1985.

廖平, 『廖平學術論著選集』 1, 成都：巴蜀書社, 1989.

容肇祖, 『明代思想史』, 濟南：齊魯書社, 1992.

熊十力, 『論六經』, 北京：大衆書店, 1951.

_____, 『十力語要初續』, 臺北：洪氏出版社, 1977.

熊月之, 『西學東漸與晚淸社會』, 上海：上海人民出版社, 1994.

袁偉時, 『晚淸大變局中的思潮與人物』, 深圳：海天出版社, 1992.

韋勒克(R. Welleck), 丁泓 等 譯, 『批評的諸種槪念』, 成都：四川文藝出版社, 1988.

韋斯坦因(U. Weisstein), 劉象愚 譯, 『比較文學與文學理論』, 瀋陽：遼寧人民出版社, 1987.

魏源, 『魏源集』, 北京：中華書局, 1976.

劉起釪, 『顧頡剛先生學述』, 北京 : 中華書局, 1986.

劉夢溪, 『紅學』, 北京 : 文化藝術出版社, 1990.

劉師培, 李妙根 編, 『劉師培論學論政』, 上海 : 復旦大學出版社, 1990.

_____, 『劉申叔先生遺書』, 寧武南氏校印本, 1936.

_____, 『中國中古文學史·論文雜記』, 北京 : 人民文學出版社, 1959.

兪樾, 『茶香室叢鈔』, 北京 : 中華書局, 1995.

____, 『諸子平議』, 上海 : 上海書店, 1988.

柳詒徵, 『柳詒徵史學論文集』, 上海 : 上海古籍出版社, 1991.

_____, 『柳詒徵史學論文續集』, 上海 : 上海古籍出版社, 1991.

_____, 『中國文化史』, 北京 : 中國大百科全書出版社, 1988.

兪平伯, 『紅樓夢辨』, 上海 : 亞東圖書館, 1923.

_____, 『紅樓夢研究』, 北京 : 人民文學出版社, 1973.

殷海光, 『思想與方法』, 臺北 : 文星書店, 1964.

_____, 『中國文化的展望』, 臺北 : 文星書店, 1966.

李詳, 『李審言文集』, 南京 : 江蘇古籍出版社, 1989.

李潤蒼, 『論章太炎』, 成都 : 四川人民出版社, 1985.

易竹賢, 『胡適傳』, 武漢 : 湖北人民出版社, 1987.

李澤厚, 『中國古代思想史論』, 北京 : 人民出版社, 1985.

_____, 『中國近代思想史論』, 北京 : 人民出版社, 1979.

_____, 『中國現代思想史論』, 北京 : 人民出版社, 1987.

林紓, 『春覺齋論文』, 北京 : 都門印書局, 1916.

林語堂, 『八十自述』, 北京 : 寶文堂書店, 1990.

林毓生, 穆善培 譯, 『中國意識的危機』, 貴陽 : 貴州人民出版社, 1986.

_____, 『中國傳統的創造性轉化』, 北京 : 三聯書店, 1988.

章念馳 編, 『章太炎生平與思想研究文選』, 杭州 : 浙江人民出版社, 1987.

_____, 『章太炎生平與學術』, 北京 : 三聯書店, 1988.

張岱年, 『中國哲學大綱』, 北京 : 中國社會科學出版社, 1985.

蔣夢麟, 『西潮』, 臺北 : 遠流出版公司, 1990.

張舜徽, 『愛晚廬隨筆』, 長沙 : 湖南教育出版社, 1991.

_____, 『廣校讎略』, 北京 : 中華書局, 1963.

_____, 『清代揚州學記』, 上海 : 上海人民出版社, 1962.

_____, 『清儒學記』, 濟南 : 齊魯書社, 1991.

張舜徽,『史學三書平議』, 北京 : 中華書局, 1983.

張玉法,『淸季的革命團體』, 臺北 : '中央硏究院' 近代史硏究所, 1982.

張仲禮, 李榮昌 譯,『中國紳士』, 上海 : 上海社會科學院出版社, 1991.

張之洞,『勸學篇』, 兩湖書院刊本, 1898.

章太炎,『訄書』原刻手寫底本, 上海 : 上海古籍出版社, 1985.

_____,『菿漢微言』, 北京 : 北京鉛印本, 1916.

_____,『國故論衡』, 上海 : 大共和日報館, 1912 再版.

_____, 曹聚仁 記述,『國學槪論』, 香港 : 學林書店, 1971.

_____,『國學講演錄』, 上海 : 華東師範大學出版社, 1995.

_____,『太炎先生自定年譜』, 香港 : 龍門書店, 1965.

_____, 吳承仕 藏,『章炳麟論學集』, 北京 : 北京師範大學出版社, 1982.

_____,『章氏叢書續編』, 北平刻本, 1933.

_____,『章氏叢書』, 杭州 : 浙江圖書館刻本, 1919.

_____,『章太炎的白話文』, 臺北 : 文藝印書館, 1972.

_____, 張冥飛 筆述,『章太炎國學講演錄』, 4版, 上海 : 新文化書社, 1935.

_____,『章太炎全集』1~6, 上海 : 上海人民出版社, 1982~1986.

_____, 王乘六·諸祖耿 記,『章太炎先生國學講演錄』, 南京大學, 1980年代初.

_____, 湯國梨 編,『章太炎先生家書』, 上海 : 上海古籍出版社, 1985.

_____,『章太炎先生自定年譜』, 上海 : 上海書店, 1986.

_____, 湯志鈞 編,『章太炎政論選集』, 北京 : 中華書局, 1977.

章太炎紀念館 編,『先驅的蹤迹』, 杭州 : 浙江古籍出版社, 1988.

章學誠,『文史通義』, 上海 : 上海書店, 1988.

_____,『乙卯劄記·丙辰劄記·知非日札』, 北京 : 中華書局, 1986.

_____,『章學誠遺書』, 北京 : 文物出版社, 1985.

張灝, 崔志海 等 譯,『梁啓超與中國思想的過渡』, 南京 : 江蘇人民出版社, 1993.

_____, 高力克 等 譯,『危機中的中國知識分子』, 太原 : 山西人民出版社, 1988.

錢基博,『經學通論』, 上海 : 中華書局, 1936.

_____,『現代中國文學史』, 長沙 : 岳麓書社, 1986.

錢大昕,『廿二史考異』, 北京 : 商務印書館, 1958.

_____,『潛研堂集』, 上海 : 上海古籍出版社, 1989.

錢理群,『周作人傳』, 北京 : 北京十月文藝出版社, 1990.

_____,『周作人論』, 上海 : 上海人民出版社, 1991.

錢穆, 『八十憶雙親·師友雜憶』, 長沙 : 岳麓書社, 1986.

_____, 『國史新論』, 再版, 香港 : 作者自刊本, 1975.

_____, 『國學概論』, 上海 : 商務印書館, 1933.

_____, 『先秦諸子系年考辨』, 上海 : 上海書店, 1992.

_____, 『現代中國學術論衡』, 長沙 : 岳麓書社, 1986.

_____, 『中國近三百年學術史』, 北京 : 中華書局, 1986.

全祖望, 黃雲眉 選注, 『鮚埼亭文集選注』, 濟南 : 齊魯書社, 1982.

錢鍾書, 『管錐編』, 北京 : 中華書局, 1979.

_____, 『七綴集』(修訂本), 上海 : 上海古籍出版社, 1994.

_____, 『石語』, 北京 : 中國社會科學出版社, 1996.

鄭觀應, 『鄭觀應集』上, 上海 : 上海人民出版社, 1982.

丁文江·趙豐田 編, 『梁啟超年譜長編』, 上海 : 上海人民出版社, 1983.

張正藩, 『中國書院制度考略』, 南京 : 江蘇教育出版社, 1985.

鄭振鐸, 『鄭振鐸古典文學論文集』, 上海 : 上海古籍出版社, 1984.

_____, 『中國俗文學史』, 上海 : 商務印書館, 1938.

_____, 『中國文學研究』, 上海 : 商務印書館, 1927.

趙紀彬, 『趙紀彬文集』1·2, 鄭州 : 河南人民出版社, 1982.

曹聚仁, 『我與我的世界』, 北京 : 人民文學出版社, 1983.

_____, 『中國學術思想史隨筆』, 北京 : 三聯書店, 1986.

鍾敬文, 『鍾敬文民間文學論集』, 上海 : 上海文藝出版社, 1981.

宗白華, 『美學與意境』, 北京 : 人民出版社, 1987.

鍾叔和, 『走向世界』, 北京 : 中華書局, 1985.

周啓明, 『魯迅的青年時代』, 北京 : 中國青年出版社, 1957.

周錫瑞(J. W. Esherick), 楊愼之 譯, 『改良與革命』, 北京 : 中華書局, 1982.

周予同, 『周予同經學史論著選集』, 增訂本, 上海 : 上海人民出版社, 1996.

朱有瓛 編, 『中國近代學制史料』1~4, 上海 : 華東師範大學出版社, 1983~1993.

朱維錚, 『音調未定的傳統』, 瀋陽 : 遼寧教育出版社, 1995.

朱自清, 『朱自清文集』1, 南京 : 江蘇教育出版社, 1988

周作人, 『秉燭談』, 上海 : 北新書局, 1940.

_____, 『風雨談』, 上海 : 北新書局, 1936.

_____, 『苦茶隨筆』, 上海 : 北新書局, 1936.

_____, 『苦雨齋序跋文』, 上海 : 天馬書店, 1934.

周作人,『苦竹雜記』, 上海 : 良友圖書印刷公司, 1936.

_____,『歐洲文學史』, 長沙 : 岳麓書社, 1989.

_____,『談虎集』, 上海 : 北新書局, 1928.

_____,『永日集』, 上海 : 北新書局, 1929.

_____,『澤寫集』, 上海 : 北新書局, 1927.

_____,『知堂回想錄』, 香港 : 三育圖書公司, 1980.

_____,『知堂集外文・『亦報』隨筆』, 長沙 : 岳麓書社, 1988.

_____,『知堂集外文・四九年以後』, 長沙 : 岳麓書社, 1988.

_____,『知堂乙酉文編』, 上海 : 上海書店, 1985.

_____,『中國新文學的源流』, 3版, 北平 : 北平人文書店, 1934.

周勛初,『當代學術研究思辨』, 南京 : 南京大學出版社, 1993.

陳垣,『勵耘書屋叢刻』, 北京 : 北京師範大學出版社, 1982.

____,『陳垣史學論著選』, 上海 : 上海人民出版社, 1981.

支偉成,『清代樸學大師列傳』, 長沙 : 岳麓書社, 1986.

陳獨秀,『陳獨秀文章選編』, 北京 : 三聯書店, 1984.

陳翔鶴 編,『主題學研究論文集』, 臺北 : 東大圖書公司, 1983.

陳少明,『漢宋學術與現代思想』, 廣州 : 廣東人民出版社, 1995.

陳天華,『陳天華集』, 長沙, 湖南人民出版社, 1982.

陳旭麓,『近代中國社會的新陳代謝』, 上海 : 上海人民出版社, 1992.

陳寅恪,『寒柳堂集』, 上海 : 上海古籍出版社, 1980.

_____,『金明館叢稿初編』, 上海 : 上海古籍出版社, 1980.

_____,『金明館叢稿二編』, 上海 : 上海古籍出版社, 1980.

_____,『元白詩箋證稿』, 上海 : 古典文學出版社, 1958.

蔡少卿,『中國近代會黨史研究』, 北京 : 中華書局, 1987.

蔡元培,『蔡元培全集』, 1~4卷, 北京 : 中華書局, 1984.

_____,『蔡元培全集』, 7卷, 北京 : 中華書局, 1989.

蔡尚思,『中國古代學術思想史論』, 廣州 : 廣東人民出版社, 1990.

焦循,『雕菰集』, 道光 4年(1821) 刊本.

崔述, 顧頡剛 編訂,『崔東壁遺書』, 上海 : 上海古籍出版社, 1983.

秋瑾,『秋瑾集』, 上海 : 中華書局上海編輯所, 1962.

鄒容,『鄒容文集』, 重慶 : 重慶出版社, 1983.

湯用彤,『湯用彤學術論文集』, 北京 : 中華書局, 1983.

湯志鈞, 『近代經學與政治』, 北京 : 中華書局, 1989.

_____, 『章太炎年譜長編』, 北京 : 中華書局, 1979.

浦起龍, 『史通通釋』, 上海 : 上海古籍出版社, 1978.

馮契, 『中國近代哲學的革命進程』, 上海 : 上海人民出版社, 1989.

馮文炳, 『馮文炳選集』, 北京 : 人民文學出版社, 1985.

馮友蘭, 『三松堂學術文集』, 北京 : 北京大學出版社, 1984.

_____, 『三松堂自序』, 北京 : 三聯書店, 1984.

_____, 『中國哲學史新編』 6, 北京 : 人民出版社, 1989.

_____, 『中國哲學史』, 上海 : 商務印書館, 1930·1933.

馮自由, 『革命逸史』 1~3, 北京 : 中華書局, 1981.

皮錫瑞, 『經學歷史』, 北京 : 中華書局, 1959.

_____, 『經學通論』, 北京 : 中華書局, 1982.

賀麟, 『文化與人生』, 北京 : 商務印書館, 1988.

_____, 『五十年來的中國哲學』, 瀋陽 : 遼寧教育出版社, 1989.

許冠三, 『新史學九十年』, 香港 : 香港中文大學出版社, 1986·1988.

許壽裳, 『亡友魯迅印象記』, 北京 : 人民文學出版社, 1977.

_____, 『章炳麟』, 南京 : 勝利出版公司, 1946.

胡逢祥·張文建, 『中國近代史學思潮與流派』, 上海 : 華東師範大學出版社, 1991.

胡頌平, 『胡適之先生年譜長編初稿』, 臺北 : 聯經出版事業公司, 1984.

_____, 『胡適之先生晚年談話錄』, 臺北 : 聯經出版事業公司, 1984.

胡適, 『戴東原的哲學』, 上海 : 商務印書館, 1927.

_____, 唐德剛 譯, 『胡適口述自傳』, 北京 : 華文出版社, 1992.

_____, 『白話文學史』 上, 上海 : 新月書店, 1928.

_____, 『嘗試集』, 上海 : 亞東圖書館, 1920.

_____, 『丁文江的傳記』, 臺北 : '中央研究院'史語所, 1956.

_____, 『胡適的日記』, 北京 : 中華書局, 1985.

_____, 『胡適古典文學硏究論集』, 上海 : 上海古籍出版社, 1988.

_____, 『胡適紅樓夢硏究論述全編』, 上海 : 上海古籍出版社, 1988.

_____, 『胡適留學日記』, 上海 : 商務印書館, 1947.

_____, 『胡適論學近著』, 上海 : 商務印書館, 1935.

_____, 『胡適日記·手稿本』(18冊), 臺北 : 遠流出版公司, 1989.

_____, 『胡適手稿』(10集), 臺北 : '中央研究院'胡適紀念館, 1966~1970.

胡適,『胡適往來書信選』(3冊), 北京 : 中華書局, 1979~1980.

＿＿,『胡適文存』2, 上海 : 亞東圖書館, 1924.

＿＿,『胡適文存』3, 上海 : 亞東圖書館, 1930.

＿＿,『胡適文存』1, 上海 : 亞東圖書館, 1921.

＿＿,『胡適學術文集·中國哲學史』, 北京 : 中華書局, 1991.

＿＿,『胡適演講集』, 臺北 : 遠流出版公司, 1986.

＿＿,『胡適之先生詩歌手迹』, 臺北 : 商務印書館, 1964.

＿＿,『四十自述』, 上海 : 亞東圖書館, 1933.

＿＿,『先秦名學史』, 上海 : 學林出版社, 1983.

＿＿,『章實齋先生年譜』, 上海 : 商務印書館, 1922.

＿＿,『中國章回小說考證』, 大連實業印書館, 1942.

＿＿,『中國哲學史大綱』上, 上海 : 商務印書館, 1919.

黃侃,『黃季剛詩文鈔』, 武漢 : 湖北人民出版社, 1985.

＿＿,『黃侃論學雜著』, 上海 : 上海古籍出版社, 1980.

＿＿,『蘄春黃氏文存』, 武漢, 武漢大學出版社, 1993.

黃興,『黃興集』, 北京 : 中華書局, 1981.

黃宗羲, 陳乃乾 編,『黃梨洲文集』, 北京 : 中華書局, 1959.

＿＿＿,『明儒學案』, 北京 : 中華書局, 1985.

懷納(P. P. Wiener) 編,『觀念史大辭典』(中譯本), 臺北 : 幼獅文化公司, 1988.

侯外盧,『近代中國思想學說史』, 上海 : 生活書店, 1947.

＿＿＿,『中國近代啓蒙思想史』, 北京 : 人民出版社, 1993.

＿＿＿,『中國思想通史』1~5, 北京 : 人民出版社, 1980.

주요참고잡지

『國粹學報』

『國學季刊』

『獨立評論』

『民報』

『時務報』

『新民叢報』

『新潮』

『新青年』

『制言』
『清議報』
『學衡』

현대 중국 인명 정리

ㄱ

가오쉬(高旭, 고욱)
구제강(顧頡剛, 고힐강)
구치첸(顧起潛, 구기잠)
궁바오취안(龔寶銓, 공보전)
궁쯔전(龔自珍, 공자진)
궈모뤄(郭沫若, 곽말약)

ㄷ

딩원장(丁文江, 정문강)

ㄹ

랴오핑(廖平, 요평)
량수밍(梁漱溟, 양수명)
량치차오(梁啓超, 양계초)
런수융(任叔永, 임숙영)
루쉰(魯迅, 노신)
루스어(陸士諤, 육사악)
뤄얼강(羅爾綱, 나이강)
뤄전위(羅振玉, 나진옥)
뤄푸후이(羅福惠, 나복혜)
류다오이(劉道一, 유도일)
류스페이(劉師培, 유사배)
류야오쉰(劉燿勛, 유요훈)
류야즈(柳亞子, 류아자)
류원덴(劉文典, 유원전)
류이정(柳詒徵, 류이징)

ㄹ

뤼성(旅生, 여생)
뤼쓰몐(呂思勉, 여사면)
리뭐위안(李伯元, 이백원)
리스쩡(李石曾, 이석증),
리스천(李石岑, 이석잠)
리위안훙(黎元洪, 여원홍)
리지탕(李紀堂, 이기당)
리츠밍(李慈銘, 이자명)
리펑춘(李逢春, 이봉춘)
린셰(林獬, 임해)
린수(林紓, 임서)
린위탕(林語堂, 임어당)
린즈핑(林致平, 임치평)

ㅁ

마쉬룬(馬敍倫, 마서륜)
마오둔(茅盾, 모순)
마이푸(馬一浮, 마일부)
마인추(馬寅初, 마인초)
마쭝한(馬宗漢, 마종한)
마쥔우(馬君武, 마군무)
마형(馬衡, 마형)
메이관챵(梅觀莊, 매근장)
메이광디(梅光迪, 매광적)

ㅅ

샤민(俠民, 협민)
샤오궁취안(蕭公權, 소공권)
선이안(沈乙庵, 심을암)
선젠스(沈兼士, 심겸사)

선쩡즈(沈曾植, 심증식)

쉬샹푸(徐象輔, 서상보)

쉬서우상(許壽裳, 허수상)

쉬순다(徐順達, 서순달)

쉬쒜추(許雪秋, 허설추)

쉬푸관(徐復觀, 서복관)

순스팡(孫思昉, 손사방)

슝스리(熊十力, 웅십력)

쑹자오런(宋教仁, 송교인)

시린기오로 푸치(西林覺羅·孚琦, 서린각라
　　부기)

시링둥칭(西泠冬青, 서령동청)

ㅇ

야오밍다(姚名達, 요명달)

양두(楊度, 양도)

양싱퍼(楊杏佛, 양행불)

양줘린(楊卓霖, 양탁림)

양촨광(楊傳廣, 양전광)

양취윈(楊衢雲, 양구운)

예더후이(葉德輝, 섭덕휘)

옌커(燕客, 연객)

옌푸(嚴復, 엄복)

왕궈웨이(王國維, 왕국유)

왕다쥐(王大覺, 왕대각)

왕둥(汪東, 왕동)

왕룽쭈(汪榮祖, 왕영조)

왕먀오루(王妙如, 왕묘여)

왕보샹(王伯詳, 왕백상)

왕셴쳰(王先謙, 왕선겸)

왕스제(王世杰, 왕세걸)

왕징웨이(汪精衛, 왕정위)

왕카이윈(王闓運, 왕개운)

왕판썬(王汎森, 왕범삼)

왕한(王漢, 왕한)

왕허순(王和順, 왕화순)

우위(吳虞, 오우)

우젠슝(吳健雄, 오건웅)

우즈후이(吳稚暉, 오치휘)

우청스(吳承仕, 오승사)

윙원하오(翁文灝, 옹문호)

웨이롄쓰(韋蓮司, 위연사)

위멍팅(余孟庭, 여맹정)

위롄싼(俞廉三, 유염삼)

위잉스(余英時, 여영시)

위핑보(俞平伯, 유평백)

인하이광(殷海光, 은해광)

ㅈ

자오위안런(趙元任, 조원임)

장둥슈(江冬秀, 강동수)

장량푸(姜亮夫, 강량부)

장멍린(蔣夢麟, 장몽린)

장바이샹(張百祥, 진백상)

장바이시(張百熙, 장백희)

장쉰후이(張舜徽, 장순휘)

장스자오(張士釗, 장사소)

장웨이차오(蔣維喬, 장유교)

장위파(張玉法, 장옥법)

장융(張庸, 장용)

장이화(姜義華, 강의화)

장인린(張蔭麟, 장음린)

장정판(張正藩, 장정번)
장제스(蔣介石, 장개석)
장쥔리(張君勵, 장군려)
장즈둥(張之洞, 장지동)
장즈유(蔣智由, 장지유)
장지(張繼, 장계)
장타이옌(章太炎, 장태염)
장하오(張灝, 장호)
저우위퉁(周予同, 주여동)
저우스(周實, 주실)
저우시루이(周錫瑞, 주서서)
저우쭤런(周作人, 주작인)
저우쯔(舟子, 주자)
정관잉(鄭觀應, 정관응)
정스(鄭實, 정실)
정스량(鄭士良, 정사량)
정전둬(鄭振鐸, 정진탁)
주디셴(朱逖先, 주적선)
주시쭈(朱希祖, 주희조)
주이신(朱一新, 주일신)
주징눙(朱經農, 주경농)
진쑹천(金松岑, 김송잠)
진웨린(金岳霖, 김악림)
진이(金一, 김일)
진톈허(金天翮, 김천핵)
쩌우룽(鄒容, 추용)
쩡푸(曾朴, 증박)

ᄎ

차이어(蔡鍔, 채악)
차이위안페이(蔡元培, 채원배)

천두슈(陳獨秀, 진독수)
천보핑(陳伯平, 진백평)
천위안(陳垣, 진원)
천인췌(陳寅恪, 진인각)
천징한(陳景韓, 진경한)
천첸추(陳千秋, 진천추)
천츠(陳熾, 진치)
천톈화(陳天華, 진천화)
천헝저(陳衡哲, 진형철)
청팡우(成仿吾, 성방오)
첸무(錢穆, 전목)
첸쉬안퉁(錢玄同, 전현동)
첸지보(錢基博, 전기박)
취추바이(瞿秋白, 구추백)
친리산(秦力山, 진역산)

ᄏ

캉유웨이(康有爲, 강유위)

ᄐ

타오청장(陶成章, 도성장)
탕더강(唐德剛, 당덕강)
탕융퉁(湯用彤, 탕용동)
탕원취안(唐文權, 당문권)
탕쩡비(湯增璧, 탕증벽)
탕차이창(唐才常, 당재상)

ᄑ

판서우캉(范壽康, 범수강)

판원란(范文瀾, 범문란)

펑쯔유(馮自由, 풍자유)

푸쓰녠(傅斯年, 부사년)

ㅎ

하이톈두샤오즈(海天獨嘯子, 해천독소자)

허린(賀麟, 하린)

허우와이루(侯外廬, 후외려)

화이런(懷仁, 회인)

황싱(黃興, 황흥)

황제(黃節, 황절)

황칸(黃侃, 황간)

후셴수(胡先驌, 호선숙)

후스(胡適, 호적)

「린수융(任叔永, 임숙영), 양싱줘(楊杏佛, 양행불), 메이관좡(梅觀莊, 매근장)과 이별하며(別叔永杏佛觀莊)」

ㅁ

「무진암에 홀로 앉아(無盡庵獨坐)」
『묵자학안』서문(墨子學案序)」
「미야자키 도라조의 장서실 족자에 쓰다(爲宮崎寅藏書條幅)」

ㅂ

「바다에서 큰 풍랑이 일어 큰소리로 노래하다(海上大風潮起放歌)」
「변발을 분석함(解辮髮)」
「병신년 봄에 사정이 있어 지부의 소개로 절강 직임을 대기하게 되어 판강 선생님께 기별을 하고 동지들에게 시를 보내다(丙申之春, 緣事以知府引見候補浙江, 寄別瓣薑師, 兼簡同志諸子詩)」
「복사꽃과 오얏꽃 아래에 모여 변방의 우환을 이야기하고 밤이 깊도록 잠들지 못하다(宴集桃李花下, 興言邊患, 夜分不寐)」
「분서를 슬퍼함(哀焚書)」
『분할통치 예언기(瓜分慘禍豫言記)』

ㅅ

『사기』「자객전」을 읽고(讀『史記』「刺客傳」)」
「사당을 팔다(鬻廟)」

「3백년 이래 세계문화의 추세와 중국이 가야 할 길(三百年來世界文化的趨勢與中國應採取的方向)」
『삼협오의』서문(『三俠五義』序)」
「새로운 사조의 의의(新思潮的意義)」
「석고가 진대 각석인가에 대한 고찰(石鼓爲秦刻石考)」
「선이안 선생의 고희를 맞아 장수를 기원하는 서문(沈乙庵先生七十壽序)」
「술을 마주하고(對酒)」
「슬픈 사 60수, 4월 17일 밤에 짓다(惆悵辭六十首, 四月十七日夜作)」
「시류를 따르는 것과 복고를 주장하는 것(趨時和復古)」
『신방언』후서」
「신정에 느끼는 바가 있어(元旦感懷)」
「상무를 논하다(論尙武)」
「쌍도원에서 독서하다(雙濤園讀書)」

ㅇ

『아사경문(俄事警聞)』「비밀결사에 고함(告會黨)」
「안리학파 정정조(顏李學派的程廷祚)」
「애도시 2수, 서백손 열사를 위해 짓다(有悼二首, 爲徐伯蓀烈士作)」
「어떻게 문언문을 쉽게 가르칠 것인가(如何可使吾國文言易于講授)」
「역사 논의 문제로 정즈청에게 보내는 편지(與鄭之誠論史書)」
「역사의 중요성(歷史之重要)」
『역사적 문학개념론(歷史的文學觀念論)』

「영문잡지 인쇄소를 만드는 일에 대해 해외 동지에게 보내는 편지(爲創設英文雜志印刷機關致海外同志書)」

『오백 년 이래의 중국철학(五百年來的中國哲學)』

『50년 이래의 중국문학(五十年來中國之文學)』

「옥중에서 『신문보』에 답한다(「獄中答『新聞報』」)」

「옥중의 저우즈이에게 주다(贈周志伊獄中)」

「완푸화 의사가 왕즈춘 암살에 실패하였다는 것을 듣고 감회를 쓰다(聞萬福華義士刺王之春不中感賦)」

「왕허밍에게 보내는 편지(與王鶴鳴書)」

「우리의 정치 주장(我們的政治主張)」

『원선(原善)』

「위태로운 때(時危)」

「유가의 장단점(儒家之利病)」

「유도일 열사를 추모하며(挽劉道一烈士)」

「유신의 영회시를 따라 짓다(效庾子山詠懷)」

「유학에 대해 말함(說儒)」

「육경 논의에 대해 벗에게 보내는 글(與友人論六經)」

「육군관학교 개교식이 끝나 아리스가와 노미야 다루히토 친왕에게 시를 써서 올리다(陸軍官學校開校禮成賦呈有栖川熾仁親王)」

「『육방옹집』을 읽고(讀陸放翁集)」

『20세기 새로운 이데올로기(二十世紀的新主義)』

「이주 황종희의 학생 운동 논의(黃梨洲論學生運動)」

「『인권론집』 서문(人權論集序)」

「일보 전진 이보 후퇴(進一步退二步)」

「일본에 가게 되어 시를 지어 다짐하다(將赴東瀛賦以自策)」

ㅈ

「장거정을 논하는 문제로 벗에게 보내는 글(與友人論張江陵)」

「장자 시대의 생물진화론(莊子時代的生物進化論)」

「장타이옌 선생에 관한 몇 가지 일(關于太炎先生二三事)」

「장타이옌이 오늘날 긴요한 학문에 대해 논함(章太炎論今日切要之學)」

「적수의 의사 47명을 노래함(赤穗四十七義士歌)」

「접련화(蝶戀花)·협객 소년에게 주다(贈俠少年)」

「정치를 묻는 장지란에게 답함(答張季鸞問政書)」

「『주육편』 뒤에 쓰다(朱陸篇書後)」

「『중고문학개론』서문(『中古文學槪論』序)」

「중국 학술사상 변천의 대세를 논함(論中國學術思想變遷之大勢)」

「중국이 쇠약해진 근원을 논함(中國積弱溯原論)」

「싸우다 죽기를 빈다(祈戰死)」

「종교건립론(建立宗敎論)」

『중국 고대 정치사상사에 대한 관점(中國古代政治思想史的一些看法)』

『중국 전통과 미래(中國傳統與將來)』

『중국의 무사도(中國之武士道)』

『중국의 문제(中國的問題)』
『중국철학사대강』「서론(導言)」
『중국최근삼백년학술사(中國近三百年學術史)』
「쫓겨 양산박으로 도망치다(逼上梁山)」